山本周五郎［未収録］ミステリ集成

末國善己【編】

作品社

山本周五郎〔未収録〕ミステリ集成

目次

少年ロビンソン

第一回　ミッキイ船出の巻

船長あそび

　ここは北アメリカの西岸、桑港《サンフランシスコ》の山の手の高台にある、小ざっぱりとしたマッケーさんのお家です。今しも眼の下に港を見下すこの家の張出《ヴエランダ》の上で、モリーとミッキイの二人は、「船長遊び」に余念がありません。腰のあたりに毛布をまいて、籐椅子に腰をかけているモリーは、さしずめ船客の貴婦人《レディ》。古けた双眼鏡を尤《もつと》もらしく眼にあてて、下を見下しているミッキイは、立派な船長さんのつもりでしょう。ひどく得意そうに気取っております。と、そこへやって来たのが本物の船長さんで、二人が大好きなマクデヴィット小父《おじ》さん、

「やあ、ミッキイもモリーも此処《ここ》にいたのかい？」と、もう顔をくしゃくしゃにしている。

「やあ、小父ちゃん！」「あら、小父ちゃん！　いらっしゃい」二人はもう何もかも忘れて、頑丈なデヴィット船長の両手にぶらさがる。

「うむ、いい子だな二人とも、ところでミッキイや、今日は小父ちゃんが、すてきに嬉しいことを知らせに来てやったのだぞ」

「そう、そりゃ嬉しいな。小父ちゃん、僕、いま、モリーと二人で、（船長ごっこ）して遊んでいたんだよ」

「え、船長ごっこ？　そうか、そいつは面白いな。ミッキイや、お前はいよいよ、船長ごっこなんぞしなくとも、本物の船乗《ふなのり》になって、旅ができるようになったのだぞ」「え、お船に乗れる？　小父ちゃん、そりゃほんとなの？」

「ほんとだとも、小父ちゃんは嘘は吐《つ》かないよ。あの金門湾（桑港《サンフランシスコ》を囲んだ湾の名です）を出帆《しゆつぱん》して、長い長い航海をするのだ」「ああ、小父ちゃん！」ミッキイは嬉しまぎれに、デヴィット船長にかじりついた。が、こちらでは可愛いモリー、早くも悲しそうに眼を霑《うる》ませて、

「あの、ミッキイちゃんが、お船で遠い所へ行く……」と寂しそうに呟《つぶや》いている。

ミッキイのはしゃぎ方が大変なので、台所口から、この家の主人マッケー夫人が、むっくりした両手をお尻に廻《まわ》して出て来た。

「おや、デヴィットさん、ようこそ。ミッキイが旅に立つって、そりゃ本当ですか？」

「ほんとですよ、おかみさん、濠洲《ごうしゆう》の叔母《おば》さんから、今朝《けさ》私ンところへ返事が来ましてね。旦那のダイネス船長が今度此港《ここ》へ、持船のサラ・ウインチ丸を着けるそうで、その時に連れて行くってんでさ」「まあ！　じゃ、可愛らしいミッキイとも、もうお別れなのね」涙もろいマッケー夫人は、早くも袖を眼にあてて泣いてしまう。「小母《おば》ちゃん、なぜ泣くの？」無邪気なミッキイは、怪訝《けげん》そうにこんなことを言う。

「ま、おかみさん。よく考えて下さい。ミッキイにとっちゃ、此上《このうえ》もない仕合わせなんだから。さア、じゃ家内《なか》へ入って、ゆっくり話そう。ミッキイも、モリーもお入りな」

デヴィット船長は、マッケー夫人を慰めながら、三人を促して、家の中に入った。

可憐少年ミッキイの身の上

ここでちょっとミッキイとマッケー家の素性を、お話して置きましょう。一口に言えばミッキイは父も母もない孤児《みなしご》なんです。ミッキイのお母さんはミッキイがまだ満一歳《まるひとつ》にならないうちに死んでしまいました。隣家《となり》同志に住んでいるマッケーの小母さん、この人も早く夫君《つれあい》に別れた寡婦《ごけさん》でしたが、この人がミッキイのことを可哀そうに思って、それからは何くれとなく、生みの母のように世話をして、ミッキイを可愛がっていたのです。ところがミッキイが漸う《ようよ》八歳《やっつ》になった時、可哀そうにミッキイはまたお父さんにも死別れ《しにわか》て、天にも地にもたった一人の孤児《みなしご》になってしまったのです。というのは、ミッキイのお父さんは、この桑港《サンフランシスコ》の巡査《おまわり》さんでしたが、根が男らしい元気な人で、ある日、街へ暴れ馬が出たのを捉《つか》まえようとして、馬に蹴られて死んでしまったのです。それからというもの、マッケーの小母さんは、ミッキイを自分の家に引取り、自分の娘モリーと兄妹同様、やさしく育てて来たのでした。ところがここに、ミッキイにはたった一人の叔母さんに当る、ダイネス夫人というのが、遠いオーストラリヤ即ち濠洲にいます。この人のところへ、ミッキイのお父さんと、大の仲好しだったマクデヴィット船長が、可哀そうなミッキイのことを報《し》らせてやったのです。ダイネス夫人には一人も子がありません。そこへもって来て、夫君《つれあい》は船長で始終ひとりぼっちです。だから、可愛い甥のミッキイが孤児《みなしご》になったと聞くと、すぐにも引取って、自分の子にしたくてたまらなくなりました。しかし夫君《つれあい》のダイネス船長は、大の子供嫌いです。そこでこの人を説き伏せるのは、なかなか骨が折れましたが、やっと納得さして、丁度《ちょうど》幸い今度その持船サラ・ウインチ丸が桑港《サンフランシスコ》へ航海することになったので、その時にミッキイを連れて来て貰うことにきめ、このことを早速桑港《サンフランシスコ》のデヴィット船長に報らせて来たのでありました。さてこそ、デヴィット船長が、とる物も取敢ず《とりあえ》このことをミッキイに知らせに来たのであります。

哀れな孤児《みなしご》ミッキイの一人旅

六月の十五日、とうとうミッキイが待ちかねていた、サラ・ウインチ丸出帆の日が来ました。ミッキイは、まだほの暗い朝のうちから起きて、往来の見える窓際に出て、まだかまだかと迎いの来るのを待っています。それもそうでしょう、あのデヴィットの小父さんが、ミッキイに濠洲行きの嬉しい報らせをもって来てからこの四週間というもの、ミッキイは金門湾を出入りする船を見たり、やさしいダイネス叔母さんのことを考えたり、いつか一度はなって見たい見たいと思っていた、船乗りになれたことを考えたりして、夜もろくろく寝ないで、楽しい今日の来るのを待っていたのです。

「ねえ、モリーちゃん、小父ちゃんの来るのが遅いね、どうしたのだろうね」ミッキイは、だんだん明るくなって、早朝日のさし始めた海を見下しながら、言いました。

「もすこしのがまんよ。じきに来るわ。そしてミッキイちゃんは、遠い遠い所へ行ってしまうのね。そして、そして……」モリーは、ミッキイに別れるつらさを噛締《かみし》めて言ったが、眼はどうしても涙でいっぱいになるのでした。ミッキイはいきなり、モリーの手を固く握って言いました。

「モリーちゃん、君はいつまでも僕と仲好しなんだよ。ぼく、今にきっと大金持になって帰って来るからね、待っててておくれね」幼い二人は抱合《だきあ》って、寂しく笑いました。台所ではマッケー小母さんが、「十五日にはサラ・ウインチ丸が出帆するから、その日に迎えに行く」という、ダイネス船長からの手紙を、今更《いまさら》のように拡げてみて、深い溜息《ためいき》をついています。小母さんは、ミッキイと別れるのが、悲しくってならないのです。間もなく表の方で、「これがマッケー夫人の宅です」という、デヴィット船長の声が聞えたので、ミッキイはすぐに、「やあ、来た来た!」と窓際へとんで行きました。

「いや、どうもこの暑さに、こんな丘の上まで引張って来られちゃたまらない!」その後からぶつぶつ言って来たのは、ミッキイには叔父に当る、ダイネス船長でした。

ダイネス船長は、見るから骨組のがっしりした、肥《ふと》ってはいないが六尺豊かの大男で、どんな荒くれ水夫共でも、一睨《ひとにら》みで縮上《ちぢみあが》らせるだけのきつい眼附きで、情容赦もない恐ろしい人です。ミッキイを見附けると、

「うん、お前がミッキイだな。約束通り俺の船に乗せてってやるが、素直にしないと承知しねえぞッ！」と、あたり構わず、ずけずけやっ附けました。この剣幕に、デヴィット小父さんは、思わず船長を睨み、マッケーの小母さんは最初からもうおろおろして、ミッキイの身を案じるのでした。しかし、ミッキイは小さいが偉い。一人前の大人のように落着《おちつ》いてお辞儀をしながら、「叔父さん、僕きっと素直にします……」と言ったかと思うと、船長は又《また》もやそれを遮って、

「おい、叔父さんなんて呼ぶのは止《よ》して貰《もら》おう。船に乗る以上は、『船長！』というのだ。俺は子供を甘やかすのは大嫌いだ！」と剣もほろろにやり込めてしまうのです。

恐ろしい気の荒い船長

今まで荒い言葉ひとつ聞かず、皆に可愛がられて来たミッキイは少し気が重くなって即座に答えもできなかったが、船長はそんなことに構わず、モリーに別れて乗船の支度をするよう、ミッキイを急《せき》立《た》てました。「ミッキイちゃんや、あんたの叔父さんはこわいんだね。あたしゃしみじみお前が可哀そうだよ」とマッケーの小母さんは、泣き声で言う。しかしミッキイは、こっそりと、これもすすり泣きしているモリーの手をとって、

「なアに、船長って、みんな勇ましいから、ああなんだよ、小《ち》っちゃい者のことなんか構っていられないんだ」と、元気よく笑うのでした。歳は行かなくてもその男らしい胸のうちに感心して、モリーはミッキイの手を握りしめました。

「ああ、このモリーとも、これっきり別れて行くのか」と思うと、さすがに船出の喜びにいっぱいになったミッキイも、我知らず悲しくなって、ゆっくりモリーとお別れの話をしようと肩に手をかけた所へ、

「いよう、ミッキイ坊、いよいよ行くんだね？」と入って来たのは、これも死んだお父さんの親友で、チム・ベイカーという巡査《おまわり》さんです。「ああ、僕、とうとう行くんだよ」ミッキイはそういって、モリーの肩に載せていた手を離して、チム巡査の手を握りました。

「まあお芽出《めで》とう、元気よく行きたまえ。だが、俺もちょいと、船長に逢っとこうかな？」チム巡査はそういって、向うへ行く。あとに二人はほっとして顔を見合わしたが、ゆっくり話合《はなしあ》う間もなく、今度はマッケーの小母さんが、そわそわしながら出て来た。

「ミッキイちゃん！　どうも船長さんが気短かで困るのよ。さあ、仕方がないから、早く支度をなさいね。それからこれは……」と、マッケーの小母さんは、白いエプロンの下に隠していた、ぴかぴか光る玩具《おもちゃ》のピストルを出して、「小母ちゃんが、ミッキイちゃんにあげる餞《はなむ》けよ」「やア、嬉しいな。これ、僕に呉《く》れんの？」ミッキイは躍上《おどりあが》って、そのピストルを受取った。と、そこへ入って来たのが、デヴィットの小父さんと、ダイネス船長。船長は早くも眉を八の字にして、

「そりゃ何だね？　そんな物を何にするのだ？」

「船長さん！　ミッキイがふだんから欲しがっていた玩具《おもちゃ》のピストルです。せめて出発までにと、私が買ってやったのでございますよ」

「ふッ、つまらねえ」と船長は鼻ではじいて不機嫌そう。「船じゃこんな余計な物を持って遊ぶ隙はないんだ。ミッキイは忙しい仕事をしなくちゃならんのだぞッ。さあ、ぐずぐずしていずと、支度《したく》ができたら早く行こう」

　せっかちな船長は、そういってずんずん出かけようとする。「では小母ちゃん、僕、行きますよ」

とはいったものの、永年住みなれた家と別れ、親切な小母さんやモリーに別れるのは辛かった。

「ミッキイちゃん！　ずいぶんお大切《だいじ》にね」

　マッケーの小母さんは、しっかりとミッキイを抱締めて、別れのキスをする。その間にもミッキイは、眼に涙をいっぱい溜めているモリーに、別れの握手をしたいと思ったが、

「おい、何をぐずぐずしてるんだ。早くしないと置いて行っちまうよ」という船長の声に脅かされて、

「じゃ、モリー、さよなら！」と、しおしお家を出た。一丁ばかり坂道を下りて、下の往来に出るまでマッケーの小母さんは伸上《のびあが》ってハンカチを振っている。そこから道は曲りになって、そこを曲ればもうお別れだ。ミッキイは男らしく別れようと、もう一度後を振返ってみると、今まで玄関にいたモリーが見えない。ハハンと思って、大急ぎに駈出《かけだ》して、曲角《まがりかど》を曲ってみると、そこは裏庭の芝生つづきで、往来との間に板塀ができている。

　その低い板塀のところに、果して可愛らしいモリーが先廻《さきまわ》りして、待っている。

「やあ、モリーちゃん！」

「ミッキイちゃん、外からここへお上りよ」モリーは塀の中から声をかけた。「よし来た」とミッキイは身軽く外から塀に上る。二人は塀越しに手と手を握り、別れの握手をしようとしかけた時です。何て意地が悪いんだろう、もう後から船長が曲角を曲ってやって来て、

「こら、まだそんな事をしとるか。馬鹿め」と、ミッキイを曳擦《ひきず》りおろしてしまったのです、ミッキイはもうどうすることもできない。男らしく諦めて、モリーには眼で分れ、大人の足に負けないように大股に歩いて、デヴィット小父さんとダイネス船長の間にはさまって、港の方へついて行きました。

　港の桟橋には、何艘もの大きな汽船が横附けになって、荷物の揚卸《あげおろ》しに忙しい。ミッキイには何もかも珍《めず》らしかった。やがて三人は見上げるような一艘の巨船の下に来た。美しく塗ったその船の横腹には、くっきりと白く「サラ・ウインチ丸」と書いてある。「ほう、何てしゃれた船だろう！」デヴ

イット小父さんは、にこにこしてミッキイの顔を見ました。ミッキイはもう夢中で唾を吞みました。

ダイネス船長は少し機嫌を直して、

「どうだねデヴィット君、船を見て行くかい」「ぜひ拝見したいもので……」間もなく三人は、桟橋から架《かか》った歩板《あゆみ》を渡り、サラ・ウインチ号に乗移《のりうつ》る。ミッキイはもう、マッケー夫人やモリーに別れた悲しさなぞ忘れてしまった。船の中の物はどれもこれも、ミッキイには珍らしいものずくめである。

第二回　ミッキイ難船の巻

無線電信のかけ方をおぼえる

住みなれた桑港《サンフランシスコ》をあとに、邪慳《じゃけん》な叔父のダイネス船長を除いては、誰ひとり知る人もない荒くれ男ばかりの、サラ・ウインチ丸に乗込んだ少年ミッキイは、さすがに初めのうちは寂しくて悲しくてたまりませんでした。が、初めて乗った船の中の見る物聞く物がみんな珍らしい物だらけなので、いつか、それに紛れて寂しさを忘れて行きました。まず最初に、ミッキイが見附けて目を丸くしたのは、船の底の方にある機関室、次はその隣りの料理部屋です。ミッキイはすぐに、料理人の安襄《あんじょう》という支那人と友達になりました。中にも、ミッキイの心をいちばん強くひきつけたのは、船の後甲板にある無線電信室でした。それに此室《ここ》で事務《しごと》をしているジャック・ブレディという技師が、大の子供好きで、すぐにミッキイと仲好しになってしまって、いろいろ難かしい無線電信の学理を、かんで含めるようにミッキイに教えます。ミッキイはそれが面白くて、隙さえあれば、無線室へ遊びに行きました。

そしてとうとう、子供のくせに、無線電信のかけ方までおぼえてしまったのです。

或《あ》る日のこと、ミッキイはいつものように無線室へ行って、「おじちゃん、僕がかけてあげるから、おじちゃんはそこで一服しておいでよ」といって、技師を立たしてその椅子に自分が坐り、受話器《レシーバー》を耳にかけて、カチカチとやっていました。と、滅多にやって来たことのない恐ろしいダイネス船長が、いきなり扉《ドア》をあけて入って来たのです。ミッキイはあわてて、受話器《レシーバー》を脱《はず》しにかかったのですが、船長は早くもそれを見つけて、

「ブレディ君、何だね。こんな小僧に機械を弄《いじ》くらしちゃ困るじゃないか？」と、八の字を寄せて呶《ど》鳴《な》りました。「いや船長！　この子は技師も跣足《はだし》の技倆《うで》をもってますよ」ブレディ技師は得意そうに、こういって微笑《ほほえ》んだが船長は殊《こと》のほかの立腹です。

恐ろしい目で技師を睨みつけて、

「だめ、だめ！　絶対にこんな者に機械を触らしちゃいかんぞ。小僧！　お前は此方《こっち》へ来い。ブレディ君、以後注意して貰おう」「は畏《かしこ》まりました」

技師は慄《ふる》え上って詑《あや》まりました。船長は、ミッキイの腕を曳張《ひっぱ》って船長室に連れて行きました。そして、

「こんな所へ来る隙《ひま》があるなら、俺のいいつける仕事をしろ。さア俺の部屋へ来て、板磨きをやるんだ。それから、明日の朝からは、起きたらすぐ、俺の所へその日の仕事を聞きに来るんだぞ」とおどしつけたのです。板磨きというのは、船長室の机や椅子や本棚や、羽目板なぞにつやふきんをかけて、ぴかぴか光るように拭くのです。ミッキイもちょっとがっかりしましたが、船の中では船長の命令に背くわけには行かないので、あきらめて、毎日せっせと働きました。

フッ！　この汽船じゃ豆ばかり食べさせるんだなあ

二三日して、船長附の給仕が病気になったので、ミッキイはその役までしなければならなくなりました。昼飯《おひる》の時間が来たので、ミッキイは下の方の料理場へ、船長のお膳をとりに行きました。料理

人の安褒は、大きなお盆に船長の御馳走をのせて、「ミッキイちゃん、大丈夫かね？」といって、ミッキイの肩の上に差出します。ミッキイは、「大丈夫、こういう風に、……巧《うま》いだろう？」と、小っぽけな手をあげて頭の上でそれを受取り、危っかしい足取で階段を上って行きました。が、途中で手がくたびれたので、そっと手欄《てすり》の上にお盆をおろし、序《つい》でにお盆の上の丼の蓋をとってみると、中味は隠元豆《いんげん》の煮附だ。

「ふッ、この汽船じゃ、豆ばかり食べさせやがんだな」やっと船長室まで来たが、重いお盆を捧げているので、うまく扉《ドア》があかない。お尻で押したり、足で蹴ってみたり、やっとこすっとこ中に入ると、その拍子に隠元豆《いんげん》の丼がころころ床の上に転《ころが》った。「いけね」ミッキイは机の上にお盆をおろすと、あわてて、床の上にこぼれた豆を拾集《ひろいあつ》めて丼の中に入れた。が、運の悪い時はしようのないもので、ミッキイが最後の二三粒を拾って、丼に入れようとした時、恐い船長が扉《ドア》をあけて入って来たのです。ミッキイは豆を握った手を後に廻して、「気を附け！」の姿勢で立ちました。が船長の眼は実に速い。

「こらッ！　何をしとったのだ。その手は何だッ！　開けてみろッ！」「う、う、何でも……ないの……、おじちゃ……いやせんちょさん……」船長はむりやりに、ミッキイの手を捩《よ》じて拡げさした。小さい掌《てのひら》の中には、よく煮えた隠元豆《いんげん》が三粒つぶれている。「この鈍間奴《とんまめ》！　こうしてくれる」船長の大きな手がミッキイの頬桁《ほほげた》にいやというほどどけしとんだ。ミッキイは弾みを食って床の上に倒れた。「ばかめッ！　彼方《あっち》へ行ってろ！」こんな調子で、ミッキイの憧れていた船乗生活の日が、一日二日と重なって行きました。

船長！　た、大変です。舵に故障ができましたッ！

ホノルルを出て、十日ほど後のことです。ある日ミッキイが、いつものように船長室の板磨きをしていると、戸の外で水夫の話声《はなしごえ》が聞えます。「こいつはどうも、てっきり暴風雨《しけ》だぞ。この空合いは、大荒れに違《ちげ》えねえや」こう言って空を見ているのは、もう何十年越船乗をしている、日にやけた老水夫。「そうかね、俺にゃよく解んねえが……」と不安そうに答えるのは、若造です。「確かに、間違いっこねえ、荒れだぞッ」話につりこまれて、ミッキイがそっと窓掛の間から外を覗いて見ると、なるほど灰色の厚ぼったい雲が天の一方に拡がりかけて、波頭が黄色っぽく何となくざわついて来た。それから一二時間、ミッキイがせっせと磨きをかけていると、ふだんと違ってばかに蒸暑《むしあつ》くなって来た。そして船の動揺が、しだいに烈《はげ》しくなって行く。甲板では、暴風《あらし》の用意に号令をかける船長の声が甲高く聞えて来る。南の空に湧いた入道雲は、船の進行を停めに来る怪物のように、見る見るむくむくと膨《ふく》れて来る。波は次第に高くなる、風はひゅうッと音を立てて、帆柱に突当《つきあた》る。船は水に浮いたコルクのように揺始《ゆれはじ》まった。下甲板に水をかぶり始めたと見えて、船長は大きな声で「下甲板にいちゃいかん！」と呶鳴っている。ミッキイはもう綿のように疲れ、空っぽになったお腹をかかえて、思わず知らず船長の机に凭《もた》れて眠ってしまった。

暫《しばら》くして目を覚したミッキイは、船長に見附かったのではないかと、びっくりして飛起《とびお》きたが、目を覚されたのは、戸の外で、「颱風《たいふう》だ、船は颱風の中へ進んでいる！」と叫んでいる、老水夫長の声でありました。「颱風！」ミッキイはすぐに、いつかマッケーの小母さんから聞いた、恐ろしい船乗の遭難の話を思出《おもいだ》しました。小母さんは、ミッキイが余り船乗になりたがるので、船乗はそんなに楽しいものではない、いつ恐ろしい暴風《あらし》に逢って、命を落すかも知れない危い稼業だといって、難船の話をして聞かせたのです。ミッキイは、愈々《いよいよ》小母さんの言ったような、恐ろしい難船に逢うのかしら、とも思ったが、サラ・ウインチ丸はこんなに大きな船だし、ダイネス船長は偉いんだから、そんな間違いのあろう筈《はず》はないと安心していました。ミッキイは波の具合を見ようと、丸窓をあけましたが、すぐに、「ああ、ひどい！」と、いって閉めました。ぶうんと吹込《ふきこ》んだ風は、すぐにミッキイの帽子を吹飛ばし、おかっぱさんにした長い髪の毛を逆立ててしまったのです。やがて騒々しい風の音、水夫達の声の間から、コツコツ急ぎ足の音を立てて、船長が入って来ました。そしてすぐに、「こらッ、何をまごまごしてるのだ。働かんか！」と、呶鳴りつけました。「もう、すっかり磨いちゃったんです」「なに磨いた？　生意気を言うな。見ろ、この戸棚は光っとらんじゃないか？」空模様が悪いので、いらいらしている船長は空と喧嘩《けんか》するわけに行かないので、その腹立《はらだち》をミッキイに吐きかけようとするのです。今にもミッキイを掴み上げんず勢いで、船長は両手を拡げました。ミッキイもあまりのことに憤慨して、拳を固めて身構えます。その時でした、舵手が息せき駈込《かけこ》んで来ました。「船長、た、たいへんです。舵に故障ができました！」と報らせに来たので、船長も顔の色を変えて飛出して行きました。

恐ろしい大暴風雨《おおあらし》！　サラ・ウインチ丸沈没！　少年ミッキイの運命如何《いかに》！

とうとう暴風雨《あらし》は本物になりました。空は一面に墨を流したように暗く、さしもに大きなサラ・ウインチ丸も山のような波にもまれて、木の葉のように揺れ動き、メリメリと恐ろしい音を立てて、翻弄されます。船橋の上では、ダイネス船長が死物狂いで、船員に号令をかけている。稲妻が物凄く光る、大粒の雨がぱらぱらと降り始めた。少年ミッキイは、手欄に捉まっていないと、すぐに倒されてしまう。その時ミッキイは、ふと無線電信のことを思い出した。こんな恐ろしい暴風《しけ》だ。サラ・ウインチ丸のような船でさえこれだ。きっと小さい船は困っているに違いない。そして、無線で助けを求めているだろう。そう思うと一刻もじっとしていられなくなった。ミッキイは、思切って船長室を出た。そしてともすれば、吹飛ばされそうな風の中を、手欄につかまりつかまり、殆《ほとん》ど一時間もかかって、やっと後甲板の無線室まで匍《は》って行った。そしてそこの扉《ドア》をあけるとたん、波をかぶってずぶぬれになったミッキイは、驚くブレディ技師の胸にどしんと打突《ぶっつ》かった儘《まま》気絶してしまったのです。

「ミッキイちゃん、大丈夫かい？」というブレディ技師の声で正気に戻ったのは、それから三十分も後のことです。ミッキイは疲れと空腹のため、物を言うこともできませんでした。が、暫く休むと、また元気を取戻しました。

「おじちゃん！　S・O・S（これは船が難船するから助けてくれというラジオの信号です）は来ませんか？」ミッキイはすぐに訊きました。

「おお、来るとも来るとも大分やられているよ。それ、聞いてごらん」技師はそういって、受話器《レシーバー》をミッキイにかけさせた。

「じゃ、早く助けに行ってやらなきゃ、駄目じゃないの？」ミッキイは熱心に言いました。

しかし技師は笑って、「他の船を助けるどころか、この船が危いんだから、だめ、だめ！」といったので、ミッキイもやっと得心ができた。一方料理場では、安襄がもうこの船は駄目だと思った。そう思うと彼はずるい男なので、何でも自分の命が助かる工夫を考えた。そこでお手のものの肉、パンなどをズックの袋にしこたま入れて、甲板に匍出《はいだ》した。危く揺れる手欄に摑まって下をのぞくと、時《し》化《け》だというので船大工が万一の用意に作って太い綱で手欄にしばりつけて置いた筏《いかだ》が、波にもまれて浮いている。安襄はこっそりと之《これ》に乗って、自分一人で逸早《いちはや》く助かるつもりで、まず曳擦《ひきず》って来た食物の袋を巧く筏の上に抛下《なげおろ》し、続いて自分も身を躍らして手欄から筏の上へ飛下りたのであるが、可哀そうにどういうわけか筏の上へは落ちず、そのまま荒狂《あれくる》う海の波の中に呑まれてしまいました。

こちらは船底の機関室、ここはまた戦場のような騒ぎだ。機関室は人間でいえば、心臓のような船にとっては大切のところ。だが、恐ろしい暴風雨《あらし》の為《ため》に、機関の運転が思うように行かぬ。その上、甲板から打込まれる海水が流れこんで、脛《すね》まで漬《つか》ってしまうほど水が溜った。こうなると蒸気汽缶《きかん》の釜があぶない。機関長が必死になって警戒する間もなく、折柄《おりから》、さッと恐ろしい稲妻の火の柱が立って、船のどこかに雷が落ちたと思うと同時に、大きな音を立てて、一つの蒸気釜が爆発してしまった。呀《あ》ッという間に、煮えたぎった湯をあびて、七八人の機関手が大火傷《おおやけど》で倒れた。

慌てて駈降りて来たダイネス船長は、朦々《もうもう》たる湯気の中からこの有様を見ると、がっかりして甲板に引返して来た。もうサラ・ウインチ丸は、機関の音がぴたりと止った。波は益々ひどくなる。船長は今はこれまでと、船客船員を救命《ライフ》ボートに移そうかと思ったが、この荒れに小さいボートに乗せるのは尚《なお》危険だ。そこでままよこのまま流されて、近くの島へ流れつくのを待とうと決心したのです。

そこで必死とサラ・ウインチ丸の危急を報じる「ＳＯＳ」を放送しましたが、ミッキイには肝腎の船の位置を報らすことができません。で、憐れやＳＯＳの信号は通じてもサラ・ウインチ丸はこのまま海に漂ったまま、沈むに任すより他なかったのです。やがてミッキイは、ブレディ技師に手当をする為、無線室を出ようと扉《ドア》をあけました。とそのまま、ミッキイの小さい身体《からだ》は、激しい風の為にびゆッと海の中へ吹飛ばされてしまったのであります。その途端に、サラ・ウインチ丸は、メリメリと恐ろしい音を立てて真二つに割れてしまいました。

第三回　離れ島漂着の巻

筏に乗って大海を流れる

筏の上に眠りこんでいたミッキイが、今度目をさました時は、もうお日様が高く上っていました。薄目をあけて見ると、空は青々と高く澄み渡り、そよ風が軽く頰を吹いて、海の上は鏡のように静まり返っています。ミッキイは初め目を覚して、自分のからだの上に拡がっている青い物は何だろうと、不思議に思いました。が、やがてそれが澄みきった大空で、自分は沈んだサラ・ウインチ丸の乗組の中で、たった一人生き残ったことを知ると、何ともいえぬ妙な思いに打たれました。ミッキイはもう一度目を瞑《つぶ》って昨日からの恐ろしい出来事を思出しました。そのうちに暑い日の光りはずぶ濡れになった衣物を乾かし、冷えたからだを暖めてくれました。ミッキイは急にお腹がすいて来ました。そこで、「神さま、どうぞミッキイに、食べ物を恵んで下さいな」とお祈りをしました。ふしぎな廻《めぐ》り合せで同じ筏に生残った黒猫のクロは、「ニャァオ」とミッキイの側にすり寄ってきます。「お早う、クロや。お前も朝のまんまが食べたいだろ！」ミッキイは果しもない海の真中に漂っているのも忘れたように、機嫌よくこういって坐りました。そしてなるべく、お腹のすいたのを忘れるようにして、あたりを見廻しました。が、どこをどう見ても水と空ばかり、船も見えねば陸地の影も見えぬ。

ミッキイは改めて、自分の乗っている筏の具合を見ました。筏の上には、どうしたはずみにか、船からもげ飛んだ扉《ドア》が載せてあって、ミッキイとクロは、その扉《ドア》の上に坐っているのです。これは実にいい具合でした。ところで、筏の具合をしらべたミッキイの目に、ふと妙なものが、筏の端と扉《ドア》のふちの間に挟まっているのが映りました。

「はてな、何だろう」と寝そべって手を伸ばしてそれを引張ってみると、どうやらズックの袋、あのひどい波にも流されなかった位だから、固く食込《くいこ》んで袋はなかなかとれなかったが、やっとのことで曳出してみると、それはあの支那人のコック安嚢が、筏の上へ投げ落したもので、中からは旨《おい》しいパンや肉片《にく》、それから水の入った瓶までそっくり出て来ました。ミッキイはまたもや情深い神様にお礼を言いながら、クロと一緒に腹いっぱい食べました。お腹がいっぱいになると、ミッキイは手をかざして、沖の方を見張りはじめました。この近所はいろいろの汽船の通る所と聞いていたので、もしや、そういう船の姿か黒い煙が見えはせぬかと、待ち望んだのです。およそ二三時間もそうしていましたが、船らしい物は見えず、おまけにまだ、昨日からの疲れがなおらないので、ミッキイは又もや筏の上に長々と寝そべって、いびきをかき始めたのです。昼すぎになって、やっとミッキイは眼をさましました。そして又もや沖の方を見張っていると、やがてのこと行手《ゆくて》の海の水平線の上に、ほんのりと黒く船のようなものが見えます。

「うわァ、船だ、船だ。船が来る。クロや、ごらんよ、船だよ」ミッキイは思わず飛上って、クロの首筋をつかみ、猫にもそれを見せようとしました。が、眠たい眼をこすってよく見ると船と思ったのは間違いで、どうやら陸地のようである。

「あッ、船じゃない島だ、島だッ！」しかも見よ！　見よ！　筏は追手の風に送られて、一刻一刻その島に流れつくのか、見る間に黒い水平線上の影が濃く大きくなって行く。ミッキイは筏の上にいることも忘れて、ひとり喜びに躍り狂うのでした。クロも嬉しそうに「ニャオ、ニャオ」と鳴きます。ミッキイは早くも上陸《あが》る気になって、破れズボンの具合を直してみたり、シャツの襟をかき合せたりしました。と、ポケットの中に突込んだ手に、固いものが当りました。

「あッ、ピストルだ！　マッケーの小母さんが、形見に下すったピストルだ。船が沈没して何にもなくなったけれど、このピストルだけが残っているのだ！」ミッキイは、にっこり嬉しそうに笑いました。

恐ろしい土人の王様とあがめられる

いい按排《あんばい》に筏は早く流れて間もなくミッキイは、棕梠《しゅろ》や椰子《やし》の茂った一つの島に流れつきました。たぶん島は南洋の一つの島でしょう。筏が遠浅の島の近所まで来ると、ミッキイは待ちきれなくなって、クロを抱いてじゃぶじゃぶ浅い海を歩いて、渚へ上りました。名も知らぬ、また人が住んでいるかいないかもはっきり解らぬ離れ島――ミッキイは暫く渚の砂の上に立って、ぼんやりとあたりを見廻し、やがてもう二度と踏めまいと思っていた土を踏んだ喜びに、又ひとしきり嬉しい踊りをやっている間に、猫のクロはいつの間にやら、どこかへ駈出してしまっている。それに気附いてふと波打際を見ると、そこに半分水に浸った箱のようなものが流れついている。

「何だろう？」と、大急ぎで側へ行ってみると、かなり大きな木の箱である。ミッキイはこれこそ話に聞いた海賊の宝をつめた箱だろうと思って、よくよく見ると箱の腹に、「サラ・ウインチ丸」と書いてあるので驚いた。さてはあの船は、すっかり沈没してこんな物がここへ流れついたのだなと思いながら、なおよく見ると「隠元豆」と書いてある。ああ、あの豆がこの中に一杯つまっているのだ。よし兵糧に持って行こうと、その箱を曳擦って行こうとしたが、どうしてなかなか、ミッキイの力では動きそうもない。諦めて砂浜へ戻ったが、この島に上陸したところで食物《たべもの》があるかどうかわからない。それにはこの豆が何より大切だと考えて、ミッキイは砂浜の上にしゃがんで、この箱の番をしていようときめた。そこで暫く休んでいると、ふと近くの棕梠林で、何か生物《いきもの》の声がする、でそっとその方へ歩いて行って見ると、生茂《おいしげ》った椰子の樹の梢《こずえ》に、何だか灰色の小人のようなものが沢山《たくさん》挙《のぼ》って、椰子の実をとっている。「おおお猿だ」ミッキイは思わず大声で叫んだ。するとその声に驚いて猿はミッキイを見附けたものと見えて、キャッキャッと叫び合いながら、逃げて行く。逃げながら、中の大将とも思われる一匹の大猿は、手にもっていた大きな椰子の実の一つをミッキイ目蒐《めが》けて投附《なげつ》けた。「おッと危険、危険！」ミッキイはすばやく体をかわしておいて、落ちて来た椰子の実を拾上《ひろいあげ》る。丁度お腹がすいているので石で叩いてその実を割ると、中から旨《おい》しい椰子の乳がどっさり出たので、それを啜《すす》ると元気が出て来た。そこで、いよいよ島を探検してみようと、そろそろ熱帯植物の林を奥の方へ入って行くと、ふいに行手の叢《くさむら》の中から、これはまたさっきの猿よりはずっと大きい、河童頭《かっぱあたま》の、まっくろい土人の顔がぬっと現われたのです。ミッキイは思わずその場に立竦《たちすく》みました。土人の方でも驚いたと見え、暫くは白い眼を皿のように瞠《みは》ってミッキイを見ています。土人は恐ろしい槍をもっている。そのうちにミッキイは考えた。「これはひとつ此方《こっち》から、おとなしく笑顔を見せてやれ！」

　そこでミッキイは、いきなりそのまるまっちい頰っぺたに、出来るだけ大きな笑窪《えくぼ》をこさえてにっこりと笑ってみせた。が相手の土人はそれを見てもにやりともせぬ。こいつは失敗かなと思っているうちに、土人は何だかもぞもぞ動出《うごきだ》したので、ミッキイは油断なく、少し宛《ずつ》じりじり後戻りを初めた。すると土人の方でもそれにつれて、そろそろ前に進んで来る。土人の方でも、見馴《みな》れぬ色の白い小っぽけな少年ミッキイが、何となく気味が悪いらしい。ものの小一時間もこういう風にミッキイと土人は、黙って睨めっこしたまま、あちこちと森の中を少しずつ追いかけっこをしていた。そのうちに二人は森の奥の平地へ出た。するとそこには、六人の同じような黒光りのする土人がいたのである。その土人たちもミッキイを見ると、一斉に立上って来て、わけのわからぬ土人語をしゃべりながら、一緒になってミッキイを囲んでしまった。

「もう、助からない。せっかくここまで流れついたのに、土人の為に殺されるとは残念だ。しかし僕も男だ、死ぬまでも、力の続くかぎり戦おう」ミッキイはこう決心して、なおも油断なく土人達に目を配って、隙を見て逃げようとするが、土人はドギドギする槍をつきつけて、追って来る。

　とうとう妙な小屋の立並んだ、土人の部落まで追詰《おいつ》められて来た。部落では早くもそれと知って、何千人とも知れぬ土人の男女が、ぞろぞろ出て来てミッキイを取囲んで、珍らしそうにわいわい騒ぐのである。そのうちに土人の大将かと思われる、豹の皮を腰に巻いて鼻の孔《あな》に白い骨の輪をはめ、頸《くび》かざりをつけた一人の男が、槍をもってミッキイの前へやって来た。「いよいよ土人に食べられるのだな」と思っていると、その男はミッキイの姿を頭のてっぺんから足の先まで眺めた後、ふしぎや耳馴れた英語で、「お前は何という者だ？」と訊いたのである。ミッキイは思わず笑った。そして落着払って、「僕の名前は何というのかって？　君は英語ができるんだね。それじゃ僕の名を訊く前に、自分の名をお言いなよ」と答えた。しかし相手の土人は、あくまでもミッキイに名を言え、名を言えと言って槍を突附けます。そこでミッキイは、凜《りん》とした声で、「僕はサンフランシスコの、ミカエル・ホーガン、ミッキイちゃんて言うんだよ。いっそのこと、僕と決闘しようじゃないか？」と言いました。相手は六尺豊かの大男です。しかしもうこうなったら、負けるまでも男らしく一勝負しようと、ミッキイは決心したのでした。が、この決闘という言葉が、土人には通じない。何遍いっても解らないらしいので、ミッキイは遂に、両の拳を固めて前に突出し力を入れて拳闘をやる恰好をして見せました。

　するとどうしたものか、相手の土人は急に目を細くして頷いたかと思うと、

「ああ、ああ、あなたは、白人の王様ですな。我々の為に、戦争の仕方を教えに来てくれたのですな。そして我々をひどくこき使う、あの情知らずの白人を征伐する為に来てくれたのですな」と言って、急にミッキイの前へ土下座をして、丁寧なお辞儀をしたのです。

第四回　白人火焙《ひあぶ》りの巻

恐ろしいインデアンの襲撃

　時がたつにつれて白人襲撃に勇み立った土人は、後から後から海岸につめかけて来る。もう戦争の準備は、すっかり整《とと》のいました。さて問題の白人島でありますが、これは土人の島からは、やっと二三丁隔たった海の向うに見える小島で、そこにはたった一軒、しゃれた欧羅巴《ヨーロッパ》風の家があり、監視人のシュミット氏とその娘グレッタさん、それに助手のパーカーが住まっている。そのほかには土人の島で出来る椰子油《コプラ》の倉庫が一軒あるきりです。この島へは月に一回、本国の汽船が、シュミット氏等の食べ物や日用品をもって来て、帰りは出来上った椰子油《コプラ》を積んで行くのでした。ゆうべ土人たちが、白人の神様ミッキイ君に見せた戦争ダンスの騒ぎは、海を隔てた白人島にも聞えぬ筈はない。まっかに燃上《もえあが》った只《ただ》ならぬかがり火の光、鳴りひびく太鼓の音――シュミット氏は顔色を変えて、手近《てぢか》に使っている土人のパゴに、「おい、ありゃいったいなんだい」ときくと、パゴは一向

驚いた容子《ようす》もなく、「旦那様の誕生日だから、祭をしてるだんべい」と言うのです。パゴのいう通り、その日は恰度《ちょうど》、シュミット氏の誕生日に当っていましたが、シュミット氏は容易にそんなことでは安心しない。これはことによると、土人達が謀叛《むほん》をするなと思ったのです。そこで夕飯の時にも、シュミット氏は、心配そうな顔で、「ねえグレッタ、まさかとは思うが……」というと、側にいたパーカーは、

「なに、そんな心配は万が一にも無かろうと思いますが、もし土人が騒ぎ出したところで、こっちは十挺からの鉄砲が用意してありますから大丈夫です」

「そりゃそうだが、何しろ相手は何百何千という多勢《おおぜい》、こっちはたった二人だからな」

「あら、お父さん、二人じゃないわ、三人よ。お父さまは、あたしのいるのをお忘れになって？」

と、令嬢のグレッタさんが横槍。

「ははは、お前はいても、役に立たぬわい」シュミット氏はそういって、娘の頭を撫《な》でる。

「だって……」とグレッタは不服顔で、「あたしだって、大丈夫、まさかの時にゃお役に立つわよ。でもまあ、そんなことよか、あたし今晩は、お父さまをびっくりさせて差上《さしあげ》げることが、ひとつありますのよ」「ほう、俺をびっくりさせる——なんだろうね、それは……」

「お父さまのお誕生日ですもの、大きな大きな、ココナット・ケーキお菓子を作ってあげましたの」

「そいつはいい。早速たべたいな」「じゃ、すぐ持って来ますわね」グレッタが台所に引込むと、今まで黙っていた助手のパーカーは、まだ心配そうに、

「先生、もし土人が謀叛したら、どうしますか」と訊く。少しの間心配を忘れていたシュミット氏は、それでまた顔を曇らせたが、「なに、あの大砲で、やッつけちまうさ」とはき出すように言った。

「さよう、あれならば、百人二百人の土人が来ても、安心です」とパーカーも安心する。

「しかし君、火薬庫は大丈夫だろうな」「それそれ、念のため、ちょっと、私が見廻ってまいりまし

よう」

「すぐに引返して来てくれ給えよ」

「畏まりました」と、パーカーが出て行くのと入れ違いに、グレッタがじまんのココナット・ケーキをもって入って来る。

物すごい火あぶりの刑

こちらは土人島を出た密使が二人、こっそりと夜のひきあけに白人島にあがって来て、シュミット氏の召使いになっている、土人のパゴとイゴを呼出《よびだ》し、何か耳打ちをしてまたもやこっそり帰って行く。パゴとイゴは、さっそく薪《まき》を海べりに運んで積上《つみあ》げた。味方が危ない時には、火をつけて合図する用意です。正午《おひる》少しすぎる頃、こっそりと筏に乗った土人の一隊が、白人島に上陸した。続いて一隊また一隊、およそ二三百人の土人が着いて、いつのまにやら、葦《あし》むらにかくれて、シュミット氏の家のまわりを囲んでしまう。それとは知らぬ助手のパーカー、邸《やしき》の近くに隠してある火薬庫を見廻ろうとやって来ると、いきなり十四五人の土人が、バラバラと藪かげから躍出した。そしてあッと驚く間もあらばこそ、たちまち彼は猿ぐつわを嵌《は》められ、ガンジガラミに縛られて、すばやく筏に積んで土人島へと連れて行かれた。シュミット氏は、パーカーの帰りがあんまり遅いので、窓をあけて覗いて見たが、それと思うあたりにパーカーの姿が見えぬ。はて不思議なこともあるものと、わざわざ後を追うて藪の側まで来ると、またもや現われた土人の一隊、苦もなくシュミット氏を引縛って、筏に乗せて土人島へ引揚げる。「ざんねん、むねん!」とじだんだ踏んでも追附かない。シュミット氏が、土人島の広場まで曳きずられて来ると、そこには早くもパーカーが縛られて、大勢の土人に鼻をつままれたり、耳をひっぱられたり、眼の球へ指をつッ込まれたり、さんざんな目にあってるのです。シュミット氏は、歯を喰いしばってくやしがりました。これにひきかえ、土人の喜びはたいへんなものです。「ばんざい、ばんざい！」と、わけのわからぬ凱歌をあげて大はしゃぎ。すぐさまそのうちの或る者は、このことを大酋長マリンバの許《もと》へ知らせに行きました。この日マリンバは、いちばんりっぱな着物を着て、儼然《げんぜん》と正面に坐り、そのまわりには部落の長老等が居並んでいる。野心家の土人医者ユガンジは酋長のわきに、可愛い白人の神ミッキイは、酋長のうしろに控えておりましたが、ただならぬ土人の歓呼をきくと、自分がこの部落へ来たばかりに、罪もない白人の監視人が、土人等のためにひどい目に逢うかと思って、気が気でなくなりました。勝戦《かちいくさ》に勇みきった土人等は、やがてなだれのように、酋長の前へ押寄せて来ました。ミッキイが酋長の肩越しにそれを見ると、かあいそうに、二人の白人が、ふとい縄で後手に縛ってひきずられて来ます。ミッキイは思わず、ズボンの衣嚢《かくし》に手を突込んで、あのマッケー小母さんから餞別に貰った、玩具《おもちや》のピストルを握りました。まさかの時には、これで土人を脅してやろうという気です。土人たちが、二人の捕虜を、前に突出すと、酋長マリンバはにやりと笑って、「うむ、者共、でかしおったぞ」とほめる。引据えられたシュミット氏は、はッたとばかり酋長の顔をにらんで、「おい、お前たちは、俺をどうしようというのだ」となりました。と、ユガンジは、「なにを、この白人の悪党奴《め》！」とせせら笑う。「おのれ、ひどい罰を食わすぞ」と、シュミット氏は怒ったけれど、もうこうなっては、日頃のように土人たちは恐れない。

「うう、うう、じたばたしてもだめだい」とユガンジは、ますます不敵である。

やがて、ユガンジと酋長と、居並んだ土人の長老たちが、相談をはじめました。

「二人とも火焙りにして殺してしまおう。おお、それからあの白人の娘がまだ来ていないが、あいつもあとで、焼殺《やきころ》すがよい」

酋長はこう言いました。

「それがよろしい」とユガンジは、すぐ酋長の意見に賛成した。

「それはいかん、殺すのはよいが、あとでイギリス本国の船が、いつものように椰子油《コプラ》を取りに来て、この事を知ったら、それこそひどい目に逢うだよ」と、長老たちはそれに反対したが、酋長はどうしても考えをひるがえさないので、長老等もしまいには、酋長の言うことに賛成してしまった。この相談がきまると、ユガンジはミッキイを呼んで、

「神様、二人の白人は殺す事にしました。あなたのお考えはどうです」といいました。ミッキイはしずしず前に出て、

「それはいかん、罪のない者を殺しちゃいかん。それよりも、この二人は牢へ入れておいて、今度白人の船が来た時その船に乗せて、本国へ送りかえしてしまった方が宜《よろ》しい」と主張しました。しかしこれには、ユガンジも酋長も大反対です。そればかりか酋長は大きに憤って、「序《つい》でに、この小僧も一緒に焼殺しちまおう」と言出《いいだ》したのです。

　するとユガンジはびっくりして、

「それはいけません。この人は白人の神様で、我々を助けてくれた人です」と、大いに反対しました。これは二人の白人を殺してしまった後、ユガンジはミッキイを守《も》り立てて、その力で自分が、酋長になり代ろうとたくらんでいたからです。酋長はしかしどうしても、ミッキイを生かして置きたくない。早くもそれと気附いたミッキイ、いきなり逃出《にげだ》そうとしたが、どっこいそうはいかんと、酋長が組伏せて、とうとうミッキイも後手にしばり、シュミット氏、パーカーと共に火焙りの場所に引立てて、そこに拵《こしら》えた火焙りの杭へ、三人別々に縛りつけてしまったのです。火焙りは夜の方がよいというユガンジの説に従い、二三人の土人を見張りに残して、残りの者は酋長はじめ皆々、ゆうべからの疲れを休めるため、部落へ引上げました。さあ、火焙の棒に縛りつけられた三人の運命、はたしてどうなることでしょうか、もう日はそろそろ西に傾いております。

可憐少年ミッキイの大活躍

シュミット氏とパーカーは杭に縛りつけられて、もう生命《いのち》はないものと覚悟はしているが、それにしても、あの白人の少年は何者であろう。どうしてこの島へ来たか、また自分は死んでも、娘のグレッタだけは助けてやりたいものと考えている。一方ミッキイは、この期に及んでも勇気を失わず、何とかして助かりたいと思って、シュミット氏の方を見る。しかし部落は静かになったが、恐ろしい監視の土人がついている。「うっかり話をしちゃいけないよ」とシュミット氏は、それとなく眼で報す。間もなく熱い日がてりつけるので、看視の土人たちはへこたれて、一人去り二人去り、向うの藪の木蔭に入って、ごろごろ横になり初めた。続いて、みんなグウグウ高いびき。「しめたッ」とばかり、ミッキイは後手に、縛られた縄をひっぱり始めた。固くてなかなか抜けそうもないが、根よくやっているうちに、だいぶんゆるくなって来る。とうとう片手が抜けた。片手抜ければしめたもの、あとは難なくするりと抜ける。ミッキイはすぐさまその手を、ズボンの衣嚢《かくし》に突込んだ。一方には例のピストル、一方にはナイフ。そのナイフを開けて、そろそろとシュミット氏の方へ進もうとした時、藪の中の土人が、ドサリ寝返りして、薄目をあけてこっちを見た！　ミッキイはすばやく元の通り、手を後に杭に縛られた恰好になる。土人は安心して、すぐまた寝込む。今度こそミッキイは、シュミット氏の側へ匍って行って、太い縄をきってしまった。が、シュミット氏は、やっぱし縛られてる形を崩さずじっとしている。その間にミッキイは、パーカーの縄もきってしまった。さあもうこうなれば、こっちのものだ。が、その時、部落の方から、竹笛の音がして来たので、ミッキイもあわてて元の杭の前に立って縛られたようにしていると、やがて土人の娘の一隊がやって来て三人に何かと悪口をあびせ、寝ている見張の土人の尻を蹴って向うへ行ってしまった。土人はせっかくよい心持のところを起され、ぶつぶつ小言を言って起きて来たが、三人の白人がいかにも苦しそうに杭に縛られ、こっくりこっくり居眠りさえしてるので、安心してまた藪に入って寝てしまった。土人の寝込んだのを見ると、ミッキイはそろそろシュミット氏の側へ匍ってゆく。この子供は、もう怖いよりも、早く逃げるかどうかして、土人相手の冒険がしたくてたまらないのです。シュミット氏は、小さい声でミッキイに話しかけました。

「君はいったい、どこから来たのかね」

「ぼく？　ぼくはサラ・ウインチ丸で来たの」

「たったひとりで？」「そうよ、難船しちゃってね。僕だけが筏の上に落っこちたもんだから、流れついたの」

「それはいつのこと？」「きのうさ、この島へ着いたのは」「じゃ、土人の謀叛を知ってるだろうね」

「ありゃ、ユガンジのたくらみですよ」

その時、藪の中の土人がまた寝返りしたので、シュミット氏は、思わず「シッ」と合図する。ミッキイはすばやく自分の杭へ――。土人がグウグウ寝ると、ミッキイはまたもやごそごそシュミット氏の側に匍って行くのだ。

「じつはねえ俺のひとり娘が、この島の隣の島に、たった一人きりで残されてるんだよ」

「たったひとりで？」と、ミッキイは眼を瞠る。

「そう、たった一人でだよ。君、娘の所へ行って、この出来事を報らしてやって貰えんだろうか？」

「よろしい、きっと僕、報らしたげます」「しッ！」ミッキイがあまり勢込《いきおいこ》んで答えたので、シュミット氏は手を振って、「じゃ、俺とパーカーはここにいるから夕方暗くなったら、君はそッと逃げて行って知らしてくれたまえ。それまでは、ここで縛られてるような恰好をして、がまんしてよう」ミッキイは、夕方まで待つことは、何としても待遠くていやであったが、がまんしてシュミット氏の言うままになることにした。それからの時間の長いことったら！　でもようよう、シュミット氏やパーカーが思わずクスクス笑うような居眠りのまねをして、とうとう夕方になった。あたりが薄暗くなると、部落の方でドンドン太鼓を叩く音が聞こえた。夕飯の報らせです。これを聞くと見張りの土人は、捕虜を打捨《うっちゃ》らかして、どんどん部落の方へ駈出していってしまった。「それッ、今だ」シュミット氏が合図する。「よ、よ、よろしい！」ミッキイは兎のように身を躍らして、しかし音をさせないように、海岸の方へ飛んで行きました。

一方白人島では、シュミット氏主従がこっそり筏でつれて行かれてしまうと、召使のパゴとイゴが、この時とばかり倉庫に入って、病気の時の気附けに貯えてあった主人のウイスキーをたらふく飲んで前後も知らず寝てしまう。令嬢のグレッタさんは、いつまでたってもお父さんとパーカーが帰って来ないので、気をもんで倉庫に行ってみるとこの始末だ。パゴ、イゴが酒を盗んで飲むからは、きっと恐ろしい事が起ったものと、さっそく家に籠《こも》って窓や戸を閉めピストルを持って心配していたが、夜になっても二人は帰って来ない。「とうとうお父さんは土人の虜《とりこ》になったのだ」と泣いていると、ドンドン玄関の戸を叩く者がある。酔《よい》のさめたパゴが「腹がへった腹がへった」と吸鳴っているのだ。グレッタは戸にしっかり棒をかったが、パゴは力まかせに戸を破ろうとする。が、やがて一人の力では叶わないと、又もやイゴを呼びに行った。いよいよ自分も危ないと、グレッタが悲しんでいる所へ、またもやドンドン戸を叩く音。さては二人でやって来たかと、グレッタが気もおろおろしていると、今度は窓の下へ来て、「お父さんからの使《つかい》です、あけて下さい」と言ったのは、竹の筏で浅瀬を渡って来たミッキイ、見なれぬ子だが父からとあればというので急いで窓をあけると、ミッキイは転ぶように中へ……そしてぴったり窓をしめた瞬間、「ううッ」とばかり、窓の外から顔を突出したのはミッキイの後を追いかけて来た、恐ろしい土人のパゴ、イゴであります。

第五回　令嬢救助の巻

命は風前の灯火

ました。

「ああ、危い所だった」ミッキイは窓から飛込むと、息もせいせい閉めた窓の戸をしっかりと押さえ

「あんた、どこからいらしったの」

ふいに躍りこんで来たミッキイに、驚いて令嬢のグレッタはきいた。「ぼく、マリンバの島から来たのさ、君のお父さんに言いつけられて。君のお父さんともうひとりの小父ちゃんは、土人の虜になって、火焙りにされかかっているよ」「ええ、あのお父さまが火焙りに？」グレッタは、もう少しで気絶する所だった。ミッキイはそれと見ると、「でも大丈夫、僕、二人の縛られてる縄を切って来たんだから」

「まあ、どうしてそんなことになったの」「ああ、いま話してあげるよ」

ミッキイはすぐに、事のしさいを話出そうとしたが、グレッタは急に思出したようにそれを遮って、

「それよかも、あんたどこからいらしったの。この群島には、白人の子供なんていない筈よ」

「あたいは、サンフランシスコから来たのさ。あたいの叔父ちゃん、船長なのさ。サラ・ウインチ号の……」といいかけて、ミッキイは急に悲しくなった。難船して死んじまった、仲よしの船の人たちのことを思出したからだ。難船してからの自分の身の上を、グレッタに話して聞かしました。グレッタはしみじみその話をきいていたが、やがてまた、「そして、あんたは、お父さまやお母さまがあるの？」「ううん、無いの」とミッキイはかぶりを振って、「お母ちゃんは、あたいの小ちゃい時に死ん

じまった。お父ちゃんは馬に蹴られて死んじゃったの」「まあ、かわいそうに」

グレッタは、眼にいっぱい涙をため、ミッキイを抱きよせて、その額にキスしました。

その時、表では閉め出された土人のパゴとイゴが、またもや玄関に廻って、破れよとばかり戸をたたく。ミッキイは大急ぎで飛んで行って、グレッタも共に、内側からしっかりと戸を押えた。

土人酋長の島では、間もなく捕虜にした白人を火焙りにするので、島中大さわぎです。ミッキイまで火焙りに出来るというので、酋長のマリンバも大得意なら、部落の土人たちも、明日からは白人にこき使われずにすむのだというので、それはそれは大はしゃぎ、夕方から島中こぞっての大酒宴《おおさかもり》が開かれました。そしてそれがすむと、あのシュミット氏等が縛られている広場へ集まり、火をつけてダンスをして見物しようというもくろみなのです。飯をたべに来た見張の者も、このさわぎに酔って、広場へ帰ることを忘れています。するとあの憎《に》くい白人たちの、縛られた姿を見てやりましょうと、こっそり一人で広場へ来たのがユガンジです。籔の中からそっと三人が縛られている方を見ると薄《うす》暗《くら》り《が》の中に、たしかにシュミット氏とパーカーが杭に縛りつけられているが、その側に縛ってあった筈の、ミッキイの姿がなくなっている。これを見るとユガンジは肝をつぶしました。彼は道々ミッキイだけは、こっそり逃がしてやろうと思っていたのだが、さて逃げたと知ると、かッと腹を立ててあわてて飛んで帰ると、このことを酋長マリンバに報せました。

マリンバはまっかに憤って、即座に「それッ、あの小僧を探出《さがしだ》して摑《つか》まえて来い」と下知しました。この騒ぎを遠く聞いたシュミット氏、何と思ったか、側に立っているパーカーに、「おい、今だッ、さあ逃げよう」と声をかけると、二人は飛鳥の如く、広場から籔の中へ逃込んだ。そして暫くの難をさけるために、生茂った椰子の木のてっぺんへ、猿の如くよじのぼって、葉の茂みに息を殺して、身を隠したのであります。

ミッキイを逃がして、カンカンになったマリンバが、十人計《ばか》りの部下をつれて、火焙りの場所へ来てみると、今度は残っていた二人の虜も逃げてしまっている。マリンバの怒りは絶頂に達しました。カユガンジは、「すぐに白人島へ攻込《せめこ》もう、きっとあそこへ逃げ帰ったにちがいない」といったが、カンカンになったマリンバの耳にはそんなことは聞えない。「島中をくまなくさがせッ！」というので、皆は島中を狩立《かりた》てたが、どうしてミッキイは白人島にいるし、あとの二人は木の上にいるのだから、見附かるわけがない。さすが鈍間《のろま》のマリンバも、とうとう業を煮やして、「それ白人島へ渡るのだ」と二十人ばかりの部下を筏に乗せて、白人島へ渡って来た。そこでパゴ、イゴに容子をきいたが、二人は酔いつぶれて役に立たぬ。「白人の邸に乱入して、娘を摑まえろ」と下知して、土人たちはいっせいに玄関の扉に殺到し、椰子の丸太をもって来て、ドシンドシンと戸をこわしにかかった。中では令嬢グレッタが、気もおろおろと慄えて、「ミッキイちゃん、どうしたらいいでしょ」と泣声を立てる。

「だいじょうぶ。心配しなくても、僕がついているんだ」

とミッキイは平気なもの。「まあ、あんた、小ちゃいけど、ほんとに勇気があるわ」とグレッタが感心しているうちにもマリンバの一隊は、烈しい勢いで外から戸を打ちこわそうとします。ミッキイは内から戸を押えてうんと踏張《ふんば》っている。そのうちに外から、どんと椰子の丸太で、戸を喰わしたから堪《たま》らない。ミッキイはそのはずみで、どんと床の上に倒れた。

「あら、危ないわ。どうしたらいいでしょ」

「なアに、ちょっと尻餅ついちゃったんだよ、この戸はいくら外から叩いても、大丈夫こわれやしないよ」この時ふと、ミッキイは、ジジジジという異様な音を聞きつけた。

「おやッ、あの音は何《な》んだろう？」

「あれ、あれはね、お父さんの無線電信機が鳴ってるのよ」グレッタは、何でもなくこう答えた。するとミッキイは、

「え？　無線があるの？　どこに、どこに？」

とせき込んで言う。グレッタは戸の外のさわぎを気にしながら、ミッキイを無線装置のある父の寝室へつれて行った。「やアこいつはすてきだ」とミッキイは小躍りして、「これで急を報らそう」「だって、あんた懸《か》けられる？」

「やれるともさ。ほら、この鍵《キイ》を押して、S―O―S、S―O―S、早く助けて下さいというのだよ」

ミッキイは一生懸命に救助信号を送りつづける。

巡洋艦の救援芽出度《めでたく》凱旋

お話変って、あのミッキイの乗っていたサラ・ウインチ丸が、丁度サンフランシスコを出帆したと同じ時刻に、亜米利加《アメリカ》の巡洋艦サクセス号はホノルル港を抜錨《ばつびょう》して、東洋巡邏《じゅんら》に向っていましたが、あの怖ろしい暴風雨《しけ》にあって、パゴパゴという太平洋の真中の島で、避難の一夜を明かしました。ところが翌朝、ふと無線電信の技師が、妙な信号をうけたのです。

「……S―O―S……ワンダ群島……」技師は首を傾げて、「この天気に難破救助の信号はへんだ！」と怪しんだが、何度も何度もその信号が来るので、とうとう艦長室へ行って報告しました。艦長ファウラー大佐も、不思議に思って、地図をしらべてみると、ワンダ島はそこから一時間ほどの海上にあり、英国の産業会社の椰子採集場であることがわかった。

「ふん、これはことによると、土人が謀叛をして、監督の白人に危害を加えているのだ。よし、救助に行ってやろう。全員武装！　全速力！」という命令を下した。


いよいよ連れて来ただけの人数では、扉を破ることはできないと、見きわめをつけたマリンバは、やがて一人の使いを部落へやって、応援の土人を来させることにしました。幸いにも、シュミット家の玄関の扉は、外から叩いたり押したりした位ではなかなか壊れないように、頑丈に出来ていたのです。マリンバの怒りはますます加わるばかりで、こうなればどんなことをしてでも、グレッタ嬢を火焙りにせねば承知ができなくなりました。「ウオウ、ウオウ！」と、獣のような声をそろえて、土人等は力まかせに扉にぶつかります。ミッキイは暫く黙って考えていたが、やがてのこと、玩具《おもちゃ》のピストルを出して、「こいつを見せたら、土人等は閉口するだろうね。たといこの扉を開けてやっても大丈夫だろう、姉ちゃん」

「だめよ、開けちゃだめよ」

「あたいは、あんな土人たちなんか、ちっとも怖かないよ」

「ほんとにあんたは強いのね。でも相手は大勢だから叶わないわ」

二人はこんなことを話合っていたが、そのうちに、今までそうぞうしかった戸外《そと》の土人たちが、急にひっそりおとなしくなってしまったので、鍵穴から外を見ると、どうやら土人たちは、さっきよりも人数がふえているのに、急にだまって、何かしきりと運んで来ては、玄関の前に積みあげている。

「どうも変だな」とミッキイがよくよく覗くと、マリンバの指図と見えて、土人はせっせと薪を運んで来て、それを戸の外に積上げているのです。

「あれッ！　たいへんなことになったよ、姉ちゃん。ごらん、マリンバは、あたいたちを家ごと焼殺すつもりだよ」

「ええ!?　あたしたちをこの家ごと？」

「ああ、焼き殺そうてんだ」「ミッキイちゃん、どうしましょう」大きな娘のグレッタは、小ちゃいミッキイに抱きついて叫ぶ。「お待ち、ぼく考えるから」ミッキイは腕組をして考え始めた。「あんたはほんとに豪《えら》い子よ。あたしは殺されても仕方がないけど、あんたがかわいそうだわ」グレッタはそういって泣いた。けれどミッキイは、「なんの僕がえらいもんか、こんなことは当りまえだ。このさわぎも、もとはと言えば、僕がこの島へ流れついて来たからだ。だから命にかけても、この姉ちゃんを助けてあげるのが、僕のつとめなんだ」と考えていました。

暫くして、ミッキイは、ようよう決心がついたのか、ハタと膝を打って言いました。

「姉ちゃん、うまい考《かんがえ》が浮んだよ」「まあ、いい考えが浮んで？　早く聞かしてちょうだいな」「逃げ出す工夫がついたんだよ」「どうして？」

「だってこのまま僕たちがここにいれば、すぐにあの薪に火がついて、僕たちは焼け死ぬのでしょう」

「マリンバは、あたしたちが逃出すものと思ってるのね」

「そうだ、だからそれまでぐずぐずしていちゃだめだ。それよりも、今のうちに、土人等が薪をとりに行ってる隙を見て、すばやく戸をあけて逃げちゃうんだよ」

グレッタはこのミッキイのかしこい思附きを聞くと、ミッキイがかあいくてならなかった。しかしミッキイは、「ぐずぐずしてちゃ、だめよ」といって鍵穴からじっと外の容子をうかがっている。と間もなくマリンバ始め、土人の姿が戸の外に見えなくなったので、「姉ちゃん、あけるよ、用意はいいの？」と、右の手に、例のピストルを握って、少しずつ玄関の戸をあけた。「いいわ」グレッタはすぐミッキイの後に続こうとしたが、ふと思いついて、卓子《テーブル》の上にあった旋条銃《ライフル》をとりに戻った。その隙にミッキイは戸の外に潜《くぐ》り出た。その時、外の暗さに馴れぬミッキイの眼には、誰もいないと思ったのだが、実は一人の大きな土人が戸のわきの所に隠れているし、前には椰子の蔭に、酋長のマリンバがいたのです。マリンバはそれと見ると、矢庭《やにわ》に躍出て、ミッキイに槍をさしつけた。「やッ、こいつめ、そこにいたのか」ミッキイははッとして、うしろの扉をしめ、「姉ちゃん、出て来ちゃいけないよ！」とグレッタに注意しながら、手にもった玩具《おもちゃ》のピストルをマリンバにさしつけて、じりじり、石段を下りはじめた。マリンバは、ピストルの真鍮《しんちゅう》があまりよく光るので、てっきり本物と思い、すぐに、「おた、おた、おたすけ！」といいながら、両方の手をあげて尻ごみした。と、この時である、さっきから扉の側に上っていた土人が、その太長い両手をひろげて、そろりそろりミッキイの後に忍び寄って、一摑みに後から抱きすくめようとしたのです。

　こんな騒ぎをしているうちに、巡洋艦のサクセス号は、全速力で波を切り、間もなくこの島の沖近く着いた。艦長ファウラー大佐はすぐに上陸して、真先《まつさき》に立ってシュミット氏の家の下まで来ると、今やミッキイがピストルをさしつけてマリンバを脅していた所だが、危いことには、そのあとから一人の土人が今しも大手を拡げて抱きすくめようとする所、大佐の手はすばやく上った。ズドンという響《ひびき》と共に、大男はどたりとミッキイの後に倒れた。「やア、おじちゃん。ありがとう！」ミッキイは思わず大佐を見て、気ちがいのように、喜んでダンスを始めるのでした。

男でなかった男の恋

熟れた枇杷《びわ》の誘惑

「純ちゃん！　行こうよ。川島の枇杷うまそうになっとるぞ」まだ制服も脱がないで、家へ帰ると、学校の荷物だけ置いてきた健一は、血色のいい頰を輝《かが》やかしてしきりに勧めた。

「だって……。僕、他所《よそ》ン家の物とるとお父さんに叱られるもの」純は、その腺病質な蒼白い顔に悧《り》巧《こう》そうな瞳だけは真黒《まっくろ》に澄んで、紅《あか》い薄い唇の間から、細かな白い歯をチラつかして、ためらいながら言うのだった。

「枇杷ぐらい、いいんだよ」健一はぐんぐん純の袖をひッぱって、動かねば自分の力で曳《ひ》き擦《ず》ってでも連れて行きかねまじい勢いだった。

「困ったなア、僕……」その実純も、あの金の鈴のように熟れた枇杷の実が堪えがたい魅惑だった。父の叱言《こごと》！　それも怖かった。が、純にとってそれよりもなお怖いのは、川島の家の「先生」だった。

川島先生！　それは川島家の一人娘で、利恵子さんといった。去年女学校を卒業して、十八で、村の小学校の女教師になった美しい、内気なお嬢さんだった。

いま町の中学校の三年生で、六年の時に小学校を打切《うちき》った純たちは、従って川島先生に教えられたことは一度もない。しかし純は、そのおとなしい、若くて、美しい利恵子さんが一ばんこわかった。

「もしも、川島先生の家の枇杷の実を盗みにいって、利恵子さんに見附かったら？」純は何よりも、それがこわかった。

純は小さくて臆病で、柔和な子だったが、もう十五だった。

「よう、行こうよゥ。いま、一時頃だよ。きっとあそこン家の小父《おじ》さんも、先生も、みんな奥で御飯を食べてる頃だから……」純は健一の、その言葉に少し勇気をつけられた。

「ウン。じゃア、ちいッと採って、すぐ逃げて来ようね」

「ウン、そうしよう！」六月の、あぶら蟬のないている生垣《いけがき》の小路《こみち》を、二人は足音忍ばせて、川島家の土塀の外に忍び寄った。

「いいか？　純ちゃん——君、先に挙《のぼ》れよ。オレ踏台《ふみだい》になってやるから…」

「健ちゃん！　君、先に行けよ」

「大丈夫だってば。オレが先に挙ったら、君はひとりで来られやしないじゃないか」

「じゃア乗るよ、いいかい？」

健一は土塀の側に身をすり寄せて、頭の上に金色に輝いている枇杷の実を一睨《ひとにら》みしてから、ウンと足を踏張《ふんば》って四つん這《ば》いになった。

「さア、乗るよ」

「早くおやりッてば！」

純は思いきって健一の背に乗り、その背に手をかけて、思ったより身軽に枇杷の樹に伝い上った。つづいて健一も、樹の上に登った。

二人は夢中で、枇杷の実をむしり取って、ふところに捻《ね》じこんだ。なるたけ仕事は手早く、そして

早く逃げようという考えで、あたりを警戒するなどの余裕は、まるで無かった。と、

「こらッ！　誰だッ！――」青天にへきれきを聞くような声だ。二人はどなり附けられた。庭の隅の菊畑で、虫採りをしていた川島の小父さんが、ふたりの姿を見つけて立上《たちあが》ったのである。

「うわアッ！」健一がまず泡をくってスルスルと枝をすべり降り、塀をこえて外に飛降《とびお》りた。

純もその通りにして降りかけたが、二足目に足をかけた枝が、虫食いでボキリと折れた。ミシミシッ、ズシン！

呀《あ》ッという間に、純はまッ逆さまに庭の中に堕《お》ちた。その音を聞くと健一は色を失って、いっさんに自家《うち》の方へ逃げていった。

美しい利恵子

「純、気がついたか？」深い堀井戸の底から、ポッカリと浮び上ったような純の頭に、はじめて響いたのは、父の声であった。

「純、純！　しっかりしておくれ！」

母の姿が瞳に映った。

だんだんとはっきりしてくる眼に、純は、自分の寝かされている部屋が、自分の家の座敷でないことがはっきりと分った。

第一に、襖子《ふすま》の絵が違う。床の間の置物がちがう。そして、ああ川島家の小母《おば》さんがいる。小父さんがいる。その側にあの柔和な、美しい顔の利恵子さんまで坐っているではないか？

純のぽかんとした頭が、利恵子の姿を見ると、急にはっきりとした。同時に彼は、

「わアッ！」と、声を立てて泣き出してしまった。

ぐるッと、仰向けに寝ていたからだを俯伏《うつぶ》しにねじ向けて、くくり枕を両手でかかえて、おいおい

泣出《なきだ》した。

「純、純！　どうしたの？　しっかりしておくれ！　お父さんもいる、お母さんもいる。泣かんでもよい。お前のしたことは、もうお父さんとお母さんとが、お前に代って、川島さんの小父さんや小母さんに謝まってあげた。お泣きでない、お泣きでない」そう言われると、純はいっそう悲しかった。そして、利恵子の顔がどうしても、まともに見られなかった。

夜――自宅へ引取《ひきと》られてから、純は少し熱を出した。それから二日寝た。そして三日目に、すっかり回復して床を離れると、母につれられていやいや川島家へ挨拶に行った。

「わしが悪かったんだよ。純さん！　なアにあんな枇杷ぐらい、一つ残らず採ってしまってもよかったんだ。だけど、わしはあの時、ふいと、ひとつ驚かしてやれというういたずら気が起きてのう。それで、あんな大きな声でどなりつけたもんだから、お前さんをえらい目に逢わせてしまったのだ。まア、悪く思わんでおくれよ」川島の小父さんは、にこにこして言った。

「ほんとうに、子供ってしょうのないものでございます。悪いことをした上にも、いろいろ御心配をおかけしまして……」母は恐縮しきっていた。

「なアに、あれ位のこと。ほんとに坊ちゃん！　これを御縁に、遊びにいらして頂戴《ちょうだい》ね。家でも利恵がひとりで、そりゃ寂しいんですの」小母さんも、やさしい目を細くして言った。

「学校がひけたら、まい日お復習《さらえ》にいらっしゃいな」美しい利恵子が少し頬を染めながら、優しく言ってくれた。

純は、まッかになって、下を向いていた。

川島家は村でも門閥で、かなり上品な富裕な生活をしていた。村人の尊敬も受けていた。しかし、その村人の尊敬には、幾分敬遠の意味も含まれていた。それはこの一家が、人のいやがる結核の血筋をひいていたからである。

純の両親も、この点で、今まではあまり親しく交際《つきあい》をしなかった。だが、この枇杷の一件があってから、以前とはちがって、心安く往来するようになった。

川島家からは、お茶の時刻になると小母さんがよく純を招《よ》びに来た。純は初めのうちこそ、極《きま》りが悪かったが、馴《な》れて来ると、自分から進んで、殆《ほと》んど毎日のように、学校から帰ると、川島の家へ遊びにいった。

夏の短か夜

と、或《あ》る日——純は川島家から招ばれて、夕暮時に行った。

「まア、純ちゃん、よく来てくれたわね」納戸《なんど》から飛出して来た利恵子は、手をとらんばかりに純を迎え入れた。

まだ女学生風の抜けきらぬ利恵子の兵子帯《へこおび》姿が、純を親しみ易《やす》くした。

その日は、何となく蒸々《むしむし》する夕方であったが、川島家はいつもと違って取乱《とりみだ》していた。

「どうしたの今日は、お姉さん！」

純がふしぎそうに訊くと、納戸の中から、シュッシュッと音を立てて帯を締めていた小母さんが答えた。

「きょうはね、隣り村の親戚に御婚礼があるんですよ。だから、小父さんと小母さんは、これから出かけるのです。で、利恵がひとりでお留守番をしなくちゃならないから、純ちゃん、今夜はうちへ泊ってやって下さいね」

「ほんとよ。純ちゃん！　いいでしょ」

利恵子はいそいそして言った。

純は何《な》んということもなく、胸がわくわくした。そして、

「う、う、うん」と、あいまいな返事をした。

「じゃア、頼みますよ」

「利恵！　わし等はたぶん、朝方にならなくちゃ帰れんじゃろうから、早く戸締りをして置きなさい」

「純ちゃんは、あたしが行きがけに、お宅へそういって断って置きますからね」礼服に改まった川島夫妻が出てゆくと、純は利恵子の手伝いをして、雨戸や、裏口や、玄関の戸締りをした。

　それから二人は、利恵子の部屋へ入って坐った。

「純ちゃん！　今夜は二人ッきりで、仲よく遊びましょうね」利恵子は、そわそわした様子で、嬉しそうに純の柔らかい髪の毛を撫《な》でて見たりした。

「お姉さん、お話してあげましょうか？　西洋の小説のお話……それとも純ちゃん、お菓子たべる？」純は、がらんと静まった大きな家の屋根の下で、こうして、好きな美しい姉のような人と一緒にいることが、どうも擽《くすぐつ》たいようで楽しいようで、変に落着《おちつ》かなかった。

　そのうちに利恵子は、女学校時代に流行《はや》ったハイカラな西洋の唄をうたい出した。そして、純にもそれを覚えさせようとした。純も、音楽は嫌いでなかった。そこで利恵子の言いなりに、その唄を繰《くり》返《かえ》し繰返し唄った。

　歌を唄うことは、純の気持を非常に寛《くつろ》がせた。歌がすむと、利恵子は絵の本を出して見せた。純は、絵が生れつき好きであった。かれは将来、絵で立とうと思っていた。だから、絵を見ていると、時のたつのを忘れるくらい熱心だった。

　こうして、夏の短かい夜は更《ふ》けていった。利恵子はとうとう、

「純ちゃん、もう絵の本は止《よ》さないこと。もう寝《やす》みましょうよ」そして、彼女は立上って、寝床の用意をした。それから純にも寝巻を着かえさせると、いきなり純のからだを、抱きすくめて言った。

「純ちゃん！　あなたはほんとうに、あたしが好き？　きらい？」純はすぐ自分の鼻先で、利恵子の吐く熱い息を顔に感じた。

「好き！　ぼく……お姉さんが、ほんとに好きよ」甘ったれるように、これだけ言うのがせいぜいだった。

「ほんと？　あたしも、純ちゃんが大好きよ。いつまでも……いつまでも、純ちゃん妾《わたし》を好いていて頂戴ね」

「お姉さんも！」

「もちよ。じゃア、お姉さんと抱っこして……」利恵子はまるで、ふだんと違ったいきいきした顔で、純を抱きしめた。

いつの間にか、うとうと寝入っていた純は、まだ薄暗いうちに、眼がさめた。眼がさめると、すぐに飛起きて着物を着た。利恵子があわてて起出《おきだ》して純に帯をしめさせようとしたが、純は逃げるようにそれを振払《ふりはら》って、どんどんひとりで戸をあけて、

「さよなら！」といい捨てて、駈出《かけだ》していった。

渡された遺書

純はその日一日、学校でも、昨夜《ゆうべ》一夜の出来事ばかり考えていた。

「二度と再び、もう利恵子さんには逢うまい」と、純は決心した。

しかし、学校から帰ると、どうしても自家《うち》にじっとしていられなかった。

そしていつの間にか、利恵子の家へ行っていた。

「まア、純ちゃん、よく来てくれたわね。あたし、もう、もう、純ちゃんが怒って、二度と逢いに来

てくれないのかと思ってたわ。ありがとうよ」昨夜《ゆうべ》夜っぴて宴席に連《つらな》って帰った川島の夫妻は、綿のように疲れて、納戸で寝ていた。利恵子は、茶の間の隅で純を捉えると、可愛くてたまらぬように抱きしめた。

「純ちゃん！　明日の晩から、あたしお部屋の窓の戸を開けとくわ。そッと来てね」純は、それから毎晩のように父母たちの寝静まるのを待って、利恵子の部屋の窓を乗越《のりこ》しにいった。

月日は流れるように過ぎた。純は中学の四年を卒《お》えて、金沢の高等学校に入った。利恵子は三日にあげず、やさしい便りを彼に書いた。純も亦《また》日課のように彼女に手紙を報いた。

四月、五月、六月――陰鬱な梅雨《つゆ》に入って間もなく、純は一通の電報を高等学校の教室で受取《うけと》った。

リエシスシキュウオカエリヲコウ　　カワシマ

純は教室から、すぐ停車場へかけつけて郷里に向った。一週間ばかり前から、いやにメランコリックな手紙ばかり書いてよこす利恵子であった。しかしこうも急に死のうとは、どうしても思われないのであった。

「純さん！　利恵は病気で死んだのではございませんの。あなたに書置《かきお》きがございます。どうぞ、読んでやって下さいまし」泪《なみだ》も言葉も出し得ずに、仏間に入った純の手に、川島の小母さんは一通の遺書を渡して、その場をはずした。純はわななく手で、遺書の封を切った。

わたくしのたった一人の純様。長い長い間、さびしいわたくしを愛して下さいました御恩は、死んで後も忘れません。

わたくしは、あなたの清い愛の中に包まれているうちに死にたいと決心して、自ら毒を仰ぎ、今この世にお別れをいたします。もう一度生きているうちにお顔を拝見してと思いましたが、それが却《かえ》って死の旅のさまたげになりましてはと、それも諦《あき》らめました。

わたくしはあなた様を、わたくしの一生に、たった一人のいとしいお方にさせていただいた事を、心から神様に感謝してこの世にさよならをいたします。

純様、どうぞあなたは立派なお方になって下さい。それから、これは永遠にわたくしの胸一つに秘めて置こうかとも思ったのですけれど……わたくしはあなたさまのお情を宿して、もう四月のからだでございます。あなたさまのお子さまを道連れにいたします罪を、なにとぞお宥《ゆる》し下さいませ。

では、さようならさようなら。

再び学校に帰ってきた純は、悒々《ゆうゆう》として更《さ》らに楽しまなかった。鬱々たる一年が純の上に明け暮れした。

遂に男でない男

「——君、ここまではごく平凡きわまる甘い情話なんだよ。ねえ、君も嘸《さぞ》詰らない話を聞かされて退屈したろう。だが、僕の、僕のなやみは——そして僕のこの一篇の陳腐きわまる情話が、俄然として宿命的な深刻味を帯び、さらにグロテスクな色彩を加えるのは、これから後なんだ——」

長い身の上話をした長谷部純は、こう言って私の顔を見上げると、さめかけた酔《よい》を呼戻《よびもど》すかのように、ぐいと熱い酒を二三杯立てつづけに呷《あお》った。彼の眼はギラギラと異様に光っている。

私は、じっと謹聴した。

「君！　ぼかア、先月のはじめに、生れて初めて女郎買いに行ったんだよ」

彼は突然、無造作にこういった。

「ホウ、そりゃ珍《めず》らしい。メランコリ屋にはもってこいの薬だ」私も快活に言った。ところが、彼は急に、ひきつったようなぎごちない表情をして、次の言葉をついだのである。

「ところが君、ぼくは女郎買いに行って、初めて僕のからだがノルマルでないことを知ったんだ」

「なんだって？」

「君、君、だから言うんだ。そして君だから頼むんだが……おい！」かれは、いきなり突立《つった》ち上るや、
おお！　僕は、じッと吸いつけられるように、それを見た。世の中にこれほどグロテスクな、これほど悲惨な肉体の持主が、長谷部純のほかにもあるだろうか？

純は外観男のごとくにして、実は女だった。

「異《ちが》うだろう？　君たちと――そこで俺は、初めて疑い出したのだ。利恵子の遺書の内容をだよ。あいつは、俺の情けを宿して四月だと書いて逝った。だが、こういう異常なからだのもち主である俺に、その資格が、どうして、どうして有り得よう。俺は悩んだよ。そしてわざわざ其《その》ために、郷里へ帰っていろいろとこの謎を解く鍵を探したんだ。そして、その鍵は、遂《つい》に見附かったよ。ホラ、君も知ってるだろう。あの村の小学校の××――あいつは、あの学校へ来る前は、ずいぶん方々で……あやめてきた色魔なんだそうだ。これで何もかも、おれにはわかった。しかし、それならそれでよい。利恵子はなぜ遺書にまで嘘を書いて、この正直な俺を欺《だま》そうとしたか？　ぼくは、それが口惜《くや》しくて口惜しくてね」

「でも利恵子さんは、……信じきっていたのだろう。そこに却って、利恵子さんの純真さ貞淑さが証明されるというものだよ」

「それはそうかも知れない。そうだ。利恵子にも罪がないのかも知れん。誰にも……しかし忍田君！　僕はもう学校なんぞやるのいやんなった。おれは当分日本を去るよ」

そして間もなく、可哀そうな長谷部純は、高等学校を退いてヨーロッパへ行った。

それから六年、去年の夏――イタリーから帰って来た彼を、私は横浜の埠頭に迎えた。

ところが、意外にも、彼は金髪の一佳人を携帯していた。

私が欧米の近代医術で、彼の異常な器官が治療されたかと思って訊くと、彼は首を横に振って、苦笑しながら言うのであった。

「否《ノー》！　彼女もやはり気の毒な妻さ《シー・イズ・スティル・プア・ワイフ》」

新宝島奇譚

これが清三の冒険への第一歩

お正月の元日の朝、清三はお母さまに六つの御注意をいいわたされた。
一、大通で自転車を乗廻《のりまわ》さぬこと。
一、横丁で羽子《はね》をつかぬこと。
一、お年始のお客様に失礼をしないこと。
一、紙凧《たこ》が樹に引懸《ひっかか》っても、他所《よそ》の家の屋根へなど登ってはならぬこと。
一、喧嘩《けんか》をしないこと。
一、お正月の晴着を汚さぬこと。
清三は元気な声で、必ずその注意を守ります、とお母さまに約束した。

けれど世の中のことは、なかなか思うとおりにはゆかないものである。

清三が、今日だけはどんなことがあっても、決して自転車なんか見向きもしまいと思って表へ出ると、洋品屋の慶助が買《かい》たての新《あたらし》い自転車に乗ってやってきて、この新しい自転車は飛行機のように走るから乗ってみろというので、知れないように乗れば良いだろうと思って乗ってみたところが、電信柱へ衝突して自転車の輪を折曲げた上に、自分の鼻の頭をすり剝《む》いてしまった。

壊れた自転車を引摺《ひきず》って、慶助が、

「わーん、僕の自転車を清田君が壊しちゃったあーっ」と大声に泣きわめきながら帰ってゆくのを見定めると、横丁の方へやっていった。

横丁では仲間の八兵衛だの孝吉だのが、洋品屋の店の人たちと追羽子をやっているところだった。見ている内つい面白くなったので清三は仲間にはいった。

ところがなんという運の悪いことだろう、洋品屋の忠どんのついた羽子を、やっ！　とばかりにつき返そうとしたら、通りかかった立派な紳士の顎を殴って了《しま》った、紳士は「ぎゃっ!!」といって眼をまわしたので、その隙に清三はどんどん雲を霞《かすみ》と逃げだした。

それからはなにもかも目茶苦茶だった、お昼の御飯の時あわてて表へ駈けだそうとして、玄関にあった年始のお客様の絹帽子《シルクハット》を踏潰《ふみつぶ》した上に、ちょうどお母さまとご挨拶をしていたどこかの奥様にぶつかって、その奥様に尻餅をつかせてしまった。

外へ出て紙凧《たこ》をあげたら、隣邸《やしき》の榎《えのき》にひっかかったのでそっと隣の屋根へ忍びあがって取ろうとしたら、足を踏滑《ふみすべ》らせてお庭へ転がりおちた。その時、お正月の晴着は樋《とい》にひっかかってびりびりに裂けてしまったし、お尻のところから背中まで、霜解《しもど》けの泥でべったりと汚れた。

その姿で通りへ出ると、芋屋の宗が、

「やあい乞食の三吉みたいだぞ――」とからかったので、とっ捉《つかま》えて、拳骨《げんこつ》で頭を殴ったら、芋屋の宗は、わーっと泣きだして帰っていった。

というわけで、つくづく考えてみると、清三は朝お母様から「してはいけません」といわれたことを、一つ残らずしてしまったのに気がつきました。

「あァあ。まったくこれじゃやりきれない」

清三は原っぱへきて、思わず溜息《ためいき》をもらしながら、びりびりに裂いて泥だらけになった洋服を見まわしました。

「どうして僕ぁこんなに運が悪いんだろう。ぜんたい世中《よのなか》に自転車だの紙凧《たこ》だの晴着だのがあるからいけないんだ。ちぇっ、全くこんなじゃうっかり家へ帰ることもできやしない」

清三は枯草の上に腰をおろして、だんだん暮れてゆく空をみあげながら、何度も溜息をついた。

清三はすっかり情なくなってしまった。家へ帰ると、どんなにお母様が怒るだろう。そう考えただけで、お母さままで恨めしく思われてきました。

「いいや、僕はもうどこかへいってしまうんだ、晴着を汚したし、お隣の屋根へ登ったし、芋屋の宗と喧嘩したし、僕はお母さまの言附《いいつけ》を守らない悪い子供だ、だから何処《どこ》かへいってしまうんだ、そうすればお母様だってきっといまに僕が恋しくなるだろう、そして僕をひどく叱って悪かったと後悔するに違いない、けれどもうその時は、僕は遠くへ行ってたった独りで淋しく旅をしているんだ、でも僕はみんなを怒らない、みんなを赦《ゆる》してやる……」

清三はそう考えた、すると自分が大そう立派な、決心の固い、可哀そうな身上《みのうえ》の子供のように思われて悦《うれ》しかった。

そして、やがて立上《たちあが》って家の方へは帰らないで、決心したとおり原っぱの向うの方へ歩き出していった。

黒猫の三吉は乞食です

さて、いま清三が歩いている原の、北の端の方に、赭土《あかつち》の窪《くぼ》みがあって、そこに一人の少年が焚火《たきび》をしながら温まっています。

これは乞食の三吉という子供でいつも黒の仔猫《こねこ》を連れているので「黒猫の三吉」と、町の子供たちは呼んでいました。

三吉は生まれながらの乞食の子供でした。父親は羆《ひぐま》の丑造《うしぞう》という乞食で――乞食といっても道傍《みちばた》にすわって銭を貰うのではなく、百姓屋の手伝いをしたり、町の家々の走《はし》り使《づかい》などをして暮している家無しの者のことです――たいへんに性質の荒い、呑んだくれの悪党でした。

丑造はいつも子供の三吉が働いてくるお金で、お酒をのんだり贅沢《ぜいたく》な肴《さかな》を喰《た》べたりして、その上に三吉を殴ったり蹴《けっ》たりするのです。町の人たちはよく丑造が大鉈《おおなた》を持って三吉を追いまわすのを見ることがあります。けれど三吉は別に怪我《けが》もせず、明《あく》る日は元気に町へ出てきて、使いをしたり子守をしたりしてお金をもらい、原っぱの隠家《かくれが》へ帰《か》えって、可愛いい黒猫を相手に、焚火に温まって寝るのでした。

三吉は背の高い、がっしりした体つきで、智恵もあり勇気もある子供でした。だからこそ、この淋しい広い原っぱで、ひとりで夜を明かすことができるのでしょう。

いまその三吉が、町でもらってきた芋を、焚火で焼きながら、ほくほく喰べていますと、枯草を踏みわける音がして誰か近づいてくる様子です。

元日の夕暮で、もう原っぱは暗く暮れてしまった上に、冷《つ》めたい北風が吹くので、いま時分そんな原っぱの端の方へやってくる者はあるわけがありません。

「誰だ！」三吉はふり返って、赭土の窪みから立ちあがりながら、大声に叫びました。すると高く伸びた枯草の中から、一人の少年がひょっこりあらわれて、

「そういう貴様こそ誰だ！」と呶鳴《どな》りかえしました。

「己等《おいら》は黒猫の三吉だ」「なあんだ、君か」そういって少年は近づいてきた、見るとそれは町の清田医院の子供の清三だから、三吉はほっと安心しました。

「清田さんか、どうしてまた日が暮れたのにこんな場所へきたの、なんなの？」

「僕ぁ家へ帰れないんだ、で、どこか遠くへ行こうと思っているんだ」

清三は焚火の傍へすわって、今日おこった間違《まちがい》の数々を話してきかせた、黒猫の三吉は焚火の中へ枯枝を投《なげ》こみながら、黙って聞いていたが、やがて溜息をついていった。

「ほんとに世の中ってうまくゆかないもんだなあ。けれど心配しない方がいいよ、もし君がいいなら己等《おいら》も一緒にいってやるから」

「ああ、そりゃ素的《すてき》だ、そして二人で山だの野原だのを歩きまわったら、どんなに愉快だろう」清三が手を打って叫んだ。

「清田君、行くかい」

「行くとも三吉君」

「じゃ握手しよう」二人はしっかり手を握り合った。と、その時どこか近くで、かすかに「助けて頂戴《ちょうだ》い——」という可愛い、女の子の泣声が聞えた。

「しっ！」と二人は話をやめて、体を窪みの中に隠しながら、声のする方を探しました。

悪漢が狙う百万両の金塊

二人が草の中を這《は》うようにして、声のした方へ進んでゆくと、間もなく、がやがやと四五人の罵《ののし》りあう声が聞える場所へきた。

「静かに、静かに」黒猫の三吉は清三にそう囁《ささや》きながら、枯草を掻きわけて、そっと覗いてみた。

そこは三尺ほど低くなった広い窪みで、四五人の荒くれ男たちが、車座になって話している傍に、綺麗な十二三の少女が、荒縄で縛られたまま倒れているのであった。

「いたか」「うん、大勢だ」

「縛られているのは女の子だな」

「うん、それに何だか見覚えがあるようだ」

「どらどら」

清三が這いだしてのぞいてみたが、あっといって身を顫《ふる》わせて、

「大変だぞ、あれは僕の従妹《いとこ》だ。町長さんところの啓子さんだぜ」

「ああそうだ、啓子さんだ！」と三吉もいった。そして二人は、なおと身を忍ばせて窪みの方へ這いよった。

枯草の中に二人の少年が聴いているとも知らず、窪みの中では荒くれ男たちが話していた。

「みんな、よく聞けよ、こん度の仕事は大きいんだからな」と頭分《かしらぶん》の男が一座を見まわしながら呶鳴った。

「いいか、今から三百年ばかり前に、大阪城で滅亡した豊臣家の謀将、真田幸村は、豊臣家が一時滅亡してもやがては恩顧の諸大名が諸所におこって、豊臣再興の旗挙げをするに違いないと思っていた。それにはまずなにより軍用金がなければならぬと、秘密の裡《うち》に百万両の金を或《あ》る場所へ埋め、その地図を或る人に預けておいた、いいか」

黒猫の三吉と清三は、思わずごくりと唾をのんだ。頭分の男は声を忍ばせて話す。

「いいか、その地図というのは預かった人が持っていられなくなって、ここの万代河を二十里ばかり下った場所に淀みがあって周囲十町ばかりの島がある、その島の或る岩穴の中に隠してしまった。その地図をみつけ出しさえすれば真田幸村が百万両の金を埋めた場所が分るのだ」

頭分の話が終ると一人の手下が口を出した。

「その島に隠してある秘密の地図の隠し場所は分っているのかい」

「うん、その書付《かきつけ》はこの町の町長が持っているんだが、町長はその書付がどんな物か知らない、そこで騙《だま》して取ろうとしたが、どうしても渡さないいからこうして娘を掠《さら》ってきたのよ」

「じゃあ、娘が欲しければ、その書付をよこせとこう脅かすんだね」

「そうだ‼」もうそれだけ聴けば、あとは用がない、黒猫の三吉は清三をつれて、みつけられないように、そろそろと後退《あとずさ》りした。やがて悪漢たちから五六丁も離れた時、黒猫の三吉は清三に振向《ふりむ》いていった。

「清田君、こりゃ素的な冒険じゃないか、なにしろ百万両の宝が埋まっているんだぜ、これはどうしたって、僕等が探し出さなきゃならない、どんなことがあったって悪漢共に取られちゃならないぜ」

「うん、素的だ、ぜひ僕等が先廻りをしよう、そしてあの悪漢たちの鼻を明かしてやろう」清三も勇みたって喚《わめ》いた。

「だが、その前にお嬢さんを救《すく》ってあげなくちゃならないぜ」

「そうだなあ」

「どうしたらいいだろう」

黒猫の三吉は腕組みをしてしばらく考えこんだが、やがて清三の耳に口をよせてなにか囁いた。

「ね、いいか」

「うん分った、やってみよう」清三は強く頷いていった。

「じゃ頼む、あとで会うのは万代河の柳の渡場《わたしば》だ、いいね」

「よし！」そして黒猫の三吉は、枯草の中をどこことも知れず走り去った。

敵か味方か熊のような大男

清三は、黒猫の三吉を見送ってしまうとふたたび、枯草の中を這うようにして、さっきの悪漢共のいる方へひき返した。来てみると、まだ悪漢たちは頭を集めて相談しているさい中である。縛られている啓子は、寒さと疲れと恐ろしさで顫えながら、時々逃げ道を探すようにあたりを見まわしている。

それから二十分ばかり経ったかと思うころ、窪みの北側の方にぼっと赤い篝《かが》りがたった。

「何だあれは」悪漢の一人がそれをみつけて立《たち》あがった。

「やっ!! 野火が燃え出したぞ!!」

その時に皆は突立《つったち》あがった。なるほど、二三丁先の草原に、野火が燃えはじめた、そして北風に煽《あお》られて、みるみる中に燃え拡がってゆく。頭分の男は吃驚《びっくり》して、

「こいつぁ消さなくちゃいけねえ、でねえと町の人がみつけてやってくる、そうすれば己等《おれら》のこの隠れ場所もみつかってしまうんだ、さあ皆一緒にこい、早く消さなきゃならねえ」

「よし来た!」頭分の声に応じて、四五人の荒くれ男達は窪みから這いあがって野火の燃えている方へばらばらと走っていった。

「しめた!」見ていた清三は、心の中にそう叫んで、しばらく悪漢共の後姿を見送っていたが、幸い誰も戻ってくる様子が見えないので、そろそろ這いよりながら窪みの中へ躍りこんだ。

「啓ちゃん、僕だよ、清三が助けにきたから、もう大丈夫だよ」清三はそういって啓子を抱きおこし、急いで縄を解こうとしたが、結び目がかたくて解くことができない、心が急くので、縛ったまま清三は啓子を担ぎあげた。

「しばらく我慢してね、奴等にみつけられない場所までいって縄を解いてあげるから」

そう云いながら窪みを這いあがると、悪漢たちとは反対の方へ、枯草の中を夢中で走った。清三は、黒猫の三吉の隠家へ帰るつもりだった、しかし暗くはあるし、身の丈ほどもある枯草の中のこととていつどうして道を間違えたか、いくら走っても赭土の窪みへ出ない。

「おかしいな」頭を捻《ひね》って考えたが、どうにも仕方がないから、啓子を肩から下ろして、やっとのことで縄を解いた。

「どうも有難《ありがと》う! 清三さん」

「怪我はない!?」

「いいえ、怪我はないわ、でも、父様が心配しているといけないから早く家へ帰りたいわ」啓子はそういって立上った。

とたんに、二人の眼の前へ、ぬっ！ とばかりに現われた熊のような大男があった。

黒ん坊のサム

清三が、町長のお嬢さん啓子を助けて、草原に行き迷っていると、暗闇の枯草の中から、二人の鼻先へぬっ!! と立ちあらわれた熊のような大男があった。

見るより、怯《おび》えている啓子は、

「あれ!!」と叫んで清三の背後《うしろ》に身を隠した。なにしろ見上げるような大男なので、清三もちょっと初めは尻ごみしたが、啓子が見てはいるし、卑怯な真似《まね》はできない。

「何だ貴様は、何者だ!!」と肩をいからして呶鳴った。すると熊のような頑丈な大男は、突然そこへ膝をついて、「どうぞお助け下さい、私を町へつれてゆかねえで下さい！」とおじぎをし始めた。清三は二度吃驚《びっくり》して、思わず二三歩後へ退《さが》った。

「ねえ坊っちゃま、どうか私を可哀そうだと思って下せえまし。私ゃ悪者じゃございません、神様だってそりゃご承知でござえますだ」

大男は手をあわせながら、なん度もなん度も額を枯草にすりつけて泣声をあげた。

「誰だい君は、誰なんだい全体？」

相手がどうやら恐ろしい男でないと知ったので、清三はほっとしながら、優しい調子で大男に訊いた。

「私ゃ町へきている曲馬団の黒ん坊のサムなんで。どうか内証《ないしょう》にしていて下せえましよ、私ゃとてもあの曲馬団にゃいられましねえだ、で、今夜ァこうして逃げてめえりやしただ」

そういって黒ん坊のサムは、曲馬団の団長がどんなにみんなをひどいめに会わせるかと云うことを話しました。

サムには大力があって、五十貫ぐらいの物さえ動かすことはできるが、その他の軽業や踊りなどはてんで下手くそで、手も足も出なかった。そこで団長は毎日毎日サムに鞭をくれたり、地面へ顔を擦《すり》つけたり、水の中へ浸けたりして、折檻するのであった。

「で、私ゃもう死んでも曲馬団へは帰らねえつもりで逃げ出してきたでがす、どうか、私を逃がしておくんなせえましよ」

「逃げるって、全体どこへ逃げるんだね」

清三は親切な気持になりながら訊ねた。

「へえ、そいつが実は困っているんで、私ゃごらんのとおり黒ん坊でやすから、どこへ逃げてもすぐみつけられるに相違ありましね。でやすからどこか山奥へでも隠れべえと思っているでがす」

サムはそういって悲しそうに頭をふった。

それを聞いた清三は、良いことを考えついた。というのは、百万両の金塊を探しだす冒険に、この黒ん坊サムをつれてゆこうということである。サムは五十貫もあるような物を動かすほどの力があるし、黒ん坊で大男だから、もしあの悪漢団と衝突するようなことがあれば、その時役にたつに違いない。そして、もし運よく金塊が探し出せたならその中から金を出してサムを曲馬団から買取《かいと》ってやればいい、そうすればサムは自由な体になる。

「よし、じゃあ僕が逃げるのを助けてあげよう、サム！」

清三はそういってサムの肩を叩いた。聞いていた啓子もほっと安心の吐息を洩らしたのである。

そこで清三は、自分と黒猫の三吉の冒険の仔細を物語った。勿論《もちろん》サムは悦《よろこ》んでその仲間に入って、二人の家来になって働くと誓った。

悪漢団の真っ只中《ただなか》へ

黒猫の三吉はどうしたろう。

三吉は清三と約束したとおり枯草の中を駈けていって、悪漢たちの風上へ野火をつけた。

野火はみるみる燃えひろがってゆく。三吉は枯草の中に身をひそめて見張っていると悪漢たちが火を消しに駈けつけてきた。もうそれだけ見極めれば役目はすんだので、万代河の柳の渡場で清三と出会うために、草原を東の方へ一さんに走っていった。

ところが草原を抜けて河の方へゆく小道へ出た時、思いがけぬ不運が三吉を待っていた。というのは、手に手に提灯《ちょうちん》を持った十二三人の人達が、

「清三さーん」「清田の清さーん」と呼びながら、清三を探しにきたのと、ばったり出会ってしまったのだ。

「見つけられては面倒だ!!」と思って枯草の中へ身を隠したが、素速《すばや》く誰かがそれをみつけて、

「や。彼所《あそこ》の草の中に誰かいるぞ!」と叫び立てた。せっかく百万両の冒険へ一緒に行こうとする清三が、もしみつけられたらそれきりだと思ったから、三吉は皆を迷わすために反対の方へ夢中になって逃げ出した。

「逃げたぞ、怪しい奴だ、追いかけろ!」

町の人達は口々にそう吠え立てながら、提灯を振りふり追って来た。なにしろ大人と子供の競争だ、その上三吉は先ほどからの疲れがあるので、兎《と》もすると追いつかれそうになる。

「こりゃこのままじゃ摑《つか》まってしまうぞ」

走りながら三吉はそう考えた。そしてなにを思ったか、くるりと向《むき》をかえて、悪漢たちが野火を消

している方へと走りだした。

「や、そっちへ逃げた、右の方だ!!」

人々もあわてて向きをかえた。

すこし走ると、うっすら赤く、野火を消している荒くれ男達が見えそめた。三吉は夢中になって、

「助けてくれえ、助けてくれえッ」

と叫びながら、悪漢たちの間へ駈けこんだ。

「なんだ、なんだ!!」

ちょうど野火を叩き消したところで、いま帰ろうとしていた頭分の男が呶鳴った。三吉はその男の後ろへ身をかくしながら、

「おいら町で悪いことをしたんだ、そいで町の奴等に追っかけられてきたんだ、助けておくんなさい!」

「よし! 助けてやる、そこに黙っていろ」頭分の男はそういって、太い樫の棒を杖について立はだかった、四五人の他の悪漢たちも頭分の左右にずらりと並んだ。そこへ手に手に提灯をふり立てながら十二三人の町の人たちが追いついてきた。

「誰だ!!」頭分の男が破鐘《われがね》のような声で喚いた。町の人たちは突然眼の前へ怪しげな荒くれ男たちが立あらわれたので、吃驚《びっくり》して立停まった。

「誰だ!! 何しに来やがった。ここらは己達の縄張りだ、己達は赤鬼団の者だぞ、まごまごすると命はねえからそう思え!!」

頭分の男はそう喚いて、右手に持った例の樫の棒で、どしんと地べたを突いた。

それでなくてさえ吃驚《びっくり》していた町の人たち、近頃方々へあらわれて悪事を働く赤鬼団と聞いたので、ひとたまりもなく、わっ!! と悲鳴をあげながら後をも見ずに逃げ帰ってしまった。

「小僧、もう心配することはねえから出てきな」

「どうも有難う、やっとこれで助かった」

三吉はさもさも危いところを助かったという風を見せながら出てきた。

「小僧、手前何処《てめえどこ》の者だ」

頭分の男はぎょろっと眼玉を光らせながら、嘘をついたら捻り殺すぞといわんばかりに訊ねた。

「おいらか？……おいら、おいら東京だ」

「東京で何をしていた」

「……う、あの、かっ掠いをやっていた」

「どんな物をかっ掠った」

「あの、金剛石《ダイヤ》だの、金の盃だの、そいから真珠の頸飾《くびかざり》だのな」

「やあ、ちびの癖になかなか気の利いた仕事をするなあ。もしそれが本当なら大したものだ。全体どんな風にしてかっ掠った」

もう仕方がない、騙せるだけ騙してやれと思って、三吉は自分が千万円もする金剛石《ダイヤモンド》を盗んだ（勿論嘘っぱちですよ）時のことをべらべらと饒舌《しゃべ》りはじめた。

金剛石《ダイヤモンド》泥棒の話

場所は東京のまん中銀座である。

山口屋という貴金属宝石を売っている大きな店がある。近ごろどうも子供の凄《すご》い紳士泥棒があらわれるというので、店の中には五十人の警官が隠れて見張りをしている。

又、柱々の蔭には、二十台の機関銃が実弾をこめておいてある、すわと云う時には、悪者を蜂の巣のように穴だらけにしようと待構《まちかま》えている。

それればかりではない。宝石の入っている飾窓《ウインド》には、全部強力な電気が通じている、もし悪者がうっかりそれに手を触れれば、黒焦げになって死んでしまう仕掛けになっていた。まったく十重二十重《とえはたえ》に泥棒をつかまえる用意ができていたのだ。

やがて日暮れま近のころ、この宝石店の表へ立派な自動車が一台とまった。扉《ドア》が明《あ》くと立派な夜会服を着た少年が一人、小さな狆《ちん》を一疋《いっぴき》つれて下りてきた。

「やっ、少年紳士だぞ！」

店の者はじめ、警官や探偵は、眼を瞠《みは》って呟《つぶや》きかわした。おのれ!! すこしでも怪しい容子《ようす》があったら、生かしては帰すな、と各々眼と眼で合図しあっている。少年紳士は一向そんなことには構わず、ふん反りかえって店の中へ入ってきた。

「やあ、この店で、一番大きな金剛石《ダイヤモンド》を見せてくれたまえ」

少年紳士は売場の前へきていった。

「へい、承知いたしました」

番頭はすぐに宝石の入っている筐《ケエス》を持ってきて台の上にならべた。少年紳士は頭をふった。

「だめだめ、もっと大きいのだ、一番大きいのを見せ給え。いくら高くても構わんから」

「へい、ではちょっとお待ちを」

番頭はそういうと、大金庫の方へといったが、帰ってきた時には、五六人の頑丈な探偵に囲りを護《まも》らせていた。

「へい、これが当店で一番大きい金剛石《ダイヤモンド》でございます。お値段は一千万円」

「ふん、安いな！」少年紳士は無雑作にその石を取《と》りあげた。探偵共は腕捲《うでまく》りをして、今にも跳びかかりそうにしている。柱の蔭では二十台の機関銃が今にも火蓋を切ろうとしている。しかし少年紳士はいとも平然と、金剛石《ダイヤモンド》を捻くり廻《まわ》していたが、

「安いことは安いが、色がちょっと悪いな」

と云いながら、窓の方へ向って日光に透《すか》して見ようとした。と、どうしたはずみか宝石は少年の手から跳ねて、からからと床の上に落ちた。

「やった!!」と思わず叫んで、探偵も店員も警官も、それから機関銃組も、一斉に少年紳士に襲いかかろうとした。とたん、少年はにこにこ笑いながら床の上から金剛石《ダイヤモンド》を拾いあげて、

「色が悪い、どうもすこし色が悪い」

と云いながら、ぽかんとしている番頭の手に宝石を返した。皆はほっとして肩をおとした。

「じゃまた来よう、失敬!」

少年紳士はそういって、狆をつれて悠々と出ようとした。と、その時番頭が金切声で叫んだ。

「ひゃッ、これは硝子玉《ガラスだま》だ、その小僧は泥棒だ、捉えてくれ!!」

待《まち》かねていた警官たちはバラバラと少年の周囲を取まいた。探偵が調べてみると正《まさ》に金剛石《ダイヤモンド》が硝子《ガラス》玉に変っている。

「太いやつだ、身体検査をしろ!」

探偵の声に応じて、五十人の警官がよってたかって身体検査をした。鼻や耳の中まで調べた、けれどどこからも金剛石《ダイヤモンド》はおろか小石ひとつ出てこなかった。

「その金剛石《ダイヤモンド》は僕が最初見た時から硝子《ガラス》玉だったよ。だから僕は色が悪いといったんだ、どこかの悪漢がいつかもう硝子《ガラス》玉とすり換えておいたんだね、……疑いが晴れたら僕は帰るよ、ベスベス、おいで」

少年紳士は悠然と店を出ていった。

鬨《とき》の声は何者!!

「その少年紳士こそ誰あろう、この己等《おいら》なんだぜ」

と三吉はふん反りかえった。赤鬼団の悪漢共には何がなんだか分らない。

「で、一体その千万円の金剛石《ダイヤモンド》はどうしたんだね」

「僕のつれていた狆の眼玉の中に入れておいたんだ」

「え!! 狆の眼玉!?」

「うん、狆は片眼だった、そこで片方の潰れた眼の方へ硝子《ガラス》玉の義眼をしておいた、そして金剛石《ダイヤモンド》を床に落してひろう時、その狆の義眼と宝石とを入れかえて、金剛石《ダイヤモンド》を眼玉の中へ入れ、硝子《ガラス》玉を番頭に返したのさ、あははは、探偵共も狆の義眼には気がつかなかったさ」

三吉はさも愉快そうに笑った。さすがの悪漢団もすっかり三吉の話に面喰《めんくら》って、眼をぱちぱちさせるだけだった。

「うん偉い、どっか見所のある小僧だと思ったが、そんな大仕事をしようとは思わなかった。じゃあもしや噂にきいていた、東京の不良少年『隼《はやぶさ》の譲治』ってのはお前じゃねえか」

おやおや変なことになったぞ、とは思ったがもう度胸の据《すわ》った三吉、胸を突出して、

「そうとも、己等《おいら》がその隼の譲治だ」

「やあそりゃ素的だ、隼の兄いが赤鬼団へ入ってくれりゃ己達ぁ千人力だ、なあみんな、これから親分のところへいって、この話をして、隼の兄いに仲間になって貰おうじゃねえか」

「おお、それが良い」

「合点だ」「承知だ」と皆も口々に叫んだ。

「じゃまず仲間になったお近づきに手を握らせて下せえ、私ゃ地獄の伝次と云うんで」

と頭分の男が云って、三吉の手を握った。それから皆が名を名乗った。「焼火箸の吉」だの「目玉の仙公」だの「夕立の平助」だの、いろいろな名前がついていた。

「あっ、いけねえ、大事な娘を放りぱなしにしといたじゃねえか、早くいってみよう」

地獄の伝次が呶鳴った。

「それ!!」と云うので、みんなは隠家の窪みの方へ走りだしたが、三吉は腹の中で可笑《おか》しかった。

隠家へきてみると、町長の娘は影も形も見えない、悪漢共はじだんだを踏んで口惜しがった。

「全体どいつか一人くらい見張りに残っていねえって法はねえ、間抜《まぬけ》野郎め」

地獄の伝次は、恐ろしい眼玉を剝きながら、手下の者を呶鳴りつけた。

その時である、草原の彼方に焰々《えんえん》と赤く松明《たいまつ》の光があがって、

「わーッ、わっ」という鬨の声がおこった。吃驚《びっくり》した悪漢共が、思わず逃げ腰になると、こん度は反対側の方にも赤く松明が燃え出して、

「わーっわっ」

という鬨の声だ。そして恐ろしい勢《いきおい》で、この赤鬼団を遠巻《とおまき》にして、だんだんと輪を縮めながら押《おし》よせてきた。

秘密の地図を手に入れに――

一方柳の渡場では――。

黒猫の三吉のくるのを待っている清三と、啓子と黒ん坊のサムは、ふと、はるか彼方に赤々《あかあか》と松明の光が見え、わあわあッという喚声のあがるのを聞いて吃驚《びっくり》した。

「こりゃことによると悪漢たちが僕等を探しに来るのかも知れないぞ、とにかく遁《に》げよう」と、清三が先に立って、傍らの雑木林の中へ逃げこんでいった。サムは逃げながら一心に両手を合せて、

「アブカラダ・カンブラダ！」

と祈りをあげた。清三は笑いながら訊いた。

「何だい、そのアブカラダ何とかいってんのは」

「呪禁《まじない》でがす……」サムは清三の耳に口をあてて、なにか大事な秘密でも教えるように囁いた。

「アブカラダ・カンブラダ！　こう唱えると黒ん坊の神様は悪漢を真黒焦《まつくろこげ》にして下さるんでがすよ！」

そしてもう一度その呪禁《まじない》を唱えた。

三人が林の奥へ遁げこんで、もう大勢の騒ぐ声も聞えなくなった時、啓子はしくしくと泣き出した。

「どうしたの啓ちゃん、なぜ泣くの」

「私――お家へ帰りたいの――お家へ」

啓子はそういって又《また》激しく泣き出した。

「ああそうか、僕等は百万両の宝島の冒険に行くんだけど、啓ちゃんはだめなんだねえ――」

清三は草の上に坐って溜息をついた。

「ねえ清さん、私をお家へ連れていってよ、私早くお家へ帰りたい――」

傍ではサムががたがた顫えだして、

「坊ちゃま、町へ行かねえで下せえよ。わし町へ行けば、又あの親方に捉まるでがす。どうかわしを町へつれて行かねえで下せえよ」これではまるで挟討《はさみうち》だ。

「そうだ！」しばらくじっと考えこんでいた清三、やがて膝を叩いて叫んだ。

「僕達が宝島へゆくには、なによりも先に地図を手に入れなければならない。その地図は啓ちゃんのお父様が持っているんだ、――よし、啓ちゃん、これから僕が一緒にお家へつれていってあげる、そのかわりね――」

と清三は啓子の耳に口をつけてなにか囁いた。

「ね、分ったかい」

「ええ――でも私――もしかしてお父様にみつかったらどうしましょう」

「大丈夫だよ、みつかったってお父様は、その地図がなんの役に立つか知ってはいないんだから、大丈夫だよ！」

清三はそう云って、元気に立上った。

「坊ちゃま、わし町へ行かねえでがす、わし町へ行けば又、あの――」

「よし、心得た」清三はサムの肩を叩いた。

「君はこの林の中で待っているんだ。僕は二時間内には必ず帰ってくる。それまで、君はここから柳の渡場を見張っていて、僕ぐらいの男の子がきたら――その少年は黒猫の三吉っていう僕等の仲間だ――待っていて貰うんだ、いいかね、ここから離れちゃだめだぜ」

「宜《い》いでがす。そのかわりにゃ早く帰ってきて下せえましよ、坊ちゃま」

そして、又してもアブカラダ・カンブラダとお呪禁《まじない》を始めるサムを残して清三は啓子の手をひきながら、町の方へ向《むかっ》て歩き出した。

黒猫の三吉焼返しの奇計

赤鬼団と名乗る悪漢の群に飛こんで、へんなはめから「隼の譲治」などという、少年泥棒と間違えられた黒猫の三吉はどうしたか。

地獄の伝次だの、焼火箸の吉だの、目玉の仙公などという悪漢たちと共に、いざ山塞《さんさい》へ出かけようとした時、草原の彼方から、松明を振立てて夥《おびただ》しい人たちが、わあ――わあ――ッと、鬨声《ときのこえ》をあげながら押し寄せてきた。

「やっ!! こりゃきっと町の奴等だぞ、己たちを追詰めて捉えようというのに違えねえ、さあ皆逃げろ!!」

地獄の伝次が皆に喚いた。

「さあ、逃げろ!!」

皆はぴったり地を這うようにして、山塞の方へ向って駈けだした。と見よ。悪漢共の駈けてゆく先にも又、突然、松明の火が燃上《もえあが》った。わあっと云う鬨声が起った。

「しまった、手が廻ったぞ!」

地獄の伝次をはじめ、五人の悪漢は、地面に身を伏せたまま動けなくなった。すると、なにを思ったか黒猫の三吉、懐《ふところ》ろから燐寸《まっち》を取出してパっとすった。

「ばか!! 何をするんだ、火なんか見せちゃあ、ここにいるって教えるようなもんじゃねえか」

夕立の平助が呶鳴った。

「黙ってろ」三吉は見向きもせずに呶鳴りかえした。

「手前《てめえ》たちぁ学問がねえからなにも知りやしめえ、日本《やまと》武《たけるの》尊《みこと》が焼津でどんな計略《はかりごと》をなさったか!?」

皆は顔を見合せた。

「日本《やまと》武《たけるの》尊《みこと》だってよ目玉の吉、手前《てめえ》何だか知ってるか」

「やまとたけるってのは知らねえが、そのみこ、い、い、いとってのは知ってるぜ」

「何だ!?」

「そいつは何でも喰物《くいもの》だ」

三吉はそれを聞いて失笑《ふきだ》しながら、なおも燐寸《まっち》を擦ってては枯草へつけた。

やがて火がぱっと枯草へ燃移ったと思うと、激しい北風に煽られて炎々《えんえん》と燃拡がってゆく。

「己等《おれら》がいま消したばかりなのに、また火をつけて全体どうする気だ」

地獄の伝次も耐りかねて訊いた。

「まあ見ているが宜い、すぐ訳は分るさ」

三吉はそういって、落着《おちつ》いたものである。なるほど訳はすぐ分った。猛烈な風に吹煽《ふきあお》られて見る見るうちに野火は、松明を振《ふり》かざしながら押寄せてくる町の人たちの方へと燃ひろがって行った。

わあ――っという鬨声は、いつか右往左往に逃げまどう騒ぎと変った。松明は散々ばらばら、今は悪漢を追詰《おいっ》めるどころか、うっかりすると自分たちの命が危いので、さすがの町の人たちも我先に草原から逃出した。

「やあ偉いぞ!!　偉いぞ隼の兄哥《あにき》」

悪漢共は口を揃えて叫んだ。

「さすがは東京で鳴らした兄哥《あにき》だけあるぜ、おいみんな、これがみことの計略なんだとよ、さあお礼をいいな」

そこで夕立だの、目玉だの、焼火箸だのが、声々に三吉を褒めたてるのであった。

「さて山塞へ引揚《ひきあ》げるんだが、皆、用意は良いな！」

「ちょっと待ってくんな、己等《おいら》持ってくるものがあるから」

三吉がそう云って駈けだそうとした。すると地獄の伝次は三吉の腕をぐっと掴《つか》んだ。

「おっと隼の兄哥《あにい》、お前はまだちゃんと正式の仲間になった訳じゃねえんだ、どこかへ行くなら見張の者を一人つけなきゃならねえ。やい焼火箸の吉、手前《てめえ》この隼について ゆけ、なにかちょっとでも怪《あや》しいと思うことをしたら、構わねえから殺してしまうんだぞ、それが赤鬼団の掟だ！」

そういって、かっと睨《にら》んだ伝次の顔の凄さ、思わず三吉は慄上《ふるえあが》った。

三吉は焼火箸の吉をつれて、自分の洞穴《ほらあな》に戻っていったが、そこに例の仔猫の黒を抱いて帰ってきた。それを見て悪漢共は二度吃驚《びっくり》。

「おやおや、悪党が猫の仔をつれて歩くなんて聞いたこともねえぜ！」と声をあげて笑った。

「だから、手前等《てめえら》は学問がねえって云うんだ」

三吉は黒猫の喉を撫《な》でてやりながら云った。

「昔から偉い悪党は、みんななにかしら、可愛がる物を飼っていたんだ。石川五右衛門は黒い南京鼠を毎《いつ》も懐ろにしていたし、熊坂長範は白犬を傍から離さなかった。西洋のバイキングという海賊はやっぱりいつも犬を可愛がっていたし、キャプテン・キッドはカナリヤを死ぬまで離さなかったものだ、だから偉い悪党になるには、誰でもなにか持っているものさ」

三吉の話を聞いて、いまさらに皆はへえ――とばかりに感心した。学問ていうものは、ずいぶん色々なことを教えるもんだと思って溜息をつく者もあった。

「だがねえ……隼の兄哥《あにき》、あの――あの――もしや疣蛙《いぼがえる》なんかでも良いかしら⁉」

目玉の仙公が恐るおそる訊けば、夕立の平助も赧《あか》い顔をしながら云った。

「己等《おいら》――その、お螻蛄《けら》を」

けれど云いきらぬうちに、皆がどっと笑出《わらいだ》したので、羞《はずか》しそうに止めてしまった。

「さあ急ごうぜ、大親分がお待兼《まちかね》だぞ」地獄の伝次の声で、皆は草原から山塞の方へと道をいそいだ。

跳り出た怪漢！

その時分、町ではもう夜更《よふ》けで、あたりはすっかり寝鎮《ねしず》まっていた。その町の中程、大きな門構《もんがまえ》の町長さんの邸の裏手に、先ほどから垣根のかげに身をかくして、じっとなにかを待っている少年があった。云うまでもなく清三である。

清三は啓子をつれて帰った。そして啓子にあの宝島の地図を取ってきてくれるようにと頼んだのである。

「まだかなあ……誰かにみつかったのかしら」

あまり啓子の出てくるのがおそいので、思わず口の中で呟いた。とたん、裏庭に面した縁側の雨戸がすっと開いた。「しめたぞ！」と思って裏木戸の方へ行くと、

「清三さん、清三さん」と啓子の声がする。駈けよると、黙って四折にした古い紙をわたした。

「啓ちゃん有難う、叱られやしなかった」

「ええ、誰も地図なんか、何とも思ってやしなかったわ」

「そう、有難う」そういって清三は、折ってある紙をひろげて見た。それは古い奉書紙へ、筆で書いた地図で、悪漢共が云ったとおり万代川の流《ながれ》や、宝島の位置までひと眼で分る精《くわ》しいものだった。

「これさえあれば大丈夫だ、じゃあ左様《さよう》なら啓ちゃん！」

「行ってらっしゃい清さん、御無事でね」

「たくさんお土産《みやげ》を持ってくるよ」そういって清三は啓子に別れた。啓子はいつまでも清三を見送っていた。

しかし実際のところ清三はあまり遠くまではゆかなかった。町の表通りへ出ようとする曲角《まがりかど》までくると、傍の暗がりから、突然一人の怪漢が跳《おど》りだして、走ってゆく清三のうしろから昆棒《こんぼう》で、

「やっ！」とばかり清三の頭を殴りつけた。

「う――ん」と一声呻《うめ》いて倒れる清三の上へのしかかった怪漢は、いま啓子から受取《うけと》ってきた、大切な宝島の地図をうばいとると、そのまま闇の中へ逃去ってしまった。

万代川の藻屑か？

清三を見送って、啓子が家へ入った時、「お待ち！」と云ってお縁側の暗がりからお母様があらわれた。

「あっ、お母様！」

「お母様ではありません、いまお庭へきていたのは誰です。誰と話をしていたんです」

「いえ、誰もきはしませんわ、お母様、私頭が痛かったので……」

「嘘をおっしゃい、母様はここで見ていたんです、さあ誰がきていたのですか、おっしゃい!!」

云うのはたやすかった。しかし自分が今云ってしまえば、清三の宝島の冒険は駄目になってしまう。黒ん坊のサムも助けてやることはできなくなる。云うことはできない。黙っていなければならない——と啓子は決心した。

「云わないんですか、どうしても云いませんね。啓ちゃんは私を継母《ままはは》だと思ってばかにしているんですね、よござんす、みんなお父様にお話してあげるから」

そういうと、お母様は足音荒く、お父様のお部屋の方へ立去ってしまいました。

啓子はその後姿を見ていたが、やがて亡くなった慈深《なさけぶか》いお母様のことを思い出して、わっと泣きながら自分のお部屋へ駈けこんだ。啓子がお部屋で、机につっ伏して泣いていると、間もなくお父様がきた。

「啓子、どうしたんだ、お母様に何をしたんだね！」

「お父様、私……」

「泣かなくてもよろしいよ、さあ何をしたんだか、父様に話してごらん！」

「ごめんなさい、お父様……」啓子は泣《なき》じゃくりながらつづけた。「私、どうしてもお話することができませんの。これにはいろいろな訳があるんです。どうか訊かないで下さい、いまに、いまにみんな分る時があるんです——私、決してお母様を、継母だからってばかになんかしません。決してそんなことありません。お父様」

「よしよし」お父様は啓子の背中を撫でてやりながら、「話せないと云うものを無理に訊こうとは云わない。だがなあ啓子、父様はいまにこの町の大きな問題で大変に頭を疲らせているのだ、万代川に大きな堰《せき》を造って、毎年夏にある洪水《おおみず》をなくそうということになった。それには十万円と云うお金が要るのだ、それがこの町ではそれだけはとても出しきれないので、どうかしてそれだけの金を集めようと、皆が苦心をしているんだ。そんなわけで父様は頭を休めている暇がないから、どうか父様に心配をかけないでくれ、分ったか、どうか父様に心配をかけないでおくれよ」

話しているところへ、障子を荒々しく明けてお母様が入ってきたかと思うと、気違のような声で、

「裏庭で啓と話していた子は誰でしたか、何のために庭で他所《よそ》の子なんかと話していたのですか、それが私は聴きたいのです」と叫びたてた。お父様は立上って、お母様を抱くようにして、

「まあいい、俺が明日よく話すから、今夜はおとなしく寝かしてやれ、啓は悪者に掠われて帰ったばかりで、まだ気も落着いていないようだから、俺に任せてくれ」となだめすかしながら、啓子のお部屋を出ていった。

「お母様！」啓子は涙の溢れる眸《ひとみ》で、じっと夜の空を見上げながら、死んだ本当のお母様に話しかけた。

「お母様、啓はこのお家を出ます、啓がいれば継のお母様はあんなに怒ってばかりいます、お家がいつも不和です、だから啓はお家を出ます」

呟《つぶ》やいていると、あとからあとからと涙が溢落《あふれお》ちてきた。

「でも啓はまだ少さいから、ひとりではどこへ行っていいか分りません、ですから——ですから、どうぞお母様啓をお護《まも》り下さい」いい終ると、啓子は起上って、そっとお部屋を出た。そして、静かにお庭へ下りて行った。

邸を脱《ぬ》け出た啓子は、なによりも先に清三に追いついて、すべてのことを話そうと、町を走って万代川の河岸へきた。暗夜を吹捲《ふきまく》る寒風は物凄く、ごうごうと音高く流れる川の水は、見るからに身顫

のするほど恐ろしかった。

「清三さーん！」

物凄《ものすさま》じい景色に、思わず啓子はそう叫んだ、そして夢中であてもなく走り出した時、どう足を踏《ふみ》外《はず》したか、ずるずると堤を滑って、そのまま、真黒く渦巻き流れる万代川の水の中へ、どぶ——んとばかり落《おち》こんでしまった。

清三は!? 啓子は!?

赤鬼の松六

黒猫の三吉は、その時分もう地獄の伝次やその他の悪漢共と一緒に、赤鬼団の山塞へ着いていた。

「さあ、いよいよ大親分のお眼通りだ」

先にたった地獄の伝次は、そう云って、警告するように三吉へふりむいた。

「これで大親分が承知なされば、お前は今日から己等《おれら》の仲間だ。いいか、大親分のお気に入るように挨拶をしてくんな！」

伝次に導かれてはいって行ったのは、巌窟を刳上《えぐりあ》げて造った部屋で、壁や床掛《とこがかり》には草双紙で見る山賊の山塞と同じように、鉄砲だの手鎗だの刀だのが沢山ならべてあった。

待つほどもなく、奥から四五人の手下をつれて、六尺もあるかとおもわれる大男がのっそりと現われてきた。もちろんこれが赤鬼の松六に違いない。

なるほど赤鬼と云われるだけあって、顔は煉瓦色《れんがいろ》をしていた。その上顎から頬へかけてまるで熊のような荒い髭《ひげ》がはえ伸びて、まるまる顔半分を埋めている有様である。

黒猫の三吉はみんなのうしろに体を縮めて様子をうかがっている、そのうちに伝次が今日までのいきさつを大親分に話しはじめた。

町長の娘をさらったこと。娘と地図を引《ひき》かえにするつもりだったのが、怪しい野火のために、不思議や娘を取逃がしたこと、そして町の人達に追詰められたので、しかたなく帰ってきたこと、その時一人の少年を仲間に入れたこと、それが今、東京で有名な隼の譲治と云う不良少年であること。――と、伝次はすっかり話終《はなしおわ》って、額の汗を拭いた。

「そうか」聞いていた赤鬼の松六は頷いていった。

「娘が逃げたのは、きっと誰か助けた者があるんだ。その怪しい野火と云うのが臭えぞ!!」

松六はぎろりと眼を光らせて一座を見廻した。

「こりゃ手前《てめえ》らが計略にかかったんだ、そ奴《いつ》らはきっと二人で組んでいたに相違ねえ。一人が野火を放《つ》けたんだ、そして手前《てめえ》らが騒いでる間に、別の奴が娘を助けていったに違えねえ!!」

そう云って、またぎろりと眼を光らせた。黒猫の三吉は自分の計略をすっかり見破られたので、自分までが見抜かれるのではないかと、ぎょっとして一層身を縮めた。

「だが逃げた者はもうどうしようもねえ」松六はつづけた。

「娘が失敗だったら、今度は別の手でやるまでよ。ところで地獄の伝次、お前どうして宝島の地図を手に入れるつもりだね!」

「親分、そいつぁもう手筈《てはず》がついています」

伝次は得意そうに、

「というのはね、あの忍びこみの上手な暗闇の十助をやっといたんで、きゃつならもう間違《まちげ》えなく地図を盗みだしてきますよ!」

「そうか、じゃそのことはよし」赤鬼の松六は膝を乗り出した、「ところで今聞けば、東京の隼の何とか云う小僧を仲間に入れたそうだが、そいつを前へ引摺ってこい!」

地獄の伝次は立って、みんなの後にいる三吉を手招いた。もう引さがるわけにはいかない。黒猫の三吉度胸をきめてまえへ進んだ。

「こいつか!?」

「へえ、どうかお眼をかけてやっておくんなさいまし。実にすばしっこい奴でいろんなことをしっています。それに仕事もできそうでござえますから!」

「いいから手前《てめえ》はもうひっこんでろ!」松六はぐっと三吉を睨据《にらみす》えた。「貴様か、隼の譲治ってのは!?」

「うん、おいら隼の譲治だ!!」

三吉、必死になって虚勢をはりながら元気に答えた。

「前へ出ろ、もっと前へ出ろ!!」

三吉が恐れげを見せず前へ進むと、松六は鉄をも射抜くような眼差《まなざし》で、ぐっと三吉の眼を睨んだ。その眼光は飢えた狼のように、残忍酷薄に燃えていた。物言う舌は氷のように冷めたく、相手の胸へ刃のように鋭く斬《きり》こむようだった。

しかし三吉は心の中で、こいつに負けてたまるものかと歯を喰《くい》しばって我慢した。

「うん、いい度胸だ、赤鬼の松六に睨み下ろされてそっぽをむかなかったのは手前《てめえ》が初めてだ」

松六は薄気味の悪い微笑を見せながらいった。

「隼の譲治といえば、小僧のなかでも世間に知られた奴だ。そいつが本当に手前《てめえ》だったら、仲間に入れるこの松六も満足だ。が、万一《もし》手前《てめえ》が隼の譲治でなくって、この赤鬼団の内情を探りにでもきたんなら、――いいか小僧、もしもそんなことだったら、手前《てめえ》の運命もあのとおりだ、見ろ!!」

そう云って指さすので、三吉は恐る恐るそのほうを見たが、さすがにさっと顔色をかえた。

それは巌窟を刳抜いて造った、三畳ぐらいの小さな暗い部屋で、その中には、天井から素裸《すっぱだか》にされた男が一人、後手に縛られたまま釣下《つりさ》げられていた。そればかりではない。男の足の下には真赤に焼けた鉄板がおいてあるから、男が足を下につこうとすると、ぶすぶすと肉が焦爛《やけただ》れるのである。なんという残酷な刑罰だろう。男はもうほとんど半死半生のありさまで、ただ時々かすかに呻くばかりである。

「どうだ、恐ろしいか、彼奴《あいつ》は仲間をだまして己達《おれたち》のようすを探りにきた探偵なんだ、だから一番重い罪で殺されるんだ、すぐには死なない、ああやってジリジリと殺すんだ、分ったか小僧。もしこれから手前《てめえ》に、怪しいと思うことがちっとでもあれば、その時は、その時は彼奴《あいつ》と同じように殺されるんだぞ!!」

そういって松六は卑しく笑った。その笑声の凄さ、黒猫の三吉は思わずぞくぞくと身顫いした。

そこへ一人の男が駈けこんできた。

「誰だ!!」と手下の一人が叫んだ。

「暗闇の十助だ！」

「おお待っていた。こっちへこい」地獄の伝次がそう叫ぶと、十助はあたふたとかけよってきた。

「どうだ、うまくいったか」

「へい、この通り、まんまと地図を手にいれて参りやした」

そういって十助は持ってきた地図を伝次にわたした。赤鬼の松六は、伝次からその地図を受取ると、それをひろげてくわしく調べた後、さも満足そうにうなずいていった。

「よし、よくやった、貴様には追《おっ》て褒美をやるぞ!!」

「御覧なさい親分、暗闇の十助はやっぱり忍びの名人でごぜえますね」

そう云って地獄の伝次は松六の方へすりよっていった。

暗闇の十助は、自分の席のほうへ引さがると、汗を拭きふき、自分がどうして地図を手にいれたかという、手柄話を始めた。町長の家の外に待っていたこと、そこへ清三が忍びよってきたこと、見ていると、家の中からあの草原で逃げたお嬢さんがでてきて、地図を清三にわたしたこと、それから自分が先廻りをして、街角に待伏せしていたこと、やがて地図を持ってやってきた清三を、うしろから殴りつけて、まんまと地図を奪いとって逃げてきたこと。——

「どうでえ、おいらの腕前をみてくんな、ざっとやってもこんなもんだ」

そういって十助は、声をたてて笑った。そばにいた黒猫の三吉は、清三が地図を奪われた上に、十助などのために殴り倒されたと聴いて、歯嚙みをして口惜しがった。

「よし、いまに見ろ」と、三吉は心の中で呶鳴った。

「きっとこの仕返しはしてやるから！」

「さあ!!」この時赤鬼の松六は、そうわめきながら立あがった。そして勇気凜々たる有様で呶鳴りたてた。

「さあみんな、宝島の地図が手にはいったぞ、もうこれで用意はすっかり備《そなわ》った、明日の朝はいよいよ出発だぞ!!」

「わあっ!!」という喚声が巌窟を揺《ゆる》がした。皆は手振り足振り口々に叫びかわした。

「宝島へ!!　宝島へ!!」しかし、黒猫の三吉一人は、物蔭に身をよせて、小さな紙片に、何かせっせと書附《かきつ》けていた。

清三の計画

「やあ、坊ちゃまでねえか！」

黒ん坊のサムは、林のなかへよろよろと踏入《ふみい》ってきた清三をみつけて、驚きの声をあげながら駈けよってきた。

「まあどうなすったただ、顔色がひどく悪うがすで、それにまあ着物も泥だらけで……」

「それよか、昨夕《ゆうべ》黒猫の三吉はきたかい？」

「うんにゃきましねえ」

「黒猫の三吉も行衛《ゆくえ》知れずか、あああ！」

清三は呻きながらあおむけに倒れた。

「どうしたでがす坊ちゃま、宝島の地図は持ってきさっしゃったでねえかね？」

「とられちゃったんだ、首尾よく啓子さんのお蔭で地図を手にいれたと思ったら、帰る途中油断をしていた後ろからがあんとやられて、大事な地図を奪われてしまった。ああ、もうなにもかもめちゃくちゃだ!!」

黒ん坊のサムは仰天してしまった。なぜって、宝島へ行けなければ、宝島からお金を掘出《ほりだ》すことができないし、お金を掘出すことができなければ、あの恐ろしい曲馬団の親分から、清三に自分を買取って貰うこともできないのだ。

「ああ、こりゃ大変なことになったただ、坊ちゃま、じゃあわしはまた見つかり次第あの無慈悲な曲馬団へ連戻《つれもど》されにゃなりませんだなあ、そんなことならいっそ」

「待てよ！」と急に清三は、身をおこした。

「なんでがす！」

「うんそうだ、いいことがある」

清三は生々と眼を輝かしはじめた。

「僕は昨晩《ゆうべ》、啓ちゃんから受取る時、街灯の明りで地図をみておいた。そのとき見た万代川の流の具合や、宝島の位置をまだうっすら覚えているんだ！」

「そりゃええだ！」

「その上、ゆうべ僕から地図を盗んだ奴は、例の赤鬼団の手下の者に違いないから、きっと近いうちに地図を調べて宝島へゆくにきまっている。そこで、この町から宝島へ行くには、どうしても万代川を舟で下らなければならぬ、とすれば、赤鬼団の奴等は必ずこの丘の下を舟で通るんだ」

「そこで僕達は筏を組んでおいて、奴等がやってきたら、その後からつけて行くのさ、ね⁉ 奴等は悪漢だからむろん昼の内は川を下ることができない、どうしても夜になるだろう。だから僕等も跡をつけるのに具合がいいぜ!!」

「日本の坊ちゃまは偉《えれ》え智慧もっていさっしゃるでがすだ、まったくそいつは偉え計略でがすよ!!」

「よし。それよりも早く筏を作る工夫をしてくれたまえ、すぐにも奴等がやってくるかも知れないから、僕はこれから食糧を集めてくる!!」サムは大きな体を揺りながら、いそいそ林の奥の方へ木を集めにでていった。

「それにしても黒猫の三吉はどうしたのだろう、相手が赤鬼団なので、こわくなってどこかへ逃げて了《しま》ったのかな！」

清三は食糧を集めにでかけ乍《なが》ら、口のなかでつぶやいた。

隼の譲治

ちょうどその時分。清三達の隠れている所より、五丁ばかり川下に、我々の知らない一人の少年が、川端の灌木の茂みのそばに小さな天幕《テント》をはり、川岸で炊事をやっていた。

砂地に掘った即製の竈《かまど》で、いまちょうどふつふつと湯気をたてはじめた牛乳を、少年はなれた手つきで茶碗に移すと、口笛を吹きながら天幕《テント》のなかを覗きながら、

「お嬢さん、牛乳が沸いたぜ」なかからはか弱い声で、

「どうもすみません！」

と答える、少年は片手で垂れをはねあげて、朝の空気を天幕《テント》の中へ導きいれた。おや！　そこに横になって、今少年から受取った温かい牛乳を啜《すす》っているのは、町長の家の啓子ではありませんか。ほんとうだ、それは啓子だった。

「少しは元気がでたかい？」

「ええ、でも……私こんなに親切にして頂いては、本当にすみませんわ、そして貴方《あなた》はどなたなの？」

「僕かい、僕はね、ちっとわけがあって東京の方からきた者なんだ。名前は隼の譲治ってね、じつは不良少年だよ」

おお、隼の譲治、黒猫の三吉が間違えられてたのはこの少年だったのだ。不良少年ときいて啓子はびっくりした。

「でも、でも貴方は、私が溺れかかったところを助けてくださったり、こんなに親切にしてくださるじゃないの？」

「不良少年だって人にする親切ぐらい知ってるさ、それに貴女《あなた》を助けてあげたかわり、お願いがあるんだがな」

「まあ、どんなこと!?」

「なにちょっとした事だ、お嬢さんにできることなんだ、というのはね、お家へかえってね、お父様

の文庫の中にある地図を、一枚僕に持ってきてくれればいいんだ！」

「まあ地図!!」啓子は驚いて身をすさらせた。

「いけないかい!?」譲治は荒々しく啓子の手首をつかんだ。

「いいえ、いやだなんていわないわ、でも、でも、もうその地図はお家にはないのよ」「なんだと、地図がないって」

今度は譲治のほうが驚いて身を乗出した。

「それは宝島の地図でしょ」

「そうだ、ではもうだれか宝島の秘密をさぐりだしていたのだな」譲治の訊くままに、啓子は今までのことを話して聞かせた。しかし地図を清三がもっていったことはいわないで、赤鬼団が盗みだしたのだと嘘を答えた。

「畜生、おそかったか？」譲治は歯《はぎ》しりしてくやしがった。

「よし、奴等が先手をうったなら、僕ぁ抜駈《ぬけが》けをしてやる。奴等は船でこの川をくだるに相違ないから、僕はここで見張《みはり》をしていて、奴等の船が通りかかったら忍びこむんだ」

「でも、私は……」

「お嬢さんも一緒さ、貴女をここで逃がせば、僕等は縛られてしまうんだ、だから貴女も一緒にさ」

「私、いやです」啓子は叫んで立あがった。

「あら!?」立上った時啓子は、遥か林のかなたに、清三の歩いているのを見つけてとびあがった。

「清三さあん!!」助かった、と思って駈けだす。とたんに隼の譲治は、うしろから啓子の頸に腕をまわして、ぐっと抱き緊《し》めながら掌《て》で口をしかと塞《ふさ》いだ。

「騒ぐな!!」譲治は啓子をずるずると天幕《テント》の方へ引摺ってきながら呶鳴った。しかし啓子は必死である。

「清三さん!!」林のかなたで、清三がぴたりと立どまった。

黒猫現わる!!

食糧を集めに出かけた清三は、やがて小遣銭の底をはたいて小麦粉を一袋と、コンドビーフの缶詰を五個、それに米をすこしばかり買《かい》いれて帰ってきた。

うっかり人にみつかると、家へつれ戻されるから、なるべく森蔭、林の中などを選んで歩いてくると、ふと、どこかで、

「清三さーん」と自分の名をよぶ声が聞えた。

清三は思わずはっとして立停《たちど》まったが、もしかして町の人にでもみつけられたのだとしたら、それまでだと気づいて、いきなり傍の林の茂みの中へ跳《とび》こんで、無我夢中に駈け出した。

清三がやっとの思《おもい》で、もとの隠れ場所へ戻ってみると、黒ん坊のサムはどこでどう探しあつめてきたか、大小さまざまな材木をしこたま積《つみ》あげて、その上に腰をかけていた。

「やあ坊ちゃま、帰らしゃったか、どうでがす、俺の獲物を見て下せえまし」

「うん、素的《すてき》だ、僕の方は食糧をこれだけ仕入れてきたよ」

「食糧は俺の方にもあるのでがす」サムはにこにこ笑いながら、材木の蔭から一疋《いっぴき》の野兎をつかみ出した。

「やあ、お前が獲《と》ったのかい」

「そうでがす、そいからもう一つ」

そういって又《また》材木の蔭へ手をやったと思うと、今度はよく肥《ふと》った牝鶏《めんどり》を一羽とり出して見せた。これは怪《け》しからんことだとは思ったが、今はそんなことに構っていられないので、大急ぎで筏《いかだ》を組みに取掛《とりかか》ることにした。

二人が材木を川岸へ運んで、小さな入江の中へ浮べながら、丈夫な綱で筏を組んでいると、川上の方から「にゃあ――にゃあ――」という仔猫《こねこ》の鳴声が聞えてきた。清三はなんだか聞きおぼえのある鳴声だと思って、手を休めてふり返った。見ると一疋の黒猫が、ちょこちょこと丘を走りおりてくるところである。

「はてな?」どこかで見たことのある猫だが、と思ったとたん、黒猫の頸になにか白い紙片《かみきれ》のような物が結びつけてあるのを見つけて、思わず跳びあがって叫んだ。

「やっ! そうだ!! あれは三吉の黒猫だ!!」

そして急いで走寄《はしりよ》って、仔猫を抱《だき》あげた。見るとそれは間違《まちがい》もなく三吉の猫で、しかも頸輪紐に、手紙のような物が結びつけてある。解く手ももどかしく披《ひら》いて読むと、それにはこう書いてあった。

「清三君に告ぐ。

我三吉は赤鬼団の中にあり。隼の譲治という不良少年に間違えられて我は今悪漢の仲間となれり。されど心配するな、我はいつか機会を見て君の盗まれた宝島の地図を奪いかえし、君と共に宝島を占領せんことを誓う。それまでは黒猫を使者として折々通信すべし。清三君よ直《ただ》ちに出発せよ。万代川を下れ。しかして八里川下の烏帽子岩《えぼしいわ》に待て、我等は今朝用意を備え、夕暮を待ちて川を下る予定なり。さらば友よ。黒猫の三吉」

「万歳!!」清三は跳上《とびあが》って喚いた。

「黒猫の三吉は生きていたぞ。出発だ、さあサム君、出発だあ!!」

サムは吃驚《びっくり》して眼を剝いた。

ああ、胸躍る宝島へ、宝島へ!! 赤鬼団、清三、黒猫の三吉、それからあの不思議な少年、隼の譲治、これらの人々がただひとつに集まる、宝島冒険の幕はいよいよ切って落されようとする。

地図を狙う別の一人

昼の晴天にひきかえ、夜に入ってからは急に密雲が出て、星一つ見えぬ闇夜となった。

万代川の、とある山麓の断崖《きりぎし》にそった流《ながれ》の上に、このあたりには見馴《みな》れぬ大船が一艘泊っていた。夕暮ごろから何人もの荒くれ男達が、食糧だの銃だの弾薬だのを積こんでいたが、やがてそれもすっかり終ったらしく、今は船の中に集って船出を待つばかりだった。

やがて闇の中から船尾楼の上へぬっと立上《たちあが》った大男がある、見ると赤鬼の松六だ。

「やほーい」松六は夜の空気を顫《ふる》わせながら喚いた。

「錨《いかり》を巻けーい」すぐにえんやらえんやらと掛声がおこって、大錨は捲《ま》きあげられた。

「櫓《ろ》を入れろ——!!」八挺の櫓が動きはじめた。静かに、静かに、ぎいぎいという軋《きし》みを立てながら、そして船はそろそろと動きだした。

「親分、風はなし、闇夜ではあり、まったく申分《もうしぶん》のねえ船出でごぜえますね!」舳《みよし》から地獄の伝次が上ってきながら云った。赤鬼の松六は大きくうなずいたが、傍へきた伝次を見ると、ひくい声で囁《ささや》いた。

「伝次、だが彼奴《あいつ》から眼を放すなよ、あの小僧から……」

「隼の譲治ですか?」

「うん、己《おら》ぁどうも彼奴《あいつ》ただ者でねえと思う」

「そりゃ親分違います。私ゃあの小僧だけは大丈夫と保証しますよ、彼奴《あいつ》ぁ良い腕の仲間になりますぜ」伝次は自信ありげに胸を叩いた。

「手前《てめえ》がそう保証するなら、小僧のことは任せるとしよう。だが気をつけろよ、腕は良いかもしれねえが、本当に彼奴《あいつ》ぁ油断のならねえ小僧だから!」

この時二人の話しているのを、舵の間に身をひそめて、あの黒猫の三吉が昵《じっ》と聞いていた。

「だが」伝次があたりを憚《はばか》るようにひくい声で、

「地図は大丈夫でごぜえましょうね？」

蔭で聴いていた三吉、さてこそとますます耳を傾ける。

「地図か!?」松六は大声に笑った。「ああ、地図のことはおれに任せておけ、日輪様が堕《おっ》こちたって、他人に盗まれるようなへまはやらねえ！」

「いや、それって云うのがね」伝次は一層声を低くして、

「仲間の内におかしな野郎が一人いますのでね！」

「おかしな野郎とは!?」

「高頰に青い痣《あざ》のある奴ですよ」

「うん、東京者だと云う彼奴《あいつ》か」

「そうですよ、何でも二三度、親分の留守に親分の部屋をなにか探しまわっていたそうですからね！」

松六は黙って深く呻《うめ》いた。三吉は高頰に痣のある男と聞いてすぐにその人を思いだすことができた。痣こそあるがまるで昔の武士を見るように、威のある人柄で、仲間の誰に対しても親切、ことに新参の三吉には親のようにしてくれる人である。

「よし」松六の声がしたので、三吉は低く身を伏せた。

「明日の晩、烏帽子岩を出たところで、やっつけてしまおう」

「やっつける!?」

「そうよ、銃殺だ!!」

三吉は思わず身を竦《すく》めた。

船は静かに、闇の中を川下へ川下へとくだって行く。

かくてこの怪しい大船が、それからややしばらく川を下った時、とある川岸の灌木の茂みから、一艘の小さな半ば朽ちかかった平底舟が、するすると漕ぎ寄ってきた。

そして大船に追附《おいつ》くと左舷《さげん》へぴったり舟を寄せた。と見ると、明いていた舷窓に縋《すが》って、二人の小さな人影が、するすると大船の中へ忍びこんだのである。

闇の夜、大胆にもこの悪漢共の船へ忍びこんだ二つの影は何者だろう。

烏帽子岩の冒険

夜が明けかかっていた。

万代川もここまで下ると、まったくの山の中で、時折河原には小さな山程もある巨岩があって流をさえぎっていた。

ここもその一つ、川の左岸から、流の中程まで、山が崩落《くずれおち》たように巨大な巌《いわ》が突出ていて、それはまるで巌石峨々《がが》たる城砦《とりで》のように見えた。是《これ》が烏帽子岩である。

「まだ何も見えないか？」岩の蔭で声がした。清三だ。

「ひどい霧でがす、坊ちゃま」岩を登りながら答えたのはあの黒ん坊のサムである。

「河はひどい霧でがすが、なにも見えましねえ、また何にも聞えましねえだ！」そう答えたとたん、ようやく明けようとする夜明けの霧の中に、ぼーっと黒い大きな船の影があらわれた。

「うわあ、いたいた、いたでがすぞ坊ちゃま、船だ、大船でがすだ、大船がいたでがすだ」

「叱《し》っ!!」清三は制しながら、岩の上へはいあがった。

「静かに、奴等に知れたら射殺《うちころ》されてしまうぜ。どら、どこだ」

「それ、あの烏帽子の淀《よど》に見えますべえが、黒い大きな船が」

「うん、霧の流れではっきりは見えないが、たしかに船だ、さては三吉のいったとおりだな」

「あれが赤鬼共の船でがすかね」

「そうだ。やっ！　誰かくるぞ！」

清三は烏帽子岩の裾の方を見やるとあわてて体を伏せた。サムも大きな体を縮めて芋虫のように岩蔭へもぞもぞかくれた。

誰かくる、そうだ、誰かがやってくる、だんだん足音が近づいた。清三もサムも息を呑んだ。ここで赤鬼団にみつかったらもうおしまいだ。

「清三君！」足音が止まったと思うと、呼ぶ声がした。

「清三君はいないか」清三はその隠れ場から跳び出した。

「やあ三吉君か」

「いたね!!」といって駈けあがってきたのは、黒猫の三吉だった。彼は肩に立派なライフル銃を二挺も担いでいる。

「無事だったね」清三が手を握った。

「僕の手紙は届いたね？」

「ああ黒猫の頸に結びつけてあったのを見たよ、だからここまで先廻《さきまわ》りをしていたんだ」

「僕は又ずいぶん心配したよ、黒猫がうまく君にみつけられてくれたかどうかと思ってね、しかし良かった……ところでそこにいるのは誰だね」

「ああ君はまだサムを知らなかったね、サム君、これがいつも話している黒猫の三吉君だ」

サムは嬉しそうに、のそのそ近寄っておじぎをした。そこで清三は、三吉に気の毒なサムの身上《みのうえ》を話して聞かした。

「そうか、良いとも」と黒猫の三吉は義侠的に大きくうなずいて云った。

「我々の手助けをしてくれたら、宝島の御礼に曲馬団から買取ってあげるよ」

「有難《ありがと》うごぜえますだ、黒犬の……」

「黒猫だ！　犬じゃない、猫だよ、黒猫の三吉だよ!!」

三吉はどなった。

「へえ黒猫の三吉さま！」

サムは首を縮めながらおじぎをした。

「ところでね清三君！」

三吉は担いできた銃をそこへ下ろして、

「僕はこれを持ってきたんだ、君達だって今にきっと必要になるだろうと思ったからね」

「や、こりゃ素晴しい銃だね」

「うん最新式のライフルってんだ、十連発でね、千米《メートル》突先の鉄板を射抜くと云う、とてつもない精巧な奴だよ！」

「有難う、これさえあれば千人力だ。しかし大丈夫かい、こんな物を持出《もちだ》したりして」

「船にはこんなのが五百挺もあるんだ。しかし僕は知れないようにそいつを川の中へ捨てているのさ。何故《なぜ》っていざという時にこんな物が奴等の手にあると危険だからなあ、――そこでこれは弾丸《たま》だよ、五千発あるからね」

「素的！　素的！」清三は銃と弾丸《たま》を受取《うけと》ると、いまにも戦場へ出かける勇士のように、わくわくと胸の躍るのを感じた。

「それからね」三吉は膝を乗りだした。

「君はすぐにここを出発してね、手拍沢《てうちざわ》の蘆《あし》の洲に隠れていてくれ給え」

「手拍沢だね！」

「そうだ、ことによるとあの辺でひと騒ぎおこるかも知れない、いや間違なくおこるよ、それでね、もし我々の船でなにか騒ぎがおこっているようだったら、君たちはどんどん船をめがけて射撃してくれるんだ」

「船を射《う》っていいんだね」

「そうだ、訳はあとで分るから、じゃあ頼んだぜ！」

黒猫の三吉はそういうと、岩蔭から跳出した。

「よし、引受けた」

「じゃサム君しっかりやってくれ」

「良いでがす」

サムは三吉に手をふって見せながら叫んだ。

「良いでがすだよ、黒狐の三吉さま！」

「ちょっ！」三吉はふりかえってどなった。

「黒猫だ、おいら黒猫の三吉だ、狐じゃねえぞ!!　よく覚えておくんだ、サム!!」

「いいでがす、黒……猫の三吉さま」

三吉は大股に、身軽く、船の方へ駈けおりていった。朝靄《あさもや》はいよいよ晴れてきた。

や!!　本物が出た!!

三吉はそっと船へしのび帰った。

船ではまだみんな寝入ったばかりだ。昨晩《ゆうべ》ずっと休まずに川を下ってきたので、皆ひどく疲れていた。

この大船で、この岩石暗礁のおおい万代川を、しかも闇の夜に下ろうというのだから、よほどの苦心と大胆とが必要だった。手下共は、むろん船頭までが、しらじら明けにこの烏帽子の淀に船を纜《もや》った時は、気疲れと体の労《つか》れで皆もうぐったりしてしまった。

三吉はそのひまに、銃二挺を持って、烏帽子岩へ清三に会いに行ってきたのだ。

「よく寝てやがるな、ふ、いまの内精々《せいぜい》良い夢でも見ておくが宜《よ》い、もうすぐみんな珠数《じゅず》つなぎにされてしまうからな！」

そんなことを呟《つぶや》きながら、黒猫の三吉、いま自分の寝床の間へはいこもうとすると、船艙《ふなぐら》の中で何か人声がする。「何だろう」と思ってそっと忍びよってみた。

うす暗い船艙の中では、地獄の伝次、夕立の平助の二人が、一人の少年を捉えて、なにか罵《ののし》り立てているところだった。

「手前《てめえ》は何だ!!」「なんの用があってこの船へもぐりこんでいやぁがったんだ!?」地獄の伝次はどなりながら少年の顔へ手提ランプを突つけた。

「見れば生っ白い顔をしやぁがって、まだ小僧だな、手前《てめえ》うっかりこんな船へ忍《しの》びこんで、叩っ殺されるのを知っているか!?」

「どこから全体忍びこみやぁがったんだ」

と傍から夕立の平助も喚《わめ》いた。

「本当に呆れかえった野郎だぜ」

「やい、何とか云え!!」伝次がそう叫んで、少年の横顔を平手で殴った！　と見た時、すっと身を沈めた少年、やっと喚いたかと思うと、どう投げたか、地獄の伝次を背負《しょい》投げに、ずでんとそこへ抛《ほう》り出した。

「やかましいや、静かにしろ!!」少年は騒がずに口を切った。

「そんなにおいらの名が聞きたきゃ教えてやる、おいら東京でちったぁ人に知られた、隼小僧の譲治ってんだ!!」

「なに!? なに!? 隼の譲――!?」

抛りだされた伝次、びっくりして叫んだ、がもっと驚いたのは扉《ドア》の蔭で聞いていた黒猫の三吉だ。

「や、こりゃとんでもないことになりそうだ」

独りそう呟《つぶ》やきながら、なおも容子《ようす》を窺《うかが》う。

「嘘だ!!」と伝次が喚いた。

「手前《てめえ》名を騙《かた》ろうったってそうは行かねえ、隼の譲治はもう先にこの船の中にきている!!」

「ふん」少年はただ鼻のさきで嘲笑《あざわら》ったばかりだった。

「じゃあ何方《どっち》かが偽者だな、おいらか、その先にきている奴か何方《どっち》かがよ」そういって少年は喚いた。

「よし、その小僧を引摺《ひきず》ってこい、化《ばけ》の皮を剝がしてやるから!!」

その時、隅の方から一人の少女が、よろよろとよろめき出てきたのを三吉は見た。そして危くあっと叫ぶところだった。見よ、それは町長の娘、あの啓子だったから。

ああ黒猫の三吉はどうなる。青い痣の男は何者か、啓子の運命は!?

恐しい悪漢の密談

新月白く光る万代川の流を、一艘の黒い大船が静かに下っていた。なにもかも静かだった。風はなかったし、流の音もささやくようだった。船はいうまでもなく宝島へいそぐ赤鬼団一味の乗っているものだ。

この時、船尾楼の一室では、団長、赤鬼の松六を中に、四五人の手下が集って、なにかひそひそ声で話していた。

「ほんとうにお前が、隼の譲治か?」

松六はかの東京からきたという、怪少年を見やりながら訊ねた。少年は自分の胸を叩いて、

「本当か嘘かは、その小僧を突合《つきあわ》せて見ればわかるさ。隼小僧といわれるだけのおいらに、その小僧がちっとでも似ていたらお慰みだ。早くその小僧を、しょびいてきてくんな！」と、松六を屁とも思わぬ口ぶりで答えた。

その様子を見た松六は、おなじ悪党仲間の直覚で、すぐにこれこそ本物の隼の譲治だと気づいた。

「よし、わかった。あの小僧は己《おれ》が前から怪しいと睨《にら》んでいたんだ。とうとう化の皮を剝いでやる時がきた。どうだ地獄の伝次も不承知とはいうめえな！」

いわれて伝次も、もうこん度は返す言葉がなかった。今までは黒猫の三吉を、自分から先に隼の譲治だと信じていたが、いまこうして、本当の隼小僧が出て見ると、二人を並べて考えるまでもなく、こん度のはひと眼見ただけで悪党だということがわかった。

「よし！　伝次にも不承知がなければ、いよいよ今夜、あの怪しい青痣の男を片附けるついでに、あの小僧もやっつけてやろう！」

「ようござんす！」と、地獄の伝次がいった「あっしも今日まで騙《だま》されていた腹癒《はらいせ》に、あの小僧の体を膾《なます》のように刻んでやりまさ！」

「だがねえ親分」焼火箸の吉がひくい声で口を出した。

「よっぽど要心してかからねえといけませんよ。あの青痣め、かなり腕の立つ奴らしゅうござんすからね。この間も」

「ええい、びくびくするな！」夕立の平助が打消して叫んだ。「あんな青蛙の一疋や二疋なんでえ、赤鬼団ともあるものが、弱音を吐くねえ！」

皆が平助に声を合せて、わっと喚いた、松六は、皆を制して、

「いや、そうでねえ、吉のいうことは、本当だ。彼奴《あいつ》ぁ銃を撃たしちゃ仲間一番だ。なにしろ三十間

も離れた壁へ、拳銃《ピストル》の弾でいろはを書くんだからな、うっかり彼奴《あいつ》に銃を持たしたら、どんなことになるかわからねえぞ」

「そうだ！」と暗闇の宗が膝をすすめた。「この間も青痣め舷側から鉄砲で、水の中に泳いでいる鮠《はや》を射撃《うつ》たが、五発うって三尾を撃殺《うちころ》したくらいだ、まったく吃驚《びっくり》するくらい上手だぜ」

「よし！」隼小僧の譲治は、うなずいていった。「それじゃ。なによりも其奴《そいつ》に銃を持たせねえようにするんですね親分。あんたはその青痣をここへ呼ぶんだ。そしてなにか話していればいい。機《おり》を見て合図をしてくれれば四方の扉《ドア》をあけて、己等《おれたち》をはじめ手下の者たちが銃を持って跳《おど》こんでくる。そうすれば青痣だろうが赤痣だろうが、袋の鼠、もうこっちのものですぜ」

「旨《うま》くゆけば、それもいいだろう」松六は考えぶかくうなずいて答えた。「それからあの小僧はどうする」

「あんな奴ぁ、手間暇はいらねえ。あっしが一人でふん捉えて、地獄の火の中へ叩っこんでやりまさあね！」地獄の伝次が喚いた。

「よし、じゃあ船が手拍沢をまわったらはじめよう、貴様たちはよく注意して、あの青痣の手の届きそうなところから、銃や刃物をかくしておけ」

松六はそう叫んで立上った。

みんなは親分のまわりに首をよせて、何事か熱心に計略を、めぐらしはじめた。

この時、この部屋の外で、さっきから一人の少年が、中の様子を立聞いていたが、誰も気付く者はなかった。

戦闘準備成る

船長の部屋の外で、内部の様子を立ぎいていた黒猫の三吉は、やがてそこを離れて、船首楼の方へ足音を忍ばせながらいそいだ。

船首楼には三人の水夫と、青痣の男とが、船路の見張をしていた。

三吉は船首楼にやってくると、わざと大声をあげて青痣の男にいった。

「赤鬼の親分が呼んでますよ！」

青痣はふりかえって大きくうなずくと、水夫の一人に後をまかせて楼から下りてきた。「やあ、御苦労」

そういって傍を行過ぎようとする男を、黒猫の三吉はひくく呼《よび》とめた。

「早く……危険が迫ってるんです」「危険だって？」青痣は驚いて振《ふり》むいた。三吉は手をとって、青痣を物かげへつれこんだ。

「赤鬼の奴等は、あんたを銃殺しようとしているんです。奴等はあんたを探偵だっていっていますぜ！」

「そうか！」青痣は呻《うな》るようにいった。「もう嗅ぎつけやがったのか！」

「それでね、奴等はあんたが射撃の名人だから、鉄砲をみんな隠してしまえって相談しているんです。だから早――」

「よし！」青痣の男はかすかに笑ってうなずいた。「心配するな、私が良いようにしてやる、一緒にこい。武器艙へいって銃と弾丸《たま》を船首楼へ運ぶんだ。そしてあすこへ立籠《たてこ》るんだ」

「ちょっと待って下さい」黒猫の三吉は走去《はしりさ》ろうとする男をひきとめて、「僕があんたにこんな危険を知らせてあげたのは、僕にお頼みがあるからなんです。青痣さん」

「青痣さんだって？」男はそう云ってくつくつ笑った。

「私は野猪《のじし》の貞造という者だ。覚えておいてくれ、それからお前の頼みというのはなんだね」

「実は僕も奴等に狙われているんです。奴等はあんたを銃殺してから、僕をも殺してしまおうといっていました。ですから僕はあんたと二人で、この危険を切《きり》ぬける工夫をしたいと思うんです」

「よし、私はお前が素《す》ばしこい利巧《りこう》な子供だということをよく知っている。二人で奴等を相手にひと戦いはじめよう」

「承知してくれますか、ところでもう一つあるんです、それはね、この船の中に女の子が一人押籠《おしこ》められているんです」

「うん、それなら知っている！」

「僕はその子をぜひ助けなくてはなりません。どこに押籠められているかということは僕が知ってます。どうか手を藉《か》して下さいな」

野猪の貞造はしばらく考えている様子だったが、やがて頷いていった。

「よし手を藉してやる」

「それで定《きま》った！」三吉は勇躍して叫んだ。

「では第一に僕達は銃を手に入れなければなりませんね、なにしろあんたは――野猪さんは射撃の達人なんだから」

「あっ！　黙って！」

野猪の貞造は三吉の手をとって、急に傍の物かげに身をひそめた。その時三四人の悪漢たちが、なにか罵りながら駈けてきて、つい二人の鼻先を、舳先《みよし》の方へと走り去った。

「いま行ったでしょう？」三吉は走去った人影を指さして囁いた。

「あの一番後からいったのが隼の譲治って云う不良少年なんです！」

「隼の譲治、じゃお前は誰なんだ？」

「僕ぁ黒猫の三吉っていうんです。今まであの譲治ってのに間違えられていたんです。それがばれたんですよ！」

「そうか、道理でお前は悪党には珍しいと睨んでいた――おや！」貞造はふと夜の帷《とばり》を透《すか》して船首楼の方を見たが、突然三吉の耳に、「来い武器室へはいっていった奴がある、まず彼処《あすこ》を占領するんだ！」

そう囁くと共に、脱兎のように走り出して、三吉の追《おい》つく間もなく、武器艙の中へ跳りこんでいった。

三吉が後から辛《よ》うやくにして駈けつけた時、青痣の男は、鉄拳をふるって、二人の悪漢を右と左に、一撃ずつで打倒したところだった。そして一人の手下は、駈けつけてきた三吉を突《つき》とばして、夢中で艫《とも》の方へ走去った。

「早く！」青痣は三吉に呶鳴った。「早く入ってその扉《ドア》をしめろ！　奴等はすぐに押寄せてくる、早くしろ！」

三吉はいわれるままにした。貞造は入口の扉《ドア》をしめるとその辺にある重い箱を積かさねて、扉《ドア》を破られぬように支えた。そして、おいてあった手斧をふるって、その厚板の荒扉に、二個の急造の銃眼を明けた。

「さあ君は其方《そっち》だ！」貞造は三吉に一挺のライフル銃を与えて、その銃眼の一つの席をあたえた。

「ここに弾薬箱がある、いくらでも弾丸《たま》はあるから、どしどし撃て、一方口だからこの扉《ドア》さえ破られなければ我々は安全だ。彼奴《あいつ》の持っている銃と弾丸《たま》はたかが知れているから、弾丸《たま》がなくなれば戦《たたかい》は我々の勝《かち》だよ」

「素的だぞ！」黒猫の三吉は足踏《あしぶみ》をして、わくわくしながら叫んだ。「素的だぞ、さあ、どこからでもこい！」

三吉の言葉が終るか終らぬ時、烈《はげ》しい爆発の音と共に、小さい銃眼から一発の弾丸《たま》がひゅうと呻きつつとびこんできた。

「危い！」と青痣の男が叫んだ。三吉はよろよろとよろめいたが、両手で胸を抑えて、くたくたとその場に倒れた。外では二三発続けざまに射撃する音がしていた。

切って落された戦《たたかい》の幕

その時分、川下の手拍沢では——。筏を岩かげにひきよせて、清三と黒ん坊のサムとが草地に夜営していた。

「坊ちゃま、兎のテキができたでがす！」

サムは岩の上に立って、下ってくる船の見張をしている清三に呼びかけた。

「よし、いま行くぞ」

そう答えて清三は、岩の上から草地へと下りてきた。

「まだ船は見えねでがすか」

「うん、約束の時間に間がないんだが、まだ見えない」清三は草地の上にすわって、即製のパン粉焼に、兎肉のテキをひきよせた。

「さあ、サムもうんと喰べたまえ、もうすこしたてば戦争がはじまる。素晴しい戦争が。だから今のうちに腹ごしらえを充分にしておくんだ！」

「戦争でがすかね？」サムは黒い顔に眼を白くむき出しながらびっくりして訊ねた。

「じゃあ、その、鉄砲のぶち合いもするでがすかね？」

「そうとも、サムにも鉄砲を預けるから、どんどんうって貰うんだ！」

「儂《わし》がかね！」サムはへどもど尻ごみして答えた。「そりゃだめでがすだ。だめでがすだ坊ちゃま、儂は、はあ紙鉄砲うつせえおっ怖《か》ねえ性分でがすだからね、そりゃその」

「喰いたまえ！」清三はサムの前へパン粉焼と肉とを押《おし》やりながら呶鳴った。

「そしてこの銃を持つんだ。おっ怖《か》なかろうがおっ怖《か》なくなかろうが、戦わなきゃならない。でなければ悪漢たちに捉まって、あの曲馬団の親方の所へ戻される外《ほか》はないぞ」

「――やるでがす！」サムはおろおろといった。「鉄砲をぶっ放すでがすよ。そうでがすともあの親方の所へ帰るくらいなら、儂や河馬《かば》の歯を抜きに行く方がましでさ！」

「ぐずぐず云わずに早く喰《た》べて了《しま》えよ。そして戦闘準備を始めるんだ」そういって清三は喰べ終えた草の上の食卓から起上《たちあが》った。

その朝、天狗岩で黒猫の三吉から、二挺の銃と、五千発の弾丸《たま》とを貰って、手拍沢の洲に船を待伏せする約束をしてから、清三はサムと共に、筏で河をくだって、日暮方にはこの手拍沢の岩蔭に筏をつないだのであった。

「まだかあー」清三は岩の上から呼びかけた。サムはその声に慌てたあまり兎肉のテキを喉に閊《つか》えさせて眼を白黒させた。

「すぐ、すぐでがすだ。今めえりやす！」

間もなく二人は、手拍沢の洲曲りを控えた岩かげに、屈竟《くっきょう》の席を見つけて、それを砲塁に見立て、弾丸《たま》の箱を傍に二挺のライフル銃を、いつでも発射できるように、用意して、戦《たたかい》の始まるのを待った。

「ああ」サムは、がたがたふるえながら呟いた。「アブカラダ・カンブラダ」

「しっ！」清三が突然サムの言葉を制した。月光をうつして青白く光る万代河を、川上の方から静かに下ってくる船が見えた。

「きた！　体を伏せろ！」

「アブカラダ……」サムはなおも祈りつづけながら、体をぴったり岩の上に伏せて了った。清三は眸《ひとみ》を定めて、昵《じっ》と船を見戍《みまも》った。

「さあ、用意だ！」清三が囁いた、サムは顫えながら銃に獅噛《しがみ》ついた。船は次第に下ってくる。五十間、三十間、二十間、そらもうそこに見える。

「撃つでがすか、ぼぼ坊っちゃま……」

「黙って！」

「アブ・アブ！　アブカラ！　ダカンブラダ……ダ」

サムは祈りが終った時、近づいた船の甲板の上で、ずんずんという、物憂《ものう》い音を立てて、銃を射撃するのが聞え、赤い火花がぱっと散った。

「やる！　やる！」清三は胸を躍らせながら、銃を船にむけた。そしてサムに「打て」と喚いて自分の銃の引金を引いた。「ずん」と云う反動と共に、サッと飛ぶ火花。月光の下、万代河上に、はしなくも銃火の戦《たたかい》は幕を明けた。三吉はどうなる。清三は。船は!!

計略の和睦

万代河をくだる赤鬼団の船上では――。

武器艙を青痣の男と三吉とに占領された赤鬼団の悪漢共は、遠く船尾楼を中心にまもって、物蔭に陣をとった。

「中にいるのは誰だ！」赤鬼の松六が、その名のとおり真赤《まっか》になって、手下共を呶鳴りつけた。

「青痣にあの小僧でさ！」と、さっき武器艙から逃げ出してきた一人が、青痣に殴られたところがまだ痛むらしく、頭を撫《な》でながら答えた。

「畜生!!」松六は忿怒《ふんぬ》のために、握った拳をぶるぶる顫わせて、地獄の伝次の方へふり返った。

「銃砲は何挺あるんだ!!」

「人数だけはあります！」

「弾丸《たま》は!!」

「――ええと、千か――二千発位は――」

「ばか!!」松六は今までになく荒々しい口調で、伝次の頭から喚きたてた。

「なんてえドジな奴等だ、鮒《ふな》め、おけらめ、なんだってまた、武器艙なんぞを占領されたんだ」

そういいかけたとたん、松六の耳をかすめて、びゅっと一発、弾丸が飛去った。さすが松六もふいのことで、思わずあっといって、二三歩跳退《とびすさ》ったが、そのためにますます怒りを強くした。まるでもう火のついた獅子を見るようだった。

「撃て撃て!! 撃つんだ!! 奴等を蜂の巣のように穴だらけにしろ!! でなければ貴様がそうされるぞ!!」

その時もう一発、こん度は松六の頬とほとんどすれすれに弾丸が飛去った。そして帆柱にあたってそれを深く刳《えぐ》った。

「危い！ 親分!!」

焼火箸の吉が叫んで、松六を物蔭へひき込んだ。しかし松六は吉の手をふり払って、食糧樽を小楯にとると、

「やれ!! やくざ共！ 一斉射撃だ!!」と叫んで、まず自分から先に、まるで気違のように射撃しはじめた。

親分がこの有様だから、子分だって同じことで、ただもう武器艙の扉《ドア》を眼当《めあて》に、ぽんぽんと射撃するだけだった。勿論《もちろん》、そんなことがいつまで続くものではない。間もなく松六は銃を投出《なげだ》して、引退《ひきさが》った。

「だめだ！」彼は伝次や吉や、それからあの隼小僧の譲治などを自分の廻りに呼集めていった。

「このままでやって行けば、もうすぐ己達の弾丸《たま》はつきてしまう、どうにか外の方法を考えなければならぬ！」

「そうですとも！」と地獄の伝次が答えた。

「どうにか考えなきゃなりませんよ！」

「誰か名案のある奴はないか！」

「火を放《つ》ければ良い！」

焼火箸の吉が仔細らしく口を出した。

「そうすれば苦しがって跳出してくるから、そこをとっ捉《つか》めえてしまうんだ！」

「ばか！」と夕立の平助が呶《ど》鳴《な》った。

「そんなことをすれば船が焼けちまわあ、間抜奴《め》」

「あ、そうか！」

「ばか野郎引込んでろ！」

「親分！」隼小僧が辛《よ》うやく口をあけた。

「唯《ただ》一つの方法はね、和睦するんですよ！」

「なに!? 和睦!?」松六は眼を剝いて喚いた。

「己《おれ》があの犬共と和睦するというのかい!? とんでもねえこった。そんなこたぁ、まっぴらだ!!」

「まあお聞きなさいよ、本当に和睦するんじゃない。計略の和睦なんです、そういって奴等をこっちへおびき出すんだ！」

「なる程」松六の眼が怪しく耀《かがや》いた。

「そしてどうするんだ!?」

「奴等がきたら、和睦の印だといって酒を出すんだ、そしてまず青痣の奴を泥のように酔わせて了うんだ、あの小僧のことは己達にまかせてくんな、己等《おれたち》がいいように料理《りょう》ってやるから！」

「うん！」松六は大きくうなずいて、快心の笑《えみ》を浮べながら、

「よし、成功するかどうかは運に任せてそいつをやってみよう！　さあ来い」

皆はふたたび武器艙の方へ出掛けていった。

忍び寄る背後の敵

「おや、みんな見えなくなりましたね」黒猫の三吉は銃眼から覗いて見ながら、青痣の貞造にささやいた。

「うん、なにか相談をしているんだろう」

「降参するんでしょうか」

「そうかも知れない」青痣の男はなおも銃を擬しながら身動《みうごき》もせずに答えた。

十分ばかりの時が空しくたったころ、月の光で青白く光る甲板《デッキ》の上へ、四五人の男があらわれた。

「おや！」三吉が男達の方を指差して喚いた。

「ごらんなさいよ、奴等は白い布を振っていますぜ！」

「うん！」

「やっぱりそうだった。敵わないと気がついて降参してしまったんですね！」

「そうかも知れない」話している内に、四五人の男達は白い布をうちふりながらふいに撃たれないよう要慎《ようじん》しつつ、こっちへと近寄ってきた。

「おーい」悪漢共の中から、誰かがそう呼びかけた。

「なんの用だ！」青痣の男は、銃を擬しながら喚いた。

「用があるならそこでいえ。その樽からこっちへくるとぶっ放すぞ！」

「おい青痣！　待ってくれよ！」

と手下共の中から、赤鬼の松六が進出ていった。

「話をつけよう、全体お前はどうしてこんな騒ぎを起すんだ。なにが気に入らねえんだ、え？　貞造、己《おれ》はお前にゃ眼をかけてやっていた積《つも》りだぜ」

「よるな！」青痣は呶鳴った。

「そこから一歩でも出ろ、貴様の喉仏様に穴を明けてくれるぞ！」

「おいおい、そんなことを云うなよ」

　松六はさも力脱《ちからぬ》けのしたようにつづけた。

「こんなことをしてお互《たがい》に何を得しようと云うんだ。え？　船はずんずん下ってゆく。そして警察の眼も光っているんだ、なあおい、仲間、和睦をしよう、なあ和睦をしようぜ！」

　いいながらそれとなく一歩前へ出た時、ずんという音がして、飛んできた弾丸は、松六の帽子を射抜いた。悪漢共はあっ！　といって二三間逃げのいた。

「いいたいことがあるならそこで云え」

　貞造は咆《ほ》えたてた。

「近寄るとこん度は容赦しねえぞ！」

「そんな強情を張るもんじゃあねえ、なあ兄弟、己達はいつかは和睦しなけりゃならねえんだ。なぜって己等《おれたち》には鉄砲が少ねえし、お前達にゃ食糧がねえからだ！」

「――それから!?」と貞造は平然として促した。

「それから!?――それだけでたくさんだ、それで和睦するには充分だぜ、本当の話だよ、しかもお前達の方が割の良い取引をすることになるんだ。何故《なぜ》ってこのままうっちゃっておけば、もう二三日もする内お前たちの腹は冬の蛙のようにがんがらがんになっちまう、そうすればどうしたって己達に降参しなきゃならねえんだ」

「分った!!　しかしそれじゃあ」と青痣が喚きかえした。

「それじゃあ、どうして貴様たちは己《おれ》を降参させねえんだ。何故うっちゃっといて餓死させねえんだ。え!? 赤鬼の親分。捨てとけばもう間もなく己達の参ってしまうのを知っていながら、なんだってまた夜夜中《よるよなか》和睦なんかにくるんだね!?」

「そりゃお前?」と松六は口籠って、吃《ども》り吃りいった。

「そりゃお前、お前が、可愛いいからよ、それになんだ、己等《おれたち》ぁ一人でも仲間割れのできるのは好かねえ。みんなで仲良くやって行こうと云うのが己等《おれたち》の意見なんだ」

「そんな意見なんて地獄へやれだ」青痣はせせら笑って叫んだ。

「己《おれ》にゃ分っている。なぜ貴様たち和睦を申《もうし》こんできたかということが、分っているんだ。なあ赤鬼君、このまま捨てておけばどうせいつか己達は降参する、それなのになぜお前さんは捨てておかねえんだ、そりゃ捨てておけねえ訳があるからだ!」

「何だって? おい、捨てておかれねえわけだって!? おいおい、妙なことを考えて後悔するなよ、己等《おれたち》ぁ気の良い附合《つきあい》をしているんだ。本当になにも訳があっていいうんじゃねえ、なあ兄弟、清く手を握ろうじゃねえか、なあ!」

「饒舌《しゃべ》ってろ、貴様の満足するだけそこで饒舌《しゃべ》ってろ。己はもう眠くなった、夜が明ければすべて話は分るさ」

青痣の平然たる態度に、赤鬼もついに我慢の緒をきった。彼は二三歩退ると共に、

「やっつけろ、突貫だ!」声に応じて三人の手下が、武器艙の扉《ドア》をめがけて、わあっと喚きながら押寄せた。

「……」青痣は銃を執《と》った。ずん! ずん! ずん! 三発の銃の音がした。脱兎のように駈けつけてきた三人の悪漢は、音につれてばたばたと膝をついて倒れた。

悪漢共は青痣の正確な狙撃におどろいて、さっと物蔭に身をひいた。と、その時どこか近くで鋭い

銃声がおこったと思うと、つづけざまに弾丸が船をめがけて飛んできた。

船はちょうど手拍沢を曲がろうとしていた。

「万歳!!」黒猫の三吉は突然呶鳴った。

「青痣さん、あれは僕の仲間なんです、船が手拍沢へきたら、待伏せしていて、鉄砲を打かける約束になっていたんです!」

「どうしてだね?」青痣の男は審《いぶか》しそうに訊ねた。

「そうすれば悪漢共は、警察に発見されたと思って、慌てて防戦するでしょう、その隙にあの地図を――」

「え!? 地図を!?」と、青痣の男は顔色を変えたが、すぐにさり気なくつづけた。

「何だね、その地図っていうのは!」

「知らないんですかあんたは!?」

「待て!」青痣は三吉を制し、銃を執った。見るとまた四五人の男がこっちへ近づいてくるところだった。青痣は銃をかまえて、狙った。そのとたん、三吉が喉を裂くような声で、

「あっ、青痣さん! 後ろ!!」と叫んだ。見よ! 武器艙の舷側に面した厚い板壁に、いつどうしたか、一尺四方ぐらいの穴が明いて、そこから二挺の銃口がこっちを狙っていた。

ああ、赤鬼の松六だ。いつまでも無駄話で彼等を釣っていたのは、片方でこんな計略をやるためだったのだ。

「しまった!」と叫んで青痣さんがふり向こうとした時、その銃口からぱっぱっと火花が散って、耳がつぶれるかと思う程轟然《ごうぜん》たる音響が室内にこもった。三吉は銃の荷箱のかげへ、蝗《いなご》のように逃げこんだ。

筏に乗って大胆な追跡

「撃て！　どんどん撃て!!」清三は呶鳴りながら、自分でも船をめがけて弾丸《たま》をこめては撃ち、こめては撃った。

「アブカラダ……カカカンブラダ」サムは黒ん坊の神様を祈っては、眼を瞑《つぶ》ってむやみに射撃した。サムの弾丸《たま》は或《あ》る時は天をうつかと思うと、また或る時は河の水をうった。それからどこか遠くの岩にあたって転げ落ちたりした。

船は手拍沢を曲がろうとして、いよいよ岩に接近してきた。見ると甲板《デッキ》の上では、四五人の男たちが、物かげに身をひそめて、船の船首楼めがけて射撃している容子であった。船首楼からも時折銃の音がしていた。

「どうなるでがすかね」サムはがたがた顫えながら訊いた。

「あの船の奴等、こっちへ上ってくるではねえですか!?」

「構わずに撃つんだ！」清三は、もう熱してあつくなってきた銃に弾丸《たま》を籠めながら喚いた。

「でないとあの赤鬼共が押寄せてくるぞ！」

いったとたん、こっちの見当がついたらしく、こっちを狙って射撃をはじめた。

びゅッと呻って、第一弾が耳をかすめた時、サムは仰天して銃を抛り出し、岩から跳下りて下の草地へころがりおちた。第二弾は清三の傍の岩を削って落ちた。

「危い!!」清三は這いながら岩蔭を去った。そして別の方へ位置を移して身をひそめた。

船ではもうこっちへは射撃しなかった。船は手拍沢の急瀬に乗ったらしく、ぐんぐん速力を強めて下っていった。

「急げ！」清三は草のなかに顔を伏せているサムを引起していった。

「筏の用意！　あの船を追跡するんだ！」

「追跡ですって!?　坊ちゃま」

　サムは蒼白《まっさお》になって手を振った。

「そんなことをすりゃ、体を蜂の巣のようにやられちまうだけでがすだ。そりゃできましねえ、できましねえだ」

　しかしもうその時清三は、どしどし荷物を筏の上に抛りあげていた。そして筏の綱をとくと、そうされまいとして必死に藻掻《もが》くサムの手を掴んで、無理矢理筏の上へのった。

「ちえっ！」清三はサムの肩をどやしつけながら呶鳴った。

「確《しっか》りするんだ。でないと本当に蜂の巣のようにやられるぞ！　元気を出せ、男と男との戦《たたかい》だ、腹を据えるんだ」

「ああ、おお、うう」とサムは天を振仰いで呻った。

「黒ん坊の神様は戦《いくさ》の護《まも》りにはならねえでがすだ。坊ちゃま、なにかお祈りする神様の名を教えて下せえましよ！」

　筏はぐんぐん流に乗って下りはじめた、清三は赤鬼団の船を見失うまいとして、月光を透して河下を見わたした。その船は二丁ばかり川下を黙々と下ってゆく。時折船内に銃声のおこるのが、水面《みずも》を伝わってはるかに響いてくる。

「流が急になったぞサム、君は棹を持って、岩に突当らない要慎をしてくれ！　僕は船を見張っているから！」

　サムは棹を取って、筏が岩に近づくと、それを突張ってさけた。流れは断崖を右に曲がってゆく。そこはさらに急流になっているらしく、見ていると赤鬼共の船はぐらぐら左右に揺れながら、断崖を廻って見えなくなった。

清三はその断崖をめあてに、もどかしく筏の進むのを待焦《まちこが》れた。筏は下った。十間、二十間、そして急流に乗って断崖を右に曲った。と！　その時清三はあっ!!　といって立竦《たちすく》んだ。何だろう!?　船が消えてしまったのだ。赤鬼団をのせた怪船は、月光をうけて青白く光る万代河の上から突然姿を消したのだ。

ついに武器艙は破る

「あッ、うしろを!!」と、黒猫の三吉が叫んだので、びっくりして青痣さんがふり向いた時、いつの間にか刳抜いた板壁の穴から、轟然と一発、室内へ弾丸《たま》が撃《うち》こまれた。弾丸《たま》は青痣さんの頰をかすった。

「危い！」と叫んで、三吉が跳びさがった時、青痣さんは銃をとりなおすと共に、壁の穴を目がけて、続けざまに三発撃った、同時に穴からさし出ていた銃は、がらがらところび落ち、呻きながら誰かの倒れる気配がした。

「三吉！」青痣さんは叫んだ。「あの穴を守れ！」

「……」三吉はもうすっかり上ずって、云われるままに銃をかまえながら、壁の穴に陣どった。

青痣さんは、左の頰からたれる血を拭こうともせず、扉《ドア》の銃眼から狙っては、近づいてくる悪漢共を射撃した。

まったく青痣さんの腕前は凄いものだった。物蔭にかくれている悪漢の一人が、隙を見て銃を取あげ、素速く狙《ねらい》をさだめて青痣さんを撃つ。とたんに青痣さんの銃が鳴って、その悪漢は呻きながら物蔭へ倒れこんでしまう、といった有様だった。

しかし、三吉の方はそう簡単には行かなかった、彼は銃を持つのは生れて以来、こんどが最初であった。だから発砲するたびに酷《ひど》くその反動を肩にうけて、稍々《やや》ともすればよろめきそうになった。彼も今は一生懸命で、体を斜めに板壁にもたせると、しっかりと足をふみしめて、次々と続けざまにうった。しかし弾丸《たま》はみんな外れて、帆柱へあたって落ちたり、船橋《ブリッジ》の手摺に穴をあけたりするばかりで、一向悪漢たちにはあたらなかった。

青痣さんはと見ると、今はもうすっかり落着《おちつ》いた様子を見せて、銃眼にピッタリ銃口をあてがうと、狙をさだめてはうっていた。その狙はたしかなもので、彼が発砲するたびに、必ず悪漢共の一人ずつは倒れて行った。しかし、なにしろ彼等の方は多ぜいである、ことに彼等はみんな命知らずの荒くれ男ばかりが揃っているので、自分たちの仲間が倒れてゆくことなんか、すこしもかまわずに、だんだんと二人のいる武器艙に詰めよってきた。

「三吉！　しっかりしろ！　もうすこしだ、慌てちゃいけないぜ！」青痣さんは時々そういって、三吉に元気をつけていた。三吉も青痣さんの言葉を聞くと、そのどこまでも落着いた態度に、自分までなんとなく力が湧き出てくるように感じて、今ではもう大分落着を取戻して、銃を持つ手も割合に確《しっか》りしてきた。

「野郎共！　何をぐずぐずしているんだ！　対手《あいて》はたった二人じゃねえか、早くやっつけろ！　やっつけちまうんだ!!」悪漢共の後からは、甲板《カンパン》を踏み鳴らしながら、赤鬼の松六の叫ぶのが聞えていた。彼等はその声をきくと、ますます攻撃の手を激しくして詰めよってくる。

二人をかこんで四方の板壁は、彼等悪漢共の発砲するたびに、物凄い音をたてて揺《ゆら》めいて、今にもそれが一時に壊れてしまうかのように思えた。しかし、青痣さんは敵がどんなに扉《ドア》近くよってきても、決してその場所から体をひこうとはしなかった。又新しく受けたらしい額の傷からは、吹き出すように血が流れ出していたが、青痣さんはそれを拭いている暇などないので、時々その血が眼に入らぬように頭を振っては、血を脇へ飛ばしていた。

それは、まったく火の出るような激戦だった。武器艙に陣取った二人と、それをかこんで撃つ多ぜいの悪漢共、彼等の耳には、もう銃声より他にはなんの物音も入らなかった。彼等は血眼になって青痣さんと三吉を、やっつけようとして、武器艙に向って弾丸《たま》を撃ちこんだ。彼等荒くれ男たちの眼は、実際血走っていた。彼等はもう何がなんだかわからぬように、ただ遮二無二《しゃにむに》、武器艙へ弾丸《たま》を撃こんでいた。

「青痣さん！　大変だ！」

この時黒猫の三吉は、突然体を退いて青痣さんの方へ叫びかけた。青痣さんは驚いて銃をひくと、三吉の傍へ駈けよっていったが、その時、反対側の扉《ドア》が「メリメリ！」と鋭い音を立てると同時に、それが内側に倒れた。はッ！　として、そこへ向けて青痣さんが銃を構えたが、しかしもうその時はおそかった。壊された扉《ドア》からは、手に手に銃を持った悪漢共が、二人を目がけて詰寄《つめよ》ってきた。絶対絶命！　この多ぜいの悪漢共に対して、唯の二人では何うすることもできない！　しかし、丁度《ちょうど》その時であった。船は突然ひどいなにかに突きあたったような、激動をうけると同時に、轟然と物凄い音をたててかたむいた。

「あッ！　青痣さん！」

三吉が叫んだ時、すべての物は、暗黒の中に砕け散った。船は暗礁へ真正面に衝突したのだった。

助けた男は敵か味方か？

一方清三は、サムといっしょに船を追いながら走ってきたが、やがて大きな岩のかげへ船が曲っていったので、サムを急き立てるようにして、岩の向う側へまわって見た清三は、突然驚きの叫声《さけびごえ》をあげた。

「あッ！　船がいない！」

「なんでがす!?　船がいねえでがすって!?」

サムは信ぜられぬというように、清三の後から覗いていたが、やはり驚いたように叫んだ。

「やあ！　本当だ！　船がいねえ！」

不思議!!　今たしかにこの角を曲ってきたはずの船が、岩の角をまがると、同時に掻き消すように、その姿を消してしまったのだ！

「ああ！　神様！」

サムは膝を突いて、又お祈りをはじめていた。

「とにかく行って見よう」

清三はサムをうながすと一緒に、とにかく一度筏を岸へつけて、ここと思うあたりを眺めた。しかし、そこにはなんの変りもなく、ただ轟々と渦まく流が巌を嚙んでいた。むろん岩のどこにも、あの大きな船の入ってしまうような穴が、あろうなどとは思えない。

「実際ふしぎだな。今たしかにここへきたのに間違いはないんだが、ね、サム君、君も見たろう」

サムはそれまで、清三の後に腕を胸に組んで、まだなにか口の中で呟いていたが、清三の言葉に顔を見あげていった。

「そうでがすとも、私も見たんで、この眼でたしかにな」

サムは確《しつか》りといいながら、相変らず水の上をじっと見ては首をふっていた。

「む、僕だって見たんだ、僕達はそれだからその後を追ってきたんだ。しかし。――」

しかし、全く清三にも、なにがなんだかわからなかった。

そんなことが有り得るだろうか？　突然今迄《いままで》あった船が、人諸共《ひともろとも》失《な》くなってしまうなんて？

しかし、その時清三は突然サムの肩を手荒く摑んで叫んだ！

「サム！　あそこを見ろ！」

驚いたサムは、それでも恐々《こわごわ》清三の指す方を見ると、

「やあ！　渦だ！　渦でがすな坊ちゃま」と、叫んでその眼を大きく瞠《みは》った。見よ、まったくそこには今まで気のつかなかった岩の西のかげのところに、直径十間もあるような凄い渦が巻騒《まきさわ》いでいるではないか！

「そうだ！　船はあの中へ巻きこまれたんだ」

清三はそういうと、絶望したように手に持っていた銃を取落してよろめいた。サムは心配そうに、それでもどうすることもできずに、ただ清三の顔を見ているばかりだった。

ちょうどこの時であった。清三とサムのいるところの後にあたる辺で、なんとなく人の気配がしたのである。清三ははッ！　として銃をとり直すと、後をふり返った。サムも驚いてふり返ると、銃をしっかり握りしめた。

「誰だ！」しかし、清三の言葉に誰も答える様子はなかった。清三はサムに向って、口をきかぬようにと手真似《てまね》で知らせると、銃を腰にあててしっかり握りしめて、静かに歩きだした。覆被《おおいかぶ》るように生《お》い茂った樹の下をとおり抜けると、ちょっと空地《あきち》のようになったところがあって、そこに男が一人倒れている。清三はなおも要心しながら近寄っていった。全身濡れ鼠のようになったその男は、気を失っているらしく、二人が近寄っても顔をあげようとしなかった。

「溺れたんだな。おいサム！　火だ」

清三はサムに云いつけておくと、銃を傍において、そっとその男を抱きおこした。

その中《うち》に、サムが拾いあつめてきた枯枝で火を焚くと、二人はその男を暖めてやった。しばらくすると、男は気がついて目を開くと、ふしぎそうに二人を見ていたが、やっと自分が助けられたことを知ると、嬉しそうに二人に向っていった。

「君達が助けてくれたんだね、有難う」

そしてなお二人の様子を見ていたが、清三の傍においてある銃に眼をつけると、ふしぎそうに聞いた。

「で、君たちはこんなところへ、何しにきたんだね」

「僕たちは、ただこの辺を遊び歩いていたんですよ。それにこんな人も入らないようなところには、よく素晴しい獲物があるものですからね」清三は何気なくそう答えると、銃を取りあげてそれを撫でていた。

「それより貴方《あなた》は一体どうしたんです」

一瞬間、男は何故か口籠るような様子であったが、しかし同じように平気な態度でいった。

「いや、実際つまらん話さ、余りぼんやりしていたものだから、彼所《あすこ》から落ちたのさ、おまけにあの渦の奴に巻きこまれて、ひどい目に合ったものだ」と云って、岩を指して笑ったが、その時急になにか思い出したように、手をポケットに突《つ》っこむと、安心したように頷いてなにか取り出して、傍の石の上にそれを拡げて干した。それはなにか紙片《かみきれ》のようなものであったが、しかし、それを一目見た時、清三は危うく叫び出しそうになったほど驚いた。

紙片《かみきれ》、それはなんであろうか？

この島こそ宝島だ!!

轟然たる音の中に、いきなり水の中へ巻込まれて、それっきり気を失った黒猫の三吉は、どうしたろう。

三吉は、暗い水の中で、ぐるんぐるんとまるで独楽《こま》のように体をまわされているうちに、なにか手にさわる物があったので、必死になってそれにすがりついた。

そして、これで良いと思ったとたん、ふたたび気が遠くなってしまった。

それから、どのくらい経ったろう。――ふと我にかえった三吉は、自分が船の破片に噛りついたまま、とある岸の砂地に流れよっているのに気附いた。

「ああ！　助かったぞ!!」

そう思うと、悦《うれ》しさで思わず叫びながら身をおこした。しかし、ズボンが引張られるので、ぎょっとしながら振かえった時、三吉はそこに、左手でしっかり自分のズボンを摑《つか》んで倒れている啓子の姿をみつけ出した。

「あっ！　啓子さんだ!!」三吉は啓子を抱《だき》おこした。大丈夫、死んではいない。兎《と》もかくも、と、三吉は啓子を抱あげて、岸へ上った。そして柔かい若草の生えている灌木の茂みへいって、静かに寝かした。

それから三吉は、長いこと啓子の背を撫でたり、手の甲をさすったりしてやりながら、「啓子さーん、啓子さーん」と叫びつづけた。

三吉の熱心な介抱の甲斐《かい》があってか、やがて啓子は我にかえったらしく、かすかに眼をあいて、なにかぶつぶつ呟《つぶ》やきはじめた。

「しっかりなさい啓子さん、黒猫の三吉です、確《しっか》りして下さい！」耳元で呼ぶと、ようやくそれと気がついて、啓子は我知らず、三吉の手にすがりつきながら顫声《ふるえごえ》で叫んだ。

「怖い！」

「だいじょうぶですよ。もう私たちは助かったんです。ごらんなさい、あの船は赤鬼団と一緒に、万代河の水底に砕けてしまいました、もう誰も貴方を虐《いじ》めはしませんから安心なさい！」

「まあ！」と、啓子は、はじめて自分の周囲を見まわして、

「まあ、ではあの船はこわれて、私は助かったのね、まあ夢じゃないかしら!?」

「ほんとうですとも。そら自分の腕を抓《つね》ってごらんなさい、痛いでしょう!?」「ほんとうだ、まあ嬉しい!!」

そういって、啓子は嬉しそうに手を拍《う》った。しかし、すぐに心配ごとが思い出された。

「でも、全体ここはどこなの？　私たちどこにいるの」

「さあ！」黒猫の三吉にもそれは分らなかった。

「それは分りませんね、だけどすぐに分りますよ。夜が明けさえすればね。兎にかくこんな場所にいても仕方がないから、高い方へいって見ましょう！」そういって三吉は、啓子の手をとって、星明りをたよりに、生茂《おいしげ》った灌木を押分けながら、だんだん高い方へと進んでいった。

二人がややしばらく登っていった時、はるかに遠く樹間《このま》がくれに、赤々《あかあか》と灯影《はかげ》の動くのをみつけた。

「火が見えるわ！」

「そうだ、焚火《たきび》らしい！」二人は立止まった。

この見知らぬ山中で、夜半焚火をしているとは、どう考えても普通の人間とは思えなかった。

「赤鬼団の者じゃないかしら!?」

「さあ。――」三吉はしばらく考えあぐねていたが、やがて強い決心を以《もっ》ていった。

「とにかく行ってみよう、赤鬼団の奴等なら、宝島の地図を持っているはずだから、そいつを何とかして奪返《うばいかえ》さなければならない」

「宝島の地図は清三さんが持っているんじゃないの!?」

「清田君が貴方《あなた》から貰《もら》って帰るところを、奴等の手下が横取りしたのです。だから、どうかして地図をもう一度こっちへ奪返さなければなりませんよ！」

「行きましょう！」啓子が叫んだ。

「そして宝島の地図を取かえしましょう！」そういって歩み出そうとした時、突然、傍の暗い樹蔭《こかげ》から、

「待て！」と叫んで立現われた人があった。啓子は思わず三吉の腕にすがった。三吉はすわといえば

跳《おど》りかかろうと身構えながら、闇をすかして相手を見た。それはぼろぼろの着物を着た、白い髯《ひげ》を胸まで垂らした老人だった。

「誰だ！　この宝島を荒しにきた奴は、帰れ!!」

と、その怪老人はふたたび叫んだ。

ああ！　そこはもう宝島だった。黒猫の三吉は、すでに宝島へ流れついていたのだ。しかし、この怪老人は誰だろう。二人の運命はどうなるだろう。

狼の岩屋

黒猫の三吉と啓子の二人は、暗闇の中から跳り出した怪老人をみて、思わず二三歩逃げた。老人は、「待て！」と叫ぶと鹿のように素早く、二人の行手《ゆくて》に立塞《たちふさ》がった。

「お前達は何者か、どうしてここへきた！」

「己《おれ》は黒猫の三吉だ!!」三吉は、相手に弱味を見られまいと力みかえって呶鳴《どな》った。

「己達はこの島を探険にきたんだ」

「わっはははははは」老人は大声に笑いだした。

「ちび臭いに生意気な。さては世間の馬鹿者と同じように、お前も百万両の宝を探しに来たのだろう、やめたがいい、やめたがいい」

そう云って老人は低い声で囁《ささや》いた。

「この島には、狼の岩屋という岩窟があるんだ。そこには犢《こうし》ほどもある古狼が棲《す》んでいて、島に上陸する者をみつけると、たちまち骨まで舐《しゃぶ》ってしまうんだぞ!!」

「僕を怖がらそうとしても駄目だよ」三吉は啓子をうしろに庇《かば》いながら、両足を踏《ふみ》ひらいて、元気に答えた。

「狼がでようと虎が出ようと、探険にきたからにはこのまま黙って帰るわけにはゆかないんだ」

「ひひひひひ」怪老人は不気味に笑って、

「じゃあ行くがいい、そして狼に喰われるがいい。百万両の宝を探しにきた者は、お前たちが最初ではないんだ、もう何百年もの間、数知れぬ人がこの島へ宝を探しに上陸した。そして一度上陸した人は、二度と帰らないのだ。みんなこの島で怪しい死方《しにかた》をしてしまったのだ、さあ行くがいいぞ！」

そういい終ると、老人は白い髪をなびかせながら、奇怪に跳ねあがり跳ねあがりして、再び闇の中へ立去《たちさ》ってしまった。

「私怖いわ、三吉さん」啓子は顫《ふる》えて、三吉の腕を掴んだ。

「大丈夫ですよ、お嬢さん」三吉は啓子の手を撫《な》でてやりながら、

「なあに、あの爺さんは他人に宝をみつけられるのを怖れているんです。だからあんな話をして、僕等を嚇《おどか》して追返《おいかえ》そうとしているんですよ、今の世に仔牛《こうし》のような古狼なんていてたまるものですか！」三吉がそういったとたん、どこか遠くの方で、かすかに、

「うお……、うおお……」と咆《ほ》える声が聞えた。

「あら、何でしょう今の声は」啓子は三吉の背中の方へ隠れながら囁いた、三吉は啓子を確《しっか》り護《まも》るようにしながら、なおよく咆声《ほえごえ》を聞こうとして耳を傾けた。

「うおう――おお――」犬ともつかず、牛ともつかぬその声は、次第にこっちへ近寄って来るようであった。

「犬だ、犬だお嬢さん」

「違うわ、犬の声じゃないわ、三吉さん」

二人とも心の中では、いま老人の話していた古狼のことを考えてぞっとした。

「とにかくどこかへ隠れる方がいい、それにはもっと高い所へ上らなくちゃ！」啓子は無言で三吉の

言葉に頷いた。

三吉は怪しい咆哮の聞えてくる方とは、反対の方へ路《みち》を上りはじめた。少し登ると、落ちかかっていた山蔭の月が見えたので、路は少し明るく、四辺《あたり》の様子もぼんやり見えるようになった。

「あら、川が見えるわ！」

「本当だ！」

二人は、遥《はるか》に森の彼《か》なたに、月光をうけて青白く光っている万代川の流《ながれ》をみつけた。そして思わず嬉しさがこみ上げてきた。

「あら、川を下ってくる灯が見えるわ！」突然、啓子が叫んで指さしたところには、なるほど、ぽつんと赤い灯が一つ静かに川を下ってくる。

「清田君の筏《いかだ》かもしれない」

「そうだわ、きっと、きっと」

「そうだ、きっとそうだ、どうかして僕等がここに居ることを知らしたいものだな……」

二人が赤い灯をみつけて夢中になっている間に、いつか静かに二人の背後に迫っている黒い影があった。

この時ふと三吉は、なにか後ろに動く物があるように思ったのでふり返った。そしてそこに恐ろしい物を見て、思わず、

「あッ、危い!!　嬢さん!!」と、叫びながら啓子を抱緊《だきし》めた。

見よ！　そこの暗い灌木の茂みには、全く仔牛ほどもある犬のような動物が、ぎらぎらと眼を光らし、白い牙を嚙鳴《かみな》らしながら、いまにも跳び掛らんばかりに身構えているではないか。

「ああ怖い!!」

啓子は悲鳴をあげて三吉の腕の中へ身を隠した、

「黙って」三吉は啓子を制しながら、地に身を伏せた。

宝島の狼岩屋、迫ってくる古狼、三吉と啓子はどうなるであろう。

これだ！　宝島の地図!!

黒猫の三吉と啓子の見た、万代川の上の赤い灯は、正《まさ》に川を下ってくる清三達の筏の灯だった。しかし、どうして清三が筏でそこまできたか話さなければならない。清三と黒ん坊のサムは、赤鬼の松六と会った、そして川端で焚火をして、松六の着物を乾かしている時、松六が大切そうにひろげている紙をみつけた。

「これだ！　宝島の地図だ!!」清三は心の中で、思わず絶叫した。

それこそ清三が、あの最初の晩啓子から受取《うけと》った物で、ひと眼見れば分る品だった。そこで清三はこの地図を持っている以上は、この男は赤鬼団の奴に違いないと睨《にら》んだ。

しかし、気づかれてはならぬと思ったので、清三はそ知らぬ態《てい》で、焚火へ枯枝をくべていた。その時である、闇の中から、

「やあ、親分御機嫌ですかね！」と云いながら、ぬっとあらわれた男があった。

「……」松六はぎょっとして振返《ふりかえ》ったが、はっとしたらしく、我知らず腰を上げながら、

「やあ、これは青痣《あおあざ》か」と答えた。

「どうか私にもちょっと温まらせて頂きましょうか」

男はにやにや薄笑いしながら、ずっと火のそばへ寄ってきた。青痣さんとは、清三は勿論《もちろん》知りませんが、皆様はごぞん知《じ》ですね。あの黒船の上で、黒猫の三吉と共に、痛快に赤鬼団と戦った男です。

「さあさあ、こっちへ」松六はわざと、叮嚀《ていねい》に会釈しながら、席をずった。青痣さんは相変らず薄笑した、濡れている着物の火の方へかざした。

「お互いにひどいめに会いましたね」

青痣さんが先《ま》ず口をきった。

「そうさ、まず命を拾ったのが何よりだった！」

松六が見向きもせずに答える。

「ところで、助かったのは、親分だけですかね」

「そうと見える。あんたを別にすればな」

「ははん、すると……」青痣さんは気味悪く唇を歪《ゆが》めて、

「これからは、私と親分との一騎討《いっきうち》というわけですね！」

「あっはっはっは」

松六は唯《ただ》そう大声で笑っただけだった。

清三はひと言も聞きのがすまいと、手に汗握って耳を澄ます。

「あの小僧はどうしたかね」松六がきいた。

「黒猫の三吉ですか、可哀そうに今ごろは魚の餌食かもしれませんよ。ところで隼の譲治はどうしましたね！」

「ふん、あれは船が沈む時、船に備えつけておいた救命具を体に巻《まき》つけていたから、多分どこかに浮《うき》上《あが》っていることだろう」

「じゃ、親分は立派な味方が一人ある！」

「ふん、そうかも知れない」二人はそれで又《また》黙ってしまった。

清三は黙って二人の話を聞いていた。黒猫の三吉が魚の餌食になっただろうと聞いた時は、思わず声を立てようとしたが、危く口を抑えて我慢した。

火の近くで、濡れた体を温めているうちに、昨夜からの激しい戦《たたかい》と奮闘に、ひどく二人とも疲れて

いたので、いつかその疲れが出て、こっくりこっくり居睡《いねむ》りをはじめた。

「サム！」清三はそっとサムの耳に口を寄せて囁いた。

「何でがす？」

「行って筏の用意をしろ。早く、そっとするんだぞ、僕はすぐ後からゆく。急げ!!」

「宜《い》いでがす」サムは足音を忍ばせて川岸の方へ下りていった。清三は二人の寝息をうかがっている。二人とも今はもうぐっすり眠《ね》こんで、軽い鼾《いびき》さえたてていた。

清三は静かに松六の方へすり寄った。地図は松六が上衣《うわぎ》のポケットへ入れるのを見届けておいた。清三は右手を伸ばした。そら、もうひと息だ、ポケットの中にはたしかに地図がある。

「しめた！」清三は静かに地図を抜取《ぬきと》った。とたんに松六はもじもじと体をねじった。清三はしっかり地図を肌につけると、脱兎のように焚火の傍から走り出した。

「やッ！」清三の走る気配で眼をさました松六は、手をやってみると地図がなくなっている。

「やったな！　小僧!!」喚くと共に、突立上《つったちあが》って、清三の後を追《お》いかけて行った。なにしろ子供と大人のことで、しかも相手は山賊の親分というのだから、たちまち清三は追つかれた。

「小僧待て!!」と叫ぶ声はもう背中へ届きそうになった。ああもう駄目だ、と思ったとたん、

「あにをすんだ!!」と云って、ふいに闇の中から松六の鼻先へ跳り出した者があった。

サムの初手柄

「あにをすんだ!!」と云って、赤鬼の松六の前へ、跳び出してきたのは、黒ん坊のサムだった。

「どけッ、黒ん坊め、まごまごすると頭を尻までぶち下ろすぞ!!」松六は破鐘《われがね》のような声で呶鳴った。

「笑わせるでねえ、頭を尻までぶち下ろされたなんてえ話はまだ聞いたこともねえぞ黒ん坊がどんなに強えか知らねんだな」

「野郎めんどうだ!!」云うより早く、赤鬼の松六は、拳を振ってサムの脇腹を突上げた、が！　これはどうだ、力を籠《こ》めて突上げた拳は、ばくん！　と云ってはね返された。

「痛え!!」と云ったのは松六だった。殴られた方が平気で、殴った方が痛いと云うのはおかしな話である。

「痛えのはこれからだぞい」そう云ったサムは、いきなり松六の体にとびついて、うんと呻《うめ》くとともにぐっと肩へ担ぎ上げてしまった。なにしろ曲馬団にいた時は、三十人力の芸をやっていたんだからたまらない。「そら、野郎覚悟をしろ」と云うと、やっと云いざまそこへ抛《ほう》り出した。赤鬼の松六うんともろくも気絶してしまった。もし下が石か岩場ででもあったなら命を失《な》くしたに相違なかった。

「偉いぞ、サム」清三が傍で手を拍《う》った。

「えへへ、そんなでもねえでがす！」サムは恥しそうに頭を掻いて、黒い神様に、

「アブカラダ・カンブラダ！」とお祈りをした。こうしておけば此奴《こいつ》は祟《たた》ることが出来ないのである——。

「さあ、筏へ乗ろう、早く!!」清三はサムを急きたてて川岸へ下りて行った。筏はもう出るばかりだった、二人はすぐに綱を解いて、川の中央へ筏を出した。

「食糧は大丈夫だろうね」「心配ねえでがすだ」

「鉄砲はどうした」「ちゃんと二挺揃えてありますだ」

「弾丸《たま》もあるかい」

「へえ、もうあと三百発ばかりでごぜえます」

「よし、なにもかも申分《もうしぶん》なしだ」清三はそういってどっかり筏のまん中に坐った。

「だが待てよ、なにか目印をしておかないと、黒猫の三吉君が僕等をみつけることができないなあ」

「黒むじなの三吉様は生きてるでがすかね」

「黒むじなだってやがら。おい、そんなことを云うと、三吉君にまた呶鳴られるぜ、黒猫だよ、猫だ、分ったか!?」

「へえ――その黒……猫の三吉様でがす」

「生きているさ」清三は自信のある調子で云った。

「ああして、僕達はもう二人も無事に助かっているのをみつけたんだ、三吉君だけが助からないてわけはないさ」

「そりゃそうですがとも」

「よし、火を焚こう」

「そんでもはあ、こりゃ筏でがすぞ坊ちゃま」

「大丈夫だよ。こんなに濡れた松丸太が、少しばかりの焚火で焼けるもんか、さあ焚木をだしてくれ!」清三はそういって、サムを急きたて、筏の上で小さな焚火を作った。筏は静かに下った。月はもう傾いて、西の山に落ちようとしていた。川の上には白い霧が立って、あたりはぼんやり朧《おぼ》ろにかすんで行った。その時である。ふとなにか聞えるようなので清三が耳を傾けると、

「助けてくれー」と云う叫声《さけびごえ》が聞えてきた。

「おやッ!!」清三は筏の上に立上って声のする方を見た、そこには白い川霧の中に、ぼんやり島の影が眼に入った。

「助けてくれーッ」と云う声は、その島の方から、響いてくるようだ。清三はライフル銃を執上《とりあ》げた。

「サム、筏をあの島へつけるんだ!」

サムは棹を取って筏を島の方へ押《おし》やった。宝島の方へ。

清三は銃を構えてきっと島の方を見ている、助けてくれという声は全体どこから誰が呼んだのだろう。黒猫の三吉と啓子はどうなったろう。

宝島の上に、赤鬼団の一味、青痣の男、隼の譲治等が、入乱《いりみだ》れての百万両の宝の争奪戦は愈火《いよいよ》ぶたをきろうとする。

危険！　断崖から真逆様

身の廻《まわ》りをぐるりと、狼に取巻かれたと知った時、黒猫の三吉は思わず、

「しまった！」と叫んで、啓子をうしろに庇った。

よく見ると、その辺の木蔭や岩蔭には、無数に灰色をした狼が動いていた。よほど餓《う》えているとみえて、狼共は低く唸《うな》り、歯を剝きだし、たらたらと涎《よだれ》をたらしながら、いまにも二人に跳びかかろうと身構えていた。

「恐い!!」啓子は三吉の背中に縋《すが》りつきながら囁いた。

「大丈夫だ！　声をたてないで下さい。それから僕の動くとおりに、そっと動いてください！」

「ええ！」

三吉は、一番先頭にいる狼の動作に、じっと注意していた。それは、素晴しくでかいやつで、背筋の毛がうすく白くなっていることから考えると、この仲間の頭《かしら》であるらしかった。そして其奴《そいつ》はひどく要心《ようじん》深い容子《ようす》で、二人の方へそろそろと寄ってきては、またすっと退却した。それは三吉たちがなにか武器を持っているかどうかを、試しているように思われた。

「ははあ、そうか！」黒猫の三吉は心の中で思った。「こいつは己たちが、鉄砲かなにか持っていると思っているんだな。よし！」

三吉は心の中で決心した。どうせこのままじっとしていても、まもなく狼共が跳《とび》かかってくるのは知れきっている。よし！　そんなら狼共が怖れている内に、こっちから逆に奴等を驚《おど》ろかせてやろう！

「やつらは獣だ！　己は子供でも人間だ!!　負けてたまるか!!!」そう思うと黒猫の三吉は急に勇気を盛《もり》かえした。

「お嬢さん！」三吉はそっと啓子に囁いた。

「さあ、僕のするとおりにするんです。むこうの崖の中腹に洞窟が見えるでしょう、あそこへ逃げこむんです。あそこまで行ければ僕等は助かります。よござんすか、ちっとでも恐れた風をみせちゃいけませんよ、怖がっていることが知れると、奴等はすぐとびかかってきますから、さあ、勇気をだして僕に跟《つ》いていらっしゃい！　よござんすか!?」

「ええ……大丈夫!!」顫えながら、啓子は頷いた。

灰色の大狼は、この時低くうううと呻きながらつっと前へ出た、三吉は大狼の眼をぐっと睨みつけた。虎でも獅子でもそうですが、人にぐっと睨みつけられると、その眼を見返すことはできません。それから又、長く人と睨合《にらみあ》っていることもできません。それは人の眼の中には虎や獅子でも持っていない、精神の力が籠《こも》っているからです！

いま必死の力をこめて三吉に睨みつけられた大狼は、とびかかろうと身構えた出鼻を挫《くじ》かれて、ふっと躊《ためら》いながら三吉の眼からのがれるために、四五足あと退《ず》さった。

「ここだ!!」と、心の内に思った三吉は、あと退さった大狼の方へ、すっとひと足進んだ。

廻りを取囲んだ、狼共は、三吉が前進してくるのを見てさっと四方へ散った。自分たちに向ってくる人間は大概、火の弾《たま》丸のとび出る棒（鉄砲です）か、大切な灰色の毛皮を切裂《きりさ》く刃物を持っているということを知っていたので、狼共は、今に三吉の手から何かとび出してくるのだと思った。

狼共が散ると、三吉は啓子を庇いながら、ばたばたと洞窟の方へ駈けだした。しかし、一度四方へ散った狼共は三吉の手から火の弾《たま》丸も、よく切れる刃物も出てこないと知って、ふたたび押返《おしかえ》してきた。

「きゃッ！」と云う啓子の悲鳴に、三吉がおどろいてふり返ると、さっきの大狼が啓子にとびかかって、その袖を噛裂いたところだった。

「畜生！」叫んで三吉、足下に落ちていた棒切《ぼうきれ》を拾上《ひろいあげ》るや否や、大狼に向って殴りかかった。

「早く!!」三吉の勢《いきおい》に怖れて、又もやぱっと狼共の引退《ひきの》くのを見るや、三吉は啓子に呶鳴った。

「早く洞窟へ入って下さい！　早く!!」

啓子は勇をこして、夢中で、洞窟へ走りこんでいった。

「畜生！　きてみろ!!」三吉は声かぎり絶叫しながら、歯を剝き出して跳びかかってくる狼共を、持っている棍棒で左に右に殴り倒した。そして、すこしずつ洞窟の方へと後向《うしろむき》に寄っていった。

しかし、狼の方にすっかり気をとられていた三吉は、自分のうしろに断崖の迫っていることを知らなかった。ちょうどその時、ようやく洞窟の入口に辿《たど》りついていた啓子が振返ってみると、危うし、三吉はまさに何十呎《フイート》ともしれぬ絶壁の上に立っていた。いまひと足さがれば足を踏外《ふみは》ずして……。

「あッ、三吉さん！」啓子は思わず叫んだ。啓子の声に、はっとして三吉が振向いたとたんに、先頭にいた大狼がぱっと三吉に跳びかかった。

「畜生！」喚いて三吉が身を沈めながら、うしろへ退った。とたんに足が断崖を外ずれて、ずるずると崩れる土と共に、

「あーッ」と云う声を残して、三吉の姿は暗い断崖の底へ落ちて見えなくなってしまった。

あっ!!　赤鬼の松六!!

夜は、すっかり、明けていた。

清三は岩の上で、サムの焼いた麦粉の煎餅と、コンビイフの朝飯を喰《た》べながら昨夜、手に入れた宝島の地図をしらべていた。

「分りやしたかね、坊ちゃま！」そこへ自分の食事を抱えてやってきながら、黒ん坊のサムが訊いた。

「分ったよ！」

「じゃあ、やっぱりここがその宝島でがすか？」

「そうに違いない。この地図で見ると、山の数も森の場所もちゃんと合っている、ただ沙洲《さす》の形が違うので、今まで迷っていたんだが、しかし沙洲は水の出たあとなどは、すっかり位置が変るのが普通だということを考えついたんだ！」

「はあ、じゃあいよいよここが儂《わし》らの探しにきた場所という訳でがすね？」

「そうだ！」

「すると、百万両とか云う、でかばちもねえ宝物の隠してあるのは何処《どこ》でがす？」

「あの山の頂上へ登ればわかる！」

「どれでがすかね！」

「あの赤松の林のある、山のひとつ向うにある高いやつだ。あの頂上へゆくと、二本の杉が樹《た》っている、その二本の間に立って南の方を見ると、三つの洞窟が見える、その三つの洞窟の左の端のが百万両の宝を埋めてある場所だ！」

「へえ！」サムは眼をぱちくりさせながら云った。「そいつは又ばかに面倒くさい仕掛にできてるでねえか、なんだってすぐ掘り出せるようにしておかなかっただね？……例えばその二本の杉だの、三つの洞窟なんぞ持出《もちだ》さねえで、そこらの砂地に埋めておけば、ちょっとの間にみつけ出せるでねえか!?」

「ばかだなあ、誰にでもみつかるような場所へ埋めるくらいなら、なにもこんな場所へ隠すものか。たやすくみつからないように、地図に書いたり、秘密の暗号を用いたりするんだ！」

「へえーそんな訳でがすかね」

清三は朝飯をすませると、例のライフル銃を持って、まず島の探検にと出かけた。黒ん坊のサムは取代えの銃と弾丸《たま》とを持って、清三のあとにしたがった。道がないので、清三は薄《すすき》や笹を押分け、押分けして登っていった。

「大丈夫でがすかね？」サムは、だんだん森深く入ってゆくので、そろそろ臆病癖を出しはじめた。

「鰐《わに》かライオンでも出やしねえでがしょうか。それとも豹でも……？」

「ばかだね、ここは日本だぜ、鰐や豹がいてたまるかい。元気を出せよ！」

「……」日本には鰐や豹はいないと聞いたので、サムはいくらか元気をとり戻した。道はだんだん登りになる、木の幹から幹へ蔓《つる》や天狗のはねなどが縦横に生茂《おいしげ》っているので進むのは次第に困難になっていった。

と、突然ある岩角を曲がろうとして、

「あッ!!」と叫びながら、清三はとび退いた。

「何でがす!?」

「見ろ!!」清三は声をひそめて前方を指さした。

岩蔭に身を隠してそっと覗いてみるとつい鼻先の窪地《くぼち》に、四五人の荒くれ男が焚火を囲んで、がやがやと罵合《ののしりあ》っている。

「あッ！」サムは眼をまん丸く瞠《みは》っていった。

「あのまん中に立っているのは昨夜川上で筏へはいあがった男でがすぞ!!」

「しッ！」清三はサムの大声を制して云った。

「そうだ、あれは赤鬼の松六だ。どうして彼奴《やつら》がここへ来たろう？」

「大変なことになっただ、みつかったら儂らぁ殺されてしまうだ！……儂らが地図を取ったことを知って、追かけてきたに違《ちげ》えありましねえぞ！」

「彼奴《あいつ》は僕らよりももっと大きな獲物を狙ってやってきたんだ」

「もっと大きな獲物とは何でがすかね？」

「百万両の宝だ！　しッ!!」清三はぴったり岩蔭に身を寄せた、赤鬼の松六が、声を聞《きき》つけてこっちへ振返ったからであった。

「こっちへ来い！」

清三は、地面を這うようにして、自分たちの筏の方へ戻った。

「ぐずぐずしてはいられない。彼らはことによるとこの地図の写しを持っているかもしれない。例《たと》えそうでないにしても、この地図の暗号をすっかり知っているとすれば、すぐに洞窟を探しに出かけるだろうから、奴らが出掛けない先に早く宝物の在《あり》かをつきとめなければならない！」

「じゃすぐ出発なさるかね？」

「そうだ、しかしどっちにしても一度は赤鬼団と衝突することは退《のが》れないだろうから、できるだけたくさん弾丸を用意して行かなけりゃならぬ！」

そこで二人は食糧を袋に詰めて背負い、懐中電灯と三百発の弾丸とを準備して、宝の洞窟へと出発した。

突撃だ!!

地図を頼りに、清三とサムが第一の禿山《はげやま》の頂上へ登詰《のぼりつ》めたのは、もうやがて午時分《ひるじぶん》のことであった。

「まだなかなかでがしょうか、坊ちゃま！」

「意気地のないことを云うな、ぐずぐずしていれば、赤鬼団の奴らが宝物を占領してしまうぞ。そうすれば君を曲馬団から買取る金もなくなるんだぜ!?」

「ふえ」曲馬団と聞いて、サムはひと耐《たま》りもなく縮上《ちぢみあが》った。

「さあ、もうひと奮発しよう！」清三も流れ出る汗を拭きながら、さらに前進をつづけた。

十歩行っては休み、二十歩行っては立停まりしながら、ようやく第二の禿山の横腹へさしかかった時である。前方の岩の上から突然、「待てッ!!」と呶鳴る者があった。はッ！　と思って見上げると、百米突《メートル》ばかり其《そ》の高い崖の上に、いつの間にどこを抜けて先廻りをしたのか、手下の荒くれ男を左右に従えて、赤鬼の松六が突立っていた。

「危い!!　隠れろ!!」清三は、松六がなにか持った右手をあげるのを見たので、サムの腕をひっ摑んで、傍にある大岩のかげへ引摺《ひきずり》こんだ、とたんに、ぱあーんと谷間に銃声が反響したと思うと、二人の立っていたあたりの岩地を、しゅっと弾丸がかすめた！

「卑怯なやつだ、いきなり撃ちやあがる！」

清三は、岩の蔭からそっと覗きながら云った。

「アブカラダ・カンブラダ!!」サムはもうがたがた顫えだしながら、岩蔭へ芋虫のように身を縮めてお祈りをし始めた。

「おーい！」松六の声がした。

「地図を返せ！　そうすれば許してやるぞ——」

「いやだ！」清三が呶鳴り返した。

「じゃあ、貴様たちを殺してから取るばかりだ」

「よし、殺せるなら殺してみろ!!」いったとたん。ひゅっ！　と呻《うな》りながら清三の耳をかすめて弾丸が流れた。

「畜生、見ろ!!」清三はライフル銃に手早く弾丸をこめた。

「サム、君は弾丸《たま》こめ役だ」

「ふえ！」「確《しっか》りしないと、今度こそ命がけだぞ!!」

清三は銃口を岩からさし出して、そっと狙いをつけた。見るといま一人の悪漢が崖から綱を下げて、それを伝っておりようとしているところだ。

「よし!!」呟《つぶ》やいて、充分に狙いを定め、かちんと引金を引いた。ずん！　と鋭い音響が谷間にこだました。見ると弾丸は正に命中したとみえて、綱を伝っていた悪漢は、なにか大声で喚《わめ》いたと思うと、もんどりうって落ちた。

「うはぁー一あたぁーり」見ていたサム、大喜びで叫んだ。

こっちに銃のあることを知った赤鬼団は、ぱっと岩蔭へ身を隠した。そして岩の間や、木蔭から、隙《すき》をみてこっちへ狙い撃ちをはじめた。

「あッ！」サムが一方を指さしながら叫んだ。

「むこうへ廻る奴があるでがすぞ！　あれ、あの崖の右の方へ！」「よし！　見ていろ!!」

崖の上を這いながら、ずっと右手へ廻ろうとしている悪漢を狙って、清三は第二発目を撃った。今度もあたった！　悪漢は崖からずるずると転がり落ちた。

「うはぁー二つあたぁーり」

サムが愉《うれ》しさに踊上《おどりあが》った時、崖の方からぱんぱーん!!　とつづけざまに銃声がして、清三たち二人をめがけて一斉射撃が始まった。

「危い!!　寝ろ!!」清三が叫んだ。弾丸はひゅっ！　ひゅっ!!　と飛んできては、地面にあたってぱっと砂をとばしたり、大岩に当って横へ外れたりした。その中には、危く清三の肩をかすめ、着ていた服を破った弾丸もあった。

「アブカラダ・カンブラダ！」サムは弾丸を籠める合間には、地にひれ伏してお祈りをした。間もなく清三のライフル銃は火薬のために熱して持っていられなくなった。そこで銃を取換えて射撃をつづけようと振向いた。と、その時、いくらか体が岩から出たのだろう、びゅっ！　と呻りをあげて飛んで来た弾丸が清三の右腕の肉をそいだ。

「あッ！　やられた!!」焼火箸で突刺されたような痛みを感じて、ばったり倒れるのを、はるかに崖の上から見た赤鬼団の悪漢共、

「しめた！　それ行けッ!!」と口々に罵りながら、ぶら下げた綱に縋りついて、赤鬼の松六を先頭にずるずると滑りおりてきた。見ていたサムは吃驚《びっくり》仰天、がたがた顫えながら清三に抱ついて、

「確《しっか》りして下せえまし坊ちゃま！　奴らがやってきますだ。あれもうみんな下へやってきましただ坊ちゃま！」

「大丈夫だ！　早く何か布で僕の腕を縛ってくれ、早くしてくれ!!」云われるままに、サムは自分の上衣の袖を噛裂いて、夢中で清三の腕の傷口を縛りあげた。

「よし、それから君も銃を持て！」

サムもこうなるともう、糞度胸が据《すわ》ってきたから、いわれるままに銃を執った。岩蔭からそっと覗いて見ると今にも発射するばかりに銃を構えながら、悪漢たちはしずしずと五十米突《メートル》ばかり先まで進んできていた。

「元気でやれ！　十米突《メートル》の地点まできたら突撃だ、やつらを殺すか、僕達がやられるかどっちかだ、負けるなよ!!」

清三が囁いた。サムは五十人力の腕をさすりながら、口の内で「アブカラダ・カンブラダ」を唱えた。悪漢共は既に十米突《メートル》ばかり前進した。ああ！　この二人はどうなる!?

洞窟の中の熊男

断崖から墜落した黒猫の三吉は、あっ!!　と思ったとたん気絶してしまった。

それからどのくらい経ったろう。冷や冷やと吹いてくる風に、ふと我にかえると、三吉は断崖の根

の、深い叢《くさむら》にうち倒れているのに気づいた。

急いではね起きてみたが、どこにも怪我《けが》はない。ただ右手の肱《ひじ》をすこし磨剝《すりむ》いたばかりであった。

「ああ助かった！」と思わず嬉しさに叫んだが、同時に、「啓子さんは!?」と呟やいて、高い断崖をふり仰いだ。

無事に洞窟までゆくのは見届けたが、あの狼の群に取囲まれたら、と思うと、いても立ってもいられなかった。

「啓子さぁーん、啓子さぁーん」声をかぎりに呼んでみたが、勿論、返事は聞えてこなかった。しかし、ここにいつまでそうしてはいられないので、三吉はめくらめっぽうに歩き出した。

昨晩《ゆうべ》から物を喰べないので、もうすっかり腹はへっているし、それに睡眠不足も手伝って、三吉はくらくら眩暈《めまい》のするほど疲れきっていた。

木の根や草株に躓《つまず》いて、何度も倒れながら、断崖に添って二三丁も進んでゆくと、ふいに三吉の眼の前へ大きな洞窟があらわれた。覗いて見たが余程奥深いとみえて、中は真暗《まっくら》で見通しがきかない。

入口に身を伏せて、じっと耳を澄ましたが、別に怪しい物音も聞えてくる容子がないから、三吉は、「よし、入ってやれ!!」と決心して、なにか襲いかかってきた時の用意にと、手ごろな棍棒を拾って、そっと洞窟の中へ入っていった。

洞窟の中は、天井から滴り落ちる水で、処々《ところどころ》踵《かかと》のひたるほどの水溜《みずたま》りができていた。そして時々闇の中からばたばたと不気味な翼音《はおと》をたてながら、蝙蝠《こうもり》が飛び出してきた。

溜水の中にはまらないように注意しながら、三四十間も進んでいったと思うころ、ふいに三吉は立停まった。なにか遠くの方で、物音がしたように思ったからだ。

「はてな……」静かに耳をかたむけると、たしかに遠くで人の気配がする。なんだろう！　こんな孤島の、こんな洞窟の中に、今時いるとは全体どんな人間だろう――。

待っていても仕方がないので、三吉は勇を鼓して進んだ。しかし、五六間もいったと思うと、ふしぎや洞窟は行当ってしまった。

「おかしいぞ!!」呟やきながら、洞窟の岸壁を手さぐりでたどると、ふつと冷《つ》めたい風が吹《ふき》こんでくるところがある。ここだな！　と思ってその方へ曲ろうとしたが、何だか容子が変なので、足探りで地面をさぐって行くと、思わず、

「あっ!!」と叫んであと退《ずさ》った。見よ!!　一歩前へ出れば底知れぬ穴である。ぞっとして後ろへ下るとたん！　うしろから、

「誰だ!!」と叫んで三吉の前へ跳びだした者がある。ふいをくらってひと足さがった三吉は、眼の前にあらわれた男が、あまり異様な風体をしているので、二度吃驚《びっくり》した。

怪《あやし》い男は、ほとんど裸で、全身に熊のような毛が生えている。手足は松の木のように節くれ立って、まるで見たところゴリラのようであった。

「出てゆけ！」怪しい熊男は、三吉に襲いかかるように両手をあげながら呶鳴った。

「ぐずぐずしていると嚙殺すぞ!!」

「いやだ!!　貴様こそ出てゆけ!!」

三吉は負けずに、呶鳴りかえした。

「おれはこの島へ探検にきたんだ。この島の秘密を発見するまでは一歩も外へは出ない!!」

「生意気なことを。この小僧!!」熊男はそう喚くと、いきなり三吉に跳《とび》かかってきた。しかし、三吉も、赤鬼団の船で銃火を潜《くぐ》っているから、もう度胸は据っていた。

「畜生！」と喚くと、体をかわして、持っていた棍棒で相手を殴りつけた。ところが、そのかなり太くて厳丈《がんじょう》な棍棒は、男の肩に当るとぼこんと音がしてはね返ってしまった。

「あっ!!」と思ったとたん、熊男はとびこんできて、いきなり、三吉に組《くみ》ついた。

強くなった黒ン坊サム

その時分。

禿山の頂上では、清三と黒ん坊のサムとが、赤鬼団一味と乱闘のまっ最中だった。

今まで猫のように臆病で、なにかというとアブカラダ・カンブラダなどと、お祈りを捧げてはぶるぶる顫えたサムが、いざ決戦となるとみるみる勇気をふるい起した。

六尺近い大男で、筋骨隆々と、しかも、全身青銅色の黒ん坊が、虎のように咆えながら、群がる悪漢の中にとびこんで荒れまわる有様は、みごとなものであった。

「大丈夫か!?　サム!!」いま、一人の悪漢を腰車にかけ投《なげ》とばした清三が、振返って声をかけると、

「このとおりでがす！　坊ちゃま!!」とサムは、一人を摑んで軽々とさし上げてぶんぶん振廻しながら谷底の方へ抛り出して見せた。

「強いぞ！　しっかりサム!!」

「いいでがす。こんな虫けら共は、わしが皆踏潰《ふみつぶ》してくれるだ！　こう、この魚め!!」逃げようとする一人の頸筋を摑むと、

「ごめん！」と叫ぶのを耳にもかけず、うん！　と呻くがいなや肩に担いで五六間先へ投げた。

「手剛《てごわ》いぞ、退《ど》け!!」赤鬼の松六は、どうにも敵わぬと見てとったか、そう喚くと共に、自分から先に立ってとっとと退却していった。

「待て！　このめだか共!!」サムは初めて自分の強いことを知ったので、まだ暴れ足りない。日頃小さくなっていた腹癒《はらい》せに、こんな時こそ、充分暴れてやろうとばかり、逃げてゆく悪漢共を追駈《おいか》けながら、

「待て！　待てよ餓鬼共《がきども》、いまわしが紙のようにのしてくれるから!!」と喚きたてた。

ほっとした清三は、なお追駈けていこうとするサムを呼止めて、ひとまず、休むことにした。

「サム！」と木蔭に入って汗を拭いながら、清三は感嘆の声をあげた。

「君は実際すばらしい勇士だなぁ。あんなに強かろうとは夢にも知らなかったよ！」

「へえ、私も知らなかったでがすよ」

そういってサムは頭を掻いた。

「曲馬団にいる時三十人力だったといったが、実は僕は信用しなかった。しかし今はじめて本当だということが分ったよ！」

「これもみんなあの呪禁《まじない》の功徳でがすだよ、坊ちゃま。アブカラダ・カンブラダ！」

「止《よ》し給え！」清三は力をこめて、サムの合掌している手を振ほどいた。

「それは呪禁《まじない》のせいじゃないんだ、君は元々今日のように強かったんだ。今までは何事も君は神様の思召《おぼしめし》どおりだ！　と思って、神様に縋ってきたんだ。しかし、今日はじめて君は自分の力をみつけたんだ、今君は自分で『こんなに強かろうとは自分も知らなかった！』といったろう、あれが本当の君なんだ。アブカラダ・カンブラダなんて呪禁《まじない》は今日かぎり忘れて了《しま》い給え！　そして自分の力を確《しっか》りと摑んで、何事も自分の力でやりとげて行くんだ。分ったか!!」

清三の言葉をじっと聞いていた黒ん坊サムは、やがて大きく頷《うな》ずいた。

「いいでがす、分ったでがす坊ちゃま、今日からアブカラダは申しません。そして自分の力でやって行きますだ！」

「じゃ手を握ろう！」二人は固く握手した。清三は勇気の籠った声でサムにいった。

「さあ、これから僕達はどんな敵も恐れる必要はない、僕の智恵と君の力とで、どんな困難をもうち破って進むのだ」

「……」サムは感極まって固く固く清三の手を握り緊《し》めた。

それから二人は、いつまた赤鬼団が逆襲してくるかも知れないので、手早く食事をすませ、地図をたよりになお先へと突進した。

生きていた隼譲治

洞窟の中では、――黒猫の三吉は、怪い熊男と上になり下になり格闘の最中だった。しかし、いくら度胸が据っていても、三吉は少年で、相手は熊のような男である。だんだん三吉は疲れてきて、もう今では組伏せられたままはね起きることができなくなった。

「さあ、念仏でも唱えろ！」熊男はそういって、両手で三吉の首を絞めにかかった。と、そのとたん三吉は、熊男の両腋があいているのをみつけて、両手でがん！　と腋の下へ突きをくれた。

「うっ!!」と熊男は、ふいの襲撃に呻いて、腋を押えながら身を起す、そこを狙ってがばとはね起きた三吉、無我夢中で熊男を突とばした。と――だだ、とよろめいた男は、「はぁ――っ!!」とひと声、無気味な叫声を残して、闇の中へ消えてしまった。気がついて見ると、そこはさっき三吉が、もうすこしで墜落しそうになった底知れぬ穴だったのだ。

「……」三吉は崖縁に乗出《のりだ》して、耳をすましたが、熊男の落ちる物音はしない。よほど深いので、底の音が聞えないのだろう。試しに傍の小石を拾って落してみると、ひゅう――という音はしたが、底に当る音はいつまで待っても聞えてこなかった。

「凄えなぁ！」三吉は顫然《せんぜん》として後退《あとずさ》った。

格闘ですっかり喉が渇いていた。やっと危地を脱《のが》れたと知るや否や、空腹と疲れが一時に甦《よみがえ》ってきた。しかしそれよりも、啓子の身の上が気にかかるので、元来た方へ出ようと思って、足早に引返そうとした。と、ふいに、天井の方から、明るい光のさしこんでくるところがある。

「おや？　なんだ――」独言《ひとりごと》を呟やきながら、その光のさす方へ、岩角を頼りによじ登って行くと、小さな穴が外へ通じていて、そこから青空が見えた。

「あ、しめた！」思わずそう叫びながら、外へ躍り出ようとしたが、ふとその時、

「しかし、あの熊男は、この洞穴の中で何をしていたんだろう！」と考えついた。

「そうだ、ことによると宝島の秘密は、この洞窟の中にあるかも知れないぞ!!」黒猫の三吉は外へ出ることを思いとどまって、再び洞窟の中へ戻った。まず最初に調べなければならぬのは、熊男がどこから出てきたかと云うことである。

穴へ墜《お》ちないように、要慎《ようじん》に要慎しながら、手探りで伝ってゆくと、ふいとそこに窪みのあるのをみつけた。しかもそこからは、冷めたい風が吹込んでくる。

「ここだな！」と呟やきながら、そろそろ其方《そっち》へ足を進めてゆくと、三四間入った岩蔭に、ちらちら灯火《あかり》が揺れている。しかもその灯の下には、一人の白い髯《ひげ》の生えた、白衣《びゃくえ》の老人が蹲《うずく》まってなにかごそごそやっている容子である。

はっ！　とした黒猫の三吉、思わずぴったり岩壁に身を押つけて、じっと老人の容子を窺った。灯火に馴れた眼で見ると、意外！　それは昨夜、狼をつれて自分たちを脅やかした、あの怪老人であったのだ。

「あ、こんな所にいたのか、すると老人とあの熊男とは仲間だったに相違ないな！」呟やきながら、なおも容子をうかがっている三吉のあろうとは、露知らぬ怪老人、灯火をかき立てながら、なにか頻《しき》りにこつこつ叩いている。

しばらくすると、洞窟の彼方から、誰か近づいてくる足音がした。と老人は手をやめて、闇の方をすかし見ながら、「誰だ！」と呶鳴った。すると向うから、

「隼の譲治だ！」と答えて、ぬっと一人の少年があらわれた。それを見た黒猫の三吉は思わず、あっ！　と叫びそうになって、危うく自分で口を塞《ふさ》いだ。

「おう譲か？」老人は隼を見ると、まるで我子《わがこ》に会ったように悦《よろこ》びの声をあげて、両手をひろげながら立上った。二人はそこで固く抱合った。

「だがどうしたんだ。ばかに来ようが遅いじゃあないか」

「うん、まあかけさせてくれ！」譲治はそういってそこへ腰を下ろすと、がっかりしたように吐息と共にいった。

「地図は手に入らなかったよ！」

「え!?　どうしてだ!!」

「ひと足遅かったんだ。なんでも町長の家の娘と、清田という医者の伜《せがれ》と、それから黒猫の三吉とかいう小僧が、地図を持って宝島へ出かけたあとだったんだ」

とそれから船へ乗込んだ事、三吉と青痣とを相手に大乱闘をした事、魔ノ淵で船の沈んだ事などを手早く話した。

「そうか！」ききおわった老人は、頷いていった。

「すると昨夕《きのう》島へ上ったのが、その小僧の中の一人だな！」

「え!?　もう島へきたのか!?」

「うん！　昨日……」いいかけた時、三吉の摑んでいた岩ががらがらと崩れ落ちて、洞窟中に大きく反響した。ふいをくらって老人と隼の譲治とは、ぴくんと跳上《とびあが》りながら、

「誰だ！」と喚いて、三吉の方へ詰寄ってきた。

洞窟の中の大格闘

「待て！」隼の譲治は叫ぶと共に三吉に跳りかかってきた。三吉は暗い中でひらりと体をかわすと、そのまま元来た方へ、一目散に走りだした。

「待て!!　偽物の譲治待て!!」隼小僧は夢中にどなりながら、疾風のような速さで追ってくる。洞窟に馴れない三吉は、ともすると足元の岩に躓いたり、岩壁に突当ったりした。

隼小僧はもうすぐ背後に迫っていた。と、その時ふいに三吉は、あの恐ろしい底なしの穴を思い出した。

「そうだ」三吉は心の中で何ごとか考えた。

「待て!!」と喚いて、譲治の手が伸びてきたとき、三吉突然そこに立停まって、振返りざま、その手をとるや、肩にかけて、

「うん！」とひと声、譲治の体をまりのようにそこへたたきつけた。しかし譲治もさる者、

「やったな！」と、叫ぶと共に、はね起きてきた。三吉はそれを見ると、かねて見定めておいた、熊男の墜《お》ちた方へ、譲治を誘うように走りだした。投出《なげだ》されたときに、したたか肩をうちつけた譲治は、それでも猛然と三吉の後を追ってきた。

「逃げようと思ってもだめだ。待て！」

「よし待ってやる！」

三吉は再び立停まった。と譲治は、

「小僧！　隼の譲治を知らねえな!!」と叫ぶと、いつ抜いたか九寸五分の短刀を逆手に持って、さっと三吉にとびかかった。

「あッ！　卑怯者!!」体をかわした三吉、短刀の下をかい潜ると、

「黒猫の三吉だ！」と名乗って、むずと組《くみ》ついた。

さん然と輝く大判小判

その時分、清三とサムとは、地図を頼りに宝島の大洞窟へ近づいていた。さっきの大乱闘で膝をす

り剝いたサムは、それでも大元気で、わけの分らない黒ん坊の歌などを唄いながら、大股に登ってい
った。

「おや！　変だぞ！」

ふと清三は足もとを見て立停まった。

「何でがす。坊ちゃま!!」

「ほら、こんな物が落ちている！」

そういってしゃがんだ清三は、道傍の叢《くさむら》から女の子の服の布端《きれはじ》を拾いあげた。

「あれまあ、そりゃ女の子の着物のはじっこでねえか!!」

「そうだ、その上この布には見覚えがあるんだ、はてな！」

清三がふと眼をあげると、そこから三四米《メートル》突先の雑草の中にも、何か落ちている。行ってみると、
それはまた女の子の冠《かぶ》る帽子であった。

「おや！　これは啓子さんの帽子だ!!」

拾いあげるより早く、清三が叫んだ。

「どうしてこんなとこに落ちているんだろう」

訳がわからないので首を傾ける傍から、サムが頓狂《とんきよう》な声で、

「あれ、あすこをご覧なせえましよ、坊ちゃま。あんな所にあんな綺麗な女の子がいるでがすだ
――」

「え!?」女の子と聞いて清三が、サムの指さす方を見たとき思わず、あッ!!　と叫んだ。

見よ！　雑木林の彼方、断崖の中腹にぽっかりと口をあけている大洞窟の入口に、一人の少女が立
って、こっちへなにか頻《しき》りに手をふって合図をしている。

「啓子さんだ！　啓子さんだ!!」清三はそう呟くと、へどもどしているサムをせきたてながら、大声

に、

「啓ちゃぁーん！」と呼びたて呼びたて、雑草を踏《ふみ》わけてそっちへ駈けだした。

やがて断崖の下へくると、洞窟の入口にいる啓子が、断崖に垂れている蔦《つた》を伝わっておりてきた。

「啓ちゃん！」

「清三さん!!」

二人はこの意外なめぐりあいに、思わず手を握合《にぎりあ》って叫んだ。なつかしさと、あまりの嬉しさに、啓子の眼には早くもいっぱい涙が溢れてきた。

「だけど、どうして啓ちゃんはこんな島へやってきたの？」

すこし落着《おちつ》くとともに清三が訊いた。

そこで啓子は自分が清三の後を追って家出をしたこと、万代川の水中に落ちて、溺れかかったところを、隼の譲治に助けられたこと、赤鬼団の船中の出来事、船が岩に衝突して沈んだこと、それから島へ辿りついて狼に追われたこと、自分はその洞窟へ入って遁《の》がれたが、黒猫の三吉は断崖から墜落してしまったことなど、すっかり話して聞かせた。

「そうか！」と清三は、はじめて訳がわかって溜息をついた。

「すると黒猫の三吉は、きっと断崖から落ちて死んでしまったのだな、可哀そうに！」

「清三さん、私いいものをみつけたのよ！」と暫くして啓子が、眸《め》を輝かしながらいった。

「何だい!?」

「さあ、見せてあげるからいっしょにいらっしゃいよ！」

そして啓子は、再び蔦に縋りながら、岩角を足場にして洞窟の方へ登っていった。清三もサムもその後からついて登った。

登ってみると、洞窟は高さが五米《メートル》突もあって、中は奥底しれず、墨を流したように真暗で、きみの悪い風がひゅうひゅう吹いてくる。

「こっちよ、足もとに気をつけて頂戴《ちょうだい》！」

啓子はそう注意しながら、先に立ってどんどん中へ入ってゆく。今しがた赤鬼団を向うに廻して、阿修羅のように暴れたサムも、この暗闇には再び臆病癖が出たかして、我知らず、

「アブカラダ……」といいだしたが、ふと気がついたのか、えへんえへん！　と空咳《からせき》をしてごまかした。それを聞いた清三は、思わずくすくすと笑いだしたので、サムはますます恥かしくなって黒い顔を赧《あか》くした。

先に立って左に曲り右に曲り、洞窟の奥へ凡《およ》そ三町も入ったと思うころ、啓子はとある大岩の蔭へたどりついた。

「清三さん、燐寸《マッチ》あって!?」

「ある、サム君、出したまえ！」

「燐寸《マッチ》でがすかね、へえ！」サムの取出した燐寸《マッチ》を受取ると、啓子はしゅっとすって火をつけた。

暗闇の中で燃える燐寸《マッチ》の光でみると、その大岩の蔭のところに、鉄の鋲《びょう》をうった頑丈な大箱がおいてある。もう年古く経っているとみえて、岩さきから落ちてくる水滴でうたれ、半分は腐って、鋲はとび、木はぼろぼろに崩れかけている容子。

「何だいこれは!?」清三は啓子を振返った。すると啓子はにっこり笑って、

「ごらんなさい！」といいながら、大箱の蓋《ふた》に手をかけて持上げた。既に朽ちかかっていたので、蓋はみりみりと僅《わず》かにきしりながら、啓子の手につれてぽっかり外《は》ずれた。と、サムのすった二本めの燐寸《マッチ》の光は燦然《さんぜん》と光り輝く、箱の中にぎっしり詰った大判小判を照しだした。

「あッ、あッ!!」

「あッ!!」とサムは驚きのあまり、べたべたとそこへ尻もちをついてしまった。闇の中で啓子が、

「これが、宝島の宝物です!!」と叫んだ。

恐しい狼の群

その時分、底なしの穴の近くでは、黒猫の三吉と隼の譲治が必死に格闘の最中だった。三吉は、もう譲治のために、腕へ二三ケ所傷をうけていた。

「畜生！」

「負けるか!!」と闇の中で、上になり下になり、夢中で組合《くみあ》っているうちに、いつか二人は穴の近くへ転がってきていた。

「しめた。もうひと息だぞ」三吉は心の中でそう呟やいていた。

もう一米突《メートル》、もう半米突《メートル》、そら！　もう底なしの穴の絶壁はそこに見えている。

「さ、来い！」と譲治が三吉の上に馬乗りになった。

「どうだ、黒猫の三吉などと威張《いば》ってももうだめだぞ、隼の譲治が貴様の命は貰った！」組敷かれた三吉は、態《わざ》ともう力の抜けたように、ぐったりして手を離した。

「覚悟をしろ！」と隼小僧、短刀を振上げて、あわやひと突きとみた瞬間、

「うん！」とひと声呻くと共に、蝗《いなご》のようにはね返った三吉、ふいを喰った隼の譲治のよろめき立つところを、どしんと強く体当りに突のめした。吃驚《びっくり》した譲、だだだだと後へ五六歩よろめいて立直ろうと身構えたとたん、後足が底なしの穴の絶壁を踏外《ふみは》ずした。

「あッ!!」という悲鳴。がらがらと崩れ落ちる岩屑の音、そして、次の瞬間にはもう、そこに隼小僧の譲治の姿は見えなかった。耳を澄ますと、あ――という声が、非常な速さで穴の底へ消えて行くのが聞えたので、思わず三吉は怖ろしさに身顫いした。

その時、ふと我に返ると、わあッ！　わあッと云う人びとの喚き罵る声が聞えてきた。

「何だろう！」と思って、そっとそっちへ近寄ってゆくと、向うから十四五人の荒くれ男たちが、何か恐ろしそうに罵り合いながら、我先にと逃げてくる容子である。

ただ事でないと思ったので、三吉は傍に高い岩の窪みのあるのを幸い、岩角を足場にしてその中へよじ登って身を隠した。とたんに、わあッ！と走ってきた男たちは、暗闇の中とて前後の見境もなく、絶壁を踏外ずして底なしの穴の中へ、がらがらがら、と続けざまに落ちて行った。どうしたのだ、何故《なぜ》こんなに狼狽して、恐ろしそうに逃げてきたのだ。

ふしぎに思っていると、男たちの後から、いつか自分と啓子とに襲いかかってきたあの狼の群が、「うわぅ――うわぅ――」と呻き咆えながら追いかけて来た。

「そうか、狼にやられたのか！」そうすると此奴《こいつ》らは赤鬼団の者だな、と思って見ていると、最後に松火《たいまつ》を持った老人が、怪しげな呪文を唱えながら走ってきた。

「ひひひひひ、見ろ！　罰だ、天罰だ!!」

それはあの白い髯の怪老人であった。老人は一番殿《しんがり》に逃げてゆく男を、松火《たいまつ》の光で照らしながら、幽霊のような声で叫んだ。

「宝島へあがる者は、どいつもこいつも死ぬんだ。島の主の狼に喰殺《くいころ》されるか、底なしの穴へ墜ちるか、どっちかして死んでしまうんだ。ひひひひひ」

「あッ!?」と叫んで立どまったのは、ああ、それこそあの赤鬼の松六だった。彼は狼に追われて、手下の悪漢共と一緒に逃げてきたのだが、怪老人の松火の光で、めの前にぽっかり口をあけている底なし穴をみつけたのだ。

「どうだ、わかったか!?」と、怪老人が冷笑《あざわら》った時、しりごみした赤鬼の松六の背後から、追いついた狼が、ふうふうと咆えながら跳りかかった。

「あッ、畜生!!」松六は先頭の一疋に肩を噛《かみ》つかれて、思わず悲鳴をあげながらうち倒れた。

「畜生、痛い、助けて、助けてくれーッ」

さすがの悪漢も、情を知らぬ獣に会っては敵わない。

ついに苦しさに耐えかねたか、どうせ死ぬならひと思いと考えたか、がばとはね起きた松六は、何か訳のわからぬことを叫びながら、自分から底なしの穴へ飛込んだ。

「ひひひ、ざまを見ろ！　欲張り共、これでもう宝島は万歳だ！」怪老人はそう喚くと共に、えたいの知れぬ呪文を唱えながら、さも悦しそうに踊りはじめた。すると老人の廻りにいた狼共も、ふしぎな声で遠吠えをしながら、老人の踊《おどり》につれて妙な恰好でぐるぐる円を描いて廻りだした。

そしてこの奇怪な踊りをつづけながら、

「万歳だ、宝島はもう万歳だ。儂の務めもこれで終った！」

といって、これもまた底なしの穴へ身を躍らして落ちていった。呪文に縛られていた狼共が、後から後から、怪老人のあとを慕って、穴の中へ身を投げたのも勿論である。

「ああ、怖ろしいことだ！」

岩壁の窪みの中で、始終の有様を見ていた黒猫の三吉は、思わず顫えあがってそう呟やいた。そしてそっと這い下りて底なしの穴の縁までくると、静かに眼をとじて、

「どうぞ神さま、赤鬼団の人たちや、怪しい老人が安らかに死ねますようにお護り下さい」と祈った。

成功した大冒険

「あれ！」と黒んぼのサムが皆を制した。

「誰か此方《こっち》へ来るでがすぞ！」

清三も啓子も、その言葉にはっとして身を跼《かが》めた。たしかにくる、人の足音がだんだん此方《こっち》へ近づいてくる。

「誰だろう！」思っている鼻先へ、闇の中からぬっと現われた少年がある、とサムがすっ頓狂な声で、

「あれまあ、是《こり》ゃ黒狸の三吉さま!!」と叫んだ。

「なに!?　三吉!?」

「まあ、本当!?」と同時に叫びながら、清三と啓子が岩の蔭から立上った。おお、そこには三吉がいる。断崖から落ちてもう生きてはいない者と諦めていた三吉が……。

「ああ、三吉君!!」

「やッ！　清田さん！　無事だったのね！　うれしい!!」

「まあ！　無事だったのね！　お嬢さん!!」

三人は手と手を握り合って嬉し涙に咽《むせ》んだ。

「わしいったでがすよ。黒狐の三吉さまは強《つえ》から、なかなか死なねえだって」傍からサムが自慢らしく附加《つけくわ》えた。と三吉はサムに呶鳴りつけた。

「黒狐じゃない、黒狸でもない、己《おい》らは黒猫だ！　黒猫の三吉だ！」

「へえ――その、黒……鼠の三吉さま！」

清三も啓子も、思わずぷっとふきだしてしまった。三吉はぷんぷん怒って、サムの眼の前で拳骨《げんこつ》を振廻しながら、黒猫だ！　猫だ！　狸でも狐でも鼠でもない！　と呶鳴っていた。

かくて、三人はそれからひと月の後、百万両の宝物を土産《みやげ》に宝島から帰ってきた。

もう帰らぬものと諦めていた清三の家と啓子の家では、死んだ者が生返ったように悦《よろこ》んで迎えた。

百万両の宝は、三人が一度市へ寄附し、その中からたくさんの年金を三人が等分に貰うことに定《き》まった。万代川が毎年洪水になるので、その堤《どて》の工事に必要な金も、この宝島から持帰ったので完成した。

黒ん坊のサムは望みどおり、曲馬団の親方に金をやって自由な体になり、今では清三の家で下男と

して働いている。

三吉は？　三吉は啓子の父が引取って面倒をみてやろうといったが、結局元の野育ちの方が宜いというので、今でも黒い仔猫を相手に、原っぱで暮らしている。

魔ケ岬の秘密

探険の相談

「塔ケ岬へ近寄っちゃ危ねえでがすぞ?」

今年も都から、この浜へ避暑してくる大勢の客たちに、浜の漁師は、なによりも先にこういって、注意するのであった。

「あすこにゃ魔物がすんでいるでがす。近寄る者があれば、舟でも人間でも、海の底へ巻《まき》こんでしまうでがすだ!!」

この話を聞いて、腹をたてた三人の少年があった。岡田、畠山、原という中学一年生で、どこへゆくにも離れたことのない仲間だった。

「おかしいぜ君!」と、毎年この浜へくる三人は額をあつめた。

「去年きた時には、僕らは岬のはなまで平気で泳いだじゃないか」

「そうだ、もぐって螺蠑《さざえ》をとったこともある」

「それが急に魔物のすみかになるなんて、不思議じゃないか、第一いまの時代に魔物が出るなんて、話だけでも変だぜ!」

三人は、かわるがわるそんなことをいった。

「これにゃきっとなにか秘密がある、僕はそう思うんだがね！」

「僕もそう思う！」

「僕もそう思う！」

そこで岡田清一が、膝を乗出《のりだ》した。

「では僕は村をまわってどんな事件があったのか調べるから、畠山君と原君は、二人で岬の模様を探《さ》ぐってきてくれたまえな！」

「よし！」

畠山、原の二少年も元気に頷いた。

「じゃあ三時までにここへ帰ってきて両方の調べて来たことを研究しよう」

三人は、そう相談をきめて、勇気満々と家を出ていった。しかし三人がもし、自分たちを待構《まちかま》えている恐ろしい魔の罠に気づいたら、恐らくそんな冒険には手を出さなかったにちがいあるまい。

不意に消えた親友

岡田清一が村をまわって塔ケ岬におこったいろいろの事件を調べて、丘の家に帰ったのは、三時ちょっと過ぎたころであった。

「ただいま！」と呶鳴《どな》って庭から入ると、畠山少年が一人、ぼんやり立っていた。

「どうしたんだい！　原君は」

「うん、それがおかしいんだよ君」

と、畠山は心配そうに話しだした。

畠山君の話はこうだった。二人は家を出るとまっ直《す》ぐに塔ケ岬へいった。

塔ケ岬というのは、三丁ばかり海の中へ突出《つきで》ている、幅五十間ばかりの半島で、岬のはなまでこんもりと松が茂っている。松の根方にはふかい熊笹がみっしり根を張っているので、ただ一本の細道もあるかなきかに隠れてしまっている。

二人はその熊笹を踏分《ふみわ》けて、進んでいった。すると岬のはなへ出るちょっと手前に、小さくはあるが白堊《はくあ》の洋館が建っているのをみつけた。よく見ると、松林と岩地にかくれて、浜からも海からも見えないようにはできているが、去年きたときにはたしかになかったものである。

「行ってみよう」というので、原と畠山とは、勇を鼓して近寄っていった。傍へいってみると建物の中で「ジィ、ジィ、」と、発電所のような物音がしている。そして建物の内にも外にも、人の姿は見えなかった。熊笹の中に蹲《しやが》んで容子《ようす》をうかがっていた畠山は、ふとめの前に妙な紙片が落ちているので、それを拾いあげて、そっと低い声で、「なんだろうね、これは!!」と、いいながらふり向いた。とたんに畠山はとびあがるほど驚いて「あっ!」と、叫んだ。

畠山がふりかえってみると、いままでそこにいた原少年がいない、煙の消えるように、いなくなってしまったのだ。

「原君——原君」

畠山はびっくりして、気違のようにそのあたりを探しまわったが、どうしても分らない。ぐずぐずしていて、自分まで掠《さら》われてはいけないと思ったので、急いで帰ってきたのである。

「そうか」

話を聞終《ききおわ》って、岡田少年は頷いた。

「なにしろ、その洋館というのが怪しい。だが原君をつかまえたって、別に悪いことをしたのではないから、すぐ殺すようなこともあるまい。その間に秘密を探ぐって、原君を助けよう」

「そこで、僕はこんな紙を拾ったのだがね」

「見せ給え!」

畠山君の持ってきた二枚の紙片をうけとると、岡田少年はしばらく表や裏をしらべ、匂《におい》を嗅いだりしていたが、やがていった。

「これは火薬を包んであった紙だ。嗅いでみたまえ。理科で習った強烈な黒色火薬の匂がするから、それからこっちの紙は誰かが通信に使ったきれはしらしいね!」

それにはこんな文字が書いてあった。

一浬《カイリ》沖
後二時十
は「不二」
八月三日。

「よし、これは僕がなんとか綴《つづ》り合わせてみよう」岡田はそういって紙片をしまうと、

「ところで、僕が村で訊いてきたことを話そう」と、話しだした。

村の漁師たちから聞いた話によると、塔ケ岬の沖では、今年の春からもう十二三人の人が死んでいた。

ふしぎなことには、漁に出て舟もろとも海の底へ巻こまれた者もある、渦が巻くわけでもなく、暗礁があるわけでもない。そこで浜でも腕っこきの若い漁師が二人、探険するといって、泳いでいったが、岬へ近づくと共に、たちまち溺《おぼ》れ死んでしまった。それを見ると、

「塔ケ岬には魔がいる!!」といって、浜の人たちは怖毛《おじけ》をふるった。そして今では、誰も塔ケ岬といわずに、魔ケ岬と呼んで恐れているのである。

闇を行く怪人

その夜。曇天《どんてん》の闇をたどって、一人の少年が、大胆にも、塔ケ岬の松林の中を歩いていた。いうまでもなく、岡田清一である。

熊笹を踏分けてゆくと、やがて松林の間に、ちらちらと灯のもれるのが見えた。

「あれだな！」そう呟《つぶ》やきながら近寄ってゆくと、ふいにすぐその近くで、ごうごうと浪《なみ》のなる音がしているのに気づいた。

「おかしいぞ、こんなところで浪の音が聞えるはずはないんだ」

清一はぴたっと地面に耳をつけて、どこからくるのか聞こうとした。とたんに、すぐ二三間先の熊笹の中から、にょきにょきと出てきた荒くれ男がある。あんまりだしぬけだったので、思わずあっと叫ぼうとしたが、やっと我慢して清一はなおも笹の中に身を伏せて容子をうかがっていると、その男のあとから又一人出てきた。すると先に出た男が、

「アノコドモ、ハヤク、コロシテ、シマウ、ヨロシナ！」と片言でいった。明《あきら》かに外国人である。そういわれた相手の男は、

「子供を殺すのは、仕事が片づいてからで結構ですよ。へまなことをすると、ぼろを出しますからね」と、答えた。そして二人は怪しい洋館の方へ行ってしまった。考えるまでもなく、いま二人の話していた子供とは、親友原十郎のことである。いまの男の口ぶりだと、そうすぐ原君に間違いはなさそうなので、これはひと先《ま》ず安心である。

「だが、奴らはどこから出てきたのだろう！」

そろそろと這《は》ってゆくと、生茂《おいしげ》った熊笹の中に、大きな穴が地面にぽかっと明いているのを岡田はみつけた。近づくとその穴の中からどうどうと浪の音が響いてくる。

「そうか、奴等はこの穴の中でなにか企んでいるんだな！」

そう思って穴のふちへ近よって中を覗いてみると、潮の香がぷんぷんと匂ってきた。

「分った！　ひるま探険にきた時、原君は知らずにこの穴へ落ちたのだ、そして奴等に捉《つか》まったのに相違ない」

穴の入口をすっかり見定めると、なにも武器を持たずにとびこむのは危険なので、岡田は、洋館の方へ進んでいった。

洋館は小さな平屋建で、周囲にはそまつな垣根がめぐらしてあった。近寄ってきた岡田は、垣根の外からじっと容子をうかがったが、中ではことんとも音がしない。しかし「ジィィィ」という発電所のような響きは、ぶきみに地面をふるわせている。

「何だろうこの物音は？」岡田はもう一度地面に耳をつけた。すると何処《どこ》か遠くで、岩を掘るような、こつん！　こつん！　という地響きが聞えてきた。

「おかしいなあ！」と呟やいて、ふと眼をやると、偶然にも洋館の横手の窓硝子《まどがらす》に少年の影法師がうつっているのをみつけた。それを見ると岡田はすぐに、それが原だということに気附いた。

「うん原だ！　あんなところに捕えられていたんだな、よし!!」

なにを思ったか清一は、熊笹の中を駈けていって、洋館の向う側へまわると、その辺にある落葉や枯枝をあつめて、そっと火をつけた。そして火が枯枝に燃えうつるのをたしかめて、ふたたび熊笹の中を元の方へ駈け戻った。

ぱちぱちぱちという音をたてて、熾《さか》んに火が燃えだすと間もなく、

「火事だ！　火事だ!!」と叫びながら、四五人の悪漢共が駈け出してきた。それを見すました岡田少年は、垣根をとび越えて、持っていた、棍棒で例の窓硝子《がらす》をたたき壊して、その室《へや》の中へ跳びこんだ。

「あっ！　岡田君」と、叫んだのは、案の定、原十郎であった。みれば荒縄でぐるぐると縛られてい

る。

「早く、奴等はすぐ戻ってくる!!」

岡田はそう叫ぶと、手早く縛ってある縄を切って、友達の手をとった。すると原少年は、「行《ゆき》がけの駄賃だ」と云って、そこの卓子《テーブル》の上にある地図のようなものをひっ摑《つか》んで跳び出した。二人は闇を幸いに、足にまかせて逃げた。

摑んだ手掛りは?

翌《あく》る日。

湯へ入ってすっかり労《つか》れをぬいた三少年は、広庭の藤棚の下に集った。原はすり剝《む》いた頰の傷をなでながら自分の見てきたことを話しだした。

「僕はひるま畠山君とあの熊笹の中を這っていたとき、あやまってあの穴の中へ落ちたんだ。あっ!と思って畠山君を呼ぼうとすると、穴の中に二人の男がいて、僕を捉まえてしまったのだよ!」

それから二人の悪漢は原を縛りあげて、洋館の一室に閉籠《とじこ》めたのである。

「その時、君はなにか秘密な話でも聞かなかったかい?」

傍から岡田が訊ねると、畠山は眼を輝かせて、

「僕が縛られている隣の部屋で、なんでも外国人らしい男がしきりにこんなことを云っていたよ――」

「なんて――」

「合図があったら一番と三番の釦《ボタン》だ! ってさ!」

「一番と三番の釦……」岡田は頭を捻《ひね》ったが、ただそれだけでは何のことか分らない。

「昨夜にげる時持ってきた地図はあるね?」

「ああ、これだよ！」といって畠山の取り出した地図は、ひとめ見て塔ケ岬の略図ということがわかった。

「おかしいな！」

岡田清一はそう云って、地図にある赤い線で書いた部分を指さした。それは塔ケ岬のはなから沖へ二三丁ばかり、図のように妙な印をつけてあるのである。

「こんなところにこんな物があるのかしら！」

傍から畠山少年も口を出した。と、なにを思いだしたか岡田少年は、ポケットから昨日畠山の拾ってきた通信文のきれはしを取り出して、熱心に調べはじめた。

「どうしたんだい、なにかみつけたのかい？」

原少年がそういってのぞきこむのと同時に、岡田がいきなり大声で叫んだ。

「頼む、新聞をありったけ持ってきてくれ給え、早くだ！」

「よしきた!!」

畠山、原の二人はあわてて家の中へとびこむと、ありったけの新聞を抱え出してきた。

「持ってきたよ！」

「じゃあ、大急ぎでその新聞の記事の中から、この頃に公試運転する軍艦があるかどうか探しだしてくれ給え！」

「よしきた！」

二人の少年はなにがなにやら分らなかったが、日ごろ尊敬している岡田君のいうことを信じて、夢中になってその記事を探した。

「あったよ！」

畠山が叫んだ。岡田がせきこんで、

「なんという艦だい!?」

「吹雪《ふぶき》っていう駆逐艦だ！」

「違う！」

「みつけた」

原が呶鳴った。

「何という名だ！」

「不二っていう一等戦艦だ！」

「それだ！　見せ給え!!」

ふんだくるようにして新聞をみると、そこにはこんな記事が出ていた。
○新鋭戦艦の公試運転近づく
世界最新の武器と、世界最大の速力を有する我戦艦「不二」は来る八月三日午後二時より横須賀沖に於《おい》て公試運転を挙行さるべし。世界の視聴を集めたこの新鋭戦艦は、恐らく各国の恐怖の的となるであろう。

「分った！」

岡田は喚《わめ》くと共に立上《たちあが》った。そして原少年の肩を摑んで呶鳴った。

「頼む！　君は近所で電話を借りて、横須賀の鎮守府へかけてくれ給え。重大危険があるから、不二の公試運転を直《ただ》ちに中止するように！　若《も》し既に発航していたら、無線電信をうって不二の進路を変えるようにと命じてくれと、分ったか!?」

「わかった！」

「それから畠山君は、警察へ駈足《かけあし》だ！　五十人ばかりの警官を直ちに岬のはなの怪館へ急行させるように頼んでくれ、僕はひと足先に彼処《あそこ》へいっているから、二人とも用がすんだらやってきてくれたまえ！　頼む!!」

それだけ聞くと原、畠山の二人は、脱兎のように戸外へ駈け出した。岡田少年は行李の中から、父親から借りてきた拳銃《ピストル》をとり出した。装塡《つめ》てある弾丸は空弾だ。しかしなにかの役にたつだろう。

身仕度をととのえた岡田は、やがて勇気凜然《りんぜん》と立上った。


猛撃！　鬼襲!!


魔ケ岬の怪邸へ忍びよった岡田少年、そっと窺《うかが》うと、内部《なか》はひどく緊張《はりつめ》た容子で、十五六人の荒くれ男たちが、足音をしのばせながら行ったりきたりしている。まさに何か大事件をまき起そうとするさまがありありとわかる。

時計をみるとすでに二時。まだ急援隊はこない！

「よし！」決心した岡田少年。立上ると拳銃《ピストル》をとりだして、表玄関へ向ってパッ！　パッ!!　と二発射った。そして隼《はやぶさ》のように、つつーと走って、見定めておいた、例の原少年の捕まえられていた部屋の外へきた。

「南無！　八幡!!」岡田は心の内にそう念ずると共に、拳銃《ピストル》の握《にぎり》ではっしと窓をうち砕くと、身を躍らせて室内へとびこんだ。

玄関の方に、時ならぬ銃声をきいて、それっ！　とその方へ駈けていった悪漢共。その隙を見て、「一と三の釦」と聴いた秘密室の方へ、岡田少年は単身ぐんぐん突進した。と！　ふいにめの前へぬっとあらわれた六尺豊の外国人、

「マテ！　キサマ、ダレカッ!!」と喚きたてた。みつかった！　と知ったとたん岡田の体は燕のように飜《ひるが》えって、外国人のふところへ、跳びこんでいた。

「アッ！　ナニスルカ!!　ウン!!」

喉輪を狙って、だにのように獅嚙《しが》みついた少年、外国人は息がつまる苦しさに、獣物《けもの》のように呻《うめ》いたが、こん身の力をふるって少年の体を突離《つきはな》した。とたんにばたばたと足音荒く、玄関の方から引返《ひきかえ》して来た悪漢ども、

「や！　や!!　この小僧いつの間に」「それたたんじまえ!!」と、十五六人の大男が、たちまち岡田少年を押《おっ》とりまいた。少年は少しも騒がず、にっこり笑ったと思うと、持っていた拳銃《ピストル》を抛《ほう》り出して、

「さあこい。貴様たち売国奴が勝つか、憂国の血に燃える僕が勝つか、命を賭けた勝負だ、こい！こい!!」

叫ぶと見ると、ふいに稲妻のような素速さで、右側にいた悪漢の手を摑んだ、あっ！　と一同息をのむ刹那、その悪漢はもんどりうって投出《なげだ》された。にっこり笑っている岡田。

「小僧、あじな真似《まね》をするな」

口ぐちに叫んで、殴りかかる奴を、身を縮めてやり過ごし、拳をふるって右に左に、火花の散るような乱闘で、メリメリと砕ける椅子。どしん！　がらがらと倒れる卓子《テーブル》、と、突然隣の室の扉《と》を打壊してばらばらと乗こんできた警官の一隊。

「動くな！　手をあげろ！」

と手に手に持った拳銃をつきつけた。あっといって思わず立竦《たちすく》む悪漢一味。はねおきた岡田少年は、気違いのように「此奴《こいつ》らを頼みます」と叫んで秘密室へとびこんだ。

窓から見ると、おう！　なんともうすぐ岬のはなまで戦艦「不二」の勇姿は近づいているではないか。もう五十呎《フィート》進めば木端微塵《こっぱみじん》だ。

「畜生!!」

夢中に喚いた岡田、傍にある電動装置にとびつくと、のるかそるか！　五つある釦の一と三を力任せに押した。瞬間！　ずずずずぅん!!　と天地も裂るかと思われる大音響。

「南無八幡！」祈りながら窓から見ると、危し！　天に届くばかりの大爆発、海水の大奔湍《だいほんたん》の蔭に、万歳!!　戦艦不二は無事だった。大爆発の一瞬前に、横須賀からの無電を受取って、危く二十呎手前で左に進路を変えたのだ。

「万歳！　ばんざぁーい!!」

あとから駈つけてきた原、畠山の二少年も、無事な不二の姿を見て、こおどりしながら絶叫した。万歳！　万歳。

某国軍事探偵とその一味を捕縛して引あげた岡田、原、畠山の三少年は、その夜涼しい庭先で、警察署長から贈られた水菓子《アイスクリーム》を喰《た》べながら、岡田少年の話を聞いていた。

「あの通信文の片端を見ると、はじめに《沖一浬》とある、これで何か海の話をしているのだと気がついた、それから《後二時十》とあるのはいうまでもなく午後二時十何分かだ、そして次に「不二」とある、これが分らなかったのだが、新聞を見て戦艦不二だということが知れたのだ。そうするとその文を綴合《つづりあわ》せると『戦艦不二を八月三日午後二時十何分かに一浬沖で――』という意味になるんだ。ところで畠山君が、この紙片と一緒に持ってきた紙は、強烈な黒色火薬の匂がした。そこで僕はこう考えたんだ。この塔ケ岬の地図でみると、岬のはなから沖へ赤い点線で印がしてあって、その先に黒い四角が書いてある。そこでその海上は矢所がしてあるように船の通る小路《こみち》になっているんだ。つまり、公試運転をする戦艦不二が、その水路へさしかかると、その黒い部分の海底に仕掛けてある火薬を爆発させ、不二をめちゃめちゃに粉砕しようと企んだのだ」

二人の少年は、岡田君の頭の良さに唯《ただ》感心して呻《うな》るばかりだった。

かくして魔ケ岬の秘密は、三少年の手で解決された、明るく耀《かがや》く真夏の太陽の下で、塔ケ岬はしずかな波に洗われている。おう、すばらしき夏よ。

鉄甲魔人軍

欧羅巴《ヨーロッパ》の破滅!!

秋、マロニエの葉の散るある日の午後。

一台の軍用軽自動車が、サイレンの音高く英京倫敦《ロンドン》の街上を弾丸のごとく疾走していたが、やがてそれは日本大使館の前でぴたりと停まった。

車が停ると、扉《ドア》をおし明けて、もどかしそうに、ひと抱えの書類を持ってとび出したのは、大使館付の武官獅子原少佐だった。少佐は単に大使館付武官というばかりでなくその鋭い明智と卓抜な力とを信任されて、本国から秘密な、ある任務を帯びてきているのであった。

自動車からとび出した少佐は、日ごろの豪胆な性格にも似ず、まったくとりみだした容子《ようす》で、顔色は死人のごとく蒼白《あおざ》め、歩くにも足がふらふらする有様だった。

——大変だ、どうしよう。……

低くそんなことを呟《つぶ》やきながら、気狂《きちがい》のように大使館の中へ馳《か》けこむと、もう二階へ通ずる階段をのぼりながら、顫《ふる》える声をふり絞って叫んだ。

「大へんだ、欧羅巴《ヨーロッパ》は破滅だ!!」

この頭の良い武官、氷の狼とまで呼ばれた冷静な獅子原少佐が、そんなに狼狽するとは、そも何事がおこったのだろう。

少佐は喘《あえ》ぎながら二階へ上って、大使のいる部屋へ行こうと、左へ曲がった。とたん角にある十号の空部屋から、飛礫《つぶて》のように一人の少年が跳《おど》り出て、少佐の脚に抱きついた。足をとられたから少佐は前のめりに、荒あらしい物音をたてて倒れる、刹那！

――タタタタタタッ。

物凄《ものすご》い爆音と共に、突然九号室の窓硝子《まどガラス》をぶち抜いて、機関銃の猛射が廊下へ集中された。

「動いちゃ危ないですよ！」廊下の上に平蜘蛛《ひらぐも》のように身を伏せながら、少年は獅子原少佐の耳にささやいた。少佐はその時はじめて、少年が自分をころがしたのは、自分の命を助けるためだった、ということに気がついた。

「……有難《ありがと》う！」云ったとたん、機関銃の猛射がはたとやんで、九号室から一人の怪漢が跳び出してきた。それを見るより、少年は脱兎のごとくはねおきると、蒙々《もうもう》とたち籠《こ》めた煙の中で、

「待て！」と、叫びながら相手に組《く》みついた。正《まさ》しく二人とも射殺《うちころ》したと思っていたらしい怪漢は、少年の突然の襲撃におどろいて、だだとよろめいたが、すぐ立直《たちなお》って、歯を剝出《むきだ》しながら、猛然と突掛《つっか》かってきた。

「畜生!!」少年は二三度、相手の拳を除《よ》けながら、隙を狙ってぱっと下手に組つくと、腰を落してやぐらに、

「うん」とばかり、六尺たっぷりと思われるその外国人を地響たてて抛出《ほうりだ》した。とたんに獅子原少佐がのしかかって怪漢の喉をぐっと絞《しめ》あげる、そこへようやく大使館員や衛兵たちが駈《かけ》つけてきて、たちまちその怪外人は縛りあげられた。

「こいつを第二会議室に閉籠《とじこ》めて、厳重に監視していてくれ給え、僕は大使に報告する重大事がある

から！」

　獅子原少佐が、部下の田所少尉にそういって、怪漢をひきわたし、ふりかえって見たとき、最早そこには少年の姿は見えなかった。少佐はちょっと審《いぶか》しそうにあたりを見まわしたが、しかし、そんなことに構ってはいられない、書類を抱えて三階の大使室へ駈けのぼっていった。

鉄甲魔人現わる！

　いまの騒ぎで、大使松岡伯爵は十四五名の兵士に守られていたが、入ってきた獅子原少佐の蒼白《あおざ》めた顔を見ると、急いで兵士たちを室外へ退けた。

「何事だねいまの騒ぎは、少佐!?」

「いや、いまの騒ぎは後で申上げます。それよりも重大な事件が突発いたしました」

　少佐は大使の前へ、持ってきた書類をたたきつけるようにしながら、吃《ども》りどもりいった。

「閣下！　欧羅巴《ヨーロッパ》大陸はいま、恐るべき魔人に征服されようとしております!!」

「なに!?」少佐の言葉は、大使にはまるでなんのことやら見当がつかなかった。少佐は手早く書類を次から次と繰《くり》ひろげながら語り出した。

「先週の月曜日、白耳義《ベルギー》の一旅行家が、和蘭陀《オランダ》の国境を越えました。するとふしぎや和蘭陀《オランダ》は、その時既にすっかり滅亡していたのです。見わたすかぎり死屍《しし》るいるいたる廃墟となり、一本の樹もなく、一羽の鳥も飛ばず、市街はぺしゃんこに崩壊し、王城はぶすぶすと焼落《やけお》ちて燻《くすぶ》っている、そういう有様でした！」

「本当か!?」

「まだそれどころではありません！」

　少佐は息もつかずに話を進めた。

「その報告が仏蘭西《フランス》へ届いたので、仏蘭西《フランス》の陸軍省はただちに飛行隊に命じて、白耳義《ベルギー》国境を偵察させました、すると、第一の報告は白耳義《ベルギー》国境は火災をおこしつつありという通信があって、ほとんど十五分も経たぬ間に、白耳義《ベルギー》は全滅せんとす！　という無電の報告があったのです……。その上偵察に出た五台の飛行機は、一台も帰ってきませんでした」

「そんな馬鹿なことがあるか！　君は夢を見ているんだ!!」

大使は拳で卓子《テーブル》を叩きながら絶叫した。

「いや、まだそればかりではないのです！」

少佐は額に流れる冷汗を押拭《おしぬぐ》いながら、必死の声をしぼって報告をつづける。

「仏蘭西《フランス》の陸軍は、ただちにまた偵察隊を増派したのです。ところが七台出かけていったうち、たった一台の軽爆撃機が戻ってきました。しかしその機体は、まるで硫酸を浴びたように、ぼろぼろに腐蝕し、金具は溶け、見るも無惨の有様でしたが、操縦士は幸い無事で、すぐ参謀本部へ招かれたのです。この偵察兵の報告によると、その時すでに白耳義《ベルギー》は全滅していたのです。市街はすべてぺしゃんこにつぶされて、いたる所に火災をおこし、王宮は焼落ち、人民はまったく死滅し、その国内には一木一草も残っていなかった。そしてこの死の荒野の上を、およそ高さ十五呎《フイート》もあるような、全身鋼鉄の奇怪な鎧《よろい》でおおわれた魔人が、機械人形の這《は》うように、のそのそと歩き廻《まわ》っているのを見た！　と云うのです。――そして、仏蘭西《フランス》国境も、すでに火災を起しつつあります！　という最後の報告を聞いて、陸軍大臣が――よし、では戒厳令を布《し》いてくれ。と云ったとたん参謀室の石畳の壁を轟然《ごうぜん》と突破って、見上げるような鉄甲魔人が、にゅっと参謀室へ現われました。――あっ!!　と人々が絶叫して反《のけ》ぞる、とたんに鉄甲魔人の胸先で軽くタタタタタタと機関銃の音がしたと思うと、陸軍大臣はじめその室《へや》にいた十七八名の高級参謀官は、ばたばたと射殺されてしまったのです。そしてその鉄甲魔人が、ふたたび別の壁をぶち破って姿を隠した時、仏蘭西《フランス》全国の都市は、次つぎとふしぎな火災をおこして燃えはじめたのです。……」

少佐は語り終ってもう一度冷汗を拭った。

「……そんな事があり得ようか、そんな不思議なことが？」

大使も溢れ出る汗を拭いながら呟やいた、と、その時窓が明《あ》いて、一人の少年が身軽にこの部屋へとびこんできた。少佐は見るより、

「あ、君は！」

と叫んだ。それはつい今しがた、廊下で少佐の命を救ってくれた少年であった。

ところが少年を見つけると、獅子原少佐よりも、大使の方が驚きと悦《よろこ》びの声をあげた。

「よう、君は春田龍介君じゃないか!?」

春田龍介の出現！

「春田龍介君だって!?」

獅子原少佐がびっくりして眼を瞠《みは》った。

「では、本国で色いろな探偵事件で驚くべき才能を見せたあの有名な少年探偵ですか!?」

「そうだよ！」

大使はそこで手短かに、この春特別な任務を帯びて、龍介が海外へ派遣されてきたことを話して、少佐に紹介した。獅子原少佐は喜びと感謝の心を籠めて少年の手をしっかりと握った。

「ありがとう、君のお蔭で私は命拾いをしました、しかし春田君は噂以上の腕を持っているなあ！」

「その話はあとにしましょう。閣下！」

龍介少年は一歩大使の方へ進寄《すすみよ》った。

「獅子原少佐の報告をお聞きでしたか？」

「聞いた、聞いたが私にはまだ信じられんよ。十分や二十分で白耳義《ベルギー》、仏蘭西《フランス》が全滅しようなどとは……全体そんなことが」

「いや！　白耳義《ベルギー》、仏蘭西《フランス》どころではありません」龍介が冷やかにいった。

「すでに独逸《ドイツ》連邦も全滅しています。墺太利《オーストリー》も全滅に瀕しています!!」

「なに!?」

「なに!?」

獅子原少佐までが椅子を蹶《け》って突立上《つったちあが》った。龍介は火のような口調で語りだした。

「僕は自分で飛行機を操縦して、大陸を偵察してきたのです。勿論《もちろん》もうその時、独逸《ドイツ》はまったく滅亡していましたが、僕は何者がこんな恐るべきことをするか、どんな武器で攻撃するのか、それを視察したかったので、七千米突《メートル》の高度を保ちながら、望遠レンズを備《そなえ》つけた軍用写真機《カメラ》で、緻密に撮影してきたのです」

「偉い。さすがは我が春田君だ！」

獅子原少佐が叫んだ。

「そのフィルムを現象して見ると、その中からこの二枚だけ重大な発見のあるのを見つけたのです。ご覧下さい、これがその鉄甲魔人です」

そういって、龍介のさし出した一枚の写真を、大使と少佐とは奪いあうようにして見た。

それは挿絵にあるような、異様な怪物であった。恐らく諸君《みなさん》はこの絵を見た時、人間タンクという古い活動写真を思い出したでしょう。

全身を包んでいる鋼鉄は、どんな弾丸もはじき返す程堅牢で、胸部には精鋭な小型機関銃があり両腕には毒瓦斯《どくガス》を発射するパイプがある。

その外《ほか》にどんな性能があるか分らないが、兎《と》もかく石壁でも土堤《どて》でも、ずんずん突破って行けるところを見ると、それはすばらしい力を持っているらしかった。その鉄甲の内部に人がいるかどうかは分らない。

「それから、これは新しい発見です」

龍介はそういって、もう一枚別の写真を差出《さしだ》した。

その写真は大きな大きな鋼鉄製の移動砲台のようなものだった。直径凡《およ》そ二哩《マイル》、高さおよそ千米突《メートル》、まるで小さな島のような魔城で、太い鉄管やパイプが縦横に走り、丸窓からは機関砲、重砲などが現われて随時猛烈な射撃をあびせることができる。

しかもその頂上にある白金《プラチナ》のアンテナから不可思議な一種の光線を発射するが、この光線に当った者は動物植物の嫌なく、立どころにぶすぶすと溶け腐れてしまうのである。

「これが欧羅巴《ヨーロッパ》を滅亡させている魔人軍の本拠です。僕はこの鉄甲魔城の動いているのを見ました！」

「ああ恐ろしい！」大使はそう呻《うめ》いて、面《おもて》を蔽《おお》った。

「そこで、さっき僕を機関銃で狙撃した奴だが彼奴《あいつ》もその鉄甲魔人の同類だろうか！」

少佐が訊いた。と、はじめて龍介はさっきの怪漢に気がついたと見えて、

「あ！　しまった!!」と叫びざま、身を躍らせて室をとび出した。少佐も大使も何事かと思って、龍介のあとを追った。

第二会議室の前へきた春田少年は、扉《ドア》の前で倒れている衛兵をみつけて、

「やられた、畜生！」と叫びながら、猛然と扉《ドア》を蹶って室内へ跳りこんだ、そして中にいた黒外套の男に夢中で組ついた。するとその男は片言の日本語で、

「人違いです。あなた、放して下さい！」と叫んだ。何を！　と思ったとたん、あとから駈つけてきた大使が、

「春田君、それはブランデス教授だ。人違いをしてはいけない！」と云って龍介を遮《さえ》ぎった。

教授《プロフエッサ》ブランデスは、永い間日本の帝国大学で教鞭をとっていた米国人で、この四五ケ月欧羅巴《ヨーロッパ》へ休暇遊びにきていたが、最近日本へ帰ることになっていた人で、勿論龍介も二三度話し合ったことがある間柄だった。

「そうでしたか、これは失礼！」

そう云って龍介は手を放したが、なにか腑に落ちぬところがあるらしく、ちらと横眼で教授を見やった、

「ところで、その怪しい男は!?」

大使が部屋の中を覗くと、龍介が冷やかに笑った。

「だめです、衛兵を射殺して逃亡しました。勿論だれか外から助け出したものでしょう！」

「そう云えば」とブランデス教授は顔をあげた。

「私が階段を登ってきた時、二人の男が遽《いそが》しく二階から駈け下りて、そのまま戸外へ逃げてゆくのを見ましたよ！」

「そいつだ、すぐに追跡を！」

と少佐が叫ぶのをおさえて、龍介が、

「だめです、彼等はもう恐らく国境の外へ逃げているでしょう、僕はさっき大使の室から東へ飛んで行く妙な飛行機を見ました。二人はあれに乗っていたに違いありません！」

「だが、どうしてそんなことが分りますか？」

教授《プロフエッサ》ブランデスが、鋭い眸《ひとみ》で龍介を睨《にら》みながら訊くと、春田少年はにっこり笑って答えた。

「どうしてだか知りません。しかし、僕には分るんです、僕は何でも嗅ぎつけます、世界中のどんな悪漢でも、僕の眼をのがれることはできませんよ。ブランデス教授！」

「……」教授は豹のように光る眼で、憎にくしげに龍介を睨みつけたが、ふと気を変えたように、軽く笑って、

「おう、それは素晴しいですね、では鉄甲魔人軍も、恐らくあんたが征服なさるでしょうな、春田さん!?」

「勿論です、欧羅巴《ヨーロッパ》が滅亡しても、露西亜《ロシヤ》が滅亡しても、亜米利加《アメリカ》が全滅しても、日本と日本人は負けませんよ！」

そう龍介がいい切ったとたん、一人の日本武官が駈けこんできて絶叫した。

「逃げて下さい、英仏海峡において、大英中央艦隊は全滅しました。倫敦《ロンドン》は火災を起しつつあります、近衛以下全陸軍は潰走し、愛蘭土《アイルランド》は火の海であります……!!」

そして、報告を終った武官が、気力つきてそこにうち倒れた時、天地も崩れるかと思われる物音と共に、大使館の屋上で爆弾が破裂した。轟然また轟然!!

「あッ!! あッ!!」人びとの絶望の叫びの上へ、がらがらと壁土、積石、煉瓦《れんが》などが崩れ落ちてきた。

「おお！ 鉄甲魔人軍襲来す!!」恐怖の叫喚は、燃えあがる倫敦《ロンドン》市街の辻つじに満溢《みちあふ》れた。

祖国の為《ため》に龍介は日本へ!!

その夜、倫敦《ロンドン》郊外の森林地帯で、日本大使館員たちは、武装した兵士に護られて夜営していた。多くの天幕《テント》の中で、ことに国旗を掲げた大きな天幕《テント》の中には、大使を中心にして獅子原少佐はじめ高級武官たちがいま龍介を取巻《とりま》いてなにかしきりに会議中であった。

「今申上げたよう」と、龍介は自分のノートをめくりながら低い声でいった。「僕は欧羅巴《ヨーロッパ》へくるとすぐに、いろいろな犯罪事件の精《くわ》しいノートをとっておいたのです、その中で有名な人の行方不明事件だけを調べて見たとき、意外な事実を発見したのです！」そして龍介はノートから、最近二ケ年間

に行方不明になった世界中の富豪、学者、陸海軍の将軍、大政治家たち数十名の名を読みあげた。

「これ等の人たちは全体で四十六人、そして僕の探査によると、これらの人たちはほとんど全部ユダヤ人でした！」

「おお！　ユダヤ人!!」人びとは思わず声をあげた。

「そうです、ユダヤ人がいよいよ団結して、世界征服の旗挙げをしたのです。鉄甲魔人、これこそユダヤ人の仮面です!!」

「……立派な推理だ！」獅子原少佐が呻くようにいった。

「春田君の明察に恐らく誤りはあるまい。そういえば数年来、世界各国に散っていたユダヤ人が、いつかどこへともなく姿を消したという噂を聞いていた。無論これらの民族は、世界征服のために、あの恐るべき鉄甲魔城の中に集まっているのだろう！」

「そして……日本はどうなるだろう!!」

武官の一人が、身顫《みぶる》いしながら訊いた。龍介は俯向《うつむ》いて下唇を噛んだが、きっと顔をあげ、

「たとえ全世界がふみにじられても、日本だけは頑張らなければなりません。獅子原さん松岡伯爵、僕これからシベリア廻りの旅客飛行機で日本へ帰ります。そしてなんとか鉄甲魔人軍の襲来を防ぐ方法を考えましょう！」

「そうか」

大使は顔を輝かしながら、つと龍介の手を握った。

「では行ってくれ給え、我われは君の上に全部の希望をかけている！」

「命を的にしてやりましょう。獅子原さん！」

龍介は少佐の方へふり返った。

「あなたも至急日本へ帰って下さい。ひと足先へいって、僕は先《ま》ず鉄甲魔城を破壊する研究をやって

みます。何よりも先にあの、すべての物を溶け腐らすふしぎな光線を除ける工夫をしなくてはなりませんから！」

その時、突然闇をついてぱあっと紫色の閃光が天地を照らした。そして人びとがその光で見やった時、つい日暮がたまで立派な美しい建物の並んでいた英京倫敦《ロンドン》の市街は跡かたもなく崩壊して、焼残った家屋の残骸がぶすぶすとくすぶるばかりだった。

「大英国も滅亡した！」そういって大使はじめ獅子原少佐、龍介もともに脱帽して哀悼の意を表した。

「では僕これからすぐ出発します！」

龍介はそういって帽子を冠《かぶ》った。

「では、これでお別れだ。無事だったらまた会えることだろう、我われは同胞を集合して明日、船で氷島《アイス・ランド》へ逃げている、吉報があり次第日本へかえる」

「では左様《さよう》なら！」龍介は天幕《テント》をとび出した。

「武運を祈る、成功を祈る、どうぞ達者で」

人々は口ぐちに龍介のために別れを惜んだ。そして龍介の姿が飛行場の方へ消えると、声を揃えて万歳を三唱した。

はるか彼方、恐るべき鉄甲魔城は今や、全世界を蹂躙すべく、ぶきみな進軍を続けつつあった。

恐るべし鉄甲魔人軍。わずか数日のうちに、ほとんど全欧羅巴《ヨーロッパ》をめちゃめちゃにうち砕いて、さらに東へ向って進もうとしている。前古未曾有《みぞう》の大戦禍。地球はいまるいるいたる死屍に喘いでいる。果して日本はよくこの敵を防ぎ得るや否や。……

久しく読者諸君《みなさん》のお眼にかからなかった我が春田龍介は突如、英国の一角におこった国難に当るため、いま旅客機に乗じて日本へ帰りつつある。帰朝の後はたしてどんな活躍があるか。――魔人勝つか、龍介勝つか、事件はいよいよ次号から白熱化してゆく。

しろ・三六号

「お父さま、大変よ……！」

春田理学博士が書斎で朝の珈琲《コーヒー》をすすっていた時、そういって文子《ふみこ》が駈けこんできた。

「なんだ、騒ぞうしい！」

「あの、拳骨《メリケン》壮太がきたの、龍介兄さまのことでお話があるんですって」

「なに、龍介のこと？」

「ええ……とても急いでいるのよ」

「じゃア此室《ここ》へお通し」

文子は引返していったが、すぐに壮太をつれてきた。余程急いできたと見えて、はあはあ息を喘《はず》ませながら、拳骨《メリケン》壮太は低い声で、

「あの……坊ちゃん、じゃねえ……龍介さんから今朝電報がきやしたんでね、で……それによると、今日十時の旅客機で、立川飛行場へ到着するからって、そういう訳なんです、へえ……」

「まあお兄さまが帰ってくるの？」文子は躍り上って叫んだ。「悦《うれ》しいわ、すぐお迎えに行きましょうお父さま、ねえ？……」

「電報を持ってきたかね？」

「へえ……」壮太はくしゃくしゃに摑《つか》み潰した電報紙を博士にわたした。それは壮太の言葉どおり、龍介から帰朝を知らせてきたものだった。

「それにしては、家の方へ何故《なぜ》知らしてよこさなかったのだろう……」

博士が不審そうに呟やいた。すると壮太は慌ててポケットの中から、もう一枚別の電報を取出しな

がら、

「忘れてやした、へえ……これをごらんになれば分りやす。龍介さんは素的《すてき》もない悪漢に附狙《つけねら》われていらっしゃるんで、帰る道順なぞは、どこへも知らさない、もし誰かに知られたら命が危いからって……それに書いてありやす」

なるほど、第二の電文には壮太の云うとおり、博士と文子にだけ、極《ご》く秘密にこの通知を頼むとしるしてあった。

「そうか、では行こう……」

博士はそう云ってたちあがった。

「悦しいわ、お兄さまきっと立派な紳士ぶっていらっしゃるわよ、早く行きましょう、もう九時よ……」

はしゃぎまわる文子を先頭に、まもなく博士と壮太は、自動車に乗って立川飛行場に向かった。

と――博士たちが邸《やしき》を出て行くのを見すまして、新しく博士の助手に雇われてきている名村という若い理学士が、鼠のように博士の部屋へはいってきた。そして、博士の机の上にある二枚の電報紙をみつけると、素早くそれに眼をとおした後、卓上電話にかかった。

「銀座の三〇二五六」押殺《おしころ》したような声で相手を呼び出すと、妙な暗号を二言三言繰返《くりかえ》した。

「しろ、三六号、宜《よ》し、十時立川着、旅客機百号、焼却。宜し」そして、電話がすむと、ぶきみな冷笑と共に、低く口笛を吹鳴《ふきな》らしながら、いそいそと出て行った。


あっ!!　爆発!!


朝から有名な理学博士春田氏の姿が飛行場にあらわれたので、飛行場長は急いで接待の準備をした。

「友達が十時の旅客機で着くそうなので……」

博士はそういったのみで、草地に備えられた椅子による。壮太と文子とは、気もそぞろに、西の空をみつめていた。

飛行機はなかなか姿を見せなかった。十分は五分と十時に迫ってきたが、やはり見えない。

「どうしたんでしょう？」そろそろ心配になってきたか、文子はいらいらと歩きまわる。壮太も得意の拳骨を握りしめてぶんぶん振《ふり》まわしながら、なんだか不安な容子で彼方《あっち》へ行ったり此方《こっち》へきたりしていた。

「場長！　無電です！」

そういって無電係の技師がとび出してきた。

「何だ？」

「十時着の旅客機からです。箱根で濃霧と密雲に取巻かれて難航したが、無事切抜《きりぬ》けたから、四五分の遅延で到着するとのことです！」

「よろしい！」聞いていた博士たちは、延着の理由が分ったのでほっと太息《といき》をついた。

果して待つこと四五分、やがて当の旅客機が西の空に、ぽつりとその姿をあらわした。

「来たわよ！」文子は思わず双手《そうしゅ》を高くあげて叫んだ。

「わっ、素的だぞう！」壮太も子供のように足踏みした。さすがに博士も嬉しいかして、かすかに微笑しながら、だんだん大きくなる旅客機の姿を見つめるのであった。

機はぐんぐん近づいた。今はもうプロペラの響《ひびき》も聞える、そら……いよいよ龍介が無事に故郷へ到着するのだ。

「おや、変だぞ！」ふいに飛行場長が頭をかしげた。見るとフォッカー単葉大型の旅客機が、ばく進してきた速力を急に緩めると、ふらふらと左に傾むき、すぐまた右へ傾きはじめたのである。

「どうしたんだ！」壮太が叫んだ、と機はふたたび速力を盛返《もりかえ》してぐんぐん近づいたが、飛行場の西二哩《マイル》ばかりの上空へさしかかると、突然がくん！　と前のめりに宙返りをうった。

「あっ！　あっ！」と博士は勿論、飛行場長、技師たちまでが総立ちになった瞬間、すさまじい音響とともに、旅客機百号は空中で爆発した。

「しまった！」と云って、人々が立竦《たちすく》む間に、赤い一団の火焔となった飛行機は、矢のように地上へ墜落した。

「お兄さまが……お兄さまが……」と文子は憑《つ》かれたように走るばかり。博士も顔色を変えて、身顫いを止めることができなかった。

場長は直ちに救援自動車を命じて、医師、技師らと博士たちを乗せて、疾風のように現場へ向った。しかし飛行場から二哩《マイル》ばかり西へいった桑畑に到着した時には、旅客機は焔々《えんえん》と燃上って手のつけようがなかった。勿論もう乗客の生死は知れきったことである……。

「お兄さまが……ああ！」そういったまま、あまりの悲しさに文子は気絶して、父博士の腕の中へ倒れかかった。

「畜生！　何て事だ、何て事だ！」

壮太も悲憤の涙を押拭《おしぬぐ》うばかりだった。

闇の中の怪少年！

「お兄さま、お兄さま……」

文子は寝台《ベッド》の上で、絶えずそう叫びながらもがき苦しんでいた。飛行場から帰ってくるとひどい熱で、すぐに医師を招いて手当をしたが、原因は龍介の無惨な死を見たためなので、どうにも手のほどこしようがなかった。

「お嬢さん、そんなこっちゃ駄目ですぜ、さあもっと気を確《しっか》り持って！」博士の傍から、拳骨《メリケン》壮太も涙ながらにはげますのであった。

「山川中将がおいでになりました」

名村理学士が、静かに扉《ドア》をあけて博士にそう通じた。博士は頷いて立った。名村理学士は寝台《ベッド》の上の文字を見て、ちらと冷笑したが、すぐその笑《わらい》を隠《か》くして出ていった。

博士は黙々として応接間の扉《ドア》をあけた。すると山川中将はひどく慌てた容子で、つかつかと博士の方へ寄ってきて、

「博士、意外な事件が起りました。欧羅巴《ヨーロッパ》は全滅したらしいですぞ!!」

「え!?……何ですと!?」

「ま、かけて話しましょう!」

中将と博士は卓子《テーブル》に向合ってかけた。そして中将は昂奮を鎮《しず》めるように、葉巻をすぱすぱと気ぜわしくふかした後、

「というのは……数日前から、欧羅巴《ヨーロッパ》諸国は全く通信をしなくなったのです。無線有線のすべての電報が通じないし船もこない。欧洲駐在の大使、武官等からあるべき定期通信も全く途絶してしまったのです……」

「しかし……」と、博士も膝を乗出《のりだ》して、「それだけで欧羅巴《ヨーロッパ》が全滅したともいえますまい!」

「ところが、今朝来、我が陸海軍へ、亜米利加《アメリカ》から救助信号が頻ぴんと入ってくるのです。これは海軍へきた一枚だが!」

そういって差出したのは無電暗号電文の翻訳したもので、それにはこう書いてあった。

《救助を乞う、亜米利加《アメリカ》合衆国は永年の友誼を信じ、日本国の救助を乞う、合衆国は全滅せんとしつつあり、救助を乞う!!》

それは大合衆国の最後の悲鳴であった。

「ふうん、だが……亜米利加《アメリカ》ともあろうものが、こんな救助を求めるとは、果して相手は何者だろう？」

「……我海軍でもそのことを問い返すのだが、それについては何の返電もない、そして救助信号も二時間ばかり前から絶えてしまった」

「では……亜米利加《アメリカ》も全滅したのか？」

「ああ、こんな時に龍介君でもいてくれたら」

山川中将は頭を搔《か》きむしった。

「龍介といえば、あの子は死んでしまいました！」

博士はそういって頭《こうべ》を垂れた。

「なに？　龍介君が!?」驚く中将に、博士はかいつまんで今朝の出来事を語った。中将は黙って最後まで聴いていたが、暗然として、

「信じられん、こういろいろな事件が重なってくると、何が何やら見当もつかぬ、……だが儂《わし》にはどうしても龍介君が死んだとは思われん！」

そういって低く頭を垂れた。

「それにしても、その全欧洲を亡《ほろ》ぼしたと思われる相手は何ものでしょう。亜米利加《アメリカ》まであんな悲鳴をあげるとは、全体どんな武器を持っているでしょうな!?」

そう博士が問いかけた時、突然どしん！　と入口の扉《ドア》に誰か突当ったと思うと、

「あっ！　貴様!!」という声がして、二人の人間が組合ったまま応接室の中へ転がりこんだ。とたんに、ぱっと電灯が消える。

「誰だ！」

博士が呶鳴った。しかも二人は獣のように呻きながら、卓子《テーブル》を押倒したり、がらがらと椅子を投つ

けたりして、必死に格闘していたが、やがて、ずしん！　と激しく片方が床へ叩きつけられたと思うと、闇の中で、「うーん」と、呻く声がして静かになった。

「誰だ！」博士はもう一度呶鳴《どな》った。とぱっと電灯がついて、そこに龍介の立っているのが見えた。

「僕ですよ、父さん!!」

スパイ名村！

「あっ！　お前は、龍介!?」

さすがの博士も、夢ではないかと、思わず二三歩退《さが》って叫んだ。龍介はにっこり笑って、

「そうです、父さんもお達者で何よりです、それから山川中将も御機嫌はいかがですか？」

「うーん！」余りのことに、中将もただ葉巻を嚙むばかりだった。そこへどしんどしんと駈けつけてきたのは、物音を聞いてやってきた拳骨《メリケン》壮太だ。

「やっ、こりゃどうしたんだ、幽霊か!?」と、龍介をひと眼見るより、壮太は眼玉を剝出《むきだ》して叫んだ。しかし、にこにこ笑って手を差出している龍介を見ると、いきなりその手を握《にぎり》しめて、ぽろぽろ涙をこぼした。

「ぼ、ぼ、坊っちゃん……あっしゃあ……」

それだけいうと、もう後が出なかった。龍介は笑いながら壮太の肩を叩いて、

「まだ坊っちゃんと云う癖が直らないな。さあさあ泣くのはたくさんだ。それより此奴《こいつ》を縛りあげてくれ給え」

云われて見ると、博士の助手、名村理学士が、床の上にのびていた。

「や、どうして名村を！」

「此奴《こいつ》スパイです」父の言葉を遮って龍介が云った。

「調べて見れば分ります。父さんは近ごろ何か秘密に研究して居られたでしょう？」

「うん、これはごく内密だが……殺人光線について研究していたのだ。この名村は電気学の秀才で、私のためには随分よく働いてくれるのだ」

「そうですか、ではその殺人光線の研究を盗む積《つも》りだったに相違ありません！」

「どうしてそれを知ったのだね！」

龍介はつと手を伸ばして名村のポケットから二枚の電報紙を取り出した。

「ごらんなさい、この電報紙を。これは僕が大阪から壮太君に打った偽の電報です。こいつはこの電文を読んでさっそく仲間に通知する。そこで旅客機百号は、僕を殺そうとする奴らの手で射落された。ところが僕は偽電報を打つとすぐ、変装して超特急列車に乗り上京したのです。――それから、あの旅客機には一人も人間は乗っていませんでしたよ」

「え？……人が乗っていなかったって!?」

「ええ、僕は必ずこの飛行機は射落されるなと思ったので、僕が独逸《ドイツ》にいるうち研究してきたラジオ操縦機を取つけ、ラジオで操縦する方法を飛行会社の技師に頼んだのです、だからあれには猫の子一《いっ》疋《ぴき》いない訳です！」

「うまいぞ、龍介!!」博士は我子《わがこ》の素晴しい手腕に思わずそう叫んで、龍介の手を握った。そういわれて見れば、あの飛行機は左右へひどく傾きながら飛んでいたが――。

「お蔭で大型機のラジオ操縦の実験が出来たというものです、はははは」

龍介は大声に笑って、ようやく壮太が縛りあげた名村理学士の方へ近寄った。既にこの時名村は息を吹《ふき》かえしていたが、さすがにもう観念したと見えて、唇を嚙みしめながら頭を垂れるばかりだった。

「名村君、君は悪漢の手先になるには、少し馬鹿過ぎますよ！」龍介は嘲笑《あざわら》うように云った。

「用のすんだ電報紙なんか持っていたり、見通しの廊下で立聴《たちぎき》をしていたり、まるでかけ出しの不良少年のようなへまだ。お蔭で僕の方は助かりますがね」

「知りません、僕は唯……」

名村は強く頭を横にふるばかりだ。

「何が知らないんです、さあ云い給え！　東京の本部は何所《どこ》です!?」

「そんなことは知りません！」

「知らないって！」

龍介は一歩出た。その刹那、プスッ！　と云う異様な音がしたと思うと、何かが龍介の耳をひやっとかすめた。

「あっ！　頭!!」

と叫んで燕のように龍介が身を沈める。皆も一緒にぱっと頭を下げるとたん、プスッ！　プスッ！と二度、妙な音がした。そして縛られたまま壁に凭《もた》れていた名村が、がくりと首を垂れてしまった。

「しまった、やられた」喚《わめ》いて龍介が駈けよった時、名村は既に死んでいた。秘密がもれるのを怖れて、仲間がやったのだ。龍介は脱兎のように窓へとんだ。硝子《ガラス》に小さな穴が三つ明いている。

「精巧無比な空気銃だ！」そう呟やくと、窓を押明けて、「壮太君来い!!」

と、叫びながら庭へ跳下《はねお》りた。

しかし熱心な追跡も空しく、龍介と壮太はやがて何ものも得ず、残念そうに、引上げてきた。

第一の襲撃

「まあお兄さま！」文子はそこへ入ってきた龍介を見ると、突然そう叫んで寝台《ベッド》の上に起上《おきあが》った。

「ああ起きちゃいけない、寝ておいでよ」

龍介は制しながら傍へよった。

「どうして、どうして生きていらしたの」

「何でもないよ」龍介は妹の手を握りながら、「僕はあの飛行機に乗らなかった、超特急の列車で来たんだよ」

「まあ良かった」文子はほっと太息《といき》をついて、「私……飛行機が爆発して墜落するのを見た時、お兄さまどんなに苦しいでしょうと思って、自分が死ぬくらい辛かったわ」

「有難うよ、心配させてすまなかった。しかし具合はどうだい？」兄妹《きょうだい》が手を握りあって、半年ぶりのなつかしさを話し合っていた時――この邸の玄関へ、黒い幌《ほろ》をかけた一台の軽自動車が、凄《すご》いスピードで入ってきた。車は広庭へ出ると、応接間と、文子の居間の前でぴたり停まった。

「何だ……」エンジンの響きに驚いて龍介がちらと窓の外を覗いたとたん、自動車の幌の間からモーゼルの軽自動機関銃の銃口がぬっと出た。

「危い！」と、龍介が文子を抱えて寝台《ベッド》の上に打伏《うちふ》す、刹那タタタタタッ!! と鋭い爆音と共に猛射が集中された。

機関銃の射撃は応接間と文子の居間とを掃蕩《そうとう》した。火薬の煙のたつところ、まず窓枠飛び硝子《ガラス》砕け、窓の向う側の壁までが、横一文字に弾痕を描いた。

猛射！　猛射！　ついに壁はずしんと崩れ落ち、電球は破れて室内は闇となった。しかし射撃はまだ歇《や》まぬ。ぶきみな爆音につれて、建物はぎしぎしと軋《きし》み、板や卓子《テーブル》などの裂け飛ぶ音が、物凄く闇の中に響いた。

と、やがて充分効果ありと見たか、はたと銃火を納めると、再びぐうんとエンジンの音を立てて、軽自動車は玄関の方へ引返し、どこへともなく消え去ってしまった。

あとは嵐の去ったような静けさ、時折どしん！　ばらばらと壁の崩れる音が、死のように、気味悪く響くばかり。

「お兄さん！」文子は恐怖に顫えながら、そっと呼んだ。しかし誰も答える者はなかった。応接間には山川中将、春田博士、それに拳骨《メリケン》壮太がいたはずだ。恐るべき敵の奇襲に、果してこれらの人たちは無事だったろうか。


その時分、陸軍機密部へ、左の暗号電報が届いていた。

《満洲駐在の我第×大隊は全滅せり、敵は何ものなるや不明》

戒厳令は布かれた

「兄さん！　兄さあん！」

文子はふるえながら寝台《ベッド》を下りて叫んだ。

怪自動車の猛烈な速射襲撃で、部屋の中はほとんどめちゃめちゃにされていた。壁はぶち抜かれ、窓硝子《まどガラス》は飛び、柱は刳《えぐ》られ、板は裂け、眼もあてられぬ惨状であった。

「兄さん！」文子は恐怖のあまり、硬《こわ》ばってしまった舌をようやく動かしながら呼んだ。しかし龍介の返事はどこからも聞えなかった。その時、扉《ドア》を勢《いきお》よく押開けて、拳骨《メリケン》壮太が駈けこんでくるなり、

「坊ちゃん！　御無事ですか!?」と叫んだ。

「兄さんが……兄さんが……」

「龍介さんが、ど、どうしたんです？」

「兄さんがいない！」

「え!?」壮太はびっくりして、素速く部屋の中を探しまわった。しかし文子のいうとおり、龍介の姿はどこにも見当らなかった。そこへ山川中将と春田博士が入ってきた。

「どうしたのだ!?」

「龍介さんが見えないのです」

「そりゃいかん、早く探そう!!」山川中将が心配げにいった。邸中が隈《くま》なく探された。しかし、ついに龍介はどこにも、発見されなかったのだ。――

「ふしぎだ。あの襲撃のあった時、文子と一緒に寝台《ベッド》の上に俯伏《うつぶ》して弾丸《たま》を避けていたというのに、襲撃が終った時にはもうどこにもいない。もし悪漢共が掠《さら》ったのだとしたら、文子も一緒につれて行かぬはずはないではないか?――」

博士は中将をかえりみていった。その時書生が、

「山川閣下に海軍軍令部からお電話です!」と、取次いできた。中将は、卓上の受話器をとって電話にかかった。

「はあ、私山川です。はあ――は!?」中将の顔色がさっと変って、みるみるうちに唇が顫えてきた。

「……それは本当ですか!?……」そう問い返した声は痙攣《ひきつる》ようにかすれていた。やがて電話をきった中将に、春田博士は待ちかねたように、

「どうしたのです、何事ですか?」

「……日本が危いのです!!」

「え!?」

「欧洲、亜米利加《アメリカ》、濠洲、世界のほとんど四分の三は、数週間というもの通信を絶っていました」と、山川中将はひと息入れて「つい四五日前には、アメリカが、日本に向ってしきりに救助を乞うの無電をよこしていました。その時はどういう訳なのか分らなかったのですが、今はっきりわかりました。博士、いま全世界は滅亡しようとしています。欧羅巴《ヨーロッパ》も、アメリカも全滅です!」

「え!?」

「そして、今まさに我日本帝国も、その恐るべき魔人軍のために襲われているのです。満洲駐屯旅団

から昨日秘密無電が入りました。それによると、不可思議な敵のためにシベリアから満洲全土にわたって焦土に化したということでした。しかるに――」中将はぐっと唾を呑《のみ》こんだ。「しかるにいま軍令部の電話によると、早くも朝鮮半島には生きている物は一疋の馬もなく、既に長崎市は不思議な光線によって燃えつつありとのことです！」

博士はじめ、拳骨《メリケン》壮太、文子、書生にいたるまで、この話を聞くと共に、生色を喪《うし》なってしまった。そんなことが信じられようか!?――だが真実は動かすことができない。いま四人がこんなにして話し合っている時、彼方長崎市街は、鉄甲魔城より放発する神秘な光線によって焔々と燃えているのだ。

「不思議な光線？――」博士は眼を輝かせながら、「それは私が研究している殺人光線の一種に相違ない。そして軍隊は出動しているのですか？――」

「軍令部の電話によると、全国に戒厳令が布かれたそうです。偵察に向った十余台の飛行機は燃え落ちたと云うことです！」

おお！　では正に鉄甲魔人軍襲来だ!!

日本帝国の危機だ。龍介はどこにいるか!?

凄い龍介の拳骨《メリケン》

その時龍介は、春田邸を襲撃した、幌型の怪自動車の屋根の上にいた。

機関銃の猛射がはじまると同時に、弾丸《たま》の雨を潜って、大胆にも裏へまわり、自動車の屋根へはいあがったのだ。

「何よりも先に鉄甲魔人軍の、日本における本部を発見しなければならん!!」

龍介はそう決心していた。それ故《ゆえ》、悪漢の凶射に晒《さら》されている父や妹を残して、平然と、自動車上の人となったのだ。

「この大任務の前には、残念ながら父も——妹も——忘れねばならぬ!!」龍介は眼を瞑《つぶ》って神を念じた。

猛襲を終えると、自動車は邸を脱出《ぬけだ》して、雨催《あめもよ》いの闇の巷《ちまた》を、北へむけて驀地《まつしぐら》に疾走をつづけた。二十分ほどの後、市街を全く抜けてから、とある栗林に囲まれた丘の下までくると、車は静かに停まって、

「ビビービービ!」と笛を鳴らした。すると栗林の中から青い閃光で「・・——・——・」と答えた。恐らくこれが合図なのであろう。それがすむと車はふたたび静かに動き出して、その丘を登っていった。

丘の上には美しい前庭を持った壮大な白堊館《はくあかん》が建っていて、なにか宴会でもあるらしく、窓々は、明るく電灯で輝き、人々のどよめきが外まで響いていた。

「玄関までいっては、みつけられる!」

そう思った龍介は、車が暗い植こみの傍をとおりかかった時、身を躍らせて草地の上へ跳びおりた。そして素早く植こみのかげに身をかくして、玄関を注意しはじめた。

車は玄関に停まった。そして扉《ドア》を開けて出てきたのは夜会服を着た三人の外国紳士であった。どう見てもこれが、あんな乱暴な襲撃をやった男達とは思われぬ。三人とも色白の背の高い若者で、三人とも純白の手套《てぶくろ》をはめた手には細身の洒落《しやれ》たステッキを握っていた。

「……そうか!!」三人がステッキを提げて、何か声高に話しながら出迎えの男と共に白堊館の中へ入ってゆくのを見ると、龍介は初めてなにか頷いてかるく微笑した。

龍介はするすると植こみのかげを滑り出た。そして芝生の上を這うようにして、建物の西側へまわった。そこは広い泉水があり、小高い築山《つきやま》があり、まったく日本風の庭園に造られてあって、築山の上にある四阿《あずまや》には、華《はな》やかな色提灯《いろちようちん》が輝いていた。

ふと、龍介はいきなり兎のように、傍の木蔭に身をかくした。彼方から、銀盆の上に何か飲物をのせた少年給仕がやってくるのだ。

「しめた！」呟やきながら待っている、ところへやってきた給仕だ。龍介はつとそこへ出て、

「あ君、ちょっとそれを！」と、給仕の手から銀盆を受取ると、それを静かに傍の芝生の上において訊いた。

「これはどこへ持って行くのかね？」

「……あの、四阿の中です！」

「そうか、それだけ聞けば用はすんだよ！」

いうなり、壮太直伝の拳骨《メリケン》で、がん！　とひとつ、給仕の顎を衝上《つきあ》げた。

「うッ！」と云って気絶するところを、倒しもおかずずるずると藪の中へ引摺《ひきず》っていったが……三四分の後には、給仕の服を着こんだ龍介自身が、銀盆を持って四阿へ急いでいた。

突如!!　四阿の殺人

四阿の中には二人の日本人紳士と、四人の外人紳士が、卓子《テーブル》を中にして話しあっていた。

「――」龍介は躍る胸を押鎮《おししず》めながら、無言のまま近よって低く頭をさげ、うやうやしく銀盆の上の飲物をさし出した。

「では、博士がたの健康を祝って！」そういって外人紳士が飲物の盃《さかずき》をとった。五人は立上って盃のふちを打合わせた。

「理学博士吉沢十吉先生、理学博士村上泰二先生の健康を祝します！」

「有難う」二人の日本人紳士は、そういって盃を呷《あお》った。とたんに、三人の外人紳士の右手から、パッパッ!!　と閃光が走り出た。がん!!　と云う火薬の爆発する音が龍介の耳を打った。

「あッ！　やった!!」口の中で龍介が叫んだ時二人の理学博士は、なにか顫え声で叫びながら、朽木を倒すようにくたくたとそこへうち倒れた。

外人たちは二人を打倒してから今度は本当の乾杯をやって、静かになにか話しながら、建物の方へ立去った。龍介は三人の姿が扉《ドア》の中へはいるのを見定めた後、倒れている博士の方へ這いよっていった。

「博士！」龍介は一人の紳士の耳に口を当てて、低い声でいった。「博士！　警察の者です、なにか云いのこすことはありませんか!?」「……騙《だま》された。怪光線は、春田博士の殺人光線に、ＸＤＬ……それで分解します」

「ＸＤＬとは何ですか!?」

龍介は夢中だった。父の研究している殺人光線に、ＸＤＬを配すれば、鉄甲魔城の放射する怪光線を分解出来るという意味であるらしい。とすればＸＤＬとは何を指すのか、それを聞かなければならない。

「博士！　ＸＤＬとは何ですか!?」

「ああ――」博士はしかし、もう意識が混濁してきたらしい、散大した眸を剝出しながら、

「鉄甲魔人、恐ろしい！」と呟やいたかと思うと、そのままがっくりと頭を垂れてしまった。急いでもう一人の心臓に手をやってみたが、こっちは弾丸《たま》が急所を射ったらしくとくに絶命していた。

「だめだ。父さんならＸＤＬの意味が分るかもしれないが――しかしひどいことをする奴だ、きっとこの博士のＸＤＬと、父の殺人光線とがあると、自分たちの怪光線が分解されて役に立たなくなるので、こうして殺してしまったのだろう。僕達を襲撃したのも、殺人光線の秘密を未完成のまま闇へ葬るつもりだったに相違ない！」

そう思うと、二人の博士の死は実に日本のために尊いものであった。龍介は二博士のために合掌し

た後、そっとそこを離れた。

これだけ知った上は、あとは唯この白堊館の中にいる奴輩《やつばら》を一網打尽にすればよいのだ。龍介はそう考えて邸を出ようとしたがなにか思いついたらしく、さっきの藪の中へ戻って、まだ気絶したまま倒れている少年給仕を抱起《だきおこ》し、背中に担いで、闇を伝いながら、外へ出た。

白堊館の大ホールは、いま音楽と舞踏で破れるような騒ぎである。

殺人光線の輪

「や!! お前は、龍介!!」

春田博士は、びっくりして椅子から起上った。

「僕です!」龍介は腕を肩へかけて援《たす》けながら、例の少年給仕をつれて父の書斎へあらわれた。

「まあ、兄さん!!」声を聞きつけて、隣の部屋から文子も駈けつけてきた。

「僕は無事でした。それでいいんです。外になにも訊かないで下さい。今は何より先は片付けなければならぬ重大事件があるのです」

そういって龍介は少年を長椅子に下ろした。

「文子、お前この人に葡萄酒《ぶどうしゅ》かなにか持ってきてやっておくれ!」妹にそういって、少年給仕の介抱を頼むと、龍介は卓上電話をとって警視庁へかけた。

「警視総監自身で、百五十人の警官を出動させてきて下さい、僕は春田龍介です!」

警視庁は春田龍介と聞くと、二つ返辞《へんじ》でその手配をはじめた。博士は龍介の顔を見上げながら、

「龍介、お前の事件はどんなに重大か知らんが、今別にもっと大変なことが起っているのだが——」

「知っています。世界が滅亡されようとしていることでしょう!」龍介のきっぱり図星を指した言葉に、父博士は眼を瞠って、

「それをお前知っているのか？」

「そのために日本へ帰ってきたのです！　そして今夜もその陰謀の日本主部を検挙に行くのですよ、父さん！」

「――!?」春田博士は半ば呆然として、我児《わがこ》の神技に感心するばかりだった。龍介は声をひそめて、

「父さん、父さんの殺人光線と同じような光線《もの》かなにかでＸＤＬというのを知りませんか!?」

「ＸＤＬ？」博士は首を傾《かし》げながら「……ＸＤＬはてな」

「村上理学博士か、吉沢博士の……」「おう！　知っている」博士は膝を打って、

「それは村上、吉沢二博士の合同研究に成ったもので、殺人光線に対する防御的光壁とも云うもので、殺人光線が放射されると、それを分解して無効にする光線なのだ」

「で、それを発生させる法は？」「まだ絶対の秘密だ!!」

「父さんにも分りませんか!?」「私に分らないことはない、一度村上博士の研究室で研究に立会ったことがある」

それを聞いた龍介は、悦しさの余り跳び上った程だった。

「しめた、それさえできれば万歳だ!!」

そこで極くかい摘んで、欧洲で見てきた鉄甲魔人軍の輪廓《りんかく》から、今宵郊外の栗林の丘で、二博士の殺されたことなどを語った。聞いてゆくに従って春田博士も思わず身顫いした。間もなく書生が、

「警視総監が見えました！」といって阿部総監を案内してきた。龍介は総監と固い握手をかわした。

龍介が欧羅巴《ヨーロッパ》へ派遣される前に別れたまま、半年ぶりの握手である。

「総監、今夜の捕物は大きいですから用心して下さい!!」

「相変らずの敏腕ですな、仰せのままに働きましょう！」

「ではどうぞ！」

「坊ちゃん私《あつし》も?」ちょうど龍介の身を案じて、訪ねてきた拳骨壮太《メリケン》が、扉《ドア》の蔭から進み出ていった。

「よし、来給え!!」龍介は、少年給仕の体を父と文子と書生とに頼んで、警視総監はじめ警官達と共に北へ向った。

栗林の丘の下へきた、百五十名の武装警官隊は、白堊館を遠巻きにした。

「中にいるのは外国人ですから、ちょっと面倒かも知れません。しかし彼らが、陰謀団であることはすっかり調べてあるのですから、遠慮せずに捕縛して下さい!」

「宜《よろ》しい!!」「では合図をします!!」龍介は空へ向けて一発拳銃《ピストル》を放った。それと共に白堊館の四方《あたり》を取巻いていた警官隊は、手に手に拳銃《ピストル》、機関銃を構えながら、ばらばらと建物の中へ踏《ふみ》こんでいった。「手をあげろ!!」龍介と総監は真先に、表玄関からそう叫びながら突進した。

「動くな、動くと射つぞ!!」そういって白堊館の中にいた外人達は、全部舞踏場へ集められ、百五十名の警官隊がその周囲を押取巻《おっとりま》いてしまった。

「何ですか、これはどう云う意味ですか!?」

三人の外人が群衆の中から出てきた。それは自分たちの邸を襲撃し、また広庭で二博士を殺害したあの男達だ。

「全部捕縛します!!」総監が叫んだ。

「何という罪名で!?」「殺人罪、及び殺人未遂罪として!!」

龍介がすかさず呶鳴った。すると三人の外人はさっと顔色を変えたが、しかしすぐ平静を取戻して、

「証拠がありますか!?」「広庭の四阿に二人の日本人が射殺されています、それから、目白にある春田理学博士を機関銃で襲撃した嫌疑です!!」

「——春田博士?——」若い外人は首を傾げて、

「そのような方は存じません。また庭で日本人を射殺したようなこともありません……」せせら笑う

ような言葉に、かっと怒った龍介は総監と共に庭へ走り出した。

しかし見よ、四阿へきて見ると、二博士の死体は既に片付けられて、そのあたりには血の痕《あと》さえ残っていなかった。

「伏せ！」龍介はふと何かを見つけて叫ぶなり、総監の手を摑んで共に倒れるように地面に伏した。とたんに、

――びゅっ！　びゅっ!!　と鋭く風を切って、二発の弾丸《たま》が二人の真上を飛び去った。

「危い!!」龍介が叫んでふたたび頭を地に伏せた時、二人の右手二呎《フイート》ばかりの地点に、一種の青白い光線が放射されたと思うと、見る見るその辺一帯の青草が燃えはじめた。

「怪光線だ！」呟やくように龍介がいったとたん、青白い光線はぱっとひろがって、円《まる》く、二人の周囲を取囲んだ。

「畜生、やられた!!」龍介は唇を嚙みながら吸鳴った。総監は不思議そうに、木でも草でも瞬く間にべとべとと火に化して行くこの神秘な光線を眺めるばかりだ。

「だめだ、あと一呎《フイート》！」そうだ、怪光線の輪は、二人を中心にぐんぐん縮まってきた。もう一呎《フイート》！

そうすれば二人の体は一瞬にして火となるのだ。

拳骨《メリケン》壮太は何をしているか!?

沈着な龍介の一発!!

物という物、なにもかも一瞬にして焼爛《やけただ》れてしまう魔人軍の怪光線――。

我が龍介と阿部総監の二人は、魔人団の白堊館《はくあかん》の庭先でこの怪光線の輪の中に閉じこめられてしまったのだ。

「なんだ！　何だこれは!?」

光のあたるところ、芝生といわず植込の灌木といわず、見る見るうちにぶすぶすと溶け爛れてゆくさまを見て、総監は惨然と身顫《みぶる》いしながら龍介をふり返った。

「殺人光線です！」

「え!!」青白い光の輪は、じいじいと小さく縮まってきた。もう一呎《フイート》！　そうすれば何もかも終りだ、そら！　縮まる!!　縮まる!!!

「……」とつぜん、何かを見つけて龍介が肩をあげた。

「危ない!!」

総監が龍介の肩を引戻《ひきもど》そうとしたとたん、少年龍介は右手に取ったコルトの自働拳銃《ピストル》を、白堊館の出窓にむけて二発うった。ずん!!　ずん!!　と力強い手応えがあったとみる瞬間、

「ばあーん!!」と、一種ふしぎな音響をあげて、出窓のあたりで、なにかが大きな爆発をした。真赤《まつか》な火柱が五十呎《フイート》も高く空を劈《つんざ》いた。

「しめた！」と龍介が叫んだとき、彼《か》の怪光線は影の消えるようにすうっと、消えてしまった。

「助かった、龍介君、君は命の恩人だよ！」

総監がそういって手を固く握る。

「今のはまったく幸運なんです、総監。僕はもうだめだ、これで何もかもおしまいだと思ったとき、ふと、しかしどこからこの光線を放射しているんだろうと考えて、探して見ると、あの出窓の所でちらちらレンズが光っているでしょう、そこでこの一発が生死の鍵だと、思いきって射ったんです!!」

「断じて行えば鬼神も避くだ！　龍介君の沈着果敢なのには、改めてこの阿部、帽子を脱ぐよ!!」

「あははは」龍介は快活に笑って、総監の手を握ると、大股に、白堊館の方へ走りだした。

「急ぎましょう！　魚が逃げないうちに網をあげるんです!!」

白堊館へ戻った二人――。テラスの扉《ドア》を開けると、見よ！　見よ!!　そこには累々と倒れている人

の山だ。百五十人の警官隊、一人も余さず、枕を並べて絶息しているではないか!!

「やられた！　総監二階へ!!」

「よし!!」叫ぶ声に応じて、二人は拳銃《ピストル》を擬しつつ飛鳥のように階段をかけのぼった。すると階上の広間でどしんがらがらと物凄い格闘の気配がしている。

「その部屋だ!!」と叫んだ龍介、扉《ドア》の外で三四発、廊下へ向けて拳銃《ピストル》を発射した後、体ごと扉《ドア》へどしんととびついて、広間の中へ跳《おど》りこんだ。

見ると三人の外人を相手に拳骨《メリケン》壮太が阿修羅のように暴れまわっているのだ。

「うまいぞ！　壮太君、龍介が控えている、確《しっか》りやれ!!」

「――へん！　こんなものを!!」壮太、ちらと見ると、龍介とならんで警視総監もいるので、急に勢《いきおい》猛烈を加えた。

「どうだ！　くそっ!!　どうだ!!!」

と鉄のごとく巌《いわお》のごとき拳骨をぶんぶんとふり廻《まわ》して、当るを幸い打《うち》ひしぐところ、宛《さなが》ら狂った鬼という有様だ。――壮太一人さえもて余しているところへまた、二人があらわれたので、敵わぬと見た一人、美しく頬髯《ほおひげ》を生やした外人が、突然身を飜《ひるが》えして窓の方へとんだ。

「待て!!」声と共に龍介が追う。窓際で追いついたと見るや、襟に手をかけてぐん！　と後ろへ引戻しざま、肩に担いで、

「うん！」とひと声、いっぽん背負が見事にきまって、大きな外人の体は宙に輪を描いて抛《ほう》り出された。見ていた総監は思わず拍手だ！

「うまいぞ春田君!!」

その時彼方《あちら》では既に拳骨《メリケン》壮太も、二人の外人を綿のようにのしたところである――。

「やあ御苦労、壮太君！」

「――なあに、こんな野郎の一匹やそこら、へん憚《はばか》んながら私《あつし》ゃ拳骨《メリケン》……」

「分った、分った」笑いながら龍介が肩を叩いて、

「それよりも、全体下の有様はどうした訳だか話してくれ給え！」

「ああ、あれですか」

壮太は流れ落ちる汗を押拭《おしぬぐ》いながら、

「貴方《あなた》がたが庭へ出ていらっしゃった後、この三人のうち一人が二階へあがって行きました。それがどうも容子《ようす》がおかしいんで、私《あつし》ゃそっとその後をつけて行ったんです。すると其奴《そいつ》は二階の出窓のところで妙竹林《みょうちくりん》な機械をいじりはじめるんです。（これがあの怪光線を放射する機械だったのだ）で――あっしゃ、おや変な真似《まね》をしやがると思っていると、階下《した》の方で妙に騒がしい気配がするじゃありませんか、で階段の上まで引返してきてみると、なにか魔酔薬《ますいやく》でも嗅がされたと見えて、警官隊が片端からばたばた倒れてゆくんです。畜生！　いっぱいかけやがったなと思っていると、残った二人の外人が上ってきた。そこで待ってましたとばかりに、得意の拳骨《メリケン》うなりを生じて……」

「よし分った！」龍介が制した。そして総監の方へふり返って、

「兎《と》にかく三人に手錠をかけて下さい。それからこの建物の捜索にかかりましょう！」

「よろしい！」

阿部警視総監は、気絶している三人の外人に、手錠をかけた。そして魔薬をかけられて昏睡している警官隊を看護するために、医師と更《さら》に五十名の警官を電話で呼ぶ一方、龍介と総監はただちに、建物の中を隅から隅まで大捜索に取《と》りかかった！

魔人の正体現る

大捜査に取かかると五分も経たぬ時分だ。

「──総監！　大変です!!」と叫んで警視庁から急使が駈けこんできた。

「なんだ！」

「即時お帰りを願います！」

「どうしたのだ!?」

「戒厳令が布《し》かれました。市街には高射砲、連射砲の敷設が行われています。第二飛行聯隊《れんたい》は総動員です!!」

「──そ、それはなにごとだ!?」

総監の言葉に龍介が答えた。

「鉄甲魔人軍です!!」

「え!?」

「世界を征服した鉄甲魔人軍が、日本潰滅を期して攻撃を開始したのです！」龍介の言葉が終ったと思った瞬間、突然広間の石壁ががらがらと大音響をあげて崩壊した。

「あっ!!」と一同がふり返ると、見よ！　鋼鉄製の十五呎《フイート》もある鉄甲魔人が、山のゆるぎ出たように、のっそりとあらわれた。

「──伏して、這《は》でろ!!」龍介が叫んだ。声に応じて皆が床の上にひれ伏す。とたんに魔人の胸部から、

「たたたたたたッ」と不気味な爆音が起って、機関銃が発射されはじめた。

「畜生!!」龍介はす速く大卓子《だいテーブル》の蔭へ身を隠《か》くすと、悲憤の涙を拭いながら、暴戻《ぼうれい》な魔人の行動を見まもっていた。それと知らぬ鉄甲魔人は、のそりのそりと動きまわりながら、絶えず機関銃を射っていた。壁も家具もぶすぶすと穴があいてとんだ、はじけた！　室内は爆煙でただ濛々《もうもう》とかすんでしまった。

そして思う存分に猛威をふるった後、魔人は再び反対側の石壁を突破《つきやぶ》って立去《たちさ》ってゆく。それと見た龍介は総監の安否を気遣ういとまもなく、鼠のように、つつと物蔭を伝いながら、魔人の後をつけた。

次の間へ出た魔人は、機関銃の発射をやめた。すべての人間を殺戮したと信じたのであろう、のそりのそりと歩いてゆく。

——ついに鉄甲魔人にめぐり会った。この魔人の構造と機能の秘密さえ探ることが出来れば、鉄甲軍を防ぐことは造作もない。

龍介は胸の中でそう呟《つぶ》やいた。

「——是が非でも、此奴《こやつ》のあとをつきとめなければならんぞ!!」鉄甲魔人は裏梯子《うらばしご》を下りて、庭へ出た。それから丘の背後《うしろ》にある楢林《ならばやし》の中へゆく。

「——逃がすものか」と龍介、ぴったり地にひれ伏しながら後を追ってゆく。——と、林の入口へさしかかった時、自分の背後に草の摺《す》れる音がするので、はっ! と思ってふり返ると、いつの間についてきたのか、拳骨《メリケン》壮太が這ってている。

「——無事だったのか?」と、そっときくと、這いよってきて、

「——生残《いきのこ》ったのは私と龍介さんの外《ほか》には、阿部総監がたった一人です」

「そうか、だがそれもよかろう」龍介は暗然と涙をのんだ。

「多くの犠牲を払ったかわりには、あの魔人の正体をつきとめるんだ、壮太君、やるか!?」

「やりましょう!!」二人は固く手を握りあった。魔人は尚《なお》もずんずん林の奥へ入ってゆく。二人は注意に注意をして追跡をつづけた。

楢林を抜けると、闇の中にぽつんと灯のついた窓が見えはじめた。魔人はその灯火をめあてに進んでゆくのだ。

「あれが奴等の本当の隠れ家だな！」囁《ささや》いていると、怪しい家の門からさっと、明るい電光が流れ出た。二三人の外人が鉄甲魔人を迎えに出た様子である。

「伏せ！　動くとみつかるぞ!!」龍介の言葉に、壮太はぴったり草の中に身を伏せた。龍介も同じく、体を紙のように地面にくっつけながら、雑草の間から彼方《あちら》を窺《うか》がっている――。

出迎えの外人が近よると、鉄甲魔人はすぐに歩みを止めた。すると駈けよった一人が、魔人の背後へ廻ってなにかがちがちと動かしていたが、そのうちにからりと錠の落ちる音がして、すっと、背中が割れた、そして一人の長身の外人が中からあらわれた。

「……」鉄甲魔人の中から脱出《ぬけで》た外人は、なにか仲間に囁《ささ》やきながら、つと電光の中へでたので、その横顔がはっきり見えた。それは白い髯を生やした立派な紳士だった。と――、その紳士の横顔をひとめ見た龍介は、思わず、「あッ！」と叫んで慌てて口を抑えた。壮太が這いよって、

「どうしました？　坊っちゃん!!」

「黙って！」龍介は制した。

「ようやく緒口《いとぐち》をみつけた。壮太君！　大収穫だよ、急いで帰ろう!!」そして静かに後へ引返した。

そも龍介は何をみつけたのであろうか!?

文子《ふみこ》の行方は？

郊外の白堊館、――怪光線の輪、――百五十人の警官隊の昏睡、――三外人の捕縛。

それにつづいて、突如、鉄甲魔人の襲撃！

応接にいとまなき事件の続出で、一夜狂奔に明かした一隊は、明け方になってようやく、捕縛した三外人と共に白堊館を引揚げた。

一方龍介は家へ帰ってきた。

「――やあ、無事で帰ったな！」玄関まで出迎えた父春田博士は、我子《わがこ》の手を固く握りしめて、

「どうだ、なにか収穫があったかね!?」

「大収穫です！」

「そうか――兎にかく腹がへったろう、いま珈琲《コーヒー》を熱く沸かすから」話しているところへ文子が駈け出してきた。

「あら兄さま、御無事？――」

「大丈夫、僕ぁ鬼のように頑丈なんだ!!」

「鬼にしては少し小さいわ！」

「こいつ！」

「おほほほほ」文子は兄のために珈琲《コーヒー》と麺麭《ぱん》を拵《こしら》えに去る。龍介は父と共に書斎へ入っていった。

香り高い珈琲《コーヒー》、こんがりと焦げたトースト、新しい林檎《りんご》、そうした簡単な朝食を終ると、龍介は父と共に、卓子《テーブル》に向った。

「――文ちゃん、君は庭に出ていて、もし変な奴が見えたらすぐ知らせておくれ！」

「はい！」言下に文子は庭に出ていった。

「父さん、大学の理科の教授にブランデスという亜米利加《アメリカ》人がいるでしょう!?」

「うん、居《お》るよ！」

「最近、欧羅巴《ヨーロッパ》から帰ったはずですね？」

「そうだ！」

「――どんな人だか御存知ありませんか!?」

「ブランデスか？――そう」博士は眉をよせて、「兎にかく科学者としては稀《まれ》な天才だ。米本国では新式戦車《タンク》の発明者として有名な人だそうだ、そして」

「そして――何です!?」

「よくは知らんが、噂によるとなんでも非常な慈善家で、学生達も大変なついている、まあいまのところ大学でブランデスが右へ向けといって、右へ向かない学生は十人とはないだろうと云うことだ――」

「ふーん」龍介は呻《うな》った。

「で、ブランデス教授がどうかしたのかね?」

「ええ――」と云ったが龍介、次の句がつげなかった。

数週前、倫敦《ロンドン》にある日本大使館で、獅子原少佐を襲った不思議な外人、それを逃がしたと思われるブランデス教授だ、その時は大使の言葉で心ならずも逃がしてやったが、こいつ、怪しいと睨《にら》んでいたのだ。

昨夜、楢林の奥まで追跡していった、あの鉄甲魔人の中から、出てきた外人を見ると、それが紛れもない教授《プロフエッサ》ブランデスだったのだ。しかし――今聞けば、教授は慈善家で、おまけに大学の全学生が敬慕している天才的科学者であるという――。「こいつはなかなか手強い相手だぞ!!」龍介は思わず歎息を洩らした。

「全体どんなわけなんだね?」

「いや、今のところまだなんとも申上《もうしあ》げられません。ところで」と、龍介は立上って話を変えた。

「昨日お話したXDL光線の発生装置はすぐにでもできるんでしょうか?」

「――あの吉沢、村上両博士の光線か? うん、あれなら私の光線の放射装置に、三四の機能を加えれば、いいのだから、必要に応じて用意することができるよ!」

「ではすぐに支度《したく》をしておいて下さい、僕はこれから出かけてきますから!」

「どこへ!」

「大学の理科教室です！」

龍介は再び、颯爽《さつそう》として、単身出かけていった。

龍介を見送った博士は、見張りに出ていた文子を呼び入れようとして庭へまわって行ったが、ふしぎや庭には文子の姿は見えなかった。

「文子！――文子！」博士は驚《おど》ろいて、書生や女中を呼びあつめ、邸内を隈《くま》なくさがした。しかし、どこにも文子の姿は、見つからなかった。

闇の中の一騎討

ここは帝大理科の地下研究室だ。

うす暗い電灯の下、実験器械の間に埋まって、ものものしい護謨引《ごむびき》の仕事服を着た教授ブランデスは、いま熱心にレトルトを覗いている。

「ごめん下さい、御面会です――」扉《ドア》の外に声がした。

「お入り！」入ってきたのは、見なれぬ少年給仕だ。

「誰？」とブランデスがいぶかしそうに顔をあげたとたん、少年給仕は入った扉《ドア》にぴんと錠をおろした。

「なにをするか、貴方《あなた》誰か？」教授は叫んで立った。

「お静かに！」少年給仕はとっさに右手で拳銃《ピストル》を突《つき》つけながらにやっと笑った。

「――でないと鉛の弾丸《たま》が飛び出しますよ！」

教授はさっと蒼《あお》くなった。

「私が誰だかお眼にかけましょう！」片手で給仕は手早く給仕服を脱いだ、まぎれもない我が少年探偵、春田龍介だ。

「おや！」ブランデスは意外な表情で眼をみはった。

「――あなた春田さん、倫敦《ロンドン》の大使館でおめにかかった、たしかそうですね!?」

「いかにも！」龍介は一歩進んだ。

「あのときは大使の言葉で貴方《あなた》をお放《ゆる》ししました。しかしこん度は逃がしませんよ、教授！」

「なんですか、なんのことですか、少しも分りませんね！」

「化けの皮を剝げ！　ブランデス!!」龍介はこらえかねて叫んだ。「貴様が鉄甲魔人軍の日本主領であることは分っているんだ、立て!!」

「ほほ！」ブランデスは頷いた。「あなた夢を見ている、ね春田さん、私は日本帝国の嘱託で大学の教授あるぞ！　なにを証拠にそんなことをいうか!?」

「証拠か、驚くなよ!!」龍介は更に一歩前進した。

「――昨夜、白堊館を襲った鉄甲魔人！　その中からでてきたのが貴様ブランデスだ。僕がそれを見ていたのだ！」

「――」ブランデスは顔色を変えて突立った。

「手をあげろ！」龍介が絶叫した。ブランデスは静かに静かに手を挙げた、彼の両眼は鷲のように凄《すさま》じい光を帯びて来た。顔面は怒りに燃え、ゴリラのように歯を剝きだした。

「――」さすがに龍介にも、これほど、残忍な、野獣のような人間の顔を正視することは出来なかった。ブランデスはその虚を衝《つ》いて、じりっと一歩前へ出た。

「動くな！　動くと射つぞ!!」龍介が叫んだ時、博士の右手がつと伸びて、傍にあったスイッチに触れた。ぱっと電灯が消えて室内は闇だ！

「あっ！　畜生!!」龍介の声、同時に闇を縫って、ぱっ！　ぱっ!!　と拳銃《ピストル》の火花が飛んだ。闇《あん》中《ちゅう》！　龍介とブランデス教授の一騎討だ。

憎むべき魔人

見張り役として、庭へ出ていた文子はどうしたのだろう。

龍介と博士とが、ブランデス教授の話をするために、書斎へ籠《こも》ったとき、文子は命ぜられたとおり広庭に面した、花壇のカンナの葉蔭に身をひそめて、もし人影を見つけたら、すぐ兄龍介に報告しようと、息をこらして忍んでいた。すると、ものの七分も過ぎたころ、ふいに文子の背後《うしろ》で、

「もしもし、お嬢さん！」と低い声で呼ぶ人がある。

「――!!」はっ！　と思って文子がふり向くと、カンナの蔭から若い赫《あか》ら顔の外国人がぬっと手を伸ばして、いま、ふり向いた文子の顔へ、片手で手帛《ハンカチ》を押当て、片手でぐっと抱かかえた。

「あれー、父さん!!」とっさに叫んだが、手帛《ハンカチ》を噛むばかりで声が出ない、必死の力で突いたり蹴《けっ》たりしてみた。しかしそれも無駄な努力だ。外国人は熊が兎を捉えたように、苦もなく文子を抱上《だきあ》げて、カンナの葉蔭から、杉林の方へ駈けだした。

「兄さん、助けて頂戴《ちょうだい》！」心の中で呶鳴《どな》るうち、顔に押当《おしあ》ててある手帛《ハンカチ》に、なにか魔薬がつけてあったものと見え、いつかうとうとと睡《ねむ》りにおちてしまった。

どのくらい経ったことか――。がやがやと非常に騒がしい人声で、だんだんと眼覚めた文子は、やがてはっきりと意識を取戻した。

「どうしたのかしら、ここはどこかしら」

まだ何がなにやら分らず、そんなことを呟やいていているうち、間もなくすべてが分った。

「そうだ、私掠《さら》われてきたのね」そう気がつくと、悲しいには違いないが、ことによると兄龍介や日本の政府が、必死になって探している鉄甲魔人軍の、日本本部の秘密がさぐり出せるかも知れないということに気がついて、心細い中にも急に勇気が出た。

「そうだわ、私だって黒襟飾組《くろネクタイぐみ》事件の時にはあんなに役に立ったんだわ。今度だってきっとなにか素晴しい仕事ができるに相違ない」

文子はそう決心すると、そっと眼を閉じて、亡くなった母さまを念じた。

「どうぞ母さま、文子をお護り下さい、いま本国は鉄甲魔人軍のために、大変です。文子はその秘密をさぐり出しますから、どうぞお護《まも》り下さい！」

祈り終ると共に、力強く闇の中にすっと立上った。

文子の捕えられている部屋は、四坪ばかりの暗い鋼鉄張りの頑丈な室《へや》で、灯火《あかり》が消えているのでよくは分らぬが、寝台や椅子卓子《テーブル》などは金飾りずくめの華麗なものであるらしい。高い小窓から射しこむほのかな外光は、眩《まぶ》しいばかりに彩られた室の天井を、かすかに照らしていた。

どう見ても、是《これ》が捕虜を押籠《おしこ》めておく室とは思われない。

ふと――、その時までどこからかがやがやと響いていたやかましい人声がぱたりと歇《や》んだ。そしてなにか大砲でも発射するらしく、ずうん、ずうんという物凄い反動が続けさまに建物全体を揺《ゆす》った。

「何だろう!?」呟やきながら扉口《とぐち》へ窺いよったとたん、ばたばたと足音がして、四五人の人が扉《ドア》を引あけて入ってきた。

「灯《あかり》！」

と太い銹《さ》びた声が叫ぶとすぐに、天井から下がっている水晶玉飾りのすてきなシャンデリアが燦爛《さんらん》と光り輝いた。

「あっ!!」文子が絶叫して三歩さがった。

「お父さま!!」

おう見よ！　いまどやどやと押入ってきた四五人の男の中に、春田博士がいる！

「お父さま、どうして――」

「あはははは」文子の吃驚《びっくり》した有様を見ると、男達は無遠慮に大口を開けて笑いだした。

「それ見ろ」と春田博士が、荒くれの外国人達に振向《ふりむ》いて、乱暴な声で自慢げに呶鳴った。

「己《おい》らの変装がどんなに上手《うま》いかこれで分ったろう、現在の子までが見違えるんだぜ！」

「え？――」文子は二度びっくり、思わず駈けよろうとした足を踏止《ふみとど》めた。

「驚いたかい嬢さん、己《おれ》はお前さんの父さんでもあり、父さんでもねえと云う訳さ、分るかい、そら！」

そういいながら、その男は附髯《つけひげ》をとった。するといままで理学博士春田條二《じょうじ》と見えた顔は、急に一外国人に変ってしまった。それは文子を広庭から掠ってきた、あの怪外人であったのだ。

「よく覚えておくがいいぜ、嬢さん。我々鉄甲魔人軍が日本を征服するには、春田博士と、博士の光線が邪魔なんだ。というのは、我々の殺人光線は、博士の光線とXDL光線とを合して放射する光壁に会うと、全然効力がなくなってしまうんだ。いいかいそこで博士はこの鉄甲魔城へ掠ってきて己《おい》らが博士に化け、博士の秘密を根こそぎ頂戴しようというのさ。分ったかね？――」

「卑怯者！」文子は思わず叫んだ。

「あはははは卑怯者か、そんなことをいわれて腹を立てるのは日本人ばかりだよ、己《おい》ら達は勝ちさえすりゃ宜《い》いのさ、あはははは」

いい終ると共に、男共《おとこたち》は足音荒く部屋を出て、ぴったり扉《ドア》を閉めきってしまった。


龍介遂《つ》いに仆《たお》れたか？

しかし――龍介はどうしているか？
事態は急迫だ！　鉄甲魔城は既に朝鮮海峡をわたろうとしている!!　祖国の危機だ？　廻りくどい手段はとって居られぬ。玉砕主義で、正面からぐんぐんと突込むより外はない。生か死かだ!!

そう決心して、魔人軍の日本主領とめぼしをつけたブランデス教授の研究室へ、疾風のように侵入した龍介だ。

電灯の消えた闇の研究室、怪教授ブランデスは大卓子《だいテーブル》の蔭、龍介は書棚の蔭とおのおの陣をとって、火花をめあてに暗中の拳銃戦《ピストルせん》だ。

「畜生、どうだ！」ぱっと教授の拳銃《ピストル》から出た火花を頼りに、ここぞと狙って放った龍介の第九弾、ずん！　と、手応え、

「うう」と呻《うめ》くブランデスの声だ。

「しめた！」と叫んだ龍介の隙？　ぱっと飛ぶブランデスの拳銃《ピストル》の火花だ、とたんに龍介の手からがちゃりと拳銃《ピストル》が落ちた。

「あっ！　ううっ!!」苦痛の呻き、がらがらと椅子もろともにうち倒れる龍介の体だ。

拳銃《ピストル》の爆音はやんだ、いままでがんがんと反響していた室内は、急に死んだように鎮《しず》まりかえった。

時々、龍介の呻く声が、哀れに断続する。呻く声の容子では弾丸《たま》は余程急所にあたったようだ。

やがてぱっと電灯がついた。壁も機械もレトルトも、弾丸《たま》でめちゃめちゃになった、乱雑極まる室内に、龍介の倒れている姿が見える――。俯伏《うつぶ》せになった胸から頭へかけて床は一面紅《くれない》にいろどられている。

「ふん、ふん」ブランデスは鼻を鳴らしながら立上った。彼の傷は右腕であるらしく、右手の袖口からぽたぽたと血が滴り落ちている。

「どうだ、小僧！」ブランデスは傷口を片手で摑《つか》みながら、よろよろと倒れている龍介の方へ近寄ってきた。そして疑い深くも右手に力なく握っていた拳銃《ピストル》を取直すと、倒れている龍介の胸を狙って、最後の一弾を発射すべく身構えた。

「この一発で、貴様も楽に天国へ行けるだろう、そら！」

かちり！　発条《はつじょう》が鳴った、しかし拳銃《ピストル》は鳴らなかった。もう弾丸《たま》がなかったのだ。

「えいくそッ！」ブランデスが口惜《くや》し相《そう》に叫んだとたん、いままで瀕死の呻きをあげていた龍介が、がばと、はね起きた。

「あっ!!」ブランデスが仰天して一歩さがる、と、猛然床を蹶《け》った龍介の体が、狼のように襲いかかった。教授は腰の浮いているところだ。

「小僧、何をする！」といったがそのまま、だだだと後ろざまにうち倒れた。そしてはね起きようともがいたときは既に晩《おそ》し、彼の手にはがちんと手錠が下りていた。

「おめでとう、ブランデス教授！」

龍介は教授の前に一揖《いちゆう》した。

「貴方《あなた》は理科学の天才だと伺いましたが、余り良い頭ではありませんね。九連発しかない弾丸《たま》を、九発うってしまったことを忘れるなんて、日本では不良少年の値打もありませんぜ——僕はね」龍介は右手にフクシン（薬液）の壜《びん》を捧げて苦笑しながらつづける、「僕は最初からあなたが弾丸《たま》を全部打ちきるのを待っていたんです。そして九発めの弾丸《たま》に当ったようなふりをして、このフクシンを胸へぶちまけて血のように見せ、あなたの近づくのを待っていたんです。打たれたように見せたのは、勿《もち》論《ろん》あなたの手に手錠をはめる機会を狙ったのですが、実は僕の方の弾丸《たま》が一発先になくなったからでもあるんですが、お分りですか！」

ブランデス教授は呻くのみだった。

封筒に入れられた秘密文書

龍介の電話で、警視総監と拳骨《メリケン》壮太とが駈けつけた。

ブランデスは直《ただ》ちに警視庁へ引致された。

「僕はこの研究室の捜査をやりますから、総監はブランデスの住宅の捜査を願います。厳重に警戒してやらないと、どんな危険な罠があるかもしれませんよ！」

「また殺人光線かね、あれには全く私もまいったよ。あははは」総監は快活に笑いながら、勇躍して出て行った。

「さあ、大急ぎで捜査だ！」龍介は壮太を振返った。「その前に訊くが、鉄甲魔城はどの辺まで来ているかね!?」

「それがふしぎなんで！」壮太は龍介の留守の間に集めた種々《いろいろ》の報告をいろいろ述べた後、

「朝鮮海峡に迫ったという報告があってから七八時間たつんですが、どこからも何の知らせもないんです！」

「長崎市や岡山市からは何の報告もないのか」

「ないようです」

「飛行機の偵察は!?」

「やっていません。五台行けば五台とも帰ってこないんで、殺しにやるようなものだと云うので中止したそうです！」

「しまった！」龍介は叫んだ。

「どこからも何の報告もないというのは、魔城がいつどこに現われるか分らぬ証拠だ。朝鮮海峡に迫ったという報知以来消息のないのは、魔人軍が意外な方面に潜行しているものと見なければならぬ！」

「そうでしょうか？」

「そうだとも。さあ早く捜査だ、一秒間もまごついてはいられないんだ！」龍介は決然起った。

あらゆる場所が破壊された、倉庫は瓦斯《がす》吹管で焼切ってあけた、壁に備附《そなえつ》けられてある秘密筐《ひみつばこ》もぶち壊された。床も剝がれた。

しかしなにも出ない。鉄甲魔人の秘密と思われるものは何ひとつ発見されないのだ。

「ええ畜生！」癇癪《かんしゃく》を起した龍介は、立上りざま、そこの大卓子《だいテーブル》の端を拳で力一杯に叩いた。

何という幸運だろう、龍介の叩いた瞬間、大卓子《だいテーブル》の端がかたりと鳴って左右に割れた。中には黄色と緑の封筒が入った、五六束の秘密文書があらわれた。

龍介は封をきって、顫える手で書物を次から次へと繰りひろげて行ったが、やがて一枚、鉄甲魔人の図解のような線の引いてある紫色の紙をみつけだすと、

「ああ八幡！　到頭《とうとう》みつけた」と叫んで突立上《つったちあが》った。

「何ですか、坊ちゃま!?」

「何ですかって?——おいおい」と龍介は得意然と鼻をうごめかした。「この龍介さまのことを、坊ちゃんなんて云うのは、今度かぎり止めてみせるぞ壮太君、僕が坊ちゃんでない証拠には、世界をふみにじった憎むべき殺戮者鉄甲魔人軍をいよいよ僕が滅亡させてやるんだ！」

「——本当ですか!?」

「本当だとも、来たまえ、君も一緒にやるんだ」

「合点だ！」魔人の解剖図を握った龍介は、壮太を伴って急遽研究室を去った。

龍介は家に帰った。

「父さん、唯今《ただいま》！」

「無事か？」博士は龍介を見るとその手を握って、

「——だが文子が行方不明だぞ！」

「え？」

「お前が出てゆくとすぐ、庭へ見にいったが既にいなかった。すぐに邸中《やしきじゅう》、市内外へ手配をしたが

だめだった！」

「――そうか」龍介は深く深く嘆息した。しかし、そうしているべき場合ではない。

「しかし父さん、文子のことは僕が責任を負います、必ず無事に取戻して見せますよ。僕らを襲撃して果たさず、反対に白堊館を荒され主領を捕えられたので、その腹《はら》癒《い》せに文子を掠ったに相違ありません。それよりも」

と一歩前に進んで、「――それよりも、先にすべきことがあるんです。どうぞ父さん実験室へおいで下さい！」

博士は我子の自信ありげな態度に、ようやく勇気を取戻しながら、先に立って龍介を実験室へ案内した。

「何だね！」

「是をごらん下さい！」

「――」

「これがこん度の事件を起した鉄甲魔人なんです。高さ約十五呎《フィート》、外側の鎧《よろい》は或《ある》一種の合成鋼鉄なんです。毒瓦斯《どくがす》放射管、軽機関銃、無線電話器などが備えつけてあります」

「――すばらしい能力だな！」

「ところで、僕はこれに父さんの殺人光線と、ＸＤＬ光線の設備を加えようと思うのです」

「――そして？」

「そして!?　そして鉄甲魔城の中へ乗《のり》こんで行くのですよ！」

「鉄甲魔城へ!?」

「そうです！」

我子の決死の勇気を見て、父博士は思わず無言のまま犇《ひし》と手を握った。――その時書生が、

「――龍介さまに、獅子原少佐という方からお電話でございます！」と伝えてきた。

「獅子原少佐！――」龍介はちょっと眉をひそめたが、すぐにその人と分って手を拍《う》った。獅子原少佐、それは先に倫敦《ロンドン》の日本大使館で、龍介のために危い命を救われた武官であった。

「万歳、獅子原さんが帰られれば鬼に金棒だ、うまいぞ！」

龍介は電話を受けに実験室を出て行った。

おお大阪は燃えている

丁度《ちょうど》その頃――。

文子は、鉄甲魔人共に押籠められた部屋の中で、独り苛《いら》いらと気を揉んでいた。

父に変装していった怪外人、もし彼の変装を見破る者がなかったとしたらどうなるだろう。彼等は父を掠って、父のかわりに色々な実験や秘密をすっかり盗み取ってしまうに違いない、どうしよう――。どうしたらこの事を兄や父に知らせられるだろう。

夢中になって考えたが、結局自分でここから脱出して報告するより外に道はないのだ。

「逃げ出そう！　それが第一だ‼」

そう決心すると、室内を熱心に調べてみた。その結果は失望する外はなかった。隅から隅まできっちりと鋼鉄で造られた室で、ほんとうに蟻の這出る隙もないのだ。

「どうしよう！」呟やきながら、呆然と立つくしている耳に、かたことと、廊下を近づいて来る人の気配だ。はっと思って身を退《ず》らす、と、扉《ドア》をあけて少年給仕が食事を持ってきた。

「どうぞ」卓子《テーブル》の上に食事の用意をすると、少年はちょっと辞儀をして出ていった。その瞬間文子は身を飜えした。いま少年が閉めようとする扉《ドア》の鍵のところへ、素早く自分の手帛《ハンカチ》をはさみ込んだ。

少年はそんなことには気附かず、鍵をかけて廊下を遠く去っていった。

「しめたわ！」人の気配のないことを惜《たしか》めてから、文子は扉《ドア》にはさまっている手帛《ハンカチ》をそろそろ引きながら握《ノブ》を廻した。手帛《ハンカチ》で引かれるから鍵はがちりと外《は》ずれる、同時に扉《ドア》はさっとあいた。天の助けだ、そら!!

文子は脱兎のように室を跳び出した。そして薄暗い廊下を、少年の去ったとは反対の方角へ向って一散に走り出た。

二度廊下を曲った。と——、階段の上へ出たが、そこには、巨大な三人の鉄甲魔人が番兵のように突立っているのだ。

「だめだ！」

引返そうか？……いやいや、其方《そっち》からも人の近づく足音がする。どうしよう——。とっさに左手にある高窓へ眼をつけた、窓があれば外が見える、窓を破って外へ!!

「——！」無言で勢をつけ、ぱっと跳んだが、十呎《フィート》に高い窓だ。届かない、二度三度。背後から来る人の足音は益ます近くなってくる。

「今度こそ、お母さま!!」

胸の中に、再び母を念じつつ、跳んだ！　跳んだ、そして高窓へ手が届いた瞬間、どやどやと大勢の男共が口ぐちに叫びながら、駈けつけてきた。

「全員部署へ就け、戦闘準備!!」

あたりは騒然と湧き立った。

文子は高窓のふちに手をかけてぶら下ったままだ。しかし、人々は戦闘準備で夢中になっているかして、彼女の姿には気がつかない。文子はその隙にちらと窓の外を見た。そして思わず、

「あっ！」と顫え声に叫んだ。窓の外に、大阪市が炎々《えんえん》と燃上っているのが見えた。文子はいつの間にか、東京から大阪までさらわれてきていたのである。

嗚呼《ああ》!!　鉄甲魔城はついに大阪に迫ったのだ。

射て、文子!!

硝子張《ガラスばり》の高窓へとびついた文子は、窓外に炎々と燃え上っている市街の惨状をひと眼見て、思わず、

「あっ!」と身が竦《すく》んだ。

見よ!!　見よ!!　それはわが大阪市ではないか、全商業界の中心地、神戸につぐ貿易港、国富の勢力を集めた大都会——それが、いまや憎むべき魔人、鉄甲軍のために、地獄の熱火を浴びているのだ。

「ああ、神様!!」文子はわなわなと顫《ふる》えながら、神の名を唱えた。しかし、いたずらに驚きあわてている場合ではなかった。早くこの魔城を脱出して、兄龍介のもとへ帰らなければならない。文子は猛然として窓へ身をつきあてた。

「待て!」ふいに声がしたので、ぎょっとして振返ると、戦闘部署を見廻っているらしい一人の士官が、拳銃《ピストル》を擬して廊下に立っていた。

「誰だ、下りてこい!!」

「——」もはや絶体絶命だ。窓硝子《まどガラス》は硬質性のもので、砲弾をもってしても破ることはできない。

「下りてこい、来ないとうち殺すぞ!!」士官の指は引金にかかった、とたんに文子は身を躍らせて、士官の真上へとび下りた。

がん!!!　と廊下に響き渡る銃声。

「あっ!」と呻いて倒れたのは、自ら自分を撃った士官の死の叫びだった。文子が跳び下りながら、拳銃《ピストル》を持った彼の手を蹶《け》上《あ》げたのだ。

「うーん」床の上にのたうちまわる魔人士官の手から、精巧な拳銃《ピストル》を捥《も》ぎ奪《と》ると文子は一さんに、廊下を暗い方へと走っていった。

廊下は左に曲っていた。しかし、文子は曲り角までくると、ぴたりと足を止めた。それは――その右側にあいている扉《ドア》を、発見したからだった。

廊下の行手《ゆくて》を見やると、鉄甲をつけた巨大な魔人が、右往左往しながら、攻撃戦闘をやっている。そこへは逃げられない。

「どうしよう――？」一刹那そう迷ったが、とっさの間に決心して、右側のあいている扉《ドア》の中へとびこんだ。入ってゆくと、まず眼に入ったのは巨大な、そして緻密を極めた電動装置だった。

「まあ！　素的《すてき》!!」さすがに春田理学博士の令嬢である。文子はひと眼見るよりその細緻を極めた動力装置に、敵ながら思わずそう嘆声を放った。

しかし、すぐ文子は大事なことに気がついた。それは、その室がこの魔城を動かしている原動室に相違ないということである。

「もし、この室で、この鉄甲魔城を活動させているとすると、ここにある機械を壊してしまいさえすれば、鉄甲魔城を破滅させることができるに違いないわ！」文子はふとそう気がついた。「そうだわ、きっとこれが魔城の機関部に相違ないわ、そうすれば一番大事な部分をみつけ出さなければならない」

ひとり頷《うな》ずくと鼠のようにす速く、文子はその複雑な電動機の間へ突進していった。ところが、機関と機関との谷間のような踏板を十米《メートル》ばかりも行ったころ、突然リリリン！　という鋭い電鈴《ベル》が響きわたって、真赤な電灯が室内を燃えるように照した。

「誰だ!!」大きな叫声《さけびごえ》ががあんと反響して、四五人の男達が足を乱して駈けつけてくる――、文子の侵入したことが、自動的に報知されたのに相違ない。

「ああだめだわ！」そういいながらも、窮余の一策、突進してくる男達に向って、さっきの士官から奪ってきた拳銃《ピストル》を五発、続けざまに発射した。

「びん！　びん!!　びん!!!」耳を劈《つんざ》くような爆音と共に、何人を斃《たお》したか見極める暇もなく、文子は身を躍らせて機関部の大きな接続装置の蔭の方へもぐりこんでいった。

「待て！」

「兵士を召集しろ!!」

そんな叫びが、文子にはっきり聞こえて来た。

博士誘拐さる

龍介はその時分どうしていたろう。

龍介少年はそのころ、父博士の研究室にこもって、あの鉄甲魔人の機械に、ＸＤＬ光線と春田式殺人光壁放射装置を据附《すえつ》けるのに夢中であった。

市外にある研究室から、邸へ帰ってきた龍介を迎えて拳骨《メリケン》壮太が、

「先生もご一緒でしょう」と訊く。龍介は審《いぶ》かしそうに、

「父さんが？」

「ええ、坊っちゃんから手紙がきたので、大急ぎで出ていらっしゃいましたよ」

「僕は手紙など出しやしない、それはいつ頃のことだい!?」

「もう二時間ばかり前でしょうか」

「しまった」龍介は思わず呻いた。

父の書斎へ行ってみると、大机《デスク》の上が乱雑に引掻《ひっか》きまわされている。平常《ふだん》きちんとしたことの好きな父が、そんな投遣《なげやり》なことをしておくはずがない、父を誘い出しておいて、誰かはいってきたものだろう。

「さては魔人軍の奴等が春田光線の分解図を盗みにきたのだな」そう気がつくと、龍介はとびつくよ

うにして、壁に仕掛けてある秘密金庫の扉《ドア》をあけた。それはちょっと見れば白い壁としか見えないが、指でさぐると、壁の或る箇所に疣《いぼ》のような小さな凸起《とつき》が五つある。その五つの疣を或る一定の組合《コンビネエ》法《シヨン》に合せると、自然と壁が割れて、秘密の金庫が開くようにできているのだ。これは博士と龍介の二人しか知らぬ、絶対の秘庫なのだ。

「まさか、ここまでは気がつくまい！」

そう呟きながら、金庫の中をひと眼見た龍介は、ぶちのめされたように立竦んだ。

「おう！」

見よ！　そこには一枚の紙片も残ってはいない、何もかも掠われてしまったのだ。

「やられた！　やられた!!」龍介は狂気のように叫びながら書斎を跳び出した。拳骨《メリケン》壮太は吃驚《びつくり》して、

「どうしたんです、春田さん、どうしたんですか!?」と龍介の手を摑んでふった。しかし、龍介は気抜けのした顔で馬鹿のように空を見上げながら呟やくばかりだ。

「やられた、もうだめだ、春田光線の秘密が彼等の手にわたった以上、我々は魔人軍の殺人光線を防ぐことはできない、その上父さんが誘拐されてしまったのだ、XDL光線の構成も父さんがいなくては全然だめだ――ああ、この勝負は春田龍介の負けだ」

そういい終ると共に、傍らの長椅子の上に倒れ伏して、龍介はがっくり肩を落した。その有様を見ていた壮太も、思わず悲憤の涙で頰を濡らしたが、やがて、きっと顔をあげて、

「春田さん！」と力の籠った声で叫んだ。

「立って下さい、龍介さん!!　いまはそんな女々しくまいっている時じゃありません、やりましょう、拳骨《メリケン》壮太はまだ負けやしませんよ!!」

龍介はつと顔をあげた。壮太はまだ負けやしませんよ!!　という声にはっと甦ったのだ。壮太はしめたと思いながら続ける。

「さあ、立ちましょう！　わが同胞八千万の命は風前の灯火です。龍介さんが参ってしまえば、もう誰も我々のために闘う者はありません、先生やお嬢さんを救うこともできませんよ、龍介さん！　元気を出しましょう!!」

「そうだ壮太君！」龍介は膝を叩いて起った。

「こんなことで春田龍介は負けやしない、春田光線の秘図は盗まれたが、僕も鉄甲魔人の分解図を取ってきている、そうだ！　勝負はこれからだ!!」

「そうですよ、勝負はこれからですよ!!」

ふたりは確《しっか》り手を握りあった。その時玄関の方で、しきりに呼鈴《よびりん》をおす者があった。そして、書生が出ていったがすぐに一枚の名刺を取次いで来た。

「龍介様にお会いしたいという方です」

「誰だろう」名刺を受取って見ると「陸軍少佐　獅子原雷太郎」とある。龍介の顔にさっと喜色が浮んだ。いうまでもない、それは英京倫敦《ロンドン》で、祖国のために共に身命を捧げると誓った獅子原少佐その人だった。

「獅子原さん！」書生の取次を待つのももどかしく、龍介は床を蹶って玄関へ駈《かけ》つけた。

「おう！　春田君!!」

「獅子原さん！　待っていましたよ!!」

二人はなつかしさを籠めて、力強く握手しながら、心から相手の名を呼びあった。

「君――痩せましたねえ」と少佐がしんみり、龍介の顔をつくづく見まもりながらいった。龍介も暗然として、

「貴方《あなた》も痩せられたですね、少佐！」と答えた。二人の心と心とがぴったり触れあった。そしてすぐ次の瞬間、二人はふいに声を揃えて、

「やりましょう!!」と叫んだ。二人は大股に応接室へ入っていった。そこで龍介は簡単に拳骨《メリケン》壮太を紹介してからすぐに事件の話をはじめた。

「どうして帰られたですか、少佐」

「汽船はだめだ、勿論シベリア鉄道などはめちゃくちゃだ、といって飛行機でもすぐ魔人軍の殺人光線でやられてしまう」

少佐は煙草《たばこ》に火をつけながら語った。

「そこで考えたのが潜航艇だ！」

「ああ潜航艇はうまいですね!!」

「そのかわり時間がかかったので、こんなに遅れてしまった訳です」

「しかし、無事に帰られただけでも天佑ですよ。ところで僕はたった今まで夢中で駈けまわっていましたから、何も知らないのですが、魔人軍はどの辺まで来襲しているか、ご存知ないですか」

「大阪市が燃えています！」

「えっ！　大阪まできたのですか!?」

「もう五分もすれば焼野原となるでしょう!!」

「畜生！」龍介は拳を握った。

「それで、軍隊はどうしているのですか？――」

「軍隊は人民を避難させるために活動している。だって何百師団の軍隊を向けたって、しょせん鉄甲魔城の攻撃を防ぐことはできない、それより人民の生命の安全を計る方が急務だからね!!」

「そうです、そうするより外にはないでしょう、ところで獅子原さんには何か計画がありますか!?」

「地雷敷設の方法です」

「それは？」

「多摩川の沿岸を利用して、幅二百米突《メートル》、延長二千米突《メートル》にわたって強烈なダイナマイトを仕掛《しかけ》るのだ。そして魔城が近寄ってその上を通過する時、火薬を爆発させるのです」

「しかし、魔城は、どんな爆発薬にも破壊されない、硬質金属で造られていますよ」

「でも、中にいる人間まで、硬質金属ではあるまい、大爆発と同時に、鉄甲魔城がはね上げられれば、その反動で機関部や内部の人員に相当の損害を与えることができるに相違ない。そこで狼狽している敵の隙に乗じて精鋭すぐれた決死隊の攻撃を行うのだ」

「分りました、少佐！」龍介は叫んで立った。

神出鬼没龍介の活躍

「それは一番ばかばかしく見えて、一番効果が多い方法でしょう。どうぞ一時も早く、ダイナマイト敷設に取《とり》かかって下さい！」

「もう始めているよ、しかし、何しろ広大な地域に敷設するのだから、どんなに急いでも十時間はかかりましょう」

「結構です、その間に僕は僕で活動を開始しますから」

「春田君も活動？――」

「そうです」

「君はどんな計画をもっているのですか？」

「おめにかけましょう、ちょっとここに待っていて下さい」

龍介はそういって壮太を振返った。

「壮太君、ちょっときてくれ給え！」

そして二人は扉《ドア》の外へ出ていった。

待つことしばし、庭の方でなにか異様な物音がしたので、はっとして少佐は其方《そっち》へ振向いたが、それと同時に、「あっ!!」と驚愕の叫びをあげて、ポケットから拳銃《ピストル》を抜出しながら突立上った。見よ!! 見よ!! 庭先に忽然《こつぜん》として巨大な鉄甲魔人がしかも二人まで出現したのだ。

「おう、鉄甲魔人!!」顫えながら少佐が、必死の狙いを定めて拳銃《ピストル》を発射しようとした瞬間。

「待って下さい」といいながら、魔人の胸元の鉄扉《てつぴ》があいて、なんと我が龍介が顔を出したではないか。

「やっ! やっ!!」少佐は二度吃驚《びっくり》、危く拳銃《ピストル》をおろしながら、窓際へ、駈けよった。

「君か? ほんとうに君か? 龍介君!」

「驚いたですか、少佐」龍介は愉快そうにからからと笑った。

「これが僕からあなたに差上げる土産《みやげ》です!」

「素晴しい、やっぱり君は日本一だ、とうとう君は鉄甲魔人を生捕《いけど》ったね!?」

「生捕ったのでなく、奴等の本拠を襲って奪い取ってきたのです、非常に複雑な機能を持っていますが、その上にＸＤＬという殺人光線と、父の発明した殺人光線を防ぐ装置とを取附けたので、今ちょっと試運動をしてみたのですよ」

そういい終ると龍介は、鉄甲魔人を元の場所へ納めて、応接室へ戻ってきた。獅子原少佐は倫敦《ロンドン》で命を救われて以来、龍介を尊敬しきっていたが、よもやこれほどのことはあるまいと思っていた。ところが知れば知るほど龍介の智恵は変幻極まりなく、ほとんど神出鬼没と思われる有様に改めて感嘆の声を放ったのであった。

「そこで――あの鉄甲魔人をどう利用しようというのですか」少佐が訊く――龍介は声をひそめて、

「これは僕の最後の切札なんです。僕はこの拳骨《メリケン》壮太と二人で、あの中に入って鉄甲魔城へまぎれこむのです」

「え!?　なに鉄甲魔城へ!?」さすがに少佐も色を変えた。しかし、龍介は微笑しながら頷くばかり、

「そうです、少佐が外から彼等を攻撃する時、僕等は内部から奴等を破滅させてやります。内と外と、力をあわせて魔人軍に当りましょう!!」

「素晴しい、勝利疑いなしだ!!」

「万歳!!」傍から壮太がとん狂な声をあげた。


あっ、お前は!!


ジジジジジジジ。ジジジジジジジジ。

どこか遠くで電動機の響きに似た音が、絶えず続いている。何だろう――と思っているうちに、やがて春田博士は朧《おぼ》ろげに意識を取戻した。

「どうしたのだろう?――」

強く頭をふりながら考える――。午後三時ごろだ、大学へゆくといって、あわてて出て行った龍介から「至急」と書いた手紙がきた。すぐにきてくれという文面だ。文字が走っていて、日ごろの龍介の手蹟と少し違っているとは思ったが、兎にかく取る物もとりあえず迎えの車に乗った。

「そうだ、あの車の中だ」博士は呟やく――。その車は、市内へはいると大学へ向けて矢のように走りだしたが、そのうちに運転手台にいた男が、二三度此方《こっち》へ振返って何かいった。よく分らないので、「え?　何?――」と、耳を近づけて訊いた時、何やらぷんと強く鼻を衝く匂いがあった、そして間もなくうつらうつらと眠ってしまったのだ。

「そうか、あれは麻酔薬の匂いだったのだな、あまりに龍介の身を案じていたので、麻薬の匂《におい》さえ嗅ぎ分けられなかったのは、生涯の失策だった」そう気がつくと、博士は昵《じっ》としてはいられなかった。

自分はいま、日本の興亡に当る重大なからだだ。もし自分が帰らなかったら、鉄甲魔人軍の殺人光線

を誰が防ぐか!?　日本八千万の同胞は、憎むべき魔人軍の、殺人光線の前に晒《さら》されなければならぬではないか。

「そうだ、ここを脱出しなければならぬ」

そう心の中に叫ぶと、博士はよろよろしながらも闇の中に立あがった。

ジジジジジジ、ジジジジジジジ。電動機の響きに似た音は、同じような強さをもって伝わってくる。全体いまいる場所はどこだろう、ここはどこなのだろう?――。考えながら、闇の中を手探りに歩いてゆくと、冷《つ》めたい鉄の壁に突あたった。そこで壁を伝わって探してゆくと、小さな扉口《とぐち》をみつけることが出来た。

「だが、勿論鍵が掛っているに相違ない!」そう思いながら握《ノブ》を摑んで押すと、ふしぎや音もなくすっとあいた。

「や、しめたぞ!」胸を躍らせて、そっと扉《ドア》をあける、とたん、廊下をばたばたと駈けてくる人の足音だ。

「誰かきた、みつけられたな!?」

ぴったり扉《ドア》を締めようとする、刹那、外からぐん! と強く押されて扉《ドア》は煽《あお》られるように内へひらく。とたんに跳びこんだ小さな人影が、内へ入ると共に扉《ドア》をぴたり閉ざして、かちり錠を下ろした。

「……………」博士は無言のうちに部屋の隅へ身をよせた。侵入してきた者も、じっと息を殺してひそんでいた。

その時、扉《ドア》の外には慌しい人の足音が、入乱《いりみだ》れて聞えたが、やがてそれもどやどやと廊下の彼方へ遠ざかっていった。

部屋の中にははち切れそうな沈黙があった。博士は、しかし、やがて静かにズボンのポケットから、煙草《たばこ》用の点火器《ライター》を取出して、パッ! と火を点じた。そして部屋の隅に立竦んでいる小さな姿を見つ

けた時、

「あっ！　お前は!?」と絶叫した。――そもこれは何者であろう。

日本少女の覚悟

見も知らぬ一室に掠《らっ》しさられた春田博士が、どうかして脱出しようと焦っているとき、人に追われてこの室《へや》へ跳びこんできた小さな人影があった。

「あっ！」逃げこんできた者をひと眼見るより、博士は驚きのあまり、眼をみはって絶叫した。

「お前は……文子《ふみこ》!?」

「まあ!?」博士の叫声《さけびごえ》に、これまた驚いてふりかえったのはまぎれもない文子であった。

「ああ父さま！」

「無事だったか！」走りよった二人は、半ば涙でしかと抱緊《だきし》め合うのであった。

「よく……よく無事でいてくれた」

「兄さまは？」

「龍介……？　龍介は一緒じゃない、父さんは悪漢の偽手紙にだまされて誘拐されてきたのだ。全体ここはどこだね？」

「まあ父さままで？」そういって文子は口惜《くや》しそうに唇を噛んだ。しかしそうしている場合ではない、きっと顔をあげると、

「実はここはあの恐ろしい、鉄甲魔人軍の本拠らしいんです、父さま！」

「え、ではこれが鉄甲魔城だというのか？」

「そうです――」と、それから文子は今までのことを手短に話した。博士は聞くごとに身顫《みぶる》いして、暴虐な魔人共の振舞《ふるまい》に無念の歯噛をするのであった。

「それでは、さっき窓から見えた黒煙は、大阪市の燃える火だったのか」

「それから、この魔城を爆撃にきた飛行機が、何台も何十台も、怪光線のために焼落《やけおと》されるのを見ましたわ！」

「ああ、なんという憎むべき鬼だ！」

博士は拳を挙げて、まるでそこに相手をみつけでもしたように、眼前の空《くう》を打った。

「それにつけても心配なのは、私の春田式光線と、ＸＤＬの装置だ！」

「ええ、あの父さまが発明した、殺人光線の防御《ぼうぎょ》光壁でしょう？　あれがどうかしたんですの？」

「私を誘拐した目的は、いわずと知れた、あの春田式光線の装置を盗み取るためだ。もしあれが彼等の手に帰してしまえば、残念ながら日本は破滅だ。残忍非道な鉄甲魔人は、日本を隅々まで焼野原にしてしまうだろう！」

「まあ、でもお兄さまがいらっしゃるのでしょう？」

「それが全くわからないのだ」

「ではお家には誰もいないのですか？」

「拳骨《メリケン》壮太君がただ一人」

「まあ――」文子もほとんど絶望だと思った。

と、その時いったん引返《ひきかえ》していった魔人共が、ふたたび廊下をこっちへ探査にやってきたらしく、どやどやと人の足音が入乱《いりみだ》れて聞えたが、やがてこの室が怪しいと見たのであろう、大勢扉《ドア》の前に集ってそれを押破《おしやぶ》りはじめた。

「だめだ！」その様を見ていた博士は叫んだ。

「このままここにいては、すぐに彼等に捉《つか》まってしまう、どこかへ逃げなくては」

「探しましょう！」文子は鼠のように、すばやく室内を見てまわった。しかし部屋の四方は厚い鋼鉄製の壁で、それこそ風のとおる隙もない。

「いやだめですわ、父さま！」

「いやだめなことはない、どこかに秘密の出入口があるかもしれぬ、もっと探そう！」

博士も狂気のように壁を手さぐりで探しまわった。しかしなにもなかった。

「文子、ここへおいで！」

博士は、娘のからだを犇《ひし》と抱きよせた。

「だめだ、どこへも逃げることはできない、私たちはかれらの手に捕えられるほかはない。彼等に万一殺されるような場合にも、決して泣き騒ぐようなみっともない真似《まね》をするのではないぞ」

「はい、それは知っていますわ、父さま！」

「そうか、その覚悟ができていればいい。しかしどこまでも生き長《なが》らえて、この魔人軍の毒手から、我《わが》日本を救いだすのが、私達の任務なのだ、だからむやみに死を急ぐこともないのだよ、分ったね？」

「分りましたわ。私、父さまのおっしゃる通りにいたします」

文子がいい終ったとたん、凄《すさま》じい響《ひびき》と共に扉《ドア》がうち壊されて、魔人共がどやどやと雪崩《なだ》れこんできた。

「いたいた、二人ともいるぞ!!」

わめきながら、たちまちのうち博士と文子に固く手錠をおろしてしまった。魔人共はいずれも全身を黒い衣服で包んで、眼玉だけを光らせている。その衣服が全部防弾防火質で、どんな精巧な銃弾も貫通することはできないし、また火にも燃《や》けないのだ。鋼鉄製のれいの巨大な「鉄甲魔人」は、この魔城の中ではあまり用いられないらしい。

そのうち博士父娘《おやこ》は、魔人達に護《まも》られて、あちらの室へ連れて行かれた。

父娘《おやこ》決死の大修理

博士のつれて行かれたのは、この魔城の中央機動室であった。

それはさっき追込《おいこ》まれていった文子が、それらの電動機を破壊しようと思いついて、重要部分と思われる箇所へ、拳銃《ピストル》を撃ちこんで逃げた場所なのだ。文子の撃った弾丸は、電動機を全部破壊することはできなかったが、それでも二三、重大な機械をうち砕いたので、この大鉄甲魔城の運動に、相当ひどい妨害を受けることになったのだ。

そこでさっそく修理を急いだのであるが、なにしろ科学部の主脳――それはブランデス教授だった――がいないので、どこから手をつけていいかわからぬ。ところが捕虜として押籠《おしこ》めてある春田博士は理科学者なので、これを引出《ひきだ》して修繕させようということになったのである。事情をすっかり聞取《ききと》った博士は、

「速時修繕に着手せよ！」という命令に、

「私は学者であって事務家でない。殊《こと》に電動機には小学生ほどの知識もないから、到底修理などは覚《おぼ》束《つか》ないが――」と勿体《もったい》振った口調で答えた。

「しかし、できるだけやってみましょう」

「ではすぐに着手せよ！」

博士の手錠は外ずされた、博士は心の中でしめた！　と独りつぶやいた。修繕を頼まれたのを好い機会に、修理するとみせて、今度は自分で一番大事な機関をぶち壊してやろうと博士は思ったのである。

「待て！」博士が機械の方へ近づいた時、魔人の一人が叫んだ。

「貴下《あなた》の修理が成功すればよし、万一不成功に終るか、或《あるい》は機械を壊しでもするようなことがあれば、

貴下《あなた》の令嬢文子さんは、ただちに射殺してしまうから!!」

「え!!」愕然と顔をあげた博士を尻眼にかけて、魔人共はぐるりと文子の囲《まわ》りを取巻き、各々拳銃《ピストル》を突《つき》つけて、合図があり次第、射撃しようと身構えた。

「おう——文子」博士は呻《うめ》くようにいった。文子は父の心を見抜いた。そこで力強い言葉で、

「父さま、思う存分やってください。大丈夫おできになれますわ。私のことならどうぞご心配なく!」とはっきりいいきった。私のことは構わずに、電動機を破壊してください! と口にだしていわんばかりである。博士には娘の気持が痛い程よくわかった。

父子《おやこ》は眼と眼を見合った。文子は心から晴れ晴れと頬笑《ほほえ》み、胸の中で「大日本帝国万歳!」と叫んだ。博士は静かに機械の方へ歩みよった。

意外!! 鉄甲魔人の出現

その時分——龍介は、拳骨《メリケン》壮太とただ二人、一台の大型自動車を駆って箱根の嶮《けん》を突破していた。もちろんその車の中には、例の「鉄甲巨人」が隠されてあるのだ。

ところで、龍介たちが東京を出発すると間もなく、黒塗の小型快速自動車が一台、五百米《メートル》突位の間隔を保って、龍介の車のあとをつけてくるようすだった。

「なんでしょう、坊ちゃん」

「あの黒い自動車か? そうさな、恐らく魔人軍のスパイだろう!」

「どこまで追《おい》かけてくるつもりでしょうね」

「さあ——」龍介は微笑しながら、「どこか寂しい山道へでも入ったら、追ついてきて、僕達を襲撃するつもりだろうな! 怖いかね」

「ちぇっ! よして下さいよ。私は拳骨《メリケン》壮太ですぜ、けれども、警告もなしに機関銃ででもやられた

らそれっきりですからね」

「心配するな、僕に考えがあるから」そういって龍介は、黒い車の追跡などてんで気もつかぬ風に、ただ真一文字に西へ西へと走った。箱根にかかると雨になった。

「とうとうふり出してきましたね！」

「そうだ、しかしこの方が都合が好いよ、あのスパイをやっつけるのには」

「やっつけるんですか？」

「鉄甲巨人の試運転をやるのさ！　すこし速力《スピード》をだすから気をつけたまえ！」機会を狙っていた龍介は、追跡の車がスリップして停車したのを見ると、俄然《がぜん》スピードをだして疾走した。雨は沛然《はいぜん》と勢猛《せいもう》に降りしきっている。道は山の根を右に左に迂廻《うかい》しつつ西へ走っている、七度《ななたび》その道をまわった。最早追手の眼からは完全に見えない。

「ストップだ！」車は崖の蔭で急停車だ。龍介は跳び下りざま、壮太をせきたてて、隠し積んできた二つの「鉄甲巨人」を取《と》りおろした。

「早く！　この中に入るんだ！」

「私《あっし》もですか!?」

「そうだとも、機関銃の動かし方は知っているね？」

「大丈夫、忘れやしません！」

龍介と壮太が、巨大な鉄甲巨人のなかへはいって、戦闘準備ができるかできないうち、雨を衝《つ》いて例の怪自動車が疾走してきた。

「用意！」龍介が合図した。

「射撃!!」それと同時に龍介は、巨大な「鉄甲巨人」を山道の中央へ進めた。雨中を駆ってきた自動車は、突然前方に巨人の現われたのを見て、驚いて急停車した。そしてすぐ、車の中から赫毛《あかげ》の外人が顔を突出《つきだ》してなにか叫んだ。同時に、龍介は機関銃装置のハンドルをぐいと引いた。

「タタタタタタ!!　タタタタタ!!」低い不気味な爆音とともに、機関銃は外人共のふいを衝いた。てっきり味方の巨人と思い違えていたらしい彼等は、この奇襲に仰天して、慌てて車を引返そうとした。どっこい！　そうはいかぬ。

「どうだ!!」とばかり、拳骨《メリケン》壮太の発射した弾丸は自動車のエンジンに命中した。

「ばあん!!」一大爆音と共に、自動車は火に包まれ、狼狽しきった五六名の外人たちが蝗《いなご》のようにそこへ跳び出してきた。

「油断するな！」仕掛けてある自動無電装置を通じて、龍介と壮太は連絡をとりつつ攻撃だ。そこへ跳びだした外人達は、なにやら大声に叫びながら、白地に赤く日月《じつげつ》を染出《そめだ》した旗のような布《きれ》を取だして大きくふった。

「奴等はまだ僕達を味方だと思っているのだな、よし、驚かせてやろう！」龍介は小さな国旗を取出して、それを手早く「鉄甲巨人」の胸扉《むなまど》からだして振ってみせた。

日の丸の旗をみた彼等は愕然と色を喪《うしな》った。そして口ぐちになにごとか叫ぶと、一同ポケットから拳銃《ピストル》を取だして、決死の勢《いきおい》でこっちへ逆襲してきた。

「いよいよ一騎討だ、壮太君しっかり!!」

「ああ、この拳骨《メリケン》が使えたらなあ！」不平らしく壮太が腕をさする、とたんに逆襲して来た魔人ども、わあっ！　と獣のように咆哮しながら、拳銃《ピストル》の一斉射撃をはじめた。

「よし！」閃光が飛んだ。龍介、壮太、両方から一時に発射する精巧無比な機関銃の雨だ。

「タタタタッ！　タタタタタッ!!」真先《まっさき》にいた人がまず倒れた、続いて二人。だが彼等も勇敢だ、世界征服を企んで、遠く東洋に乗《のり》だしてきた決死の魔人だ。

「わあっ！　わっ!!」必死の勢でわめきかわしながら肉迫してくる。壮太は焦り焦りしながら叫んだ。

「坊っちゃん、出て行っちゃいけませんか、奴等をこの拳骨《メリケン》でがん！　とひとつ叩きのめしてやりてえんですが」

「だめだ、早く片づけて僕たちにはまだ仕事が山のようにあるんだ、さあ早く、みな殺しにしてしまえ!!」

閃光は閃光に続いた。肉迫してくる魔人共は一人倒れ二人倒れ、ついに全部そこへ打伏《うちふ》して動かなくなった。

「試運転大成功だ、出よう！」そういってまず龍介が「鉄甲巨人」からでた、壮太もつづく。龍介は倒れている魔人共のそばへ進みよると、流石《さすが》に帽子を脱《と》って敬礼した。

「ここにさっきの旗があります」

壮太はさっき彼等が合図のために振りたてた、れいの白地に「日月」を染抜いた旗を拾いあげて持ってきた。

「こりゃいい獲物だ、僕達が魔城の中へまぎれこむために、必ずなにかの役にたつだろう！」話しあっている二人の背後《うしろ》へ、いつか一人の怪しい外人が、拳銃《ピストル》片手に忍びよっていた。これはいうまでもない、龍介の機関銃に射殺《いころ》されたように装って、さっきからそばの叢《くさむら》に倒れていた一人だ。龍介が、いま壮太から「旗」を受取って検《あらた》めているそのすぐ背後《うしろ》へせまって、雑草の間に身をひそめ、そろそろと拳銃《ピストル》を龍介の背中に狙いをつけた。

拳骨《メリケン》壮太のびる

「あっ!!」何気なくふりかえった壮太の口をついて、叫声が空を劈《つんざ》いた。彼は卑怯な魔人の狙撃をみつけたのだ。

「危い！　坊っちゃん!!」呶鳴《どな》るとともに、龍介を突飛ばす、刹那、「がん!!!」と響く銃声、次の瞬間壮太の体は蹴鞠《けまり》のように叢の中の外人に跳びかかっていた。さっきからむずむずしていた得意の拳《メリ》骨《ケン》だ。

「野郎！　これでも喰《くら》え!!」わめきざま、後ろへさがろうとしている奴の右顎へ、猛烈な一撃をくれた。壮太の声にいち早く身をすくめて、危く狙撃をのがれた龍介は、にこにこ笑いながら見ている。

つづけ打ちに飛んでくる拳骨《メリケン》に、一度は怪外人もぐんぐん追立てられたが、しかしさすがに間もなく立《たち》なおった。龍介がおやと思った刹那、

「やっ!!」とひと声、魔人の拳が壮太の顎を見事に突上げた。なにしろ七呎《フイート》近くある体だから、その拳にも力がある、それを真正面に喰ったのだから、いくら拳骨《メリケン》壮太が強情でもたまらない、眼がくらんで後ろざまによろけた。

「あ！　しっかり壮太君!!」龍介が思わず叫ぶ、踏《ふみ》こんだ魔人はつづけざまに拳の乱撃、壮太は防戦するのみだ。

「壮太君、助太刀するぞ！」

「い、いけません！」壮太が喚《わめ》いた。いったとたんに、猛烈なアッパアカットを喰って、拳骨《メリケン》壮太は叢の中へぶっ倒れた。見事なノック・アウトだ。

「さあこい！」魔人は両の拳を突出して、龍介の方へ突進してきた。龍介は手早く上衣《うわぎ》を脱いだ、ズボンのポケットに使い馴れた拳銃《ピストル》はもっている、しかし組討を挑まれて応じないのは日本魂《やまとだましい》の恥辱だ。

「よし！　やってみろ!!」決心するとともに、必殺の熱血を双拳に籠めて、猛然と魔人に跳《とび》かかった。

変装の博士

飛鳥のように飛び込んだ龍介「エイッ」と一声、きまった一本跳腰《はねごし》、ドサッと投出された毛唐が起

き直ろうとするところを、今までひるんでいた壮太がとり出したピストル、覘《ねら》い過たず、ズドンと一発、怪外人の腹部を貫いた。

「しまった、生捕《いけど》りにすればよかったのに、けれどもう仕方がない。さあ出発だ」

早くも二人が乗った自動車は、東海道を西へ西へと疾駆した。

「あっ！　坊ちゃん、あの火!!」

浜松近くまできた時、壮太が吃驚《びっくり》して指さす方をみれば、ようやく明けようとする白明《はくめい》の空をこがして、焔々《えんえん》と燃えている街が見えた。

「いよいよ奴らが近づいたな！」

「魔人軍ですか？」

「そうだ、こうしていては僕らもやられる、さあ車をすてて、いよいよこれから鉄甲魔人の中へはいるんだ！」

「合点です！」自動車は、そばの雑草の中へ乗《の》りすてた。そして龍介と拳骨《メリケン》壮太の二人は、後部から取下ろした、例の巨大な鉄甲魔人の扉をひらいた。

「じゃあしっかりやろうぜ！」

「しっかりやりましょう！」そういってかたい握手をすると、ニッコリ笑って二人はその中へ入った。

二人が鉄甲魔人の中へ入る、とたんに、彼方の空から紫色の強烈な光線がさっ！　と放射されて、いままで二人の乗っていた自動車が、見ているうちにぶすぶすと燃えだした。

「危かったなあ！」

龍介は単式無電装置で、壮太に話しかけた。

「なんです、これは？」壮太は知らないから、なにもかも焼爛《やきただ》らせてしまう、この紫色の光線に、驚きの眼を瞠《みは》るばかりだ。

「これがあの殺人光線だよ」

「え!?」

「僕達の自動車をみつけたので、焼殺すつもりで光線を放射したんだ。ほんのもう五分、車の中にいたら殺《や》られるところだったぜ！」

「え！　これが殺人光線ですか！」平気らしくいってはいるが、どうやら壮太君ぶるぶる顫《ふる》えている様子だ。

「さあ、ＸＤＬと春田式光線を放射し給え、ぐずぐずすると、この鉄甲魔人も焼かれてしまうから！」

「放射装置をやりました」

「じゃあ前進だ!!」夜明けま近い叢林《そうりん》の中を、二個の怪巨人は西へむかって前進した。

「まて！」しかし、二十分ばかり前進した時、龍介は突然そこへ停止した。

「あすこへ怪しい自動車がくる！」

「そうですね！」見ると街道を、蓦地《まっしぐら》に疾走してくる一台の快速自動車があった、全体を灰色に塗って、紫色のヘッド・ライトを輝かし、稲妻のような速力で、ぶうん！　と唸《うな》りながらとんでくる。

「わかったぞ！」

「なんです？」

「さっきの殺人光線は、僕達をみつけて放射したんじゃない、あの自動車の前進を妨害するものがあるといけないので、前進地域の掃蕩《そうとう》をやったのだ」

「あっ、そうか!!」

「するとあの車の中には、鉄甲魔人軍の重要な奴が乗っているにちがいない。よし！」龍介は勇躍して、

「壮太君、あの車を襲撃するんだ!!」

「やるんですか、しめたっ!!」

龍介と壮太の二巨人は、いまし全速力で突進してくる自動車の前へ、ぬっとその巨体をたてた。

「……」自動車の方でも龍介達を認めたのか、なにかしきりに警笛で合図をしながら、次第に速力を緩めて、二人の前方二十米《メートル》突ばかりの地点に車をとめた。

「しっかり、壮太君！」いっていると、車の中から三人の男が出て、こっちへ近よってくる。

「僕達を仲間の魔人だと思っているんだぜ」

「そうでしょうか――」いいかけたが壮太、

「あっ！　先生だ!!」と絶叫した。

「ご、ご覧なさい坊ちゃん、春田博士です」

「なに!?」龍介も驚いて、よくよく見ると、なるほど三人の男達の先頭に立っているのは、まごう方なき父博士である。

「あ、父さん――」叫んだが鉄甲の中だ、聞えるはずはない。急いで外へ出ようとしたが、ふとその時、その三人が大声に此方《こっち》へ何か叫びかけるのを見て、

「おや、変だぞ――」と呟《つぶや》いた。そして三人の叫ぶ声を注意して聞くと、まったく龍介の知らぬ外国語である。龍介は父がかつて一度もそんな言葉を口にしたのを知らない。ますます変だ、父なら魔人達とあんなに仲よくするはずはないが、考えていると、向うではだんだん焦《じ》れてきたとみえて、

「……!!」

なにかどなったと思うと、驚くべし、頭毛《かみのけ》と口髭《くちひげ》を摑んで引捲《ひきむし》った。

「あっ!!」龍介と壮太は反《の》ぞるばかりに驚いた。父博士と見せたのは変装で、見よ見よ、髪毛《かみのけ》と口髭を除くと、憎々しい一個の毛唐ではないか。

「壮太君、やっつけろ!!」

「こん畜生!!」叫ぶと共に、龍介、壮太の二巨体から、

「タタタタタッ!!」と機関銃の一斉射撃だ。

「……!!」吃驚仰天《びっくりぎょうてん》した魔人ども、蝗のように跳び上ると、そこへ枯木を倒すようにぶっ倒れる二人の仲間を見向きもせず、ぱっと引返して自動車へ飛び乗った。

「彼奴《あいつ》を逃がすな、奴が魔城へ帰ると僕達のことがばれて、乗込めなくなるから!」

「よしきた!!」

二人は機関銃の猛射を浴びせながら、突進した。しかし自動車はぐうんと、車体を廻転させると、もと来た方へ急速力で逃げだした。

突如起る大音響

「待ち給え!」壮太が追跡しようとするのを、龍介はニッコリ笑って呼びとめた。

「追跡するよりもっと簡単な方法があったんだ、見ていたまえよ!!」いいながら、春田式殺人光線を、さっと逃げ行く自動車にむけて放射した。と紫がかった青白い光線が、ぱっと自動車の後部にあたったと思うとたん、ぐぐっと車が左に傾《かし》いで、左側の低地へ、がらがらと転落した。そして見ている間に、めらめらと青い焔《ほのお》をあげて燃えはじめた。

「万歳!! どうだ毛唐ら!!」壮太がそばから歓喜の声をあげる。龍介もはじめて父博士の発明になる光線が、どんな威力をもっているかを知って、いまさら驚きの眼を瞠るのであった。

「彼奴《あいつ》らは何をしようとしていたんでしょう?」

「父さんに化けて、春田式光線XDLの放射装置を盗み出しに行く途中だったにちがいない。この間は分解図だけ手にいれたが、装置がなくては仕方がないので、それを掠奪《りゃくだつ》に向ったんだ!」

「では博士は？」

「あれだけ父さんに似せるには、本物を真似なければできないことだから、父さんが鉄甲魔城の中に監禁されているのは確実だ、早くいってお助けしよう！」

「行きましょう！」

もうすでに夜は明けていた。二巨人は更《さら》に西へ向って進発する。この時分――。

魔城の中にいる博士と文子の運命はどうなったろう!? 此方《こっち》もまた激闘である。文子が拳銃を射込《うちこ》んだ魔城の電動機、それを修繕せよと命ぜられた博士は、静かに電動機に近づいていった。

「もし機械が修繕できないか、または故意に破壊するようなことがあれば、この娘は射殺してしまうぞ！」

といって、魔人の拳銃は文子の胸に突つけられている。娘を殺すか？――魔城を破壊するか――。

春田博士の胸は逆流のように乱れみだれた。しかしこの時、

「父さん、私は大丈夫ですから、お考えどおりにやって下さい!!」

と叫ぶ文子の声を聞くと、なにか心に決心した博士、つかつかと故障の箇所へ歩みよって行った。

すわ！　といえばすぐにも文子を射殺そうと、数人の魔人は拳銃を突つけて文子を取巻き、なお他の数十人は博士のする事をじっと見まもっていた。

博士は機械の彼方此方《かなたこなた》を検めていたが、やがてそこにある修繕機を取って、熱心に修理をはじめた。

さすが専門家のことゆえ、拳銃で壊された場所は、どんどん修復されてゆく。

見ている文子は気がきでない。

――たとえ自分は殺されても、この魔城の原動部を破壊することができれば、立派に国のお役にたつことができる、殺された同胞の仇《あだ》も討ち、残っている同胞の命を救うことができるのに――。苛《いら》いらとそんなことを考えていると、たちまち博士は修理を終えて立上った。

「もうなおったのか？」

「なにもかもすっかり修繕しました」

「もう故障はおこるまいな」

「大丈夫です。しかし、すこし傍についていましょう。もう少し運転してみなければ、ほかにも故障が起るといけませんから！」

「よし、それじゃ頼む！」魔人どもは安心して電流を送った。すると電動機はジジジジと微妙な響《ひびき》をたてながら、順調に運転をはじめた。

——もうだめ、父さまは私が可愛いばかりに、とうとう裏切ってしまったのだ。

そう思った文子は、がっかりして、思わず両手に面《おもて》を埋《うず》めて泣きだした。その時である、轟然《ごうぜん》!! 機関部が爆発をおこした。

「あっ!!」「やった!!」口ぐちに叫ぶ、とたんに全魔城の電灯が消えて、何もかもわからなくなってしまった。

「文子、おいで!!」耳もとで父の声。はっ！　と思った文子、いまの激動で監視の男達が右往左往しているのを幸い、闇の中に父の手を握ると、二人してめくら滅法、人声のしない方向さして走った。

危し!!　父娘《おやこ》の命

「もう大丈夫！」

まったく静かな一室へ跳込んだ博士と文子、そう呟《つぶ》やくと、片隅へ身をよせて、じっと耳をすませる、遠くの方でなにやらがやがやと人声が騒がしく聞える。

「父さま、ごめんなさい」文子が顫える声でいった。

「なんだね？」

「私、父さまが機械を修繕なさったことばかり思って、私が可愛いあまり、裏切りなすったのかと思いました！」

「それであんなに不機嫌な顔をしていたのだな、文子！」

「ええ、ほんとうにすみません」

「私も最初はひと思いにあの機関部をぶち壊そうと思ったが、そうすればお前も私も死ななくてはならぬ、それもかまわぬが、死なずにすめばなおよいだろう。考えていると床の上に奴等の使う強烈な火薬を塡《つ》めた、拳銃の弾丸《たま》が落ちていた。しめたと思ったので、修理しながらその弾丸《たま》を拾いあげ、尖端を切り火薬管を抜出《ぬきだ》し、圧擦《あっさつ》すればすぐ爆発するように具合して、機関の大歯車の中へ塡込《つめこ》んでおいたのだ」

「ああ、そしてあの電流をかけさせたのね」

「そうだ、修繕がすんだといって私とお前に油断をさせ、その間に電流が通じて歯車が廻転する、火薬管が重量歯車で嚙合《かみあ》わされる、爆発となった。私はその時全電灯の送電線のそばにいたので、その線を切断して電灯を消し、お前の手を摑《つか》んで逃げ出したのさ」

「まあ、素的《すてき》だこと、父さま、やっぱり父さまはお偉いわ!!」

「は、そうかね、父さまはお前に賞《ほ》めてもらうのが何より嬉しい。しかしもうこれ以上この魔城の中にいる必要はないからどうにかしてここを脱出《ぬけだ》さなくてはならぬが――」

「脱け出られるでしょうか？」

「ぜひやるのだ、断じて行えば鬼神も避くということがある!!」

そういって博士は、懐中電灯をとり出した。

博士が室内の模様を仔細に点検すると、廊下の反対側に硬質硝子張《ガラスばり》の高窓がある、逃げるにはこれよりほかにない。

博士は足台をして高窓を検めた、幸運とはこの事であろう。いま機関部の爆発で、大激動が起った時、この高窓もほんの僅《わずか》ながらきしみ歪《ゆが》んだのだ。硝子枠《ガラスわく》と窓縁との間に、少し隙間ができている。

「よしよし、もう大丈夫」呟やきながら、博士は隠し持っていた小刀《ナイフ》をその隙にさしこんで、ぐいぐいと内外へ動かした。

鋼鉄製の正しい角度をもって組立てられただけに、隙ができるとかえってもろかった。少しずつ小刀《ナイフ》の梃《てこ》に乗って、動くと見えたが、やがてガタリ！　と音をたてながら、鋲《びょう》だけ残して手前へはずれる。

「しめた！」と叫んだ博士、小刀《ナイフ》の尖端を二分ばかり折ると、さっそくに捻廻《ねじまわ》しの代用、鋲三本を、やすやすと抜出してしまった。

「さあ文子！」手をとらんばかりに、博士は文子を促《うな》がして、高窓から外へ脱出した。そして手早く窓をもとのとおりに嵌込《はめこ》んで、怪しまれぬようにすると、外廓の歩道を走って、高い鉄の踏梯子《ふみばしご》のところまできた。

「待て！　誰だ!!」突然叫ぶ者があった。吃驚《びっくり》してそこへ立停まった。見ると拳銃片手にした魔人軍の番兵である。

「貴様達は何者だ。止まれ!!」番兵は拳銃をつきつけて、二人の前に迫った。が次の瞬間、博士は無言でいきなりその番兵に躍りかかった。

「あ!!」という鋭い叫声と共に、もんどりうって彼の姿は、外廓から恐ろしい勢で落ちて行った。

「さあ、この間に！」博士の片手には、いつか番兵の拳銃がとられていた。二人は足早に鉄梯子を駈《かけ》降《お》りた。そして脱兎のように、雑草の茂みへとびこんでいった。

博士と文子が叢の中に身をひそめて、ほっとひと息ついた時だ、鉄甲魔城の中から強烈な殺人光線がさっ！　と放たれて、そのあたり一面の地域が明るく照らされた。

「あっ！　殺人光線だ!!」と叫ぶ博士の声の終らぬうち、光のあたるところ草も木も、ぶすぶすと火に化して行く。

「文子、逃げるんだ!!」博士は絶叫しながら、文子の手をとって走りだした。しかし紫色の魔の光線は、怒濤のように二人のあとを追ってくる。二人の運命や如何《いか》に!?

逃げ惑う二人は？

場面はとぶ。遠く東京市外、多摩川畔、幅二哩《マイル》延長十里にわたって、強烈な爆薬を埋設する陸軍第一師団の兵士だ。

獅子原少佐は、全線に馬をとばしながら、

「急いでやれ、皇国を全《まっと》うするもせぬも、この埋設工事の完成といなとにあるんだ、命がけでやってくれ!!」と声援をあたえ、げき励してまわった。

埋設部隊の後方三哩《マイル》の地点には、深い溝を掘って、奇襲部隊が突進の機会を待っている。既に東京市民は全部安全地へ避難し、青年達は義勇隊を組織し、決死の勇を鼓して進撃しようと、これ又勇気りんとして、かまえている。

場面はとぶ。龍介、壮太の二人は、鉄甲魔人の中にひそんで、進むこと一日、夕暮の迫るとともに、遠くついに鉄甲大魔城の近づくのを認めた。

「見たまえ、壮太君、あれが恐るべく憎むべき魔城だ！」

「へえ、あの黒いでかい奴ですか、恐ろしく大きな物をつくりやがったなあ、まるで山がそのまま動きだしたようですぜ!!」壮太は眼を丸くしている。

「さあ、いよいよ敵の牙城だ、しっかり!!」

「合点です!!」二個の鉄甲巨人は、油断なく大魔城へ向かって進行をつづけた。間もなく夜がきた。

魔城は近づくにしたがって大きく、高さは二百呎《フイート》否々三百呎《フイート》以下ではない、全体を黒く塗って、その周囲はどの位か想像もつかぬ。

と、龍介達が二哩《マイル》ほどの距離まで近づいた時、不思議や大魔城はずしん！　と大きな響をあげて、運動を止《や》めた。

「おや、なんだ？」龍介は驚いて歩みをとめた。

(この時魔城の中では、春田博士の計略成って、機関が爆発したのだ)

「とまっちゃいましたねえ！」「うん、ああ電灯も消えた、なにか事件でも起ったにちがいない、いそごう！」

龍介は全速力で進んだ。と、しばらくすると魔城の頂端《ちょうたん》から、例の紫色の殺人光線が、ぱっと放射されて、そのあたりの地域を、じりじりと掃蕩しはじめた。

「なんだか兎でも探しているようですね」「そうだ」

そんなことをいいながら、二人は殺人光線を分解するＸＤＬ光線装置を充分にしておいて、その光線の方へ進んでいった。進むこと百米突《メートル》。龍介はふと前方の叢を、此方《こっち》へ向って走ってくる二人の人影にきがついた。

「おい、たれか逃げてくるぜ！」「二人ですね、殺人光線はその二人を追っかけているんですぜ！」

「そうらしいな！　助けてやろう!!」

龍介はそういうより早く、ＸＤＬの光壁線を、二人の背後へむけて放射した。驚くべし、ＸＤＬの光が届くと見る間に、今まで殺人光線にあたって燃え爛れて行った枯草が、ぴたりと燃えなくなった。

「なる程、こりゃすばらしい」と壮太が呻く、同時に龍介が「おう、あれを見ろ!!」と気狂いのように叫んだ。あれとはなんだ!!

魔城襲撃の時は今!!

「あっ！　父さん！」龍介は驚き叫んだ。

「あっ、先生、お嬢さんもいる!!」壮太も眼を丸くして喚いた。叢の中で魔人軍の殺人光線に追われていたのは、春田博士と文子であった。

「助けるんだ、急げ！」龍介はＸＤＬ光壁で、魔人軍の殺人光線から父と妹を庇護しつつ前進した。すると文子が眼敏《めざと》くも、こっちへやってくる鉄甲魔人をみつけて、

「父さん！」と顫え声で叫んだ。

「もう逃げられません、あっちからも鉄甲魔人がやってきます！」

「しまった!!」春田博士は呻いて拳銃《ピストル》をとり直した。

「父さま！」

「私の後ろにおいで」博士は文子を背後に庇《かば》ってたった。鉄甲魔人はずんずん近よってくる。三十呎《フィート》、二十呎《フィート》――そら、博士は拳銃《ピストル》の引金を引こうとした、とたんに鉄甲魔人が、その鋼鉄製の両腕を高く空へあげた。

「や、敵対せぬというのか？」

博士が不審《いぶか》しげに呟いた時、魔人の胸扉が左右へひらいて、にこにこ笑っている龍介の顔があらわれた。

「あら！　兄さまだわ!!」

「龍介か!?」父娘《おやこ》は狂気のごとく叫んだ。

「父さん、そこに凝《じっ》としていらっしゃい。殺人光線が危いですからね、いま僕の方から行きます」

龍介はそう叫びながら、近よってきた。

「そうか、それでわかった」

　傍へきた龍介を見ながら博士はうなずいた。

「いまにも殺人光線にやられるかと思っていたのに、急に光線が燃えなくなったので、変だなと思っていたのだ。ではＸＤＬの装置を取つけてあるんだな!?」

「そうです！」龍介は魔人の中から出てこようともせず、性急《せっかち》にいった。

「僕は父さんの春田式殺人光線と、ＸＤＬ光壁の放射装置を取附けて、大魔城の中へ潜入するために、やってきたのです！」

「え？　あの魔城の中へ!?」文子が驚きの眼を瞠った。

「さあ、早く逃げてください！」龍介はま近に見える魔城を仰ぎながら、せきたてるように叫んだ。

「一刻も早く乗こまなければなりません」

「よし、行け！」春田博士は断乎《だんこ》として叫んだ。

「魔城の電動機の一部は破壊してある。すぐ修理をするだろうが、とても以前のような完全な活動はできないに違いない。この機会にやれば、かならず魔人軍を撃滅することができるだろう、やってくれ!!」

「やります！　僕は壮太と二人きりですが、ＸＤＬと春田式殺人光線があれば、百万人といえども恐れずです、さあ壮太君いこう！」

「まいりましょう!!」壮太も胸扉をひらいて顔をだした。

「まあ壮太さん！」文子が壮太を見て悦《よろこ》びの手を拍《う》った。

「お嬢さん、先生!!」

「やってくれ、龍介を頼むぞ!!」博士が叫ぶ。

「頼まれるのは私《あつし》ですよ、しかしこん度こそ私《あつし》も死玉《しにだま》を飛ばします、見ていてください!!」

「しっかりやってね、待っているわよ!!」

文子も叫んだ。

「では早く東京へ！」そういい捨てると、龍介はぴったり胸扉を閉じた。二個の巨大な鉄甲魔人は、断乎たる歩調で大魔城の方へ突進していった。

黒暗々たる穴へ墜落

近づく二個の魔人を発見したと見えて、傍までくると大魔城の一部にぽっかり入口があいた。そして中で・・――・と発火信号が閃《ひら》めいた。

「壮太君！　殺人光線を放射しろ！」

「よしきた！」龍介と壮太はその扉口《とぐち》へ向って、春田式殺人光線を放った。するとみるまに、鉄扉は赤く燃え爛れて溶解していった。

「――!!」魔城の扉口を守っていた怪人どもは、なにやら悲鳴をあげながら、まるで藁屑《わらくず》のように焼け死んだ。

「突進だ！　やれ!!」龍介はそう叫びながら、焼溶《やけとけ》ている扉口を衝いて魔城の中へ突進した。二人が城内へ侵入すると同時に、待《まち》かまえていた魔人どもは、鉄壁のうちにかくれながら、

「タタタタ、タタタタタ!!」と機関銃の一斉射撃をはじめた。

「どっこい」龍介はせせら笑った。

「この鉄甲魔人は、完全な防弾装置になっているんだ、奴らは今、自分で造った魔人のために、逆に殺されようとしているんだ、因果応報とはこれさ、あははははは」そういいながら、ふたたび殺人光線を放射した。見よみよ、春田式殺人光線のあたるところ、鉄といわず木といわず、瞬時にしてとろとろと焼溶《やけとろ》けていく。十秒ならずして、敵の機関銃は全部沈黙した。

「うまい！　素晴しい成功だ!!」

「こいつあ面白いや!!」壮太は悦に入っている。

この時、電動機の修理がついたのであろう、大魔城はがくんと一つ大きい衝動を伝えたと思うまに、ふたたび進行しはじめたようすだ。

「早くやろう、東京を救うために!!」龍介はそう叫んだ。

「日本を救うために!!」壮太も答えた。

突進！　また突進!!

魔城の内部は極度に混乱をはじめた。魔人どもは右往左往して、殺人光線から逃れようともがいた。そこへ龍介壮太の放つ軽機関銃の弾丸《たま》が、雨のように集注《しゅうちゅう》した。

「――!!」奇怪な叫びをあげながら、魔人共はばたばたと倒れて行った。第一階の部署を全部掃蕩した二人は、やがて第二階へと上っていった。エレベーターはもちろん壊れている、エスカレーターも駄目だ。唯一の昇降階段を上ってゆくと、まず眼に入ったのはこっちと同じ鉄甲魔人が、横列陣を敷いて待ちかまえていることだった。

「奴ら集中射撃とおいでなすったぞ」

「よし、なんでも来い！」壮太は勇躍前進をつづけた。とたんに横列に並んだ鉄甲魔人が、一斉に機関銃を放った。

「タタタタ!!　タタタタタ!!」爆音は四壁に反響し、硝煙は濃霧のように立こめた。

「壮太君、離れるな！」

「大丈夫です」

「そら！　殺人光線だ!!」

三度《みたび》、二人は殺人光線を放った。紫がかった青白い光線が放射されると、見るまに敵魔人軍の機関銃は、片端から沈黙していった。

「どうだ！」

「愉快愉快！」そしてさらに前進だ。

二階も全滅させた、更に三階も。四階には魔城の大原動室がある、そこを破壊すればもはやこの大魔城は、足を失った虎のようなものだ。

「壮太君、いよいよ中央部だぞ！」

「もう大丈夫！」第四階の廊下にでた。とたん、足もとの鉄板が、がくんとでんぐりかえった。

「危ない！」と叫びながら、龍介はとっさに傍の鉄棒につかまったが、壮太はあっという間もなく、鉄板を踏外《ふみはず》して、黒暗々たる穴へ墜落していった。

「しまった」龍介は呻くように呟いた。

「残念だ！」壮太を失っていまはただ一人だ。しかし、たとえ倒れても退くことはできぬ。ままよ、あたって砕けろ！　と心を決めた龍介、

「うぬ、こい!!」と叫びながら突進して行った。

魔城は東京へ接近した

場面は飛ぶ。

ここは東京市外多摩河畔、広地帯爆薬埋設を終った第一師団の軍隊は、後方三哩《マイル》の地点に退いて、臨時に築かれた塹壕の中に戦線を敷いた。そこには全東京市の義勇決死隊が、時や遅しと待かまえているのだ。準備は成った。

「鉄甲魔城箱根を越す！」急報がきた。

「横浜に迫る！」また急報だ。獅子原少佐は伝令を全線にとばした。

「全員用意!!」兵士はもちろん、義勇決死隊の面々も、にわかに色めき立ってきた。銃に劔《けん》をつける者、抜刀する者、全線にわたって殺気満々たる有様となった。

「少佐殿、怪しい自動車がきます！」歩哨が知らせた。

「どこに？」

少佐はすぐにでていった。

東海道を、疾風のような急速力で走っていた一台の自動車は、この時街道をきれて、少佐の立っている丘の方へはいってきた。

「止れ!!」歩哨が銃を擬して叫んだ。自動車は丘の下でぴたり停まった。そして扉《ドア》をあけて、春田博士と文子とが走りでて来た。

「やあ博士！」獅子原少佐は、かつて春田博士とは面識があるので、すぐにそれを知って駈け下りた。

「ご無事でしたか？」少佐は固く博士の手を握った。

「おお獅子原少佐！」

博士も懐かしそうに固く手を握り返した。

「ご安心なさい、龍介は無事に大魔城へ潜入いたしましたぞ！」

「やりましたか!?」少佐は拳を叩いた。

「案じていたのですが、とうとうやったか。それではもう我々は救われたもおなじことですね。じつに博士の前ですが、龍介君は素晴しい少年ですなあ！」

「ありがとう！」博士はさすがに嬉しそうだった。

「さ、塹壕の中へはいりましょう、博士、大魔城は箱根を越したそうですから」

「いや、私は帰ってXDL光壁の放射装置を持ってこなければなりません。でないと、大魔城の殺人光線にやられますからな」

「私も一しょに！」文子がいった。

「いや、私一人でたくさんだ、お前は待っておいで」

「そうだ、お嬢さんはここにいらっしゃい、そのかわり兵卒を二人つけてあげます」獅子原少佐が傍からいった。

そして、二名の兵士と同乗で、博士はふたたび自動車を東京へむけて走った。

塹壕内へ入ってゆくと、殺風景な決死隊の中へ美しい少女《おとめ》があらわれたので義勇隊の人達は、わあ――っと歓声をあげて文子を迎えた。

「これは少年名探偵春田龍介君の妹、文子嬢です。つい前夜まで鉄甲魔城の中で活動しておられたのです！」少佐が紹介すると、もう一度みんなは、

「わあーっ」といって歓呼の声をあげた。

文子は涙ぐましく皆の歓呼にこたえながら、今日までの事件の経過を話した。龍介から聞いたヨーロッパ滅亡の有様、そして博士ブランデスの策動、郊外に二理学博士の暗殺、大魔城へ誘拐、魔城の電動機破壊！

きくごとに、人々はただ感たんの声をあげるのみであった。

「大魔城横浜に迫る！」

急報がきた。塹壕内は色めきたった。

まもなく春田博士が、光壁装置を自動車に積込《つみこ》んでやってきた。ただちに放射機は、塹壕後方の丘上に据えつけられた。

「あっ！　見えるぞ!!」

「魔城だ！」声々に叫ぶので、塹壕から覗くと、巨大な鉄甲魔城がじりじりと、こっちへ前進してくるのが見えた。

「用意！」ふたたび全線に命令が下った。

博士は放射機のスイッチを前に、石のように黙して、近づきつつある恐怖の魔城をみつめている。

「父さま、兄さんはどうしたでしょう」

文子が顫えながら訊いた。

「わからぬ」博士の声も顫えていた。

「ここまで無事に魔城が進んでくるようでは、恐らく龍介は失敗したのだろう」

「失敗というと？」

「魔人共にやられたのだ！」

「まあ」文子は蒼《あお》白くなった。

「そ、そんなことが……」

「いや、龍介は壮太とただ二人だ、城内には何百何千の魔人がいる、幾《いく》ら大胆不敵でも、敵に計略があればやられる――諦めるより致方《いたしかた》がない！」

「いいえ、嘘です」文子が絶叫した、「私は信じます、兄さんはお勝ちになります、龍介兄さんはけっして負けませんわ！」

しかし博士は、唇を固く閉じていた。博士は心中すでに、龍介の失敗を動かすことのできぬ事実だと認めていた。

大魔城はますます近づいてきた。

「あっ、殺人光線だ！」

人々の叫ぶ声に、ふと博士は我にかえった。見ると前方二粁《キロ》のあたりまで、薄紫色の怪光線がきて、雑木林をみるみるうちに火に化して行った。

「やりおったな」呟くとともに、博士はＸＤＬ放射機のスイッチを入れた。同時に紫がかった青白い強烈な光線が、魔城の尖塔へむかって稲妻のように閃きでた。

「や！　や!!」見まもっていた人々は、思わず驚きの叫びをあげた。見よ見よ、いままで殺人光線のあたるところ、瞬時にして木も草も火と化したのに、一度ＸＤＬ光壁が放射されるや、さしもの怪光線ももはやその効力を失って、いままで燃《もえ》あがっていた火も、水をかけられたように消えてしまったではないか。

「万歳！」義勇隊の人々は、早くも歓びの声をあげた。

「静かに、騒いではさとられるぞ!!」少佐は必死に叫んだ。魔城は近づく、ぐんぐんと前進してくる、いまは外廓を走るパイプや砲塔まではっきり見える。

五哩《マイル》、四哩《マイル》、三哩《マイル》に迫った。

「突撃用意!!」獅子原少佐が絶叫した。

魔城はさらに進んでついに多摩河原を越した、と見る刹那、轟然！　轟然!!　幅二哩《マイル》にわたる埋設火薬が大爆発を起した。

火柱は数百米《メートル》も高く、黒煙は天に冲《ちゅう》し、大地は震動し、樹木は倒れ、小石はとんだ。

「やった!!」と人々が叫ぶとたん、

「突撃!!」最後の命令だ。それを聞くと共に博士は、

「文子、お前はここにいろ！」といいざま、そこにあった銃をとって、突撃隊の中へ走りこんだ。龍介亡きあとに生残《いきのこ》ってなんとしよう、博士は死ぬつもりなのだ。

「わあーっ、わあーっ!!」突貫の声をあげながら、黒煙ただよう中を阿修羅のごとく前進する決死隊だ。

大爆発をくらって、さすがの鉄甲魔城も、破壊されこそせぬが、よほど大打撃をうけたらしく、いまに殺人光線も放たず、死せる怪物のごとく動かない。

「わあーっ、わっ!!」ようやく晴れかかる爆煙を衝いて、決死隊は犇々《ひしひし》と肉迫した。しかし五十米《メートル》の近くまで接近した時、先頭にたって指揮していた獅子原少佐が、あっ！　といって足をとめた。

それもそのはず、大魔城の砲塔に、ひらひらと日の丸の旗が現われたのだ。

「やっ！　国旗だ！」

「日の丸だ!!」決死隊の面々も、思わず声を放った。博士はそれと見るより狂喜して、

「おお龍介、龍介!!」と叫びながら、脱兎のように決死隊からぬけて走り出した。それと同時に、魔城の外廓へ、龍介の姿がぬっとあらわれた。

「やっ!!」

「あれが龍介君か？」人々の騒ぐ有様を、にこにこ見下《みおろ》しながら、龍介は日章旗を、大きく左右にうち振った。

「勝った!!」獅子原少佐も叫んだ。

「鉄甲魔城は滅亡した、日本は勝った！」

「鉄甲魔城滅亡！」

「日本万歳！」

見るみる狂喜乱舞だ。一瞬前までは死を決した人々も、いまは戦勝の悦びに、狂えるごとく叫び躍っている。

「万歳！　万歳!!」

「大日本帝国万歳！」「春田龍介君万歳!!」

ついに亡びた魔人

「おめでとう！」獅子原少佐は、鉄甲魔城へ入城すると、まず龍介の手を固く握っていった。

「これで日本は勝ちました」

「おめでとう」龍介はそういって、獅子原少佐の肩を叩いた。博士は駈けよって、ひしと抱緊《だきし》めながら、

「龍介！」といったままあとは涙だった。文子もハンカチを顔に押あてて、嬉し泣きである。

「坊っちゃん！」隅の方からのこのこ拳骨《メリケン》壮太が出てきた。そして繃帯《ほうたい》した腕をさすりながら、

「私《あしや》こんどこそわかりました。あなたは大人も及ばぬ偉い事をなすった。私《あつし》やもうこれから、決して坊ちゃんなんて申しませんよ、坊ちゃん！」

やはりおなじことだ、みんなどっと笑った。

獅子原少佐は、龍介を案内として魔城内を巡視した。それは実に惨憺たる有様であった。春田式光線に焼かれて、鉄壁も鉄板もぼろぼろに剝げ、いたるところ鉄甲魔人が倒れていた。

「ああこれは恐ろしい」さすがの少佐も、思わずそういって顔をそむけた。龍介は力強く、少佐の肩を摑んでいった。

「彼らは、いたるところでこの百倍も惨虐《ざんぎやく》な殺戮をやってきたのですよ。しかしこれで、いままでの犠牲者も満足するでしょう」そして龍介は暗然と涙をのんだ。

H性病院の朝

赧《あか》くなる若奥様

東京も一流の、三業地の真中《まんなか》にある頗《すこぶ》る贅沢《ぜいたく》な、ある性病院の朝である。

壁も天床《てんじょう》も、カーテンも、看護婦の白衣も先生の手術着も、雪晴れの裾野のように清浄な白一色の、それに明るい朝の日ざしが、南受けの窓いち面に照りはえて、部屋全体が大理石の浴室《バス》のように、美しく暖かな診療室だった。

「先生、まだ少々、尿が濁るようでございますの。どうしたというのでございましょう？」

冬のうち、燃えたつような金色《こんじき》の、狐の襟巻にくるまって来る、若い山の手のブルジョアの奥さんだった。

「ははア、それはどうも変ですね。ひとつ、尿を拝見いたしましょう。ほう、これでございますね。ええと、これは……大変いいようですがねえ……」

美男の院長さんは、ソースのセットのような尿カップを朝日の光にすかして見て、

「おい、剥菌線《はくきんせん》！」と、命じて、アルコールランプで、まッ赤に焼いた針金の器械をうけとると、それで、琥珀色《こはくいろ》に輝《かが》やく尿カップの中の美しい液体の中から、ゴミのようなものを拾い上げて、小さな

硝子板《ガラス》の上に置いた。

「いかがでしょう。まだ菌がございますでしょうか?」

やがてぴかぴかと光る、高射砲のような形をした顕微鏡を覗いている院長さんの傍で、しとやかな、鈴をふるような若奥さんの物案じした声。

「ええ。いや、もう大したことは……」いいながら、覗きこんでいるレンズの上に、院長さんは何を発見したか?

「さア御療治をいたしましょう」顕微鏡から眼を放すと、院長さんは急いで立上《たちあが》り、手術台の方へ歩きかけた。

するると、好奇に満ちた若奥さんは、いきなりすたすたとデスクの側に歩み寄って、

「ちょッと、わたくし拝見させていただきますわ」

と言うや、院長さんが遮《さえ》ぎる隙もなく、その黒水晶のような眼を、顕微鏡の口に押し当てたのである。

美男子の院長さんは、それを見ると、あべこべに自分自身の腋の下から、冷汗を流しながら途方に暮れた。

「あらまア、こんなにたくさん、バクテリヤがいるのでございましょうか」覗きながら、若奥さんの大仰な驚きの声。

「いや、その米粒のように見えるのが膿《のう》。その間に黒く、機関銃の弾痕のように見えますのが淋菌《りんきん》です」

「そして……その間に混っているお玉杓子《たまじやくし》のような気味の悪いものは?」

院長さんは、ちよッとへどもどした後、

「それが、その……刺戟物《しげきぶつ》を召上《めしあが》ると、そういうものが混りますので……」

「刺戟物……」若奥さんは不審そうに、首をかしげた。

「はア……刺戟物！」院長さんはあくまでも、謹厳な、まじめな顔で答えた。

しかしその院長さんの、襟元のところが、その時心持ち紅潮した。

くすッ！　と、看護婦の忍び笑いをする声が聞えた。

「まア、わたくし！」若奥さんは、見る見る頬ッぺたを林檎《りんご》のように赧らめて、急いで洗滌室《せんじょうしつ》のカーテンの中に駈《か》けこんでしまった。

惚《のろ》ける中年男

午前中は初診の患者が多かった。

「やア、どうかなさいましたか？」初診患者に対する院長さんの第一声は、いつもこれだった。

「ええ、ちょッとその、祟《たた》られましてな……」などといって頭を掻くのは、だいぶその道に馴れた年配の男だ。

「はア、少し……」若いのは、たいてい顔を赧くして、もじもじと口ごもる。

「膿が出ますか、それとも何か腫物《おでき》でも……？」と、そこは頗る物馴れたもので、何でもない、軽い朗らかな気持で相手がしゃべれるように、ずかずかと切出《きりだ》す。これが、性病院の先生の呼吸物《こきゅうもの》らしい。患者はそこで、初めて、この期にいたるまでの幾日かの孤独な憂鬱と罪悪感から、急に解放された朗らかな気分になれる。

この先生の前に立てば、自分のやった汚らわしい所行が恥ずべきことでも何でもない、当り前のことのような気がして来る。そして、問われるままに訊かれるままに、正直にその原因と経過を白状してしまうのだ。

ところが中には、この院長さんの魔術的口吻の効果があらわれすぎて、とんだ長たらしいお惚け話をいい気持になって、喋《しゃべ》りたてる患者がある。

「で、いつからお悪くなったのですか？」

院長さんは、簡単に罹病の時日を訊くつもりだった。ところが、この中年の患者は、急に相恰を崩して喋《しゃべ》り出したのである。

「えへへへ。それがその、実はこうでしてな——わたくしがその、まだ二十歳代《はたちだい》のことで、神田のお店にいる頃のことですよ。時々その、お店の番頭さんの眼を盗んじゃあ、こそこそ講武所の芸者を買いに行ったものでございます。その頃にその、講武所に、君千代というちょッと可愛らしい雛妓《おしゃく》がおりましてな。それを何です、私がふだんから可愛がっておりましたもンで、向うもわたくしのことを、多町のお兄さんお兄さんと申しまして、憎からず思うていたものと見えまして、十七の春に一人前《いっぽん》になるというので、更《あら》たまってわたくしへの話でございます。

——ねえ、お兄さん、あたい、もうすぐ一人前《いっぽん》になるのよ。それについて、誰か世話になる人を決めなくちゃならないんだけど、あんたあたいの、其人《そのひと》になって呉《く》れない？——と、こういうわけなんです」

患者はしだいに熱をもってきて、なかなか口を噤《つぐ》みそうにない。院長さんは診察日誌と睨《にら》めッくらをして、

「これは困ったことになったワイ」と、思うのだが、どうすることもできない。

そのうちに、話のとぎれるのを待ってと、そのチャンスを狙っているのだが、その僅《わず》かなチャンスが、なかなかやって来ないのである。

「そこで、わたくしはすッかり嬉しくなってしまって、そこがまア、若気のいたりという奴でございましょうな。とうとうお店の金をごまかして、その君千代の水揚げをすることになったのです。いやどうも、その晩の君千代の可愛らしかったことといったら……エへへへへ、赤ずくめの友禅もので、

鹿の子しぼりの背負《しょ》い上げを、こう胸高にきゅッと締めまして、いつものお転婆《てんば》振りにも似合わず、羞《はず》かしそうにこう下を向いて……」

「ああ、この男は気が狂っているのだろうか？」さすがに温厚な院長先生も、とうとう堪《たま》らなくなって、右手《めて》に握った万年筆をいらいらと振廻《ふりまわ》しながら、

「ああ、もし、ちょッと……ではその時から、あなたは淋疾《トリッペル》をおやりになったのですか？」と、遮ぎった。

しかし、患者は熱しきっているのである。

「ええ、いいえ、どういたしまして。その時はこちらも清浄潔白のからだ。相手もまだ手つかずで……」

「いや、わかりました。それでは、今度の御病気はいつお受けになったか、それを簡単に伺いましょう」

「ところが、ところがですよ、まアお聞き下さい先生」

これはとてもやり切れたものではない。

そこで院長先生、立ち上って、二足三足消毒室の方へ歩き出しながら、看護婦に向って無遠慮に命令を下す。

「患者さんは誰と誰と、何人お待ちになっているかね。ああ、杉山さんに広橋さんに、そう七人か？すぐ注射ができるように、注射器の消毒をして置きなさい。それから今日は手術が一つあるから、その用意も」

このデモンストレーションは瞬間、饒舌なその初診患者を反省させたらしく、院長さんが席に戻ると、やや恐縮した形で、

「ええと、まことにお忙しいところを……へへ、そこで掻いつまんで申上げますが、そういうわけで

その芸者と、お互いに水の出鼻の熱々同志で楽しんでおりましたが、その後間もなくふしだらが暴れて、わたくしは田舎《いなか》の実家にひきとられ、生木を裂かれた思いで、まる十五年間というもの逢わずにいたのです。その間に私は心を入れかえて、再び上京し、自分で今の商稼《しょうばい》をはじめ、妻子もできてどうやら堅気に働《はた》らいておりましたのですよ。ところが、縁といいましょうか何といいましょうか、其昔なじみの女に、この一月思《おも》いがけなくめぐり逢ったのです。その女は市川で、まだ芸妓《げいしゃ》をしているのです。お互いに、十五年も逢わなかったのです。十五年といえば、お互いにもう道で逢っても忘れてしまっている筈《はず》です。ところが惚《ほ》れ合った仲というものは、エヘヘヘ、惚れ合った仲というものは恐ろしいものでございますな。忘れるどころか、お互いに顔を見合した瞬間、

『あッ、お前は君千代！』

『あなたは多町の兄さん！』というわけでして、十五年ぶりに嬉しい一夜を語りあかしたのですよ。ところが、どうです。それから三日目に、わたくしはこんな病気にかかりまして……エへへへ、よい後は悪いと申しますが、まッたくその通りで……」

「何だ、ふざけている！」院長さんは心の中で舌打ちをして、これが患者でなかったら、思いきり背中をどやしつけてやりたい位《くら》い腹が立った。しかしまア、やッとこの色狂《いろきちが》いのような中年男の、長たらしい惚け話が終ったので、救われた想いがして、

「では、とにかく、拝見しましょう。さ、どうぞ横におなり下さい」と、診察室のカーテンをあけた。

はじける嬌声

朝の十時から十一時にかけては、近所の芸妓《げいしゃ》の患者たちが一斉に、この性病院の診察室に押しかけて来た。

「ちょいと、院長さんいらして？」勢いよく、正面玄関のドアを押して入って来た揚《あ》げ鬢《びん》の、はちき

れるような若々しい芸者。

「院長さんは、今日おいでにならないのよ。お友だちの、お葬式にいらしったのよ。でも、もうじきお帰りンなるわよ」馴染《なじみ》の看護婦の言葉に、

「ああら、詰《つま》ンない！」と、大仰に云ったその若い芸者は、待合室に目白押しに待っている男の患者たちを、まるで眼中に置かない朗らかな声で、看護婦に向って言うのである。

「ちょいと、君岡さん（看護婦の名）ゆうべ面白かったわよ。あたしと友奴《ともやっこ》さんと夢子さんと三人でね、そら、いつもの×の家さんへ招《よ》ばれて行ったのよ。するとね、そのお客さんが、あたし初めてなんだけど、何だかどッかで見たことのある人のような気がするのよ。でネ、はてな誰だったろうと、思い出そう思い出そうと考えても、どうしても思い出されないのさ。それでそのことを、そッと友奴さんに言うとね。友奴さんもさっきから、そんな気がしていたのですって。そのお客さんたら、そりゃあモダンでね、社交ダンスがとても巧《うま》いのよ。すると不思議じゃないの、しばらくして夢子さんが、あたしの耳ンところへ口をもって来て、

『鈴子ちゃん、あたい、このお客さん、どッかで見たことがあるような気がしてならないのよ。あンた知らない？』と、こうなのだわ。

『実はね、あたしも友ちゃんも、さッきからそう思ってるの』というとね。それから三人で、『さア可笑《おか》しい、さア可笑しい』と、考えこんじゃッたのよ。でも、どうしてもあたしには思い出せない。だんだんするうちに、友奴さんがだしぬけに、あたしの膝をいやというほどひッ叩《ぱた》いて、『ああわかった！　この方、本田先生に似てるのよ！』あたしと夢ちゃんと二人、『ほんと！　そうだったのね！』と云って、思わずしっかり抱き合っちゃッたわ。そりゃ、ここの院長さんにそッくりだッたわよ。アハハハハ！」

待合室はこの朗らかな嬌声によって、一時にぱッと明るく、花が咲いたように甦《よみがえ》らせられるのであ

った。

外聞をはばかる芸者たちは、朝湯の行き帰りに、こッそりと、横町に開いている病院の勝手口から、まッすぐに診察室へ忍んではいった。

「先生、もう大丈夫でしょう？　もうお客をとってもよかアなくッて」

「いやいや、まだ二三日は駄目だなア。もう二三日の辛抱だねえ」

「へッ、どうかと思うわ」などと、口笛まじりに、シャアシャアと人を食った不見転《みずてん》もあった。

彼女らは、いずれも、銭湯への往《ゆ》き帰りか、出先の朝帰りの途中かに、この病院に立寄っては、施療をうけて帰るのだった。またわざと病気の秘密を保つために、遠い山の手の街や、郊外から、わざわざ自用俥《じようしや》だの、バスだので通って来る女患者も多かった。

彼女たちは、いずれも真面目くさった顔附《かおつき》で、病院の門を出るのだッたが、それがまた考えようによっては、実にユーモラスな想像をさせた。なぜなら彼女らは、はいって来る時には、いずれも普通の婦人たちと異らない装いであるが、帰りには誰もみな、ちょうど市内電車の呼鈴《よびりん》の紐のように、先《さ》端《き》に玉ころのついた一本の紐を、或《あ》る個所からぶら下げられて帰るのだった。それをくッ附ける院長さんこそ、およそこの大都会におけるユーモラスな、剽軽《ひようきん》な、悪戯者《いたずらもの》の第一人者でなくて何であろう？

「渋川さん、どうぞ！」

B看護婦に呼ばれて、珍《めず》らしく、きょうは午前にやッて来て待合室に蹲《うず》くまっていた渋川老人が、やおら立上って、診察室のドアに手をかけた時だった。

「あらッ！」

出会い頭《がしら》に、診察室から出ようとした一人の若い芸者がびッくりして叫んだ。

「やア！」その声で、相手の顔を見た渋川老人も、思わずびッくりして言った。

するると、その芸者は、たちまち老人の袖の下をくぐり抜けるようにして、すばしこく、待合室の彼方《むこう》に逃げ出して行った。

渋川老人は、今年五十九歳で、いまこの本田病院へ通っている患者の中《うち》では、一番の年長者であった。

だから、そこは年の効《こう》で、この不思議な出会頭の女にもたじろがず、悠然と診察室に入ったのであるが、その瞬間のでき事をちらと見ていたのが、院長さんだった。

「ホウ、渋川さんは、あの妓《こ》を御存じなんですか？」

そこで院長さんが、洗滌器をかざしながら何気なくこう訊くと、渋川さんはエへへと笑って、「いや、あいつも先生の御厄介になッとりますのかい？　わしの今度の病気の病原体は、じつは彼妓《あいつ》だったのですよ。ワハハハハ」

そしてこの老人は、陽気に笑いながら、太い静脈の浮いた細い手をついて、「どッこいしょ！」と、懸《か》け声をして、手術台の上に横《よこた》わるのだった。

テスト

「やア先生、昨晩《ゆうべ》は徹底的にやッてみましたよ」

「ホウ、どのくらい飲みました」

「まず一升と、五合ですかな。なにしろ夕方の六時から坐って、十一時過ぎまでざッと五時間、一時間に二合と見積っても、一升でしょうね」

「ホウ、だいぶ飲《や》りましたな」

「それに天ぷらも食いましたし、山葵《わさび》もうんと利かして、それから踊って跳ねて……」

「そうですか。そりゃアいいですね、徹底的のテストだ。これで菌が無けりゃア、今度こそ真物《ほんもの》ですよ」

「首尾よく卒業免状がいただけますかね？」

「優等の成績で卒業でしょうな。ではひとつ、検《しら》べてみましょうかね」

先生は例の細い剝菌線で、尿カップの中のゴミを硝子《ガラス》板に拾いあげ、顕微鏡の下に置いて、レンズの度を合せた。

患者の戸樫君は、凱旋将軍のように意気揚々と、その傍に立って朗らかに笑っている。

「どうです。一人も敵影を見ずというやつでしょう？」だがしかし、顕微鏡に眼を当てて、やッと度をあわせてしまった先生の言葉は、実に意外！

「おやおや、こいつは少し変だぞッ！　いるいる、戸樫さん、こりゃアいったいどうしたんだね。うじゃうじゃいるじゃないか。まアひとつ覗いてごらんなさい」

「ええッ、いるんですって？」戸樫さんは色を変えて、顕微鏡をのぞきこんだ。

「戸樫さん、だめだね。酒とワサビと天ぷらと、そのほかにあんた、どうも変だね」

院長さんの眼は疑い深そうに、戸樫さんの顔にじッと停まった。

「ええ。そのほかに、アノ、不見伝《てん》を買ってみました」

「さア、それだからまた新《あた》らしく、こんなに沢山《たくさん》背負《しょ》いこんで来たのだ。不見伝《てん》を買えとは、いったい誰が言いましたか？」

院長さんの眼は、きつく詰問《なじ》るように、戸樫さんを睨みつける。

「だッて、先生はきのう、テストだから、何でも悪い物を飲んでみろ。食ってみろと仰有《おっしゃ》ったではありませんか」

「それは言いました。悪い物を食べてごらんなさい、飲んでごらんなさいとは言いましたが、悪い物を買って見ろとは言いません」

「あアそうですか。買ってみちゃア、いけなかったのですか。それならそうと、仰有《おつしや》って下さればいいものを」

「じょうだん言っちゃいけません。そんなことは言わなくてもわかってる筈でしょう」

「だッて、悪いことは何でもいいというので、大喜びでもって……」

「しょうがないなア。これで、また卒業免状は当分お預けだ。おい、倉本ッ（看護婦の名）洗滌だ！ツクロノール一プロー」

戸樫さんは、大いに、今様遊冶郎《ゆうやろう》を自ら気取っている呉服屋の番頭さんだ。彼は去年の夏からこの病院に通っているが、もうこれで三度も、院長先生に土俵際で打捨《うつちや》りを食わせている。

この人は、この陽気な、なまめかしい患者の絶えず出入する病院と、縁を切ることが惜しいのかも知れない。

朝から晩まで、他人《ひと》の歓楽の塵埃《ほこり》をひろっている院長さんは、しかしずいぶん気のふさぐことだろう。

だから、その憂鬱を払いのけるために、院長さんはいろんな気分転換の工夫を、病院の中でも講じている。

先《ま》ずその最も簡便な、最も効果のある方法の一つは、診察室の一隅に新鮮な草花を置くことであった。

それもなるべく、鮮やかな色彩のものか、或いは純白の花を院長さんは好んだ。

ほんの一分間か二分間、患者のとだえた隙に、ほッとして疲れた瞳を、そうした新鮮な草花にそそぐことは、冷たいソーダ水を呑むよりも、院長さんや看護婦たちには嬉しいのだった。

だが、その花も新鮮なものに限る。しなびた、色の褪《あ》せかかったものは、却《かえ》って院長さんには、不快をさそう原因になるのだった。

で、ついうっかりして、白い壁にかかった一輪ざしの花瓶に、色のあせた桃色のスウイートピーの萎《しな》びた花や、毒々しい海老茶色の木蓮の、黒ずんだ切花なぞを挿《さ》して置こうものなら、たちまち温厚な院長さんは、別人のように肝癪《かんしゃく》を起して、

「こんなもの、なぜ挿して置くんだ！」と、床の上に叩きつけてしまうのだった。

代診氏の浮気

この病院は、土地柄、午後の数時間を休む代りに、夜は十時過ぎまで患者の需《もと》めに応じているのだった。このごろこの夜の診療で、いちばん最後にやって来る患者は、可憐な雛妓《おしゃく》上りの一人の小妓《こおんな》であった。

彼女はつい一箇月ばかり前、いっぽんになって、初めてその初々しい肉体を土地の市場にさらすと、ふしあわせにも、十日と経たぬのに、早くも不潔な病気を植えつけられてしまった。

さすがに、まだいたいけな小娘だったので、抱え主も驚いて商稼《しょうばい》を休ませた。

そうして毎夜、おそく、人知れずこの病院へ治療に通わせているのだった。

この種の疾病《しっぺい》は、その器が新鮮なものであれば、あるほど、その暴威をたくましくするものらしかった。この小妓もその例に洩れず、最初、ちょッとした瘡痍《そうい》としか思われなかったものが、瞬くうちにその数を増し、領土をひろげて、みじめに清浄な肉体を蝕《むし》ばんで行った。

院長さんは、多年多くの患者を手がけていて、めッたに職業意識以外には、よけいな感情を動かさなくなっていたが、こういう患者に接すると、やはりそこに普通の人情が芽ばんできて、何となくいじらしい、不憫《ふびん》だという惻隠《そくいん》の情に打たれた。

殊《こと》にこの小妓は、治療の時ひどい苦痛を感じるらしく、声を立てて、泣きむせぶのだった。

「もう少しだよ、じきよくなるよ。泣くんじゃない、泣くんじゃない」

そう慰め乍《なが》ら、院長さんは優しく、消息子《ゾンデ》の先端《さき》につけた硝酸銀で、その意地悪な悪魔のような患部の腫物《できもの》を、焼取《やきと》ってやるのだった。

代診のS君は、いつもその院長さんの治療ぶりを、カーテン一つ隔てたこちらのデスクの前で、聴いていた。

すると、そのいじらしい小妓の泣き声が、若いS君の戦《おの》のき易《やす》い胸に、ひどくセンチメンタルな、泪《なみだ》をさそう響きとなって迫って来るのだった。

小妓は、治療が済んでも、三分間ぐらいは身じろぎも出来ない容子《ようす》で、じッと手術台の上に突伏《つっぷ》したまま、苦しそうに肩で息をしているのだった。それは傷ついた小鳩のように、可憐な姿であった。やッと手術台をおりると、その小妓はぽッと薄紅いろになった滑らかな頬に、ほろほろと流れおちる泪を拭おうともしずに、びッこを曳《ひ》き曳き帰って行くのだった。

頭髪を無造作な櫛巻《くしまき》にして、小さく小さくなった頭の形が、その去り際のさびしい笑いとともに、若い代診のS君の胸に、ひとしおいとおしく感じられた。

日が経つにつれて、S君は、その小妓の咽《むせ》び泣く声を聞くことが、何となくスウイートな、楽しみなような気がして来た。

「おれは、変態性慾かしら?」

S君は、そうも思ってみた。

すると、その小妓の病気が、もうすっかりよくなりかけた頃だった。

「S君、君あの女の治療をしてやり給え」

と、院長さんが言った。

S君は、好奇にうずく胸をけどられまいと努力して、その女の横わっているクロセットの中にはいった。そして看護婦の手から、イルリガートルの又嘴《さし》を受取《うけと》ったのであるが、その手が恥かしいほど慄《ふる》えるのを、どうすることもできなかった。

疾患の峠を越すと、小妓の病気は、めきめきと快方に向った。

「ほら、もう痛くはないだろう。すっかりよくなったよ。もう〆《し》めたものだ。ひどい目に逢ったものだね」院長さんが自分で診察して、そんなことを言うようになると、S君は妙に淋しい気がした。

「全快すれば、あの妓はもうこの病院へ、姿を見せなくなるのだ」

そう思うと、S君は淋しくなるのだった。

この頃では、S君の心はそれほど、この可憐な小妓に惹《ひ》かされていたのである。

ところがS君は、或る日、この淋しさから救われる一つのことに気がついた。

「そうだ。あの妓は芸者なのだ。金さえ出せば、どうにでもなるのだ！」

それ以後、S君は反対に、その小妓の一日も早く全快することを望むようになった。

小妓はまだ毎晩、治療にやって来た。しかし今は、もうあの飾り気のない櫛巻頭ではなく、可愛らしい高島田に結っていた。

いつの間にかお座敷に出ているのだった。

「もう、大体いいね。今度こそ大丈夫だよ」

院長さんが小妓に向って、そういっていたその晩、S君は何食わぬ顔で、或る待合からその妓を招《よ》んだのだった。

そして二日三日、素知らぬ顔で、病院の仕事に従事していた。ところが或る日、S君は、とんでもないことが、医者である自分のからだの一部に起りつつあることを発見した。彼は専門家であるだけに、素人《アマチュア》以上に驚いた。まごつかずにはいられなかった。

そうして、その日の昼食《ひる》の時刻が来て、みんなが食堂に引き上げると、待ちきれぬように、洗滌室にとびこんで、わが手でわが身の患部を洗滌していた。

すると、運の悪いことには、手を消毒するのを忘れた院長さんが、ガラリと戸をあけて、いきなり洗滌室へ入って来たのだ。

S君はぎょっとして、隠れようとしたが遅かった。

「おやッ、S君じゃないか。何をしているのだ。そんなところで？」

「あッ、えッ、その、何でもないので！」だが、手にもっている洗滌器が、すべてを語っている。

「やッたな、抓《つま》み食いを」

S君は穴があれば入りたかった。

「相手はだれだ。医者のくせに、不注意じゃないか」

「ええ、その、先生が折り紙をおつけになッた妓だったので、つい油断をして……」

「馬鹿だねえ、君は。あの小妓を買ったのだろう。あの妓はそりゃア、僕が折紙をつけたが、それは下疳《げかん》の方だけの話だ。トリッペルはまだ……」

「ああ、そうでしたか。つい早合点をして……」

「できたことは仕方がない。どれ、おれが診《み》てやろう。おい倉本！　剝菌線をもって来いッ！」

かわいそうにS君は、とうとう尻尾《しっぽ》をまいて、患者が横わる手術台へ、赧い顔をして登らなければならなかった。

接吻《キッス》を拒むフラッパー

素晴しい哉《かな》人生

「あんた！　今日はとても朗らかね。髪床へも行って来たばかりなんでしょ。モミ上げの剃込《そりこみ》が蒼《あお》くって素的《すてき》よ。あたし今晩、いっしょにドライヴしたげる。嬉しい？　うれしいでしょ？」

振って振って振って振り抜いて来たバー・シプロンの蓮子《れんこ》が、突然こんなことを言い出した。僕は面喰《めんくら》わざるを得ぬ。

「じょ、冗談言うない。俺はババばかな、そんな嬉しがらせには乗らないよ」

わざと落ちついて、煙草《たばこ》の煙をゆるくふいて見せたものの、笑談《じようだん》にもせよ、蓮子からそんなことを言われた僕の胸は、ごくんごくんと早鐘のような高鳴りをしている。

「あら、あたし、いつ嬉しがらせを言って？　あたしゃ、こんなフラッパーだけれど、嘘だけは言った覚えはないのよ。いやなら、いやでいいわ。無理にッて頼みやしないことよ」

なるほど。蓮子はフラッパーで、我儘者《わがままもの》で、自由恋愛主義者だということは予《か》ねて皆《みん》なから聴いて知っている。しかし、彼女に限って、普通の女給のように詰《つま》らない職業意識から、出鱈目《でたらめ》の嬉しがらせを云って、客の御機嫌を取結《とりむす》ぶような、そんな卑屈な容子《ようす》は微塵《みじん》もなかった。

彼女は、自分の美しさを知っている。自分の生れつきから恵まれた肉体と、性格上の魅力を知っている。

彼女は彼女自身の生地《きじ》のままで、わがままに、臆面なく振舞《ふるま》うことによってあらゆる男を喜ばせ、悩殺することのできる女なのだ。

「失敬、僕が悪かったよ。失言は取消すよ。行こう、一緒に！」僕はぐいッと、卓《テーブル》の上にあったリキュールグラスを一気に呷《あお》って、景気よく反り返った。

「それでいいわ、男らしくって。じゃアあたし、ちょっとお化粧を直して来るから、待っててね。すぐよ」蓮子は高踵《ハイヒール》の靴で床を蹴って、身軽くバーテン台の横の、カーテンの奥に消えた。

「気の早い女、歯切れのいい奴だ！」

ボックスの隅で、その後姿を見送った僕は、何ともいいようのない嬉しさに、腹いっぱいの大声をあげて、呶鳴《どな》ってみたいような気持だった。ああ、何と人生は、幸福なものなんだろう！

ボックスの隅っこで、蓮子の支度《したく》を待っている間の僕の眼には、カフェ・シプロンの広々としたサロンの中で、それぞれの客にサーヴィスしている女給たちの姿が、どれもこれも、僕の幸福を祝う歓びのダンスを踊っているように見え、様々の客が手にしている様々の形の盃は、どれもこれも皆な僕の為《た》めに挙げている祝杯のように見えた。

昨日までの僕と、今夜のこの僕とは、まるで別人なのである。そして今日は、ああ僕は、二年此方《このかた》恋《こ》い焦《こが》れていて、相手の両親が頑固な為《ため》に、どうしても許されなかったK子との縁談が許された僕だ。話はだらだら急で、一週間の後には、僕とK子との結婚式が挙げられ、それが済むとすぐに、新婚旅行をかねた洋行に出ることになっている。

その楽しい新生活を前提として、今夜の僕は朗らかに、このカフェ・シプロンへ、カフェ通いの名残を惜しみに来たのだ。だから僕は、昨日までの僕とはまるで別人のようにひどく朗らかだったのだ。

「そして今から、あの美しいそして、今まで一度だって俺のいうことを聞いてくれなかった有名なフラッパーの蓮子が、我《わ》れから進んで一緒にドライヴをしようという。……すばらしいカフェ通いの大団員《キャタストロフ》だ。長い独身生活への懐《おも》い出の為《た》めに、自動車よ、今夜はこの蓮子といっしょに俺を乗せて、どこへでもすっ飛んで行くがいい」

二十分の後、クライスラーの新車に乗って、僕はほろ酔いの右の頬に、初夏の夜の薫風をいっぱいに孕《はら》ませ、左の頬にはふくよかな、蓮子の熱い頬をぴったりと押しつけられて、京浜国道を西へ西へと突っ走っていた。

貞操を忘れた女

「あんた臆病ねえ。何故《なぜ》もっと、ゆっくりはいっていなかったの。箱根の湯はほんとうにきれいでいいわ」

酔いがさめると、さすがに極《きま》りが悪くて、家族風呂の湯気の中へ蠟人形のような蓮子の裸体が現われると、僕は大急ぎで湯から上った。

湯から上ってきた蓮子は、明るく仇《あだ》っぽく笑いながら、臆病くさい僕の頭の上に、こう冷笑に似た一矢をくれるとそのまま、壁際に置いてある鏡台の前にすわって、洋装と着更《きか》えた宿のドテラの胸をひろげ、なまめかしく、頸《くび》から顔にかけてナイト・クリームを擦りこんでいた。僕はしかし、ひたすら窓の外ばかりを眺めている。

「ちょっと、あんたどうしたの？　いやにしんみりしちゃったのね。こっち、お向きなさいよ」鏡の中から、蓮子が打ちとけた口ぶりで呼ぶのである。しかし僕は、どうしてもそっちを向くことができなかった。

蓮子の、仇めいた姿を見るのが恥かしいのか？　いやいやそうではない。それよりもこの八畳の座敷のまん中に、二人が湯に行ったあとで、宿の女中が延べて置いた赤い友禅模様の、一つ寝床が眩《まぶ》しくて見られなかった。

「ねえ葉山さん！　あたし、あんたのこの蒼い頰ひげの剃り痕《あと》がとても気に入っちゃったの、今晩……」化粧を終ると、蓮子は立上《たちあが》って、僕の側に来て、僕の頸に腕をまわして、その匂やかな息がほんのりと頰に感じられる位、近々と顔を寄せて言う。

「へっ、馬鹿にしてる。僕という人間はそれだけが取柄《とりえ》なのか？」

「だってあたし、頰鬚《ほおひげ》の剃りあとのきれいな人、とても好きなんだもの」「君の恋人がそうだったってね」「そうよ、だから……」言いながら彼女は、仄《ほの》かな百合《ゆり》の花のような匂いを放散する頰っぺたを、ぴたりと僕の頰っぺたにくっつけて、背後《うしろ》から廻《まわ》した腕で、僕の頸がねじ切れてしまうくらいぎゅっと締めつけたのである。

「ちょっ、手放しだ。やり切れない。こん畜生ッ！」その彼女の腕を振り解《ほど》くと、僕は急に情熱がこみ上げて来て、今度はアベコベに彼女の肩を抱きすくめると、いきなり、彼女の唇を盗もうとした。いや、盗むのではない。こんな場合、どちらかといえば、女の方からこんなコンディションに置かれた僕だ。そうすれば向うで、僕の要求を受入《うけい》れるのが当然すぎるほど当然な筈《はず》である。

ところが、まさに僕の為に、開かれんばかりに此方《こっち》を向いていた彼女の唇が、瞬間にして、ついとそっぽうに向けられた。

「駄目よ、そんなの」彼女は笑っている。そして、ちらとその横を向いた眼で、座敷のまん中に延べられている謂《い》わば日本のダブルベッド、一つ寝床を見ると、

「あらっ、ちょっと！」

そういって、更《さら》に新しく力の籠《こも》った僕の腕からすり抜けると、片側《かたわき》の壁に取附けられてある呼鈴《ベル》の釦《ボタン》を押した。

「二つにして頂戴《ちょうだい》！」眠《ね》むそうな眼をして入って来た女中に、彼女はすこぶる尊大な態度で、顎で座敷の真中《まんなか》の寝床を示しながら命じた。

「では、ごゆっくりお寝《やす》みなさいまし」女中が不服そうな顔をして、階下《した》に降りてゆくと、僕たちは、間もなく別々の寝床に、別々に、かなり疲れた体を横たえた。

僕たちは黙っていた。暫《しば》らくすると、黒いビロードの片《き》れの懸《かか》った夜具の襟の間から、房々《ふさふさ》とした断髪《ボブ》を出していた彼女が、仰向けに寝たまま眼をぱちくりさせている僕の方を向いて、

「フフン！」と、含み笑いをした。

「何かこう、素晴しく朗らかな話をしない？　あんた、黙っていないでさ」

「だって、こう間が遠くっちゃ話が面白くない」

「フフン」

「僕の方から……」

「いいわ、あたしの方から……」

ぱっと、それは物に脅えた牝鹿のような身軽さで起上《おきあが》ると、彼女は僕の方へするりと飛びこんで来た。何《な》んだ。こんなことなら、何もわざわざ女中を呼んで……だが、何というそれは悩ましい一夜であったろう。

僕は結局、いたずらに狂的な情熱に身悶《みもだ》えさせられるだけで、遂《つい》に彼女の……


朝だ。

湯の町を囲む山々には、洗い出したような、美しい樹々が爽《さわ》やかに初夏の朝日に驕《おご》り輝いている。

朝湯から上って、窓外の爽やかな山景に接すると、僕は間もなく、僕の妻になる許嫁《いいなづけ》のK子に対して、罪を犯さなかったのが却《かえ》ってよかったという気がして来た。しかしまだ昨夜《ゆうべ》一夜を、あんなに猛《たけ》

り狂って得るものを得なかった憤懣《ふんまん》が腹の底にこびり附いている。

膳を運んで来た宿の女中にまで、自分の意気地なさを見透《みすか》され、嗤《わら》われているような気がする。

「えい、畜生。のほほんと、箱根くんだりまで、こんな馬鹿馬鹿しい弄《もてあそ》ばれに来たような……」

と、体のすらりとした割合に顔の小さいまるで、人形のように、ドテラを着るといっそうそんな気のする蓮子が、白粉気《おしろいけ》のないすき通ったような顔に、機嫌のよい微笑《ほほえみ》を泛《うか》べて、ひょこひょこと浴室から帰って来た。

「あんた、怒ってる？」「フン」

「ごらんなさい。こんなに痣《あざ》んなっちゃった」ほかの所ならどこでもいい癖に、唇だけを許さない彼女が口惜《くや》しくて、口惜しまぎれに附けてやった咽喉元《のどもと》の大きな血痣。それは刷いても刷いても、白粉《おしろい》だけでは消しも隠しもできなかった。

僕はちょっと小気味がよかった。

「君ぁ、僕を翻弄するため、こんなところまで引張《ひっぱ》り出したのだね」

「そうじゃないわ。後が怖いからよ」

「何が怖いのだ」「だって……」

「だって？」「あんたは独身……」

「僕が独身だから？」「きっとあたしに結婚を申込《もうしこ》む……」

「僕が結婚を？」「だから怖い……」

「君は結婚が怖いのか？」「あたし、結婚するのいや」

「では、僕が結婚を申込まなかったら」「考え直すわ」

「僕は独身者じゃないんだ」「うそ？」

「僕は昨日から朗らかなんだ」「K子さんを諦めたの？」

「親の許しが出て、正式に結婚することになった」

「まあほんと、それは？」

「それが、何もかも昨日定《きま》ったんだ。あと二週間で、僕たちは結婚式をあげるのだ。そして、すぐに二人で外国へ行くんだ」

「それはお目出度《めでた》いわね。あんたのために乾杯してもいいわよ」「そして、さっきの話は？」

「あんた、それじゃあ、ほんとに恋愛ごっこだけで済ませる？　あたしと」「むろん」

「じゃあ、これから熱海へ行きましょう。あたしも今日は気分をかえて、一日遊んでみたかったのよ。昨夜《ゆうべ》のような、あんな詰らないの…あたし、今日はこの儘《まま》東京へ帰って、あの脂《あぶら》ぎった銀行の頭取さんでも引張り出して、どっかへ出直そうかと思ったの」

「こいつは驚いたな。君は、君は風変りな妖婦《ヴァムプ》だね。浮気な恋愛遊戯ならする、しかし真剣《しんけん》な恋はいやだとこういうんだね」

「そう、そうなのよ。あたしという女はね。あんたの独身生活の憶《おも》い出のために、昨夜《ゆうべ》とは違って、今日こそ思いきって、あんたを満足させてあげるわ。さア行きましょうよ、熱海へ」

「愉快だ。実に朗らかだ。行こう、熱海へ！」

呼鈴《ベル》が鳴って女中が来て、自動車を命じて、僕たちはまた朗らかに宿のドテラを洋服に着更《きか》えた。払いを済ませて、煙草《たばこ》を点けたところで、表に自動車の爆音が近附いて来た。

「お自動車《くるま》が！」「おう」

「愉快ねえ。思いきって速力《スピード》を出して貰いましょうよ」

満ち足りた伊豆山の朝だった。

「それにしても、蓮子は何という不思議な女だろう？」

僕は開け放された枕許《まくらもと》の窓から吹込《ふきこ》んで来る海風を、快く肌に感じながら、寝床の上に這《は》いつくばって、莨《たばこ》に火をつけて考えるのである。

「この女は、性慾を食慾と同様に考えている。そして、結婚を忌避する。この女には貞操観念はないように見える。好きではなくとも、嫌いでない程度の男にならーーそしてそれが、その場かぎりの関係でさえあるならば、必要に応じてこの女は誰にでも肉体を委《まか》す。女が、少《すく》なくとも娼婦でない限り、女が男に、肉体を委すことはすべてを許すことだ。いや、総《すべ》てではなくとも、その最も大切なものを許すことでなければならない。そんなら、その他の物は問題ではない筈だ。一般に女は、接吻は許しても肉体はなかなか許さない。或《あ》いは接吻を許せば、間もなく肉体を許す。そしてすべての女は、肉体を許した以上、接吻なぞは問題ではないのだ。然《しか》るにわが蓮子は、肉体は許しても唇を許さない。妙な女だ」

ふと傍を見ると、蓮子はもう先刻《さつき》から目を覚していたらしく、ぱッちりと大きな眼を開けて、じっと僕のふかしている莨の煙の行方《ゆくえ》を眺めている。

「起きていたのか？　人が悪いな、こっそり人の横顔を見ているなんて」

「尤《もつと》もらしい顔で考えこんでるのが、面白かったからよ。あんた、何考えてたの。真面目くさって」

「君の、過去について考えていたんだ」

「うッふッ、あたしの過去について？　およしなさいよ。そんなばかばかしいこと」

「君は恋に破れた女だろう？」

「恋に破れた女？　恋？　うッふッふ、あたし、恋なんかしたことないわ」

「嘘をつけ。初恋か？　でなけりゃ、君のようなフラッパーが生れつきの貞操を忘れた女なんてものがあるものか？　虫みたいな無智な女なら知らぬこと、少くも君のようなインテリがそんな……」

「あんた！　若いくせに話せるわね。あたし、こんな話するの大嫌い。でも、あんたがそんなこと考えてるのなら、話したげるわ。あたしの過去の身の上話。いやだなあ、しめッぽくなッちゃって……」蓮子は僕の手から、吸いさしの巻煙草《まきたばこ》を取って仰向けに寝そべった。僕も寝返りをして天井を見上げた。

なぜ処女でないか

「あたし！　ほんとうに恋をした経験はないのよ。あたしはプチ・ブルの酒屋の娘に生れて、十三の年に女学生になって、十七で女学校を卒業して、十八で三十二の弁護士と結婚して、半月で離縁されて女優になって、ダンサーになって、そして、今はカフェの女給をしている恋を知らぬ二十二の女よ。あたしの過去はたったそれだけ」蓮子はそういって、天井に向って、ぷっと莨の煙を吹きつけた。

「なんだ、あっさりしているんだね。それじゃ通り一遍の履歴書を読みきかされているようなものじゃアないか。詰らない」

「詰らない、ほんとに詰らないのよ」

「もっと何とか話の綾《あや》がありそうなものだ」

「だから、詰らない」

「待てよ。では君が、離縁された理由は何だ？」

「あたしが処女でなかったから……」

「君はほんとうに、処女じゃなかったのか？」

「ええ、そうよ」

「では結婚前に、ロマンスがあったってわけじゃないか」

「そんなんじゃないわ」

「じゃあどうして、処女を失った？」「知らぬ間に、盗まれちゃった」

「知らぬ間に？」

「ウン。あたし処女って、何のことだか知らなかった。あとで考えて見ると、それを盗んだのは、あたしの女学生時代の音楽の先生だわ。あたし女学校に入ると、すぐピアノのお稽古を初めたのよ。そのピアノの先生は三十五六の男で、或るアパートの一室を借りて、独りで暮していたわ。水曜日と土曜日の放課後、あたしはそこへ通って行った。はじめのうちは、ピアノのお稽古だけですぐ帰ったけど、だんだん馴れて来ると、先生はお稽古の後で、あたしにダンスを教えてくれ初めたのよ。あたしは肝腎《かんじん》のピアノよりも、そのダンスの方が面白くって、いつまでも先生の肩につかまって踊りぬいた。そうして踊っているうちに、ぐったりと疲れてしまうと、先生はあたしを抱いたまま、部屋の隅の寝台の上にごろりと倒れて休むの。夏になると、二人とも殆《ほとん》ど素ッ裸になって踊る。でもあたし、そんなことをしても何とも思わなかったわ。西洋の名画などを見てもそうだし、舞台舞踊《ステージダンス》だって、男と女と殆ど裸体で平気で踊ってるでしょう？　だから、あたしも平気で、そして相手は先生ですものね。


そんなことをしているうちに、或る日、やはり二人で踊り疲れて、あたしはついうっとりと、先生の寝台《ベッド》の上で仮寝《うたたね》をしてしまった。と、不意に……あたしは目をさましたの。泣いたわ、あたし。でも、それは悲しくて泣いたのでも何でもない。ただひとりでに、訳もなく泣けて来るだけなの。

『だめよ先生、そんなひどいことしちゃ』

あたしは、でも、それ以上に先生を咎《とが》める気持はなかったの。後悔もしなかったわ。あんなこと、ほんとに親しい友だち同志でふざけ合っているのと、同じもんだと思っていた。それから後、先生とあたしは、ダンスの後でよくその遊びをしたのよ。

十八の年に、親たちが取りきめて、あたしはその弁護士と結婚した。むろんあたしは、あんな音楽の先生とした遊びなぞ、何にも気にとめていなかったのよ。ところが、結婚して三日目の晩、あたしのお婿さんはあたしに向って、『君は処女ではなかったね』と、こういうのよ。あたし、即座に言ったわ。

『あアら、あたしが処女でないんですって？　あたし処女だわ。だッて、結婚はあなたとはじめてなんですもの』『結婚は初めてでも、処女じゃあなかった』

『そんなの無いわ。初めて結婚したのに処女じゃないなんて』

『君は……』と、あたしのハズは大きな眼を見張ったきりで、あたしの顔を見詰めていましたが、今度は例の、音楽の先生としたと同じ遊《ゆび》びを指《さ》して、

『君は処女だったというが、こんなことは、僕と初めてではないだろう』

『それはそうよ』

あたしは即座に、しかも平気で答えたの。するとハズは顔色を変えて、

『それ見給え。だから君は、処女ではなかったじゃないか。その相手は誰だ。初めてこんなことをした相手は誰だ？』と、せきこんで訊くのよ。そこで妾《あた》し、何も臆することはないと思って、音楽の先生との一件をすっかり話して聞かせてやったわ」

「そこで離縁か？　そりゃア離縁する方があたり前だ」「だって、そんなこと問題になるか知《し》ら」

「なるとも、大問題じゃないか？　君は貞操の何たるかを知らない。生《うま》れ付《つき》の性的痴呆症だね」

「あたし、そうは考えない。あんなこと、本当の貞操と何の関係もないと思うわ」

「この女は、恐るべき女人道徳の破壊者だッ！　君は生れながらの娼婦だッ！」僕は自分の体が汚れるような気がして、ぱっと寝床からはね起きると、急いで浴室の方へ下りて行った。

果して最期のものは

「はははは。あんた！　あたしの身の上話を聞いてすッかり参っちゃったのね。臆病者！　若い男

なんて、みんなそんなに臆病だから世間に可哀そうな女が殖《ふ》えるんだ」

　後から追ッかけるように、浴場に入って来た蓮子は、僕がだまって怒ったような顔をして、浴槽の隅にこびり附いているのを見ると、いかにもフラッパーらしく、大きな声で笑いながら、言うのだった。「葉山さん、あんたも、もうじき奥様を迎えるのだったわね。だから、よくあたしの言うこと、聞いてお置きなさいよ。でないと、奥様も可哀そうだし、あんただっても、可哀そうなことにならないとも限らないわ」

　蓮子はその白蠟のような体を、みどり色に透きとおった浴槽の中に浸けて、人魚のような恰好で、湯の中の僕のそばに近附いて来ながら言う。

「おやおやお説教か？　お説教ならもう沢山沢山《たくさんたくさん》。僕ア自分の女房を君のような……」

「だから、駄目だって言うのよ。もう止《や》めましょう、こんな話。でもたった一言、あなたが今こうして、あたしという詰らない女とこんなことをして、あなたの貞操を不純にしているように見えても、あなたはあなたの未来の奥さんというものに、特別の気持を残しているでしょう。あたしの言う貞操というのはそれだわ。ええ？　男と女はそれがちがうッて？　みんな男はそう言うわね。女は生理的に変化するッて。でも、あたしはそうは思わない。生理的に変ろうがどうしようが、理窟は同じだわ」僕は蓮子の話を、身を入れて聞いてはいない。話よりも、この明るい暖かい浴槽の中で見る彼女の肢体の妖しい美しさが、圧倒的に僕の上にのしかかって来る。

「この女を、このまま野放しにして置くのは？」僕はふとそれを考えると、胸の底の方が、怪しく悩ましく沸《たぎ》りさわぐのを覚えた。そしてもうこのまま、この女を他人の手に渡すのは、いや奔放きわまる野放しの生活に置くことは嫌《い》やになって来た。

「蓮子！　君、僕の女房になってくれないか？」ざぶりと浴槽から上ると、僕はだしぬけに言った。

「とぼけちゃいけないわよ。あんた、立派な奥さんがもうすぐ来るんじゃないの？」

「おれはあの結婚を、K子を捨ててもいいと思ってる」

「いやだわ。そんなこと。だから、最初からあたし、あなたとは結婚しないって条件をつけてるじゃないこと」

「だけど僕ア、君と一緒になりたくなっちまったのだ」

「いけない、いけない。あたしいやだわ、結婚なんて」

「だって、君は僕に最後のものまで与えた……」

「最後のもの？　あたし、そんな物あなたに上げない。あたし、あなたに恋愛しないわよ。ただこうして、恋愛遊戯《ラヴゲーム》をしているだけじゃないの」

「それじゃ僕の、あの、一生情人《いろ》になってくれない？」

「………」

「僕、君の生活を保証する。そして、君の面倒は一生見るから……」

「いや、いやよ。そんなこと。あたし、今更、人のお妾《めかけ》になろうなんて思っていないわ。いやアなこッた。あんた、そんなこと言うと、あたしもうこれから後、あんたと今までのように交際《つきあ》ってもあげないわよ」

蓮子はやや憤然として、立上ると、冷淡に、ひとりで浴場から出ていってしまった。

「なに、あんな強そうなことを言っていても、女はやっぱり女さ。一度でも肉体的交際がついてしまえば、いつかはきっとひかされて来るものだ」

熱海から帰った翌晩――僕はまたカフェ・シプロンの片隅のボックスに入って、ウィスキーを舐《な》めていた。

「おや葉山さん、またいらしッたの？　あんた、もうカフェ通いのお名残はこの間の晩だったじゃない？」溌剌《はつらつ》たる元気で、明るさそのもののような蓮子が、薄い洋装のスカートを翻《ひるがえ》して僕のテーブルにやって来た。

「うん、僕は君の最後のものを掴むまで、当分シプロン通いは止《よ》さないつもりだ」

「いやアな人。通いたきゃ、勝手にお通いなさいよッだ。あたし、せっかく愉快になろうと思ったあなたとの熱海行きが、とてもおしまいになって不愉快だったから、今日はその埋合《うめあわ》せに、いちんちエスキモーへ行って踊り抜いて来たわ。面白かったわよ。じゃ、ごゆっくり」言ったかと思うと、蓮子はぷいッと僕のテーブルを離れて、ずッと離れた向うの客のボックスに入ったきり、二度と僕の側へは来なかった。

「畜生ッ、思わせぶりをしやアがるなッ」僕はむかつくのを堪《こら》えて、やたらにウィスキーを呷《あお》って酔って帰った。

「こうなると意地だッ」僕は次の夜も、その次の夜も亦《また》通った。しかし蓮子は、二度と、僕のボックスへは入って来なかった。

僕は、一日一日と迫って来る自分の結婚のことも忘れたようにして、シプロン通いに夢中になっていた。そのうちにはきっと、蓮子がまた自分の懐中《ふところ》に戻って来るだろう。――と信じていたのだ。だが蓮子は、遂に一度も僕の側へは来なかった。

とうとう僕の結婚式がやって来た。僕は結婚した。そしてその翌日、すぐ新妻K子と共に、横浜出帆の船に乗ってアメリカへ行った。蓮子についての記憶は、そのアメリカ行きの船の上で、僕はきれいさッぱりと捨ててしまっていた。三年の月日が流れた。僕は今日の午後横浜に着いて、船旅の疲れを休めるため、今夜は一晩、妻のK子と共に横浜のCホテルに泊っている。

ホテルの庭には、真紅《まっか》なダリヤが咲きほこっている。梅雨《つゆ》ばれの池には、睡蓮のクリーム色の花が花弁をとじて、明日の朝陽を待っている。

郵便はがき

料金受取人払郵便

麹町局承認

6918

差出有効期間
2026年10月
14日まで

切手を貼らずに
お出しください

1 0 2 - 8 7 9 0

1 0 2

[受取人]
東京都千代田区
飯田橋2—7—4

株式会社 作品社
営業部読者係　行

【書籍ご購入お申し込み欄】

お問い合わせ　作品社営業部
TEL 03(3262)9753／FAX 03(3262

小社へ直接ご注文の場合は、このはがきでお申し込み下さい。宅急便でご自宅までお届けいた
送料は冊数に関係なく500円（ただしご購入の金額が2500円以上の場合は無料）、手数料は一律
です。お申し込みから一週間前後で宅配いたします。書籍代金（税込）、送料、手数料は、お届
お支払い下さい。

書名		定価	円
書名		定価	円
書名		定価	円
お名前	TEL　（　　）		
ご住所	〒		

ガナ
前

男・女　　　　歳

所

ール
レス

業

入図書名

書をお求めになった書店名

購読の新聞・雑誌名

●本書を何でお知りになりましたか。

イ　店頭で

ロ　友人・知人の推薦

ハ　広告をみて（　　　　　　　　　　）

ニ　書評・紹介記事をみて（　　　　　）

ホ　その他（　　　　　　　　　　　　）

書についてのご感想をお聞かせください。

ありがとうございました。このカードによる皆様のご意見は、今後の出版の貴重な資
て生かしていきたいと存じます。また、ご記入いただいたご住所、Eメールアドレス
社の出版物のご案内をさしあげることがあります。上記以外の目的で、お客様の個人
使用することはありません。

七月だ。丁度《ちょうど》、三年目に見る日本の夏の姿だ。

真夜中にふと眼をさました僕は、そッと、側に眠っている妻の眼を覚さないように寝台《ベッド》を抜けて廊下に出た。突当《つきあた》りの右手にある便所に行くためにである。

僕が自分の部屋のドアを静かに閉めて、くるりと、便所の方に顔を向けた時である。その便所のドアを押して、廊下に出て来たパジャマ姿の女がある。間接照明の廊下の電光の中に、その女の顔がはっきりと僕の方を向いた。

「呀《あ》ッ、あの女だ。蓮子だ！」

僕が思わず立竦《たちすく》んで、声を立てようとした瞬間、女はくるりと向うを向いて、僕の部屋とは反対側の、廊下の突当りの部屋に入って行った。

暫《しば》らくの間、僕はそこに突立ったまま、女が入って行った部屋のドアを眺めてぼんやりしていた。

「あいつは結婚したのか知ら」ふしぎな懐かしさが、僕の胸の底に来た。

便所から、再び廊下に出て来た僕の耳に、もうすっかりどの部屋も寝しずまったホテルの静けさを突いて、遠くの方で囁《ささ》やくような、男女の話声《はなしごえ》が聞えて来た。蓮子の部屋からだ。僕は我れを忘れて、足音を忍ばせつつ、その部屋のドアの前に忍び寄った。

「あんたのこの蒼すいた頰ッぺた、すてきだわ。あたしキスしたげるわ。ここよ」

僕は我れ知らず腰をかがめて、ドアの鍵穴に眼を押しつけていた。ひろびろとした寝台の上に横《よこた》わっているのは三十四五の、頰ひげの剃跡の蒼い美青年と、その側に寄添《よりそ》っているのは蓮子だった。僕はそして、そこに三年前のこんな晩に、熱海の宿でした自分と同じ姿を見た。

「それよりも、君のその唇は、虞美人草《ひなげし》の花びらのように、紅《あか》くて、薄くて美しいよ。ぼく、君のその唇にキスしたげよう」

青年の両掌《りょうて》が、蓮子の豊かな両頰をはさんで、頰の蒼すいた顔が蓮子の唇に近づいた。僕の胸はやたらに沸立《わきた》って、もう少しで握りしめた拳が、ドアをめちゃくちゃにどやしつける所だった。

「だめよ、だめよ。この唇に接吻《キッス》は！」

鋭く叫んで、蓮子は青年の顔を突きのけた。そしてベッドの上に起直ると、

「他のことは何でもしていいわ。でも、この唇だけはどうしても許さないことよ。これだけはあたし、あたしの未《ま》だ見ぬ恋人にとって置いてやるの」僕はその彼女の声をきくと、ドアを離れて、妻の寝ている自分の部屋に帰った。そして、ひとりで呟《つぶや》くのだった。

「フン、あれが、あの女の最後のものなのか」

幽霊要塞

八月五日の事件

その一

扉《ドア》が明《あ》いて、

「新太郎さま」

と婆やが顔をだした、「お父様がお呼びでございます」

「お客様じゃないの？」

「菊池さまがいらしってますです」

「そう、直《す》ぐ行きます」

新太郎は鉛筆を措《お》いて代数帖を押しやり、両手の拳をうんと肩のうえに曲げながら椅子から立った。

大きな体だ、府立×中の三年でまだ十六にしかならぬのに、背丈も高く逞しい骨つきをしているので充分十八くらいには見える。――眉の秀でた額の高い顔つきには、×中随一の天才と折紙をつけられるだけの聡明さと強い意志のひらめきがあった。

新太郎は壁から上着を取って着ると、大股に自分の部屋を出て客間の方へ行った。併《しか》しそのとき向うから、白い軍服を着た菊池海軍少佐と父の大泉博士が此方《こっち》へやって来たのである……、菊地少佐は大泉博士の弟で、新太郎にはたった一人の叔父であった。

「叔父さま、いらっしゃい」

「今日《こんち》は新ちゃん」

少佐はちょっと挙手をして、「海のドライブをしようと思うんだが、一緒に行かんか」

「お父様は……？」

「僕も行くよ」

大泉博士も外出支度《じたく》であった。

「勉強時間なんですが」

と新太郎は微笑しながら、「併し折角《せっかく》叔父さまのお誘いですからお附合《つきあ》いしましょう」

「恩に衣《き》せるのかい、合わねえぞ」

少佐は快さ相《そう》に笑った。

三人は別荘を出てまっすぐに海岸へ向った。南東の微風が海の方から吹いている。よく晴れた日で浜はいっぱいの水泳客だった。三人は海水浴場の右へ出て汀《なぎさ》を二百米《メートル》ばかり西へ行く、するとそこに大型のモーター・ボートが一艘繋《つな》がれてあり、水兵が一人待っていた。

「叔父さま、スピードが出そうですね」

「一等駆逐艦と同じ速力をもっているんだ、園田、――その綱を貸せ、さあ兄さんお乗り下さい、新ちゃんは後だぜ、宜《よ》し」

三人は乗込《のりこ》んだ。

軽快なエキゾスの音をたてながら、ボートは辷《すべ》るように沖へ航《はし》りだした。沖へ、沖へ、江の島は見るみるうちに後になった、それでもボートの舳先《へさき》は外海へ向いたままである。新太郎はちらと少佐の顔を見た。

（是《これ》は唯《ただ》のドライブじゃないな！）

早くも彼はそう気付いたのだ。

新太郎の考えは的中した、一時間ばかり疾航《しっこう》を続けたボートは、やがて三十浬《カイリ》ほど沖を静かに南航しつつある駆逐艦「椿」の舷側《げんそく》へぴたりと横附になった。

「お待ちして居りました博士」

舷門には四五人の海軍将官が出迎える、大泉博士は叮嚀《ていねい》に会釈をしながらタラップをあがった。

「これは伜《せがれ》の新太郎です」

博士は将官の一人に云った、「例の密偵どもの眼をくらますために、子供を連れた舟遊びという拵《こしら》えで参りました。新太郎、――こちらは技術部の真保中将だ」

「御苦労でした、新太郎君」

真保中将はにこにこしながら新太郎の手を握った。固い手である、新太郎もそれを強く握りかえしながら挨拶した。

「それではどうぞ」

と真保中将は振返《ふりかえ》って、「もう支度ができていますから」

「椿」艦長が先導で、一同は左舷のボート・デッキへ廻《まわ》って行った。そこには三等辺のアンテナが立っていて、複雑なコイルが縦横に張りまわされ、その中央に大きなラジオの発信装置のような機械が据付《すえつ》けてあった。

大泉博士は上衣《うわぎ》を脱いで、絶縁装置のしてある椅子にかけ、幾《いく》つかのダイヤルに触れながら暫《しばら》く機械の調子を検《しら》べていた。

「何だか分るかね」

菊池少佐が新太郎の耳へ囁《ささや》いた。新太郎はその機械が先日まで別荘附属の父の研究室にあったのを思出《おもいだ》したが、併し何の機械だか知らなかった。

「これで見てごらん」

少佐は新太郎に双眼鏡を渡した、「あの大きな白い雲の下に船が見えるだろう。もうちょっと右……もうちょっと、見えたかね」

「見えました」

その二

新太郎の双眼鏡には水平線のあたりに五艘の船（どれも廃艦らしい）が映った。恐ろしく遠い、一万メートルはありそうだ。

「それでは実験をはじめます」

大泉博士が振返って云った。

真保中将をはじめ将官たちは、みんな舷側に並んで双眼鏡を廃艦の方へ向けた。――何が始まるのだろう、新太郎はさすがに胸をときめかせながら昵《じっ》と双眼鏡を覗いている。

「一番艦！」

大泉博士が云った。ジィ……という低い電送音が起った。すると五艘ならんでいる最右端の廃艦の前檣《ぜんしょう》の尖端に、電光のスパークするのが見える、刹那！　ばあっ！　と凄《すさま》じい火柱が立って、一番艦は中央からまっぷたつに引裂《ひきさ》けて沈んだ。

「あっ！　やった」

「すばらしい」

真保中将が思わず叫ぶ、並いる人たちも歎賞の声をあげながらどよめいた。新太郎は初めて実験の真相を知った。

(殺人光線《マーダース・レイ》だ!)

「三番艦!」

博士が再びダイヤルを摑《つか》んだ。

人々は三番艦の爆破を見た、それから五番艦。なんという恐るべき実験であろう、世界各国の科学者が必死になって研究を急いでいる「殺人光線」が、いま大泉銑三《せんぞう》博士の手で斯《か》くもみごとに完成したのだ。

「二番艦!」

博士がそう云った時、不意に駆逐艦「椿」の上空へ一台の飛行艇が飛んで来た。機体を灰色に塗った大型のもので、二百メートルばかりの低空をかすめたと思うと、つーと「椿」艦上へ通信筒を落して、そのまま上舵をとりながら西の方へ飛去《とびさ》って行く。

「あ、あの飛行艇には国籍記号がないぞ」

「なに――?」

真保中将は驚いて双眼鏡を向けた。なるほど、その機体には何の記号もない。

「内村少尉、急いで哨空部へ無電をうて」

「はっ」

「怪飛行艇の行衛《ゆくえ》をつきとめて貰うんだ」

内村少尉は無電室へ走って行った。それと入違《いれちが》いに左舷当直兵が、怪飛行艇の落して行った通信筒を持って駈《か》けつけて来た。

「大泉博士、あなたに宛《あ》ててあります」

通信筒をあけた真保中将は、中から一枚の紙片を取出《とりだ》して渡す、大泉博士が受け取ってみると赤インキの走書《はしりが》きで、
大泉博士よ、貴下の指向性殺人光線の実験たしかに拝見、大成功をお祝い致します。R三号。

と認《したた》めてあった。

「実験を中止します」

博士はそう叫びながら椅子を立った、「我々はあの密偵に監視されていました、彼等は今の実験を見てしまったのです」

「ではあの怪飛行艇は……」

「密偵どもです。直ぐに解散しましょう」

「当直兵！」

真保中将は大声に喚《わめ》いた、「内村少尉のところへ行って、怪飛行艇を発見したら構わず射落《うちおと》して呉《く》れと哨空部へ伝えるように云え」

「はっ」

博士は上衣を着ると、挨拶もそこそこに菊池少佐と新太郎を促してモーター・ボートへ乗移《のりうつ》った。無言の三人を乗せて、ボートは駆逐艦をはなれると舳先を北へ向けて全速力で航《はし》りだした。博士の顔はすっかり蒼《あおざ》白めて、

「しまった、しまった」

と低くいつまでも呟《つぶや》いている。

新太郎は父がこんなに取乱しているのを初めて見た。何か重大な事が起りそうだ……今日の実験は

新太郎さえも知らなかったほど秘密のうちに行われたのである、然《しか》も怪飛行艇はどうして知ったか、素早く現場へ来て実験をぬすみ視《み》てしまった。

「ねえ叔父さま」

新太郎は少佐に囁いた、「さっき父様が云っていた密偵というのは何ですか」

「××国の軍事探偵なんだ」

少佐も低い声で答えた、「彼等は驚くべき組織をもっている、彼等の手先はどんな処《ところ》にも潜《もぐ》りこんでいるんだ、今日実験のあることは絶対秘密にしてあったんだが、奴等はいつのまにかそれを探知してしまった」

「併し、実験を見たというだけでは何にもならないでしょう?」

「見ただけでは、な!」

少佐の顔は暗く憂いに閉された。「併し、彼らは殺人光線《マーダース・レイ》が完成されたということを知ってしまったのだ、こんどは……その光線の装置を盗むばかりさ」

「盗む——?」

「大泉博士は狙われるよ」

研究室の怪事件

その一

以上は昭和×年八月五日の事件だ。

読者諸君はこれで二つの事実を知られたであろう。即ち——大泉銑三博士が世界最初の驚異的偉《い》力《りょく》をもつ「殺人光線」を完成したという事と、既《すで》にその秘密を××国軍事探偵が狙っているという事を。

この二つの事実は、もう少し詳細に検討して置き度《た》いのだが、ここにはその暇がないのである、と云うのは事件が続いて起ったからだ、――博士と新太郎がモーター・ボートをあがり、菊池少佐と別れて別荘へ帰ると、

「お帰り遊ばせ」

と出迎えた婆やが、「東京のお邸《やしき》から三度ばかりお電話でございました、お帰りになりましたら直ぐに彼方《あちら》へお電話を下さるようにとのことで……」

博士は頷いて、すぐに電話をかけた。邸の電話に出たのは家政婦の矢田さんである、ひどく昂奮した声で、

「直ぐにお帰り下さいませ、研究室に何か変事が起っている様子でございますから」

「なに、研究室に変事――?」

「布目さんと宮本さんにお食事のお知らせをしたんですけれど、内側から扉《ドア》に鍵がかかっていて、いくらお呼びしても御返辞《おへんじ》がありません、なにか起ったものと存じますから」

「宜し、直ぐ帰ります、誰も研究室へ近寄らぬようにして置いて下さい」

博士は電話を切ると、

「新太郎、東京へ行くから車の支度をしなさい、急ぐよ」

「はい」

新太郎は言下に車庫の外へとびだした。

博士は一度別荘附属の研究室へ入って行ったが、間もなく書類でいっぱいにふくれた折鞄《おりかばん》を持って出て来た。――父子は新型カデラックのスポーツ・カーに乗ると、東京へ向けて鵠沼《くげぬま》を出発した。

「どうしたのですか父様」

「東京の研究室に何か事件が起ったらしいのだ、ことに依《よ》ると……」

「なんですか？」

「新太郎」

博士はふと語調を変えて、「おまえさっきの実験がよく分ったかね」

「分らないところがあるんです」

新太郎は正直に告白した、「あれは高周波電波を利用した殺人光線でしょう？――父様」

「そうだ」

「分らないのはそこです、電波を送る以上は絶縁装置のしてない限り、電波の影響する範囲のものは一時に爆発する筈《はず》ではありませんか」

「そうだ」

博士は頷いて、「だから電波利用の殺人光線はこれまで絶望と思われていたんだ。ところで新太郎、電波にはごく微《かす》かではあるが指向性というものがあるのを知っているか」

「知ってます」

「平均に波動すべき電波が、或《ある》方向に限ってその波動を弱める事実である。簡単に云うと――、東京で電波を発した時に、大阪や仙台には判《はっ》きり届くが、四国の一部には届かぬというような場合だ。この指向性を儂《わし》は研究したんだ」

「それではあの殺人光線は――？」

「うん、地磁気と空中のエーテル流との或角度、それを電波の波長で直角に攔《キヤッチ》するとこの指向性は極度に制限される、つまり眼に見えない電線のように、極限された物体へ電波を直流させることが出来るという事実を発見したのだ」

「地磁気とエーテル流の角度を摑《キャッチ》する法は？」

「さっき駆逐艦『椿』の上にあった装置、あれがその角度を求める機械だ、電力は一キロワットの出力さえあれば充分能力を発揮することができる」

「すばらしいなあ」

新太郎は思わず溜息《ためいき》をついた、「するともう日本は有《あら》ゆる戦争に勝つ訳ですね」

「そうだ、併し……」

博士が何か云いかけた時である。突然、二人の前にある風除け硝子《ガラス》が、ガ！　と砕け飛んだ。とたんに新太郎の耳をかすめて、
ピュッ！

と弾丸《たま》の飛ぶ音。

「あ、父様！」

「新太郎、首を縮めろ!!」

博士は叫んで振返る。うしろの方、百メートルあまり距《はな》れて、灰色の幌型自動車が凄じい勢《いきおい》で追って来る。見ると幌の隙から、またしてもパッとうすい硝煙がたった。

「しまった、跟《つ》けられていた」

呟く博士、ピュッ！　と一弾は博士の右腕をかすめて、服を二吋《インチ》ばかり引裂いた。

この襲撃がもう二分も続いたら、恐らく博士父子《おやこ》は凶手のために射殺されたに違いない、併し僥倖と云おうか、この時行先に一台の赤いオートバイが現われたのである。

その二

「あ、警官だ、父様？」

新太郎が歓喜の声をあげた。そう、それは速力違犯者を監視する交通巡査のオートバイである。まさに神の助けだ。

「助かった」

と博士もほっとした。

拳銃《ピストル》の狙撃がやんだ、振返って見ると、怪自動車は砂塵をあげながら国道を引返して行く。博士は車の速力をゆるめて警官の方へ手をあげた。

「僕は大泉銑三です」

「やあ、――」

警官はこの有名な科学者の顔を知っていたので、オートバイを並行させながら、「どうなすったのです、拳銃《ピストル》の音を聞きましたが」

「あの車です」

博士は指さして、「私を射殺して或機密図を奪おうとしたのです、済みませんが追跡して行先をつき止めて呉れませんか」

「承知しました」

「分ったら此処《ここ》へ電話を願います」

博士は名刺を警官に渡した。

警官はすぐに車を引返して、猛烈なスピードで怪自動車の後を追跡する。博士は驀地《まっしぐら》に東京へ向けて疾走を続けた。

「父様、是は相当警戒を要しますね」

「奴等はもう我々の周囲へすっかり網を張っている、どこにどんな罠があるか分らん、注意の上にも注意が必要だぞ」

「僕なら油断はありません」

新太郎はかたく唇をひきむすんだ。

二人の車が麻布片町の邸へ着いたのは午後一時少し過ぎであった。留守をしていた家政婦と女中と、書生の森井が出迎える、――博士はすぐに新太郎と森井を連れて、広庭のはずれにある研究室の方へ行った。

研究室は煉瓦造《れんがづく》りのがっしりした二階建で、階下が実験室、二階が書庫、地下室が機械部になっている、問題の室《へや》は階下の実験室であった。

「布目と宮本が来たのは何時頃だ」

「はい」

書生の森井が答えた、「毎《いつ》もの通り午前九時に来て、二人一緒に此処《ここ》へ入ったのです」

「慥《たしか》だね？」

「私が見て居りました」

「誰か外に出入りをした者はないか」

「十二時少し前でしたが、裏門の方から新聞の配達の若い男が入って来まして、新聞を取って貰いたいと云っていましたが……」

「どんな男だか覚えているかね」

「まだ若い青年で、色の黒い、眉尻に小さな疵痕《きずあと》があったのを覚えています」博士は実験室の扉《ドア》を叩いた。

返辞はない、耳を澄ましたが、中はひっそりとしている。東と北に窓があるのだが、鉄の鎧戸《よろいど》が下りているので中を覗くことはできなかった。

「森井、手を貸せ！」

博士はそう云って、肩をどしんと扉《ドア》へぶっつけた。森井も一緒にやる、二度、三度。併し樫造《かしづく》りの頑丈な扉《ドア》はびくともしなかった。仕方がない、壊すとしよう、——博士は森井に手斧を取りにやった。扉《ドア》は斧で破壊された。

「森井は外を見張って呉れ」

そう云って博士は新太郎と一緒に実験室へ入った。室内は暗黒である。博士は電灯のスイッチを捻《ひね》った。

「あっ！」

新太郎は思わず叫んだ。複雑な電機装置、薬品棚、レトルト、交流機、瓦斯《ガス》実験台などが所せまく配置してある中央の卓子《テーブル》に向って、二人の青年が椅子にかけたまま俯伏《うつぶ》せに倒れている。博士の助手、布目と宮本だ。

「しまった、秘密金庫が明いている」

博士は愕然《がくぜん》として右手の壁へ走寄った。

咄《とつ》！　売国奴

その一

壁に嵌込《はめこ》んで取附けられてある秘密金庫、それは博士が誰にも知らせずに置いたもので、表面は壁と同色、仕切りも分らぬ精巧な造りで、右手の迫持柱《せりもちばしら》の蔭にある小さな五つの釦《ボタン》を押して開閉するのだが、その釦《ボタン》も特殊な組合《くみあわ》せがあって、唯押しただけでは明かぬ仕掛けになっていた、——それが、みごとに明いているのだ。

博士は狼狽して、金庫の中を掻廻《かきまわ》した。

「無い、盗まれた」

「どうしたのです父様！」

「殺人光線の発電装置を書いた控《コピイ》が無い」

「え？　それでは……」

「あの控《コピイ》だけでは完全な装置を知ることは出来ないが、専門家の手に渡るとあれを土台にして秘密を知られる恐れがあるんだ」

博士の顔は蒼白《まっさお》になった。

倒れている二人を調べると、最早すっかり冷たくなっている。傷はない、刺し傷もない、弾丸傷《たまきず》もない、窓は鎧戸《よろいど》が下りて鍵がかかっているし、扉《ドア》は内側からやはり鍵がおりていた。――つまり実験室は密閉されている。

蟻《あり》の這出《はいで》る隙もない実験室、然もその中で二人の青年が殺され、秘密金庫が明けられたのだ、――では犯人はどこから逃げたか。

「警察へ電話をかけましょうか」

「いかん」

博士は鋭く遮った、「軍器《ぐんき》の機密だ、世間に知れては事態が混乱する、医者を呼んで二人の死因を検べて貰おう……いや待て」

立とうとする新太郎を抑えて、「その前に充分ここを調査しなければならん、地下室へ行ってみよう」

「何か武器は――？」

「儂が拳銃《ピストル》を持っている」

博士が先に立って一度廊下へ出る、そこから石の階段を伝って地下室へ下りて行った。併し地下室には異常がなかった、各種の発電機、乾電池、電動機などが、整然としているほかには、塵《ちり》ひとつ落ちていなかった。二人は更《さら》に二階の書庫を調べた、併しそこにも何等変ったところがない。

「不思議だ！」博士は苛立《いらだ》たしげに呟く、「分らん、布目と宮本を殺して、秘密金庫の中から密図《みつず》を奪った奴がある、是は慥な事実だ、――併し、それから犯人はどうした？」

二人は再び実験室へ戻った。

新太郎は倒れている布目青年の側へ寄って、念入《ねんいり》に調べはじめた。二人は何か設計の計算をしていたらしく、卓子《テーブル》の上には複雑な算数式の書きかけがある。――それから布目も宮本も左の指に煙草《たばこ》をはさんでいた。その煙草は一糎《センチ》ばかり燃えただけで、卓子《テーブル》の上へ押付《おしつ》けられたまま消えている。

「煙草をひと吸いしたところをやられたんだな、――とすると」新太郎の眼がきらりと光った。

灰皿の中に燐寸《マッチ》の燃えさしが二本ある。新太郎は何を思ったか、つとその燐寸《マッチ》の燃えさしを摘んで鼻へもって行った。

「父様！」

新太郎は振返った、「二人を殺した方法が分りました」

「なに――？」

「是です！」

新太郎は灰皿の側にある燐寸《マッチ》箱を取上げて父に示した。

「燐寸《マッチ》じゃないか」

「そうです、この燐寸《マッチ》の発火薬に仕掛がしてあるに相違ありません。二人とも何も飲んでいないし、喰物《たべもの》もないのです。ごらんなさい、二人は煙草を一服吸ったとたんに倒れているでしょう、然も煙草には異常なしです」

「貸してごらん」新太郎の鋭い眼識に驚きながら、博士は燐寸《マッチ》箱を受取って、中から一本摘みだした。

「すっては危険ですよ」

「なに試験液で調べるんだ」

博士は水洗場の方へ行って、試験管へ二三の薬液を入れると、燐寸《マッチ》の発火薬を爪で剝がしてその中へ落した。すると薬液は俄《にわか》に泡立って白い瓦斯《ガス》状の噴霧をたてはじめた。

「是だ、正《まさ》に是だ」

「やっぱりそうですか」

「猛烈なイペリット（毒瓦斯《どくガス》）の一種だ、もっとよく分析しないと分らないが、兎《と》に角《かく》猛毒瓦斯《ガス》の一種だということは慥だ」

「畜生！」新太郎は呻《うな》った、「奴等はいつの間にかこんな物を実験室へ持って来て置いたんですね、二人はそれと知らずに燐寸《マッチ》をすった、そして毒瓦斯《どくガス》を吸って……」

云いかけた時、突然表の方で、

「あーッ！」と云う鋭い悲鳴が起った。聞くより新太郎は身をひるがえして実験室をとび出す。――と、入口の敷石に書生の森井が倒れている。

「あ！」と云って、見ると庭を横切って一人の怪人物が、脱兎のように裏門の方へ逃げて行くのが見えた。

「くそっ！　逃がさんぞ!!」

新太郎は憤然として叫ぶや、足も空《くう》に追跡した。息詰るような幾秒、――花壇の前で追いつく、と相手は急に向直《むきなお》った。

「小僧、邪魔をすると殺《ば》らすぞ」

「斯《こ》うかッ！」喚きざま、新太郎は猛然とおどりかかった。刹那！　相手は体をひらいてばっ！　と蹴上げてくる、危く外してその足を払う、だだっと体の崩れるところへ、新太郎は、だ！　と体当りをくれた、二人の体はもつれあったまま芝生の上へ倒れた。

「うぬ、小僧――覚悟しろよ」

倒れながら叫んだ怪漢の右手に、ぎらりと鋭い細身の短剣が光った。

その二

新太郎の烈《はげ》しい体当り、

「うぬ！」躱《かわ》そうとした足が滑った、折重なってどうと倒れる、同時に怪漢はぎらりと右手に細身の短剣を抜いた。

「小僧、覚悟しろよ」

「来い！」

下ざまに突上《つきあ》げる短剣、半身を捻って、流れる手頸《てくび》を摑む、力任せに逆をひく、む！　怪漢が大きく右足を跳ねて、猛然と左に転じようとする、刹那！

「くそっ！」新太郎は馬乗りになった腰を空《す》かせた、力余ってぐらりと揺れる隙、新太郎は怪漢の右手を捻上《ねじあ》げて、ぐいと膝の下へ引くや、

「動くな売国奴！」と叫んだ、「びくっとでもしてみろ、この腕を折ってしまうぞ」

「畜生――！」

「藻掻《もが》いても無駄だ、――森井君」

新太郎が振返って叫んだとき、書生の森井と父の大泉博士が駈けつけて来た。

「怪我はないか、新太郎」

「僕は大丈夫です、森井君、どっかから縄をみつけて来て呉れ給え」

「縄なんぞは要らねえ」

怪漢が喚いた、「おいらもジャック・谷口と云われるやくざだ、斯うなったら逃げも隠れもしねえ、警察へつき出すなり、その短剣でずぶりやるなり勝手にしろ、——だが」

とジャック・谷口は振返って、

「いま坊ちゃんは、私のことを売国奴と仰有《おっしゃ》ったようだが、そいつ丈《だけ》は返上するぜ」

「なんだと？」

「おいらぁ無頼《やくざ》だが国を売るような根性は持っちゃあいねえ、売国奴って云やぁ……おまえさん達こそ売国奴だ」

「な、何だと」

「まあ待て」

博士はいきりたつ森井を制して、「新太郎、放してやれ」

「え？」

「谷口とか云ったな君、さあ立って此方《こっち》へ来給え、訊き度いことがある」

新太郎は仕方がなく手を放す。ジャック・谷口は不審な顔つきをして立上ると、云われるままに博士の後から歩きだした。——研究室へ入ると、博士は書生をかえり見て、

「森井、君は警視庁へ電話をかけて、塩谷刑事課長に至急来て貰い度いと伝えて呉れ」

「はい」

「その時警察医も伴《つ》れて来るように」

森井は駈け足で母屋《おもや》の方へ去った。——博士はジャック・谷口と新太郎を伴れて二階の書庫へあがると、卓子《テーブル》をはさんで椅子にかけた。

「さあ、話し給え谷口」

と博士が云った、「君はいま僕たちこそ売国奴だと云ったな、その訳を訊こう」

「云いますとも」

谷口は昂然と肩をあげた、「あんたは殺人光線を発見した、それは本当でしょうな……、それ御覧なさい、問題はそれなんだ、世界各国の軍部が血眼になっている殺人光線を発明した、あんたが若《も》し祖国日本を愛する人なら、それは当然日本軍部へ提供すべきでしょう」

「……続け給え」

「ところが貴方《あなた》は、金に眼が眩《くら》んで×××国の密偵にその発明を売ろうとしている、――これが売国奴でなくて何だ、え？　違いますかね博士」

ジャック・谷口の眼は、その時きらきらと強い愛国の光に燃えていた、――大泉博士が殺人光線の秘密を×国密偵に売ろうとしている、若しそれが事実なら、如何《いか》にも博士は売国奴に相異ない、併し、博士がそんな卑劣漢でないことは既に読者諸君も知って居る筈だ。

「そうか、よく分った」

博士は頷いて、「だが、僕が殺人光線を×国の軍事探偵に売ろうとしていると云うことを、どうして君は知ったのだね」

「それは或人物から精《くわ》しく説明されたんで、その人ぁ国粋党の黒幕と云われる、迚《とて》も無頼《やくざ》仲間に勢力のある人でさぁ」

「そして、君はそれを信ずるのかね」

「信じちゃあ悪いんですかい」

「可哀想に……」

博士は低く呟いた。

「なんですって？」

「君は騙《だま》されたんだ、君は自分が正しいようにその人物も正しいと思ったのだから、――だがそうではないのだ、君は売国奴の手先に使われた、殺人事件の道具にまでされたのだ」

「え――!? 殺人?」

黒幕の人物!

その一

驚くジャック・谷口を抑えて、

「まあ聞け、精しく話してやろう」

と博士は事件の仔細を手短かに語った。

相模灘《さがみなだ》で行われた実験、怪飛行艇の出現、灰色自動車の狙撃、――そこで実験室に於《お》いて行われた奇怪な殺人事件と、殺人光線の控《コピイ》の盗難。聞くにしたがって、ジャック・谷口の顔はみるみる蒼白《あおざ》めて行った。

「そ、それは本当ですか、――それでは、あの燐寸《マッチ》は麻酔剤ではなかったのですか」

「君があの燐寸《マッチ》を卓子《テーブル》の上へ置いたのだな?」

「そ、そうです、――頼まれて、ほんの一時間ばかり眠らせる丈だと聞いたものですから」

「研究室の助手二人は死んだよ」

谷口はぶるっと身慄《みぶる》いしながら、がくりと椅子の背に倒れかかった。

「さあ話し給え」

新太郎が鋭く質問した、「燐寸《マッチ》を持込《もちこ》んだのは君だが、誰かもう一人この研究室へ入っている筈だ、そして壁に取付けてある秘密金庫の中から控《コピイ》を盗んだ、それは誰だ、――そして何処《どこ》から出入りしたのか？」

「申上《もうしあ》げます、すっかり申上げます」

谷口は額へ流れる冷汗を拭こうともせず、両の拳をわなわなと顫《ふる》わせながら椅子から立ちあがった。

「どうか研究室へおいで下さい」

博士と新太郎は、云われるままに階下の研究室へ下りて行った。――谷口は大卓子《おおテーブル》の前にのめりこんでいる二人の助手の屍体《したい》を見ると、恐ろしそうに眼を外《そ》らせて、

「ここです」

と云いながら、水洗場の前へ行って、踏場に敷いてあるマットをあげた。

「ここに脱《ぬ》け穴があるのです」

「脱け穴だって――？」

谷口は蹲《しゃが》みこんで床板の一部をさぐっていたが、やがてギイ……と軋《きし》る音がしたと思うと、板の一枚が上へはねあがった。

「あっ！」

遉《さすが》の博士も思わず叫声《さけびごえ》をあげた。

「奴らは半年もまえから、地下道を掘って此処《ここ》へ出る脱け穴を造って置いたのです、――そして今日、いよいよ決行する事になったので、私が新聞配達に化けて入込《いりこ》み、研究室の中へ毒薬燐寸《マッチ》を置いて助手さん達を眠らせる、その暇にあいつがこの地下道から潜入して秘密を奪取《うばいと》る手筈になっていたのです」

「うむ――」

博士は呻《うめ》いた。「それで、この地下道はどこへぬけているんだ？」

「隣りの空邸《あきやしき》です」

「今まで誰にもみつからなかったのか」

「あの邸は奴等の黒幕になっている或人物の持家なのです、だから誰にも貸さず、犬一尾はいれぬようになっていました」

「黒幕の人物とは、――誰だ？」

「あーそれは云えません、ひと言でも洩らせば殺されます」

「云わなければならぬ、誰だ」

「許して下さい、彼等は恐るべき力をもっています、仲間も裏切った者は必ず殺される、必ず、必ず、必ず殺されるのです」

ジャック・谷口の全身は冷汗で包まれた。これ程の不敵な奴が、こんなにも恐れる相手はそも何者であろう……、問い詰める博士も、思わずぞっと足が竦《すく》むように思った。

「併し谷口は！」

博士は押切って云った、「おまえも日本人だろう、日本の軍機の秘密が、今まさに×××国の密偵の手に渡ろうとしているのだぞ、あの控《コピイ》が敵の手に握られれば、どんな事になるか考えてみろ、――さあ云え、誰だ、そいつは何処《どこ》にいるか？」

「………」

「云え、君や儂たちの生命《いのち》ぐらいは、あの控《コピイ》を取戻すためには捨てても惜しくはないのだ、云え、祖国日本のためだ云え！」

「では……では先生」

ジャック・谷口がもつれる舌でようやくに答えた、「私は今日の午後三時に、銀座の喫茶店『ロンドン』であいつと会う約束になっていますから、そこへ行って下さいませんか、そうすればあいつをお教え致しますが……」

「宜し、僕が行こう」

新太郎が元気に叫んだ。――そこへ、書生に案内されて塩谷刑事課長が警察医を伴れて入って来たのである。

「今日は博士、何か事件だそうで――」

「やあ、御苦労でした、どうぞ」

博士にすすめられて室内へ入るなり、刑事課長は屍体を発見してあっ！　とそこへ立止まった。博士はそれを制しながら、

「塩谷さん、是は軍機の機密に属する事件で、表向きにして貰っては困るのです、兎に角おかけ下さい、事情をお話し致します」

刑事課長は頷いて椅子にかけた。

その二

「ふーむ、なる程重大な事件だ」

博士の説明を聞くと、敏腕で鳴らした塩谷課長も眉を曇らせて呻いた。

「で？　これからジャック・谷口を囮《おとり》に、その黒幕の人物を押えようと云うのですね」

「そうです、儂が行っては曝露《ばくろ》する怖れがあるので、望むままに新太郎をやる積《つも》りですが、二三人ほど腕っぷしの強い刑事をその喫茶店『ロンドン』の表へ張込《はりこ》ませて貰い度いのです」

「承知しました、早速手配しましょう」

博士は腕時計を見て、

「もう二時十五分ですね、――じゃあ谷口、新太郎を伴れて出掛けて呉れ。宜いか、君は売国奴の手

先になって殺人の手助けまでしたのだぞ、これから命を投出《なげだ》して名誉を恢復《かいふく》するんだ、自分の罪を賠《あがな》うために！」

「分りました」

谷口は決然と頷いた、「私は今日唯今、すっぱりと無頼《やくざ》から足を洗います、そして今までの罪ほろぼしに、命を投出して働きます、どうか私をお信じ下さい」

「宜し、その覚悟を忘れるな」

屍体の検視に警察医を残し、塩谷課長は警視庁へ、そして谷口と新太郎の二人は自動車で銀座へ向った。

「二人で行ってはまずい」

新太郎は喫茶店「ロンドン」の店から十米《メートル》ばかり手前で車を下りながら云った、「君だけ先へ入り給え」

「そうしましょう、階下の左のボックスが約束の席です、あいつが来たら卓子《テーブル》の上の花を一輪おとしますから」

「宜し、確《しっか》り頼むぞ」

「合点です」

ジャック・谷口は大股に「ロンドン」の中へ入って行った。

新太郎は十分ほどその附近を歩いていたが、やがて背広に着換えた塩谷刑事課長が、人混みを押分《おしわ》けて此方《こっち》へやって来るのを見ると、そ知らぬ顔ですれ違いざま、

「では頼みます、僕が手帛《ハンカチ》を振ったら踏込《ふみこ》んで下さい」

「承知しました」

塩谷課長がすばやく答えるのを、聞きながして新太郎は「ロンドン」の扉《ドア》を押した。――その喫茶

店は銀座でも一番の大きな造りで、階上は広いロビーになっていて、豪華な管絃楽席《オーケストラ・ボックス》があり、毎も二十人程の楽士が十分間おきに美しいメロディを奏していた。

新太郎は中へ入ると右手の卓子《テーブル》へかけ、紅茶を命じてホールの中を見廻した、——丁度《ちょうど》お茶の時間なのでどの卓子《テーブル》にも人がいっぱいだ、ジャック・谷口もいる。彼は左側の隅の席《ボックス》にかけて、静かに珈琲《コーヒー》をすすっていた。

「三時二分前……」

新太郎は壁の掛時計を見て呟いた。

時は刻々に迫って来る——×国軍事探偵に属する怪人物、恐るべき力と、無限の組織をもつ悪漢、殺人などは屁とも思わぬ凶賊、——それが今まさに現われようとしているのだ。

「くそっ、落着《おちつ》け」

ともすれば気後《きおく》れのしそうな心を、自ら叱りつけながら新太郎は紅茶茶碗を手にした。壁の掛時計が静かに三時を打った。

紅茶をすすりながら、眼の隅から昵と谷口の席を見守っていると間もなく、すぐ耳もとで、

「あ……」

と低い声がした。

ぎょっとして振返って見ると、黒い贅沢《ぜいたく》なドレスを着た若い婦人が、蒼白い顔をしてよろよろと新太郎の方へ倒れかかるところだ。

「危い、どうなすったのです」

「………」

婦人は脳貧血でも起したらしく、そのままくたりと新太郎の手へ崩れてきた。新太郎は慌てて抱えるようにしながら側の椅子へかけさせる、——と婦人は絶え絶えの声で、

「恐入《おそれい》りますが、どうか少し休ませて下さいまし、――否《い》え、薬は持って居ります、人混みへ来ますと直ぐ脳貧血が起りますので」

「では葡萄酒《ぶどうしゅ》でも取りましょうか」

「はあ、あの――ハンド・バッグの中に茶色の小壜《こびん》がございますから、済みませんけれど出して下さいません？」

ふしぎな事を云う人だと思いながら、新太郎は云われるままに婦人の手からハンド・バッグを受取り、中から小壜を出してやった。

「どうも済みません」

「いいえ――」

婦人は小壜の蓋を取って、手帛《ハンカチ》へその中の薬液をしませようとした。

その刹那！

だーん!!

ホールの四壁に凄じい反響を叩きつけながら突如として拳銃《ピストル》の爆音が起った。――わっ！　と総立ちになる客の群、

「あれ！」

婦人も吻《びっくり》して椅子から立つ、とたんによろめいたので右手に持っていた小壜が新太郎の横顔にぶっつかった。

「あ、失礼いたしました」

新太郎の顔に透明な薬液がぱっとかかるのを見て、婦人は慌てて振返った。

恐るべき奇計《トリック》

その一

喫茶店「ロンドン」の表で、――

新太郎の合図を今や遅しと待っていた塩谷刑事課長と三人の部下は、時計が三時を指したのでそっと「ロンドン」の扉《ドア》を押した。

その時、――あの拳銃《ピストル》の爆音が起ったのである、塩谷課長は、

「それ、油断するな！」

と叫んでホールへ踏込んだ。

同時に、わっと客たちが総立ちになる、大ホールは一瞬にして蜂の巣を突ついたような恐怖と混乱に沸きかえった。倒れる卓子《テーブル》、砕けとぶコップ、喚き声、悲鳴、――そして我先にと出口へ殺到する男女。

「出ちゃいかん！」

塩谷課長は大声に叫んだ。

「扉《ドア》を閉めろ、動く者は射殺するぞ。――みんな元の椅子へかけて、私は警視庁の者だ、心配することはない、静かに！」

凡《す》べての出入口は閉された。

警視庁の者と聞いて安心したか、混乱した客たちも次第に鎮《しず》まって各々元の席へ引返した――するとそこへ、

「塩谷さん」

と声をかけながら、ジャック・谷口が身装《みなり》のうす汚い一人の男を引摺《ひきず》って来た。

「ジャックか、何だ其男《その》は」

「此奴《こいつ》です拳銃《ピストル》をぶっ放したのは」

「喧嘩《けんか》か――？」

「そうじゃねえので、何のためだか、いきなり天上《てんじょう》へ向けて撃ちやあがったんですよ、空弾のようでした」

塩谷課長は手早く男の身体検査をすると、拳銃《ピストル》を取上げて部下の刑事に手錠をかけさせながら、

「黒幕の人物と云うのはどうした？」

「まだ来ませんのです」

「新太郎君は――？」

「彼処《あすこ》にいましたが……あ」

谷口はさっきまで新太郎のいた方へ振返ったが、そこにはもう誰もいなかった。

「……いません」

「なに、いない!?」

塩谷課長は不吉な予感に襲われた。――午後三時、怪人物の現われる時間、丁度そのとき拳銃《ピストル》を放つ、客が混乱する、そして――その混乱の隙に新太郎少年を掠《うば》う……」

「有りそうな事だ！」

塩谷課長は振返って、「こら！」

と怪しい男の肩を摑んだ。

「貴様、何のために拳銃《ピストル》を撃った？」

「へ、へい、どうか御勘弁なすって、あっしゃあ頼まれましたんで」

男は髭面《ひげづら》を慄《ふる》わせながら、「新橋の袂《たもと》のところで、和服姿の立派な紳士に、五円貰って頼まれたのです、へい、悪気があって致したんじゃございませんので」

「その紳士はどうした」

「あそこの、二階のロビーに……」

と男が振仰いだとたんに、ロビーの管絃楽席《オーケストラ・ボックス》で卒然と奏楽が始まった。——そしてロビーの手摺のところに、白麻の帷子《かたびら》の黒紗《くろさ》の羽織を着た紳士が立っていたが、塩谷課長が振返るとにやりと冷笑をくれながら、身をひるがえして特別室の方へ去るのが見えた。

「あ、あの旦那です！」

男が叫んだ時、

「それ、ぬかるな!!」

と叫んで塩谷課長をはじめジャック・谷口と二人の刑事は階段を駈上《かけあ》がった。——紳士が入ったのは二号の特別室である。塩谷課長は扉《ドア》を蹴放すような勢で室内へ踏込んだ。

「手をあげろ！」

と叫んで、見ると、——ロビーにいた和服の紳士は、珈琲茶碗を手にしたまま、悠然と振返った。

そして訝《いぶか》しそうな顔で、

「塩谷君じゃないか、どうした？」と云う。

刑事課長はあっと叫んだ。

「貴方《あなた》は菊池さん」

「菊池武近だよ、なんだね」

意外や、それは大泉博士の弟、海軍少佐菊池武近であった。——読者諸君もすでに御存じであろう、八月五日の事件にモーター・ボートで博士と新太郎を駆逐艦「椿」へ案内した人だ。――是はいったいどうした事か？

塩谷課長は呆然とそこへ立竦んだ。

それからすぐに大捜査が行われた。併し新太郎は煙のように消えたのだ。拳銃《ピストル》の射撃があった後、裏口から一人の若い婦人が出たというだけで、誰一人ぬけ出した者のない「ロンドン」の中から、忽《こつ》然《ねん》として新太郎の姿が消えたのである。――それから管絃楽席《オーケストラ・ボックス》へ和服の紳士が来て、

「これで葬送行進曲をやって呉れ」

と五円紙幣を与えたと云う事も分った。そしてその紳士が、特別室二号へ入るのを楽士の一人が慥に見たと云う……、それにも拘《かかわ》らずその室内には菊池少佐が、一人しかいなかったのだ、――ああ迷《めい》霧《む》の如《ごと》き謎、謎――!!

その二

新太郎は烈しい頭痛を感じながら、深い眠りのなかから静かに覚めつつあった。

「どうしたんだ、ひどく痛い」

呟きながら、ふっと眼を明けると、墨のように真暗な室《へや》にいる。

「変だな」

新太郎は低く独言《ひとりご》ちた、「ここは何処《どこ》だろう、僕はどうしたんだ、麻布の家にいるのか、それとも……？」

はっとした。

ようやく思出される、喫茶店「ロンドン」のホール、ジャック・谷口との打合《うちあわ》せ、午後三時の時計、――脳貧血を起した婦人。

「拳銃《ピストル》の音がした、そのとたんに婦人がよろけかかった、小壜の薬液が僕の顔へかかった、それから、……それから？」

あとは混沌として分らない。

「そうか、しまった！」

新太郎は思わずはね起きた、「何も彼《か》も奇計《トリック》だ、あの婦人の脳貧血も、薬の小壜も、拳銃《ピストル》の射撃も、――あの薬液は麻酔剤だ！」

新太郎は歯噛みをした。

「奴等は僕がジャック・谷口と打合せをしているのを見破ったのだ。それで婦人を使って僕を麻酔させ、拳銃《ピストル》の音でホールが混乱するのに乗じて僕を誘拐したのだ……否、ことに依るとジャック・谷口が奴等の手引をしたのかも知れぬぞ」

それは有得《ありう》ることだ。

併し、今はそんな事を考えている場合ではない、彼等はどうせ新太郎を生かしては置かぬ積《つもり》だろう。逃げるのだ、まだ眠っていると思って奴等が油断している暇に、是非《ぜひ》ともここを脱出しなければならぬ。

新太郎はまだずきずき痛む頭をかかえながら、そっと寝台から下りた。――それから暗黒の中を手さぐりで歩き廻った。

それは四メートル四方ほどの室で、一方に扉《ドア》があり、一方に小さな窓が仕切ってある、併し窓には鉄の鎧戸《よろいど》が下り、錠が下りていた。二方は厚い壁で、調度は粗末な寝台が一つだけ、――まるで牢獄のような部屋だ。

「あはははは」

突然廊下の方で笑声《わらいごえ》がした、新太郎はぎょっとしたが、急いで扉《ドア》の鍵穴へ耳をつける、廊下の話《はなし》声《こえ》はよく聞えて来た。

「葬送行進曲とは洒落《しやれ》たね」

「塩谷という奴か。あの刑事課長、警視庁きっての敏腕家と聞いたが、まるで阿呆《あほう》のように眼をぱちくりやっていやがった」

どこかで聞いた声だ、——新太郎は首を傾げながら考えた。慥に知っている人の声だ、誰だろう……？

「小僧は大丈夫だろうな」

「心配するな、獺《うそ》のように眠っている」

「主領《かしら》は——？」

「部屋だ、紅薔薇《べにばら》夫人と何か話をしているが、多分あの殺人光線の控《コピイ》を輸送する相談だろう」

話声は扉《ドア》の外で止まった。

みつけられては一大事だ、新太郎はすばやく寝台へ戻って、まだ麻酔から醒《さ》めぬように眼をつむった。——それと殆《ほとん》ど同時に、扉《ドア》の鍵がカチリと落ちて、さっと廊下から電灯の光がながれ込んだ。

「ふむ、まだ醒めないな」

「小壜の中にあるだけ顔へかかったのだから、まだ二時間はたっぷり利くだろう」

話しながら二人の男が室内へ入って来て、ぱっと電灯をつけた。

「おい頑てきい」

と一方が云った。

「なんだ」

「おめえ……金儲けをする気はねえか」

「なんだと——？」

「まあ聞け、実はなあ、己《おれ》が主領《かしら》に渡したあの殺人光線の控《コピイ》は、偽物だ」

「……ええ？　な、何だって」

「本物は己が持ってるんだ、是を上海《シャンハイ》の本部へ持って行けば、黙って百万弗《ドル》呉れるんだ、宜《い》いか百万弗《ドル》だぞ」

「だって、兄貴……若し」

「己を信用しろ、己なら真昼間に大手を振ってどこへでも行けるんだ、塩谷刑事課長も己を見て眼をぱちくりやっていた、危険はねえ、己は海軍少佐菊池武近だ――」新太郎は仰天した。

菊池少佐――？　そして細く細く眼をあけてその男を見た。白麻の帷子《かたびら》に黒い紗の羽織、おお！見よ。それは正に喫茶店「ロンドン」の特別室にいた菊池少佐ではないか？

（あっ！　叔父さまだ!!）

新太郎は危く叫ぼうとした。

紅薔薇夫人

その一

新太郎は尚《なお》も息をひそめている。

「どうだ頑てき」

菊池少佐は……ああ本当に彼が菊池少佐であろうか？……低い声で続けた。

「己と一緒にズラかって百万弗《ドル》握るか、それとも例のを一本、心臓へズブリとお見舞いしようか」

「な、なんだって？　兄貴。おめえ……まさかおいらを――」

「殺《や》るさ、なに遠慮をするものか、大泉殺人光線の本物の控《コピイ》を持っているということを知っているなあおめえ一人だ、なあ――そうだろう頑てき」

頑てきと呼ばれる男は慄えながら答えた。相手はにやりとしたらしい。

「やるよ、やるよ兄貴」

「宜し、それじゃあ相談だ」

ぐっと声をひそめて、「おめえは此処《ここ》からすぐにズラカって、例の格納庫へ行って待っていろ、出発は夜明け前だ。ガソリンを充分に入れて食糧を用意して置け」

「だって番人がいるぜ」

「ぐずぐず云うな、おめえ拳銃《ピストル》を持ってるじゃあねえか」

「や、や、殺《や》るのか」

「どうせ警官に捕まりゃあ首の飛ぶ仲間だ、びくびくするな！　宜いか、己《おら》ぁこれから首領《かしら》に会って来なくちゃあならねえ、怪しまれねえ要慎《ようじん》だ……それから彼奴《あいつ》を片付ける」

「少佐をばらすのか？」

「うふふふ、その通りよ。菊池少佐が二人いるという法はねえからなぁ」

不敵に笑うと、何やらひそひそ耳うちをしながら二人の男は廊下へ出て行った。

ばたん！　扉《ドア》が閉まる音、跫音《あしおと》の遠のくのを聞きすました新太郎は、がばと寝台の上に起直った。

「二人の菊池少佐……と云った、さてこそ彼奴《きやつ》は叔父さまに変装しているんだ――そしてもう一人の少佐を殺しに行《ゆ》くと」

新太郎はぐっと顔をあげる。「そうか、叔父さまは捕まっているのだ、奴らの奸計にかかって何処《どこ》かに押籠《おしこ》められているんだ――とすると偽少佐の凶手が下らぬ前に、叔父さまを助けださねばならぬ」

新太郎は寝台から辷《すべ》りおりた。

菊池少佐を助ける、そして此処《ここ》を脱出し、偽少佐の手から殺人光線の控《コピイ》を奪い返さねばならぬのだ。恐るべき虎穴の中にあって、単身決然と起った少年新太郎の意気を見よ！

新太郎は扉《ドア》を押す。

「しめた！」

彼等は鍵をかけ忘れている。新太郎はするり廊下へ出ると二人の去った方へ、壁を伝いながら進んで行った。通風の悪い、埃臭《ほこりくさ》い空気だ。暗い電灯がところどころに、ぼーっと光っている。三十歩ほど行くと右へ曲る、とたんに……

「うるさい！」

と叫ぶ嗄声《しゃがれごえ》が聞えた。

はっ！　として耳を澄ます、左手の扉《ドア》の中で人声がしている。新太郎はす早く前後を見廻してから、すっと扉《ドア》へ忍び寄った。

「命令は己がする、貴様などがつべこべ口を出す必要はない、黙って云うことを聞いていれば宜いんだ」

「併し、奴らは気付いていますぜ」

「なんだと？」

「ジャック・谷口は寝返りをうちました。あいつは何も彼も饒舌《しゃべ》りまさぁ。ごらんなさい地下室へ監禁した菊池少佐だって」

地下室——と聞くより、新太郎は一語ももらさじと耳を鍵穴へ押当てた。

「この建物をつき止《とめ》て来たじゃありませんか、ねぇ首領《かしら》……もう本部を変える時期ですぜ、あの少佐を片付けて」

「待て」

首領《かしら》と呼ばれる男が遮った。

「……夫人《マダム》、地下室へ行って少佐の訊問を続けて下さい」

「でも無駄よ」

美しい女の声が答えた。「殺したって饒舌《しゃべ》りやしないわ、あの男は覚悟をきめているんですよ、憎らしい」

「飽《あ》くまで強情を張るんなら、例の手だ」

「私にやれと仰有《おっしゃ》るの？」

「拷問は婦人に限るよ。急いで下さい、そのあいだに本部移転の準備をして置きます。――どうしても口を割らなかったら、仕方がない……眠らせてやるとしよう」

おお凶漢ども！

その二

新太郎はとっさに後へ身を翻《ひるが》えした。

扉《ドア》が開いて、黒いドレスを着た婦人が出て来たのである。婦人は廊下を左へ、足早に二十歩ばかり行ったと思うと、右手の壁を撫《な》でるようにしたが、やがてギギギと軽い軋りが起って、廊下板の一部がはねあがった。

「しめた、地下室へ行くぞ」

曲り角に身をひそめていた新太郎はそう呟くと共に、すっと壁を伝って出た。――婦人は暗い穴へ下りて行く。待つこと三十秒、新太郎は栗鼠《りす》のように婦人の入って行った穴の中へとびこんだ。

冷《つ》めたい埃臭い匂《におい》がむっと鼻をつく、じめじめした石の階段を下りると扉《ドア》だ、――音のせぬように開けると小さな前房《こべや》があって、その先にまた鉄の扉……窓にぽっと灯の色が見える。新太郎は忍び寄って耳を澄ませた。

「少佐、もうくどくは申しませんよ」紅薔薇夫人の声だ。

「貴方《あなた》は大泉博士の弟、博士が重要書類をどこへ納《しま》って置くか御存じないとは云わせません。何処《どこ》です……殺人光線の装置分解図を納ってあるのは何処《どこ》です！」

「………」

「そら！　あんまり強情を張ると……この通りですよ、ねえ少佐……如何《いかが》？」

「むう……」少佐の低い呻きがもれる。

「仰有《おっしゃ》いませよ、たった一言で宜いんですよ、何処《どこ》ですの？　ねえ少佐……もう少し強く致しましょうか……如何《いかが》？　如何《いかが》？」

「む――！」

憎むべし、花をも欺《あざむ》く美しき婦人が、無惨にも少佐に拷問を加えているのだ。拷問！　拷問！　ああ冷血鬼の如き女よ。

「うぬ！」

新太郎は思わず拳を握る。

ばっ！　と右手の扉《ドア》を開けるや、大股に密室の中へ踏《ふみ》こんだ。――シャツ一枚に剝がれ、後手に縛《ばく》された菊池少佐、その前に蹲《しゃが》んで少佐を責めていた婦人が、物音に気づいて振返る。同時に新太郎はどっ！　と婦人に体をぶっつけた。

「あ！　おまえは!?」

「驚いたか！」

と新太郎、だだっとよろめく婦人の左手を摑む、強引にぐいっと引寄せると、その手から小型拳銃《ピストル》

を奪取《うばいと》って、

「手を挙げろ!!」と叫んだ。

婦人は一瞬、夜叉のように顔をひき歪《ゆが》めた。双眸は豹と輝き唇は痙《つ》れ、真珠のような歯は破れよとばかり唇を嚙んだ――忿《いか》りと恨みと殺気の入混《いりまじ》った凄じい息吹。

もし人間の表情が人を殺すとしたら、その時の紅薔薇夫人の表情は新太郎を殺していたに相違ない――。

「あなたのお芝居は充分拝見いたしました」

新太郎は皮肉に小腰をかがめた。

「喫茶店ロンドンのひと幕はお立派でしたな、夫人。おっと動くと遠慮なくぶっ放しますよ。さあもっと後へ、手は挙げたままにして……そう。そこで今度は僕のお芝居をごらんに入れるとしましょう」

新太郎はにやり笑うと、片手を伸ばして手早く少佐の縄を解きにかかった……、そのとき、婦人は微かに微かに後退《あとずさ》りながら、背中でぐいと壁の一部を押した。

「有難《ありがと》う、新太郎」

菊池少佐は縛から解かれた。

「よく来てくれた、助かったぞ」

「話はあとです、さあ早く脱出しましょう」

「控《コピイ》を奪還しなければ……」

「いや、それには法があります。ぐずぐずしていて奴等が来たら」

新太郎は言葉を切った。

石段を駈け下りる人の跫音、いま婦人が背中で押したのは警報器のボタンだったのだ。新太郎は少佐に眼配せをする、――紅薔薇夫人はせせら笑った。

「ほほほほ、新太郎さん、奴等はもうそこへ参りましてよ。あなたのお芝居は……」

「くそっ！」

新太郎の拳銃《ピストル》が火を吹いた。

がん！

電球を射ったのだ。密室は暗黒になる。とたんに、扉《ドア》がぱっ！　と開いた。

だん！　ぱっと飛ぶ拳銃《ピストル》の火、もう一発！

「逃がすな！」

「来い、くそっ!!」

どしん！　激しく打合う体、だだだ！　壁へ倒れかかる人の気配、闇の中で……床を踏みならす乱れた跫音。

がん！　もう一発銃声！

「きゃっ！」

誰かが倒れた。続いてどう！　と椅子を叩きつける音、荒々しい呼吸。

「叔父さま！」

「新太郎！」

叫び合う声。ぱっ！　と拳銃《ピストル》の火。

扉《ドア》が明いて、脱兎のように逃げ出す人影が二つ――。あとには低い呻き声が残った。

狙う若鷺

その一

「先生！　先生!!」

麻布の大泉邸――。博士が警視庁と電話で話しているところへ、書生の森井が転げるように走《はし》りこんで来た。

「新太郎さまがお帰りです」

「なに？　新太郎」

博士は救われたように電話を切る。「本当か、本当に新太郎が……」

廊下から大股に、「父さま、唯今！」

と新太郎が入って来た。

「おお新太郎」

博士は駈寄って、「無事だったか」

「御心配をかけました――叔父さまも一緒です」

「なに武近も？」

「やあ……」と菊池少佐が続いて現われた。

「新ちゃんのお蔭で命拾いをしましたよ」

「どうしたのだ、是は……」

「お話はあとにして、森井君」と新太郎は振返って、

「ここへ麵麭《ぱん》とミルクを持って来て呉れ給え、大急ぎで頼む、腹がぺこぺこなんですよ父さま！」

「じゃあ濃い珈琲を一緒に」

と博士が云った。――菊池少佐は電話器に向って鎮守府の哨空部を呼び出す。

「哨空部ですか、こちらは菊池少佐――すぐに西部哨空全線へ命令を発して下さい。西南方へ脱出する国籍不明の飛行艇がある筈ですから警戒を願います。それから一時間のうちに行きますから、ロ号潜水艦の出動準備をして置いて下さい」

電話が終ると間もなく食事がきた。

新太郎と少佐は飢えた口へ、珈琲をすすり、麵麭《ぱん》を投げこみながら、手短かにありし冒険を語りはじめた。――聞いている博士はただ驚くばかりであったが、

「では盗まれた殺人光線の控《コピイ》は、その偽少佐が持《もっ》て上海《シャンハイ》へ逃げると云うのだな」

「そうなんです」

新太郎は珈琲茶碗をおいて、

「だから今、叔父さまにお願いして哨空部に監視を頼みました。これから潜水艦で出動したうえ、警報のあり次第飛行機で追跡し、必ず控《コピイ》を奪還するつもりです！」

「で……その首領《かしら》や本部の方は――？」

「家へ帰る途中」

と少佐が説明する、「警視庁の塩谷課長に電話して置きましたから、もう本部は包囲されている頃でしょう」

「併し獲物はありませんよ」

新太郎が云った。

「なに、どうしてだ？」

「彼等はあの時本部を引払う相談中だったんです。警官隊が踏込む時分には、恐らく猫一匹残ってはいないでしょう」

麵麭《ぱん》を喰《た》べ終った新太郎は、林檎《りんご》を皮ごと嚙《かじ》りながら少佐の方へ振返った。

「ところで、叔父さまはどうしてあの本部へ捕えられていらしたんですか？」

「昨日の朝、僕のところへ特務課報の秘密通信があったんだ。それであの建物が×国密偵の東京本部だと云うことが分ったから、まず僕が内偵する積《つもり》で単身潜入したのだが、遂に彼等の罠にかかって捕縄されてしまったんだ」

「その特務課報というのは何ですか？」

「日本の軍事密偵団だ……」

と少佐は声をひそめながら云った。「これは世界各国の密偵に怖れられている密偵団で、××国などは『日本の幽霊要塞』とまで云っている――つまり形のない要塞で、どんな密偵も近づけぬという意味さ」

「日本の幽霊要塞……すてきだな！」

新太郎はにっこり笑った。

「そこで、新太郎」

と少佐は顔をあげ、「その幽霊要塞のメンバーに君を推薦しようと思うんだが、ひとつ活躍してみる気はないか」

「ええ!?　本当ですか？」

「今日の冒険ぶりで君の腕は充分わかった、鎮守府へ行ったらすぐに特務課報部長に紹介するよ、やるだろうな？」

「しめた!!」

新太郎は膝を叩いて叫んだ。

「是非メンバーに入れて下さい。めざましい働きをごらんにいれますよ、ねえ父さま、許して下さいますね？」

「喜んで……」大泉博士は力強く頷いた。

それから十分の後――一台の自動車が東京から西へ疾走して行った。

その二

そして更に二時間の後には……。

最新鋭の潜水艦ロ十二号が、すばらしいスピードで剱崎《つるぎざき》を通過し、外海へ出ると西々南へ向って潜航を続けた。――これぞ獲物を狙う若鷲のような、少年大泉新太郎の乗っている艦《ふね》である。

夜が明けかかっていた。

与えられたハンモックで、浅い眠りに入っていた新太郎は信号兵の遽《あわただ》しい声に呼覚《よびさま》されて、がばとはね起きた。

「どうした？」

「潮岬《しおのみさき》哨空部から無電です」

信号兵はそう云って報告紙を差出した。新太郎は取る手おそしと読む。

(午前四時十分、当哨空部上空を西方に向けて、一台の国籍不明の大型飛行艇が通過せり。潮岬哨空部)

「しめた、みつけたぞ！」

新太郎は勇躍ハンモックからとび出し、隣に眠っている菊池少佐を呼起した。

「叔父さま、飛行艇を発見しました」

「どこだ？」

「二分前に潮岬上空を通過したそうです」

「よし!!」

少佐もとび起きた。「全速力《フルスピード》でそいつの進路へ廻ろう!!」

命令が発せられた。

ロ十二号は凄じい勢で西航を始める——一方新太郎は、搭載戦闘機の点検にとりかかった。距離を縮めて置いて戦闘機で襲撃しようというのである。夜が明けた。

「紀淡海峡哨空部から無電です」

第二の報告だ。

（午前五時五分前、当哨空部上空を一台の大型飛行艇が西方へ向かって通過せり。紀淡海峡哨空部）

「奴等は臆病風にふかれているな」

新太郎はにっこり頷いた。「奴は外海を直航する勇気がない、陸地に添って行く……よし、充分追いつけるぞ！」

両者の距離はぐんぐん縮められた。——そして三時間の後九州の済州島哨空部から第三の報告が来たとき、ロ十二号潜水艦は蹉跎岬《さもんみさき》のはなを疾航していた。

「もう宜し！」

新太郎は膝を叩いて起った。

「叔父さま、海面へ出て下さい。僕はここから戦闘機で追います！」

「大丈夫だろうな」

「このメダルに賭けて！」

新太郎は上衣の襟をかえした——見よ、そこには鉄製の小さいメダルがある。それこそ日本の幽霊要塞、特務諜報員の員章《いんしょう》だ。諜報部長横田少将が今朝、手ずから新太郎の襟裏へつけてくれた名誉ある員章だ。

潜水艦は水面へ浮上した。

格納庫が開かれた、そして新鋭戦闘機が敏速にカタパルトの上へ曳出《ひきだ》された。新太郎は飛行服も着けず、拳銃《オートマテイック》をポケットに入れるとそのまま身軽に機上へとび移った。

「じゃあ叔父さま」

「確《しっか》り頼むぞ！」

「海上の警戒を頼みます。場合によると相手を射落《いおと》しますから、すぐに奴を捕縄する手配をしておいて下さい」

「水と空との挟撃だな！」

少佐は確《しっか》りと甥の手を握った。「元気で行け、勝利を祈るぞ」

「スタート!!」新太郎が叫んだ。

戦闘機はカタパルトから舞上《まいあが》った。――隼《はやぶさ》のように、軽快なプロペラーの響《ひびき》をたてながらぐんぐん高度をあげる。

「良い調子だな！」

新太郎は急角度に旋回しながら微笑した。

見返れば、――ロ十二号は再び潜水して全速力で続航を始めた。新太郎は空から少佐は海から、×国密偵の飛行艇を挟撃《はさみうち》にしようと云《い》うのだ。

一時間――二時間――九州の南端をすぎて西々南へ、奄美群島を下に見て行くこと三十余分、前方一粁《キロ》の雲表に豆粒のような機影を認めた。

「追いついたぞ！」快心の笑《えみ》と共に上昇する。

千メートル、千五百、二千、二千五百、遂に三千メートルの高空に出る。そのままぐんぐん追い迫った。

大型飛行艇と精鋭戦闘機だ、速力の差はみるみる明《あきら》かとなった。——相手はまだ追跡者の迫るのを知らない、千二三百メートルの高度で一路上海《シャンハイ》へ向っている。

追いついた。遂に！

「そら、行くぞ!!」

新太郎は遥《はるか》に下を睨んでぐいと下げ舵をとった。——蒼黒《あおぐろ》く澄む玄海灘の上空、戦雲まさに裂けんとして静《せい》たり。

博士の危機

その一

丁度《ちょうど》同じ頃であった。

麻布の大泉邸に於《お》いて、博士は森井助手と二人、研究室に籠《こも》ってせっせと仕事を急いでいた。——万一にも控《コピイ》が奪還できぬ場合には、殺人光線の装置に対して妨害の方法を発見されるに違いない。その対策として設計の一部を改造しなければならぬのだ。

壁間《かべ》の時計が十二時を報じた時である。本邸の方から電話がかかってきて、

「警視庁から塩谷課長がおみえになりました。お急ぎの御用だそうですが、こちらへお通し致しましょうか？」

「いや、研究室へ来て頂きなさい」

電話を切ると博士は、「森井、ひと休みとしよう」

「は！」

「お茶の支度《したく》をして呉《く》れ」

博士は煙草《たばこ》を取って火をつけ、肩をゆりあげながら旨《うま》そうに煙を吐いた。——待つほどもなく塩谷課長が入ってきた。

「やあ、宜《よ》うこそ」

「昨日は失礼、新太郎君は——？」

「まだ帰りません」

課長は椅子にかけると直《す》ぐ、

「実は、例の密偵団の本部を捜査した報告にあがったのですが……、矢張《やはり》だめでした。ほんの僅《わずか》の差で逃がして了《しま》いましたよ」

「何か手に入れませんでしたか？」

「残っている書類は全部押収したんですが、みんな反古《ほご》同様のものです。そのほか建物を隈《くま》なく捜索した結果、地下室に新しい血痕を発見しました。かなり多量な血だまりでしたが屍体《したい》はなく、恐らく誰かが運び去ったものと思います」

「素早い奴等だな」

博士は呟《つぶや》いたが、ふと顔をあげて、「ときにあの、ジャック・谷口と云う男はどうしていますか？」

「ああ彼は表にいますよ」

「一緒に来たんですか？」

「新太郎君の助手として働きたい、そう云って頼みに来たものですから、私から改めてお願いしようと思ったのです——実は本部の捜査も彼の案内で行った訳ですよ」

塩谷課長は振返《ふりかえ》って、

「ああ君」

と森井青年を呼んだ。「門の前にジャック・谷口がいるから呼んできてくれ給え」

「はい」

森井は茶の支度をして外へ出る。塩谷課長は博士の方を見て、「そこで博士、今日はひとつ例の秘密の地下道を検《しら》べてみたいと思うのですが」

「ああ研究室から隣の空家へ通じているあれですな、宜《よろ》しい、お手伝いしましょう」

地下道とは、×国密偵が殺人光線の装置分解図を盗むために、研究室の中へ通じたものである。

——博士と課長は立上《たちあが》って、水洗場の前へやってきた。

「此処《ここ》ですよ」

博士は蹲《しやが》んで、敷物《マット》をまくる。床板の一部を静かに引上《ひきあげ》げると、下へ通ずる梯子《はしご》が現われ、冷たい風が、すーっと顔を撫《な》でた。

「何か灯はありませんか」

「懐中電灯があります、——おや。何かあそこに貼付《はりつ》けてあるぞ」

博士はそう呟きながら、身をこごめて梯子を下りる。刑事課長も続いた。——梯子を下りきった左手の壁に、白い紙がぺったり貼付いている。その表に赤インクで、

(我等ヲ追ウハ危険ナリ、止《や》メヨ博士、然《しか》ラズバ貴下の生命ニ危害アルベシ。R三号)

「あ、またR三号だ!」

読者諸君は記憶するか? 駆逐艦「椿」の上へ怪飛行艇から落下したあの通信を——赤インクで認めた「R三号」これこそ×国密偵を指揮する最高権威の符号なのだ。

「このまえ此処《ここ》を検べた時にはこんな紙は貼付けてなかった。とすると、誰か最近ここへやって来た

奴があるに相違ない」

「博士、武器を持ってますか」

博士はポケットから拳銃《ピストル》を出して見せた。塩谷課長は頷くと、そっと博士の耳へ、
と囁《ささや》いた。「ことに依《よ》ると、踪跡《そうせき》を摑《つか》めるかも知れません」

「前進しましょう」

「宜しい、やりましょう」

博士も頷いた。――そして懐中電灯で足許《あしもと》を照しながら、静かに地下道を前進しはじめたのである。

丁度その時――。森井青年に導かれて、ジャック・谷口が研究室の中へ入って来た。

「おや、誰もいませんぜ」

谷口は不審そうに室内を見廻《みまわ》した。

「今までお二人とも此処《ここ》にいらしったのですが……おや、お茶も召上《めしあが》っていない」

「変だな――」と呟いた刹那！

ダン！　ダ――ン！

地の下の方から鈍い銃声がひびいて来た。聞くよりジャック・谷口は、地下道だ！　と気付いて、勇躍水洗場の前へ走り寄った。敷物《マット》は取除《とりの》けてある、床板の取手《とりて》を摑んだ。

「や、や!?」動かない、動かないのだ。

今、博士の手で明《あ》け、二人して入って行った地下道の入口が、不思議やびくとも動かなくなっている。

「しまった！」ジャック・谷口は獣のように呻《うめ》いた。

その二

「お待ちなさい博士！」

塩谷刑事課長が囁いた。

R三号の脅迫文を読んで、敢然《かんぜん》地下道へ突進した大泉博士と塩谷課長——十米《メートル》あまり行ったところで刑事課長が立止った。

「人がいます……」

「え——？」

「そら、跫音《あしおと》が聞えるでしょう」

博士は耳を澄ませた。なるほど人の跫音が聞える、それもどうやら此方《こっち》へ近寄って来るらしい、——二人は頷き合うとぴったり壁へ身を片寄せた。

跫音は段々近づいて来た。そして止まった。博士は思わず右手の拳銃《ピストル》を握りしめる、——何の物音もしない、死のように静寂《しん》とした暗黒の地下道、呼吸《いき》をつめて博士と課長は待っていた、五秒……十秒。

「ふふふふ」

不意に低い含み笑いの声がし始めた。

「ふふふふふ、ふふふふふふ」

幽鬼の笑うような不気味な声である、博士は慄然《ぞっ》としながら声のする方をすかし見た。併《しか》し何も見えない、塩谷課長はいきなり、

「手を挙げろ、射つぞ!!」

と喚《わめ》いた。すると闇の中から、

「射てるなら、どうぞお射ち下さい塩谷課長、だが見えますか、此方《こっち》が見えますまい刑事課長さん」

「貴様は誰だ？」

「さあ誰でしょう、ひとつ考えてみて下さい、時間はたっぷりありますよ」

「何の時間だ？」

「瓦斯《ガス》中毒で死ぬには一時間かかる相《そう》ですからね」

「なに瓦斯《ガス》中毒？」

そう云われてはっと気がつくと、地下道の空気はいつか強い石炭瓦斯《ガス》の匂いに満ちていた。——さてこそ、彼等は博士と課長を瓦斯《ガス》で殺す計画なのだ。

「うぬ！」

塩谷課長はいきなり、声のする方へ拳銃《ピストル》をあげた。

だん!! だん!!

ぱっと散る火花、耳を聾する銃声……ああ、この銃声こそ研究室でジャック・谷口の聞いたものであったのだ。

「危い！ 塩谷君」

博士が驚いて制した。「うっかり射撃をすると、瓦斯《ガス》へ引火して爆発を起すぞ、——さあ、引返すんだ」

博士は先に立って地下道を引返した。

だが——元の場所へ来てみると、研究室へ通ずる出入口はすでに塞《ふさ》がっていた。押せども突けども鉄の上蓋《うわぶた》は動かない。

「しまった、計られたぞ!!」

博士が悲痛な声で呻いた。

「あ、音がする、上で誰かが床板を壊しにかかかっているようだ」

「ジャック・谷口だ！」

戛《かつ》！　戛！　と頭の上で物を打砕《うちくだ》く音がしている。それは塩谷課長の云う通り、ジャック・谷口が地下道への通路を破壊している物音であった。

だが……瓦斯《ガス》は次第に濃くなって来る。

「塩谷君、肩をかし給え」

「どうします」

「力を協《あわ》せて上蓋をはねてみよう」

二人は頭を縮め、肩を並べて通路を塞ぐ鉄蓋へ肩をぶっつけた。必死の力を籠めて、がん！　もう一度。

「駄目だ」

びくともしない。

そのうちに塩谷刑事課長は、烈《はげ》しくこん、こん、こんと噎《せ》き入ったと思うと急に眩暈《めまい》を感じてよろめいた。瓦斯《ガス》の毒素が体へ廻りはじめたのである、――博士は驚いて刑事課長を支えたが、その時は博士も既に烈しい眩暈に襲われていた。

「確《しっか》りするんだ」

博士が叫ぶ、「塩谷君、気を慥《たしか》にもち給え」

「ああ駄目です、息が詰りそうだ」

「ジャック・谷口が通路を壊している、もう少しの辛棒だ、呼吸《いき》を浅くして、――さあ、地面へ顔をつけよう」

「地面へ……どうするんです」

「石炭瓦斯《ガス》は軽い、地面には清い空気が残っている、さあ——僕のするようにし給え」

二人は地下道の地面に身を伏せた。

五分……十分……。まだ通路は破壊されない、そして博士と刑事課長は、いつか夢のように感覚が痺れて行くのを感じていた。

咄《とつ》！ 偽物の揑《コピイ》

その一

その頃玄海灘の上空では——。

鶴を狙った隼《はやぶさ》の如く、新太郎の戦闘機は三千メートルの上空から、真一文字に敵飛行艇めがけて落下した。

「そら、行くぞ！」

と叫んで固定機関銃の引金を摑む、
ダダダダ！　ダダダダ!!

ぴぴぴぴと機翼に穴が明いた。——と見る刹那、敵機はひらりと大きく左転して、ぐーっと上げ舵をとる、機会《チャンス》だ！

「是《これ》をくらえ！」

とばかり、殆《ほとん》ど接触しながら機関銃の猛射を浴びせた。敵機は巧《たくみ》に横転、更《さら》に機首をふり立てて急昇百メートル。

「くそ！　逃がさんぞ」

と新太郎が大きく右へ廻る。

刹那！　ダダダダ!!

敵機の搭乗席から突如として機関銃の火花がとんだ、はっとしてぐーんと左へ機を転ずる新太郎、そこへ押《お》しかぶせるような猛射だ。

ダダダダ!!　ダダダダ!!

鋭い狙撃、反転するところを真上から喰ったから、あっと云う間に油槽《タンク》へ二発、ふつふつと命中した。

「しまった！」

と叫ぶ新太郎。

機を水平にして手早く油槽《タンク》の穴へ塡物《つめもの》をしたが、もう戦闘は不利だ、油槽《タンク》からはどんどんガソリンが洩れてくる。

「宜し、乗るか反るか――!!」

何事か頷いた新太郎は、速力いっぱいにしてぐんぐん機首をあげた。敵機は嘲《あざけ》るように、二千メートルの高度を悠々と上海《シャンハイ》へ向けて疾翔しつつある。新太郎の戦闘機はその後を恐ろしい速度で無二無三に追った。

距離は再び縮まった、敵機は大きく左へ旋回して避けようとする、その真上……五千メートルばかりの上空から、

「是でもか!!」

とばかり、捨身で機を突っかけざま、機関銃の引金を引いた。

ダダダダダ!!

同時に敵機からも応射だ。

ダダダ!!　ダダダ!!

両機はもつれた、飛び交う銃火、戦闘機はひらりと逆転して、まさに右方へ横転しつつ遁《のが》れようとする敵機の横腹めがけて、

「そら――!!」

と機首を突っかけた。

無謀！　二千メートルの高空で、新太郎は敢然と敵機へ衝突を決行したのである。だあ――ッ！　と凄《すさま》じい衝撃《ショック》。同時に機体がからみ合い、機翼が飛び、舵翼が砕けた。

と――、敵機からぱっと躍り出た一人、背にパラシュートを負っている、と見たその刹那に、新太郎の体もその男をめがけて跳躍した。危し！　奇想天外の冒険!!

はっとした一瞬、旨い！　新太郎はみごと相手の体に跳びつく、同時にぱあ――っ！　とパラシュートが開いて、摑み合った二人をぐんと宙に吊下《つりさ》げた。

「あっ！」

相手は仰天して、一瞬大きく口を開けたままだったが、はっと我にかえるや否や、とっさに右手で短剣を抜いた。

「うぬ、小僧……洒落《しやれ》た真似《まね》をしやあがって、もう生かしちゃあ置かねえぞ」

「来い、逃げ場所のない大空だ、正真正銘の一騎討だ、――来い！」

「くそっ！」

ぱっと下ざまに突《つき》かかる短剣。上体を捻《ひね》って外《そ》らすと、素速くその右手をぐいと摑む、――新太郎の両足はすでに相手の胴を緊《し》めつけ、左手は喉を摑んでいた。

そのあいだにもパラシュートは、大きく揺れながらぐんぐん落下して行く。新太郎は相手の喉を必死の力で締めあげた。併し相手も密偵団で「匕首《あいくち》の龍《たつ》」と云われる腕利きである。暫《しばら》く息を殺してい

たが、

「うん！」

と呻くや、握られた右手を振放《ふりはな》して、鋭く拳を返しざま、脾腹《ひばら》を狙って短剣を突込《つっこ》んだ。咄嗟《とっさ》に身をひねったが、短剣はぶつりと新太郎の横腹を貫いた。

「あ！　畜生!!」

焼金を当てられたような痛み、

「やったなッ」

と新太郎、猛然と喉を絞めあげながら、匕首の龍の右手をひっ摑んで逆に押えこみ、のしかかるようにしてぐいと左手を首へ廻した。

締める絞める、満身の力を籠めて絞める。

「あ――！　うう!!」

匕首の龍はぜいぜい喉を鳴らしながら、懸命に新太郎の手を搔捲《かきむし》る――刹那。パラシュートは二人を吊ったまま、蒼黒い玄海の波の上へだあ――と飛沫《しぶき》をあげながら落下した。

その二

摑みあったまま……。

一度は深く波の中へ沈んだが、浮きあがった時には、新太郎の右手に短剣が握られていた。――匕首の龍は救命具《ブイ》を着けている。併し体はまだパラシュートの綱から放れていないので、急潮流に巻込《まきこ》まれた。

「勝負はこれからだぞ！」

新太郎は大きく叫びながら、抜手を切って相手に泳ぎついた。

「よし！」

と答えたが――

匕首の龍はもう気力がぬけていた。泳ぎついた新太郎はがっしり相手を抱えこみ、ずぶりと海中へ押沈《おししず》めたが、龍は哀れにももがくばかりだ。

「どうした、おい！」

と水面へ引上げる。

「た、助けて呉れ」

遂《つい》に匕首の龍は悲鳴をあげた。

その時……かねて追航していたロ十二号潜水艦は、百メートルあまり距《はな》れた水上に浮上《うきあが》っていたが、この様子を見るなり、転航《てんこう》して近寄って来た、――甲板には五名の水兵、それに菊池少佐が拳銃《ピストル》を手にして立っている。

「新ちゃん」

と少佐が叫んだ、「迎えに来たぞ」

「ああ、叔父さま」

新太郎は左手に匕首の龍の体を支え、右手の剣で手早くパラシュートの綱を切放《きりはな》すと、振返って大きく手を振った。

「獲物は大丈夫か？」

「この通りです」

新太郎はぐったりしている龍の頭を突上げながら笑った。

潜水艦へ助けあげられるや否や、新太郎は弱っている龍の衿を摑んで引起し、

「さあ、例の物を出すんだ」

「く、苦しい」

「弱音を吐くな、仮にも菊池少佐の身代りを勤めようという奴が、こんな事ぐらいで音をあげるのはみっともないぞ」

「僕の身代りだって？」

菊池少佐が訝《いぶか》しそうに覗きこんだ。

「そうなんです、此奴《こいつ》が叔父さまに変装して銀座の喫茶店ロンドンへ現われたのです、――さあ出せ！」

「なにを……何を出すんですか？」

匕首の龍は弱々しく頭を振った。

「白ばっくれるな、貴様が上海《シャンハイ》本部へ持って行って百万弗《ドル》の賞金にありつこうとした物だ、分らないか、――大泉殺人光線の摸《コピイ》だよ」

「そ、そんな、そんな物は……」

「知らんと云うのかい。では――もう一度玄海の水の味を知り度《た》いんだな、え？　どうだい、ここは貴様の本部とは違うんだ、遠慮はしないぜ」

匕首の龍は恐る恐る四辺《あたり》を見廻した。そして渋々と濡れた飛行服のバンドを解き、内側のポケットから防水布に包んだ大きな封筒を取出した。

「よし、遉《さすが》に分別がある」

新太郎はにやりと微笑しながら受取《うけと》ると、手早く防水布をひらき、封筒の中から大型の模造紙を抜出した。――世界の恐怖の的、大泉殺人光線の秘図、

「これで父さまも安心なさるだろう」

呟きながら披《ひら》いたが、

「あっ！」

と新太郎が叫んだ。

「どうした？」

菊池少佐が側へ寄る。――見ると控《コピイ》は白紙だった。新太郎は忿怒《ふんど》して、ぐいと匕首の龍を引起した。

「やい、貴様はこの期に及んでも、未だ僕を騙《だま》す気でいるのか？」

「な、何ですか」

「こんな白紙を握らせて、僕が馬鹿面をして引下ると思ったら大違いだぞ、――命が惜しかったら本物を出せ、ぐずぐずすると」

「ま、待って下さい」

龍は仰天したらしい、顔色を変えて、「何がなんだか私には分りません、本物にも何にも私の持ってるのはそれ丈《だけ》です」

「見ろ、白っ紙だ！」

新太郎のつきつける紙を見るなり、匕首の龍はわなわなと身慄《みぶる》いをした。

「あいつだ……あいつだ……」

「何だと？」

「紅薔薇《べにばら》夫人だ、あの……あの時、すり変られたんだ、畜生！」

「なにすり変えた？」

「東京本部の部長室で、菊地少佐殿を拷問にかけようと相談していた時です、――部長室を出ようとして紅薔薇夫人が私の体へよろけかかりました、――あの時だ、あの時夫人がすり変えたのです」

「叔父さま、――全速力で引返して下さい」

新太郎は、龍の言葉を聞くが否やぱっと立上って叫んだ、

「全速力で、早く——!!」

虎狼の罠

その一

ロ十二号潜水艦が横須賀へ着いたのは夕刻六時であった。

「叔父さま、速力《スピード》の出る車を一台貸して下さい！」

「それより寧《むし》ろ飛行機で行けよ、羽田へ着陸してあそこから車で走る方が早い」

「勿論《もちろん》その方が結構です」

少佐は直《すぐ》に格納庫へと走った。

厳重に縛りあげた匕首の龍を、引摺り出して新太郎が一緒に同乗席へ載せる、少佐が操縦席について、——偵察機は横須賀を出発した。

羽田飛行場に着陸したのが六時三十五分、新太郎は機を跳下《とびお》りるなり、

「叔父さま、先へ行きます」

と走りだした、「そいつを伴《つ》れて、麻布の家へ行っていて下さい、僕は警視庁へ廻ります」

「よし引受けた」

少佐の声をうしろに、新太郎は驀地《まっしぐら》に事務所へ馳《か》けつけると、自動車を頼む、——流線型の新型カデラックが廻されるのももどかしく気にとび乗った。

「警視庁へ、全速力《フルスピード》で！」

車はグーウンと専用道路へ出た。

「もっと早く！」

「交通巡査に咎《とが》められます」

「責任は僕が引受ける、警視庁へ至急の用事なんだから構わん、出来るだけ出し給え」

運転手は頷いた。

車は速力を出し始めた、三十哩《マイル》……三十五、四十……五十哩《マイル》、五十五哩《マイル》……車台《くるま》の群《むらが》る京浜国道を流星のように疾走する。大森で交通巡査のオートバイが一台追って来た。併し新太郎が名刺に何事か書いて渡すと、すぐに頷いて引返したが、そのまま交番電話で沿道へ通知を廻したから、警視庁へ着くまで一度も邪魔をされずに済んだ。

「有難《ありがと》う」

警視庁の玄関へ車が着くと、新太郎は十円紙幣《さつ》を一枚運転手に渡して、「釣銭《つり》は要らないよ、御苦労さま」

と、云い捨てて玄関へとび込《こん》だ。すると、その鼻先へ、——ジャック・谷口が十四五名の警官隊と共にとび出して来るのにばったりと出会った。

「あ！　坊ちゃん」

「ジャック・谷口……塩谷課長はいるか？」

「大変です」

「課長はおるかと訊くんだ！」

「塩谷さんは行衛《ゆくえ》不明です」

「なに——!!」

「それから大泉博士も、——お二人とも密偵団に誘拐されました、これから私が御案内して捜査をするところです」

「しまった、何処《どこ》だ？」

「研究室の地下道です、早く来て下さい」

「よし案内しろ!!」

警官隊と共に三台の自動車に分乗して、そのまま麻布の大泉邸へ向った。——車が走り出すと共に、

「さあ、手短かに話をし給え」

と新太郎が身を乗出《のりだ》した。谷口はごくりと唾を呑んで、

「斯《こ》うなんです」

と話を始めた。

書生の森井に導かれて研究室へ入ると、博士と塩谷課長の姿が見えなかった、変だな……と思っていると地下道から拳銃《ピストル》の音が聞えて来た。そこで地下道へとび込もうとすると通路の鉄蓋が明かない。そこで森井に斧を捜して来て貰って床板を破壊し、通路の脇から土を掘抜《ほりぬ》いて通路へ下りた。

「いたか——？」

新太郎が急きこんで訊く。

「否、地下道は石炭瓦斯《ガス》で充満していて、とても入って行けないんです」

「卑怯者、命が惜しかったんだな？」

「否《いい》え、研究室に実験用の防毒マスクがありました、それをかぶって下りて行ったんです、併し……

地下道には誰もいませんでした」

「よく調べたか——？」

「脱《ぬ》け口まで充分に調べました、誰もいません、紙片《かみきれ》一枚落ちていないのです」

「ああ——僕がいたら……」

新太郎は思わず呻き声をあげた。

折角《せっかく》、強行して匕首の龍から挃《コビイ》を奪返《うばいかえ》したと思ったら、すでに夫《それ》はすり、すり変られて白紙になってい た。おまけに今また父博士と塩谷課長が敵の捕虜になっている………、重なる失敗に遉《さすが》の新太郎も歯噛みをせずにはいられなかった。

車が大泉邸へ着く。――と門前に迎えていた菊池少佐が、

「新ちゃん、大変な事になったなぁ」

「叔父さま！」

新太郎は車をとび下りながら、「大丈夫です、僕の眼が黒いうちは必ず父さまを救出《すくいだ》しておめにかけます――谷口、来い！」

そう云って研究室の方へ走りだした。

その二

大泉博士は、耳の側でがやがやと誰かの喚く声を聞きながら、段々と意識を恢復《かいふく》し始めていた。

「博士、――博士！」

はっきりと呼ばれて、重い眼を明けた。

「眼が覚めましたね、いや結構、さぞ喉が渇いておいででしょう、水でも差上《さしあ》げましょうか、それとも葡萄酒《ぶどうしゅ》は如何《いかが》？」

聞き馴れぬ声だ。博士はやけに痛む頭を声のする方へ振向けた、――黒服に覆面をした異様な人物が五人、眼を鋭く光らせながら立っている……見廻すと五坪ばかりの洋室で、うす暗い電灯が一つ、ぼんやり天井に輝いているばかり、牢獄のように陰惨な部屋である。博士はふうふうしながら寝台の上へ半身を起した。

「御気分は如何《いかが》です？」

「君は誰だ、——ここは何処《どこ》だ？」

「そんな事を訊いてどうするんです？　博士、私が貴方《あなた》の書生でない事ぐらいはお分りでしょう、是からひとつ是非お骨折りを願わなくてはならない事があるのです、まあ一杯葡萄酒でもやって元気をつけて下さい」

怪漢はそう云って、銀盆の上へ葡萄酒のコップを置いた。博士はチラと相手を見てから静かにコップを取《と》りあげた。

（地下道で瓦斯《ガス》を吸い、そのまま夢のように失神したまでは覚えている……が、それではあれから密偵団のために誘拐されて来たのに違いない）

そう思いながら葡萄酒を啜《すす》った。

「もう一杯如何《いかが》です」

「もう宜い」

「それなら、どうぞお好きに……、ところで愈々《いよいよ》商談に取掛ると致しましょうか」

怪漢は椅子にかけ、仲間の方へ振返って、

「ここは儂《わし》がする、みんなは出て外の警戒をしていろ、——それから、紅薔薇夫人に来て呉れと云うんだ」

「は、承知しました部長」

四人の男は恭《うやうや》しく礼をして室外へ去った。博士はその様子で、自分の前に残っている男が彼等の頭《かしら》だなと察した。

「要点だけ申しましょう」

男は云った、「最早お察しの事と思うが、私は貴方《あなた》の殺人光線の内容が欲しいのです、聞いていらっしゃいますか？」

「続け給え」

「それで、貴方《あなた》をここへ御案内したのは、ここで貴方《あなた》に殺人光線の分解設計図を書いて頂きたいためです」

「不可能だ！」

「何と仰有《おつしや》いましたか？」

「出来んと云うのだ」

博士は叫んだ、「掘立小舎《ほつたてごや》の設計ではあるまいし、複雑を極めた数理科学の基礎をもった殺人光線の分解図が、何の設備もないこんな場所でおいそれと書けるものではない」

「いや、これは私が失礼でした」

男は覆面の蔭でにやりと笑ったらしい。身を捻《ね》じ向けながら上衣《うわぎ》の内ポケットから鼠色の大型封筒を取出して、中から一枚の模造紙を抜取った。

「実はここに斯ういう物があるのです」

「……？」

男の差出す紙を、一眼見るなり博士は、「あっ、それは……」

と叫んだ。

「控《コピイ》です、大泉殺人光線の唯《たつ》た一枚の控《コピイ》です。是さえあれば完全に本図を書きあげることが出来ましような？」

「――」

博士は愕然と息をのんだ。

新太郎が追って行った者、上海《シャンハイ》へ脱走を企てた男が持っているべき控《コピイ》が……此処《ここ》にある。――さては新太郎も敵の罠にかかったのか、若《も》しそうとすれば……？

「如何《いかが》です、お書き下さいますか」

云いながら、男は右手にすっと拳銃《ピストル》を抜出していた。

「お断りしておきますが若し貴方《あなた》が否だと仰有《おつしや》れば、お気の毒ですが此場《このば》で射殺致しますよ、――殺人光線が此方《こつち》の手に入らないとすれば、日本軍部にも渡し度くないのです、博士を殺して了《しま》えば、同時に殺人光線も闇から闇へ消滅する訳ですからねぇ」

「…………」

「さあ、ひと言で宜いんです、諾《イエス》ですか、否《ノー》ですか、博士」

男の指は拳銃《ピストル》の引金にかかった。――博士はどたん場に追込《おいこ》まれた。男の言葉がまんざら脅しでない事は、覆面の穴から、見える眸《ひとみ》の光でもそれと知れる。彼等は、殺人光線を闇へ葬るためには、何の躊躇もなく博士を殺すに違いない。

「お返辞のないところをみると否《ノー》ですな、宜しい、では……」

「お待ちなさい」

鋭く制する声と一緒に、扉《ドア》をあけて、紅薔薇夫人が現われた。

毒ある牙

その一

「お待ちなさい沈《ちん》さん」

入って来た紅薔薇夫人は、蒼ざめた美しい顔に冷やかな微笑をうかべている。

「殺して了ってはそれ限《きり》です」

「駄目だ、ルフラン夫人」

沈と呼ばれた男は、覆面の蔭で憎々しく唇を歪めながら答えた。

「どうせ此奴《こいつ》は設計図を書きはしない、そのうちに邪魔でも入っては取り返しのつかぬ事になる、いっそ殺して『大泉殺人光線』を闇から闇へ葬って了う方が宜《い》い」

「まあお待ちなさい」

ルフラン夫人は胸に挿している紅薔薇を、白魚のような指でまさぐりながら、つと博士の方へ歩み寄った。

「博士……貴方《あなた》は御自分がどんな立場にいるか、よくお分りでいらっしゃいましょうね？」

「それは君の方が知っている筈《はず》だ」

「御挨拶ですこと、では私から改めて申し上げる迄《まで》もございますまいが、貴方《あなた》はもう逃れる道はないんですのよ」

「さあ……どうかしらん」

椅子へ緊縛されたまま、大泉博士の顔はすでに充分の覚悟を示していた。——ルフラン夫人は振返って、

「沈さん、貴方《あなた》は暫くここを外して下さい、毎《いつ》もの手で少し博士に御相談をしてみますから、——ええ、ほんの十分ばかり」

「なるほど、では彼方《あちら》で待つとしよう」

沈はにやりと笑って、夫人に会釈しながら部屋を出て行った。

ルフラン夫人は黙って立っていた、なめらかな象牙細工のような指で、胸飾りの紅薔薇をまさぐりながら、——博士は段々と息苦しくなるのを感じた。何をしようと云うのだ？　この女は……黙って昵《じっ》と見つめる眸子《ひとみ》は、牝豹のようにきらきらと光っている。

「博士……」

やがて夫人が低い声で囁いた。

「私は貴方《あなた》を、ここからお救いしてあげます。あの悪漢共の手から」

「……？」

意外な一言に博士は呆れて見上げる。

「けれど」

と紅薔薇夫人は冷やかに、「それには一つの条件があります」

「聞きましょう」

「この控《コピイ》に設計を書き加えて下さい、否……本当の図でなく、偽のものを書いて頂き度いのです」

「併し、彼等は直《すぐ》に発見すると思うが」

「大丈夫です、ここにいる者には複雑な科学式は分りません、彼等はその控《コピイ》を持って本部へ行くでしょう、その隙に貴方《あなた》をお助けします、承知なさいますか？」

博士は女の顔を見戍《みまも》った。——助けようという言葉の裏にどんな罠があるのだろう？　この美しい唇の中には、毒のある牙が……隙があったら跳掛《とびかか》ろうと機を窺《うかが》っているに違いない。併し、ここを脱《ぬけ》出《だ》しさえすれば、又どうにか安全に逭れる方法がみつかるかもしれないのだ。

「宜しい、書きましょう」

「そう、では是で相談は定《きま》りました、いま沈を呼びますから疑われないように要慎《ようじん》して下さい」

ルフラン夫人はそう言って壁の呼鈴《ベル》を押した。沈はすぐにやって来た。

「どうです——？」

「承知なさいましたわ」

「え、承知した」

沈は覆面の下でにやりと快心の笑をうかべた。

「なるほど、そうなくては成らぬところだ、では博士——早速仕事に取りかかって頂きましょう」

「宜しい」

博士は眼を伏せて頷いた。沈はすぐに戸棚から製図用具の入っている箱を取出し、博士の縛を解いてやった。

「では私達は向うへ退《さが》っています、若し……お逃げになろうとでもしたら、何も言わずに一発お見舞申しますからな」

「君の宜いようにし給え」

「その代り、設計図が完全なものだと証明されたら、貴方《あなた》が世界のどこの果へ行っても一生涯のんきに暮せるだけの賞金は出します、お分りになりましたな——?」

「もう宜い、早く独りにして呉れ給え」

「かしこまりました」

沈は馬鹿叮寧《ていねい》に一揖《いちゆう》して、ルフラン夫人を促しながら部屋を出て行った。

その二

偽の「殺人光線設計図」は、まるまる五時間も費して完成した。そのあいだに軽い食事を一度、珈琲《コーヒー》を二度、沈が手ずから運んできた、博士は何故《なぜ》……偽の図を書き込むのに、そんなに時間を費したか？　云うまでもない、救《すくい》の手の来るのを待っていたのだ。

「今頃は研究室で、刑事課長と自分の失踪した事が分って大捜査にかかっているに違いない、紅薔薇夫人の手に依って何処《どこ》かへ伴れ去られる前に、どうか捜査隊の者が踏み込んで来て呉れれば宜い」

心の内にそれのみを念じながら、勉めて時間を延ばして来たのである、——併し、遂に設計図は出来あがって了ったのだ。

「間違いはありますまいな」

沈は博士から図面を受取ると、遉《さすが》に喜びを隠せぬらしく、かすかに手を顫わせながら念を押した。

「万一、私を馬鹿にするような事があると、その時はもう博士の生命《いのち》は無いものですぞ、お分りでしような」

「君自身でよく見たら宜かろう」

「私が見たところで珍文漢文《ちんぷんかんぷん》です。直《すぐ》にこれから係の方へ持って行きましょう、帰って来たうえで貴方《あなた》に酬《むく》ゆる法を定めます」

沈はそう云うと、折鞄《おりかばん》の中へ厳重に図面を収めたうえ、二人の手下を呼んだ。

「博士に葡萄酒とビスケットでも持って来てあげろ、それから俺が帰るまでは一歩も動かさず監視するんだ」

「かしこまりました」

「若し怪しい振舞《ふるまい》でもするか――又は、誰かやって来るような事があったら、お気の毒だが即座に博士を射殺しろ、分ったな!?」

二人を監視に残して沈は立去った。

博士は接待の葡萄酒に手をつける気持もなく、事件がどう転化して行くかを凝乎《じっ》と待っていた。

――ここへ檻禁《かんきん》されて以来、一つだけ分ったことがある、それは……彼等のあいだに仲間割れが出来始めている、と云うことだ。

(新太郎の探ったところでは、匕首の龍という男が第一に彼等を裏切り、揑《コピイ》を持って、百万弗《ドル》の金が欲しさに上海《シャンハイ》へ遁れたという、ところがそれを掏《す》り換えた紅薔薇夫人が、今度はまた沈という男に叛《そむ》こうとしている、――実に彼等の団体は二つにも三つにも割れているのだ――ここで若し、何か良い

策があれば、その仲間割れを利用して彼等を逆に一網打尽することが出来るのだが）

博士は独り考《かんがえ》をめぐらせているうち、不思議やいつか知らずうとうとと眠り入《い》って了った。

何ということであろう、博士が卓子《テーブル》の上へ俯伏《うつぶ》して眠ると、間もなく――監視の男たち二人も、椅子にかけたまま、いつか頭を壁へ凭《もた》せかけて眠り始めて了った。

五分……十分。やがて扉《ドア》が細めに明いて、鼻へ手帛《ハンカチ》を当てた紅薔薇夫人が覗いた。

「――宜いわ」

夫人が云った、「早く担ぎ出して頂戴《ちょうだい》」

「合点です」

そう答えて、一人の男がすっと入って来たと思うと、眠っている大泉博士をぐっと肩に担いで部屋の外へ出た。――夫人は小型の自動拳銃《オートマティック》を右手に、先へ立って廊下を右へ曲る、そこから石段をあがって玄関へ出た。玄関の前には一台の自動車が待っていて、夫人たちが乗り込むとすぐ深夜の闇を衝《つ》いていずれかへ走り去った。

それから一時間ほど経った。

博士の檻禁されていた部屋では、悪漢の手下が二人、うつらうつらと眠《ねむり》から醒《さ》めかかっていた。

――今こそ分った、ルフラン夫人は部屋の中へ噴霧器で麻酔剤を吹きこんだのである。……と、見よその部屋の片隅の床石が、ぐらりと動くではないか。

「うーむ」

手下の一人が呻いた。

「うーむ」

すると別の一人が苦しそうに頭を揺りながら、ふと眼を醒ました。

「あ、どうしたんだ」

呟いて、見ると——博士の姿が見えない、仰天して傍に眠っている仲間の肩を摑み、荒々しく揺動《ゆりうご》かしながら、

「おい起きろ、大変だぞ！」

「うー？」

「眼を醒ませ、大変だ、博士がいないぞ」

相手はその一言でとびあがった。

その時、——床石が再びぐらりと動いた、そこへ静かに静かに上へ持上《もちあが》って——男の顔がぬっと出た。

「あっ！」

悪漢の一人が眼敏《めざと》くみつけて叫んだ。

「た、谷口だ！」

「なに——？」

振り返った一人が、慌てて拳銃《ピストル》を取り出そうとする刹那！　床下から跳出《おどりで》たジャック・谷口の鉄拳が、がん！　と其奴《そいつ》の鼻柱を突上げていた。

ひと足違い

その一

「ぎゃっ」

と叫んで倒れる。別の一人が、すばやく拳銃《ピストル》で狙撃しようとした時、

「貴様もか！」

とばかり、続いて跳出た新太郎が、だ！　と体当りをくれた。

がん!!

四壁に反響する拳銃《ピストル》の爆音、右へよろめくやつを、踏み込んだ新太郎、相手の右手を逆に取ると、

「やっ！」

と云いざま引落し、馬乗りになって拳銃《ピストル》をもぎ取った。――谷口も一人の方から拳銃《ピストル》を抜取りながら、

「すばらしい腕前ですね坊ちゃん、其奴《そいつ》は上海《シャンハイ》の吉と云って、仲間でも腕っぷしの強いので評判な野郎ですよ」

「僕はまた日本でも有名な闘者《ファイター》だからな」

新太郎はにやりと笑って、

「さあ、その椅子へかけろ」

と云った。「それから隠さずに云うんだ、大泉博士は何処《どこ》にいる？」

「そ、そ、それが……」

「黙れ、言訳《いいわけ》は肯《き》かぬ、博士は何処《どこ》にいるか、それだけ云えば宜いんだ、何処《どこ》だ？」

「知りません……」

上海《シャンハイ》の吉が肩をすくめながら答えた。「私たちもそれが知りてえので……」

「何だと？」

「実のところ、つい今しがたまで博士先生はそこにいたんで、嘘は申しませんよ、その卓子《テーブル》の上にある葡萄酒やビスケットは、私が博士に差上げたものなんで」

「はっきり云え、どうしたんだ？」

「私たちは見張ってました、するといつか知らず眠っちまったんで、実のところ眠っちまったんでさあ」

「此奴《こいつ》のいう事は、本当ですよ」

もう一人が口を添えた。「私たちはたった今眼が醒《さ》めたばかりでさ」

「貴様たちが眠ったことなどは、まあ其方《そっち》で宜いようにしろ、それよりもここでどんな事が行われたか精《くわ》しく話すんだ！」

「——その、斯うなんで」

上海《シャンハイ》の吉は、手短かに話しだした。——博士を掠《さら》って来たこと、殺人光線の設計を書かせようと責めたこと、ルフラン夫人が遂に博士を説きおとして図面を完成し、沈がそれを持って本部へ行ったこと——

「それから私たちは見張っていました。すると、いつか知ら……」

「畜生！」

ジャック・谷口が叫んだ。

「また彼女《あいつ》だ」

「なんだって——？」

「彼女《あいつ》の仕業です、紅薔薇夫人のやった仕事です、此奴《こいつ》らに麻酔剤を嗅がせて博士を誘拐したに違いありません」

「残念だ、毎も彼女《あいつ》に先手をうたれる」

新太郎は拳を振って口惜《くや》しがったが、

「刑事課長はどうした？」

と振り返って訊いた。

「塩谷さんは……二階の二号室にいます」

新太郎は床石のはね上った穴から、下を覗きこむようにして大声に叫んだ、――すると菊池少佐をはじめ二十名の警官が、どやどやと部屋の中へ現われた。

「博士は――？」

「ひと足違いでした」

新太郎は少佐に事の次第を語って、

「兎《と》に角《かく》刑事課長を救い出しましょう」

「宜し」

頷いた少佐は、五六名の警官と共に、上海《シャンハイ》の吉を案内にして二階へ行ったが、間もなく塩谷課長を援《たす》けながら戻って来た。

「おお新太郎君か……」

課長はすっかり憔悴した顔で、ぐったりと椅子にかけながら、「博士は無事か――？」

「残念ながらほんの少しの差で紅薔薇夫人のために誘拐されて了いました、併し貴方《あなた》だけでもお救い出来たのは仕合《しあわ》せです」

「一体どうして貴方《あなた》がたは此処《ここ》を発見したんですか」

「実は研究室から貴方《あなた》と博士が失踪したので、すぐに地下道を捜査したんです、――ところが初めのうちは分らなかったのですが、地下道の途中に隠扉《かくしど》のあるのをみつけました、そこで警視庁の応援を得て踏み込んで来ると、丁度この部屋へ出ることが出来たのです」

ジャック・谷口が説明した。――塩谷刑事課長はそれからこの場の仔細を聞くと、少しずつ元気を取り戻したらしく、

「なにしろ、私の救われたのは有難いが、大切な博士の身上が気にかかる、――何よりも先《ま》ず、その

図面を持って行った沈という人物を捕縛しなければなるまい」

「奴は戻って来ますよ」

谷口が確信を以《もっ》て云った。

その二

即座に手配が命ぜられた。

警官隊は手下二名を縛りあげて廊下の隅、要所要所に隠れ、部屋の中には新太郎とジャック・谷口の両人《ふたり》が待受《まちう》けることになった。

「沈という奴はねえ、坊ちゃん」

と谷口が云った、「元、北京《ペキン》で××国の間諜《スパイ》を勤めたことが発覚して国外へ追放された有名な悪漢なんです、奴は拳銃《ピストル》の名人で、百メートル離れた処《ところ》から五銭白銅の穴を射止めるという腕を持っていますから要慎して下さい、人殺しなどは屁とも思わぬ奴ですね」

「宜し、覚えておこう、——併し、あの紅薔薇夫人、ルフランとか云ったね、あの女の正体は何者なんだ？」

「彼女《あいつ》は仏蘭西《フランス》系のアメリカ人で、ジャン・ルフランという男の妻だったんです、え、勿論あの女は日本人ですが——彼女《あいつ》の正体はそれ以上は分りません、上海《シャンハイ》本部の主領にはひどくお気に入りなんですが、此方《こっち》の仲間からは煙ったがられている奴ですよ」

「疑問の女だな——？」

「兎に角あの女は、今度の事件で一番重要な役割をしています、彼女《あいつ》を捕えることが出来れば……」

「叱《しっ》！」

新太郎が制した。

廊下を此方《こっち》へ、人の近づいてくる跫音が聞えるのだ。新太郎とジャック・谷口はひらりと扉《ドア》の横へ身を隠した。

「跫音は二人ですね……」

「手に余ったら射つんだ、――併し決して殺さぬように注意しろ」

「分りました」

頷きあっていると、やがて跫音は扉《ドア》の外で止まる、すっと扉《ドア》が明いて、大股に沈が入って来た。刹那!

「やっ!」

と云いざま、新太郎が横から双手《もろて》で沈の頸《くび》へ跳掛《とびかか》った。

「あ! 野郎!」

と叫んで振放そうとしたが、新太郎懸命に腕を絞めながら、ぱっと体を右へ廻し、力任せに引落そうとした。

その時谷口は、沈の後から入ってきた一人の鼻面へ、だ! と一拳くれて振り返る、――見ると沈が片手で新太郎の腕を摑みながら、右手でポケットの拳銃《ピストル》を抜出している。

「危い! 坊ちゃん拳銃《ピストル》です」

「くそっ!!」

新太郎はぐい! と身を捻る、刹那! 沈の右手で拳銃《ピストル》が火を吹いた。

がん!

耳を聾する銃声、ぱっと火気が頰をかすめた、とたんに新太郎は沈の右手を肩にかける、腰をおとして、

「やー!」

と叫ぶと、沈の体は宙に跳《おど》って撞《どう》と床石の上へ叩きつけられた。

「うまい！」

とジャック・谷口が叫んだ。

そこへ塩谷刑事課長はじめ少佐と警官隊がどやどや踏込んで来た。沈と手下の男は直《ただち》に手錠をはめられて椅子へかけさせられた。

「怪我《けが》はありませんでしたか、坊ちゃん」

「いや——」

気遣わしそうな谷口の言葉に、新太郎は微笑しながら頰を撫でた、「頰っぺたのすぐ側で発射されたので、些《ち》っと熱かったが怪我はしないよ」

「是はどうした訳ですか？」

沈が大声に喚きたてた。

「何の為《ため》に私に手錠をかけるんです、私は表に看板を出している通り、善良な支那貿易商人です、貴方《あなた》がたはなんのために……」

「寝言は止《よ》せ、沈！」

新太郎が鋭く遮った。

「貴様が善良な貿易商人であるかどうかは、調べる迄もなく分っているんだ、——それよりもっと珍しいことを聞かせてやる、紅薔薇夫人が貴様に寝返りをうったぞ」

「な、何ですって？」

「あの女は貴様が監視に残して置いた二人の手下を麻酔剤で眠らせ、博士を何処《どこ》かへ誘拐して了ったのだ」

「……？」

沈はなかば疑るような眼で四辺《あたり》を見廻したが、片隅に縛られている手下二人の顔をみつけると、急に狼のように喚きたてた。

「畜生、あの地獄阿魔《じごくあま》め、まんまと俺をいっぱいはめやがったか、——ではどうか皆様、早く彼女《あいつ》を捉《とら》えて下さい」

「行先が分っているのか」

「船です、白塗の三本檣《マスト》の快走艇《ヨット》です、霊岸島に着けてあった筈です、彼女《あいつ》は博士を伴《つ》れて国外へ脱出するに違いありません——早くして下さい、私が捕《つかま》った以上、彼女《あいつ》も捕まらせずには置きません、彼女《あいつ》は××国軍事探偵で有名な間諜《スパイ》です、——早く、早く」

新太郎はすでに室外へとび出していた。

地獄の女

その一

強い気付薬の匂いと、誰か耳の傍で呼ぶ声に、博士は深い眠りのなかから次第に醒めつつあった。

「博士……まだお醒めになりませんか？」

今は判《はっ》きりと分る声に、ようやく眼を開いた大泉博士は、自分の側にルフラン夫人の美しい顔が冷やかに微笑しているのを見た。

「——どうしたのですか、是は」

「御安心なさいませ、首尾よく沈の手から脱出して来たのです、もうあの悪漢の手にかかる心配はありませんわ、——実は噴霧器で麻酔剤を吹き込んで眠らせたうえ、まんまとお救いすることが出来たのです」

「では――此処《ここ》は？」

「私の住居《すまい》ですわ」

「あ――、それは……」

博士は心の内で、しまった！　と呟いた。この女に伴れ出される時にこそ、旨く機会をみて身を遁れようとしたのに、麻薬で眠らされているあいだに事は済んで了った。――而《しか》も、救出したとは云うものの、果して此女《このおんな》は自分の味方であろうか？――

「上等のコニャック（西洋酒）がありますけれど、気分直しに召上りませんか？」

「いや結構です、それよりも先に貴女《あなた》がどんな身分の人か知り度いと思いますね、――一体私は本当に救われたのですか？」

「ほほほほほ」

夫人は人を迷わすように笑った。

「そんな事は急いでお訊きにならなくとも、直ぐに分りますわ、それより私の部屋を見て下さいまし、――この飾付《かざりつけ》はお気に召しませんこと？」

「飾付ですって？」

博士は頭をめぐらせた。

それは二十畳敷ほどの部屋で、中央に贅沢な卓子《テーブル》と椅子があり、その周囲に――妙な恰好をした古風な道具があまた置並《おきなら》べてある。博士はその道具を見廻したが、さっと顔色を変えた。

「是は……みんな拷問の道具だ」

「そうですの」

ルフラン夫人は嬌然《きょうぜん》と頷いた。

「私もとから犯罪史に興味がありまして、こんな物を方々から買集《かいあつ》めました。あれは和蘭陀《オランダ》の『海老《えび》責め車』ですわ、それから此方《こちら》にあるのが仏蘭西《フランス》の『鉄の処女』――御存じでございましょう？」

鉄の処女……それは中が空になっている女の青銅像で、中へ犯罪者を容《い》れ、蓋を閉じると――その蓋の裏に鉄の針が無数に植えられていて、その鉄針が中の人間の体へぶすぶす突刺さるという惨虐《ざんぎやく》極まる責め道具だ。

「あの足枷《あしかせ》は鉄製で、段々に鋲《びよう》を絞めると骨を押潰《おしつぶ》す仕掛けになっているんですの、それから指の股を裂く『指裂き』もありますし、頭に嵌《は》めて頭蓋骨を緊《し》めつけ、大脳へ細い針を刺して狂人にする『頭緊め』それから……」

「もう沢山《たくさん》だ！」

博士が不愉快そうに遮った。

「なんの為に、こんな――こんな怖ろしい道具を私に見せるんだ！」

「上手な商人は、一番すぐれた条件のもとで商談をすると申しますわね？　博士。もう一つだけ貴方《あなた》に見て頂き度い物がありますの、どうぞ此方《こちら》へおいで下さいませ」

ルフラン夫人はそう云って、博士を部屋の一隅へ伴《つ》れて行った。――そこには五呎《フイート》四方ばかりの黒塗の箱が置いてある、夫人はその箱の扉をすっと明けて、

「どうぞ――」と振返った。博士は訝しげに、

「なんです？」と近寄って見た。

箱の中には、一種の送電機関のような、複雑なセットがある、縦横に走るコイル、真空管、各種のメーター、釦《スイッチ》、そして方向指示盤と桿子《ハンドル》……ひと眼見るなり、

「あっ、是は――是は……私の発明した殺人光線の設計だ」

「お分りになりまして？」

夫人は扉を閉め、錠をかけて再び元の椅子へ戻った。

「では商談に取掛りましょう、あれは仰有《おつしや》る通り貴方《あなた》の殺人光線放射設備です、――けれど無論完成した物ではありません、実はあの控《コピイ》を土台にして作ったのですから、実際の役には立ちませんの」

「どうしろと云うんだ？」

「貴方《あなた》に、これからあの機械を完成して頂き度いんです、控《コピイ》に不足しているところを、作り加えて頂けば宜いんです――図面を書いて頂くだけでは安心できませんの。機械を作って、実際の効果を慥めなければねえ……」

何と云う悪魔、何という奸智、これこそ本当に地獄の女とでも云うべきであろう、――博士は思わず拳を握緊《にぎりし》めた。

「それで、若し否《ノー》とでも仰有《おつしや》るのでしたら、改めて此処《ここ》にある道具、この拷問道具の力を貴方《あなた》に試して頂く積《つも》りです」

そう云って夫人は卓上の鈴《ベル》を押した。――すると扉《ドア》が明いて、半裸体のゴリラのような黒人がぬっと入って来て、恭《うやうや》しく夫人の前へぬかずいた。

「御紹介致しましょう博士、――是は私の奴隷でトンガと申します、拷問器の扱いでは名人と云われる男ですの」

ルフラン夫人は花の如く微笑した。

その二

博士は思わず戦慄した。

「何という恐ろしい女であろう……」

甘言を以て偽の設計図を書かせ、仲間の沈をさえ欺いて博士を誘拐し、自分の隠家《かくれが》へ伴れこんだばかりか、今度は博士の手に依って殺人光線の装置を作らせようと云うのだ。——しかも、若しこれを拒絶すれば、室内に飾りつけてある拷問具にかけてみせると云う……。

「ほほほほほ、お顔の色が変りましたのねえ、この拷問具がお気に召しませんの？　もっとも、どんな鬼のような男でも、この拷問に耐えることはできますまい、ねえ——博士、そこで早速お話の片をつけましょう、殺人光線の装置を作って頂けますわね？」

「ばかな、そんな事が出来るものか」

「何と仰有《おつしや》います？」

「そんな事は出来ぬと云うのだ、私は光栄ある大日本帝国国民だ、私の体には、どんな苦痛にも耐え得る日本人の血が流れているのだ、見損ってくれるな！」

「あとで後悔なさいますよ」

「試してみ給え、君の奸悪と私の正義と、いずれが強いかは神様が御存じだ、——どれでもお好みの拷問具にかけるがいい！」

博士は傲然と肩を聳《そび》やかした。

紅薔薇夫人の顔はさっと引き緊《し》まった。両眼がきらりと燐《りん》のように光り、美しい朱《あか》い唇が、ぴくりと痙攣《けいれん》したかと思うと、白いつぶらな歯が、怒りのためにかちかちと触れ合う。なんという顔であろう、今まで天使のような夫人の顔は、一瞬にして凄じい悪魔の面に変った。見よ……そこに立っているのは正《まさ》に地獄の女である。

「宜うこそ仰有《おつしや》いました。そのお言葉をお忘れなさいますな、マンバー」

と夫人は扉口《とぐち》に立っている黒人の方へ振り返って、

「お前、海老責め車の用意をしておくれ！」

黒人のマンバーは、拱手《きようしゆ》の礼をして、無言のまま拷問具の側へ歩み寄ると、歯車の巻鎖を解いてきっちりと止金《とめがね》を緊め、鉄製のバンドをひらいて、じりじりと博士の方へ寄って来る。

「それではお望み通り、貴方《あなた》がどれほど苦痛にお耐えなさるか見せて頂くとしましょう、——この方を道具におかけ」

夫人は冷やかに命令した。

マンバーは逞《たくま》しい腕で、むずと博士の肩を摑んだ。恐ろしい力である。博士は毅然として、マンバーの為《な》すままに任せていた。マンバーは博士を伴れて行って、小さなローラーのような物の上へ仰向けに寝かせると、両手を頭の上へあげさせてバンドで止め、両足をぐいと後へ引いて、これもバンドで堅く固定した。

「用意が出来ました、奥様！」

「宜しい、それでは始めましょう——暫く血を吸わせなかったから、その車も飢えていることだろう」

夫人は椅子を引寄せてゆったりと掛け、左手で胸飾りの紅薔薇をまさぐりながら、まるで歌劇《オペラ》でも観るような恍惚《うっとり》とした様子で、博士の方を見戍《みまも》っていた。

ローラーは軸を中心にして、だんだん縮まっていった。

それと同時に、博士の体は後ろへ海老のように反り始めた。なんという惨酷な責め方であろう。背骨は前へこそ跼《かが》むけれど、後へ反れるのはほんの僅《わず》かだ。それを無理矢理後ろへそらそうとするのだ。

「うーむ」

博士は苦しそうに呻いた。

背骨がみしみしと鳴る。博士の顔は赧黒《あかぐろ》く血走り、全身にふつふつと膏汗《あぶらあせ》が吹出《ふきだ》している。歯車はなおも軋《きし》り続けて、呼吸は一秒毎《ごと》に困難を増してくる。

「うーむ、悪魔めッ」

博士は悲痛な声で叫ぶ、「緊めろ、も、もっと緊めろ、この……この体を八ツ裂きにしろ、だが俺は、俺は日本人だ、た、例《たと》えこの体にある骨という骨が砕けても、殺人光線の秘密だけは護《まも》ってみせるぞ――」

「マンバー、もっとお緊め」

夫人は夜叉のように喚いた。「もっとお緊め、其奴《そいつ》の息の根を止めておしまい!!」

黒人は一だんと力をこめて、鎖を引き始めた。

追跡する

その一

夜が明けかかっていた。

築地の明石町河岸《がし》にある水上警察署の岸壁から、今しも一艘のモーターボートが、舳《みよし》に飛沫《しぶき》をとばしながら快速力で航《はし》りだした。

「三本檣《マスト》で、舷側《げんそく》を白く塗ったヨットです。石川島か霊岸島に着いている筈ですが」

モーターボートの上に立って、そう云っているのは大泉新太郎少年だ。側にはジャック・谷口が、勢いたったシェパードのように、拳を撫《ぶ》して控えている。――二人は沈の隠家から、直ぐに此処《ここ》へ走《は》せつけて来たのだった。

「霊岸島に、そんなのが一艘いましたよ」

案内役は篠田という部長だった、「たしか『ミモザ丸』という船で、アメリカ人の持船だとか云うことでしたが、――一週間ほど前から停泊していますト」

「出帆した様子はありませんか？」

「たしか未だいるでしょう、出帆すれば見張所から何とか報告がある筈です。実はねえ……あのヨットには私の方でも眼をつけていたんですよ、と云うのは――あの船に出入りする人物がまちまちで、日本人の無頼漢《ごろつき》のような者もあるし、身許《みもと》の分らぬ外人もあるし、それがみんな何か秘密ありげに人眼を忍んでこそこそやっているんです」

「それです、それに相違ありません」

新太郎は叫ぶ。「其奴《そいつ》らは××国の密偵団で、私の父の殺人光線を盗もうとしているんです――父はそのヨットの中に檻禁されているに違いありません」

「それは大変だ、急ぎましょう、――おい、もっと速力《スピード》を出せ」

モーターボートはぐんぐん速力を増した。

早朝の隅田川は、行交《ゆきか》う船でめまぐるしいほどである。そのあいだを巧みに縫いながら、水上署の艇《ボート》は、凄じい速力で石川島を通過し、やがて霊岸島へさしかかった。

「ああいます、――御覧なさい。あの貨物船の向うに白いのが見えるでしょう」

部長の指さす方を見て、

「おや――」と新太郎は体を乗り出した。

「舷側に撓艇《カッター》が着きましたね――や、誰か上から下りて来るぞ」

「急げ、早く、早くやれ！」

部長は呶鳴《どな》りだした。

ヨットの舷側に撓艇《カッター》が横着けになったと思うと、舷梯《タラツプ》を二三人の男女が下りて来るのが見えた。新太郎は運転手を急きたてながら、早くも右手に拳銃《ピストル》を取出した。

「おーい、その撓艇《カッター》待った！」

部長が大声で叫んだ、「ヨットから下りて来る者も止まれ、動くと射つぞ!!」

部長の言葉が終らぬうち、機動艇《モーターボート》は瞬く間に撓艇《カッター》の側へ近寄り、ぐるりと艇首を廻して舷を触れ合せた。

ヨットから下りて来た連中も、撓艇《カッター》にいた男も、部長の右手に光る拳銃《ピストル》を見ると、さっと顔色を変えて、呆然と突っ立ったままだ。

「抵抗したら、かまわず射ち給え」

部長は新太郎と谷口と、部下の二名の警官に眼配せしながらささやくと、ひらりとヨットの舷梯《タラップ》へとび移った。

上から下りて来たのは三人の外国人だった。一人は白髪の老人で、他の二人は老婦人とその娘らしい若い娘だ。部長は三人を甲板へ戻らせると、二人の警官を監視に残し、新太郎と谷口を促して、つかつかと船室へ入ろうとした。と、老外人が鋭《する》どく、

「何をなさるか、あなた方は何の権利でこんな乱暴をするのか」

「不審な点があるから臨検するんだ」

「では、命令書をお持ちか」

老外人は鷲のような鼻を赧くしながら、部長に詰め寄ってきた。

「儂は紐育《ニューヨーク》スタンブル石油会社の日本支配人で、チェスター・モンドという者だ、ここにいるのは妻と娘だ、何処《どこ》に不審なところがあるのか――?」

「不審はこの船にある。第一、この夜明けの薄暗い時間に上陸しようとするあなた方は、今まで船中に何をしていたのか」

「……そ、そんな事は説明する必要がない」

「いや、是非説明して貰い度いのだ。夜会かなんかなら陸上に幾《いく》らも場所がある、たとえ船ですると

しても、沖へ出るなら別のこと、こんな殺風景な岸壁に繋いだまま、夜会でもあるまい——不審だというのはそこだ」

老外人は口をもぐもぐしながら黙っている。

こうして、部長が問答している隙に、早くも新太郎は谷口を促して船室の中へ踏込んで行った。すると甲板船室はまるでホテルの玄関のように飾られ、その中央の卓子《テーブル》には四五人の外人と日本人が集って、卓上電灯《スタンド》をつけたまま何か夢中でやっているのだ。

「立て——手を挙げろ！」

新太郎が拳銃《ピストル》をつきつけて叫んだ。

その二

突然《だしぬけ》の闖入者《ちんにゅうしゃ》にびっくりしたのは、卓子《テーブル》を囲んでいた人々だ。ふっと総立《そうだち》になるところへ、遅ればせに篠田部長が入って来た。——卓子《テーブル》の上にはトランプが散らばっているし、金貨や紙幣が積上《つみあ》げてある。明《あきら》かに博奕《ばくち》をしていたことが分る。

「紅薔薇夫人は何処《どこ》だ」

新太郎は叫ぶ、「ルフラン夫人はどうした？　もう隠しても駄目だぞ、外には警官隊が包囲しているんだ、夫人は何処《どこ》にいるんだ？」

「存じません、そんな名は聞いたこともありません」

答えたのは白い口髭《くちひげ》を生やした外人である。

「私達は、ほんの座興につまらぬ遊びをしていたんです、領事館の方から御挨拶をさせますから、どうかこの場の事はお見のがし願います——ほんの内輪の遊びです」

「云いわけは聞かぬぞ」

部長が儼然《げんぜん》と命じた。「みんな隅へ並べ、動くと容赦しないぞ。——これから船内を捜査する、この船の持主は誰か」

「私です——」

白い口髭の男が答えた。「私はボリビア国の総領事で、キエフ・スノーデンと申します」

「宜しい、案内し給え」

ジャック・谷口一人をその場に残して、部長と新太郎はスノーデンの後から船内捜査のために出掛けた。——併しこの船に相違なし！　と堅く信じていたにもかかわらず、船内には何等怪《あやし》むべきものを発見することが出来なかった。

その船は大客室《だいサロン》と船室が五つ、それに無電室と雑具室、機関室とから成立《なりた》っていて、下甲板には、僅かに船員室と燃料庫、食糧庫があるばかり、——どこの隅にも、博士の檻禁されていそうな余地はないのだ。

「——駄目だ！」

新太郎が呻いた。

「どうも船が違ったようですな」と部長も忌々《いまいま》しそうだ。

「そうかも知れません」

新太郎は念のためにもう一度船室を巡ったが、博士の姿は見当らなかった。

「矢張《やは》りだめです、船が違ったんです」

「すると他を捜さなければなりませんな」

「そうです、大至急探しましょう！」

その時部長はスノーデンに向って、

「では、今度だけ博奕事件は見のがすことに致しましょう、——しかし、主立《おもだ》った方だけ午前中に署へ来ていただきたい！」

「有《あり》がとうございます」

スノーデンや一座の者が、ほっとして見送る中を、部長や新太郎たちは足早にモーターボートへ下りた。――それから直ぐに出発して、隅田川の上下を一時間ばかり捜したが、他には何処《どこ》にも三本檣《マスト》のヨットはいない。

「もう一度慥めてみましょう」

新太郎はモーターボートが新大橋の袂《たもと》へさしかかった時、そう云って陸へあがると、附近の巡査派出所から警視庁へ電話をかけて塩谷刑事課長を呼出《よびだ》した。

「やあ、新太郎君か？」

「沈の奴をそこへ出して下さい。ヨットがみつからないんです」

間もなく刑事課長に代って沈が出た。

「沈か？　もう一度はっきり云ってくれ、霊岸島附近にいる白い三本檣《マスト》のヨットと云うのは本当か、間違いないのか」

「慥かに間違いありません」

「それと思われる船がいたので、隈なく捜査したが違っていたぞ」

「どんな様子でしたか？」

新太郎は手短かに仔細を語った。――すると沈は喚くように、

「それです、それに相違ありませんぜ」

「併し船内捜査をやったが、何処《どこ》にも怪むべき所はないんだ、乗っていた連中もみんな身許が合っている！」

「嘘です、大嘘です!!」

沈は口惜しそうに喚く。「早くその船を止めなくてはいけません。その船こそ奴等の海上本部です、――ボリビア国総領事キエフ・スノーデンと名乗る奴こそ、実は……」

そこまで云いかけると、不意に、

「あッ……助けてくれッ」

と沈の悲鳴が聞え、続いてプスッという鋭い音がしたと思うと、「きゃーッ」

凄じい叫び声と同時に、どたりと人の倒れる気配が聞えて来た。

「もしもし、もしもし」

新太郎は懸命に呼んだが、電話はそのままぷつりと切れてしまった。――沈が何者かに射たれたらしい。しかも警視庁の中で……、だが今はそれに関わっている場合でない。

「――部長！」

いきなり外へとび出すと、新太郎は飛鳥のようにモーターボートへとび移って、

「やっぱりあの船です、あの『ミモザ丸』がそうなんです、急いで引返して下さい」

笑う妖魔

その一

しかし、水上署のモーターボートが全速力で戻って来たとき、すでに「ミモザ丸」は霊岸島の岸壁にはいなかった。

「しまった！」

新太郎は口惜しそうに拳を打って、

「奴等は国外へ逃亡するつもりに相違ありません。すぐに追跡しましょう」

「先ず手配だ」と部長も叫んだ。

ボートを水上署につけて、監視所で訊くと、「ミモザ丸」は一時間ほど前に、東京湾の方へ出て行ったと云うことだった。沿岸の監視所へは直ちに警報が発せられた。

「三本檣《マスト》の白いヨットを発見したら停船を命じ、船内の者を厳重に留致すべし」

モーターボートには、万一の用意に催涙弾や機関銃が積み込まれた。腕っぷしの強い警官七名が新たに乗込んだ。いよいよ追跡は開始された。

ボートは凄じい速力で東京湾へ出た。それから横浜港まで直航して監視所に尋ねたが、そんなヨットは見なかったと云う、――そこで艇首を回らせて沖へ出て、横須賀まで行ったが、途中どこにも発見されなかった。海軍監視所でもそんな船はみなかったというのである。結局――「ミモザ丸」の行方は、杳《よう》として分らないのだった。

「ふしぎだな！」

新太郎はがっかりして、

「霊岸島を出帆して、水上署の前を東京湾へ出たことは慥かなのに、それから先はどうしたのだろう、――横浜、横須賀、剱崎《つるぎざき》の各監視所があるのに、その眼をのがれて外海へ逸走することは絶対に不可能なんだが」

「いずれにしても東京湾の中にいるに間違いない、も少し懸命に捜してみましょう」

部長はそう云って逆航を命じた。

しかし、約半日にわたる捜査の甲斐《かい》もなく、東京湾内には遂に「ミモザ丸」の姿を発見することは出来なかった。――失望落胆して戻る途中、千葉県浦安町の沖合で、一艘の貨物船に出会った。それは舷側に赤錆《あかさび》の出た一本檣《マスト》のぼろ船で、甲板には油で汚れた労働服を着た下級船員が二人ばかり、のん気に煙草をふかしながら雑談をしていた。

「おーい」

新太郎はボートを近づけながら呼んだ。

「こんな所で何をしているんだ」

「乗り上げたんでさあ」

甲板にいた男の一人が、舷門の方へ身を乗り出しながら答えた。

「材木を積んで来たんですがね。昨夜《ゆうべ》の霧で航路を間違えちゃって、この浅瀬へ乗上げちゃったんですよ」

「船主は誰だ？」

「大阪の丸三回漕店の『吉川丸』ですよ。何か事件でも起きたんですかい」

すると、部長が側から叫んだ。

「今日この附近を、白い三本檣《マスト》のヨットが通らなかったか――？」

「さあ……ヨット？」

男は仲間の方へ振返って何か訊いていたが、やがてそんな船は一向に見なかったと云う。――ヨットは勿論《もちろん》、それに似通った船もこの附近は通らなかったと云うのである。

「若しみつけたら水上署まで急報してくれ」

そう云ってボートは帰路に就いた。――新太郎のがっかりした様子を見ると、篠田部長は励ますように、

「元気をお出しなさい、『ミモザ丸』が東京湾を出ていないのは確実です。水上署の全機能をあげても、必ず捜し出してみせますよ」

「――それが間に合えば宜いけれど……」

新太郎はしばらく憮然として天を仰いでいたが、やがてふと思い出したように、

「部長、とも角《かく》急いで警視庁へ行きましょう、さっき電話をかけた時、何か事件が持上った様子なんです、実は……沈という密偵が殺されたらしいんですよ、電話をかけている最中に、沈が怖ろしい声で叫んで、そのまま話が切れちゃったんです。たしか拳銃《ピストル》の音がしましたよ。これもヨットの方と関係のある奴の仕業に違いないのですから、警視庁の方を検べたら、或いは何か手掛りを得るかも知れません」

「ではすぐに岸へ着けましょう」

話しながら、ボートの遠ざかるのを、——じっと見ていた貨物船の上の男は、やがて振返ると、

「もう宜うござんすぜ」

と誰かに呼びかけた、「奴等は気づかずに行っちまいましたよ」

「そうかい……」

と声がして、積荷の蔭から出て来たのは、一人の洋装の女だった。——胸に紅薔薇の飾りがある。正にルフラン夫人だ。

「ほほほほほ、馬鹿な探偵さんたちだ。それにしても白塗り三本檣《マスト》のヨットが、二時間のうちに赤錆だらけの一本檣《マスト》の貨物船に化けているなんて、さすがの新太郎さんでもお気付きでなかったとみえるね、ほほほほほ」

嬌然と笑った、——さてこそ、この貨物船は、「ミモザ丸」の変装したものであったのだ。

その二

「何も彼《か》も初めからやり直しだ」

落胆の中にも奮然と蹶起《けっき》したのは新太郎である。モーターボートが築地河岸へ着くなり、自動車を

拾ってジャック・谷口と共に警視庁へ真一文字に駆けつけた。

「塩谷課長は？」

「やあ大泉さん！　課長は意外な事件が起って、いま調室《しらべしつ》にいらっしゃいます——どうか地下室の方へおいで下さい」

顔見知りの受付の顔が、心なしか昂奮に蒼ざめている。

「有難う」

谷口を残して、新太郎は地下室へ下りて行った。——塩谷課長は地下七号の調室にいたが、新太郎の顔を見ると、

「おお新太郎君か、実にふしぎな事件が起ったので弱っていたところだ」

「沈が殺されたのでしょう——？」

「うん、いま治療室で手当をしているがどうも生命は危いらしい、時に、例のヨットはみつけたかね」

「まんまと逃してしまいました」

新太郎は口早に仔細を語って、「——と云う訳で、東京湾を出た形跡がないのに、何処《どこ》へ行ったか分らぬのです。そこで沈を狙撃した奴を捜査して、こっちから手掛りを摑もうと思って帰って来たんですが……」

「しかし、その浦安沖にいた貨物船というのが怪しくはないか、——浦安町の沖は有名な浅瀬で、いくら霧があったって、あんまり航路から離れすぎていると思うがな」

刑事課長はそう云いながら電話で船舶課を呼出し、

「大阪の丸三回漕店へ至急電話をかけて『吉川丸』という貨物船があるかどうか、あったら今どこにいるか問合《といあわ》せてくれ給え！」

と命じた。

「こうしておけば、その貨物船が怪しいかどうかすぐに分るだろう、——ところでこちらの話だ」

刑事課長は椅子をすすめて、「実にこんな奇怪な事件は警視庁はじまって以来の事で、まるで何処《どこ》から手を着けて宜いか見当もつかぬ始末なんだ」

「沈が電話へ出たのは何処《どこ》です？」

「この部屋なんだ」

刑事課長は立ち上った。

その調室は、三坪ばかりの天井の低い部屋で、一方は廊下に面して厳重な扉《ドア》があり、一方は内庭に面している、——しかし地下室なので、壁の上端に小さな窓が一つ、その窓から内庭を歩く人の足が僅《わずか》に見えるばかり、しかも窓の外には鉄格子が嵌《はま》っているから、どんな事をしても人間の入り込むことは出来ない。

「君から電話がかかって来た時、丁度ここで私が沈を調べていた。そこで直ぐに沈を電話へ出したのだ。すると間もなく扉《ドア》の外から、『総監がお呼びです……』と云う声がしたんだ」

「呼びに来た者はこの室《へや》へ入らなかったのですね？」

「外で呼んだだけだ。総監室へ行ってみたところが、総監は司法省へ行っているというのだ」

「直ぐに調室へ帰りましたか」

「うむ、これは怪しいと思ったから、地下室へとんで戻ると、沈が受話器を摑んだまま倒れていたのだ」

「すぐに手配をなさいましたか？」

「勿論、それから、沈の傷を検めると、小型拳銃《ピストル》で下腹部と胸と二発やられているんだ、——医者に注射をさせると、間もなく意識を取戻したので、どうしたんだ、誰が射ったのか……？　と訊いた、

すると沈は苦しそうに、

「——猫が、猫が……」と叫んだが、そのまま又気絶してしまったのだ。一方——捕えた者の取調べを行ったが、新聞記者と、出入りの弁当屋、その他を合せて二十九名ばかりいる内、一人として怪しむべき人間はいなかった」

課長の話にじっと耳を傾けていた新太郎は、

(密閉された調室の中で、軍事探偵が殺された、そして被害者は、猫が——と叫んだと云う、猫、猫とは何だ猫とは？)

そうひとり言の様に云って、急に立上ると、調室の中を点検し始めた。——熱心に一時間ばかり捜査していたが、やがて室の片隅から何か拾うと、ポケットへ納めながら、

「塩谷さん」と振返ってにっこり笑いながら、

「非常線にかかった人物は、未だ留置してあるでしょうね」

「そのまま捕えてある」

「その中にびっこの女がいる筈です。支那料理店の出前持ちで、髪毛《かみ》が赤く、背の高さは百五十糎《センチ》位の肥《ふと》った体です」

「ど、どうして君はそれを知っているのだ」

「それは後で説明しましょう、とも角その女を此処《ここ》へ伴《つ》れて来て下さい、——その女が沈を狙撃した犯人です！」

新太郎はきっぱりと云い切った。

追いつ追われつ

その一

「この女ですが――」

三十分ばかりすると、二人の刑事が中年のみすぼらしい女を伴《つ》れて来た。――新太郎はつかつかと歩み寄った。

「君の名を云い給え、それから店はどこだ？」

「私はお袖と申して日比谷の香風楼に使われている女《もの》ですがなにかお疑いでもございますか」

「此方《こちら》の訊くことに返辞《へんじ》をすれば宜《よ》い、――猫はどうしたね」

「猫……？」

女がさっと顔色を変える、とたんに女の懐中《ふところ》でニャーンと声がした。新太郎は手を伸ばして、ぐいと相手の懐中《ふところ》から仔猫を摑みだした。女は吃驚《びっくり》して、

「あ、何をなさるんです、それは私の可愛がっている猫ですよ」

「君の猫に相違ないね？」

「そうですとも」

新太郎は猫を其処《そこ》へ置くと、手早く女の身体検査を始め、まもなく汚れたエプロンの隠《ポケット》しから、絹糸を縒《よ》って作った一本の細い紐を取出《とりだ》した。と見るより女は、あっと叫びざま、いつの間にか鋭い短剣を右手に閃《ひら》めかしながら、

「この小僧！」

とばかり新太郎の胸へ突きかかった。不意の出来事に、塩谷課長はじめ刑事たちが、はっと一歩さがった時、危く躱《かわ》した新太郎は、女の腕を逆にとって力任せに捻上《ねじあ》げながら、刑事の方へ振返《ふりかえ》って、

「早く手錠をかけて下さい」

と叫んだ、刹那！　女は猛然と新太郎を突《つき》とばして扉《ドア》の外へ――。くそっ、と新太郎は跳躍して後から衿頸《えりくび》をだっと突いた。足が浮いていたから女は烈《はげ》しく前のめりに倒れる。

「――畜生！」

と喚《わめ》いてはね起きようとするところを、刑事の一人が素早くとび掛って手錠をかけてしまった。

「じたばた騒ぐな、――」

新太郎は女を部屋の中へ引摺《ひきず》り込むと、いきなり髪毛《かみ》を摑《つか》んでぐいと引張った。――と、意外にも髪毛《かみのけ》はすっぽり脱《と》れ、あとには男の頭が現われた。

「あっ！」

遉《さすが》の塩谷課長も、それを見ると思わず驚きの叫びをあげた。

「済みませんが受付のところにジャック・谷口がいますから呼んで来て下さい」

刑事の一人にそう依頼した新太郎は、静かに課長の方に歩み寄った。

「課長、もうお分りでしょうが、此奴《こいつ》が沈を殺した犯人ですよ」

「と云われてもよく分らぬが」

「沈が死ぬ間際に、猫――仔猫が……と云ったそうですね。此処《ここ》にいる猫がそれですよ。この室《へや》の扉《ドア》には貴方《あなた》が鍵をかけて出た、――此奴《こいつ》はそれを見届けて置いて、内庭に向いたあの高窓から仔猫を入れ、自分は廊下へ廻って扉《ドア》の鍵穴からこの絹紐を差込《さしこ》んだのです。この紐の尖《さき》を嗅いで御覧なさい」

新太郎はそう云って、さっき犯人の隠《ポケット》しから捜出《さがしだ》した絹紐の尖を課長に渡した。

「ふむ――何か匂うね」

「木天蓼《またたび》です。猫に木天蓼《またたび》と云って、この匂いならどんな微《かす》かなものでも必ず猫は嗅ぎつけます。犯人はそれを利用して鍵穴から紐を垂らせました。猫はすぐに匂いを突止《つきと》めて、この紐に噛《かじ》りつき内側へ引張って戯《じゃ》れはじめました。その時犯人は強く紐を引きながら、或種《あるしゅ》の操作をして鍵を外し、中へ入って沈を刺殺《さしころ》したのです。そんな面倒なことをせず、窓から拳銃《ピストル》で射てば早いのですが、銃声を聞かれては自分の捕縛は免れませんからね」

そこへジャック・谷口が入って来た。——新太郎は犯人を指さして、

「君、この男を知らないか？」

と云う、谷口は諸君も知っている通り、曾《かつ》ては××国密偵団にいたことがある、——大股に犯人の方へ進寄《すすみよ》ったが、

「やあ、貴様は生首の健じゃないか」

と叫んで、「坊ちゃん、此奴《こいつ》は仲間でも一番兇悪な、人殺しなど屁とも思わぬ奴です」

「宜し、課長……それでは此奴《こいつ》をみっちり調べて下さい、きっと××密偵団の内容が分るに違いありません」

「引受けた、必ず泥を吐かしてみせよう」

課長が頷いた時、側の電話器がじりじりと鳴った。

その二

「ああ——」

塩谷課長が電話に出た。「え？　なにそんな船は無い——？」

課長は新太郎の方へ振返って、

「新太郎君、君が浦安沖で会ったという船は怪しいぞ、いま船舶課に大阪の丸三回漕店へ問合せの電

話をかけさせたら、『吉川丸』など云う船は持って居らんと云うことだ」

「や……しまった！」

新太郎は跳上《おどりあが》った。「さてはあの貨物船はミ、モ、ザ、丸に違いない、まんまと一杯喰わされたぞ！」

「直《す》ぐ行き給え、水上署へは此方《こっち》から電話をかけて東京湾内の非常警戒をやらせよう、——ああ、それから船は築地河岸に繋いである警視庁のにし給え、時速二百五十哩《マイル》というすばらしい奴だ、操縦者もつけてあげよう」

「お願いします」

二十分の後、車で築地河岸へ乗着《のりつ》けた新太郎と谷口は、腕っこきの刑事二名と共に機動艇《モーターボート》「つばめ」に乗込んで隅田川を下った。

月の無い曇日の夜だ、二千燭光の探照灯を艇首に輝かせながら、越中島から左へ折れ、洲崎の埋立を左に海へ出ると、急に速度《スピード》を増して東北へ驀進《ばくしん》し始めた。

「ねえ坊ちゃん、若《も》しあの貨物船が『ミ、モ、ザ、丸』だとしても半日のうちに船体を塗替え、三本檣《マスト》を改造する事が出来るでしょうか」

「警視庁の調べ室で殺人をやらせるような奴等だ、そのくらいの事は朝飯前さ、——君、ここはどの辺ですか？」

「荒川尻です」

「じゃあ探照灯を消して下さい」

探照灯は消された。——刑事の一人は無電器《ラジオ》に就いていたがこの時新太郎の方へ振返って報告した。

「唯今《ただいま》水上署の一号機艇から無電です、東京水上署の機動艇《モーター》は総動員で出動しました。十分毎《ごと》に状況報告をするそうです」

「有難《ありがと》う」

無電で連絡をとりつつ、東京湾上には非常警戒の機動艇《モーター》の網が張られて居る。——この間にも「つばめ」は急航を続けて、間もなく江戸川尻も過ぎた。併し……浦安沖の海上には、すでに貨物船の姿は見えない。

「しまった、奴等は逃げたぞ！」

新太郎は歯噛みをして叫んだ。

「君、早く水上署の全機艇に通知して下さい。貨物船は現場より脱走す、——と」

無電は発せられた。

「奴等はもうこの附近にうろついている筈《はず》がない。海を南下したか、それとも又……」

と呟《つぶや》いて見廻《みまわ》した時、近くに漁船のいるのをみつけて、新太郎は艇を寄せた。

「おーい」

と声をかける、「この辺に夕方まで貨物船のいたのを知らないか——」

「知っているだよ」

漁夫の答えるのが聞えた。「三時間ばかり前だっけか、錨《いかり》をあげて出てっただ——なんでもはあ南へ向けて航《い》ったっけ」

新太郎は礼を云って艇をかえすと、再び無電でこの由《よし》を警戒船に伝え、

「今度こそ奴等は闇にまぎれて東京湾をぬけだすに相違ないぞ、横浜、横須賀の監視所へ厳重警戒の無電を発して下さい——全速力で観音岬水道へ！」

ぱっと探照灯は点ぜられた。

無電は全警戒線へ飛んだ。水上署の各機動艇《モーター》は、千葉前、上総《かずさ》沖を捜索しつつ、袋の口を締めるように、じりじりと観音岬へ集まって来る。その大捜査網の中央を、新太郎の乗った快速機艇「つばめ」は、矢のような速力で南へ南へと急航した。

「水上署、五号機艇——発見せず」

「横浜十七号機艇……未《いま》だ貨物船を発見せず、只今《ただいま》木更津沖に在《あ》り」

刻々に無電報告が来る、どれも是《これ》もみんな「発見せず」と云うもの許《ばか》りだ。——と午後十時五分前であった。

「富津洲灯台の監視所から無電です」

と係りの刑事が叫んだ。「午後十時七分前、当所の沖五浬《カイリ》の海上を、一艘の貨物船が南方に向って通過せり、停船信号をなしたるも信号を無視して去る」

「それだ!!」

新太郎は雀躍《こおどり》した。「それに違いない、全速力《フルスピード》で追跡だ!」

機艇は舳先でざああと飛沫をあげながら、ぐんぐん速力を加えた。

「神よ! 彼《か》の船を捕えさせ給え! 世界の脅威『殺人光線』の秘密と、父大泉博士を我等の手に奪還せさせ給え!!」

新太郎は思わず瞑目して祈った。

恐るべき罠

その一

「博士……まだ御決心はつきませんか」

「悪魔め、鬼め——殺せ」

大泉博士は海老責め車にかけられたまま、息も絶え絶えに呻《うめ》いた。

「ほほほほ、そう易々《やすやす》と貴下《あなた》を殺すことは出来ません」

天使のように美しい姿をもち、然《しか》も骨の髄まで悪魔の魂をもつ紅薔薇《べにばら》夫人は、嬌然と笑いながら嘲《あざけ》った。——と、その時一人の部下が入って来た。

「なんだえ」

「唯今、観音岬の手前二浬《カイリ》にさしかかっています、後方から一艘の快速力機動艇《モーター》が追いついて参りますが」

「ボートの用意は出来ていますか？」

「はい、——」

「では命令通りすぐ支度をおし」

「畏《かしこま》りました」

部下が去ると共に、夫人は振返って黒人の拷問者に博士の縛《いまし》めを解かせた。——すでに博士は半分失神している。夫人は博士に手錠をはめ、黒人に背負わせて甲板《デッキ》へ出た。このあいだに数人の部下は、夫人の船室から「殺人光線の模造機械」を始め、重要品を運び出して、左舷におろしてあった大型機艇へ積込《つみこ》んでしまった。

「ふん、狂犬のようにやって来るね」

夫人は船尾に立ち、双眼鏡を執《と》って追跡艇の方を見た。探照灯を照しながら、凄《すさま》じく波を切って肉薄する快速機艇……夫人の双眼鏡には、その機艇の上に突立っている少年の姿がありありと映った。

「おやおや、また新太郎さんか」

ちらっと冷笑をうかべる、「この船をみつけたとみえて、大層お急ぎだこと……ほほほ、でも悦《よろこ》ぶには未《ま》だ早過ぎますよ」

そう呟いているところへ部下の一人が来て、

「積込みを終りました」

「博士も乗せて？」

「はい」

「では火薬庫の導火線へ火をつけておいで、時間は二十分だよ」

「畏りました」

部下は命令の通りにして直ぐに戻って来た。そして夫人と一緒に用意の機艇《モーター》へ乗移ると、本船を離れて闇の中へ辷《すべ》り出た。

「博士、博士！」

夫人は遠ざかりゆく本船の方を見送りながら、大泉博士の肩を摑んで揺り覚まし、

「さあ、これで御覧なさい」

そう云って博士を抱え起し、その眼へ双眼鏡を当てがった。「向うから探照灯をつけた機動艇《モーターボート》が来るでしょう。その舳先に少年が立っています、さあその少年の顔をよく見て下さい」

博士は弱っている視力を懸命に努力しながら、云われるままに暫《しば》く覗いていたが、やがて苦しげに呻いた。

「おお、し、新太郎……」

「そうです、貴方《あなた》の大事な独り息子、天才児と云われる新太郎さんです、博士を助けるために、ああして闇夜の海を乗切って追跡して来たのです」

「う……む」

「お可愛《かわ》いいことでしょうね」

「き、貴様は、新太郎を、どうしようというのだ……？」

紅薔薇夫人はつと傍《かたえ》の妙な機械を指さした。

「あの船の艙には二十噸《トン》の火薬が詰まっています。そして私がこのダイヤルを廻せば、その火薬は無電の仕掛けで一時に爆発するのです。二十噸《トン》の火薬がですよ」

「あ……悪魔」

「もうその台白《せりふ》は飽きる程聞きました、新太郎さんの生命《いのち》は、貴方《あなた》のお返辞に依《よ》って生かしも殺しも出来るのです。博士——あの殺人光線装置を仕上げて下さいますか」

「う……む」

「まさか厭《いや》とは仰有《おつしや》れますまい、そら御覧遊ばせ、あの機動艇《モーター》は「ミモザ丸」に着きました。そして真先《まつさき》に新太郎さんが舷門へとびあがって行くのが見えます……なんという勇敢な少年でしょう、あの逞しく白い顔に美しい血の色が漲《みなぎ》っている、あれは父を助けようという狂気のような心の現れでしょうね、——さて、お返辞をなさい博士、諾《イエス》ですか否《ノー》ですか、貴方《あなた》はあの可愛いい息子さんの体が、火薬に吹かれて粉砕されるのを見度《みた》いのですか？」

何という無慈悲な責め方であろう、——如何《いか》なる拷問に屈せぬ勇士も、我子の生命《いのち》には反向《はむか》うことは出来ぬ、子を想う親の情愛こそ、有《あら》ゆるものより強い力を持っている。博士は夫人の声を聞くまいとして耳を蔽《おお》った。眼をつむった、歯をくいしばって身悶《みもだ》えした……併《しか》し、愛する新太郎の笑顔が見える、元気な声が聞える——ああ、それが今まさに悪魔の手で虐殺されようとしているのだ。

「博士、お返辞がありませんのね？」

夫人の指はダイヤルに触れた。

「ま、待て！」

博士は裂けるように云った「装置を作ろう、新太郎の生命《いのち》を助けて呉《く》れ……」

「はははははは」

紅薔薇夫人は高らかに勝利の笑声《わらいごえ》をあげた。そしてその大型機動艇《モーター》は、闇にまぎれて鋸山《のこぎりやま》をめあてに航《はし》り去った。

その二

同じ時、――新太郎は貨物船に追いついた。既に毒婦一味が退船した後とは知る由《よし》もないから、

「谷口！　注意しろ、奴等が現われたら構わず射つんだ、ぬかるな！」

「合点です！」

頷き合って、機動艇《モーター》を右舷に着ける。いずれも右手に拳銃《ピストル》を握って、二人の刑事と共に素早く舷門へかけ登った。

甲板には人影がない、船は南へ向って航行しつつある。新太郎は左手に懐中電灯を執りながら、跫《あし》音《おと》を忍ばせて船室の中へ入って行った。――中は森閑《しん》として人の気配もない……ふと闇の中に、小さくぽつり赤い火が見える。

「いたか？」

とばかり懐中電灯をつけた、――併し、光に照しだされた室内はがらんとして人影もなく、怪しい火と見えたのは卓上の灰皿に置かれた煙草の吸いさしであった。

「ふむ、煙草の吸いさしが残っている以上、つい今しがたまで此室《このしつ》に誰かいたに違いないぞ、――そして我々の来た事を知って隠れたのかも知れぬ、みんな注意しろ」

新太郎はそう囁《ささや》きながら、左手の扉《ドア》をそっと押明《おしあ》けた。そこも真の闇である、――続いて次の船室へ、

「いない、まるで無人の船だ」

新太郎は舌打をした。併し懐中電灯に照しだされた室内を見廻すと、思わずあっと云って二三歩さがった。そこには東西古今の拷問道具が置並《おきなら》べてある……見た許りでもぞっと身の竦《すく》むような恐ろし

い道具。

「見ろ谷口、何という恐ろしい道具だ、あの女は何の為《ため》にこんな物を飾って置くんだろう、是でどうしようと……」

そこまで云いさして、新太郎は自らぎくりとした。若しや是で父が——父が拷問にかけられたのではあるまいか？　そう思うと全身の血が逆流するような苦しさに襲われた。

「そうだ、それに相違ない、あの鬼のような女はこの恐るべき拷問器にかけて、父を責め苦しめたのだ——ああ、父さまさぞ辛かったでしょう、さぞ苦しかったでしょう父さま、だがどうか頑張っていて下さい、新太郎は例《たと》え自分の身を粉に砕いても、必ず貴方《あなた》を救い出します、必ず、必ず!!」

新太郎は悲憤の涙に咽《むせ》びながら誓った。

やがて気を取直すと、更《さら》に上甲板の隅々残らず捜査した後、中甲板へ下りて行った。恐るべし——、紅薔薇夫人が仕掛けさせた導火線は、すでに十有余分を経過して、余すところ僅しか残っていない、然もそれは刻々と燃えているのだ。恐るべき罠……夫人は博士に新太郎を助けることを条件に、殺人光線の装置《セット》を作らせると約束しながら、実は少年を殺害しようとしているのだ。

新太郎は懸命に船内を捜査した。併し何処《どこ》にも人影がない。此《ここ》に至って始めて彼は、毒婦の一味が船を棄てたのではないか？　と疑いはじめた。

「谷口、こいつは些《すこ》し変だぞ」

「どうしたんです」

「奴等はいない、奴等は脱船したんだ。父さまも一緒に伴《つ》れて……」

「併しまだ船艙《せんそう》が残っていますよ」

「君知っているのか」

「隠し扉《ど》があるんです、此方《こっち》へ来て下さい」

ジャック・谷口は船員室の外へ出て、壁の一部をさぐっていたが、やがてかゝちりと鍵の落ちる音がしたと思うと出入口が開いた。

「どうして知っていたんだ?」

「まだ私が団員として働いていた時分、一度この船で上海《シャンハイ》まで行ったことがあるんです、隠し扉《ど》になっていますから、ただ外から見ただけでは分りません、――奴等はここに隠れていますぜ」

「宜し、入ろう――」

危し、その船艙に入れば最早死からのがれる道はない。新太郎は一歩中へ踏込《ふみこ》んだ――と、その時刑事の一人が走って来て、

「いま水上署の機動艇《モーター》が追いついて来ました。些《ちよ》っとおいで下さい」

「宜し、――谷口、隠し扉《ど》を閉めて置け、水上署の人達と一緒に踏込むとしよう」

「はい」

谷口は隠し扉《ど》を閉めた。そして新太郎と一緒に上甲板の方へ戻って行った、――併し、彼等が上甲板へ出た刹那である、突然ぐいッ! と甲板がはね上ったと思うと、ピシ! 耳を劈《つんざ》く恐ろしい大音響、同時に紫色の眼も眩《くら》むような火柱が天に届くかとばかり立昇《たちのぼ》って、
が――ん!!

船体は中央から引裂け、有《あら》ゆる物を粉砕し、吹飛《ふきと》ばしながら沈没した。

牙城を衝《つ》く

その一

「しまった」

と思った瞬間に新太郎は気を失っていた。それからどのくらい経ったであろう。冷え徹《とお》る潮流の冷たさに、ようやく我にかえる……ふと気付くと、夢中で摑んだとみえて船具の破片に捉《つか》まったまま流されているのだ。

「ああ助かった、助かったぞ」

新太郎の頰にはらはらと涙が流れた。神々の加護があったのだ、あの大爆発に生命《いのち》が助かるなんて――正に神々の護《まも》りだ。それにしてもあの女の恐ろしさ。

新太郎は今更に身慄《みぶるい》を感じた。

潮流は氷のように冷たい。然も強い力で南々東へと流れている、このまま いては外海遠く漂流して了《しま》うに違いない、それから凍死だ。

「くそっ、死んでたまるか」

新太郎は伸上《のびあが》って見廻した。――意外や、海上遥《はるか》に浮いていると思ったが、振向いて見ると左手二百米《メートル》のあたりに峨々《がが》たる岩礁が見えている。勇気百倍した新太郎は、凍えている手足に力をこめて、懸命に岩礁めがけて泳ぎだした。水の冷たさは身を縛るようだ、――併し冷たさが何であろう、潮流は強く流れている、――だが潮流なにものぞや！　父を救わんとして奮起した少年の熱意の前には、有ゆる障害もその力を失わずにはいない。泳いだ泳いだ、夢中で泳いだ。そして惨澹《さんたん》たる努力の後、遂に岩礁へ辿《たど》り着くことが出来たのである。

岩の上へ這《は》いあがった新太郎は、一時に出た疲れと安堵のために、暫くはそこへ倒れたまま起上《おきあが》ることも出来なかったが、

「さあ、元気を出せ！」

と自ら励《はげま》しながら、やがて確《しつか》りと立った。いったい此処《ここ》はどの辺であろう、――この岩礁は陸に続いているのかしらん！

「先《ま》ず其《それ》から先に慥《たしか》めよう」

新太郎はそう呟きながら、岩の上を危げに踏みつつ進んで行った。岩礁は水面上へ飛石のように頭を出しているだけである。鋭く尖った岩で足を傷《きずつ》けられたり、離れているところを跳んだりしながら、約百メートルも行くと、闇の中に切立《きりた》った断崖が見えて来た。

「おお陸だ、陸に続いている」

思わず喜びの声をあげながら、尚《なお》二三十歩進んで行った。――すると其時《そのとき》、断崖の下あたりに突然ちらちらと灯の動くのが見えた。

「漁夫かな？」

と思って足を止めて見ると、其灯はすうと消えた。そして再び現われ、二度ほど瞬いてから又消える。

「なんだ？　変に点いたり消えたりするぞ」

呟きながら様子を見ていると、怪い灯は一定の間隔を置いては点滅し、そのあいだに或《あるい》は長く或は短く瞬いている――

「信号だ――灯火信号だ」

新太郎は頷いて、改めてよく見戍《みまも》っていると、果して「●―●　―●　――●　●―」という風に

点滅する。正《まさ》にモールス信号だ。

「この深夜、こんな海辺で密《ひそか》にモールス信号を交換するなんて、こいつはうっかり見逭《みのが》せないぞ、若しかすると――?」

新太郎は何か思当《おもいあた》ったらしく、急に眼を輝かして信号を読み始めた。「……ば、く、は、つ、す、べ、て、ふ、ん、さ、い。せ、い、ぞ、ん、し、や、な、し」

「爆発す、凡《すべ》て粉砕、生存者なし」

始めの部分は分らないが、どうやら「ミモザ丸」の爆沈を通信しているらしい。――とすると彼等は紅薔薇夫人の一味に相違ない。

「あ、何という幸運だ、生命《いのち》が助かった許《ばかり》か奴等の隠れ家まで突止めることが出来るかも知れぬぞ、――だが、何も武器を持っていないのは残念だ」

新太郎は岩を右手へ廻って、南寄りに出た。そこには大きな望楼のような形をした岩が、にょっきり闇の中に突《つ》っ起《た》っている。新太郎はその岩へ静かに登って行った。――そこから敵の様子を見下そうと思ったのである。が、新太郎は前に気をとられ過ぎていたので、後に迫る影に気付かなかった。

見よ、大岩の下に一人の怪漢が忍び寄って来た。彼は兎を狙う獅子のように、新太郎の背後《うしろ》へじりじりと迫り、右手にぎらりと鋭い短剣を抜放《ぬきはな》った。――新太郎はまだ気付かない、ようやく岩の頂《いただき》に登りついて、ほっとひと息ついた時である、……後に迫った怪漢は、大きく跳躍しながら、

「やっ!」

と新太郎の背中を狙って短剣を突下ろした。

その二

僥倖とは正に是を云うのであろう。

背後から忍寄《しのびよ》った怪漢が、右手の短剣をぐざ！　とばかりに振下した刹那——新太郎の踏みかけていた岩角が欠けて、

「あっ！」

と云うまもなくずずずと辷った。

その途端に短剣が振下されたのである。短剣はかちりと岩を削る、しまった！　と執直《とりなお》そうとするところへ、辷ったまま新太郎の体がだッ！　と突当った。

「卑怯者め」

叫びながら新太郎が相手の右手を摑んだ。怪漢は左手で岩に縋《すが》りつつ、右手を振放して下から、

「——小僧！」

とばかりに突上げる、危し！　新太郎は首をすくめながら、決然と岩を蹴り身を躍らせて海へとびこんだ。

だあーっ！　と飛散《とびち》る飛沫《しぶき》、岩礁のあいだの凄じい流れはみるまに新太郎の体をのみこんだ。怪漢はしなしたりと岩を辷り下りるや、短剣を納めてすぐ拳銃《ピストル》を取出した。

「浮上《うきあが》ったら一撃に！」

と狙っている、——と、五メートルばかり先へ沸きたつ泡を掻分《かきわ》けて、ぽかりと新太郎が頭を出す、

「そら——！」

と狙い撃ちに一発。

だーん!!

闇を切る火花。

「あっ！」

波を伝わる悲鳴と共に新太郎はずぶりと水中へ沈んでしまった。怪漢はそれでも油断なく、暫《しば》しが

あいだ四辺《あたり》の水面を睨んでいたが、それっきり少年の姿は現われなかった。

「態《ざま》を見ろ――小僧め」

怪漢はにやり笑って、拳銃《ピストル》をポケットへ突込みながら振返った。銅色をした顔、厚い唇と鈍い大きな眼――それはあの紅薔薇夫人の侍僕、黒奴《くろんぼ》マンバーであった。

「奥さんは矢張《やは》り偉いな、きっと後から小僧が来るに違いない、だから隠れていて片付けてしまえと仰有《おつしや》ったが……その通りだった。それにしてもあの小僧め、よくミモザ丸の爆破に死ななかったなあ――」

黒奴《くろんぼ》マンバーには、それが不思議らしい。やがて彼は大岩の右手を廻って断崖の方へ歩いて行った。断崖の下では四五人の男たちが、せっせと荷物の陸揚げをしていた、――ミモザ丸から積込んできた品々である。

「マンバー此方《こつち》だよ」

夫人の声がした。マンバーが近寄ると、紅薔薇夫人が、

「いま拳銃《ピストル》の音がしたのはお前かえ」

「はい奥さま、小僧がやって参りましたので仰せの通りに致しました」

「仕損じはしまいね」

マンバーは仔細を語った。

「慥《たしか》に手応えがございましたし、暫く見張っておりましたが遂《つい》に浮上《うきあが》って参りませんでした」

「それなら恐らく大丈夫でしょうけれど、あの少年には今までにも度々《たびたび》手を焼かれているから、みんな油断をおしでない」

「かしこまりました、奥さま」

部下の男達はまるで獅子の前の兎のように温和《おとな》しく答えた。

荷揚げは終った。それを見届けておいて夫人はマンバーをつれて断崖の方へ進んだが、やがて断崖の一部に手を触れると意外にも岩の一部がぐらりと動いて、樫造《かしづく》りの頑丈な扉が現われた。それを入ると二メートル四方ばかりの箱室《はこべや》になっている。マンバーは後の扉《ドア》を閉めて右手に取附けてある釦《ボタン》を押した。すると箱室は快いエンジンの響《ひびき》を伝えながら、静かに上へ昇りはじめた、——実にそれはエレベーターになっているのだった。箱室は三十メートルほど昇って止まった。同時に扉《ドア》が外から開いて、黒い外国の海軍士官の正服《せいふく》を着た男が、出て来る夫人に挙手の礼をした。

「アスター中尉しばらくでした」

「暫くでしたルフラン夫人」

士官は夫人の差出す手を握った。

「あなた何日《いっ》こちらへいらしったの？」

「一昨日参りました」

「R三号は御一緒じゃなかった？」

「——はあ、彼方《あちら》でお待ちです……」

R三号！　×国スパイ団の総首領「R三号」は遂に日本へその姿を現わしたのである。

虎穴に入る

その一

新太郎は息の続く限り水に潜《もぐ》っていた。

そう云っても、ひと処《ところ》にいた訳ではない、岩礁のあいだの水は恐ろしい力で、ぐんぐん新太郎を押《おし》流《なが》した。うっかりすると先刻《さつき》の潮流に巻込《まきこ》まれて外海へ持って行かれる。と云って流れからぬけようとするには海面へ出て泳ぎ抜けなければならぬ。然も水面へ出れば兇漢の拳銃《ピストル》が待っているのだ。

「――畜生！」

新太郎は懸命に水を蹴った。

流れに逆って、水中の岩に縋《すが》りつつ必死に岸の方へ進む、――やがて息の限度がきた。

「どのくらい距離がひろがったか――まだあの兇漢はいるか？」

危《あやぶ》みながら、ようやく水面へ出てほっと息をつく、素早く見廻したが既に怪漢の姿はみあたらなかった。

「助かったか――ああ」

と二三度深く呼吸《いき》をして、さて岩礁の上へ這いあがろうとしたが、疲れているので手が滑り、思わず波の中へ落込《おちこ》んだ。その時である――再び岩に取着こうとする新太郎の体が、見えぬ手で引かれるように、ぐーんと波に乗せられて断崖の方へ持って行かれた。

「や、いかん！」

驚いて泳ぎぬけようとしたが、急流のような波の力はどうすることも出来ない、ああ！　と思うまに新太郎は断崖の根もとへ叩きつけられた。

「――駄目だ」

と思わず眼をつむった。

ところが意外にも、断崖に叩きつけられるかと思ったとたんに、新太郎の体は突然――暗い穴のようなものの中へすうっと流れこんだのである。

新太郎は愕《びつく》りして、水面に伸上《のびあが》りながら四辺《あたり》を見廻した。自分がいま押込まれた僅《わずか》な隙間から光がさしているばかり、それさえも波が寄せて来ると塞《ふさ》がるので、そのあいだほんの閃《ひら》めくような光しか見えない。――併し、眼が暗さに馴れるにしたがって、段々に周囲の有様が見えてきた。

伊太利《イタリー》の有名な観光地にカプリ島という処があり、その島に琅玕洞《ろうかんどう》という潮入り洞がある。入口が狭いので、波の寄せるひまを狙っては舟を洞《ほら》の中へ進めるのだが、潮が満ちてくると洞の口は全く塞がれてしまう。洞の中も美しいが、この波のひまを見て巧《たくみ》に舟を乗入れるところが、旅人にはまたなく珍しがられていると云う――。いま新太郎が偶然に波で押入れられた洞窟も、その琅玕洞に似た潮入り洞であった。

「さて困ったぞ、外へ出たいが、流れこむ波が強いから、下手をするとぶっつけられてしまう――どうしたら宜《い》いかな」

焦っている内に、いつか体は奥の方へ奥の方へと押流されて行った。すると……不思議なことには、洞の奥の方からぼんやりと電灯の光がさして来たのである。

「――おや？」

新太郎は思わず身を沈めた。

慥《たしか》に電灯の光だ。躰《からだ》を沈めて水音を立てぬように進むと、洞は右手へ曲っている。その角まで来てそっと向うを覗くと――実に驚くべき光景が展開した。

潮入り洞は右へ曲ると共に大きくなって、高さは十五メートルあまり、左右も二十メートルに余る広さ、五百燭光ほどの電灯が十箇ばかり洞窟の周囲についている。それから洞の突当りには立派な船《ふな》着《つき》が出来て、一艘の快速機動艇《モーターボート》が繋がれてあり、更に新鋭な小型の水上飛行機が浮いているではないか。

「驚いたなあ」

さすがの新太郎も思わず嘆声をもらした。

「横須賀から眼と鼻のあいだにあるこんな処に、奴等はいつの間にこんな隠家《かくれが》を造ったのだろう、

――全くジャック・谷口の云った通り恐るべき奴等だ。併し早く発見して宜かったぞ。今から思うとあの怪漢に襲われたのが幸いだった。彼奴《あいつ》にやられて海へ跳込《とびこ》んだばかりに、ここへ流れこむことが出来たんだからな、おや……？」

人声が聞えてきた。新太郎はぴったり岩壁へ身を寄せる――と、船着へ海軍士官の正服を着た外国人が二人、大声になにか話しながら現われた。

「僕は反対です」

若い方の士官が云った。

「どうして反対だ」

「危険です。観音崎の監視所は、昨夜のミモザ丸事件で警戒が厳重になっていますから、迚《とて》も脱出は困難です」

「だからさ」

と髯《ひげ》のある方が云った。

「だから大泉博士を囮《おとり》にすれば宜かろうと云うのだ。博士はもう疲れきっているから、脅迫すれば承知するに違いない」

「そんな危険を冒すよりも、やはり此処《ここ》で作らせる方が安全ですよ」

新太郎は一言も聞きのがすまいとして、じっと耳をすましている。

その二

「兎《と》に角《かく》ポイントに相談しよう」

「そう致しましょう」

二人はそう云って快速機動艇《モーターボート》に乗込んだ。みつけられたらそれ迄《まで》である。新太郎は機動艇《ボート》が動きだすのと同時に、静かに水中へ沈んだ。

機動艇《ボート》は低いエンジンの音をたてながら外の方へ通りすぎた。新太郎がそっと浮上って見ていると、ふしぎや――あの狭い洞の入口は、機動艇《ボート》の通る時だけ重々しくひろがって、あとは再び元のように狭くなった。

「ははあ、さては水門になっているのだな、するとこの洞窟には相当大掛りな電気装置があるに違いない。うっかりして警戒線にでもひっかかったら大変だぞ」

新太郎は油断なく四辺《あたり》を見廻しながら、静かに泳いで船着にあがった。

新太郎が体の水をしぼって、踏板の方へあがろうとした時であった。左手にある扉《ドア》が開いて、水兵服を着た外国人が一人つかつかと入ってきた。二人は同時に相手をみつけて、ぎょっとしたまま一瞬そこへ立竦んだ。

「――だ、誰だ、貴様は……」

水兵が嗄《しわが》れ声で云った。

「今晩は」

新太郎は巧《たくみ》な英語で云いながら、にやにや笑って右手をつと差出した。

「僕が分らないかね、ジャック」

「ジャック？――己《おら》ぁジャックじゃあねえ、誰だ貴様は、何者だ？」

「ばかだな君は、僕が誰だか分らないのか、ルフラン夫人が僕の来ることを云ってなかったのかね」

「知らねえ、知らねえよそんな事ぁ」

「なんだ、君は顫《ふる》えているね」

新太郎は大胆に一歩進んだ。相手は新太郎の落着《おちつ》きはらった様子にすっかり度胆《どぎも》をぬかれて、ことに依ると密偵団の一員かも知れぬと思ったらしい、――新太郎はすかさず、

「君は日本の事情を知らないんだな」

「——己《おら》ぁ昨日、上海《シャンハイ》本部からポイントと一緒に来たばかりだ」

「そうか、それじゃあ僕を知らないのも当りまえだ。僕ぁ東京の仲間では少しは知られている団員なんだ。まあ、握手しよう」

「己《おら》ぁヒリップと云うんだ」

相手は恐る恐る手を差出した。

「ヒリップ君か、僕は新太郎と云うよ」

そう云いながら新太郎は強く相手の手を握ったが、同時に左手がさッとあがる、いきなり猛烈な直突《ストレート》をヒリップの顎へ！

「——あっ！」

だ！　とよろめくところを、

「そらもう一つ」

右手の拳で思うさま胃腑《いのふ》の上を突上げた。不意を衝《つ》いた矢継早の猛襲に、水兵はうっと呻きながら前踞《まえかが》みに膝をついた。新太郎は更に踏込んで、相手の頸の根を摑みながら、ひそめた声で脅すように云った。

「貴様の外《ほか》に監視兵はまだいるか」

「…………」

「おい返辞をしろ、柔術の恐ろしい事を知っているだろう。温和《おとな》しく返辞をしないと、柔術で絞殺《しめころ》して了うぞ」

「——返辞をする」

ヒリップは嗄れ声で答えた。

「宜し。監視兵はいるか」

「います、この次の部屋に、五人……」

「それから大泉博士を押籠《おしこ》めた室を云え、知らぬなどと云っても駄目だぞ」

「知っています」

「何処《どこ》だ？」

「ずっと上です、昇降機《エレベーター》で行くと七階で下りて、廊下を突当った部屋です」

「七階——？」

昇降機《エレベーター》まであるとは益ます驚かされる。

「ここはスパイ団の何になっているんだ、全部でどのくらいの広さがあるのか」

「ここは日本の総本部です。久良田《くらた》の断崖の内部が殆《ほとん》ど建造物で、全部で八階まであり、地上は別荘になっています」

「誰の別荘だ——？　おい、返辞をしろ」

「スノーデン様の別荘です」

「え？　キエフ・スノーデンか？」

「そうです」

新太郎は思わず膝を打った。

ミモザ丸をそうとは知らず、水上署の人達と一緒に霊岸島で臨検した時、ボリビア国の総領事でキエフ・スノーデンと云う白髯《はくぜん》の老紳士がいた。その時はそのまま放免したが、あとで警視庁へ電話をかけて訊くと、沈が「そのスノーデンこそ実は……」と云いかけたまま殺されたのである。スノーデン、そのキエフ・スノーデンの正体が今こそ此処《ここ》にさらけ出されようとしているのである。

「しめたぞ！」

新太郎はひそかに快哉《かいさい》を叫んだ。

網はいつのまにか縮まってくる。有ゆる糸が段々に集まってくるのだ。今まではスパイ団のほんの枝葉の争いにしか過ぎなかったが、今こそ大物の根城をつき止めたのだ。キエフ・スノーデンの正体、紅薔薇夫人の正体、そして――それらを操るR三号の秘密……すべては此処《ここ》に集まっているのだ。

「おい、もっと此方《こっち》へ来い」

ここで充分に奴等のからくりを訊き出そうと思ったから、新太郎はヒリップの衿を摑んで、ずるずると片隅の方へ引摺って行った。

「さあ、確《しっか》り返辞をするんだぞ」

「………」

「おい、顔をあげろ」新太郎はぐいと踞《かが》んだ。

恐怖のR三号

その一

大きな部屋であった。

あれから二日めになる。一日じゅう日光のささぬ石造の部屋の中で、大泉博士はまるで放心したように、こつこつと独り機械いじりをしていた。

部屋の中には有ゆる設備が揃っている。博士はいま自分の発明した「大泉殺人光線」の放射機を作っているのだ。――それは恐ろしい努力であった。

世界の驚異、各国軍部が必死になって奪取しようとしている「殺人光線」を、博士はいま日本の敵に売ろうとしているのだ。云ってみれば売国奴ではないか？　然り、売国奴の行為である。どんな迫害に会おうとも、死を以《もっ》て守るべき秘密。事実――それまでは恐ろしい拷問にかけられても承知しなかった秘密を、博士はいま敵国スパイ団のために作りつつあるのだ。何の為に――？

「何の為に？　ああ何の為に己《おれ》は……」

　博士は思わず手を休めて呟いた。

　何の為に？　云うまでもない、愛する唯《たっ》た一人の息子、新太郎を眼前に爆殺すると云われて、如何《いか》なる迫害にも屈せなかった博士の心が、遂に彼等の前に屈してしまったのだ。子を持つ親のみが知る苦しさ、博士はその親心に負けたのである。

「赦《ゆる》して呉れ、――新太郎、己は……己はおまえの殺されるのを見てはいられなかった。そして己は、父は……」

　そう呟いて、博士は両手で面《おもて》を蔽《おお》った。

　その時、扉《ドア》が静かに開いて、紅薔薇夫人がつかつかと入って来た。博士は面を蔽ったまま石のように立《たち》つくしている。夫人は冷やかに笑いながら歩《あゆみ》寄《よ》って、

「お疲れですか、博士」

「――来ちゃいかん」

「まあお顔をあげて下さい。これから或人物におひきあわせ致しますわ、どうか上衣《うわぎ》をお着になって下さい」

「誰にも会う必要はない」

　博士はきっとして云った。

「それよりも、新太郎は無事だろうな――私がこの機械を完成するまで、あの子には手をつけぬだろうな？」

「ええ御無事ですわ」ルフラン夫人は平然と答えた。

「お約束ですから、新太郎さんには指も触れさせません」

「本当だろうな？　若し……」

「大丈夫ですわ、私の方にも約束を守るだけの誠意はございますよ。貴方《あなた》の息子さんは安全です」

何と云う嘘《うそ》吐《つ》き、詐欺女であろう、博士と約束したその舌の根も乾かぬうちに、ミモザ丸を爆破し、おまけに黒奴《くろんぼ》マンバーが跟《つ》けて来た新太郎を射殺《いころ》したと聞いて冷笑したくせに、今またぬけぬけと博士を騙《だま》しているのだ。

「さあ、上衣を着て下さい」

「――私は誰にも会い度くない」

「でも向うで会い度いと云っているんですのよ。博士にとっても興味のない人ではないと思いますがね」

「誰だ……何者だ、それは」

「覚えていらっしゃるでしょう――R三号というマークを」

「おおR三号！」去る夏、駆逐艦「椿」の上で第一回の殺人光線試験をした時、怪飛行艇から投下した通信筒の中に、「R三号」と印してあった脅迫状、それ以来再三となくR三号という印《マーク》には接している。

「そのR三号が私に……？」

「ええ、会い度いと云って居られるのです。なにしろ団員の中でも一度も会ったことのない者が多いというほどの重要な人ですからね、お会いになれるのは博士の名誉ですわ」

「………」博士の眉がぴくりと動いた。

××国スパイ団の総首領、R三号に会えると聞いた刹那、博士の胸中に火のような勇気が盛上《もりあが》ってきた。今まで売国奴のように、敵のための「殺人光線放射機」を作っていた、その辱《はじ》を雪《すす》ぐたった一つの手段が——いま眼前にひらけて来たのである。——宜し、R三号と会うのを利用して、奴を殺し、自分もそこで死んでやろう。

日本人の熱烈な血が、沸然《ふつぜん》と博士の身内に燃えあがった。

「じゃあ支度をするから」

博士はそう云って、上衣を着ながら、夫人の眼をかすめて、すばやく一本の鋭い鑿《のみ》を、機械箱の中から抜出《ぬきだ》した。

「さあ、案内して下さい」

博士の眉宇《びう》には俄《にわか》に強い闘志が、光のようにみなぎり渡った。——夫人は博士の先に立って、大股に部屋の外へ出た。

その二

紅薔薇夫人は博士の支度が出来ると、

「失礼ですが眼隠しをして頂きます」

と云って、高価な香水の匂う手帛《ハンカチ》で博士の眼を縛った。

「五分ほど辛棒《しんぼう》して下さいましね」

天女のように優しく云いながら、博士の手を執って導いた。

部屋を出て廊下を右へ二三十歩、そこを左へ曲ったと思うと、がちりと後に網戸の閉まる音がして、急に床がせり上った。

「ほほほ昇降機《エレベーター》ですわ」

夫人が博士の驚くのを見て笑った。

凡《およ》そ二階ほど昇って昇降機《エレベーター》を下りる、そこからまた廊下を二三十歩行く、――何処《どこ》かに窓でもあるのか、潮の香がぷんと博士の鼻に匂って来た。廊下を左へ曲る、そして夫人はと或《あ》る室の扉《ドア》を明けて博士を導き入れ、

「さあ、此処《ここ》に椅子があります」

と博士を深い革椅子へかけさせた。

「いまR三号が出て来ますから、暫くそこでそのままお待ち下さい――眼隠しは脱《と》って宜いと云うまで脱《と》ってはいけませんよ」

夫人はそう云って、博士の後の方へそっと腰をおろした。

博士は遉《さすが》に胸の躍るのを抑えかねた。ながいあいだ自分を狙った相手、「殺人光線」を盗むために何人もの血を流した兇悪無惨な張本人、R三号と面会するのだ。そして――この好機を逭《にが》さず相手を刺殺《さしころ》し、死を以て殺人光線の秘密を護らなければならぬのだ。

「おいでになりました」

紅薔薇夫人が低い声で注意した。

ぎい――と扉《ドア》の閉まる音、厚手の帷幕《カーテン》が揺れる気配、そして誰かが博士の向うにある椅子へかけた様子である。

「大泉博士でいらっしゃいますね」

さびのある英語が聞えた。

「どうも失礼しました。ルフラン夫人、博士の眼隠しを脱《と》ってあげて下さい」

「はい」

夫人は起って来て博士の眼から手帛《ハンカチ》を解いた。

博士は相手を見た。卓子《テーブル》の向うに自分と向合《むきあ》って掛けている人物、年は四十前後であろう、髪の黒

い眼の深碧色《しんぺきしょく》をした優形《やさがた》の紳士である、たしなみの良い背広服で左手に巻いた紙を持っていた。

「大泉さん」

とR三号はにこやかに口を切った。

「貴方《あなた》とはずいぶんながい事競合《せりあ》いをして来ましたな、幸い今度は貴方《あなた》が折れて下すって、我々の為に殺人光線装置を製作して下さると伺いました、非常に感謝しています」

博士は答えなかった、R三号は続けて、

「そこで改めて御相談ですが、大体どのくらいしたら完成致しますか」

「左様、もう三日あったら出来ましょう」

「明日までにはどうです」

「出来ません」

「ところが、無理にも作って頂き度いのですがね、実は私は明日——また上海《シャンハイ》本部へ帰らなければならぬのです」

「明日——？」

「御存じの通りヨーロッパの国際情勢は非常に切迫しています、エチオピア問題に端を発して、今や英・伊・墺・仏・独の対立はまるで噴火口上の踊りに似ています、私は一度上海《シャンハイ》へ帰った後、すぐ故国へ引揚げなければならぬのです、勿論《もちろん》——殺人光線装置を持って」

「………」

「今度のヨーロッパの危機を断然押えるものは、大泉殺人光線です。どんな無鉄砲な国でも、大泉殺人光線を所有する国へ挑戦することは出来ませんからね」

博士は起上《たちあが》って、卓子《テーブル》の近くを歩きはじめた。R三号は懇願するように、

「是非そうして下さい、明日《みょうにち》までに——明日午後五時に私は此処《ここ》を出発します、それまでに完成し

て下さい」

「否――明日まで待つ要はない」

博士は不意にR三号の横で立止まりながら云った。

「え――何ですって」

「明日の必要はないと云うんだ、解決は今ここでつけてやる。覚悟しろ!!」

博士は右手に鋭い鑿を握って、だあっとR三号に跳りかかった。

「あっ!」

叫んで身を躱そうとしたが遅い、R三号は椅子にかけたまま後へ堂《どう》と倒れる、博士がのしかかって右手の鑿を振上げた。とたんにR三号の左手に持っていた巻紙の中から、
だん！　と拳銃《ピストル》の火花。

「む――」

呻きながら博士は、R三号の胸へ鑿を、ぐざ！　とばかり突とおした。

絞り上げる網

その一

監視兵ヒリップを絞めあげた新太郎は、相手の腰から拳銃《ピストル》を取上げた。

凡そ見当をつけて乗込んだのではあるが、天祐と云おうか僥倖と云おうか、此処《ここ》は××国スパイ団の日本総本部、そしてスパイ団の首領たるR三号をはじめ、重要な人物はいま全部ここに集っていると云うのだ。

「すばらしいぞ、愈《いよい》よ日本の『幽霊要塞』たる我が特務機関の、最後の鉄槌を下すべき時が来た、――一人も余さずやっつけてやるぞ」

新太郎はにっこり頷いた。

併し、新太郎が如何《いか》に神速勇敢な少年であろうとも、唯一人で敵を一網打尽にすることは不可能である、どうしたら宜いか――と考えていると不意に、右手の室の中で、

「わあ――」

と四五人の立騒ぐ声が起った。

「どうしたんだ？」

「あれは、多分その……」

とヒリップはまだ慄《ふる》えながら云った、「日本人の捕虜がまた暴れているのでしょう」

「日本人の捕虜」

新太郎は驚いて、「どんな男だ――？」

「ミモザ丸を爆沈した時、この磯へ泳ぎついた男です、隣の部屋へ檻禁《かんきん》してあるんですがひどく暴れて困ってるんです」

ジャック・谷口ではあるまいか？　新太郎はすぐにそう思った。

「隣の部屋には何人いるか？」

「五人いる筈です」

「来い、騒ぐと射殺すぞ」

新太郎はヒリップの腕を摑んで、ずるずる引摺るようにしながら隣室の扉口《とぐち》へ近づき、呼吸を計ってさいっと室内へ踏込んだ。

「――手を挙げろ！」

と新太郎が喚く、室内にいた五人の監視兵が吃驚《びっくり》して振返るところを、だん！　だんだん！　だんだん!!

狙い撃ちにぶっ放した、振返ったとたんの狙撃だ、避けもどうも出来ず、五人の監視兵は悲鳴をあげながらばたばたと倒れた。

「あ！　坊ちゃん!!」

室の隅に茫然としていた男が、そう叫びながら跳出して来た。

「おお谷口か――」

正にジャック・谷口である。新太郎は逃げようとするヒリップを壁へ押付けて置いて、駈寄《かけよ》る谷口の手を強く握った。

「宜く来て下さいました、私の此処《ここ》にいる事がどうして分りました？」

「なに偶然の事さ、怪我《けが》はないか」

「坊ちゃんこそ、ミモザ丸が爆発でお殺《や》られなすったと思っていましたぜ、――さあ、少しも早く逃げましょう」

「待て待て、君に頼みがあるんだ」

新太郎は扉《ドア》を開けて外を窺《うかが》った。いまの騒ぎを聞きつけられはしまいかと様子を見たのであるが、どうやらその心配もなさ相《そう》だ。

「谷口、実はね、此処《ここ》は××国スパイ団の日本総本部なんだ、そして――」

と仔細に語って聞かせた。聞く毎《ごと》に谷口は驚きの叫びをあげるばかり、新太郎はあらまし語り終ると、

「そこで問題だ、僕と君だけで奴等をすっかり捕縛する訳にはいかぬ、だから君は一人で此処《ここ》を脱出し、この事を横須賀にいる叔父の菊地少佐に報告して貰い度いのだ」

「大任ですね。やりましょう」

谷口は腕を撫《ぶ》した。

「方法は二つある、一方は海上から攻める、是は海への逃亡を防ぐんだ、それから一方は陸上から頼む、この上はキエフ・スノーデンの別荘になっているから、宜いかね」

「畏《かしこま》りました」

「早いほど宜い、若しR三号が急に上海《シャンハイ》へ帰りでもしたらお終《しま》いだ、確《しっか》り頼むぜ」

「合点です」

「ヒリップ、おい！」

新太郎は壁にくっ付いて慄えているヒリップを押《おし》やるようにして、

「貴様この谷口の案内をしろ、機動艇《モーターボート》があった筈だ、あれで行け――それから谷口、君は報告を終ったら直ぐその機動艇《モーターボート》で戻って来い、時間の打合せを忘れるな」

「承知しました、さあ案内しろ」

ジャック・谷口はそう云って、ヒリップを急きたてながら室を出て行った。

その二

「なに、ジャック・谷口だって」

駆逐艦「椿」の艦橋に立っていた菊池少佐は、当直兵の知らせを聞いて驚いた。

「直ぐに会う、何処《どこ》だ」

「舷門に居られます」

少佐は艦橋を下りて舷門の方へ大股に走って行った。

「おお谷口、生きていたか」

「少佐殿、御心配をかけました」

「ミモザ丸の爆沈で殺《や》られたものと思っていたが、よく無事でいたな」

「新太郎様も御無事です、それから先生も」

「なに？――」

少佐は狂喜した。

「みんな無事か、そいつは出来《でか》した――で、何処《どこ》にいる？」

「実は斯《こ》うなんです！」

と谷口は有りし次第を手短《てみじ》かに語った。菊池少佐は雀躍《こおどり》せんばかりに悦《よろこ》んで、

「そいつは益《ますま》す素晴しいぞ、それじゃあミモザ丸の爆沈が却《かえ》って此方《こっち》の仕合せとなった訳だな、宜し、R三号は勿論、あの女悪魔もスノーデンも、一味徒党一網打尽だ」

「直ぐ手配をして頂けますね」

「無論だ、警視庁の手を頼んでいる暇はない、軍器《ぐんき》の機密に関する大事、スパイ団の検挙だから海軍《こっち》でやろう」

「出来ますか」

「国家の大事だ、責任は僕が負うよ」

菊池少佐は自信ありげに云った。

「それでは私は帰りますが、海上と陸上との挟撃手筈と、攻撃開始の時間を打合せて置き度いのです」

「宜し、いま――午後六時だな」

少佐は手配に要する時間を暗算していたが、

「午後八時きっかり」

「八時ですね」

「正八時に海面から第一砲を撃つ、それが攻撃の合図だ、新太郎に宜《よろ》しく云って呉れ」

「承知しました」

「武運を祈るぞ」

少佐の言葉を後に、ジャック・谷口はタラップを下りて行った。

「さあ大活劇の幕があがるぞ！」

谷口の乗った機動艇《モーターボート》のエキゾスの音が遠ざかるのを聞きながら、菊池少佐は無電室へ入って行った。

そして鎮守府と無電で打合せを済ませた。

「海上部隊、駆逐艦二隻、水雷艇三隻、陸戦隊百名、艦載飛行艇一台——一時間以内に出動すべし！」

許可は下りた。

そして一時間後には、全部隊は「椿」の先導に依って剱崎《つるぎざき》水道を横切り、久良田の岩礁区域に迫って行った。そこで海陸両部隊が分れるのである、——菊池少佐は「椿」艦長吉田大尉を招いて、

「では僕は是から陸上部隊を指揮する、君は海上の警備を頼む、奴等はすでに『大泉殺人光線』の模型を握っているのだ、例え一人たりとも逃がさぬように頼むぞ」

「畏りました」

「正八時、第一砲が合図だ、油断するな」

念を押して少佐は「椿」を下りた。

三艘の大型撓艇《カッター》に分乗して、百名の陸戦隊員は久良田浜から上陸した。これが七時十分のことである、三人一組の軽機関銃が五台、これを先登《せんとう》に坂路《さかみち》をあがる、——星ひとつない闇夜で、嶮岨《けんそ》な岩地の急坂《きゅうはん》を登るには非常な苦心と時間を費した。

「七時三十五分、おい急げ」

少佐は急き立て急き立て強行した。

スノーデンの別荘は久良田の断崖に面してやや高くなった台地、周囲は松林のある一軒家である、少佐は別荘の百メートル手前まで来ると、

「散れ——」

と低く命じた。

「機関銃隊前へ、射《し》撃用意」

即座に散兵線が布かれた。時計を見れば午後八時五分前である、少佐は右手に拳銃を抜取って身構えた。

幽霊要塞万歳!!

その一

谷口が戻って来た。

「首尾はどうだ」

待兼《まちか》ねていた新太郎が訊く。

「菊池さんに会いました、海上陸上両方の攻撃ともに海軍が出動するそうです、午後八時に海上から第一砲を放つのが合図で、陸上部隊が攻撃を始めるとの事です」

「結構だ、警視庁の援助でも待つのではないかと思っていたが、矢張《やっぱ》り叔父さん果断だなあ、——では我々も始めるぞ」

「先ず父様を助け出すんだ――ヒリップ」

もうヒリップは泣きそうな顔をしていた。

「さあ、大泉博士の押籠められている部屋へ案内しろ！」

「そ、それは危険です、昇降機《エレベーター》の者に咎《とが》められたらそれっきりですから」

「危険は承知の上だ、さあ来い」

新太郎と谷口は各々右手に拳銃《ピストル》を握って、慄えあがるヒリップの後から廊下を右の方へと進んだ。

突当りに昇降機《エレベーター》がある、新太郎は谷口の耳へ、

「出て来る奴は構わず射て」

「宜いですか」

「宜いとも、是まで我々日本人の血を幾度も啜《すす》って来た奴等だ、遠慮なくやれ」

「畜生――腕が鳴るぞ」

ジャック・谷口は武者ぶるいをした。

ヒリップは昇降機《エレベーター》の釦《ボタン》を押した、網戸がするすると開く、新太郎は拳銃《ピストル》の音を消すために手帛《ハンカチ》で包《くる》んでつと前へ出た。昇降機《エレベーター》の網戸を開けた監視兵は、ヒリップの後にいる二人を発見して、

「――あっ！」

と云いさま網戸を閉めようとする。刹那！

フスッ！

と新太郎の拳銃《ピストル》が鳴った。

「きゃあ――ッ」

悲鳴と共に倒れるのを、そのまま廊下へ引下ろして三人は昇降機《エレベーター》の中へ。ぐうーんと箱《ボックス》は上へ昇りだした。二階、三階――五階、七階へ来たとき停める、待伏《まちぶ》せを警戒しながら廊下へ出た。とたんに

廊下の角にいた監視兵が二名、

「や、怪しい奴——」

と拳銃《ピストル》へ手をやろうとする、刹那！

プスゥ！　だん!!

新太郎と谷口の拳銃《ピストル》が火花を散らした。二名の監視兵は何やら叫びながら、右手へ四五歩走りだしたが、そのまま、つんのめるように倒れて了った。

「ヒリップ、博士の部屋は何処《どこ》だ——？」

新太郎が振返った時、左手にある階段から二三人の男が転げるように駈下りて来た。とっさに新太郎が身を隠すと、——男たちは大声に廊下の一方へ、

「おーい、皆早く来い」

「首領室の中で何か事件が起っているぞ」

と口々に叫んだ。

叫びを聞きつけたのであろう、右手の控室の中から十四五人、手に手に拳銃《ピストル》を持って監視兵たちがとび出して来た。

「どうした？」

「上のポイントの部屋で人の格闘する物音が聞える、扉《ドア》は両方とも内側から鍵が掛かっていて開かないんだ」

「誰が入っているんだ」

「さっきルフラン夫人が大泉博士を伴《つ》れて入るのを見た」

「宜し、行ってみろ」

どやどやと一同は階段を駈け登って行く、様子を聞いていた新太郎は、さてこそ！　いま父は単身

R三号と闘っているなと覚ったから、

「谷口、愈《いよい》よ虎穴へ入るぞ」

「やっつけましょう」

頷き交して、すばやく階段を駈けあがった。もうヒリップの案内も要らぬ、見れば二十メートル程先のところで、みんなが扉《ドア》を開けようとして騒いでいる。

「此方《こっち》から廻ろう」

新太郎は廊下を左へ曲った、その室の横手へ出てみると扉《ドア》がある、躊躇もなく鍵穴へ向って拳銃《ピストル》を放った。

だん！　だんだん!!

がちゃりと鍵の壊れる音、それっ！　とばかり二人が踏込む、とたんに室内の電灯がぱっと消えた。

「父さん！　新太郎です!!」

と叫ぶ、声に応じて、部屋の隅から火花が散った。

だん！

新太郎の耳を掠《かす》めて飛ぶ弾丸《たま》。

「危い！」

とっさに身を躱した新太郎の脇を、誰かがよろめきながらも素晴しい速さで、いま二人が踏込んで来た扉口《とぐち》から外へ走り出た。

「谷口、誰か逃げたぞ」

「引受けました」

谷口がその後を追う。新太郎は部屋で一方で揉み合っている人の気配に、闇の中を足探りで近寄った。——その時遠く海の方から鈍い砲声が聞えて来たのである。

「しめた！」

新太郎は大声に、

「父さん、もう大丈夫ですよ、菊池叔父さんが海軍を動員して、海と陸と両方から総攻撃を開始しました。頑張って下さい」

「うーむ」

呻き声が起った。新太郎は壁を伝いながら、正面扉口《とぐち》の傍へ行って電灯の釦《スイッチ》を捻《ひね》った。

ぱっと点く灯――見ると隅に、父大泉博士が一人の外国人と折重なって倒れている。

「ああ、父さん」

新太郎は愕《ぎょっ》として走寄《はしりよ》った。

その時、廊下の方でけたたましい軽機銃の爆音が起り、廊下を逃げ走る人の跫音がどっと聞えて来た。

その二

「――新太郎か」

博士は新太郎に抱起《だきおこ》されると、絶え絶えの息をついて云った。

「見て呉れ、俺は……R三号を刺止《さしと》めた、此処《ここ》に倒れているのが奴だ」

「え！　是がR三号ですか」

「××国スパイ団の首領、兇悪無惨な殺人鬼だ、俺はもう是で死ねる――だが、いま紅薔薇の女が、設計図を持って逃げた。彼奴《あいつ》をやってはいかん。新太郎、おまえに任せたぞ、あの女こそ父の仇《かたき》だ、あの女を逃がすな」

「御安心下さい、僕が引受けました」

新太郎が立上った時、扉《ドア》を破って雪崩《なだ》れこんだ一隊——先頭にいるのは菊池少佐であった。

「や、叔父さま！」

「新ちゃんか、父さんはどうした」

「此処《ここ》に——」

と新太郎は涙をうかべながら指さした。

少佐は驚いて駈寄る、博士は手を振って、

「行け、新太郎、あの女を逃がすぞ」

「はい」

「何をしている、行けと云ったら行かんか」

「はい……では叔父さま！」

菊池少佐に眼で哀願すると、新太郎は思切って廊下へとび出した。——と向うから谷口がよろめきながら来る。

「——どうした谷口」

「済みません、に、逃がしました」

「なに逃がした」

「あいつ、あの女が、洞窟から飛行艇に乗って、たった今……」

と云うと谷口はばったり倒れた。

「畜生、逃さんぞ」

新太郎はばっと走りだす、うしろから菊池少佐が、

「新ちゃん、『椿』に艦載飛行艇があるぜ」

「拝借します、父さんを頼みました」

ていた。


「引受けた、行って来い」

新太郎はにっこり笑って昇降機《エレベーター》へとび乗った。——間に合うか、如何《いかに》——?

洞窟から機動艇《モーターボート》で外へ出た新太郎は、そのまま「椿」に乗りつけた。舷門には艦長吉田大尉が待っていた。

「いま怪飛行艇が逃げたでしょう」

「ええ、一機追撃させています」

「もう一機出して下さい、僕が追います」

「承知しました」

二分後、駆逐艦「椿」のカタパルトから快速飛行艇が凄じい勢《いきおい》で飛びあがった。遥か西南方の空に追撃機の発火標識が見える。

「全速でやって呉れ給え」

新太郎は機関銃席に就いて叫んだ。

五分——十分。両者の距離は次第にせばめられて行く、新太郎は眼を閉じて暫《しば》し神に祈った。悪魔の女を討たせ給え! と。

「追いつきました」

操縦席から伝声管《ボイス・パイプ》で注意が来た。

見える、海上から追跡している駆逐艦から放つ、探照灯の強い光が、真昼のように二台の飛行艇を映し出している——新太郎は追撃機に離れて呉れと信号をしながら、目的の機に向って隼《はやぶさ》のように肉薄した。相手はこの新しい敵に狼狽したが、急に上げ舵をとった——見える見える、横さまになった機体の座席に、あの紅薔薇夫人の姿がはっきり見える。

「父の敵だ——覚悟しろ」

新太郎は機関銃の引金をおとした。

ダダダダダ！　ダダダダダ!!

敵機は機銃弾を浴びてゆらりと揺れた。そして慌てて横転しようとする、その刹那、新太郎の機は殆どすれすれに、相手の機の上へのしかかるようになった。新太郎は機関銃をぐるりと廻して狙いさま、
ダダダダダ!!

「しめた！」

しめた。しめた。見よ、座席の中で、機銃弾を浴びた紅薔薇夫人が、胸をかき挘《むし》りながら仰反《のけぞ》るのが見えた。

「討った、父さんの敵《かたき》を討った」

新太郎が思わず叫んだ時、敵機は油槽に引火したのであろう、ばあ――ん!!　と爆音をあげながら、見る見る一団の火となって海面へ墜落して行った。

「是で宜い、憎むべき女悪魔、地獄の妖婦は死んだ、××国スパイ団は、遂に我が幽霊要塞の手で潰滅したのだ――そして、父さんの敵も討てた……」

機関銃の安全装置をかけながら、新太郎は感極まってはらはらと泣きだしていた。


大泉博士は、その翌《あく》る日の朝日の光のなかで遂に息を引取った。スノーデン始め一味の首脳部は、一人残さず捕縛された。最も特筆すべきはR三号の死であろう、是に依って××国政府は、到底日本でスパイ団は成功せぬと見切りをつけたと云う――。博士の死後、「大泉殺人光線」は、一子新太郎の手で完成を急がれている――新太郎の助手は、傷の直り次第ジャック・谷口が引受ける事になっている。

幽霊飛行機

深夜の怪事件

五月のある日、深夜十二時に、東京羽田飛行場を出発した「東邦空輸会社」のスーパー・ユニバーサル機が大阪の飛行場へ着陸したのは翌《あく》る午前三時二十分であった。

木津川尻飛行場に着陸すると、待兼《まちか》ねていた大阪支社の輸送課長が五名の係員と共に駈《か》けつけた。

「――やあ」

と云いながら操縦席の扉を開けて、菊田飛行士がとび出して来た。

「御苦労さん」

谷口課長が飛行士の手を握って、

「箱根山の附近に霧が出たという通知があったので心配していたよ、別に異状はなかったですね」

「霧と云うほどでもありませんでした、はい送状《おくりじょう》です」

菊田飛行士はそう云って送状を差出した。課長は受取《うけと》って手早く披《ひら》く、
一、島村商会托送《たくそう》、宝石一箱。
一、川井商店托送、株券入手鞄《てかばん》一箇。

一、乗客二名（男一名、婦人一名）

送状にはそれだけ書いてあった。課長がそれに眼を通していると、向うで乗客席の扉を開けていた係員が、

「あ、大変だ――！」

と裂けるように喚《わめ》きたてた。

「どうかしたのか？」

「課長……来て下さい、乗客も托送係もみんな倒れて動きません」

「な、何だって」

吃驚《びっくり》した谷口課長は、菊田飛行士と共に走って行った。乗客席には五十歳あまりの洋服の紳士と、和服を着た三十二三になる婦人とが座席の背に崩れかかったまま昏々《こんこん》と眠っている。そして後方の輸送軽金庫の前に、托送係りの吉岡が、これも死んだように横《よこた》わっているのだ。

意外な出来事である。殊《こと》に依《よ》ると飛行中ガスでも発生してそれに中毒したのかも知れぬ。課長はそう思いながら、一人ずつ肩を摑んで揺り起してみた――併《しか》し、三人ともまるで正体もなく眠り続けていた。医者が走って来た。

「どうしたんです課長」

「訳が分らん、まるで死んだように眠って居る。早く診《み》て呉《く》れ給え」

医師は手早く三人を診察したが、

「是《これ》は大変だ、麻酔剤です」

「なに麻酔剤だって？」

「だいぶ多量にやられているようですから病室へ運ぶ方が宜《い》いでしょう」

麻酔剤と聞いて谷口課長の頭に軽金庫のことがちらと閃《ひらめ》いた。その中には送状に書いてある島村商

会托送の宝石が一箱、価格五万円の品が入っているのだ。

「——若《も》しや」と思ったから慌てて備附《そなえつけ》の金庫の側へ行って扉に手をかけた。すると厳重に鍵のかかっている筈《はず》の軽金属製の扉が手応えもなくすっと開いた。

「あ、扉が開いている」

仰天しながら中を検《あらた》めると、島村商会托送の宝石箱が、蓋《ふた》を開けられたまま置いてある。見るまでもなく中は空だった。

「盗まれている、五万円の宝石が盗まれている——おい、誰か警察へ電話をかけい」

「はい」

係員の一人が走って行った。

一方では医師が、係員と共に昏睡している三名を会社附属の病室へ移して手当てにかかった。勿論《もちろん》そのあいだに三人の身体検査をしてみたが、誰も宝石を隠している者はなかったのである。

三十分ほどして警察から鈴木刑事部長が部下をつれて駈けつけて来た。大阪警察部の腕利きと評判の鈴木部長は、ひと通り事情を聞いてからすぐ機体の捜査にかかった。

「東京で乗ったのは飛行士と托送係りを合せて四名だけに相違ないね」

「間違いありません」

「機体の中に犯人の隠れているような場所はないかね」

「御覧の通り到底そんな場所はありませんです」

「ふうむ、すると……犯人は四名の中になければならんね、飛行中に外から侵入して、又脱出するという事は不可能だからな」

「私もそう思いますが——」

不思議な怪火

そこへ医師から、三名の者が麻酔から覚めたと知らせて来たので、鈴木部長は急いで病室の方へでかけて行った。

三人とも医師の手当ですっかり元気を恢復《かいふく》していた。刑事部長はまず綿密に三名の身体検査をしたうえで、順々に訊問していったが誰にも怪しむべきところがない。

「うーむ」

さすがの敏腕家鈴木部長も低く呻《うめ》いた。

「いったい、是はどうした訳ですか」

乗客の紳士が訝《いぶか》しげに訊いた。「私にはさっぱり訳が分らん。何か事件があったのですか」

「あった処《どころ》の騒ぎじゃない、飛行中の機体から五万円の宝石が盗まれたのだ。東京で乗ったのは君たち四名、一人も欠けていないのに宝石だけが盗まれているんだ――何か途中で変った事はなかったかね」

「そう云えば気味の悪い事がありました」

婦人の乗客が側から口を挿《はさ》んだ。

「え……気味の悪い事だって？」

「はい、あれは箱根山の手前のところだったでしょうか、青い火の玉がふわふわと飛んでいるのを見ました」

「そうそう、あれは気味が悪かった」

紳士も托送係りも思出《おもいだ》したように頷き合った。鈴木部長は身を乗出《のりだ》して、

「精《くわ》しく話して下さい、火の玉とはいったいどんな物でした？」

「なんでも機体の右側の翼《よく》のあたりから、すう……っと現われたのです。大きさは人の拳ほどで、ふわふわと飛行機の廻《まわ》りを上になり下になり追って来るんです」

「始め托送係りの方がみつけたのですが、私たちも怖さ半分に見ていました。二分ばかり機体の廻りを飛んでいましたかしら、そのうちにすうって消えてしまったのです、――それから間もなく、ばかに眠くなって来たと思いましたが、気がつくとこの寝台《ベッド》の上にいたという訳なのです」

怪《あや》しむ可《べ》し！　飛行中の機体をめぐって青い火の玉がふわふわ飛んだという。聞く人達はいずれも思わずぞっと寒気だった。

奇怪な事件はぱっと世間に拡《ひろ》まった。航空界始まって以来の椿事《ちんじ》、妖異に包まれた大盗難事件である――。青い火の玉……そもこの奇怪な謎をどう解くか？

東邦空輸会社の東京本社では、この事件のために大損害を受けた。つまり事件が飛行中に起った事なので、五万円の宝石の代金を島村商会に弁償しなければならなかったのである。

社長の金井欣三氏はこの痛事にすっかり気をくさらせてしまった。

「お父さま」

金井氏の一人息子で府立第×中学の三年生、金井欣一がつかつかと父の部屋へ入って来た。色の浅黒いがっちりとした体つきで、三年級の級長を勤め学校内きって頭の良い、天才という評判の高い少年である。

「お父さま、例の事件はまだ手掛りなしですか」

「もう駄目さ。諦めとる」

「兎《と》に角《かく》不思議な犯罪ですね、併し――誰かがやった事なんだから解らないという事はないと思います」

「謎だ！」

金井氏は吐出《はきだ》すように云った。

「どうして三人に麻酔剤をかけたか、飛行中の機体からどうして宝石を盗みだしたか、それに青い火の玉というのは何か……まるで解らない」

「少し謎が重《かさな》りすぎていますね」

「まあ今度の事件は宜い、五万円の損で済んだから諦めるとして、心配なのは今夜だ。――今夜の深夜便で七万円ばかりの金塊を送ることになっている、まさか続けざまに同じ事件が起るとも考えられんが、もし万一の事でもあるとそれこそ取返《とりかえ》しがつかぬからな」

「そんな事はまあないでしょう、余り心配なさらない方が宜《よ》ござんすよ」

そう云って欣一は父の部屋を出た。

廊下へ出た欣一の顔には、見る見る強い決心の色が現われてきた。「七万円の托送金塊」それも今夜の深夜便で送るという――まだ先日の事件が解決されていないのに、もしもの事があれば東邦空輸会社の信用は地に墜《お》ちてしまう。

「よし、今夜は僕が乗込《のりこ》んでやろう」

欣一はそう呟《つぶや》くと、父には何も云わずに帽子を摑んで家をとび出して行った。

あっ！　火の玉だ!!

「菊田君はいるかい」

欣一は羽田の事務所へやって来た。

「はあ、いま格納庫の方にいます」

「些《ちょ》っと呼んできてくれ給え」

給仕が走って行くと、欣一は応接室の椅子にかけて待っていた。

菊田飛行士はなかなか来なかった。事務室の方で航路係りの品上がどこかへ電話をかけている声が聞える——欣一は聞くともなく呆《ぼん》やり聞いていた。

「気象配置は良好です、はい、箱根附近に多少の密雲層があるそうですが、夕方までには散るとの事です、はい——」

電話のあいだあいだにこつん、こつん、こつん……と妙な音が聞える。欣一が、何をしているんだろう？　と思って伸上《のびあ》って覗いて見ると、品上航路係りは電話をかけながら指で机を叩いているのだった。

「いやな癖だな——」

欣一は舌打をして椅子へ戻った。

品上航路係りは会社へ今夜の気象の配置を報告しているところである。それにしても電話をかけながら、せかせかと指で机を叩くなんて嫌な癖だ、欣一はうるさくなって椅子から立上《たちあが》った。

「やあ、お待たせ致しました」

菊田飛行士が入ってきた。

「実は君に頼みがあってきたんだ」

「何でしょう、お頼みとは……」

欣一は声をひそめて、

「実は今夜の深夜便に僕を乗せて行って貰いたいんだ、今夜七万円の金塊を托送するそうじゃないか、先日あんな事があった後で、もし又事件でもあったらそれこそ大変だ、金塊の護衛かたがた是非《ぜひ》乗せて貰いたいんだ」

「お父様は御承知なんですか」

「内証《ないしょう》なんだ、だが決して心配することはないよ、僕の事は僕自身で責任を負うから……」

菊田飛行士は暫《しばら》く考えていたが、日頃から欣一少年の明敏な性質を知っているので、やがて快く頷いた。

「結構です、お乗せいたしましょう」

「有難《ありがた》い！」

欣一は勇躍しながら事務所を出た。

その夜のことだ。欣一は麻布の叔母さんの家へ泊りがけで遊びに行くと云って家を出ると、車をとばせて羽田飛行場へやって来た。——時間がくるまで格納庫の中へ入って、どこかに秘密が隠されていはしまいかと、飛行機の内外を検《しら》べたが別に異状はない。そうこうしているうちに第百十三銀行から托送の金塊をつんだ自動車がやってきた。

やがて飛行機は格納庫から曳出《ひきだ》され、金塊は厳重なトランクに入れて積《つみ》こまれた。乗客は二名、一人は警視庁から廻された私服の刑事、一人は明日大阪を出航する欧洲航路の客船の船長という五十歳ばかりの紳士である——それに欣一と托送係りの吉岡を加えて四名が乗《のり》こんだ。

やがて深夜便の飛行機は軽々と離陸した。

欣一は托送係りと並んだ席に腰かけていた。私服刑事はもう乗客の船長と親しくなった。耳と口を寄せながら何か話している——飛行機は闇夜の空を西へ西へと突進した。

欣一は右手をズボンのポケットに入れ、父の護身用の小型拳銃をぐっと握って油断なく注意の眼を瞠《みは》っている。右も左も窓の外は墨を流したような闇だ。エンジンの響《ひびき》、プロペラーの音だけが魔のように耳いっぱいに轟《とどろ》いている。

箱根を越した、鈍く光る駿河湾の海が、かすかに下の方に見えている……と、浜松にかかる少し手前のところで、

「——あっ！」

と托送係りの吉岡が叫んだ。

「ひ、火の玉が……」

「なに!?」

ぎょっとして欣一が見る。右手の窓の外、主翼の下のところへ、ぼーうと青白い火の玉が現われた。

「あっ！　出た、火の玉が……」

と私服刑事も船長も思わず息をつめた。

奇怪奇怪、何たる妖異であろう、高空千メートルの闇夜に、光の尾を曳《ひ》いて青白い火の玉が、亡霊のように現われたと思うと、まるで生けるもののように飛行機を追って右に左にゆらゆらと飛び始めたのである——欣一は冷水を浴びせられたように慄然《ぞっ》としながらも、拳銃を確《しか》と握って、怪しい事あらばひと射ちと、眸《ひとみ》をこらして昵《じっ》と火の玉の動きを見戍《みまも》っていた。

恐怖に慄《おび》える八つの眼を前に、火の玉は約三分ほど飛行機を追って飛んでいたが、やがてすーっと消えていった。

「消えた……」

と四人とも救われたように太息《といき》をつく、欣一は尚《なお》も油断なく四辺《あたり》を見廻していると……いつかひどく眠くなって来るのを感じた。

「や！　さては……」

と思って懸命に眼を瞠ってみる、——と意外にも前方の座席にいた私服刑事と船長はすでに、ぐたりと体を崩して眠りこけている。

「しまった、麻酔剤だ！」

愕然《がくぜん》として身を起そうとしたが睡魔は恐るべき力で欣一の体いっぱいに拡がり、頭は夢を見るように痺れていった……。

「もう駄目か、残念だ、金塊が盗まれる、七万円の金塊はいま盗まれようとしている、畜生――」

痺れてゆく頭で、必死に考えを纏《まと》めようとしていた欣一は、不意に、

「あ！　そうか、そうか」

と呟きだした。「分ったぞ、盗むなら盗め、僕はきっと取返してみせる」

そういう言葉の終らぬうちに、欣一はぐたりと座席から崩れおちた。

さてこそ暗号

「欣一、欣一……」

自分を呼ぶ声に、欣一が深い眠りから覚めてみると、側に父と顔馴染《かおなじみ》の医師杉山博士が立っていた。

「ああ、父さま」

「気がついたかね」

「何処《どこ》ですか此処《ここ》は――おや、東京の家ですね」

見廻すまでもなく其所《そこ》は東京の家だった。欣一は今朝第一便の旅客機で大阪から運ばれて来たのである。

「気分はどうだね欣一君」

「もう大丈夫です、少し頭が痛いけれど――それから父さん、金塊は？」

「盗まれた」

金井氏の顔は苦しげに歪《ゆが》んだ。「七万円の金塊は前の事件と同じ手段でまんまと盗まれてしまったよ――勿論、犯人は捉《つか》まらぬ。これで会社の信用は零《ゼロ》だ」

「否《いい》え、会社の信用は確実です！」

欣一が決然と叫んだ。

「どうして信用が確実なんだ？」

「父さま、僕が父さまに内証で深夜便に乗った事はお許し下さい、けれどそのお蔭で僕は事件の謎をつき止めたのです」

「何、なんだって？」

金井氏はさっと色を変えた。

「島村商会の宝石も、七万円の金塊も、僕が必ず取戻して御覧に入れます。犯人が誰であるか、どうして飛行中の乗客が麻酔させられたか、火の玉の正体が何であるか――みんな僕に、見当がつきました」

「欣一、それは……本当か？」

「その証拠を今度お見せ致しますよ」

そう云って欣一はにっこり笑った。併しかくまでの謎を、果して欣一は本当に解決する事が出来るであろうか――？

杉山博士が帰ってゆくと、欣一は俄《にわか》にてきぱきと活躍を始めた。

「お父さま、是からすぐに銀行へいって、今夜もう一度金塊を托送するように頼んで来て下さいませんか」

「駄目だ、銀行で承知せん」

「いや方法があるんです」

と欣一は父の耳へ何事か囁《ささや》いた。金井氏はそれを聞くと渋々頷いて、

「では兎に角頼んでみよう」

「お願いします、僕はこれから飛行場事務所へ行きますから」

「大丈夫だろうな、欣一」

「僕を信じて下さい」

確信ありげに云うと、欣一は元気いっぱいに家をとび出して行った。

欣一は車で飛行場へ乗着けると、折よく出社してきた菊田飛行士と共に格納庫の中へ入って、一時間ほど何かしていたが、やがてぶらりと事務所へ現われた。その時丁度《ちょうど》——第百十三銀行から輸送課長の許《もと》へ、

「今夜の深夜便で七万円の金塊を再送するから手配を頼む」

という電話が掛って来たところだった。

「課長、また金塊托送ですか」

「叱《し》ッ！」

と課長は驚いて欣一の大声を制しながら、

「そんな大きな声を出さないで下さい、何しろ昨夜《ゆうべ》の今日ですから油断はなりません。おい品上君……気象配置を訊いて呉れ」

「はっ、畏《かしこま》りました」

側にいた航路係りの品上は、課長の云いつけ通り電話を取って気象台に問合《といあわ》せた後、すぐ本社を呼出《よびだ》して航路部へ報告をした。

「今日の気象配置、申分《もうしぶん》なし、鈴鹿山の附近に霧あり、風は東々南の微風、はい」

報告をしながら、品上航路係りは又しても指さきで机を叩き始めた。

とん、とんとん、とん……とんとん、とん……ひっきり無しに叩いている。欣一はうるさ相《そう》に眉をひそめながら、頻《しき》りに手帳へ何か書きつけていたが、品上航路係りの電話がすむと、すっと立上って応接間へ入って行った。

「畜生、旨《うま》く考えやがったな」

応接間へ入った欣一は、そう呟きながら手帳をひろげ、懐中《ふところ》から小さな本を取出すと、手帳に書きつけた電報を打つ時に使う符号と照し合せていたが、やがて呟くように云った。

「箱根山の手前、酒匂川《さかわがわ》の先、小田原街道に添って待て――か、さあ尻尾《しっぽ》を捉えたぞ」

欣一は快心の頰笑《ほほえみ》を浮べながら、事務所をとび出して車で警視庁へ向った。

現われた怪自動車

その夜、午前一時二十分前。

小田原の町を西へ半粁《キロ》、街道添いの松林の蔭に十四五人の人影が、さっきから凝乎《じっ》と何ものかを待受けていた――云うまでもなく東邦空輸会社の社長金井欣三氏、警視庁の刑事課長とその部下、それを指揮する欣一少年の一行である。

「もう時間です、注意して下さい」

欣一が低い声で囁いた。

その時である、小田原の方から一台の自動車が徐行して来て、この一行の隠れている場所から二十メートルほど先に停った。

「あれが犯人です」欣一が囁いた。

刑事課長はじめ一同は、片唾《かたず》を呑んで見戍っている。飛行中の機体から宝石や金塊を盗む犯人が、どうして地上の自動車で来たか、彼等は如何《いか》なる手段に出んとするのか？――欣一は右手に拳銃を持って、

「さあ、奴等を包囲しましょう、気付かれぬようにして下さい、刑事課長――貴方《あなた》は自動車を占領して頂きます、いや未《ま》だ……僕が合図をしたらやって下さい」

欣一のきびきびした命令に従って、十四五人の人達は闇を伝いながら、遠巻に怪自動車を取巻いた。

果して如何《いか》なる事が起るか、時計はまさに午前一時十分前——。東方の空に爆音が聞えてきた。これぞ問題の「深夜便」である。箱根の航空灯台の灯を目ざしてみるみる近寄って来る。

「父さま、火の玉が出ますよ」

と欣一が父の耳に囁いた、刹那、まるで欣一の言葉に答えるかの如《ごと》く、近寄って来た飛行機の主翼のあたりへ、ぼーっと青白い火の玉が現われた。

火の玉は機体の廻りを、ゆらゆらと人魂《ひとだま》のように飛び廻っている。

「自動車に注意して！」

欣一の指揮が伝わった。

見ると、斯《か》かる伏兵ありとも知らず、怪自動車の中から二名の男が現われ、じっと飛行機の動きを見上げている——その時すでに火の玉は消えていて、飛行機は爆音凄《すさま》じく頭上にさしかかった。

「……成功だ——」

怪漢の一人がそう云った。飛行機はそのまま箱根へと一直線に去る、それには眼もくれず二人の怪漢は街道から下りて草原の方へと走り去った。

「待って！」追おうとする人達を制して欣一は、「刑事課長、自動車を占領して下さい」

「宜し！」刑事課長は言下に自動車へと走った。

欣一は残る者を輪形に配置し、身をひそめて待つ——五分、十分、やがて闇の草原からさっきの怪漢二名が戻って来た。そして自動車の方へ近寄ろうとする刹那！

「止《とま》れ、手を挙げろ」喚きながら欣一がとび出した。

「あ！　手が廻った」

怪漢の一人が仰天して叫ぶ、同時に一人がさっと右手をあげると見る、眼にもとまらぬ早業《はやわざ》で欣一を狙撃した。

だあん！　闇を縫う火花、危し。

「うぬ、斯《こ》うか！」さっと身を沈めた欣一が、だん！　だんだん!!　三発続け射ちに応射した。

「きゃあ！」と悲鳴をあげながら前踞《まえかが》みに倒れる怪漢、同時にふっと警官隊が詰寄《つめよ》せて来て二人を取囲んだ。

「もう終りました課長、来て下さい」

欣一は晴れ晴れと叫んだ。

刑事課長が自動車からとんで来る、欣一は手錠をかけられた怪漢の方へ近寄ると、そこに落ちていた小型トランクを指さして、

「御覧下さい父さん、これが七万円の金塊です。種《たね》は簡単――機上から、小さい落下傘《パラシュート》につけて落すのを、此奴《こいつ》らが待受けていて拾うという訳です」

「機上から――と云うと誰か仲間が？」

「左様、托送係りの吉岡が共犯です」

欣一は狙撃されて呻いている怪漢の側へやって来てぐいと顎を突上《つきあ》げた。

「おい、下手《へた》な事をして馬鹿をみたな、だが太腿を撃ったんだから生命《いのち》に別状はないぜ。さあ皆さん自動車に分乗して下さい――もうやがて飛行機が帰って来るでしょう、羽田へ行って托送係りを捕縛するとしましょう」

犯人と警官隊は五台の車に分乗した。

欣一は刑事課長と父親の三人で先頭の車に乗り、素晴しいスピードで羽田へ向いながら事件解決の次第を語りだした。

「謎を解く鍵は火の玉でした、仕掛けは主翼の一部に篏込《はめこ》みになった煙花《はなび》で、托送係りが内から糸を

引くのです——煙花は細い糸で翼に繋がれてありますから、火がついて飛び出すと燃えきれる迄は機体の廻りを飛ぶ——乗客がそれに気をとられているあいだに、自然噴霧器に仕掛けた麻酔剤を発生させるんです。そして自分は麻薬にかからぬ支度をしていて、乗客が昏睡するのを見済し、目的物を盗んで小型落下傘で下へ落す……と云う手順です、つまり火の玉は落下傘を落す時を知らせるのと、乗客の注意を眩ます両方の役にたつ訳だったんですよ」

「なる程、云われて見れば簡単だ、併しどうして謎の緒口を発見したのかね」

「事務所の航路係の品上が、気象配置の電話をかける時、指先で机をとんとん叩いていました。是で——是が発見の緒口です。はじめは唯悪い癖だなと思ったのですが、聞いていると机を叩く音に一定の調子があるので、もしや何かの信号ではあるまいかと考えつき、手帳に書きとめたうえ調べてみますと、それは電信に使う符号で、解読すると『箱根の手前酒匂川の先——』云々と云う通信でした、それで初めて地上と連絡のある事を知ったのです。つまり航路係の品上と托送係り吉岡が打合せをしたうえ、本社にいる共犯に目的物を落す場所を知らせていたのです——電話をかけながら指先の『叩き音』で秘密通信をするなんて仲々うまい考えでした……父さま、是で深夜便は安全になりました。東邦空輪会社の信用は盤石の如く動きませんよ」

欣一は父の肩を叩きながら大きく笑った。

火見櫓《ひのみやぐら》の怪

猛獣の珍芸

「伊原さんの坊ちゃんじゃありませんか」

人混《ひとごみ》の中から声をかけられて伊原八郎が振返《ふりかえ》ると、真黝《まっくろ》に日焼《ひや》けのした顔の中から、眼と歯だけ白く光らせながら、にこにこ笑っている少年があった。

「太市《たいち》君か――？」

「そうですよ、太市ですよ」

八郎は思わず失笑《ふきだ》した。

「恐ろしく大きくなったね、その顔の色の黝《くろ》くなったことはどうだ、まるで見違えちゃったぜ」

「会う早々悪口はひどいなあ」

太市は不平そうに口を尖《とが》らせた。八郎は笑いながら太市の岩のように頑丈な手を握って、

「実はこれから君の家へ行こうと思っていたところなんだ」

「いつ来たんです」

「五時の汽車で着いたんだよ」

伊原八郎は東京の府立一中の三年生で、一中随一の秀才と云われ、学校の化学研究部の指導者《リーダー》をしている。丸顔の顎の張った、眉の濃い肩幅の広いがっちりした体つきで、笑うときには何とも云えぬ愛嬌が現われる好少年であった。――毎年夏になると八郎は、房総半島の南端にあるこの黒浜町へ避暑に来る。それはこの町の警察署長をしている伯父の伊原五郎左衛門に子供が一人も無いので、夏のあいだだけ八郎が無理矢理に借りられて来るという訳なのだ。また……いま話しかけている田山太市という少年は、この町の漁師の子供で、もう三年以来の仲良しであった。

「たいへんだね、この有様は……」

八郎は混雑する人に揉まれながら振返った。

「臨海博覧会なんです、黒浜町はじまって以来の催しですよ。水族館もあるし物産館もあるし、見世物も曲馬団もあるという大掛りなものです、ひと廻《まわ》りしましょうか」

「宜《よ》かろう――だが太市君」

八郎は囁《ささや》くように云った、「済まないが君、坊ちゃんと呼ぶのは勘弁して呉《く》れ、僕も今年は十六になったんだからな」

「じゃあ何て呼ぶんです」

「伊原と呼びたまえな、八郎だって宜《い》い」

太市は困ったように頭を掻いた。

黒浜町の中央に、川を挟んで広い草地がある「臨海博覧会」はその草地に建っていた。なにしろ避暑地のことで夜になると退屈する人たちが多かった。且《かつ》暇つぶしに集《あつま》る群衆で芋を洗うような混雑だ。二人はその中を縫うようにして歩いた。

どれも是《これ》も急造バラックのちゃちなものだが見物人は殆《ほとん》ど満員だった。暫《しばら》く行くと一軒の見世物小《みせものご》舎《や》の前へ来た。

「坊……じゃあねえ伊原さん」

太市は八郎の袖を曳《ひ》いて、「これを見て行こうよ、熱帯地方の猛獣毒蛇がいるんだ、それがみんな芸をするんですぜ」

「つまらない、厭《いや》だよ」

「そう云わないで附合《つきあ》いなさいよ」

太市は気乗りのしない八郎の手を、ぐいぐい引張《ひっぱ》るようにしながら無理に中へ入った。

小舎《こや》は大きな天幕《テント》張りで、周囲にはぐるりと動物の檻があり、錦蛇をはじめ各種の毒蛇や、猛獣類では獅子《ライオン》、豹、ハイエナ、猩々《しょうじょう》、鰐《わに》、大蜥蜴《おおとかげ》などがいる——そして一方には舞台が出来ていて、これらの猛獣に芸をさせて観せるのであった。

二人が入って行った時、舞台では三人の男が、一疋《いっぴき》の蛇に芸をさせているところだった。蛇は体色の黝《あおぐろ》い長さ八呎《フィート》ばかりのもので、鋭い眼を光らせながら、無気味な舌をぺらぺらと閃《ひら》めかしていた。

口上言いが大声に披露した、「この蛇は御覧の通り体も細く錦蛇《パンジャ》などとは比較にならぬ小さな者でございますが、その性質は獰猛《どうもう》無比、実に恐るべき力のある奴で——好んで彼《か》の麒麟を殺しまするが、その方法は麒麟の長い頸を巻絞《まきし》め、頸骨を微塵《みじん》に砕くと申します。……ところで此処《ここ》に取出《とりだ》しましたるは亜弗利加《アフリカ》産《さん》の『麒麟殺《きりんごろ》し』と云う蛇にございます」

口上言いはそう云って、片手に直径六吋《インチ》ばかりの円い筒を取上げた。

「御存じのように円形の筒は、横にして叩くか、圧潰《おしつぶ》さぬ限り仲々凹《なかなかくぼ》んだり潰れたりするものではございませぬ、それを此《こ》の『麒麟殺し』に巻絞めさせ、饅頭《まんじゅう》を摑むが如《ごと》く絞め潰して御覧に入れまする、首尾よく潰れましたら御喝采、は——い」

口上が終るのを合図に、やかましい三味線と唄が始まった。八郎は退屈そうに見ていたが、やがて

蛇が鉄葉板《トタンいた》の円筒を巻いて、みしみしと括《くく》るように巻き潰すと、

「行こう、蛇は御免だ」と云って太市を促した。

怪し第一夜の事件

「今度は獅子《ライオン》と豹の相撲があるのに、残念だなあ」

小舎《こや》を出ると太市が残惜《のこりお》しそうに呟《つぶや》いた。八郎は笑って、

「馴らせてある動物の相撲なんかつまらないよ、それより水族館へ入って見よう」

「魚なんか商売で見飽きてますよ」

「今度は君が附合う番さ」

二人は水族館へ入って行った。——この博覧会では是が随一のものであろう。建物こそ間にあわせだが、魚類はお手のものだけに、これまで生捕《いけどり》の困難で知られていた鯱《しやち》をはじめ、十五呎《フイート》もある猫鮫《ねこざめ》や、畳四帖半もある鱏《えい》、大鮟鱇《だいあんこう》などの深海魚、縞鯛《しまだい》の美しさや小判鮫の滑稽な姿もある。殊《こと》に八呎《フイート》ばかりの鯨の仔《こ》は珍しいのと可憐なので人気を呼んでいた。

八郎が熱心に観て廻るあとから、太市はつまらな相《そう》に跟《つ》いて歩いていたが三十分もすると我慢ならぬという顔つきで、

「ねえ、もう出ましょうや坊ちゃん。俺《おら》ぁへいたばっちったよ」

「坊ちゃん……だって!?」

「こんな魚を面白がってるなんざ本当の坊ちゃんですぜ、出なきゃもっと大きな声で坊ちゃん坊ちゃんって呶鳴《どな》る……」

八郎は苦笑しながら水族館を出た。

人波はまだ織るように絶えなかったが、もう時計は九時を過ぎていたので、会場を出ると間もなく

二人は別れてそれぞれ家へ帰った。――此処《ここ》に話す怪事件は、実にその夜のうちに起《おこ》ったのである。翌《あく》る朝、まだ暗いうちに起きた八郎は、ずっと習慣にしている早朝の散歩を、一時間ばかりして帰ると、もう伯父は署へ出掛けた後であった。

「伯父さんばかに早いですね」

「何だか明け方近くに事件があったんですって、朝飯も上らずに出掛けましたよ」

伯母は八郎に食事の給仕をしながら云った。

「こんな田舎《いなか》にも事件があるんですか」

「ふだんは滅多に間違いのない処《ところ》だけれど、矢張《やっぱ》り夏になると人が多くなるからねえ」

「警察の書入《かきい》れ時ですか」

「馬鹿な事を仰有《おっしゃ》い」

きめつけられて八郎は首を竦《すく》めた。

三時間ほど学習をしてから、午前中の清潔な水泳をするために、八郎は浜の方へ出掛けて行った。そして松林の中を砂丘へかかろうとしていると、うしろから太市が息せき切って追っかけて来た。

「坊……じゃあねえ伊原さん」

「やあ昨夜《ゆうべ》は失敬、何をそんなに慌ててるんだい」

「昨夜《ゆうべ》の事件を聞きましたか?」

「何かあった相《そう》だね」

「落着《おちつ》いてるなあ――何かあったどころの騒ぎじゃ有りませんぜ、実に不思議な事件が出来ちまった。警察の人たちも訳が分らねえって溜息《ためいき》をついてますぜ」

「一体どんな話なんだい」

太市は駈けて来たので、喉がひりつきそうに渇いているのを、唾をのみのみ話しだした。

「枕橋の側に火見櫓《ひのみやぐら》があるでしょう？」

「うん、あの博覧会の後か」

「そうですよ、あの火見櫓に殺人事件が持上《もちあが》ったんです」

夏ではあるが、避暑客が沢山《たくさん》入込《はいりこ》んでいるので、消防署では夜だけ冬期と同じように、火見櫓へ監視人を置いてあった。当直は二人で、午後十時から午前二時まで一人、二時から朝まで一人という交代の監視である、――ところが、今朝午前二時に交代した監視人が、朝になっても下りて来ないので、不審に思って見に行くと、意外にもその男は頸を絞められて絶息していたのである。

是だけなら他にもありふれた事件に過ぎないが、ここにどうしても不思議なのは、火見櫓は鉄で組《くみ》上《あ》げた六十呎《フィート》ほどの物であって――昇り口は監視人詰所の中にある。つまり詰所の中に櫓へ昇る梯子《はしご》があって、外からはどんな身軽な者にも昇ることは出来ないのである。そしてその詰所には、もう一人の監視人が眠りもせずに詰めていたのだ。

「その下にいた監視人てのは、実は俺《おい》らの兄貴なんですがね、二時に交代してから朝まで、ずっと下で雑誌を読んでいた相《そう》で、そのあいだ猫一疋も現われなかったと云うんですよ」

太市がごくりと唾をのんだ。

要するに、犯人は何処《どこ》からどうして火見櫓の上へあがったのか？　この点がまるで分らない、分らないと云うより寧《むし》ろ奇怪に近かった。――太市は黙っている八郎の顔を、そっと横目に見やりながら、

「それで、今夜は俺の兄貴が監視当直になるんだけど、また兄貴までやられやしねえかと思うと――俺心配でしょうがねえ」

と独言《ひとりごと》のように呟いた。

臭い藁屑《わらくず》の謎？

「まあそんなに心配するな太市君、どんなに巧妙な犯罪でも人間に出来る事なら限度がある、きっといまに警察で犯人を捕《つかま》えるに違いないよ。——それに、別に理由もないのに君の兄さんまでやられる訳はないじゃないか」

八郎は慰めるように云って浜へ出た。

本当のところ八郎は、太市の話を聞いてもそれ程重大な事件とは考えなかった、恐らく仲間同志の恨みかなにかで起った事なので、奇怪には見えても事実はつまらぬ事件に相違ないと思ったのであった。ところが其夜《そのよ》、又しても同じ場所で同じような、全く不思議極まる事件が繰返《くりかえ》されたのである。

その夜は詰所に十人の消防員が詰め、火見櫓の附近一帯には、二十数人の警官や私服の刑事が配置された。まことに蟻の這入《はい》る隙もない警戒ぶりである、——やがて時間が来た。午後十時、二人の監視人は静かに櫓へ昇って行った。毎《いつ》もなら一人ずつ二回に交代するのだが、今夜は万一に備えて二人一緒に監視する事になったのだ。

一人は太市の兄で杉造と云い、一人は松岡久作という青年である。杉造は骨太の逞しい体で、町の青年団相撲に大関を取るほどの力自慢、今夜は樫の木剣を持って、

「何か出やあがったら、この木剣で叩き伏せてやる」

と力んでいた。

時は経って行った。寝ることの遅い避暑地も、いつか彼方此方《かなたこなた》と灯は消えて、今は六十呎《フイート》の空に聳《そび》える火見櫓の電灯だけが、明るく四辺《あたり》を照しているばかり、海から吹いて来る潮風の下に、街はすっかり寝鎮まって了《しま》った。詰所に頑張っている消防夫たちも街の暗がりにひそんでいる警官たちも、夜の更《ふ》けるにしたがって何となく気味悪くなり、——風の吹く気配にも耳を欹《そばだ》て、犬の咆える声にも棍

棒を握緊《にぎりし》める有様であった。

午前一時を過ぎ——二時も過ぎた。遉《さすが》にこの厳重な警戒に会っては手が出せぬか、今夜は何事もなく終るらしい。三時を打った時、火見櫓の上から松岡久作が下りて来た。

「どうしたんだ」

詰所にいた者が訊くと、

「喉が渇いて仕様がないからお茶を貰いに来たんだ、上へ持って行くから急いで湯を沸して呉れないか」

「杉さん独りで置いて大丈夫かい」

「是だけの人数で見張ってるんだ、どんな魔物だって手出しが出来るものか」

久作青年の言葉に、みんなも張詰《はりつ》めた気持を弛《ゆる》めながら急いで湯を沸し始めた。このあいだに凡《およ》そ十分くらい経っていたろうか——？　丁度《ちょうど》湯がちんちん沸き始めた時、火見櫓の上で突然、

「ひ——ッ」

と鋭い悲鳴が起る。同時に、どしん、ばたんと人の組合う物音が聞えた。

「おっ！　出たぞ!!」

久作が顔色を変えて起上《たちあが》る、とたんに居合せた消防夫たちと二人の刑事巡査は、先を争って鉄梯子へとびついた。此処《ここ》で二三十秒ごたついた。なにしろ上では奇怪な犯人がまさに杉造を殺そうとしているのだ。気は焦るし怖ろしくもある、梯子口でどっと一時に揉み合った後、刑事の一人が真先《まっさき》に駈《か》けあがってみると——見張り台の歩廊《プラットフォーム》に杉造が倒れているのをみつけた。

「あ、やられている」

と思いながら犯人は？……と見廻したが、他には猫の仔一疋いなかった。

三米《メートル》四方ばかりの狭い場所だ、隠れる所など有りようはない、逃げると云っても六十呎《フイート》の高さで梯

子は一つしかない――然《しか》も犯人の姿は何処《どこ》にもないのだ。一瞬茫然と立竦《たちすく》んでいた刑事は、あとからどやどやと馳《は》せ昇って来る人たちに気付くと、慌《あわ》てて叫んだ。

「待った待った、現場を踏荒《ふみあら》してはいけないから、此処《ここ》へ来ないで呉れ、それから署長と医者を急いで頼む」

そして倒れている杉造を抱起《だきおこ》した。

見ると頸のところに、荒縄か何かで絞めつけたような、生々しい縊《くび》れの痕《あと》がある、呼吸《いき》は絶えているがまだ心臓は明《あきら》かに動いていた、刑事はあとから来た警官の一人に手伝わせて直《す》ぐに人工呼吸に取掛った。

十分ほどして医者がやって来た時には、もう杉造は息を吹返《ふきかえ》していたが、まだ意識は不明なので手当てをした後静かに寝かせ、すぐ現場の捜査を始めた――然《しか》し何も発見することは出来なかった。足跡のようなものも無いし遺留品も無い、つまり犯人が其処《そこ》へ来たという証拠は何処《どこ》にもないのだ。唯《ただ》ひとつだけ――杉造の倒れていた処に小さな藁屑が二つ三つ落ちているのをみつけただけである。

「藁屑――こんな物は何処《どこ》にでもある」

刑事は失望のあまり舌打ちをした。

怯《おび》える人真似鳥《ひとまねちょう》

その翌《あく》る日であった。警察署長伊原五郎左衛門氏が、署長室でかんかんになって火見櫓事件の捜査を指揮しているところへ、甥の八郎少年が面会にやって来た。

「何しに来たんじゃ」

五郎左衛門氏が不機嫌に呶鳴りつけるのを、そ知らぬ顔で八郎は進寄《すすみよ》った。

「伯父さま事件解決の眼鼻はつきましたか、町の人たちは大騒ぎをしていますよ」

「騒ぐ奴には騒がして置け、こんな難事件がそう容易《たやす》く解決出来るものか、儂《わし》も警察界へ入って十五年になるが、今度のように訳の分らぬ事件は初めてじゃ、――蟻の這出る隙もない警戒陣の真唯中《まっただなか》で、ほんの二三分のあいだに人間一人が絞倒《しめたお》され、即座に刑事たちが駈けつけたにも不拘《かかわらず》、犯人の姿は既になかった……絶対に逃げ場所のない六十呎《フィート》の高さから、どうして犯人は逃げたのだ？　――こんな馬鹿げた、夢のような話があるか」

「どんな単純な事件でも、解決される前には大抵『夢のよう』に見えますよ」

「何じゃと？」

五郎左衛門氏は眼を剝いた。然し八郎はそんな事にお構いなく身を乗出《のりだ》して、

「伯父さま、僕に現場を見せて下さいませんか、決して邪魔はしませんから」

「見てどうするんじゃ」

「立派に事件を解決してみせます」

五郎左衛門氏はもう一度眼を剝いた。然し八郎の顔つきには否と云わさぬ力が溢《あふ》れ、よく澄んだ双の眸子《ひとみ》は伯父を抑えつけるような鋭い光を湛《たた》えている、――五郎左衛門氏は八郎が、府立一中随一の秀才で、同時に学校の化学研究部の指導者《リーダー》をしている事を思出した。

「宜しい、跟いて来い」

五郎左衛門氏は呻《うな》るように云った。

「どうせお前などに解決出来る訳はあるまいが、儂の助手役として許してやる」

そして八郎を促して立上《たちあ》った。

二人が火見櫓へ着いた時には、杉造はもう病院の方へ移されていた。八郎は先《ま》ず詰所の中を叮嚀《ていねい》に調べて、やがて伯父に案内をして貰って櫓の上へ昇って行った。――其処《そこ》は方三米《メートル》ばかりの台《プラットフォーム》で、中央に硝子《ガラス》戸造りの箱室《ボックス》があり、その周囲がぐるりと歩廊になっている。

「其処《そこ》に杉造青年が倒れていたんじゃ」

署長はそう云って、白墨《チョーク》で印のしてある処を指さした。八郎が踞《しゃが》んで検べようとした時、不意に頭の上で、

「ぎゃぎゃ、ぎゃ——」

と鋭い叫声《さけびごえ》がした。驚いて振仰《ふりあお》ぐと——箱室《ボックス》の窓の上に鳥籠《とりかご》が吊してあって、中に一羽のペリコがいた。

「あの鳥はなんです」

「南洋産のペリコと云う人の口真似をする鳥で、最初の被害者が飼っていたものだ相《そう》じゃ」

「へえ」

八郎は側へ寄った。注意して見ると、ペリコはひどく怯えている様子で、落着きなく眼を動かし、鮮《あざや》かなその羽毛《はね》はぴりぴりと顫《ふる》えている。

「見知らぬ者が来たので怯えていますね」

八郎はそう呟くと、鳥籠から離れて捜査を始めた。そして先ず歩廊《プラットフォーム》の上に落ちている藁屑をみつけた。

「おや、藁屑ですね。是は……」

「犯人は荒縄でもって杉造の頸を絞めたらしい、なにしろ傷痕がひどくこすれているんじゃ。藁屑は多分その時すり切れて落ちたものじゃろう」

「なる程、そうかも知れませんね」

そう云いながら八郎は藁屑を拾いあげて、何の気もなく匂《におい》を嗅いでみた。——何か魚でも包むのに使ったらしく、微《かす》かではあるが生臭い匂がする、八郎は紙を取出してそれを叮嚀に包んだうえポケットへ納《しま》いこんだ。

捜査は一時間ばかり続いた。そしてもうそれ以上何も発見はなかった、やれやれと思って八郎が、歩廊《プラットフォーム》の廻りに結ってある鉄の手摺に摑まって立上ろうとする……とたんに、手摺を摑んだ手がつるりと滑った。

「あっ、危い！」

不意を喰《くら》って危くのめろうとしたが、ようやく踏耐《ふみた》えて立った、何だろう——と思って見ると、手摺の鉄棒に薄く油が光っていた。

「こんな所へ油を塗る必要はないだろうに、錆止《さびど》めかしら」

呟きながら何心なく手を嗅ぐと、これも藁屑と同じようにひどく生臭い匂いがする。八郎は胸が悪くなるように思って急いで手帛《ハンケチ》を取出して拭くと、

「さあ下りましょう」

と伯父を促した。

「もう宜いのか」

「是以上捜しても無駄ですから」

「是以上って——何か新発見があるかね」

五郎左衛門氏の質問は皮肉たっぷりである。然し八郎は敢《あえ》て参った様子もなく、

「有りますとも。刑事諸君は見逭《みのが》していましたが、藁屑と鳥籠のペリコ、この二つを発見しただけでも充分な収穫です」

「然し藁屑の出所は分っているぜ」

「そうかも知れませんけれど、その藁屑に生臭い匂の附いている事を見逭していますよ」

「それは多分、頸を絞めた荒縄が、魚の荷造りにでも使った物だったのじゃろ」

八郎は答えなかった。五郎左衛門氏は火見櫓を下りながらひどく癇高《かんだか》い声で誰かに当てつけでもす

るように呶鳴った。

「今夜は儂がこの上へ昇るぞ。誰の手も借らん、儂が一人で犯人を捉えてみせる。今夜の監視はこの伊原が引受けた」

闇に唸《うな》る鞭《むち》

八郎が伯父に別れて家へ帰ると、一時間も前から来て待兼《まちか》ねていた太市が、

「坊ちゃん、どうしました、犯人の手懸《てがか》りはつきましたか?」

と急きこんで訊く。八郎は睨みつけた。

「坊ちゃんて呼ぶなと云ったじゃないか、今度若《も》し呼んだら僕は殴るぜ」

「こんな場合に呼び方なんか考えていられますか、兄貴をあんなめに会わされて、俺《おい》ら口惜《くや》しくって頭が割れそうなんだ」

「そんな南瓜頭《かぼちゃあたま》は割れた方が経済だ」

いつになく八郎に毒舌をあびせられて太市は仰天した。

「僕は考え事があるんだ。うるさくしないで早く帰り給え」

そう云い捨てると、八郎は見向きもせずに自分の部屋へ入って了《しま》った。

立派に事件を解決しますと、伯父には威張《いば》って云ったものの、さて手をつけてみると何から何まで謎である、第一の被害者が飼っていたというペリコ、――藁屑の生臭い匂い、この二つに何か秘密の鍵がありそうに思えるのだが、さりとて其《それ》だけでは雲を摑むような話だ。八郎は机の上へ紙を弘《ひろ》げて、火見櫓とその附近の見取図を書き、その上へ赤や青で縦横に線や円を引いたり、小さい字で何か書きこんだりしながら、夕食を喰《た》べるのも忘れて研究を続けた。そのあいだにも時間は遠慮なく過ぎて、十時を打ち十一時を打った、……もう伯父の五郎左衛門氏は単身で火見櫓へあがっている時分である。

「ああ畜生、分らん！」

八郎は呻《うめ》くように叫んで鉛筆を投出《なげだ》した。ぐずぐずしている裡《うち》に危険は迫る、伯父の身に万一の事があったら――と思うと、居ても立ってもいられぬ気持だ。

「宜し、御飯を喰べてもうひと踏張りだ」

八郎はそう云って洗面所へ立った。――半日の奮闘で汗と膏《あぶら》に汚れている顔を、冷たい水でさっと洗う快さ、頭をも冷やして口を嗽《すす》ごうと、水を掬《すく》って口へ持って行った時、ふと変な匂が鼻についた。

「――おや、何の匂だろう」

呟きながら手を嗅ぐと、青臭い胸の悪くなるような匂いがする。考えてみると、昼間あの火見櫓の上で、手摺を摑もうとした時つけた油の匂だった。

「変だな、いつまで取れないんだろう。錆止めにこんな厭な匂いのする油を使うのかしら」

そう呟きながら、シャボンでごしごし洗い落そうとしたが――不意に八郎はばたりとシャボンを取落して、

「あ？　待てよ!!」

と叫んだ。見ているうちに両眼がきらきらと光りだし、きゅっと引結んだ唇が微かに顫えはじめた。そして濡手《ぬれて》を拭く事さえ忘れたように、いきなり部屋へ駈け戻ると、机の前へ踞《しゃが》みこんで見取図を押《おし》展《ひろ》げ、赤鉛筆を取って五分ばかり何か書きこんでいたが、やがて、

「分った分った」

と躍上《おどりあが》って叫んだ。「どうして今まで其処《そこ》に気がつかなかったんだろう。慥《たしか》に是だ、こんな簡単な事が分らないなんて馬鹿だぞ僕は！」

自分の頭をこつりと一つ殴ると、八郎は玄関の方へとび出して行った。遽《はげ》しい物音に驚いた伯母が顔を出して、

「騒々しいのね、どうしたの？」

「あ！　伯母さま、早く、大急ぎで伯父さまの鞭を持って来て下さい」

「——鞭ですって？」

「乗馬用の革鞭です早く！」

何が何やら分らなかったが、兎《と》に角《かく》伯母は革鞭を持って来た。八郎はそれをひったくるように取ると、

「それからうんと御馳走《ごちそう》を拵《こしら》えて置いて呉れませんか、伯父さまと一緒に帰って来て頂きます。お願いしましたよ」

と叫ぶともう外へとび出していた。

八郎は何を発見したのであろう、足も宙に駈けつけると、急いで火見櫓の上へ昇って行った。五郎左衛門氏は歩廊《プラットフォーム》に立って、佩剣《はいけん》を左手に引《ひ》きそばめながら、ひどく張切《はりき》った顔つきをしていたが、昇って来た八郎を見ると、

「来ちゃいかん、危いぞ」

と呶鳴りつけた。

「危いのは伯父さまです、早く箱室《ボックス》の中へ入っていて下さい」

「何じゃと——？」

「事件の鍵をつきとめたのです。犯人はいますぐにやって来ますよ、其処《そこ》にいては危険ですからどうか早く中へ入って下さい」

「馬鹿な、儂は何者も怖れはせん」

五郎左衛門氏は胸を叩いて見せた。八郎はもどかし気に伯父を押《おし》やりながら、

「駄目です、早くしないと……」

云いかけた時、不意に頭の上で鳥籠のペリコが襲われるように、

「ぎゃぎゃぎゃ――」

と叫んだ。同時に八郎が、

「あ！　危い、伯父さま蹁《びっく》んで《かが》!!」

と喚《わめ》く。五郎左衛門氏が惕りして、ひょいと頭をすくめた刹那！　八郎が一歩左へひらきながら、右手に持った革鞭で発止《はっし》とばかり手摺の上を殴った。発止！　発止!!　革鞭は唸りを生じて飛ぶ――五郎左衛門氏がすばやく体を避けて見ると……見よ歩　廊《プラットフォーム》の上に黝《あおぐろ》い紐のようなものが、鞭に打たれてのたうち廻っている。

「――八郎、な、何だ……」

「犯人です、是が監視人を絞倒した犯人なんです、もう些《ちよ》っとのところで伯父さまの頸へ巻附くところでしたよ」

充分に叩きつけられて、ぐたりと伸びたところを見ると、意外にもそれは臨海博覧会の見世物小舎《ごや》にいた「麒麟殺し」と云う亜弗利加《アフリカ》産の蛇であった。

一時間の後――八郎と五郎左衛門氏は、伯母の拵えて置いた手料理を前にゆったりと寛《くつろ》いでいた。側には例の太市も控えている――
「発見の端緒《ヒント》はあの藁屑です。あれに附いていた生臭い匂を伯父さまは魚の荷造りに使った荒縄の匂だろうと云いましたね。実は僕もはじめはそう思ったんです。然し手摺に附いていた油が同じ匂で、それが半日以上も手について消えないのを知った時、僕はひょいと――博物学で習った蛇類の体膏《あぶら》という事を思出しました。蛇にはひどい膏があって、通った跡にはずいぶん長いあいだ青臭い膏の匂が残るということです……若しや蛇ではあるまいか、と思って考えてみると、第一に鳥籠の中のペリコ

が頭へうかんで来ました」

「ペリコが？　どうして……」

「あの時ペリコがばかに落着かぬ様子をしていたでしょう、あれは見知らぬ人間が来たからではなくて、ふた晩も『麒麟殺し』に脅かされていた為《ため》なんです」

「ああそうだったのか」

「そこまで考えつくとあとは簡単でした、火見櫓の裏には僕の見取図にある通り臨海博覧会の建物があり、見世物小舎《ごや》が殆どその真うしろにあります。僕はすぐに太市君と観た『麒麟殺し』に気がつきました。――あの蛇は非常に獰猛で力があります。深夜檻から脱《ぬ》け出すと、すぐ側に明るく輝いている電灯を慕って火見櫓へ這い登り、ペリコをみつけて喰べようとするが、相手は籠の中のことでどうにもなりません。その時そこにいる人間を見て生来の獰猛さを現わし、餌食《えさ》の獲れぬ怒りと一緒にとびかかって頸を絞めた――と云う訳ですよ」

「その後で蛇はどうした？」

「飼われた動物は、決して餌を呉れる所を忘れません、監視人を絞倒すと、蛇はまた鉄柱を伝って檻へ帰ります、――是では犯人の姿がみつからぬのも道理でしょう、あの藁屑は檻の中に敷いてあったのが附いて来たんです」

遉《さすが》に怪奇な事件も今や全く明かになった。感心しながら聞いていた太市は、思わず嘆息しながら、

「坊ちゃんは偉いなあ」

と云う。とたんに八郎は拳骨《げんこつ》で太市の頭をこつんと叩いて云った。

「そら坊ちゃんが出た、今度云ったら殴るという約束を忘れたのかい」

「あそうか」

太市はひょいと頭をすくめながら舌を出す、伯母も五郎左衛門氏も思わずぷっと失笑《ふきだ》した。――近

くで一番鶏が啼《な》きはじめた。

深夜、ビル街の怪盗

突如金庫室の闇の中から魔の如《ごと》く躍り出した曲者《くせもの》

自分の机の廻《まわ》りを片付けて大金庫に鍵をかけると、中村辰二は帽子を持って支配人の方へ、

「ではお先へ失礼致します」

と声をかけた。支配人はせっせと書類を調べていたが、その声を聞くと眼鏡を光らせながら顔をあげて、

「御苦労さん、——真直《まっすぐ》に帰るかね」

「些《ちょ》っと銀座へ出ますが——」

「用事でもあるのかい」

「はあ、直しにやってある写真器を取りに行こうと思います、三丁目の秋山です」

「早く帰り給えよ」支配人は軽く笑いながら云った。「宝石商館の支配人秘書が、銀座あたりをうろついていると信用に関わるからな」

「承知しました」

中村辰二は挨拶をして事務所を出た。彼は大学を出て三年にしかならないが、この「東京宝石商

館」では早くから頭の良いのを見込まれて、今では支配人倉島平吉の秘書という重要な役に用いられているし、また近い将来の副支配人と云われていた。——何しろ大金庫の鍵も持って居り、事務所の鍵も任されているので責任は重かったし、毎日ほかの社員が帰ってから二時間くらいは、支配人と一緒に残務整理のため残らなければならないのだった。

さて、——丸ノ内通船ビルにある事務所を出た中村辰二は、外へ出るとひどく腹の空いているのに気がついたので、通りかかりの食堂で軽い夕食をとってから銀座へ出た。このあいだ三四十分経ったであろう——三丁目の秋山写真材料店へ着いたのは午後七時半のことであった。

直しに出した写真器というのは、実は九ミリ半の映画撮影機で、自動ハンドルが壊れたのを修繕するように頼んで置いたのである。この撮影機は大阪にいる伯父から貰ったもので、「F・3」と云うすばらしいレンズが附いていて、百ワットの燭光があれば夜間でも充分に撮れると云う優秀品だった。

修繕は出来ていた。

「良く直して置いて呉《く》れましたか」

「はい大丈夫です。余り乱暴な事さえなさらなければ、決してもう空廻《からまわり》するような事はございません」

「ではフィルムを入れといて下さい」

修繕の出来た撮影機へ、店員がフィルムを入れて呉れるのを受取《うけと》って、金を払っていると、奥から番頭が出て来て、

「ああ、東京宝石商館の中村さんですね」と声をかけた。

「そうです」

「今しがたお使いの人が見えて、貴方《あなた》にお渡しして呉れと云って手紙を置いて行きましたが」

「へえ——?　手紙を?」

番頭が差出《さしだ》す手紙を受取ってみると、表には明《あきら》かに自分の名が書いてあるが、裏には何もない、――誰だろう、と思いながら封を切って読むと、タイプライターで、
社を出てから急ぎの用事を思い出した。大金庫の中から二号の書類を出して私の家まで届けて下さい。倉島。

と認《したた》めてある、支配人倉島平吉からの手紙であった。

「有難《ありがと》う、分りました」

中村辰二は手紙を封筒へ収めてズボンのポケットへ入れ、撮影機の方は上衣《うわぎ》のポケットへ押込《おしこ》んで外へ出た。――退社の後に大金庫から書類を取出すなどと云うことは、今まで一度もなかったので、些《ちょ》っと訝《いぶか》しく思ったけれど、深く疑ってみる気持もなく彼は通船ビルへ戻った。

事務所は五階にある。もうみんな退《ひ》けたあとで昇降機《エレベーター》も動かなかったから、暗い階段をこつこつ登って五階へあがり、鍵を取出《とりだ》して事務所の中へ入った、――人気《ひとけ》のない広い室内は、がらんとして其《それ》だけでも無気味である。中村辰二は大股に金庫室の方へ行って扉《ドア》を明《あ》け……中へ入って電灯の釦《スイッチ》を捻《ひね》ろうとした。と――その刹那！　金庫室の暗がりから不意に何者か跳出《とびだ》して来て、中村の頭をがんと烈《はげ》しく殴りつけた。

「――あっ！」

全くの不意である、中村辰二はよろよろと後へよろめくと、そのまま気を失ってどうと倒れた。

中村のポケットから不思議や五百円の札が現れた

「あ、気がついたようだ」

「もう大丈夫でしょう……葡萄酒《ぶどうしゅ》を一杯やって下さい」

そんな声を夢現《ゆめうつつ》に聞いていた中村辰二は、誰かの手で葡萄酒を一杯飲まされると、ようやく判《はっ》き

り眼覚めて四辺《あたり》を見廻《みまわ》した。――そこは事務所の中で、彼は長椅子の上に寝かされている。そして廻りには支配人や警官や刑事たちが十二三人詰《つめ》かけているではないか。

「ぼ、僕、どうしたんでしょう……」

中村辰二は訳の分らぬ気持で人々の顔を眺め廻した。

「気がついたかね」刑事の一人が冷やかに云った。「どうしたか、と云う事は此方《こっち》で訊き度《た》いくらいのものだ。――先《ま》ず事情を話してやるが、このビルの夜警番が、午後九時の巡廻《じゅんかい》をして五階へ来ると、この事務室の扉《ドア》が明いて電灯がついていた。不審に思って入ってみると、金庫室の扉《ドア》も開けっ放しになって、その中に君が倒れている、――然《しか》も大金庫の扉《ドア》が開いているのだ。夜警番は驚いて、早速警視庁へ知らせる一方支配人の倉島さんを電話で呼んだのだ、……倉島さんが駈《か》けつけてみると、大金庫の中に在《あ》った十万円ばかりの宝石が盗まれているのを発見した、と――斯《こ》う云う訳なんだ」

中村辰二は殴られたようにびくっと振返《ふりかえ》った。――これは事重大である。

「いったい是《これ》はどうした訳だね」

刑事の言葉が終るのを待兼《まちか》ねて、倉島支配人が覗きこんだ。

「何のために君はこんな時間に此処《ここ》へやって来たんだ。――云って置くが君は疑われているんだぞ、だからよく注意して申開《もうしひら》きをしなければいかん、さあ話し給え」

「何のために……って、支配人から手紙を頂いたので来たんです」

「なに僕から手紙だって？」

「秋山写真店へ手紙をお預けなすったでしょう、急用を思出《おもいだ》したから大金庫の中にある二号書類を届けて呉れ――と云う文面の……？」

「冗談じゃない」支配人は仰天して首を振った。「何を云うんだ、僕は手紙など出しはせんぜ」

「そ、そんな事があるものですか、僕は慥《たしか》に受取ったし現に此処《ここ》に持ってますよ」

「見せ給え、――」

中村辰二は急いでポケットを捜した。然《しか》し、意外、意外、あの手紙は何処《どこ》にもなかった。

「どうしたんだ？」

「不思議です、慥《たし》かにここへ入れて置いたんですが、有りません」

「お芝居は止《よ》せ!!」

刑事部長が大声に呶鳴《どな》りつけ、側へ椅子を持って来てどっかり掛けると、鋭い調子で訊問を始めた。

「話の筋はすっかり分っている、君は事務所の鍵も、大金庫の鍵も持っている、そこで――悪い仲間の手引をして宝石を盗んだんだ」

「ち、違います」

「違わん！　君の上衣のポケットから五百円の札束が出て来たぞ、君はこの五百円で悪漢に買われたんだ、そして宝石を盗みだしてから急に、もっと分前《わけまえ》が欲しくなり、仲間喧嘩《げんか》をして殴倒《なぐりたお》されたんだ、仕事のあとでよくある奴さ、それに相違なかろう」

中村辰二は唖然として声も出なかった、事もあろうに宝石盗賊の嫌疑とは。――いったいどこからどう弁解して宜《い》いのか、自分の事ながらまるで見当もつかなかった。

「是は君の持物かね？」

刑事の一人が金庫室の中から九ミリ半の撮影機を持って来て見せた。

「はいそうです」

「贅沢な物を持っているな、是は千円近くする高級品じゃないか。――高の知れた月給でよくこんな物が買えたね」

「大阪の伯父に貰ったんです」

「そんな事を我々が信用すると思っているのかい？　まあ宜い、気分が直ったら些《ちょ》っと警視庁まで来て貰おう」

「僕は知りません、僕は何も……」

「うるさい！　調べれば分るんだ」

渡辺刑事部長がそう叫んで、中村辰二の腕を摑んだ時、倉島支配人が慌ててそれを遮りながら云った。

「いや些《ちよ》っとお待ち下さい、この中村は決して心からの悪人ではありません、私がよく話をして、悪漢の居所を訊出《ききだ》しますから、どうか捕縛する事だけはお許し下さい」

「然し早くしないと盗まれた宝石が出なくなると思うが――」

「いや、外《はか》の品なら格別、十万円もの宝石をそう早く片付ける訳には行きません、中村君にしても警察の方に調べられるより、私からよく話す方が告白もし良いと思いますから」

支配人が熱心に云うので、警官たちもようやく納得した。そして兎《と》に角《かく》二三日待とうと約束して、間もなく事務所から引揚《ひきあ》げて行った。

迷宮に泣く怖ろしき一週間！　あと一日の生命《いのち》だ

二人っきりになると、支配人は椅子を寄せて、静かに諭すように云った。

「さあ中村君、何も彼《か》も話し給え、宝石さえ戻れば事件は無かった事にしてあげるよ、盗んで行った悪漢たちは何処《どこ》にいるんだ、早く云い給え――手配をしなければならん」

「支配人、貴方《あなた》まで僕を疑っていらっしゃるんですか」中村辰二は悲しそうに云った。「僕は決してそんな人間ではありません、是は誰かが僕を陥れようとして企んだ仕事です、どうか僕を信じて下さい」

「信じようがないじゃないか。君は僕の手紙を見たなどと云って、僕までも巻添《まきぞえ》にしようとした、

――だが僕は君をそれ程悪人だとは思っていないから、兎に角捕縛の恥《はじ》だけは救ってやったんだ」

「それは実に有難いと思います。けれど僕は知らないんです、本当に何も知らないんです」

支配人はほっと太息《といき》をもらした。そして暫《しばら》くすると立上《たちあが》って、

「仕方がない、君がそう強情を張っている以上、今ここで何と云っても駄目だろう、――それでは一週間待つとしよう、一週間のうちによく考えて、悪漢から宝石を取返して来給え、でないと――僕は君を警視庁へ引渡すより外にない、分ったね」

「………」

「未来の副支配人と云われた君が、こんな大それた事をしようとは思わなかった」

そう云って支配人は腹立たしげに立上った。

中村辰二はやがてしょんぼりと本郷の下宿へ帰って来た。持って来た九ミリ半の撮影機を見ると、

「こんな高価な器械を持っていたばかりに、却《かえ》って疑いを深くされてしまったんだ、――こんな物を取りに行かなければ宜《よ》かった」

と思わず呟《つぶや》きながら座った。然し呆《ぼん》やりしている訳にはいかない。一週間のうちに宝石を取戻さなければ、支配人は自分を警視庁へ引渡すと云った。――どんな事があってもそれ許《ばか》りは耐えられない、是非とも犯人を突止《つきと》めて宝石を奪返《うばいかえ》さなければならぬ、断じてやるのだ！

中村辰二は机の上へ紙を弘げて、事件の要点を箇条書きにしてみた。
一、秋山写真店へ支配人の偽手紙を置いて行った者がある。
二、金庫室の扉《ドア》には鍵がかかっていた。
三、中に誰か隠れていて、中村の入ったところを殴り倒した。
四、犯人は気絶した中村から鍵を取上げて金庫を明け、十万円の宝石を盗出《ぬすみだ》した。
五、そして中村に疑いをかけるため、上衣のポケットへ五百円の札束（金庫の中にあったもの）を

入れて置いた。

「――是で全部だ」中村は鉛筆を投出《なげだ》して呟いた。「この中に二つ疑問がある、第一は――僕が秋山写真店へ行く事を犯人がどうして知ったか？　第二は支配人と僕しか開けることの出来ぬ金庫室へどうして犯人が入っていたか？……この二つが要点だ」

斯う考えると、先ず頭に浮んだのは倉島支配人である、支配人なら彼が秋山写真店へ行く事も知っていたし、金庫室に入っている事も出来る、――然し、若《も》し支配人が宝石を盗む積《つも》りなら、誰にも知れず何時《いつ》でも好きな時に盗めるではないか、別に中村を殴り倒して態々《わざわざ》事件を拵《こしら》える必要はないのである。

「とすると――誰だろう？」

中村辰二は頭を抱えた。まるで雲を摑むような話である、どこからどう手繰《たぐ》り出して宜いかまるで見当がつかない。

「殊《こと》に依《よ》ると、僕が新参で支配人秘書になったのを嫉《ねた》んで、社内の人間がやったのかも知れないぞ。兎に角はじめに社員の様子を監視してやろう、その前に秋山写真店を調べるんだ」

手筈《てはず》をきめてその夜は寝た。明《あく》る日、早く起きた中村辰二は、すぐに大活躍に取掛ったが、そう易々《やすやす》と思わしい収穫のある訳がない、――秋山写真店を調べると、

「通りがかりの人が、いまそこで頼まれたと云ってあの手紙を置いて行きました」

と云う返辞《へんじ》である。偽手紙を――自分で持って来る奴もあるまいが、通りがかりの人を頼んだとは何処《どこ》までも抜目のない犯人である、是では偽手紙が何処《どこ》から出たかと云うことは到底調べられない。

そこで彼は、社員の中で怪しい奴はないかと監視し始めた。

朝から晩まで、殆《ほとん》ど休む暇もなく活動し続けたが、是と云って手懸《てがか》りらしいものを発見しないうちに、日は遠慮なく経って行って、遂《つい》に六日目の夜になった。

「――駄目だ、迚《とて》も僕の力で犯人を突止めることは出来ない、残念だ……罪もないのに愈《いよい》よ明日はこの手へ手錠をはめられるのか」

大声をあげて泣き度いような気持だった。――絶望して疲れた足を引摺りながら下宿へ帰ってみると、恰度《ちょうど》学校友達の佐伯次郎が尋ねて来ていた。

「やあ、留守にあがっていて失敬、借り度いものがあるんで待ってたんだ」と、中村の気も知らないで、佐伯はのんきなことを云い出した。


疑問の一夜は明けて、遂に犯人は発見された!!


「借り度いって何だい」

「明日から旅行に出るんだ、それで君の九ミリ半を借りて行き度いんだがね」

「ああ宜いとも」

中村は面倒くさ相《そう》に、戸棚から撮影機を取出して来て渡した。

「たしか自動ハンドルが壊れていたね？」

「直して置いたよ、それからフィルムも入っているから使い給え」

「そいつあ有難いな」そう云って、佐伯は器械を弄《いじ》っていたが、ふと顔をあげて、「駄目じゃないか是は、自動ハンドルがまだ壊れたままだぜ、すっかり廻っちゃってるよ」

「そんな筈はない、直した許りなんだぜ」

中村は撮影機を受取って調べてみた、するとなる程、フィルムの呎《フイート》標示は百米《メートル》になっている、つまり自動ハンドルが外れて、フィルムが全部ひとりで廻転して了《しま》っているのだ。

「どうして壊れたろう」

呟いた時、あの夜金庫室の中で殴り倒された事を思い出した。――あの時上衣のポケットから烈しく転げ出したので、折角《せっかく》直した許りの自動ハンドルがまた壊れたに違いない。

「ちょっ、ますますくさるなあ」

中村は器械をそこへ投出した。佐伯はあっさりしたもので、当《あて》にして来たものが駄目だと分ると、

「それじゃあ又来るぜ」

と云ってさっさと帰って行った。――明日は警官に引渡されると云うどたん場にいる中村には、友達の冷淡な容子《ようす》までが何だか自分の罪を嘲《あざけ》っているように思われて、ひどく腹立たしくなって来たが
……、畳の上に転がっている撮影機を昵《じっ》と覓《みつ》めているうちに、ふと、

「――はてな……」と呟いて身を起した。

「若しや？　否！　そんな事がある訳はない、だが――万一と云う事もあるぞ」

中村辰二は不意に立上った。何を考えついたのであろう、彼はいきなり撮影機を取上げると、気もそぞろに下宿をとび出した。

それから二十分の後、彼はタクシーを飛ばして銀座の秋山写真店へ行き、そこで二時間ばかり何かしていたが、やがて今度は警視庁へ向った、――渡辺刑事部長に面会を求めると、幸いに居たので直ぐ面会室へ通された。

「こんなに晩《おそ》くどうしたんだ」

そう云って刑事部長が入って来た時、中村辰二はいきなり立上って叫んだ。

「渡辺さん、宝石泥棒の真犯人を突止めました！」

刑事部長は愕《びっく》りして椅子からとび上った。

「ほ、本当か――？」

「実に意外な人物です、貴方《あなた》もきっと驚かれるでしょう」

「誰だ、何処《どこ》にいる」

「明日云います、明日事務所へ来て下さい、実は支配人から一週間のうちに犯人を捜して来いと云われていたんです、――丁度《ちょうど》明日がその日ですから皆さんの前で犯人を捕縛してお眼にかけます、どうか手錠の用意をして来て下さい」

それだけ云うと、尚《なお》も様子を訊こうとする刑事部長の手を振切るようにして、中村辰二は警視庁をとび出して行った。

彼は何を発見したのであろう、真犯人を突止めたと云うが、それは果して事実であろうか――？疑問の一夜が明けた。

午前十時二十分、「東京宝石商館」の応接室には、支配人倉島をはじめ、渡辺刑事部長と警官三名が集っていた。そして待つこと三十分、――殆ど十一時近くになってから、中村辰二が汗だらけになって、黒革の四角い鞄《かばん》を重そうに提《さ》げてやって来た。

「やあ、遅くなって失礼しました、少し支度《したく》に手間どったものですから」

「中村君、犯人がみつかったって？」

支配人が待兼ねたように声をかけた。

「発見しました、今日がお約束の七日めです、是から真犯人が誰であるか証言致しますから少しお待ち下さい」

中村辰二はそう云って、持って来た鞄を置くと、汗を拭きながらひと息入れ、――やがて一座を見廻しながら静かに口を切った。

「今度の事件は、些《ちょ》っと見ると如何《いか》にも複雑なように思われますが、実は簡単明瞭なものでした。あの日僕は秋山写真店へ行きましたが、この事実を知っているのは支配人倉島さんだけです。――それから、事務所の扉《ドア》も、金庫室の扉《ドア》もちゃんと鍵が掛っていましたが、この二つの鍵は私と支配人より外に持っていません、つまり以上の重要な二点は、二点とも支配人でなくては出来ぬ事なのです」

「ば、ばかな事を、貴様は」

支配人は呆気《あっけ》にとられて突立上《つったちあが》った。

「まあお待ち下さい」中村はそれを制して、「然し、僕は考えたのです、若し支配人が犯人とすれば、何も態々《わざわざ》僕を誘《おび》き寄せて危険な活劇を演ずる必要はなく、何時《いつ》でも好きな時に、誰の眼にも触れずに盗出す事が出来ます――だから支配人を疑うのは馬鹿げた事だと――」

そう云って彼は又みんなの顔を見廻した。

ああ見よ、銀幕に映った怖ろしい大犯罪の状況を

「さて皆さん」

中村はひと息継いで、卓子《テーブル》の上へ置いた鞄の中から九ミリ半の撮影機を取出した。

「此品《このしな》は勿論《もちろん》覚えておいででしょうな。是はあの日、自動クランクを直しにやってあったのを取戻して、僕が上衣のポケットへ入れていたのですが、――僕が犯人に殴倒された時、ポケットからとび出して金庫室の片隅に転げていたのです」

「それがどうしたんじゃ」

刑事部長は苛々《いらいら》しげに急きたてた。

「なにそれだけの事ですよ」

「馬鹿げている、そんな事は改めて聞くまでもなく分っている事だ、それより早く犯人を指名して呉れ」

「然し順序があります」

「順序などは沢山《たくさん》だ、我々の欲しているのは犯人だ、宝石泥棒の捕縛だ!!」

そう云って刑事部長はどしんと卓子《テーブル》を叩いた。中村辰二は肩を揺《ゆり》上《あ》げて、

「では仕方がありません、証言は後にし犯人を挙げましょう、済みませんが手錠を貸して呉れませんか」

そう云って刑事の一人から手錠を受取ると、支配人の方へ振返って、

「支配人、些《ちよ》っと手伝って下さいませんか」と云って歩きだした。何をするのであろう？……人々は好奇の眼を瞠《みは》りながら覓《みつ》めている。中村は支配人が立って来ると、

「些《ちよ》っと事務室まで――」と云って隣へ通ずる扉《ドア》を開ける、犯人は事務室にいるのか――と支配人倉島が覗きこんだ刹那！　中村辰二は驚くべき素早さで当の支配人の両手へがちりと手錠をはめた。

「あっ、な、何をする」

愕然として支配人が棒立ちになる。

「刑事部長、十万円の宝石泥棒をお渡し致します、真犯人は倉島支配人だったのです」

「貴、貴様、気でも狂ったのか!?」

支配人は怒気を発して喚《わめ》きたてる。刑事たちも訳が分らぬと云う態《てい》で、唯《ただ》この様子を見戍《みまも》るばかりだった。――中村辰二は狂いたつ支配人を遮って、

「では是から証言を続けます。――いま申上《もうしあ》げたように、この撮影機は烈しい勢《いきおい》でポケットからとび出し、金庫室の片隅に転げて行きましたが、その時、――直した許りの自動ハンドルがまた壊れたのです、そして、自然と廻転をし始めたのです」

人々は一言半句も聞き遁《のが》すまいと、耳を澄まして謹聴している。

「つまり、この器械は床へ投出されたとたんにひとりでに撮影を始めたんです、――何を撮影したか、云うまでもありません、犯人の行動です。犯人は実に巧妙に僕を罠へかけましたが、この壊れた撮影機と云う『もの云わぬ探偵』が、金庫室の片隅で見張っていた事に気付きませんでした――御覧下さい、『もの云わぬ探偵』の証言を」

そう云うと共に、中村辰二は窓の鎧戸《よろいど》を下して室内を暗くし、鞄の中から映写機を取出すと、手早く支度をして窓にかかっている白い窓帷《カーテン》を、銀幕《スクリーン》の代りにして映写をし始めたのである。人々は片唾《かたず》をのんで見ていた。――はじめは何も写っていなかった、然し間もなく、其処《そこ》には驚くべき光景が展開し始めたのである。

今まで暗かった画面がさっと明るくなる。金庫室の中だ。画面の前方に中村辰二が倒れている。その向うに大きく人が立っている。足だけしか見えない、――その内に怪人物は歩いて行って大金庫の扉《ドア》を明け、中から宝石入りの小筺《こばこ》を取出して上衣の隠《ポケット》しへ入れる。それから戻って来て、中村辰二の側へ来る。跼《かが》みこんで五百円の札束を中村の上衣の隠《ポケット》しへ入れ――中から手紙（支配人の偽手紙）を取出し、丸めて自分のズボンの隠《ポケット》しへ押込む。さて……立上って向うへ歩いて行き、振返って室内を見廻す――その時はじめて顔が見えた。まがう方なき倉島平吉支配人である。

「――あっ！」

と人々は驚きの声をあげた。――画面の支配人は部屋の中を見廻し、何処《どこ》にも失策のないのを見極めると、にやりと凄《すご》い笑《えみ》をもらして右手を壁の方へやった――電灯の釦《スイッチ》を捻ったのであろう、そこで画面は暗くなった。

「如何《どう》です支配人――？」

早くも二人の刑事に左右を塞《ふさ》がれた支配人の方へ、中村辰二は軽く一礼しながら云った。

「この無言の探偵の証言はお気に召しましたか？……僕は始め、支配人なら僕を誘き寄せる必要はないと考えましたが、実は、支配人だからこそ僕を罠にかける必要があったのだ、と云う事に気がつきましたよ、――何故《なぜ》って、若し多額の宝石が紛失した場合、疑われるのは僕より支配人の方ですからね。学校を出て三年にしかならぬ僕に、十万円の宝石はどうしようもない、然し支配人なら外国との連絡もある、十万円や二十万円の宝石を捌《さば》くのは雑作もない事でしょう」

「いや、驚いたよ」

渡辺刑事部長は汗を拭きながら、立って来て中村辰二の手を握った。

「この撮影機は余り身分不相応に高級品なので、はじめは君の疑いを深める材料になったが、実際には君を救う結果になった――おめでとう、そして犯人捕縛のお礼も云わせて呉れ給え」

「どう致しまして、お礼ならこの器械に云って下さい、この器械の壊れた自動ハンドルに――」

中村辰二は撮影機を愛撫しながら、いとも晴れ晴れと笑った。

少女歌劇《レビュー》の殺人

百万円の花形《スター》

芝居や映画や少女歌劇の経営者たちが、互いに相手方の人気花形《スター》を自分の方の劇場へ横取りしようとする、所謂《いわゆる》「スター引抜《ひきぬ》き戦」の醜い争いが、この一年間ほど激烈に繰返《くりかえ》された事はあるまい。そこには秘密の賞金や、多くの脅迫や、不道徳な策略が、まるで悪魔のように闇を縫って活躍したのである。——新秋九月七日の都下各新聞を賑わした、彼《か》のレビュー殺人事件、——場所は新築して間のない東洋劇場。開演中の絢爛《けんらん》たるレビューの舞台で、当時東京少女歌劇界で百万円の花形《スター》と云われた人気者トガシ・スミレ嬢が、五千人の観客の見ている前で拳銃《ピストル》の乱射を浴びながら惨殺された。という前代未聞の異常な事件も、底を洗えばこの醜い「引抜き戦」が巻起《まきおこ》した悲劇の一幕だったのである。

事件のあった日、つまり九月六日の朝。

帝大の医学部に席を置いている小野欣弥は、ノートの整理でやや疲れた頭を休めるために、冷たい飲物をヴェランダへ運ぶように命じて部屋を出た。——深い松林を持った広庭は、前日の雨に洗われてしっとりと湿り、植込の芒《すすき》や桔梗《ききよう》萩《はぎ》は、如何《いか》にも初秋らしい爽《さわや》かな風に揺れて、さやさやと静かな囁《ささや》きを交していた。

欣弥がヴェランダへあがって行くと、そこには妹の香澄が、女学校の友達三人と一緒に、冷たい紅茶を啜《すす》りながらひどくしめやかに何か話し耽《ふけ》っていた。

「やあいらっしゃい」

欣弥は声をかけながら近づいた。

「どうしたの？　今日はみんな馬鹿に静かじゃないか、休暇中あんまり遊び過ぎたんで、新学期の成績を悲観しているって訳なんだね、きっと」

「あらア――」

いきなりからかわれて、三人の少女は赧《あか》くなりながら急いで挨拶した。

「厭《いや》だわお兄様、其《それ》どころじゃないのよ」

香澄は優しく兄を睨《にら》んで、

「あたし達の大事なお友達がゆうべ亡くなったのよ、それがまた掛替《かけがえ》のない方なんですもの、冗談どころじゃないわ」

「へえ其は知らなかった。誰だい一体？」

「沢井絹子さんよ」

欣弥ははあというように頷いて、

「あのトガシ・スミレ嬢に似ていた人だね、此家《ここ》へも来たことがあった筈《はず》だ。――なる程、掛替のない人かも知れないね」

香澄は東京少女歌劇の熱心のファンで、同級生の仲良し五人と共に、主役花形《スター》トガシ・スミレ嬢の後援会を作っていた。――沢井絹子はその会員の一人で、それがまたトガシ・スミレに瓜二つという程よく似ているところから、彼女たちの愛を一身に集めていた。

「それで、病気は何だったの？」

「なんでも腸《ちょう》塞栓《エンボリー》とかいう珍しい病気ですって、それで研究のために解剖したいからというので、今日梶原内科へ運ばれるの」

「じゃ、君たちは告別式に行って来たんだね」

「ええ今帰ったとこなんですの」

三枝百合江《さえぐさゆりえ》という少女が答えた。

「でも沢井さんお仕合せだわね、トガシ・スミレ氏が告別式に参列したんですもの、迚《とて》も豪華版だわ」

「そうね、スミレ氏泣いてたわね」

「矢張《やっぱ》りあんなに自分に似ていると情が移るのよ、きっと」

女中が冷たい飲物を運んで来たので、少女たちは更《さら》にそれを手にしながら、東京少女歌劇の花形《スター》トガシ・スミレ嬢が、どんなに表情たっぷりに悼辞を読んだかということを、感激と羨望に溢《あふ》れた調子で語りだした。――欣弥は微笑しながら聞いていたが、

「――ねえ君たち」

と煙草《たばこ》を取出《とりだ》して火を点けながら云った。

「君たちは東洋劇場のトガシ・スミレより他にレビューの花形は無いように思っているらしいが、僕は此頃《このごろ》売りだした近代劇場の青柳ツボミの方が、レビューの花形としては一枚上だと思うね」

「あら厭だ」

香澄は早速むきになって、

「青柳ツボミって老人役《ふけやく》ばかりやっているあれでしょう？　あんな女《ひと》が我等のスミレより良いなんて、

お兄さまの認識不足よ。第一東洋劇場の方は純粋の少女歌劇だけど、近代劇場ときたら芝居入りで、まるで上品さのないレビュー専門じゃないの」

「純粋の少女歌劇か、ははは、だけど君、トガシ・スミレ嬢はたしかもう二十六になる筈だぜ。二十六歳の少女歌劇なんて些《いささ》かグロテスクだと思うね」

「それはお兄様が一度も東洋劇場を覧《み》たことがないからよ、――青柳ツボミなんて、まだ売出《うりだ》して三週間そこそこでしょう。憚《はばか》りながらトガシ・スミレは百万円の花形ですからね」

バグダッドの花嫁

そんな事から話は縺《もつ》れだした。

なにしろ欣弥は一週間ほどまえに、友達に誘われて生れて初めて近代劇場のレビューをみた許《ばかり》である。その時老人役《ふけやく》を演《や》っていた青柳ツボミという女優が、日頃から少女歌劇というものを軽蔑していた欣弥にとって、意外なほど歌も演技もうまかったので、つい口を出したのが誤り、――片方は東京少女歌劇で夢中になっている連中だから、

「そんな事を云われて黙ってはいられないわ、ねえ皆さん。これからお兄さまを東洋劇場へ伴《つ》れて行って、本当の少女歌劇というものを教えて上げましょうよ」

「賛成、それに限るわ」

「亡き友沢井絹子さんの追悼のために、それから我等のスミレ嬢のために、みんなで東洋劇場へ行きましょう」

まるで藪蛇《やぶへび》というかたちで、否も応もなく欣弥は引張《ひっぱ》り出される事に定《きま》った。

尤《もっと》も、欣弥がそれを承知したには別に理由があった。と云うのは、――実は東洋劇場の持主の矢野逸平氏の子で逸太郎というのが、高等学校時代の欣弥の親友で、東洋劇場が五千万円という巨費を投

じて落成した時、

――文字通り、嘘偽りなしの東洋一の劇場だから、是非《ぜひ》いちどみに来て呉《く》れ。

と案内状を貰っていたのである。

矢野逸太郎はいま東洋劇場で舞台主任をしているというから、これを機会に一度訪ねても宜《い》いと思ったのである。――相談が出来たので、それでは午後一時、開幕まえに劇場で落合《おちあ》うことと打合《うちあわ》せ、三人の少女たちは支度《したく》をするために家へ帰った。

欣弥と香澄が車で劇場へ着いたのは一時十分ほどまえだった。三人とも先に来ていたので、一緒に軽くお茶を飲んだ。開幕のベルが鳴ると少女たちは座席へ立ったが、欣弥は些《ちょ》っと会う人がいるからと云って別れ、舞台裏へ廻《まわ》って行って矢野を呼んで貰った、――矢野は上衣《うわぎ》を脱《ぬ》いで汗まみれのワイシャツ一枚という、甲斐甲斐《かいがい》しい姿で飛んで来て、

「やあ、宜《よ》く来て呉れたね」

「暫《しばら》く、――大変な人気じゃないか」

「有難《ありがと》う、開場以来殆《ほとん》ど満員続きだ。今日も補助椅子を出したというから、五千人の定員は突破しているよ」

「恐ろしいものだね」

欣弥は呆れた。「そして、それがみんなトガシ・スミレ嬢のファンという訳だね」

「そんな事はないさ、楠木正子だって虹野ひかるだって相当人気はあるよ、然《しか》し、――まあ何と云ってもスミレは弗箱《ドルばこ》には違いないさ、だから……」

と云いかけて、矢野は急に声をひそめ、

「だから君、些《ちょ》いと心配なんだ」

「弗箱《ドルばこ》なら心配はないだろう」

「そうじゃないんだ、実はね、――近代劇場の方でスミレの引抜き運動をしているらしいんだ。はっきりは分らないが、なんでもスミレの家へ近代劇場の人間が頻《しき》りにやって来て、若《も》し此方《こっち》へ来なければ危害を加える……というような脅迫までしたと云うんだ」

「それは立派に警察へ訴えられるね」

「そんな下手《へた》な真似《まね》はしないさ、訴えたって近代劇場の名は出ないように手廻しが出来ているんだ」

「然し本人が厭なものなら、どんなに脅迫されたって大丈夫だろう。幾《いく》らなんだって本当に危害を加える筈もあるまいからな」

「さあ――問題はそこだがね」

そう云いかけた時、連絡係りの者が呼びに走って来たので、矢野は、

「失敬、また後で会おう、席は何処《どこ》？」

「たしか二階のBの三だ」

「分った、此方《こっち》から訪ねるよ」

そう云って矢野は走去った。

欣弥が座席へ入って行った時、舞台ではいま「バグダッドの花嫁」というオペラの第一幕が開いていて、アラビヤ風の寛衣《ローブ》を着た美しい少女が、王宮の中を往《い》ったり来たりしながら、みごとな声で歌っているところだった。――欣弥は妹の隣の席にそっと腰をおろして、暫く舞台の演技を観ていたが、不意に、

「――おや？」

と低く呟《つぶや》きながら身を乗出《のりだ》し昵《じっ》と刺すような眼でアラビヤ少女の様子を覓《みつ》めた。

「香澄、――あれは何という女優だい？」

「どう、驚いて？」

香澄は得意そうに囁いた。

「あれが我等のトガシ・スミレよ」

「――」

欣弥は何事かひどく驚かされた様子で、妹には答えず熱心に舞台を見戍《みまも》っていた。

四幕めの椿事《ちんじ》

欣弥は何を観て驚いたのだろう。――俄《にわか》に彼の顔色は一瞬蒼白《あおじろ》くなった。然し妹たちに気付かれぬうちに自分を抑え、乗出した体を元へ戻して演技を見続けた。

第一幕が終って廊下へ出ると、少女たちは早速欣弥を捉えて、

「さあ厳正な批評をして頂戴《ちょうだい》」

「近代劇場の青柳ツボミと我等のスミレとは何方《どっち》が上手だか、正直に仰有《おっしゃ》って」

「勿論《もちろん》スミレの方だわ、そうでしょう？」

と一時《いちじ》に詰寄《つめよ》って来た。欣弥は静かにその鋭鋒を避けて、

「兎《と》に角《かく》、批評はすっかり観てからさ」

と軽く逃げを打った。

オペラは進行して二幕めも三幕めも大喝采の裡《うち》に終った。トガシ・スミレは慥《たしか》に優れた演技と声を持っていたし、踊りにもすばらしい才能があって、迚《とて》も二十六とは思えぬみずみずしい美しさと共に、「百万円の花形《スター》」の価値を充分に誇示していた。

「バグダッドの花嫁」は、或《あ》るアラビヤの貧しい少女が王子に見出《みいだ》されて王宮へ引取られるところから始まり、悪い家臣のために捕えられて傷《きず》つけられるが、危いところを王子に救われ、遂《つい》に王子の妃《ひ》になるという筋である。――第四幕は、少女が悪臣に捕えられるところで幕が開いた、つまり少女危難

の場である。

舞台は王宮の裏手で、棗椰子《なつめやし》が鬱蒼《うっそう》と茂っている泉苑《せんえん》の景色、哀調を帯びたコーラスで幕があがると、右手の柱廊から三人の廷臣が、トガシ・スミレの扮する少女ロニアを掠《さら》って来て、泉の傍に植《うわ》っている棗椰子の木へ縛りつける。——そこへ悪い家臣が出て来て廷臣たちを退け、少女と二人っきりになって、

——王子のことを思切《おもいき》れ。

——厭です。

——思切らなければ殺して了《しま》う。

と云う問答が始まった。少女ロニアはなんと脅迫されても、王子を思切る事は出来ないと云う。すると悪い家臣は拳銃《ピストル》を取出し、

——どうしても厭なら是《これ》で射つぞ。

と引金へ指をかける。然しロニアは縛られたまま敢然と胸をさし出して、

——王子さまと別れるくらいなら、いっそ死んだ方がましです、射って下さい。

と悲しく叫んだ。その刹那だった、悪い家臣の拳銃《ピストル》からサッと火花が走って、
がん!!

と耳を聾《とうと》する爆音が起った。

大体オペラは優雅を尚ぶもので、拳銃《ピストル》などは舞台裏から擬音で聞かせるのが普通である。それが突然舞台上で射撃したのだから、婦人たちの多い客席は、

「きゃっ！」

という驚きの声にざわめいた。——然し、舞台ではそれよりも更に愕《おどろ》くべき事が続いて起ったのである。それは……拳銃《ピストル》で射たれた刹那、棗椰子に縛られていたロニアは、

「きゃーッ」

と絹を裂くような凄《すさま》じい悲鳴をあげながら、狂気のように身悶《みもだ》えをすると、縄をすりぬけて柱廊の方へ逃げようとした、とたんに悪家臣は二三歩追いながら、
がん！　がん!!　がん!!

と三発、眼にも止まらぬ速さで狙撃した。ロニアは両手を高くあげ、

「助けてーッ」

と叫びながら、柱廊の白い円柱へ凭《もた》れかかったが、力尽きたかぐたぐたと倒れ伏した。その時、ロニアの体の辷《すべ》った白い円柱が、べっとりと血に染《そ》んだのを人々は見た。

凡《す》べて一瞬の出来事だった、然《しか》もそれは全く筋書にない事だった。五千人の観客は、総立ちになった。——円柱の血と、倒れているトガシ・スミレと、拳銃《ピストル》の硝煙とが、まるで悪夢のように人々の眼前で躍った。

「——お兄さま！」

香澄がうわずった声で欣弥の腕へしがみ附いた時、劇場内の電灯が一時に消えた。——全くの暗闇が四辺《あたり》を包んだ。

「きゃあーッ」

観客たちは殴りつけられたように、大混乱の渦を巻起しながら扉口《とぐち》へと殺到した。——東洋一を誇る大劇場は、一瞬にして恐怖の殿堂と化したのである。欣弥は素早く妹たちを廊下へ伴出《つれだ》すと、

「君たちは先に出てい給え、僕は些《ちよ》っと用があるから——」

と云い残すのも早々、揉返《もみかえ》す人波を突破して舞台裏へ走《は》せつけた。

欣弥が舞台横手へ出た時、再び電灯がついて場内は明るくなった。——欣弥は素速く矢野をみつけて駈け寄った。

「矢野、どうした」

「おう君か、あれを見て呉れ」

矢野は蒼白い顔を振向《ふりむ》けて舞台の一隅を示した。——そこにはアラビア少女に扮した、美しいトガシ・スミレが白い寛衣《ローブ》の胸を紅《あけ》に染めて絶命していた。

「トガシ・スミレは射殺されたよ」

ドライ・アイスの謎

劇場専属の医師が飛んで来た、然しスミレは、呼吸《いき》も脈も絶えて、美しく化粧した体はすでに死の冷たさに包まれていた。

「兎に角楽屋へ移しましょう」

医師は脈を検《み》ただけでそう云った。

「もう手のつけようがありません。傷の調べは警察医が来てから一緒にします」

「些《ちよ》っと待って下さい」

屍体《したい》を運び去ろうとするのを見て、何を思ったか欣弥はつかつかと側へ寄り、屍体の手頸《てくび》を握って脈を検た、——専属医は嘲《あざけ》るように、

「君は僕の検診を疑るのかね、脈の有無しくらいは子供でも分る事だよ」

「そう、僕もそう思いますね先生」

欣弥はにやっと笑った、

「もう運んで行っても宜いでしょう」

と手を振った。

この時分にはもう劇場の周囲には厳重な警戒線が張られて、トガシ・スミレを射殺した悪家臣の捜

査が始められていた。——ところがよく調べてみると、毎《いつ》もその役は雪野小梅という女優がやるのに、その日は他の者に代役させるから……という通知があったので、小梅は自分の楽屋で遊んでいた——という事が分った。それでは誰が代役をしたかというと、劇団内には誰も代った者がいない。結局スミレを射殺する目的で「代役をさせる」と云って小梅を休ませ、犯人が悪家臣に扮して舞台上で殺人を犯したという事実が判明したのだ。

「あの悪家臣に扮していたのが犯人だ」

「直《す》ぐ警察へ届けて捕縛しろ」

と人々は怒りたって喚《わめ》いた。

この騒ぎのあいだ、欣弥は黙々と舞台の上を彼方此方《あっちこっち》と歩き廻っていた。立止まって装置の張物を撫《な》でたり、柱廊の蔭を検《しら》べたり、まるで餌食《えじき》を漁《あさ》る荒鷲のように、敏捷に活動を続けていたが、——ふと、スミレの屍体の横《よこた》わっていた近くで、三吋《インチ》四方ほどの白い物を発見して拾いあげた。

「——ドライ・アイスだ」

乾いた氷、つまり二酸化炭素瓦斯《ガス》で人工的に作った氷である。

(諸君がアイスクリームを買って来る時、溶けないように上へ載せて呉れる白い氷塊だ)

「はて……こんな処《ところ》にどうしてドライ・アイスなどが落ちているんだろう」

欣弥は不審そうに呟いた、「然も是は相当大きい。レビュー・ガール達が暑さ凌《しの》ぎに懐中《ふところ》へ入れて置くのなら、この三分の一で充分だろう。——なんのためにこんな大きな……」

「おい小野！」

考えこんでいる欣弥の側へ、矢野逸太郎が走って来た。

「例のやつだよ、さっき話した事が実現したんだ。近代劇場の方でスミレが引抜きに応じないものだから、脅迫の通り惨虐な事をやったに違いないと思う」

「そう、――或る部分は君の云う通りだね」

欣弥の落着《おちつ》いた態度は矢野を吃驚《びつくり》させた。

「或る部分はだって、君は僕の云うことに反対の意見があるのかい？」

「さっきから考えを纏《まと》めているんだがね、――時に君、此処《ここ》の女優たちはドライ・アイスを使っているかい？」

「何だって？」

「此処《ここ》にこんな大きな……」

と云いかけた時、楽屋の方から事務員の一人が遽《あわただ》しく走って来て、

「矢野さん大変です」

とひきつったような声で叫んだ。

「どうしたんだ？」

「いま警察の人が来たんですが、楽屋へ運んで置いたトガシ・スミレの屍体が……屍体が失《な》くなって了ったんです」

「なんだって、どうした訳だ一体？」

「分りません。私たちが犯人を捜索している暇に、まるで煙のように」

「そんな馬鹿なことがあるか、来給え」

続けさまに起った怪事件に、矢野が慌てて走って行こうとするのを、欣弥は静かに呼止《よびと》めた。

「まあ待てよ矢野、そうむやみに騒いだところで仕様がないじゃないか」

「然し君スミレの屍体が……」

「分ってる、聞いたよ。そして何方《どつち》かと云えばそれが当然なんだ」

「え!?　な、何だって？」

「つまりねえ、スミレ嬢の屍体が紛失するというのは、この事件の初めからちゃんと定《きま》っていたプログラムだと云うんだ」

意外な言葉である、矢野は半ば呆れて、

「だって君、それじゃあ君は」

「まあ落着いて呉れ、僕はさっきからこの事件の要点に就《つい》て考えていた、ところが屍体の紛失でやっと一つの筋に纏まったんだ。——君は構わないから観客の方の始末をしていて呉れ給え、僕は三十分ほど外出して来る、そして帰ったら、林檎《りんご》を割るように此事件の真相を断割《たちわ》って見せるよ」

すばらしいひと幕

謎のような言葉を残して、小野欣弥は倉皇《そうこう》と外へ出て行った。

五千人の観客の眼前で行われた惨劇、東京少女歌劇団の人気者、百万円の花形《スター》と云われたトガシ・スミレが、巧《たくみ》に相手役に扮した犯人のために舞台上で射殺され、更に二十分後には屍体が紛失した、然も犯人の行方は分らず、現場には大きなドライ・アイスが落ちていたばかり、この悪夢のような事件の謎はどこにあるのか？

小野欣弥がどんな事を探知したか、どんな風に事件の謎を解くか、矢野逸太郎にはまるで見当もつかなかったが、高等学校時代から彼の明敏な頭を知っていたので、兎に角警察への届出《とどけい》では保留したまま、途中で立った観客の始末に取掛った。——なにしろ演技の途中で事件が起ったのだから、全観客に料金の払戻しをすることに決めて、会計方がその旨を観客に知らせ、払戻しを始めた時、待っていた小野欣弥が帰って来た。

矢野はとびつくようにして、

「どうした、もう済んだのか」

「うん、大体の材料は揃った。矢張《やは》り僕の思った通りだったよ」

欣弥は煙草に火を点けながら、

「それで、是から君に面白い芝居をひと幕観せたいと思うのだが、出られるかい？」

「芝居だって？　この騒ぎに？」

「まあそう云うな、近代劇場の『モンテカルロの結婚』というレビューは些《ちょ》いと面白いぜ、僕はこのあいだ友達に誘われて観たんだがね、君にも大いに参考になると思うよ」

「おい冗談じゃないぜ小野、君は本気でそんなことを云うのか」

「まあ帽子を冠《かぶ》り給え、車が待っている」

欣弥の様子はひどく落着いている。――矢野はようやく、欣弥が何か企んでいるらしい事に気付いたから、

「じゃあ支度をするから待って呉れ」

と事務所へ戻った。

二人の乗った車は十分の後近代劇場に着いた。――此処《ここ》は東洋劇場に比べると半分ほどしかないが、様式の新しい白亜のスマートな建築で、レビュー劇場としては都下の人気を両分するだけの勢力を持っていた。

欣弥は平土間の席を買って入った。それは丁度《ちょうど》休憩時間で、ロビーや廊下は観客が波をなして歩き廻っていた。通りすがりに聞くと、それらの人々は早くも東洋劇場の事件を知っているらしく、

「トガシ・スミレが殺されたんですって？」

「舞台で射たれたそうね」

「栄え過ぎる者はやがて亡《ほろ》ぶだわ」

「スミレがいなくなったとすると、東京少女歌劇も我等の敵じゃないわね」

そんな話声《はなしごえ》が二人に聞えた。——恐らく事件を観た連中が、此方《こっち》へ来て話したものであろう。全観客がその噂で持切《もちき》っている様子だった。

「噂の飛ぶのは速いものだな矢野、——然し此方《こっち》には却《かえ》って有難いよ」

そう云って欣弥は大股に座席へ入って行った。——矢野は世にも憂鬱な顔をしたまま、黙って欣弥と並んで掛けた。

やがて評判の「モンテカルロの結婚」というオペレッタの幕が開いた。此処《ここ》も殆ど満員に近い入《いり》で、若い婦人や女学生が大多分《だいたぶん》を占めていた。——欣弥はオペラグラスを取出して舞台を熱心に覗き始めた。

「小野、本当に是を観るのかい」

「まあ黙ってい給え、もう直《すぐ》、すばらしい芝居が始まるんだ。そら、——いま舞台へ出て来たのが評判の青柳ツボミだぜ」

舞台へはフランスの紳士に扮して、青柳ツボミが現われた、観客席からは盛んに声援がとび始めた。

「見ろよ矢野、青柳嬢なかなか人気があるじゃないか、それに実際のところ演技も悪くないぜ、そう思わないか」

「僕はそれどころじゃないよ」

矢野は苛々《いらいら》していた。トガシ・スミレ殺害という恐ろしい事件を他処《よそ》に、なんの必要があってこんなオペレッタなどを観るのかまるで彼には見当がつかなかった。欣弥の方は平然として、然も熱心にオペラグラスで舞台の青柳ツボミの演技を見守っている、——矢野は堪《たま》らなくなって、

「おい、僕はもう我慢出来ないぜ、さっき云った林檎を断割って見せるというのはいつの事だい」

「君は相変らずせっかちだな」

欣弥はにやりと笑ったが、

「宜し、それでは御意のままに愈々《いよいよ》芝居の幕を開けるとしよう。――一緒に来給え」

と云って席を起《た》った。

「ど、何処《どこ》へ行くんだ？」

「黙って来れば宜いんだよ」

危ぶむ矢野を後に、欣弥は何を思ったかつかつかと歩いて行って、いきなり開演中の舞台へ跳上《おどりあが》った。――舞台の人々も驚いたが、観客はわっと騒ぎたつ、欣弥はそんな事には構わず、いきなり老フランス人に扮した青柳ツボミの腕を摑んで舞台の前方へ突立《つった》った。

「どうぞお鎮《しず》まり下さい淑女諸君」

欣弥は手を挙げて、

「僕は警視庁から、上演中止の許可を貰って来ています。決して不法の演技妨害ではありません。どうか静かになすって下さい」

と大声に叫んだ。――警視庁から上演中止の許可を得ているという声に、劇場側の者も手出しを控えたし、観客たちも何か異常な事が始まるとみて、急にひっそりと鳴《なり》を鎮めた。

「淑女諸君、貴女方《あなたがた》はもう御存じでありましょう。当劇場と競争相手である、東京少女歌劇の花形、トガシ・スミレ嬢は、今から約一時間半ほどまえ、東洋劇場の開演中の舞台で、相手役に扮した兇漢のために射殺されました。――然も驚くべき事には、その屍体は二十分経たぬうちに劇場から紛失したのであります」

「まあ、怖いわ」

「どうしたんでしょう」

観客席の其処此処《そこここ》に囁き声が起った。――欣弥は落着いた調子で続けた。

「その屍体は何処《どこ》へ行ったでありましょうか。淑女諸君、トガシ・スミレ嬢の屍体は果して何処《どこ》へ紛失したのでありましょうか、――私はそれを皆さんにお知らせするために此処《ここ》へ上ったのです。屍体はこの近代劇場へ運ばれました。然もいま、皆さんの眼前にあります」

観客席はどよめいた、欣弥はそれの静まるのを待って、

「どうぞ御覧下さい、トガシ・スミレ嬢の屍体はこの通り此処《ここ》にあります」

そう云ったかと思うと、ズボンの隠《ポケット》しへ入れていた右手を出して、隠し持った海綿を、いきなり青柳ツボミの顔へ当てた。

「放して、何をなさるの！」

青柳ツボミは振放そうと懸命に藻掻《もが》いたが、欣弥はがっちりと押えつけたまま、手早く相手の帽子をはね、頭の鬘《かつら》を外し、顔の化粧をごしごしと濡れた海綿で洗い落した。

観客たちは優れた奇術でも見るように、息を凝《こ》らして見守っていたが、やがて青柳ツボミの扮装がすっかり裸になるのを見るや、

「まあ――ッ」

「スミレ、スミレ!!　トガシだわ」

と総立ちになって湧きたった、――見よ、青柳ツボミの扮装の下から現われたのは、正《まさ》に東京少女歌劇の人気者、百万円の花形《スター》トガシ・スミレであった。

「御覧の通り、スミレ嬢は生きていました。同時に皆さんの御贔負《ごひいき》、青柳ツボミ嬢は永遠に地上から消えた訳です。――つまりこの二人は、トガシ・スミレ嬢の一人二役だったのであります。尚《なお》事件の精《くわ》しい事は明日の新聞に出るでありましょう。説明はそっちへ譲って私はこれで退場致します」

「なに、まだ分らないって？」

帰りの車の中で、欣弥は静かに煙草をふかしながら説明した。

「つまりスミレと近代劇場の人間とが、結托して仕組んだ事件さ。――屍体というのは、昨日死んだスミレ後援会の沢井絹子という少女なのだ。研究のため解剖したいと云って運び出し、スミレの扮装をさせて舞台へ転がして置いたのさ、なにしろ瓜二つというほど似ている少女だから、些《ちよ》っと分らなかったのも無理はないよ。

スミレはもうずっと前から東洋劇場の少女歌劇が厭になり、もっと芝居の多いものに出たがっていたんだ。然し契約金の事があるから抜けられない。そこで此方《こつち》の舞台の空いている時間だけ、青柳ツボミ、という変名で近代劇場へ出ていた。――僕は生れて初めて近代劇場を観て、青柳ツボミの演技に感心した。そして今日君の劇場でスミレの舞台を観た刹那、二人の演技の癖が実によく似ているのを発見したんだ。是がこの事件の謎を解く鍵だったよ。

彼等は契約金の問題なしに抜けようと思って事件を企んだ。先《ま》ず沢井絹子の屍体を借出《かりだ》して扮装させ、スミレが射殺されたように装って、電気が消えたとたんにスリ替え、スミレはそのまま逃げた。――然し屍体を精しく検べられると秘密がばれるから、是もあとから運び出して了ったのさ、勿論、いまはちゃんと解剖を済ましたという態《てい》で沢井家へ返っているに違いない。……斯《こ》うして事件は『屍体紛失』で幕を閉じる積《つもり》だった、という訳さ」

彼が自ら云った通り、それは実際林檎を断割るようなすばらしい解決だった。

「で……あのドライ・アイスは？」

「あれか、あれは実に貴重なヒントを与えて呉れたよ。つまりあのドライ・アイスはね、沢井絹子嬢の屍体を運ぶ時、腐らぬように棺《かん》の中に入れてあったものさ」

殺人円舞曲

電灯を明るく――明るくしてと、誰かが叫ぶ声がした

銀座三丁目裏にある豪華な舞踏場《ダンスホール》、「エトアル」は、いまXマス大会ですばらしい賑《にぎわ》いを見せていた。――支那に於《お》ける皇軍の圧倒的勝利と、国際関係の飛躍的好転に依《よ》って、残少《のこりすくな》い年末を楽《たの》しむ人々の気持は一層浮き立っていた。

午後九時、遉《さすが》に広い「エトアル」の踊場《おどりば》も、美しく着飾ったダンサーや、道化帽を冠《かぶ》った客たちで芋を洗うような混雑、そのうえ色紙紐《いろテープ》が飛び、風船が舞うという実に絢爛《けんらん》を極めた有様である。

「大した人気だね」

「今夜の『蛍の光《オールド・ロング・サイン》』は十二時になるぜ」

一曲演奏を終った楽手たちは、煖房《スチーム》と人息切《ひといきれ》で汗ばんだ額を拭きながら、この盛況を見やって楽しそうに囁《ささや》き合った。――孰《いず》れも今夜の大入袋の重さを予想しているのである。すると、その時向うから、はるみと呼ぶ美しいダンサーの一人が、踊場を横切ってつかつかとバンドの前へ歩寄《あゆみよ》り、

「秋田さん些《ちょ》っと――」と呼んだ。秋田研一という第一提琴手《ファスト・バイオリニスト》が何気なく腰を浮かして、

「なに？」

「是《これ》、――見といて頂戴《ちょうだい》、直《す》ぐよ」

はるみは口早にそう云うと、小さく折畳《おりたた》んだ紙片《かみきれ》を渡して、

「直ぐ見てね！」と念を押すや、相手の返辞《へんじ》も待たずに身を飜《ひるが》えして立去《たちさ》った。――踊場の方からは見えなかったが楽手たちは、この有様を見逭《みのが》さなかった。

「よう凄《すご》いぞ秋田天才」

「エトアルの第一番《ナンバー・ワン》から手紙を附けられるなんて、年末だというのに素晴しい景気だぞ」

「いやだね、こいつ赧《あか》くなってるぜ」

実際のところ研一は赧くなった。こんな所には馴染《なじみ》が浅いし、明けてようやく二十三になろうという、提琴《バイオリン》にかけては天才的な腕を持っているが、まだ煙草《たばこ》も酒も呑めない世間知らずで、仲間の楽手たちから「秋田天才」という尊敬と揶揄《やゆ》をごっちゃにした綽名《あだな》で呼ばれている青年だ。無論はるみともそんなに親《したし》くしたことは無い。

「揶揄《からか》うの止《よ》せよ、僕あ何も知りやしないんだ。そんな事じゃないよ」

恥《はずか》しそうに弁解しながら、折畳んだ紙片《かみきれ》を披《ひら》いてみると余程急いで書いたらしく、臙脂棒《べにぼう》でなぐりつけるように、

あたし殺されます、訳はお眼にかかってお話しますから、次の休憩のとき控室までおいで下さい。

貴方《あなた》だけは汚《けがれ》の無い正しい方だと思ってお願いします、あたしを助けて下さい。　はるみ。

是は絶対に秘密です。


意外な文面であった。研一は冗談をされているのかとも思ったが、紙片《かみきれ》を渡した時のはるみの顔が、何時《いつ》もと違って蒼白《あおじろ》く緊張していたのを思出《おもいだ》した。――冗談ではないかも知れない、とすると普通じゃ

ないぞ。

「さあ時間だぜ」

指揮者格の米川洋琴手《ピアニスト》が云った。

「今度は『蒼白き薔薇《ばら》』――円舞曲《ワルツ》だ」

「OK。おい秋田君始めるぜ」

そう云われて研一は、我に返ったように紙片《かみきれ》を納《しま》い、急いで提琴《バイオリン》を取上《とりあ》げた。――その時ちらと踊場の方を見やると、はるみは丁度《ちょうど》この舞踏場《ダンスホール》の舞踏教師で杉本逸朗という男と、何やら楽しそうに笑いながら立話をしていた。

――なんだい殺されそうだという女があんなに暢気《のんき》に笑っていられるかい、やっぱり僕がこんな所に馴れていないと思って揶揄《からか》ったんだ。

研一は不愉快になってふいと外向《そつぽ》いた。

洋琴《ピアノ》と提琴《バイオリン》の美しい合奏からはじまる、ボストン円舞曲《ワルツ》「蒼白き薔薇」の演奏が始まった。休憩していた客やダンサーたちは、夫々《それぞれ》相手を選んで組み、静かな哀愁を含んだ旋律《メロディ》に乗って踊り出す。それと共に場内の飾り電灯が段々に暗くなり、やがて月光の夜を思わせる青白い光だけが、夢のように踊りの群《むれ》を押包《おしつつ》んで了《しま》った、――恍惚《うつとり》させるような甘い楽の音、妖精の囁きにも似た衣摺《きぬず》れの音、場内はただボストン円舞曲《ワルツ》独特の美しさに酔わされて、荒い呼吸《いき》を吐くことさえ憚《はばか》るように踊り興じていた。

その恍惚と陶酔が絶頂に達した瞬間であった。突然場内の一隅から、

「きゃ――ッ」

と云う絹を裂くような女の悲鳴が起《おこ》り、踊りの群がぴたりと、動きを停めた。――楽手たちも思わず演奏を止めて伸上《のびあが》る。

「電灯を明るく、明るくして！」

誰かの叫ぶ声が聞えた。ぱっと一時に電灯が明るく耀《かがや》いた。——そして、慌てて人々が跳退《とびすさ》った踊場の床の上に、頽《くず》れた花のように倒れている、ダンサーの嬌《なま》めかしい姿をあからさまに照しだした。

「あ！　はるみ君だ」

研一はさっきの手紙の文句を閃《ひら》めくように思出して、慄然《ぞっ》としながら立上った、と殆《ほとん》ど同時に、取巻いた群の中から誰かが、

「死んでいる、死んでいる!!」

と恐ろしそうに叫んだ。

ああ私、怖いんです　私も殺されそうです

「待たして失敬、馳《か》けて来たんだけど」

「御迷惑をかけて済みません」

「そんな事ないよ」

午後の日比谷公園、心字池を見下す丘の木蔭を、研一は女と並んで歩きだした。——あの奇怪な殺人事件があってから七日経つ。死んだはるみの妹で、矢張《やっぱ》り「エトアル」のダンサーをしている桃代から、今日此処《ここ》で会って呉《く》れという手紙を貰ったので、満更《まんざら》はるみの事件に無関係でない研一は、他にある用事を捨ててやって来たのだった。

「犯人はまだ分らないらしいね」

「ええ——」

姉よりも数倍美しく、十八にしては、無邪気すぎるくらいの桃代は、悲しそうに潤《うるみ》を帯びた眼で研一を見かえりながら、

「刑事さんたちは、なんだか迷宮入りに成りそうだって仰有《おつしや》ってましたわ」

「毒針で手頸《てくび》を刺されたんだってね」

「支那で出来る何とかいう毒ですって。人に憎まれるようなお姉さまじゃなし、なんのために誰に殺されたんだか、考えるとまるで嘘みたいな気がしますわ」

「でも——何か思当ることないですか」

「思当ることって？」

「つまり、誰かに脅かされているとか悪い奴に跟廻《つけまわ》されているとか」

そう云われた時、桃代は不意に立停まって四辺《あたり》を見廻した、その様子は明《あきら》かに一種の恐怖を示している、——何か有る、研一はそう思ったので、

「云って御覧なさい、心配する事はありません。実はあの晩はるみさんは僕に助けを求めたんです。短い文句で分らなかったけれど、殺されるから助けて呉れとはっきり書いてありました。僕は初め揶揄《からか》われているんだと思いましたが、到頭《とうとう》あんな事になって了ったんです」

桃代はぶるっと身震いしたが、

「本当はあたくし、今日此処《ここ》でお会いしたいと思ったのは其事《そのこと》なんですの」

「何か有ったんですね」

「あたくし怖いんです、怖いんです」

そう云って急に桃代は研一の手へ縋付《すがりつ》いて来た、柔かい手が氷のように冷たく、然《しか》もわなわなと顫《ふる》えている。

「怖い事はないから話して御覧なさい。誰か貴女《あなた》を脅迫でもしているんですか」

「はっきりは申せませんの、でもあたくしには分りますわ、あたくしもお姉さまと同じように殺されます。口では云えませんけれど熟《よ》く分るんです。——お姉さまは彼日《あのひ》の一週間ほどまえから、頻《しきり》に

貴方《あなた》の事を云ってました。秋田さんはこんな社会の汚《けがれ》に染まっていない良い方だ、秋田さんにでもお願いが出来るって……それであたくし、今日お眼にかかる気になったんですの」

「肝心な事を仰有い！」

研一は桃代の肩を揺《ゆす》って叫んだ。

「貴女《あなた》は何が怖いんです。どういう訳で殺されるなんて考えるんです。その訳を僕に話してお了いなさい」

「云えません。それだけは云えません」

「云わなければ駄目です。そうでないと本当に貴女《あなた》まで殺され……」

「おい君穏《おだや》かじゃないね」不意に背後《うしろ》で男の声がした。余り熱中していたので近寄る跫音《あしおと》にも気付かなかった研一と桃代は、弾かれたように左右へ別れて振返《ふりかえ》った、――其処《そこ》には舞踏教師の杉本逸朗が、握太《にぎりぶと》の洋杖《ステツキ》を突いて立っていた。

「若い娘をこんな所へ誘い出して、殺すのなんのと乱暴すぎるぜ」

「いや、其《それ》は誤解ですよ、僕はいま」

「宜《い》いよ宜いよ」

杉本は美しい口髭《くちひげ》を歪《ゆが》めながら、冗談だというように笑って云った。

「そりゃあ冗談だが、楽手とダンサーが一緒に歩くというのは舞踏場《ホール》の御法度《ごはっと》だぜ、こんな処《ところ》を支配人にでもみつかれば二人とも直《すぐ》に馘《くび》だ。――これから熟《よ》く注意し給え」

「然《しか》し別に変な訳で話してたんじゃないですよ、桃代君も姉さんがあんな事に成ったので、今後どうしたら宜いかって」

「どうしたら宜いか、その相談なら君の出る幕じゃない、ダンサーの面倒をみるのは舞踏教師の役だからね。はるみ君にしても桃代君にしても、素人《しろうと》から一人前のダンサーにまで仕上げたのは僕だ。是からの世話も僕が引受《ひきう》けるのが順当だよ」

「それは然し当人の自由じゃありませんか」

「無論、当人の自由さ、――けれど」

桃代さんが危険です　詳しくはこの手紙に……

杉本逸朗は妙に女性的な優しさで云った。

「今度のような奇怪な事件のあった後では、保護者も充分に選ぶ必要がある。桃代君を危険から護《まも》るには、失敬だが君は少し若過《わかす》ぎるようだ、まあ僕に任せ給え」

そして桃代の方へ振返った。

「さあ行こう、もう出勤しても遅くはない時間ですよ、桃代君」

「はあ、――」桃代はちらと研一の方を見たが、急に杉本逸朗の逞《たくま》しい腕を抱えると、

「参りましょう先生、あたくし今夜は、こないだ買って下すったロープで踊るわ、あれとっても気に入ってますの」

「そう、それは結構」

「あれを着ると桃代、お姫さまみたいよ」

人が違ったように浮々《うきうき》と、杉本に纏《まと》いつきながら桃代は去って行った。――研一は半ば呆れ、半ば憤然として逆の方へ踵《きびす》を廻した。

妙な娘だ、ついさっきまであんなに恐ろしそうに体を震わしていたのに、教師を見ると急に陽気になって、自分の事など眼中にない様子を示す、然も話の具合だと、彼から服を買って貰ったりしているらしい。――殺されそうだと云うその理由も、口を濁して話さないし、なんだか狐に化かされているような気持だった。

「それにしても厭《いや》な奴だ」

研一は杉本のにやけた顔つきを思出して舌打をした。

はるみの殺人犯人は依然として分らなかった。正月も七草までの賑い、あと二日で松が除《と》れるという日になったが、未だ手懸《てがか》りも摑めないという始末である。——研一も桃代の腑におちない態度が気になって、若《も》しあの恐怖が嘘でないのなら、今に何か云って来るだろうと思っていると、どうした事か桃代の姿が舞踏場《ホール》に見えなくなって了った。

——何か有ったのかしら。

少し心配になったので、姉妹《きょうだい》が毎も一番親しくしていた青柳みどりというダンサーに訊いてみた。みどりは妖麗な美人で年も二十七八になり、誰よりも豪奢な身装《みなり》をしているし、毎も相当高価な宝石類を着けている事で評判だが、如何《いかが》わしい噂の絶えない女だった。

「さあ知らないわね、二三日休んでいるようだけど、何か用なの?」

「別に用じゃないが、病気かな」

「どうですかね」

冷やかに云ってぷっと向うへ行って了った。——研一は更《さら》に二人三人訊いてみたが、誰も桃代の事を知っている者はなかった。

——変だ、慥《たしか》に何か起ったに違いない。

そう思うと遽《にわか》に不安になって来た。此上《このうえ》は住居《すまい》を調べて訪ねて行くより他にない、宜《よ》し、明日そうしよう、——と決心した、その夜のことである。

正月のお祝い気分も今夜が最後というので、客は宵のうちからどんどん詰掛《つめか》け、八時頃には殆ど満員の有様になった。あんな事件の有った事が却《かえ》って評判を呼び、ダンサーからその話を聞きたいためにやって来るという好奇心の強い連中もあってその喧騒混雑は凄《すさま》じいものであった。——八時半の演奏休みの時だった。

「おい、炭酸水《ソーダすい》でも飲んで来ないか」

「行こう、喉がからからだ」と楽手たちは席を立った。研一も一緒になって喫茶部へ入って行ったが、紅茶を一杯飲んで先に出て来ると、

「秋田さん些《ちよ》っと」

と呼び止められた。見ると青柳みどりが、柱の蔭のところに蒼白い顔をして立っている、その様子がまるであの晩のはるみにそっくりなので、研一は思わず慄《ぞっ》とした。

「何か用事ですか」

「貴方《あんた》は桃代さんが好き？　――否《い》え隠さないで、正直に云って頂戴、桃代さんが危険なめに遭ってるとしたら、貴方《あなた》どんな事をしても助けてあげる気持あって？」

「――やります!!」

「そう、それが本当なら」

みどりはそう云って、素早く一通の封書を研一の手に握らせた。

「あとで其を読んで頂戴、そして二人で幸福に暮して……」

「どうしたんです？」

みどりが急にふらふらとよろめいたので、研一が驚いて支えようとすると、彼女はそれを振払って、

「宜いの、あたしは大丈夫」

そう云いながら控室の方へ去って行った。

研一はすっかり頭が混乱した。青柳みどりまでが此事件に関係しているのだろうか。はるみの死と桃代の危険と、どんな繋絡《つながり》があるのだろう。――考えると全く緒口《いとぐち》を捉える方法が無い、そのうちに演奏時間が来た。

「さあ秋田君頼むぜ」

楽手たちは待兼《まちかね》ていたように、

「今度は蒼白き薔薇だ」

「殺人円舞曲《ワルツ》だね、こいつは」

「叱《し》ッ、支配人に聞えるぜ」

研一は黙って提琴《バイオリン》を取上げた。——と、その時走るように近寄って来たみどりが、

「秋田さん、さっきの手紙返して」と口早に囁いた。

電灯の下に倒れているのは丸々と肥《ふと》った老紳士

「どうしたんです」

「何でも宜いから返して、早く！」

血相を変えて睨む様子は只事《ただごと》でない。然し争っている訳にもいかぬので、研一は先刻《さっき》の封書を返した。——みどりは其をひったくるようにして立去る、同時にボストン円舞曲《ワルツ》の美しい演奏が始まった。

——あの女は僕に何か秘密を打明けようとしたのだ。あの手紙の中には、はるみの殺害事件と桃代の事が書いてあったに違いない。それを僕に打明けようとして、急にまた気が変ったのだ。そうだ、急に気が変ったのだ。

提琴《バイオリン》を弾きながら、研一の頭は謎のようなみどりの行動を考える事で一杯だった。——どうしてもあの手紙を取戻さなければならぬ、さっきの口吻《くちぶり》から察すると、桃代はいま危険な身上《みのうえ》にあるらしい。迂潤《うっかり》すると手後《ておく》れになるかも知れぬぞ……次から次へと考え廻《めぐ》らしていた時、突然踊場の方でズシン！　という鋭い響きが起り、同時に、

「きゃ——ッ」

という女の悲鳴が聞えた。――殺人円舞曲《ワルツ》と異名のついている「蒼白き薔薇」の演奏中またしても
この悲鳴だから人々は恐怖にうたれて、雪崩《なだれ》のように片隅へと寄った。
「電灯、電灯、電灯を明るくして」
支配人の叫びを聞くより早く、研一は提琴《バイオリン》を投出《なげだ》して馳けつけた。
――みどりが殺された。
そう直感したのである。然し明るくなった電灯の下に照し出されたのは、丸々と肥った老紳士の体
であった。――そして悲鳴をあげた主は側に立っているダンサーで、
「この方が急に倒れたんです。低い声で呻《うな》ったと思ったら急にあたしの肩へ倒れかかって来たんで
す」
と半分泣きながら説明した。支配人は倒れている紳士を覗込《のぞきこ》んで検《しら》べたが、
「どうか皆様お静かに願います。此方《このかた》はただ脳溢血を起しただけなんですから、御覧の通り脈も呼吸
も慥です」
「なあんだい、吃驚《びつくり》させるぜ」
人々は安堵と落胆を一緒にして呟《つぶや》いた。――然しそのとたんに、今度はダンサー控室の方から、喉
の裂けるような声で、
「助けて――ッ」という悲鳴が起った。それは一度聞いたら生涯忘れる事は出来まいと思われる陰惨
な、恐ろしい叫声《さけびごえ》であった。
「しまった！」
研一は思わずそう呟きながら、脱兎のように控室の方へ馳けつけた。――と、其処《そこ》では今しも舞踏
教師の杉本逸朗が、扉《ドア》の鍵を明《あ》けようと懸命に努力しているところだ。
「今の声は此部屋ですか」

「秋田君か、そうなんだ。どうも鍵は内側から掛かっているらしい、済まないが力を貸して呉れ、押破ろう」

そう云って杉本は起上ると、研一と一緒に扉《ドア》へ躰《からだ》を叩きつけた。二度、三度、ばりッと云って扉《ドア》が明く、はずみを喰《くら》って転げ込んだ二人の前に、――果して青柳みどりの屍躰《したい》が投出されてあった。

「ああ、殺《や》られた」

杉本が馳寄《かけよ》って抱起そうとするのを、研一は慌てて押止めた。

「お待ちなさい杉本さん、刑事が来るまでは手を附けない方が宜いでしょう。――そら、刑事が来ましたよ」

「や、またダンサーか」

事件以来、この舞踏場《ダンスホール》に張込《はりこ》んでいた、警視庁の吉村刑事部長は、そう云いながら大股に入って来たが、振返って警官に向い、

「舞踏場《ダンスホール》にいた者は全部足止め、一人も外へ出さぬように――それから君たち二人も此処《ここ》から出て呉れ給え」

と云った。――研一は杉本と一緒に出ようとしたが、その時杉本の上衣《うわぎ》のポケットから、何かはみ出しているのをみつけた、恐らく扉《ドア》を押破って転込《ころげこ》んだ時にはみ出したのだろう……危く落ちそうになっているので、

「何か落ちますよ――」と口まで出かかったが、急に黙った。

研一の顔色は見る見る変って来た。杉本は舞踏場《ホール》へ出ると、直ぐ支配人を片隅へ呼んで、お客一同にお詫びのため紅茶の接待をする方が宜いと相談を始めた。――その隙に研一が、そっと控室の中へ戻って行った事は、恐らく誰も気がつかなかったに相違ない。

足止めをされて不平満々の客たちには紅茶が配られた。それが皆の気を幾《いく》らか楽にしたとみえて、

さっき脳溢血を起した紳士の噂や、殺人円舞曲《ワルツ》という異様な音楽の取沙汰《とりざた》が向うでも此方《こっち》でもひそひそと囁き交される。このあいだに警視庁から多くの捜査係が、警察医と共にやって来て控室の中へ消えた。

斯《か》くて不安の裡《うち》に時間は容赦なく経って、時計は午後十二時に近くなった。――すると急に控室の扉《ドア》が開いて、吉村刑事部長と研一の二人が現われた。二人とも妙に明るい顔つきで場内を見廻していたが、やがて吉村部長が片手を高く挙げて叫んだ。

「皆様、御心配をかけたが、青柳みどり嬢はどうやら生命を取止めましたぞ」

悲劇は終った。新しい朝の光は二人の上に輝く

この一言は舞踏場《ダンスホール》に集っている全部の人々を驚倒させた。部長は続けて、

「此前の時と同様、犯人は今度も毒針を刺して殺そうとしたのだが、不手際だったので充分に毒が入らなかった。そのうえ手当が早かったから危いところを助《たすか》った訳だ」そう云うところへ、控室の中から警察医が出て来て部長に何か囁いた。――吉村部長は頷いて再び人々の方へ振返り、

「いま医者《ドクター》の話では、みどり嬢はすっかり元気を恢復《かいふく》したそうだ。それで是から此処《ここ》へ出て来て、犯人を指名すると云っているそうだから……」

「おや、杉本さんどうしました」

不意に研一が声をあげた。側に立っていた杉本逸朗が、急に蒼白になってよろめいたのである。

――そして研一に声をかけられた刹那、彼は突然、

「みんな手を挙げろ！」

と喚《わめ》いて、拳銃《ピストル》を取出した。然しそのとき疾《はや》く、研一は足をあげて杉本の手から拳銃《ピストル》をはね飛ばし、

「この殺人鬼め！」

と一声、踏込《ふみこ》んで行って見事な一撃、火の出るようなやつを鼻柱へ叩込《たたきこ》む、あっ！　と仰反《のけぞ》るところを待ってましたと許《ばか》り、吉村部長が引取ってガチリと手錠を嵌《は》めた。

「うまいぞ秋田天才」

「大統領ーッ」

あっと耳を聾する歓声が湧上《わきあが》った。——研一はにっこり、恥しそうに笑うと、近寄って行って杉本逸朗の上衣《うわぎ》のポケットから、一通の封書を取出して云った。

「君はこの手紙がポケットから覗いていたのに気付かなかったね。——是が君にとっては悪運の尽きさ、是はみどり君が一度僕に呉れたんだ、呉れてから気が変って取戻して行った物なんだよ、それを知らずに、君はまだ僕が見ないと思ってみどり君から取上げたのだろう。——是には君の悪事が書いてある筈《はず》だ」

「畜生、東洋鬼《トンヤンキー》！」と杉本は狂気の様に喚いた。

「そら正躰《しょうたい》を出したこの支那の豚め」


「まあ、支那人でしたの？」

「支那人の然《あく》も軍事探偵でした」

その明る朝、杉本逸朗こと支那密偵、張子文の隠家《かくれが》から桃代を救出《すくいだ》した研一は、自分のアパアトメント・ハウスへ伴帰《つれかえ》って、熱い珈琲《コーヒー》を喫《の》ませながら事件の説明をしていた。

「奴は青柳みどりを莫大の金で買収し、これまで秘《ひそ》かに密偵をしていたのです。それを貴女《あなた》のお姉さんに発見されたので、みどりに命じてお姉さんを毒針で殺させたんです」

「まあ——みどりさんが？」

「手紙にちゃんと書いてありました。然しお姉さんが感付いた以上、貴女《あなた》も知っているに違いないと思って、絶えず貴女《あなた》の後を跟廻《つけまわ》していました。——貴女《あなた》が口で云えない恐怖、と仰有ったのは其なんです。その内に堪《たま》らなくなった貴女《あなた》が、僕に会って呉れと仰有った。そしてその現場を見た彼奴《あいつ》は、遂《つい》に非常手段に訴えて貴女《あなた》を檻禁《かんきん》して了ったんです。——みどりは悪い事もしましたが矢張《やっぱ》り日本人でした。貴女《あなた》まで殺せと云われて罪の恐ろしさに耐《たえ》られなくなり、自殺する覚悟で凡《す》べての事を手紙に書き、思切って僕に渡したんです。然し急にまた怖くなって手紙を取戻して行きましたが、その様子を早くも察した張子文は、先手を打って毒針で殺し、手紙を盗んで知らぬ顔をしようとしたのです。あの時若し、あの肥った紳士が卒倒しなかったら、みどり君の叫声は聞えなかったでしょう。そして此の秘密も闇から闇へ葬られたかも知れません。全くあの紳士の脳溢血は幸運の神でしたよ」

「それで、みどりさんは本当に生命《いのち》をお助かりになりましたの？」

研一は眼を伏せながら頭を振った。

「いや即死です」

「え？　でも今のお話では毒針が旨《うま》く行かなくて」

「僕の計略でした」

研一は低い声で云った。「僕は彼奴《あいつ》のポケットから手紙がはみ出ているのを見て、犯人は此奴《こいつ》だと感付いたのです、然し云い遁《のが》れをされては面倒ですから、吉村刑事部長に頼んでひと芝居打って貰ったんです。——果して彼奴《あいつ》はひっかかりました。殺した筈のみどり君が生き返ったと聞いた時、もう駄目だと思って遂に尻尾《しっぽ》を出したんです」

研一はそう云って眼をあげた。窓の外は、清々しい朝の陽光の街である。

「さあ、今度こそ本当に僕が貴女《あなた》の保護者ですよ、不服じゃないでしょうね」

「まあ厭、あの時は先生が怖かったからですわ、お姉さまも貴方《あなた》を信じていたけれど、桃代はもっともっと……」

「万歳、これで悲劇も幕になった。二人で元気に、新しい生活を創《はじ》めよう、ね!?」

桃代の羞《はじらい》を含んだ眼が、研一の力強い眸子《ひとみ》の中へ吸込《すいこ》まれて行った。——雀の声。

編者解説

末國善己

『山本周五郎探偵小説全集』全六巻＋別巻一（作品社、二〇〇七年一〇月～二〇〇八年四月）の巻末には、山本周五郎の探偵小説が掲載されている可能性があるものの入手できなかった「少年少女譚海」と「新少年」のリストを付け、読者の方に提供を呼び掛けた。

二〇一〇年に、甲野信三「少年探偵　黄色毒矢事件」（「少年少女譚海」一九三二年八月号第二付録）をお送りいただき、甲野信三が周五郎の未知のペンネームであることが確定した（詳細は「小説現代」二〇一一年七月号に掲載された拙稿「『少年探偵　黄色毒矢事件』発見の経緯」と竹添敦子「甲野信三発見の意義」を参照いただきたい）。これが契機となり「少年少女譚海」に甲野信三名義で発表された「鉄甲魔人軍」（一九三一年九月号～一九三二年五月号）、「祖国の為に」（一九三二年一一月号）、「決死仏艦乗込み」（一九三三年二月号）、「痛快水雷三勇士」（一九三三年二月号）、「壮烈砲塁奪取」（一九三三年九月号）、「悲壮南台の爆死」（一九三三年一〇月号）、「異人館斬込み」（一九三四年二月号）、「鹿島灘乗切り」（一九三四年四月号）、「日本へ帰る船」（一九三四年四月号）、「義務と名誉」（一九三四年四月号）、「謎の溺死・喫茶店事件・珍パイプのらくら記者密偵を逮捕す」（一九三八年一二月号）、「河底の奇跡」（一九三九年新春増刊号）を周五郎の作品リストに加えることができた。

続いて「黄色毒矢事件」の発見を報じた「読売新聞」（二〇一一年六月一八日付）を読んだ読者の方から「木乃伊《ミイラ》屋敷の秘密」が掲載された「新少年」（一九三七年六月号）をお送りいただいた。

その後も、古書の通販目録で見つけた雑誌を購入したり、知人が入手した雑誌に掲載されていた周五郎作品のコピーをもらったりして、少しずつ埋もれた作品を発掘していき、『山本周五郎探偵小説全集』と新たに見つかった作品で〈周五郎少年文庫〉全六巻（新潮文庫、二〇一八年一〇月～二〇一九年一〇月）をまとめることができた。

〈周五郎少年文庫〉の完結直後、山本周五郎の作品を蒐集《しゅうしゅう》されている小林俊郎氏から所有している周五郎作品のリストをお送りいただいた。そのリストには「少年少女譚海」、「新少年」を中心に、単行本未収録の二〇作品のタイトルと初出誌が記されていた（その中には長編連載『幽霊要塞』の全巻号揃もあった）。早速、小林氏に連絡を取ったところ、貴重な雑誌を貸していただくことができ、本書『山本周五郎［未収録］ミステリ集成』の刊行に繋がった。

本書は、『山本周五郎探偵小説全集』にも、〈周五郎少年文庫〉にも収録されていない、周五郎が戦前に発表した探偵小説の中でも特に珍しい作品ばかりを収録した。全作が単行本初収録で、底本はすべて初出誌である。編者解説では、ミステリの仕掛けや結末に言及している作品もあるので、未読の方はご注意いただきたい。

「少年ロビンソン」（「少年少女譚海」一九二七年一月号～七月号）

ウィラード・マックが書き下ろした原作をエドワード・クラインが監督し、当時の人気子役だったジャッキー・クーガンが主演した映画『少年ロビンソン』（MGM製作、一九二四年公開）のノベライズで、青江俊一郎名義で発表された。漂着した無人島で二八年を過ごしたロビンソン・クルーソーが帰国するまでを描いたダニエル・デフォー『ロビンソン・クルーソーの生涯と奇しくも驚くべき冒険』（一七一九年）は、植民地を獲得する帝国主義を肯定する視点があることから、列強に追いつきたい日本では早くから翻訳され、巌谷小波《さざなみ》『世界お伽噺《とぎばなし》　第五編　無人島大王　ロビンソン漂流記』（博文館、一八九九年五月）以降、子供向けの物語としても多くの翻訳が刊行された。もとから『ロビンソン・クルーソー』に根強い人気があり、同じ漂流記ものの『少年ロビンソン』が話題の大作ということもあり、本作の他にも、田中栄三「誌上映画　少年ロビンソン」（「婦女界」一九二八年八月号）、那智茂馬「映画物語　少年ロビンソン」（「面白倶楽部」一九二五年一〇月号）などでもノベライズ（というよりも短いので粗筋紹介の方が近い）されている。「少年少女譚海」も周五郎の連載が始まる半年前の一九二六年七月号に、映画のスチール写真に物語を付けた絵物語風の「少年ロビンソン」を掲載しており、この作品の紹介に力を入れていたことが分かる。

映画『少年ロビンソン』は観ることができなかったが、「少年少女譚海」、「婦女界」を参考に内容を簡単に紹介したい。サンフランシスコで警察官をしていたホーガン巡査が殉職し、先に母親を亡くしていた息子のミッキーが一人残された。横暴なダイネス船長の船でオーストラリアの叔母のところへ行くことになったミッキーは、船上で技師に無線電信を送る方法などを学んでいたが、暴風雨で船が沈没し、漂流したミッキーは食人種の島へたどり着く。島で戦いの神に間違われたミッキーは、島で暮らす白人と食人種の戦いに巻き込まれる。ミッキーは白人家族と美しい娘を救うため、家にあった無線機を操作して「ＳＯＳ」を打電。アメリカの軍艦に救われ、サンフランシスコに凱旋した。

本作は半年ほどの連載なので、映画そのままなのか周五郎のアレンジか不明ながらミッキーをめぐる人間関係が複雑になり、ダイネス船長の船に乗り込むまでの経緯や島での冒険活劇がより詳細になっているが、映画のストーリーから大幅な改変はなかった可能性が高いように思える。

第一次世界大戦が勃発すると、日本は日英同盟に基づいてドイツに宣戦布告し、ドイツ領だったマリアナ諸島（サイパン、テニアンなど）、カロリン諸島（パラオ、ポナペ、トラックなど）、マーシャル諸島（クエゼリン、ルオットなど）を占領し、トラック島に守備隊司令部を置き軍政を敷いた。一九二〇年、国際連盟は、日本が南洋群島を委任統治するのを認め、一九二二年には日本軍が撤退し民政に移行した。一九二三年の帝国国防方針では、西太平洋で対米戦が起こった時は、南洋群島が前哨線、小笠原諸島が決戦線とされた。映画『少年ロビンソン』のノベライズが各誌に続々と掲載されたのは、一九二〇年代の日本で南洋に注目が集まっていたことと無縁ではないはずだ。

「男でなかった男の恋」（「講談雑誌」一九三〇年六月号）

博文館が一九一五年に創刊した「講談雑誌」は、一九二〇年代に入ると「怪建築十二段返し」（一九二〇年一月号）の白井喬二、「蔦葛木曾棧」（一九二二年九月号〜一九二六年五月号、未完。加筆修正した『現代大衆文学全集　第六巻　国枝史郎』（平凡社、一九三〇年七月）で完結）の国枝史郎ら新進作家を起用して時代小説の刷新を行った大衆文芸運動を牽引する一翼を担ったが、一九三〇年代には折りからのブームを受けエロ・グロ・ナンセンスの小説や読物を増やした。それは、畑耕一「変態情死考」、橋爪光雄「性愛科学史」（共に一九三〇年七月増刊号）、高田義一郎「よろず女性折檻史」（共に一九三〇年一一月号）、「艶笑秘事読本」（一九三一年一月号特別附録）、鯰川先生「エロ・グロ・唾液の秘密」、小野金次郎「濡場面はなぜ寒いか」、宗勘兵衛「百貨店嬢・誘惑戦線　第五景」（共に一九三二年五月号）などが掲載されたことからも見て取れる。雑誌のコンセプトの変化に対応して、本作や「H性病院の朝」、「接吻《キッス》を拒むフラッパー」のような艶笑譚（いずれも一応の謎はあるので広義の変格探偵小説といえなくもない）を書いたところからは、周五郎の技巧の高さがうかがえる。

中学三年の純と建一は、女学校を卒業し一八歳で村の小学校の教師になった美しい川島利恵子の家に枇杷を盗みに行くが、利恵子の父に見つかって怒鳴られ、純が枇杷の木から転落してしまう。この事件を機に川島家と親しく交流するようになった純は、両親が親戚の結婚式へ行くため留守番する利恵子が心配なので家に泊まってほしいと頼まれる。その夜、二人は互いを想い合っていると告白し、利恵子は純を抱きしめて眠るが、朝早く目が覚めた純は逃げるように帰っていった。

純の逃走には思春期の恥じらいもあっただろうが、旧制中学、高校の生徒たちが男性同士の関係性を至上とする価値観（硬派、バンカラ）を持っていたことも影響していたように思える。

利恵子には二度と逢わないと決意した純だったが、いつの間にか川島家へ来てしまった。そこで純は、利恵子が自殺し純の子を宿していた事実を告げられる。

ここまでは、切ない青春恋愛小説だが、成長した純が利恵子が自殺した裏側を語る最終章になると状況が一変し、大正から昭和初期にかけてブームだった変態的な世界が明らかになってくる。

変態は、〝異なるもの〟〝奇なるもの〟を意味する言葉だったが、変態ブームを受けオーストリアの精神科医クラフト＝エビングが論じたサディズム、マゾヒズム、フェティシズム、ホモセクシャルなどの〝異常な性欲（変態性欲）〟として用いられるようになった。変態ブームでは、医学的に解説するアカデミックなものから、エログロとして紹介する通俗的なものまで様々に〝変態性欲〟が論じられたが、その根底には羽太《はぶと》鋭治『性欲学叢書　第七編　変態性欲の研究』（学芸書院、一九一四年六月）の中に「読者は如何《いか》に性欲倒錯の怖るべく忌むべいかを知られたであろう。／これ等変態性欲を矯正し予防する上」からも「性欲教育は是非実施されなければならないのである」と書かれているように、〝変態性欲〟は治療、矯正すべきという価値観があった。ただ本作は「異常」をそのまま受け入れる幕切れになっており、性的マイノリティとの共生が模索されている時代を生きる現代の読者が読んでも示唆に富んでいる。

「新宝島奇譚」（「少年少女譚海」一九三一年二月号～一九三二年一月号）

ロバート・ルイス・スティーヴンソンの『宝島』（一八八三年）は、押川春浪訳（新潮社、一九一四年五月、七月）、古館清太郎訳（『家庭文学名著選』九巻、春秋社、一九二五年八月）、訳者不明（奥付に「著者金の星社編集部」の表記。『世界少年少女名著大系　二　宝島探検物語』、金の星社、一九二七年一〇月）などの少年少女向けの翻訳が刊行されており、児童生徒には定番の冒険小説になっていた。そのため本作のタイトルを見た読者は、日本から遠く離れた孤島に眠る財宝の争奪戦を想像しただろうが、周五郎は、大坂の陣に敗れ滅亡した豊臣家を再興するために真田幸村が隠した百万両が、本州近郊の島に隠されたという物語を作っているので、まず設定に驚かされたのではないか。作中には、火攻めに遭った日本武尊《やまとたけるのみこと》が、草薙《くさなぎ》の剣《つるぎ》で草を刈り火打石で迎え火を点けて炎を撃退した、須佐之男命《すさのおのみこと》が七回蒸留した強い酒をヤマタノオロチに飲ませ、酔って寝たところを退治したといった記紀神話をモチーフにした計略が出てくるなど、和のテイストで統一されている。

周五郎は、巻き込まれて冒険活劇の最前線に出る少年少女を好んで書いた（これは冒険に出る必然性が薄い子供たちを活躍させるために必要だったからだろう）。だが本作の清三は、正月に母親にいい渡された六つの注意をことごとく破ってしまい、怒られるのが嫌で家出したのが冒険のきっかけになるので、やや三枚目のキャラクターとなっており、周五郎の作品としては珍しい。

清三は、家がなく草原の北にある「赭土《あかつち》の窪《くぼ》み」で黒の仔猫と暮らしていることから「乞食の三吉」とも、「黒猫の三吉」とも呼ばれている少年と出会う。女の子の泣き声を聞いた二人が音の方へ行くと、町長の娘で清三の従妹の啓子が縛られていた。啓子を攫《さら》った悪漢の集団・赤鬼団の話を聞いた二人は、赤鬼団が豊臣家の百万両の財宝を狙い、鍵になる宝の地図を町長が持っているので啓子を誘拐したことを知り、冒険の旅に出る。「血史ケルレン城」（「少年少女譚海」一九三四年一月～一二月）でも、主人公が「栗鼠公《りすこう》」と呼ばれている「浮浪児」を仲間にするので、清三と三吉のコンビは、周五郎が得意なパターンを使ったといえる。三吉の計略で啓子を救い出した清三は、曲馬団から逃げたアフリカ系のサムと出会い仲間にするが、敵を攪乱していた三吉は不運が重なり敵に捕まってしまう。

三吉は、自分が東京から来た凄腕の子供の紳士泥棒だと嘘をつき、銀座の貴金属宝石店から「一千万円」の「金剛石《ダイヤモンド》」を盗んだ時の話をした。子供の紳士泥棒を捕まえるため警察官が厳重に警備し罠も仕掛けた店の前に高級自動車が止まり、狆《ちん》を連れた少年紳士が現れた。少年紳士は店員に一番大きい「金剛石《ダイヤモンド》」を持って来るように頼むが色が悪いといって帰ろうとした。「金剛石《ダイヤモンド》」が硝子玉《ガラス》にすり替えられたと気付いた番頭が捕まえるように促すが、五〇人の警察官が身体検査をしても「金剛石《ダイヤモンド》」は見つからず、少年紳士は最初から硝子玉《ガラス》だったといって立ち去った。ややアンフェアなところもあるが、少年紳士が「金剛石《ダイヤモンド》」を持ち出した方法は、独立した本格ミステリとしても楽しめる。三吉は、悪漢たちが自分を東京の不良少年「隼の譲治」と勘違いしたのを利用して赤鬼団に潜入する。

赤鬼団の悪漢に、猫を連れていると笑われた三吉は、「昔から偉い悪党は、みんななにかしら、可愛がる物を飼っていたんだ」と反論する。映画〈007〉シリーズ（一九六二年～）では、敵組織スペクターの首領エルンスト・スタヴロ・ブロフェルドが、白いペルシャ猫を撫《な》でるシーンが定番で、世界征服を狙う悪の秘密結社のトップが愛猫家との設定は、オマージュ、パロディとして多くのスパイもの、冒険もので使用された。これは偶然だろうが、三吉の言葉はその先駆をなしたといえる。

一方、家に連れ帰った啓子から宝の地図をもらった清三だが、何者かに襲われ地図を奪われた。本物の「隼の譲治」が現れ、啓子も加わった宝の争奪戦は、宝島へ向かう船内、断崖、洞窟と舞台を移しながら、格闘あり、銃撃戦あり、謀略ありと波瀾万丈に進んでいく。清三、三吉、サム、啓子がチームを組んでいるのに離合集散してなかなか全員が揃わず、それぞれの冒険を同時進行で描いてサスペンスを盛り上げる手法も鮮やかだった。作中には、財宝を守護しているのか、宝を探す三吉に警告する謎の老人や、動物に守られた宝が出てくるが、これらはスティーヴン・スピルバーグ監督の〈インディー・ジョーンズ〉シリーズ（一九八一年～二〇二三年。五作目の監督はジェームズ・マンゴールド）にも登場しており、宝探しをモチーフにすると似たアイディアになるように思えた。

宝探しものは、宝が見つからず次の冒険に出るところで幕を降ろす作品もあるが、本作は大団円となっている。ただ清三たちが財宝を独占するような結末にはなっておらず、富よりも大切なものがあると示した結末には、戦後の周五郎作品に繋がる要素がある。

「魔ケ岬の秘密」（「少年少女譚海」一九三一年八月号）

中学一年の岡田、畠山、原は、避暑地で地元の漁師に塔ケ岬に魔物が出るので行かないよう警告を受けた。昨年は塔ケ岬まで泳ぎ螺蠑《さざえ》を捕った三人は、魔物の正体を暴く決意を固める。岡田が岬で何があったかを調べ、畠山と原が岬へ偵察へ行くが、原が行方不明になる。岬に向かった岡田は一人残された畠山から、岬に昨年はなかった洋館が建っていたと聞かされる。魔物の噂と怪しい洋館があり、目を離した一瞬で原が消える不可解な謎があるので、発端を読むと本格ミステリに思える。

だが二人が洋館に近付くと建物の中から発電所のような音が聞こえ、畠山が拾った火薬の匂いがする紙片に暗号らしき文字が書かれていたと分かると、周五郎が得意とする敵スパイとの戦いになる。

本作で描かれる謎の文章は、暗号というよりも謀略の手順を記したメモに近いので、謎解きの要素は少ない。ただ本書の構成は、刳《く》り抜かれた世界地図に国の形のピースを嵌《は》めていく子供用のジグソーパズルのようになっていて、紙片の文章が刳り抜かれた世界地図で、岡田たちが集めた断片的な情報がどの位置に嵌まるのかが、行方不明の原を敵に殺される前に救い出す必要や、その内実は不明ながら謀略の発動が刻一刻と迫るタイムリミットの存在などとあいまってスリリングに描かれていく。それだけに、すべてのピースが嵌まるべきところに嵌まった時の爽快感が大きくなっている。

「鉄甲魔人軍」（「少年少女譚海」一九三一年九月号〜一九三二年五月号）

周五郎が生み出した少年探偵には、優等生タイプと、推理能力と戦闘能力は高いものの味方にも敵にも平然と汚い言葉を吐く品行方正とはいえないタイプがあり、春田龍介は後者に属している。

府立×中二年の龍介は、父の春田博士が開発中の「C・C・D潜水艦」に用いる「世界最初の無燃料機関」の争奪戦で初登場し、敵の軍事探偵に騙《だま》され手下になっていたが龍介に説得され改心したメリケン壮太、龍介に勝るとも劣らない頭脳と行動力を持つ妹の文子を助手にして数々の難事件を解決した。〈春田龍介〉シリーズは、『山本周五郎探偵小説全集　第一巻』（作品社、二〇〇七年一〇月）に六作を収録。その後、読者の方からの提供を受け、「黄色毒矢事件」を「小説現代」二〇一一年七月号で復刊し同作を含む七作を『周五郎少年文庫　黄色毒矢事件　少年探偵春田龍介』（新潮文庫、二〇一八年九月）に収録した。〈周五郎少年文庫〉を編纂していた段階で本作は揃っていたのだが、諸事情で掲載を見送ることになり、今回が単行本への初収録となる。

なお〈春田龍介〉シリーズの発表順は以下の通りである。

「危し!!　潜水艦の秘密」（「少年少女譚海」一九三〇年七月）
「黒襟飾《ネクタイ》組の魔手」（「少年少女譚海」一九三〇年八月別冊読本）
「幽霊屋敷の殺人」（「少年少女譚海」一九三〇年九月）
「骸骨島の大冒険」（「少年少女譚海」一九三〇年一〇月〜一二月）
「謎の首飾事件」（「少年少女譚海」一九三一年一月）
「鉄甲魔人軍」（甲野信三名義）
「黄色毒矢事件」（甲野信三名義、「少年少女譚海」一九三二年八月号第二附録）
「ウラルの東」（「少年少女譚海」一九三三年一月〜一二月）

「謎の首飾事件」の末尾には「我等の少年探偵春田龍介君は、来《きた》る三月、二年級を終了すると同時に、まず欧羅巴《ヨーロッパ》へ向けて出発します。ドイツ、フランス、イギリス、アメリカ、これらの国々の見学を終えて帰朝した時、日本の探偵界に春田君がどんな活躍をするか、それを楽《たのし》みに、どうぞお忘れなくお待ち下さい」とある。本作では「英京倫敦《ロンドン》」で魔人軍がヨーロッパを壊滅させたと知った龍介が日本を守るために帰国し、強大な敵を迎え撃つことになる。続く「黄色毒矢事件」には、「最近においては鉄甲魔人軍を向こうにまわし、乾坤一擲の争い」をしたとあるので、ようやくシリーズ全体を繋げることができた。『山本周五郎探偵小説全集』〈周五郎少年文庫〉と併せて読んで欲しい。

ヨーロッパを壊滅させたのは、高さが約「十五呎《フイート》」ある「全身鋼鉄の奇怪な鎧《よろい》」で覆われた「魔人」と、その母船になっている「直径凡《およ》そ二哩《マイル》」、「高さおよそ千米突《メートル》」、「太いパイプが縦横」に走り丸窓からは「機関砲、重砲」などが現れ弾をあびせる「小さな島のような魔城」である。

「鉄甲魔人」は「古い活動写真」に出てきた「人間タンク」に似ているとされる。バートン・L・キング監督、脱出術を得意とし脱出王の異名を持つ奇術師ハリー・フーディーニが主演した『人間タンク』(一九一九年)は、国際特許会社の内紛に人間の脳を移植したとされる鋼鉄製のロボットがからむ連続活劇で、全一五話が制作された(日本では七話が公開されたようだ)。遠藤早泉『現今少年読物の研究と批判』(開発社、一九二二年五月)には、『人間タンク』は「悪どい色彩を使用して、読者の度肝を抜くような『非常』な挿絵を付けた「今南江堂版の大活劇文庫」に、明治末から大正初期に人気だった〈ジゴマ〉シリーズの「『ジゴマ再生』『女ジゴマ』」などと共に収められたとあり、「野球界」(一九二八年五月号)ではパワーのある野球選手を「人間タンク」に喩《たと》えているので、日本でも広く知られていたようである。「鉄甲魔人」の造形を挿絵に委ねた周五郎に代わり少し補足しておくと、映画に登場する人間タンクは、ドラム缶のような円筒を組み合わせた形で、円筒の胴体にそれより小さい円筒の頭、細長い円筒二本ずつが手足になっていて球体型の関節が付いていた。人間タンクは、昭和三〇年代に製造されたブリキの玩具のロボットのような形なので現代の視点だとかっこよくはないが、本作の挿絵では頭部がガスマスクとヘルメットを付けたような造形となっており、胴体と手足の接続も自然で、手足の関節も蛇腹様に変更され映画よりは洗練されている。

ヨーロッパに到着してから「犯罪事件の精《くわ》しいノート」を取っていた龍介は、ここ二年で行方不明になった「世界中の富豪、学者、陸海軍の将軍、大政治家たち」が全員ユダヤ人で、「ユダヤ人がいよいよ団結して、世界征服の旗挙げをした」と見抜き、日本を守るため一足早く帰国する（犯人がユダヤ人の組織というのは早い段階で明かされ、本作は犯人当てでないのでネタバレにはなるまい）。

ユダヤ人は、中世ヨーロッパではキリスト教ではないユダヤ教を信仰していたため迫害され、啓蒙思想が広がった一八世紀にはユダヤ人に市民権を与える国も出てきたが、一九世紀末になると、国際的なユダヤ人の組織が陰謀をめぐらせているとの脅威論や、人種の優等生、劣等生を主張する疑似科学などの登場で迫害が激しくなる。キリスト教社会ではない日本は、長くユダヤ人の迫害とは無縁であり、日銀総裁だった高橋是清がアメリカに渡って募集するも購入希望者がいなかった日露戦争時の戦時国債を引き受けてくれたのがユダヤ系アメリカ人のジェイコブ・シフと、シフの呼びかけに応じたユダヤ系金融機関だったこともあり（これにはロシアの反ユダヤ運動ポグロムへの報復の意味もあったとされる）、ユダヤ人への反感は薄かった。この状況が変わるのが、シベリア出兵である。

一九一八年、第一次世界大戦の連合国は、ロシア革命軍（赤軍）に囚われたチェコ人捕虜を救出する名目（実質は革命の波及を阻止する干渉戦争）で共同出兵した。シベリアに軍を進めた日本は、革命から逃れた白系（反革命側）ロシア人を通して、ウラジーミル・レーニンが率いる左派の一派ボリシェヴィキによる革命はユダヤ人による陰謀という反ユダヤ主義に触れた（ボリシェヴィキにユダヤ系のレフ・トロツキーやグリゴリー・ジノヴィエフらがいたのは史実である）。

ユダヤ人の秘密結社が作成した世界征服の計画書とされる「シオン賢者（長老などの訳もある）の議定書」（以下「議定書」。現在では偽書とされる）は、陸軍のロシア語教官でシベリア出兵時は通訳も務めた樋口艶之助が一九二一年の講演で言及し、北上梅石（樋口の筆名）『猶太《ユダヤ》禍』（内外書房、一九二三年一〇月）では、第一次世界大戦後にヨーロッパの帝国諸国が崩壊したのはユダヤ人の陰謀で、大日本帝国もユダヤの攻撃目標になっていると警告するために「議定書」の一部を紹介。やはりシベリアに出兵した陸軍軍人の安江仙弘は、包荒子の筆名で『世界革命之裏面』（二酉社、一九二四年一二月）を刊行、「議定書」の全訳を掲載した。一九二〇年代初頭、日本在住のユダヤ人は一〇〇〇人程度とされ影響力は少なかったが、ユダヤ人＝ボリシェヴィキの陰謀論は、シベリア出兵失敗の弁明や、ロシア革命後に日本でも活発化した左翼運動への対抗手段として利用され浸透していった。

団結したユダヤ人が「鉄甲魔人」、「鉄甲魔城」を使ってヨーロッパを壊滅させ、日本も襲撃される本作の設定は、『猶太禍』などで描かれた当時の典型的なユダヤ陰謀論をなぞっている。ユダヤ陰謀論を取り上げたのは周五郎だけでなく、『大東の鉄人』（「少年倶楽部」一九三二年八月号〜一九三三年一二月号）の山中峯太郎、『浮かぶ飛行島』（「少年倶楽部」一九三八年一月号〜一二月号）の海野十三《じゆうざ》らも同様で、ユダヤ人は一九三〇年代の少年向け冒険小説では定番の悪役だったのである。

龍介が戦う「鉄甲魔人」は「合成鋼鉄」、「毒瓦斯《ガス》放射管」、「軽機関銃」、「無線電話」などの最新兵器を装備しているが、それよりも恐ろしいのが「鉄甲魔城」から放射される「殺人光線」である。「殺人光線」は街を破壊するのはもちろん、「鉄甲魔城」の破壊を狙う龍介たちを狙って円形に放射され、徐々に小さくなる輪からどのように脱出するのかでサスペンスを盛り上げるなど、大仕掛けの戦闘から頭脳戦まで様々なバリエーションで使われていて飽きさせない。

戦車、飛行機、潜水艦、毒ガスなどの新兵器が使われた第一次世界大戦後は、次の戦争でどのような新兵器が登場するかが議論された。粟屋関一『次の戦争』（国際連盟協会、一九二二年九月）、ウィル・アーウィン、弓家七郎訳『科学的軍備と次の戦争』（日本評論社出版部、一九二二年五月）などのように、一九二〇年代初頭は「殺人光線」と「病菌」を新兵器として挙げている本、雑誌が多かった。

一九二三年、イギリスの発明家ハリー・グリンデル＝マシューズは、遠方から内燃機関を停止させる光線を開発したとして、ジャーナリストを招いてオートバイのエンジンを停止させるデモンストレーションを行い、光線に充分なパワーがあれば、飛行機を撃墜し、火薬を爆発させ、歩兵を無力化できると主張した。一九二四年には英国軍がマシューズに実験を要請したが、満足いく結果は得られなかったようである。マシューズの「殺人光線」は、須藤重男『国難来と新国防』（教育研究会、一九二四年八月）、無署名「内外時事日誌」（「我観」一九二四年七月号）などで紹介されており、ほぼリアルタイムで情報が伝わっていたことからも関心の高さがうかがえる。日本では、八木・宇田アンテナの共同開発者の一人である八木秀次が、一九二六年一二月に陸軍科学研究所で「いわゆる殺人光線の概念」という講演を行っている。『八木秀次随筆集』（玉川学園大学出版部、一九五三年五月）に収録された講演内容によると、科学的な根拠を挙げながら「近き将来において特に怪力線と名付くべきほどのものが得られるとは未だ信じられない」と結論付けているが、一九三〇年代の半ばから日本軍は「殺人光線」を放射する兵器の開発を進めている（「殺人光線」の開発を行っていた海軍の島田実験所には、戦後にノーベル物理学賞を受賞する湯川秀樹、朝永振一郎がいた）。

「殺人光線」は、次の大戦で使われるかもしれない現実的な脅威であると同時にロマンをかき立てる兵器だったため、山中峯太郎「亜細亜の曙」（「少年倶楽部」一九三一年一月号〜一九三二年七月号）、海野十三「火星兵団」（「大毎小学生新聞」一九三九年九月二四日〜一九四〇年一二月三一日、「東日小学生新聞」一九三九年九月二四日〜一九四〇年一二月三〇日）、平田晋作「昭和遊撃隊」（「少年倶楽部」一九三四年一月号〜一二月号）などにも「怪力線」、「青木光線」などの名称で登場する。周五郎も本書所収の「幽霊要塞」、「殺人仮装行列」（「少年少女譚海」一九三八年四月）、「人間紛失」（「少女倶楽部」一九三七年六月増刊号。戦後「混血児ジュリ」と改題し「少女サロン」一九五四年四月号に再録）などで「殺人光線」を描いている。

本作は、撃墜された飛行機に乗っていた龍介が生き残った方法、殺された理学博士が最後に発した言葉の意味の調査、「殺人光線」を分解できるXDL光線の発生装置を開発した龍介の父・春田博士の誘拐と追跡などを解決することが、「鉄甲魔人」、「鉄甲魔城」を破る方法に繋がっていくだけに最後まで緊張の糸が途切れない。といってもシリアス一辺倒にはなっておらず、龍介とメリケン荘太のユーモラスな掛け合いがアクセントになっていて、硬軟のバランスが見事に取れている。

帝都を死守したい陸軍は、多摩川沿岸の「幅二百米突《メートル》、延長二千米突《メートル》」に「強烈な爆薬を埋設」するなどして龍介をサポート、龍介は敵から奪った「鉄甲魔人」で攻撃を仕掛けるだけに、クライマックスの戦闘シーンの迫力は、〈春田龍介〉シリーズの中でも突出している。龍介は敵から奪った「鉄甲魔人」に乗って決戦に向かうが、これは人間の脳だけが搭載されているはずが実は……という映画『人間タンク』のトリックのパロディだったのではないか。

「H性病院の朝」（「講談雑誌」一九三二年五月号）

東京の一流「三業地」（認可された待合茶屋、料理屋、置屋からなる三業組合が組織されて営業していた花街）の「真ん中にある頗《すこぶ》る贅沢《ぜいたく》な、ある性病院」の日常をスケッチした艶笑譚で、「刺激物」の意味が分かると笑える考えオチ、水揚げした芸者との一五年ぶりの再会が思わぬ結末になる変則的な人情話、H性病院で一番年長の患者に病気を移した意外な相手などバラエティ豊かな掌編が収められている。「卒業免状」がもらえるはずだった患者から菌が見つかった理由、先生が「折り紙」を付けた芸妓と関係を持った代診のS君が感染した理由には、ミステリ的な仕掛けもあるが、謎解きの面白さよりも、性欲に負けた愚かな男たちの行状を楽しむ作品となっている。

全体にユーモラスな本作だが、S君に迫られた「雛妓上《おしゃく》りの小妓《こおんな》」が「つい一箇月ばかり前、いっぽん」になって「その初々しい肉体を市場」に出し「十日と経た」ないのに「不潔な病気」をもらったという一文からは、シリアスな背景が浮かび上がってくる。

世界恐慌の影響で生糸の輸出が激減し生糸価格の下落が他の農産物にも波及、政府がデフレ政策（大蔵大臣だった井上準之助の名前にちなみ井上財政）を採っていたこともあり、一九三〇年は豊作だったが米価が下落し、一九三一年には東北、北海道が冷害で大凶作になった。青森県農地改革史編纂委員会編『青森県農地改革史』（農地委員会青森県協議会、一九五二年八月）には、青森県での女性の身売りは、一九三一年が芸妓三四六人、娼妓二九五人、娼婦六二五人、一九三二年が芸妓四七五人、娼妓五〇九人、娼婦八三二人、一九三三年が芸妓四〇五人、娼妓六一六人、娼婦一〇三三人（すべて県内、県外の合計人数）とある。当時は公娼制があり、一九二八年に施行された花柳病予防法により公娼には定期的な花柳病（性病）の検査と治療の義務が課された。関東大震災の火災で東京府下の遊廓が焼け、飲み屋を装って娼婦を置く銘酒屋などが集まる私娼窟が増えた。震災後の都市整備が進むと私娼窟は排除されたが、花柳病の予防など公娼と同じ基準を課すことで営業を黙認するケースも増え（有名なのは玉の井・亀戸）、私娼は準公娼のようになった。エロ・グロ・ナンセンスは自由恋愛という価値観を広め、性風俗に疑似恋愛を求める男性が出てきた。その受け皿になったのがカフェで、一九三〇年代に大阪でエプロンを取った女給が客の隣に座るエロ・サービスが始まり、東京でも同様のカフェが多くなっていった。加藤寛二郎（警視庁医務課長）「崩れゆく公娼制度を眺めて（四）」（「公衆衛生」一九三四年一一月号）には、一九三四年の東京の「売笑婦」の数が、公娼七三九九人、私娼（玉の井・亀戸）一八二六人、芸妓九五六六人、女給（カフェー）三七五九二人で、一九三三年の性病に罹《かか》った「売笑婦」の割合が公娼一・九六％、私娼（玉の井・亀戸）二・七七％、芸妓五・九二％とある。性病になる娼婦の割合は過去数年と比べてもさほどの増減はないが、娼婦の数が増えれば患者数は増える。本作が発表された一九三二年の状況を踏まえるなら、S君が夢中になる「小妓」には、農村の不況で売られた女性たちが重ねられていた可能性もある。その「小妓」が性病になり、金で「小妓」を思い通りにしようとしたS君が思わぬしっぺ返しをくらう展開には、弱者に寄り添う作品が多い周五郎らしさも感じられる。

「接吻《キッス》を拒むフラッパー」(「講談雑誌」一九三二年七月号)

フラッパー(flapper)は、第一次大戦後のイギリスで、短髪、コルセットを着用しない、動きやすい短いスカートやシャツを着る、メイクをする、性的に奔放で自由恋愛を楽しむ新しい女性たちを意味する言葉として使われた。フラッパーは、F・スコット・フィッツジェラルドが代表作『グレート・ギャツビー』(一九二五年)に登場させたことでアメリカに広まり、早坂二郎、松本悟郎共編『モダン新語辞典』(浩文社、一九三一年一〇月)は、フラッパーを「華《はな》やかに、あどけなく、色気をふりまいてはね廻《まわ》る近代娘。モダンで軽快で蓮《はす》っ葉《ぱ》なのが特長。映画女優のクララ・ボウ、ナンシー・カロルなどはこの典型である」と説明しているので、日本でも一九三〇年代初頭には新語として認識されていたことが分かる。本作のヒロインが蓮子という名前なのは、フラッパーには蓮っ葉のイメージがあったから付けられたと思われる。蓮子が働くカフェ・シプロンは、客に女給との疑似恋愛を提供する店であったこともうかがえる。

一週間後にK子と結婚し新婚旅行で洋行する葉山は、カフェ通いを終える名残りにシプロンを訪ねた。すると一度もいうことを聞いてくれなかった「有名なフラッパー」の蓮子が、一緒にドライブをしてくれるという。葉山は、早速に「クライスラーの新車」で箱根へ向かい、さらに熱海にも行く。一九二〇年代の英米のフラッパーは、肉体的な接触を目的とするペッティング・パーティーを開いていた。それは日本にも紹介されていて蚊川春水『接吻の変遷』(日々書房、一九三一年四月)に、「若い学生同志《ママ》の間」で開かれる「仲よし会《ペッティング・パーティー》」は、「従来の接吻の遊戯」とは異なり「接吻を以《もっ》て開始しない。巧みなペターはあらゆる種類の接吻を用いる。中にも『ネッキング』と言うのは、襟頸へ花火的接吻をするのに与えられた名称」とされている。ただ「通常ペターは完全な恋愛道程の中途で止」めて、「最後の物へ甚《はなは》だ近接している」が一線は越えなかったとしている。これに対し蓮子は、葉山と肉体関係を持ったことが暗示されているが、接吻だけは拒否している。フラッパーらしく「恋愛遊戯」を楽しんでいる蓮子が、なぜ接吻を拒否するのか、K子を捨て蓮子と結婚するという葉山の恋の行方が物語を牽引していく。

　葉山は、蓮子を「性慾を食慾と同様に考えている」、「この女には貞操観念はないように思える」と評しているが、蓮子は自分と寝た葉山が「貞操を不純にしているように見え」るといい、それに「男と女」の貞操は違うといった葉山に反論しようとする。当時は姦通罪があり、妻が姦通したと夫が告訴した時は二年以下の懲役に処し、相手の男性も同じ量刑になった。また旧民法により、姦通罪で刑の宣告を受けた男女は婚姻できなかった。葉山と蓮子の「貞操観念」の違いには、夫が不貞をしても相手が人妻でなければ許されるのに、妻の不貞は刑事、民事で責任を問われたように、男性の価値観を一方的に女性へ押し付ける現状への違和感が表明されていたのではないだろうか。

「幽霊要塞」（「新少年」一九三五年八月号～一九三六年四月号）

　周五郎の少年少女向けのスパイ小説は、本書収録の「鉄甲魔人軍」のように戦うべき敵組織をタイトルにした作品と、「少年間諜X13号」（「少年少女譚海」一九三二年四月号～一二月号）や「囮船第一号」（「少年少女譚海」一九三六年五月号～一二月号）のように、主人公のコードネームや乗り込む最新兵器をタイトルにした作品に大別される。本作は、神出鬼没なため幽霊要塞なる異名を持つ敵基地を破壊する物語と思いきや、「××国」が「形のない要塞で、どんな密偵も近づけ」ないことから「日本の軍事密偵団」を幽霊要塞と呼んでいるとされており、意表をつかれた。

　物語は、大泉博士が開発した「殺人光線」の争奪戦で、「×中随一の天才」との「折紙」が付けられた息子の新太郎も最前線で活躍する。周五郎のスパイものは終盤になると敵組織との戦闘が続く戦争小説へ発展する作品も珍しくないが、本作はアクションは満載ながら最後まで「殺人光線」の「発電装置」を書いた「控《コピイ》」をめぐる争奪戦が続くだけに、純粋なスパイ小説となっている。

ある日、新太郎は、父の大泉博士と叔父の菊池海軍少佐に「海のドライブ」に誘われた。だが、それは大泉博士が開発した「殺人光線」の実験で、標的になった駆逐艦を次々と破壊していく。実験は見事に成功したが、その事実が飛行機から監視していた「××国軍事探偵」に知られてしまった。

大泉博士と新太郎は「××国軍事探偵」に狙われるようになり、何者かが研究室に侵入して助手二人を殺害し、秘密金庫に保管していた「殺人光線」の「発電装置」を書いた「搾《コピイ》」が盗まれてしまう。研究室侵入のトリックはコナン・ドイル〈シャーロック・ホームズ〉シリーズの一編「赤毛組合」(一八九一年)、毒殺トリックは三津木春影〈呉田博士〉シリーズの一編「不思議の毒物」(『探偵奇譚呉田博士　第四編』所収、中興館、一九一四年一月。R・オースチン・フリーマン〈ソーンダイク博士〉シリーズの一編の翻案と思われるが、原典不詳)を思わせる。

新太郎は、研究室から飛び出したジャック・谷口を捕縛。谷口によると、大泉博士が自身の発明した「殺人光線」を「××国軍事探偵」に売ろうとしている「売国奴」と聞き、実験室に入ったようだ。黒幕に渡されたのが麻酔剤ではなく毒ガスだったと聞かされ、自分が騙されたと悟った谷口が改心して新太郎の助手になる展開は、〈春田龍介〉シリーズのメリケン荘太と龍介の関係と同じである。ここには明らかに、悪いことをしても改心すればやり直せるという教育的な意図が込められている。

「殺人光線」を発明したとして実験を行ったハリー・グリンデル＝マシューズは、イギリス軍に「殺人光線」の有効性を疑われると、フランスが興味を持っているといってその価値を高めようとした。谷口が吹き込まれた大泉博士が「××国」に「殺人光線」の秘密を売ろうとしているとの嘘は、マシューズの逸話をベースにしたのかもしれない。

研究室から盗まれた「搾《コピイ》」は、シアノタイプ(サイアノタイプとも)の複写と思われる。シアノタイプは、感光剤を塗った紙に半透明の原図を重ね、日光(紫外線)を当てて印画し、水洗いをして現像し乾燥させて完成となる。日光に当てることから日光写真、仕上がった複写が青くなることから青写真（未来の構想を意味する「青写真」の語源）などとも呼ばれていた。一九世紀半ばに開発されたシアノタイプは、一九二〇年代に感光、現像、乾燥が行える印刷機が販売されるようになり、日本でも太平洋戦争前まで図面の複製などに広く利用されていた。ただ戦後になると、現像に水が不要で扱いやすいジアゾタイプの複写機（やはり仕上がりが青くなるため青焼きといわれた）が普及するが、大型の図面ではシアノタイプが使われることもあったようである。

谷口から銀座の喫茶店「ロンドン」で「××国密偵団」の「あいつ」と会う約束になっていると聞き出した新太郎は、警視庁の塩屋課長に万全の包囲網を作るように頼むと、銀座へ向かった。だが敵の奸計に嵌《は》まった新太郎は誘拐され、監禁先で菊池少佐が紅薔薇夫人に拷問されている音を聞く。

本作の掲載誌が「少年少女譚海」より読者の年齢層が高い「新少年」のためか、「××国密偵団」には拷問担当のマンバーを従えるサディスティックなところも含め、エロティシズムに満ちた美女・紅薔薇夫人がいる。

第一次大戦では、フランスの上流社会に出入りするほど人気だったオランダ人のインド舞踊ダンサーがドイツのスパイ組織に取り込まれ、一九一七年にフランス当局に逮捕され銃殺された。この女性スパイの悲劇は、太陽を意味するマレー語の芸名マタ・ハリと共に世界に広まり、マグダ・ソーニャ主演の『マタ・ハリ』（一九二七年。ドイツ映画。レオ・ビリンスキー脚本、フリードリッヒ・フェーヘル監督）、グレタ・ガルボ主演の『マタ・ハリ』（一九三一年。アメリカ映画。ベンジャミン・グレイザー、レオ・ビリンスキー脚本、ジョージ・フィッツモーリス監督）、マタ・ハリがモデルとされる女性スパイをマレーネ・ディートリヒが演じた『間諜X27』（一九三一年。アメリカ映画。ダニエル・N・ルービン、ジョセフ・フォン・スタンバーグ監督・脚本）などの映画にもなった。周五郎は、タイトルが『間諜X27』のパロディになっている「少年間諜X13号」を発表しており、女性スパイ映画を意識して紅薔薇夫人を作り出したように思える。

紅薔薇夫人は「殺人光線」を狙う「××国軍事探偵」と行動を共にしているが、味方を裏切るかのような独自の動きをすることもあり、先の展開を読みにくくしている。

菊地少佐を助け脱出した新太郎は、その手腕が認められて「日本の幽霊要塞」の異名を持つ特務諜報機関のメンバーに抜擢され、「××国軍事探偵」との戦いが本格化していく。「最新鋭の潜水艦ロ十二号」に乗り込んだ新太郎は、「国籍不明」の「大型飛行艇」を追跡する。

一方、敵が研究室に潜入したルートを逆にたどっていた大泉博士と塩屋課長だが、出入り口を塞《ふさ》がれ「瓦斯《ガス》」攻撃を受ける。谷口が血路を開くまで「瓦斯《ガス》」で命を奪われないようにした大泉博士の科学的知識は、海野十三「空襲下の日本」(「日の出」一九三三年四月号附録)に敵の「毒瓦斯」から身を守る方法が書かれていたように、読者を啓蒙する意図があったのではないだろうか。

アクロバティックな空中での死闘を経て「控《コピイ》」を奪還した新太郎だが、紅薔薇夫人によってすり替えられていた。急いで研究室に引き返す必要が出てロ号潜水艦で横須賀に到着した新太郎は、菊池少佐に飛行機で羽田飛行場へ向かうよう勧められた。羽田飛行場は、一九三〇年に逓信省航空局が東京府荏原郡羽田町大字鈴木新田の埋立地を購入し、民間専用飛行場として一九三一年八月に完成した。第一便は日本航空輸送のスーパー・ユニバーサルの大連行だったが、航空運賃が高く乗客が集まらず(東京—大連が一四五円。経由地の大阪までが三〇円、福岡までが六五円、蔚山までが八三円、京城までが一〇五円、平壌までが一一八円)、記念すべき初飛行を乗客なしで飛ばすことができないとして、鈴虫、松虫を積んだようである。本作は羽田飛行場の完成から五年後の連載なので、周五郎は新しい題材を取り入れていたといえる(次の「幽霊飛行機」にも、羽田飛行場が登場している)。

一九二二年のワシントン海軍軍縮条約で主力艦の建造を大幅に制限された日本は、規制の対象外だった一等潜水艦(水上排水量一〇〇〇トン以上)の建造に注力したが、一九三〇年のロンドン海軍軍縮条約で潜水艦にも保有制限がかけられた。そこで日本は二等潜水艦(水上排水量五〇〇トンから一〇〇〇トン未満）の建造を決めて、一九三一年の「①計画《まるいち》」により海中六型の二番潜水艦が二隻建造され、一九三五年と一九三七年に完成した。また「××国」スパイ団の首領R三号は、ボリビア国総領事キエフ・スノーデンとして入国するが、日本は明治後期から天然ゴムの栽培で好景気だったボリビアに移民を送り出していて、一九一四年に通商条約を結んで外交関係を樹立している。第一次世界大戦後は東南アジアで天然ゴムの栽培が始まりボリビアへの移民は減っていたが、一九三二年からボリビアとパラグアイが石油資源があると噂の国境地域グラン・チャコをめぐって戦争（チャコ戦争）になり、世界的に注目を集めていた。「最新鋭の潜水艦ロ十二号」が海中六型をモデルにしていたなら、またチャコ戦争の停戦直後に本作の連載が始まったことを踏まえてボリビア国総領事を出したのなら、これらでも周五郎は最新のトピックを作中に導入したことになる。

紅薔薇夫人は、誘拐した大泉博士を拷問部屋に連れ込むと「殺人光線」の「控《コピイ》」に「不足しているところ」を書き加えるよう命じ、拒否すれば拷問具にかけるという。拷問具の一つに「中が空になっている女の青銅像」で、中に人間を入れて蓋を閉じると「蓋の裏」に植え付けられた無数の「鉄の針」が人体に刺さるようになっている「鉄の処女」がある。『血史ケルレン城』には、敵が捕らえた主人公を「刑罰用」の「仏像」に押し込み、「前後左右」の穴から「槍」で突くという「鉄の処女」を彷彿させる器具が出てくるので、周五郎のお気に入りのアイテムだった可能性がある。「鉄の処女」は、高田義一郎『世相表裏の医学的研究』（実業之日本社、一九二八年十一月）などで紹介され、小栗虫太郎「黒死館殺人事件」（「新青年」一九三四年四月号～一二月号）にも言及があるので、エログロ趣味が強い拷問具、処刑道具として一定の認知度があったようである。

終盤になると、大泉博士が新太郎を救うために「殺人光線放射機」を製造し、新太郎が父の無念を受け止めて紅薔薇夫人を追うだけに、父子の情愛が強調されている。といってもお涙頂戴《ちょうだい》の展開になっておらず、ビターな結末も含めてスパイ同士のドライな戦いという路線が貫かれていた。

「幽霊飛行機」（「新少年」一九三六年五月号）

東京発、大阪着の飛行機に乗っていた乗客二人が麻酔剤で眠らされ、島村商会へ届ける予定だった宝石箱が開けられて五万円の宝石が盗まれた。機内には犯人が隠れる場所はなく、どのように飛行機に侵入し脱出したのか不明で、突然、現れた青い火の玉が機体を追跡する怪現象も起きていた。島村商会へ五万円を弁済する必要に迫られた東邦空輸会社の社長・金井欣三だが、さらに心配なのは今夜の深夜便で運ぶ七万円の金塊が盗まれないかだった。欣三の息子で中学三年の欣一が調査に乗り出し、羽田空港の事務所へ向かう。菊田飛行士に頼み飛行機に乗せてもらった欣一は、現れた火の玉が三分ほどで消えたのを目撃、その直後に麻酔剤で眠らされてしまう。薄れていく意識の中で真相を見抜いた欣一は、三度目の輸送で犯人を捕縛するための計略を進めていく。

飛行機による輸送を将来性のある事業として保護育成する方針を固めた政府は、一九二八年に国策会社として日本航空輸送株式会社を設立し、国際航空法の批准や航空法の制定を進めた。奇怪な盗難事件の現場になるスーパー・ユニバーサルは、オランダのフォッカー社のアメリカ法人アトランティック・エアクラフト・コーポレーション・オブ・アメリカが開発した小型機で、一九二九年に日本航空輸送が東京—大阪—福岡の定期旅客機として採用、一九三一年には中島飛行機がライセンス生産を開始したこともあり、日本航空輸送は最大で二五機を保有していた時期がある。そのため東邦空輸会社のモデルは、日本航空輸送と考えて間違いあるまい。

当時の「新少年」の読者は、鉄道、自動車、飛行機に詳しかったと思われるので、周五郎もディテールにこだわったのが分かる。だが当時の飛行機は夜間飛行が難しく、一九三八年の羽田空港の離発着便をみても、出発が五時（郵便貨物）、六時三〇分、七時、八時三〇分、九時三〇分、一〇時、一三時で、到着が七時四〇分（郵便貨物）、一三時五〇分、一四時一〇分、一五時五〇分、一六時一五分

（大日本航空社史刊行会編『航空輸送の歩み、昭和二十年迄《まで》』、日本航空協会、一九七五年七月による）で深夜便は存在していない。それなのに周五郎が深夜便での航空輸送を描いたのは、火の玉を出すことで怪奇性を高める意図があったのではないか。サン＝テグジュペリの代表作『夜間飛行』（一九三一年）は、翌年に「文学」（一九三二年一二月号）で紹介され、堀口大学の翻訳（第一書房、一九三四年七月）も刊行されているので、周五郎は冒険小説色を加えるため、サン＝テグジュペリを参考に夜間飛行時に起こる犯罪を描いた可能性もある。

本作は、以外なところに隠された暗号を解読したり、犯人が火の玉を出すという大仕掛けを用意した理由に必然性を与えたりしているが、メイントリックは、エド・マクベイン〈87分署〉シリーズの一作『キングの身代金』（一八五九年）を翻案した映画『天国と地獄』（東宝、一九六三年三月公開、黒澤明、菊島隆三、久板栄二郎、小国英雄脚本、黒澤明監督）の身代金受け渡しトリックの先駆をなしたもといえるので、二作を比べてみるのも一興だ。

「火見櫓《ひのみやぐら》の怪」（「新少年」一九三六年九月号）

東京府立一中（現在の東京都立日比谷高校。一中から第一高等学校を経て東京帝国大学へ行くのが規定のルートとされるほどのエリート校だった）の中でも秀才の伊原八郎が、伯父が警察署長をしている房総半島南端の黒浜町で起きた密室殺人に挑む少年探偵ものである。

地元の少年・太一の案内で、世界中の珍しい動物などが展示された「臨海博覧会」を見物した八郎は、その夜に奇怪な殺人事件が起きたことを知る。現場になった鉄で組まれた火見櫓は「六十呎《フィート》」ほどの高さがあり、夜間は二人の当直を置いて「午後十時から午前二時まで一人、二時から朝まで一人」が櫓で監視する取り決めになっていた。櫓へ昇る梯子《はしご》には下の監視人詰所の前を通らなければ行けず、外から昇るのはどれほど身軽でも不可能。詰所にいた太一の兄・杉造は「猫一疋」も現れなかったと証言したのに、櫓で監視していた男が絞殺されたのだ。続いて警戒していたにもかかわらず、櫓の上で監視していた杉造が襲われる。杉造は意識不明になるも、何とか一命はとりとめた。

八郎は、杉造が襲われた現場にあった生臭い匂いがする藁屑《わらくず》と、最初の被害者が飼っていた「人の口真似《くちまね》」をする鳥のペリコが怯《おび》えていることから真相を見抜く。ペリコ（perico）はスペイン語でインコのことだが、周五郎は「南洋産」としている。これは「少年ロビンソン」などと同じく、読者に南進論に興味を持ってもらう意図があったように思える。ペリコを飼っていた小寺菊子は、「ペリコはメキシコの小鳥です」の一文がある「ペリコの話」（『美しき人生』所収、教文社、一九二五年七月）や「ペリコと私」（松山思水《しすい》『趣味の小鳥』所収、実業之日本社、一九二七年二月）などのエッセイを発表しており、周五郎は小寺菊子の文章からペリコを思い付いた可能性もある。

周五郎は、コナン・ドイルの〈シャーロック・ホームズ〉シリーズを翻案した「シャーロック・ホームズ」（「新少年」一九三五年一二月別冊附録）を発表している。この作品は「四つの署名」（一八九〇年）をベースにしているが、「最後の事件」（一八九四年）など他の作品もエッセンスも導入し、「まだらの紐」（一八九二年）はほぼ全編が取り込まれている。本作のトリックは「まだらの紐」の応用だけに「シャーロック・ホームズ」を書いた経験が活かされたといえるが、殺害方法を変えることで、このトリックなら毒殺になるのではという思い込みを覆すなど見事なアレンジが加えられている。八郎の謎解きが始まると、周到に張り巡らされた伏線にも驚かされるはずだ。

「深夜、ビル街の怪盗」（「新少年」一九三六年一〇月号）

大学を出て三年目の中村辰二は能力が認められ宝石商館の支配人・倉島平吉の秘書になり、事務所と大金庫の鍵を預けられていた。仕事帰りに銀座へ寄り修理に出していたカメラを受け取った辰二は、そこで大金庫を開けて書類を出し自宅まで届けてほしいという支配人の手紙を受け取り事務所へ引き返した。事務所の鍵を開け大金庫に近付いた辰二は、何者かに襲われ気絶した。その間に大金庫から一〇万円の宝石が盗まれ、ポケットに五百円札が入っていた辰二が犯人と疑われてしまう。

辰二に疑惑の目が向けられたのは、五百円札を持っていただけでなく、修理に出したのが九ミリ半という高価なカメラだったことも大きい。九ミリ半は、フランスのパテ社が開発した九・五ミリフィルムによる撮影機、映写機で、一九二二年にパテベビーというブランド名で発売された。当時、パリに滞在していた伴野文三郎は、パテベビーの輸入を考え一台につき数円の中間マージンで高島屋呉服店に取り次いだ。一九二四年に帰国した伴野は伴野商店を設立し、パテベビーの輸入を始めた。西村正美『小型映画　技術と歴史』（四海書房、一九四一年一二月）によると、伴野がパリに滞在していた頃は「カメラ一七〇円映写機一五〇円で売って」いたが、伴野商店では「機会ある毎《ごと》に値下」を行い一九二九年には「カメラ七二円映写機九〇円（中略）（いずれも月賦販売値）」とあるので、本作が発表された一九三〇年代半ばになるとさらに安価になっていた可能性がある。ただ一九三五年の大卒初任給は七〇円前後だったので、九ミリ半が手軽に買えるカメラでなかったのは間違いない。

文部省社会教育局編『教育映画研究資料　第15輯　小学校・中等諸学校に於《お》ける映画利用状況』（文部省。奥付がなく「凡例」の末尾に「昭和十二年七月」と記載）には、映画利用をしている小学校は市部が「五一・二％」、町部が「二〇・三％」、村部が「九・〇％」、中学校は「七六・五％」が「学校教育に映画」を利用していて、小学校では「十六ミリ映画用」の映写機が「六〇・九％」と多く、「九ミリ半等」は安価だが「一七・九％」だった。中学校では「十六ミリ映画用」が「四八・一％」、九ミリ半が「四一・七％」と拮抗している。九ミリ半が普及すると、（記録も含む）映画制作が盛んになり、一九二七年に日本アマチュア・シネマ・リーグが設立されて、個人映画のコンテストも行われるようになった。また映画会社が劇場用映画の短縮版を九ミリ半で販売するようになり、家庭での上映も行われていた（フィルムが失われた劇場用映画の九・五ミリ版が見つかり、小津安二郎監督の『和製喧嘩友達』、『突貫小僧』、伊丹万作監督の『國士無双』などが復元されている）。加太こうじ「九ミリ半」（「視覚教育」一九六〇年五月号）には、一九三二年、高等科二年二組が「小学校の階段下の物置」に集められ、若い翠川先生が自腹で購入した九ミリ半で教育映画や運動会の記録などを観せてくれた、「教員が街の映画館で映画を見ることすら不道徳な行為」とされた時代なのに「学校には内緒」にして見張りを立ててまで「日活映画『地雷火組』」などの映画会を開いてくれたと書いてあるので、「新少年」の読者層にとって九ミリ半は身近だったことが見て取れる。

本作は、九ミリ半を持っていたが故に宝石泥棒の濡れ衣を着せられた辰二が、思わぬ形で九ミリ半に救われるので意外性はあるが、論理的な謎解きはない。ただ最も犯人らしくない人物が実は犯人というルールは守られていて、「『F・3』と云うすばらしいレンズが附いて」（F値は、レンズを通ってフィルムに写る像の明るさのことで、F値が小さいほどレンズを通る光の量が多く暗所でも撮影できる）いることが伏線になっているなど細部まで構築され、カメラが好きだとより楽しめる仕掛けもある。また本書の読者層は小、中学生なので、教育映画や学校行事の記録映画の上映などで身近だが、自分で所有して映画や日常生活を撮影するには高価で手が出ない九ミリ半に憧れている少年少女がいたことを思えば、読者が興味を持つ題材でミステリを書いた周五郎の手腕にも触れられる。

「少女歌劇の殺人」（「新少年」一九三七年一〇月号）

本作は「スター引抜き戦」の「醜い争い」が引き起こした東京少女歌劇「百万円の花方」のトガシ・スミレ殺人事件が描かれる。歳男生「邁進する松竹の近況—悲観説は競走者の廻しもの—」（「東宝経済」一九三七年一一月号）には、「映画俳優の引き抜き戦は相も変わらず続けられている」との一文があるので、当時は俳優の引き抜きは珍しくなかったようだ。少女歌劇の世界に引き抜きがあったかは不明だが、映画界で行われていただけに当時の読者は少女歌劇に「引抜き戦」があったとの設定も違和感なく受け入れていただろう。これは偶然だが、本作が発表された二カ月後（一九三七年一〇月号は、ひと月前の発売）には、松竹から東宝に移籍した林長二郎（後に本名の長谷川一夫に改名）が暴漢に顔を斬られる事件が発生し、犯人は松竹の意を受けていたとの噂も出ていた。

　帝大医学部へ通う小野欣弥は、妹の香澄と女学校の友達三人がトガシ・スミレの話をしているのを聞く。香澄によると、スミレと瓜二つだった沢井絹子が亡くなり、珍しい病気なので解剖のため運ばれたという。近代劇場で芝居を観てきた欣弥は、新鋭の青柳ツボミの演技はスミレより巧いといったため香澄たちと口論になる。実際にスミレを見せてツボミより上だと証明したい香澄たちと東洋劇場に行くことになった欣弥は、そこで舞台主任をしている高校時代の親友・矢野と会う。矢野によると、近代劇場がスミレの引き抜きをしていて、移籍しなければ危害を加えると脅迫しているらしい。その脅迫が現実になり、スミレは四幕目の舞台上で、本物にすり替えられた拳銃で射殺される。スミレの屍体は楽屋へ運ばれるが、警察が到着した頃には消えていて現場にはなぜかドライアイスがあった。

　明治末、百貨店が新たな客層にした子供の集客を狙って、三越少年音楽隊、白木屋少女音楽隊などが結成され、音楽の演奏や舞台の上演を行った。箕面有馬電気軌道（後の阪急電鉄）を創設した小林一三《いちぞう》は、百貨店の音楽隊から着想を得て一九一三年に宝塚唱歌隊を組織、沿線にあった宝塚温泉のプールを改装したパラダイス劇場で第一回の公演を行った。さらに一九一九年には宝塚音楽歌劇学校を設立し、卒業生で宝塚少女歌劇団を組織、同年には箕面公会堂を移築した新歌劇場が造られた。宝塚少女歌劇団の成功により、ＯＫＳ日本歌劇団、松竹歌劇団といった少女歌劇団も結成された。宝塚少女歌劇団は一九二七年に『吾《わ》が巴里《パリ》よ〈モン・パリ〉』を上演してレビュー全盛時代を築く。また、一九三一年に松竹歌劇団が上演した『先生様はお人好し』は短髪の男装で登場する水の江瀧子が衝撃を与え、私設後援会が発足している。少女歌劇団のブームは多くの批評を生んだが、その多くは、少女歌劇を面白く観たといったところ「洋画家、小説家、フランス帰りの作曲家」らに「馬鹿」にされ、

「今日、少女歌劇というものの存在性を一種変態的なものと見、観客の少女群の熱狂振りを何かいまわしいものと見る」のが「常識」で、その「常識」を自分も共有していると書いた高見順「少女歌劇論」（「東宝」一九三八年七月号）のように、少女歌劇は大人の文化人には否定的に捉えられていた。これに対し少女たちは少女歌劇に熱中した。そのことは「少女の友」にフヂノタカネ「宝塚日記」（一九二七年七月号～一九四〇年一月号）が連載されたことからもうかがえる。欣弥と香澄たちの対立は、当時の大人と少女の少女歌劇への考え方の違いを踏まえており、「少女の友」にも小説を発表していた周五郎が細部にまで気をつかっているのが見て取れる。舞台上の偽物の凶器が本物にすり替えられていた発端は、岡本綺堂〈半七捕物帳〉の「勘平の死」（「文芸倶楽部」一九一七年三月号）、野村胡堂〈銭形平次捕物控〉の「花見の仇討ち」（「オール讀物」一九三七年五月号）など捕物帳ではお馴染《なじ》みのものなので、周五郎が参考にしたのかもしれない。

本作のトリックはシンプルだが、随所に置かれた手掛かりが過不足なく使われて驚愕の真相を浮かび上がらせるだけに切れ味が鋭く、シンプル・ザ・ベストを地でいく作品となっている。

「殺人円舞曲」（「少年少女譚海」一九三八年新春増刊号）

銀座三丁目裏にあるダンスホール・エトアルの第一ヴァイオリニストの秋田は、ダンサーのはるみから「あたし殺されます（中略）助けて下さい」という手紙を受け取る。その夜、円舞曲が流れるとホールの電灯が消え、わずかな時間にはるみが殺された。日比谷公園ではるみの妹・桃代と待ち合わせた秋田は、桃代も何者かに狙われているようだが詳しい話はできないといわれた。二人のいるところに現れた舞踏教師の杉本は、「楽士とダンサーが一緒に歩く」のは「舞踏場《ホール》」の「御法度《ごはっと》」と警告し、桃代に「奇怪な事件」の後は「保護者も充分も選ぶ必要がある」と伝える。

はるみ、桃代と親しかったダンサーのみどりに事情を書いたという手紙を渡された秋田だが、すぐに手紙はみどりが取り返していった。はるみの時と同じ円舞曲が流れると老紳士が倒れ、支配人たちが介抱していると「陰惨」な悲鳴が聞こえて、鍵が掛かった控室に踏み込むとみどりが倒れていた。

第一次大戦後のアメリカでは、チケットを購入してダンスホールに入り、待機している女性にチケットを渡して一曲分ダンスの相手をしてもらうダンスホールがブームになった（タクシーに似ていることから、タクシーダンスホールと呼ばれた）。このシステムが日本に輸入され（日本ではSPレコード一枚分、約五分でチケット一枚、生バンドの場合も約五分で一枚だった）、大阪で女性ダンサーを置いたダンスホールがブームになるが、一九二七年に規制が厳しくなり、ダンスホールの主流は大阪府境を越えた阪神、阪急沿線と東京に移り、さらに全国に広まっていった。おそらくエトアルはタクシーダンスホールで、はるみらは男性客の、杉本らは女性客の相手をしていたのだろう。

本作は犯人当ての要素はあるが、作中に謎を解く手掛かりが隠され、それをたどると犯人が分かるという構成にはなっておらず、証拠を残していない狡猾な犯人をどのような手段で追い詰めるのかに主眼が置かれている。探偵役の秋田が仕掛ける罠は巧妙で、シンプルながら効果を上げていた。

本作は「少年少女譚海」の一九三八年新春増刊号に発表されたので、執筆は一九三七年の年末頃だったはずだ。一九三七年は、七月の盧溝橋事件をきっかけに日中戦争が始まり、八月には第二次上海事変が起こるなど大陸での戦線が拡大している。そのため犯人の正体には、リアリティと警鐘が込められていたように思える。ダンスホールに敵の軍事探偵が潜伏し陰謀をめぐらせていたとの設定も、高まっていたダンスホール批判と無縁ではあるまい（一九四〇年に全ダンスホールが閉鎖された）。

【献辞】

編者解説の冒頭でも触れましたが、本書は小林俊郎氏のご協力がなければ刊行できませんでした。小林氏から提供いただいた雑誌を手掛かりに調査を行い、新たな作品を発掘することもできました。

また「新宝島奇譚」の連載三回目（「少年少女譚海」一九三一年三月号）は、同時期に同誌に連載された横溝正史『囚人南海島』の復刻を進めていた日下三蔵氏、柏書房の村松剛氏の尽力で、出版美術史研究家の三上薫氏所有のコピーをいただくことができました。『囚人南海島』は、日下氏編『横溝正史少年小説コレクション』第七巻（柏書房、二〇二二年一月）に収録されています。

皆さまに記して感謝いたします。

山本周五郎（やまもと・しゅうごろう）

1903～1967。山梨県生まれ。小学校を卒業後、質店の山本周五郎商店の徒弟となる。文芸に理解のある店主のもとで創作を始め、1926年の「文藝春秋」に掲載された『須磨寺附近』が出世作となる。デビュー直後は、倶楽部雑誌や少年少女雑誌などに探偵小説や伝奇小説を書いていたが、戦後は政治の非情を題材にした『樅ノ木は残った』、庶民の生活を活写した『赤ひげ診療譚』、『青べか物語』など人間の本質に迫る名作を発表している。1943年に『日本婦道記』が直木賞に選ばれるが受賞を辞退。その後も亡くなるまで、あらゆる文学賞の受賞を拒否し続けた。

末國善己（すえくに・よしみ）

1968年生まれ。文芸評論家。編書に『国枝史郎探偵小説全集』、『国枝史郎歴史小説傑作選』、『国枝史郎伝奇短篇小説集成（全二巻）』、『国枝史郎伝奇浪漫小説集成』、『国枝史郎伝奇風俗／怪奇小説集成』、『野村胡堂探偵小説全集』、『野村胡堂伝奇幻想小説集成』、『探偵奇譚 呉田博士【完全版】』、『山本周五郎探偵小説全集（全六巻＋別巻一）』、『【完全版】新諸国物語（全二巻）』、『岡本綺堂探偵小説全集（全二巻）』、『短篇小説集　源義経の時代』、『戦国女人十一話』、『短篇小説集　軍師の死にざま』、『短篇小説集　軍師の生きざま』、『小説集　黒田官兵衛』、『小説集　竹中半兵衛』、『小説集　真田幸村』（以上作品社）など。

山本周五郎［未収録］ミステリ集成

2025年2月15日初版第1刷印刷
2025年2月20日初版第1刷発行

著　者　山本周五郎
編　者　末國善己

発行者　青木誠也
発行所　株式会社作品社
〒102-0072 東京都千代田区飯田橋2-7-4
TEL.03-3262-9753　FAX.03-3262-9757
https://www.sakuhinsha.com
振替口座00160-3-27183

装　幀　　小川惟久
装　画　　太田聴雨「星を見る女性」
本文組版　前田奈々
編集担当　青木誠也、鶴田賢一郎
印刷・製本　中央精版印刷株式会社

ISBN978-4-86793-072-4 C0093

【作品社の本】

小説集　黒田官兵衛　末國善己編

菊池寛「黒田如水」／鷲尾雨工「黒田如水」／坂口安吾「二流の人」／海音寺潮五郎「城井谷崩れ」／武者小路実篤「黒田如水」／池波正太郎「智謀の人　黒田如水」／末國善己「編者解説」

ISBN978-4-86182-448-7

小説集　竹中半兵衛　末國善己編

海音寺潮五郎「竹中半兵衛」／津本陽「鬼骨の人」／八尋舜右「竹中半兵衛　生涯一軍師にて候」／谷口純「わかれ　半兵衛と秀吉」／火坂雅志「幻の軍師」／柴田錬三郎「竹中半兵衛」／山田風太郎「踏絵の軍師」／末國善己「編者解説」

ISBN978-4-86182-474-6

小説集　真田幸村　末國善己編

南原幹雄「太陽を斬る」／海音寺潮五郎「執念谷の物語」／山田風太郎「刑部忍法陣」／柴田錬三郎「曾呂利新左衛門」／菊池寛「真田幸村」／五味康祐「猿飛佐助の死」／井上靖「真田影武者」／池波正太郎「角兵衛狂乱図」／末國善己「編者解説」

ISBN978-4-86182-556-9

小説集　明智光秀

菊池寛「明智光秀」／八切止夫「明智光秀」／新田次郎「明智光秀の母」／岡本綺堂「明智光秀」／滝口康彦「ときは今」／篠田達明「明智光秀の眼鏡」／南條範夫「光秀と二人の友」／柴田錬三郎「本能寺」「明智光秀について」／小林恭二「光秀謀叛」／正宗白鳥「光秀と紹巴」／山田風太郎「明智太閤」／山岡荘八「生きていた光秀」／末國善己「解説」

ISBN978-4-86182-771-6

小説集　北条義時

海音寺潮五郎「梶原景時」／高橋直樹「悲命に斃る」／岡本綺堂「修禅寺物語」／近松秋江「北条泰時」／永井路子「執念の家譜」／永井路子「承久の嵐　北条義時の場合」／三田誠広「解説　北条義時とは何ものか」

ISBN978-4-86182-862-1

小説集　徳川家康

鷲尾雨工「若き家康」／岡本綺堂「家康入国」／近松秋江「太閤歿後の風雲　関ヶ原の前夜」「その前夜　家康と三成」／坂口安吾「家康」／三田誠広「解説　徳川家康とは何ものか」

ISBN978-4-86182-931-4

小説集　蔦屋重三郎の時代

吉川英治「大岡越前」（抄）／邦枝完二『江戸名人伝』より「鶴屋南北」「喜多川歌麿」「葛飾北斎」「曲亭馬琴」／国枝史郎「戯作者」「北斎と幽霊」／永井荷風「散柳窓夕栄（ちるやなぎまどのゆうばえ）」（抄）／解題

ISBN978-4-86793-056-4

【作品社の本】

国枝史郎伝奇風俗／怪奇小説集成　末國善己編

稀代の伝奇小説作家による、パルプマガジンの翻訳怪奇アンソロジー『恐怖街』、長篇ダンス小説『生のタンゴ』に加え、時代伝奇小説7作品、戯曲4作品、エッセイ11作品を併録。国枝史郎復刻シリーズ第6弾、これが最後の一冊！【限定1000部】

ISBN978-4-86182-431-9

国枝史郎伝奇浪漫小説集成　末國善己編

稀代の伝奇小説作家による、傑作伝奇的恋愛小説！　物凄き伝奇浪漫小説「愛の十字架」連載完結から85年目の初単行本化！　余りに赤裸々な自伝的浪漫長篇「建設者」78年ぶりの復刻成る！　エッセイ5篇、すべて単行本初収録！【限定1000部】

ISBN978-4-86182-132-5

国枝史郎伝奇短篇小説集成（全二巻）

第一巻　大正十年〜昭和二年／第二巻　昭和三年〜十二年

末國善己編

稀代の伝奇小説作家による、傑作伝奇短篇小説を一挙集成！　全二巻108篇収録、すべて全集、セレクション未収録作品！【各限定1000部】

ISBN978-4-86182-093-9、097-7

国枝史郎歴史小説傑作選　末國善己編

稀代の伝奇小説作家による、晩年の傑作時代小説を集成。長・中篇3作、短・掌篇14作、すべて全集未収録作品。紀行／評論11篇、すべて初単行本化。幻の名作長編「先駆者の道」64年ぶりの復刻成る！【限定1000部】

ISBN978-4-86182-072-4

聖徳太子と蘇我入鹿　海音寺潮五郎

稀代の歴史小説作家の遺作となった全集未収録長篇小説『聖徳太子』に、“悪人列伝”シリーズの劈頭を飾る「蘇我入鹿」を併録。海音寺古代史のオリジナル編集版。聖徳太子千四百年遠忌記念出版！

ISBN978-4-86182-856-0

現代語訳　源氏物語（全四巻）　紫式部　窪田空穂訳

歌人にして国文学界の泰斗による現代語訳。作品の叙事と抒情、気品を保ち柔らかな雰囲気を残す逐語訳と、和歌や平安時代の風俗・習慣への徹底した註釈で、『源氏物語』の世界を深く理解する。五十四帖を全四巻にまとめて刊行。装画・全帖挿画：梶田半古。

ISBN978-4-86182-963-5、964-2、965-9、966-6